블러디 레이디

최이설 장편소설

동아

블러디 레이디 · Ⅱ

초판 1쇄 인쇄일 | 2020년 11월 10일
초판 1쇄 발행일 | 2020년 11월 16일

지은이 | 최이설
펴낸이 | 박성면
펴낸곳 | (주)동아

출판등록 | 제406 - 3960100251002007000071호
주소 | 경기도 파주시 문발로 115, 세종대학교출판부 206호
전화 | (031)8071 - 5201
팩스 | (031)8071 - 5204
E - mail | bear6370@hanmail.net

정가 | 13,800원

ISBN 979-11-6302-417-0 (04810)
　　　979-11-6302-415-6 (set)

ⓒ 최이설, 2020

※이 책은 (주)동아와 저작자의 계약에 의해 출판된 것이므로, 무단 전재 및 유포, 공유를 금합니다.

II

블러디 레이디

Bloody Lady

최이설 장편소설

동아

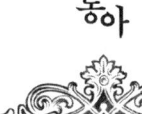

목 차

9. 일상은 축제처럼 (2)   007
10. 다시 한번, 되돌아가는   037
11. 렝리탄   071
12. 탈출   137
13. 접근   190
14. 흔들리는 시간   253
15. 사체들   314
16. 새로운 보금자리   391
17. 어머니   470
18. 과거 (1)   563

9. 일상은 축제처럼 (2)

"아리테스 남작 영애를 만찬에 초대했어?"

금방이라도 귓전을 긁어내릴 것처럼 카랑카랑한 목소리에 아이작의 미간이 절로 찌푸려졌다.

"응? 대체 무슨 생각이야?"

"네가 신경 쓸 필요가 없는 일이야, 에이사."

아이삭은 가까스로 다성한 녹소리를 냈다. 그런 아이작의 노력에도 불구하고 에이사의 와락 찌푸려진 미간은 펴질 줄을 몰랐다.

"가끔 오라버니가 무슨 생각을 하면서 사는지 모르겠어."

"내가 무슨 생각을 하며 사는지가 궁금하니?"

"응, 이럴 때는."

에이사가 마치 들으라는 듯이 긴 한숨을 내쉬었다. 아이작은 소리 없이 웃었다.

"너도 로켄페데스 영애를 백작저에 초대했잖니."

"그건……!"

순간 말문이 막힌 에이사가 입술을 질끈 깨물더니 이내 한껏 짜증이 어린 목소리로 말했다.

"내가 전에 로켄페데스 영애하고 친해지고 싶다고 했잖아. 친해지고 싶으니까 초대했지."

"어째서 친해지고 싶은데?"

"그야 예쁘니까."

에이사의 솔직한 대답에 아이작의 입매에 걸린 미소가 더욱 짙어졌다.

"에이사, 넌 정말 나를 많이 닮았구나."

"……갑자기 무슨 소리야."

아이작은 아무런 말도 하지 않았다. 조용히 시선만을 돌려, 인파로 가득한 광장을 응시했다.

아름다운 존재에 대한 소유욕. 경이로운 존재를 오로지 혼자서 지니고 싶은 일그러진 독점욕.

이는 아이작을 지금까지 이끌어 온 모든 것이었다. 아이작은 언제나 허기진 상태로 허겁지겁 욕망을 집어삼키기에 급급한 삶을 살아왔다. 그리고 어느 때보다도 탐나는 것을 손에 넣을 수 있는 기회가 목전에 있었다. 그 기회를 놓칠 생각은 없었다.

"에이사, 마차까지 데려다줄 테니 이만 저택으로 돌아가렴."

"뭐야, 갑자기 왜?"

아이작은 세상에서 가장 소중한 보물이라도 어루만지듯이 에이사의 뺨을 쓸어내렸다.

"이번에는 내가 불청객을 맞이해야 할 것 같아서."

아이작은 에이사의 어깨 너머로 언뜻 보이는 결 좋은 머리칼에 힐끗 시선을 두며 말을 이었다.

"게다가 대화가 길어질 것 같단 말이지."

"하지만 난 조금 더 놀고 싶은데……."

"에이사."

에이사를 부르는 아이작의 목소리는 무척 다정했지만, 그의 시선은 더할 나위 없이 날카로웠다. 무척이나 미묘한 차이였다. 그 차이를 에이사는 인지

했다. 평생을 아이작과 살아온 에이사는 아이작의 기분을 파악하고 그의 눈치를 보는 일에 어느 정도 익숙해졌다.

"내가 아직 어린애로 보여? 데려다줄 필요 없어. 혼자 갈 테니까."

불만스런 음성으로 쏘아붙인 에이사는 아이작이 붙잡을 새도 없이 인파 속으로 사라졌다. 그러자 아이작이 홀로 남기만을 기다렸다는 듯, 검은 후드를 푹 눌러쓴 남자가 아이작을 향해 성큼성큼 다가왔다.

"2황자 저하."

그럴싸한 미소와 함께 예를 취한 순간, 아이작은 그의 손목을 거칠게 틀어쥐고선 끌어당기는 우악스러운 손길에 미간을 구겼다.

"엘시아 아리테스를 만나게 해 준다고 했잖아."

아이작의 얼굴에 제 얼굴을 바짝 들이민 로지안이 싸늘한 목소리로 씹어뱉듯 뇌까렸다.

"저하, 부디 진정하십시오. 그렇게 노려보시니 두렵습니다."

로지안은 겁먹은 척하는 아이작의 가증스러운 얼굴의 가죽을 죄 벗겨 버리고 싶었다. 잔인한 충동을 간신히 억누른 로지안이 아이작을 으슥한 골목으로 밀어붙였다.

"무슨 속셈이지?"

그렇게 묻는 로지안의 격양된 음성 사이로 거친 숨이 묻어났다.

"속셈이라뇨. 그게 무슨……."

"나를 기만하려고 하는 이유가 뭔지 묻고 있는 거야."

로지안이 아이작의 멱살을 내팽개치듯 놓았다. 치미는 분노를 구태여 감출 생각을 하지 않는 로지안의 눈동자에 뜨거운 불길이 일었다.

"너는 감히 내게 거짓말을 해 나를 농락하였을 뿐만 아니라."

로지안이 아이작의 어깨를 억세게 틀어쥔 채로 말을 이었다.

"지금도 아무것도 모르겠다는 순진한 표정을 지으며 계속해서 나를 우롱하려 들고 있어."

한껏 악문 잇새로 새어 나오는 목소리가 거칠어, 아이작은 로지안이 얼마나 분노하고 있는지 어렵지 않게 짐작할 수 있었다. 그러나 로지안의 분노는 아이작에게는 그저 가소롭게만 느껴질 뿐이었다. 아이작은 진지한 표정으로 입을 열었다.

"황자 저하, 저는 하늘에 맹세하건대 저하께 거짓을 고한 적이 없습니다."

"개소리."

로지안은 아이작의 말을 믿지 않았다. 아이작 역시 로지안이 쉽게 믿으리라고는 생각하지 않았다.

"정말입니다, 저하. 전 분명 아리테스 영애에게 저하의 말을 전하였습니다. 하지만 그녀가 저하를 만나고 싶지 않다고 하더군요."

로지안의 눈매가 가늘어졌다. 아이작의 말의 진위를 가리기라도 하듯, 아이작을 응시하는 로지안의 눈동자에는 의심스러운 기색이 가득했다.

"저로서도 어쩔 수 없었습니다. 그녀에게 만남을 강요할 수는 없지 않습니까."

아이작은 진심으로 안타깝다는 듯 눈매를 일그러뜨렸다. 그러자 한동안 말 없이 아이작을 주시하던 로지안의 잇새로 조소가 터져 나왔다.

"그래, 백작의 말이 사실이라고 쳐."

"그렇게 치는 게 아니라 정말 사실입니다."

"내 분노를 부채질할 생각이 아니라면 쓸데없이 말꼬리는 잡지 말지."

로지안이 이를 갈며 말하자 아이작이 순순히 입을 닫았다.

"하지만 어쩔 수 없었다라? 그대는 분명 내가 그 여자를 만날 수 있게 해 주겠다 약속했어. 내 말이 틀렸나?"

아이작이 허를 찔린 표정을 지었다. 로지안의 말대로 두 사람의 약속은 애초에 단순히 엘시아에게 로지안의 말을 전하는 것이 아니었다. 아이작은 로지안에게 엘시아와의 만남을 약속했다.

"……죄송합니다, 저하."

아이작이 선선히 사과하자 로지안이 한쪽 입꼬리만 끌어 올려 입가에 비웃음을 내걸었다.

"백작은 생각보다 무능한 사내였군."

로지안이 내내 아이작의 어깨를 틀어쥐고 있던 손으로 아이작의 어깨를 밀쳐 내고선 손을 떼어 냈다.

"차라리 내가 직접 만남을 청하는 게 낫겠어."

아이작의 눈이 휘둥그레졌다. 로지안이 이렇듯 적극적으로 나올 줄 몰랐다. 로지안이 어째서 이토록 엘시아에게 집착하는 건지, 이유를 짐작할 수 없었다.

이건 좀 곤란했다. 아이작은 입술을 잘근 짓씹다가 입을 열었다.

"어째서 아리테스 영애를 만나고자 하십니까?"

처음 로지안이 엘시아와의 만남을 부탁했을 때 물어봤어야 했던 질문이었다. 뒤늦은 질문을 꺼내 놓은 아이작은 로지안의 표정을 유심히 살폈다.

다혈질에 제멋대로인 성격을 가진 로지안은 속내를 파악하기가 쉬웠다. 그런데 어째선지 지금은 로지안이 무슨 생각을 하고 있는지 쉽사리 짐작할 수가 없었다.

"내가 대답해야 하나?"

"……저하."

"주제넘은 질문이야. 그러니 대답하지 않겠어."

로지안은 한 걸음을 성큼 물러서 아이작과 거리를 벌렸다.

"내가 백삭에 부탁한 선 없넌 일로 하지."

로지안은 저 멀리 보이는 페렐테움 광장의 정경을 응시하면서 혼잣말을 중얼거렸다.

"애초에 직접 나섰어야 했어."

곧이어 망설임 없이 걸음을 옮기는 로지안을 아이작은 붙잡지 못했다.

*　*　*

엘시아가 식사를 마치고 식당을 나섰을 때, 하늘에는 어느덧 석양이 걸려 있었다.

축제 마지막 날이라 그런지, 꽤나 늦은 시간에도 페렐테움 광장은 여전히 인파로 북적거렸다. 엘시아는 무심코 멀찌감치 보이는 단상에 시선을 두었다. 신황이 떠난 단상은 텅 비어 있었다.

다행이라는 생각이 들었다. 무엇이 다행인지는 모르겠으나, 엘시아는 저도 모르는 사이 긴장하고 있던 마음을 놓았다.

"언니, 안 피곤해?"

그때 리리엔이 엘시아의 팔짱을 끼며 물었다. 엘시아는 가볍게 고개를 저었다.

"난 괜찮은데, 혹시 피곤해?"

"응, 조금……."

힘없이 말끝을 늘인 리리엔이 졸음이 묻어 있는 눈가를 비볐다.

"그럼 이만 저택으로 돌아갈까?"

엘시아가 부드러운 음성으로 묻자, 이번에는 리리엔이 고개를 저었다.

"아니, 가면은 한번 써 보고 돌아가야지."

엘시아는 다시금 광장에 시선을 두었다. 한 무리의 사람들이 광장 한가운데에 장작을 쌓고 있었다. 페이렌에게 듣기로 축제 마지막 날 밤에 광장 중심에 커다란 모닥불을 피운다 했다. 사람들이 가면을 쓰고 모닥불을 빙 둘러싸며 춤을 춘다고도 하였다.

"음, 불을 지피기까지 시간이 꽤 걸릴 것 같은데."

짐작하건대 해가 완전히 지고 나서야 장작에 불을 피울 것 같았다. 엘시아는 리리엔이 과연 해가 질 때까지 버틸 수 있을까 고민했다.

"나는 페이렌하고 돌아갈 테니까, 언니는 불 피우는 것까지 보고 와."

리리엔도 엘시아와 같은 고민을 했는지, 리리엔은 혼자서 결론지은 바를 말했다.

"그리고 내일 나한테 얼마나 즐거웠는지 얘기해 줘."

그러니까 레오디안과 단둘이서 시간을 보내라는 소리였다. 그에 당황한 엘시아는 선뜻 대답하지 못했다.

"내 두 눈으로 직접 보고 싶지만……. 졸려서 안 되겠어. 일찍 자는 게 습관이 됐나 봐."

리리엔이 레오디안을 힐끗 올려다보며 말했다.

"나 먼저 돌아가도 되지?"

엘시아가 리리엔의 눈길을 따라 레오디안에게 시선을 두었다. 레오디안이 말없이 고개를 끄덕이는 게 보였다.

레오디안의 허락을 받은 리리엔이 활짝 웃으며 엘시아를 돌아보았다.

"엘시아, 오늘 축제 꼭 끝까지 보고 와야 돼. 알았지?"

"응, 알았어."

엘시아가 선선히 대답했다. 리리엔의 부탁을 거절할 구실도 없었고, 딱히 거절하고 싶지도 않았다. 조금 난감하기는 하지만 어려울 것 하나 없는 일이니까.

"그럼 나는 걱정하지 말고 마음껏 즐기다가 와."

리리엔이 페이렌의 손을 붙잡고선 멀어졌다. 엘시아는 두 사람의 뒷모습을 잠시간 조용히 응시하다, 레오디안에게 시선을 옮겼다.

"대공님은 피곤하지 않으세요?"

"난 괜찮습니다. 당신은?"

"저도요."

레오디안의 입술이 호선을 그렸다.

"밤의 축제가 시작될 때까지 시간이 꽤 남아 있는데, 어디 가서 차라도 마시는 건 어떻습니까."

"네, 좋아요."

엘시아는 레오디안을 향해 어렴풋하게나마 마주 미소를 지어 보였다.

레오디안이 서두를 것 없다는 듯 천천히 걸음을 옮겼다. 엘시아는 레오디안의 속도에 맞추어 걸었다.

해가 저물어 감에 따라 바람이 점차 서늘해졌다. 적당한 온기를 품은 여름 바람이 스칠 때마다 어쩐지 마음이 들뜨는 것만 같은 느낌이 들었다. 엘시아는 저도 모르는 사이 입가에 미소를 지은 채로, 여유롭게 광장을 거니는 사람들의 모습을 눈에 담았다.

언젠가부터 레오디안과 가까이 있어도 긴장이 되지 않았다. 굳이 대화를 나누지 않아도 정적이 편안했다. 엘시아는 새삼 스스로의 변화를 인지하고는 내심 놀랐다.

그다지 나쁜 느낌은 아니었다. 다만 계기가 무엇이었을지 좀 궁금할 뿐이었다. 레오디안은 변한 게 없는데, 어째서 그와 함께하는 시간을 편하게 느끼게 된 걸까. 엘시아는 퍽 시간을 들여 고민했다.

그렇게 얼마쯤 걸었을까.

"아리테스 영애."

불현듯 낯선 목소리가 발목을 붙들었다. 엘시아는 소리의 근원지로 고개를 돌렸다. 그러자 마냥 낯설지는 않은 남자의 얼굴이 보였다.

"각하, 오랜만에 뵙습니다."

엘시아는 레오디안에게 경례하는 남자의 모습을 유심히 보았다. 그는 벨레로폰과 함께 리리엔의 생일 파티장을 찾아왔던 기사였다. 그것은 기억이 나는데, 그의 이름은 생각나지 않았다.

"아리테스 영애에게 전할 말이 있어 기다리고 있었습니다."

"그대가 무슨 일로."

어째선지 레오디안이 날을 세웠다. 그 모습에 엘시아는 조심스럽게 말문을 열었다.

"어, 안녕하세요. 저……."

"얼마 전에 로렐라인 경과 함께 뵜었는데, 혹시 저를 기억하고 계십니까? 케일런 리예투스입니다."

다행스럽게도 케일런이 다시금 제 소개를 했다. 그를 향해 엘시아는 어색하게 웃으며 고개를 끄덕여 보였다.

"성하께서 이곳에서 기다리면 영애를 만날 수 있을 것이라 하셨습니다."

케일런이 레오디안의 표정을 살피며 말을 이었다.

"하여 오랜 시간을 기다렸으나, 좀처럼 영애의 모습이 보이지 않아 막 신전으로 돌아가려던 참이었습니다. 하마터면 길이 엇갈릴 뻔하였군요."

누군가 제 말을 잘라 내기라도 할세라 빠르게 말을 맺은 케일런이 엘시아에게 성큼 다가섰다.

"영애, 무척 갑작스러우시겠지만 신황 성하의 말씀을 전하겠습니다."

케일런이 불현듯 허리를 굽혀 엘시아의 얼굴 가까이로 제 얼굴을 바짝 들이밀었다. 그리고 엘시아의 귓가에 곧장 속삭였다.

"성하께서 말씀하시길, 내일 요헴으로 돌아가서 영애에게 다시 연락을 취할 것이며 그때 약속의 대가를 받겠다 하셨습니다."

할 말을 마친 케일런이 주저 없이 뒤로 물러났다. 엘시아는 애써 잊고 있던 신황에 관해 떠올리게 되자 문득 누군가 목을 조르는 것만 같은 갑갑한 느낌에 사로잡혔다.

그제야 엘시아는 아까 광장의 텅 비어 있던 단상을 보고 내심 안도했던 이유를 깨달았다. 그녀는 신황이 두려웠던 것이다. 신황을 마주하는 날을 미룰 수 있다면 미루고 싶었던 것이다.

신성지 요헴의 기사이자 신황을 수호하는 기사인 케일런을 보니 알겠다. 엘시아는 뒤늦은 자각과 함께, 언제부턴가 조금씩 떨리고 있는 손을 힘주어 꽉 움켜쥐었다. 그런 엘시아의 반응을 살피듯 유심히 엘시아의 낯을 살피고 있던 케일런이 천천히 입을 열었다.

"그럼 성하의 말씀을 전했으니, 저는 이만 신전으로 돌아가 보겠습니다."

케일런이 레오디안을 향해 간단히 예를 취했다. 레오디안은 케일런을 가만 바라볼 뿐, 아무런 반응도 내보이지 않았다.

"두 분의 시간을 방해한 데 사죄드립니다."

"……아니에요."

가까스로 말을 꺼낸 엘시아는 힐끗 레오디안을 올려다보았다. 레오디안의 옆얼굴이 몰라보게 굳어져 있었다.

레오디안은 케일런이 멀어질 때까지 그의 뒷모습에서 시선을 떼지 않았다. 레오디안이 엘시아에게 눈길을 돌린 건, 케일런의 그림자조차 보이지 않게 되었을 때였다.

"당신에게 물어보고 싶은 것이 많은데."

그렇게 말하는 레오디안의 목소리가 어느 때보다도 깊이 가라앉아 있었다. 엘시아는 조심스럽게 레오디안과 시선을 맞추었다.

레오디안의 말을 마지막으로 두 사람 사이에는 정적이 이어졌으나, 광장에 가득한 사람들이 자아내는 아스라한 소음 덕분에 적막하지는 않았다.

그렇게 얼마나 서로 시선만을 교환하고 있었을까. 문득 레오디안의 붉은 입술이 벌어졌다.

"일단 자리를 옮기죠."

레오디안이 엘시아를 안내한 곳은 광장에서 조금 떨어진 한적한 거리에 있는 벤치였다. 석양을 머금고 흐르는 운하가 보이는 거리는 제법 운치가 있었.

늦은 시간에도 많은 사람들이 모여 있던 광장과 다르게 이곳 거리에는 오가는 사람이 드물었다. 그럼에도 불구하고 레오디안은 주변을 경계하듯 곳곳을 살펴본 이후에야 말문을 열었다.

"당신이 이롯타 신전을 방문하고 싶다 말했을 때, 어쩌면 당신이 신황을 만나게 될지도 모른다고 생각은 했었습니다."

긴 침묵이 무색하게도 곧장 본론을 꺼내는 레오디안에게 어떻게 반응해야 할지 알 수 없었다. 엘시아는 조금 난감한 표정으로 운하를 바라보았다.

"아니길 바랐지만 결국……."

그런 엘시아의 귓가에 레오디안의 나직한 목소리가 내려앉았.

엘시아는 레오디안이 황실은 물론이고 신성지와 신전의 사람들도 믿지 않는다는 걸 어렴풋이 짐작하고 있었다. 레오디안이 신성지 내에서 신뢰하는 사람은 페이렌과 벨레로폰, 그리고 로아나뿐일지도 모른다. 한 손으로 셀 수 있을 정도로 적은 수의 사람만을 믿으며 산다는 건 무척 힘든 일일 터였다.

오직 리리엔만을 믿고 의지하며 살아온 엘시아였다. 하여 엘시아는 레오디안이 얼마나 팍팍한 삶을 영위해 왔을지 그다지 어렵지 않게 상상해 볼 수 있었다.

"케일런 리예투스는 신황이 제법 신뢰하는 자입니다."

그 말을 마지막으로 레오디안의 목소리는 더 이상 들려오지 않았다. 엘시아는 조심스럽게 고개를 돌려 레오디안을 바라보았다. 레오디안은 방금까지 엘시아가 하염없이 주시하고 있던 운하에 시선을 둔 채였다.

광장에서 케일런을 마주했을 때처럼 굳은 얼굴이었다. 레오디안의 딱딱한 표정을 살피는 엘시아의 시선을 눈치채지 못했는지 레오디안은 엘시아를 돌아보지 않았다. 엘시아가 한참을 집요하게 바라보았음에도 그러했다.

엘시아는 어스름한 사위 속 운하를 주시하는 레오디안의 푸른 눈동자가 유난히 짙게 가라앉아 있는 것 같다는 생각을 했다.

레오디안의 저조한 기분이 무엇으로 인한 건지는 모르려야 모를 수가 없었기에 자꾸만 그의 눈치를 보게 되었다. 엘시아는 무릎 위에 가지런히 올려둔 손을 꽉 말아 쥐었다.

레오디안이 무엇을 물어보려는지 어느 정도 예상이 됐다. 그래서 더욱 두려웠다. 선고를 기다리는 죄인이 된 것만 같은 기분이었다.

광장에서 레오디안과 보내는 시간이 익숙해졌다는 생각했던 것이 무색하게도 지금 엘시아는 그가 없는 곳으로 도망치고 싶었다.

"신황이 신선에 석을 두지 않은 당신에게 대체 무슨 말을 전한 건지."

불현듯 정적을 가른 건조한 음성에 엘시아는 몸을 굳혔다. 레오디안의 말 한 마디 한 마디가 뾰족한 바늘이 되어 온몸을 콕콕 찌르는 듯했다.

"짐작조차 되지 않아 무척이나 궁금하지만 그건 묻지 않겠습니다."

레오디안이 내내 응시하고 있던 운하에서 시선을 떼, 비로소 엘시아와 눈을 맞추었다.

"가장 묻고 싶은 건 따로 있기도 하고."

또다시 정적이었다. 묻고 싶은 게 있다던 레오디안은 엘시아에게 시선을 고정한 채로 아무런 말도 하지 않았다. 결국 엘시아가 떨리는 목소리로 물었다.

"……그게 뭔데요?"

돌아오는 대답이 없었다. 어쩐지 초조해진 엘시아가 두서없이 말을 이었다.

"편하게 물어보세요. 제가 대답할 수 있는 거면 전부 대답할게요. 정말 괜찮으니까 물어보셔도……."

엘시아는 되는대로 늘어놓던 말을 완전히 끝맺지 못했다. 불현듯 레오디안이 그녀의 손을 쥔 탓이었다.

레오디안은 희게 질려 있는 엘시아의 손을 펼쳐 주었다. 그제야 엘시아는 저도 모르게 계속 손에 힘을 주고 있었다는 사실을 깨달았다. 손바닥에 손톱이 파고들어 피가 맺혀 있었다.

레오디안이 미묘하게 미간을 찌푸린 채, 상처를 들여다보았다. 순간 크게 숨을 들이켠 엘시아는 레오디안의 손을 뿌리쳤다. 머지않아 흔적조차 없이 사라져 버릴 상처를 레오디안에게 들켜서는 안 된다는 생각에서였다.

"아……."

엘시아는 참담한 심정으로 입술을 꽉 깨물었다.

"……죄송해요."

"아닙니다."

선선히 대답하는 레오디안의 낯에서 불쾌한 기색은 찾아볼 수 없었다. 그럼에도 엘시아는 치부를 들킨 것만 같은 부끄러운 느낌에 몸 둘 바를 몰랐다.

"정말 죄송해요."

주위가 소란스러웠다면 미처 듣지 못했을 조그만 목소리였다. 레오디안은 나직이 한숨을 내쉬었다.

엘시아의 흔들리는 눈동자를 한 번, 그리고 어느새 다시금 말아 쥔 조그만 주먹을 한 번. 묵묵한 시선을 옮기던 레오디안은 울컥 치미는 무언가를 참듯 지그시 눈을 감았다.

"……대체 뭐가 그렇게 두렵습니까."

엘시아의 상처가 신경 쓰인다. 하지만 엘시아는 상처를 방치하면 방치했지, 레오디안의 도움은 조금도 원치 않을 것이다.

사실 엘시아의 머리칼이 변화한 이후, 레오디안은 예전처럼 선뜻 엘시아에게 힘을 사용할 엄두를 내지 못했다. 엘시아가 정신을 잃고 쓰러졌을 때, 직접 엘시아를 치유하지 않고 로아나를 부른 것은 그런 이유에서였다.

하지만 그와 별개로 레오디안은 여전히 누구의 손도 잡으려 하지 않는 엘시아의 단단한 경계심이 답답했다.

천천히 눈꺼풀을 들어 올린 레오디안은 애꿎은 손만 쥐었다 폈다 하기를 반복했다.

"당신이 자꾸만 위험한 길을 걸어가길 자초하고 있다는 생각을 지울 수가 없습니다."

무엇을 그리 혼자서만 떠안으려 하는지. 레오디안은 엘시아에게 차마 물을 수 없고, 묻는다 하여도 대답을 들을 수 있을 리 없는 의문을 삼켰다.

조그만 손에 자꾸만 눈길이 갔다. 그 손에 난 생채기를 살펴보고 싶었다. 아무리 작은 상처라고 할지라도 아프지 않을 리 없는데.

사소한 상처조차 타인에게 보이길 꺼리는, 그저 혼자서 참고 견디려고만 하는 엘시아가 신경 쓰여 머리가 지끈거릴 정도였다. 차라리 눈에서 멀어지면 이 답답한 마음이 가실까.

"리리엔을 아카데미로 보내려고 하는데, 당신 생각은 어떻습니까?"

의아한 기색이 역력한 붉은 눈동자가 레오디안을 향했다.

"이기데미가 페레이스 왕국에 있습니다. 리리엔의 유모가 페레이스 출신이고, 리리엔이 아카데미를 간다면 유모와 함께 보낼 생각이었는데……."

레오디안은 엘시아와 눈을 맞추었다.

"당신도 같이 가는 게 어떻습니까."

엘시아의 붉은 눈동자가 혼란스럽게 흔들렸다. 레오디안은 묵묵히 엘시아의 대답을 기다렸다. 엘시아가 입을 연 건 꽤나 시간이 지난 뒤의 일이었다.

"제게 물어보고 싶다는 게……."

한참 만에 말문을 연 것이 무색하게도 엘시아는 말을 끝까지 잇지 못하고 입술을 깨물었다.

리리엔이 애초에 누려야 했을 것들을 되찾아 주고 싶었던 엘시아였다. 리리엔이 평범한 인간처럼 살기를 누구보다도 바랐다. 리리엔이 아카데미에 가서 배움의 즐거움을 알았으면 싶었다.

레오디안의 말이 갑작스럽기는 했지만, 엘시아는 언제든 미련 없이 리리엔의 곁에서 떠날 수 있도록 마음의 준비를 하고 있었다.

"……페레이스 왕국은 어떤 곳인가요. 안전한가요?"

"그곳엔 적어도 리리엔을 이용하려는 이는 없습니다."

"그렇군요."

그렇다면 이곳에서 지내는 것보다 페레이스의 아카데미에서 지내는 편이 훨씬 나을 터였다.

"그럼 리리엔을 아카데미로 보내는 게 좋겠어요."

리리엔과 이별하는 날이 이렇듯 빠르게 찾아올 줄 몰랐다. 하지만 리리엔을 위해서는 리리엔을 보내 주는 것이 옳았다. 이곳에는 로켄페데스의 힘을 이용하려는 황실과 신전이 있었다. 그들은 어쩌면 리리엔에게 괴물 토벌을 강요할지 몰랐다.

"하지만 저는 리리엔을 따라가지 않을 거예요."

이게 옳은 일이야. 엘시아는 스스로를 세뇌하듯 머릿속으로 계속해서 되뇌었다.

"떠날 생각입니까?"

그때 머리 위에서 떨어진 목소리에 엘시아는 눈길을 들어 올렸다. 무슨 생각을 하는 건지 알 수 없는 표정으로 레오디안은 엘시아를 바라보고 있었다.

"리리엔이 없는데 제가 대공저에 머무를 이유도 없으니까요."

엘시아는 최대한 냉정한 표정과 목소리를 가장했다. 사실은 아까부터 심장이 거세게 두방망이질 치고 있었으나, 엘시아는 자신이 동요하고 있다는 사실을 들키고 싶지 않았다.

"애초에 제가 대공저에서 지낸 것부터가 이상한 일이었어요."

과거의 시간을 다시 한번 살게 된 엘시아는 그저 리리엔에게 가족을 되찾아 주고 싶었을 뿐, 그 외에 바란 건 아무것도 없었다. 한 번 죽었던 자신이 어찌하여 살아 있을 수 있는지는 중요하지 않았다.

'어쩌면 내가 괴물이기 때문에 평범하게 죽을 수도 없었던 건지도 모르지.'
엘시아는 자조적으로 생각했다. 이미 오래전부터 지독한 자기혐오에 시달려 왔던 엘시아는 삶의 의지도 욕구도 없었다. 스위티아가 리리엔에게서 앗아간 것들을 되돌려 주겠다는 일념으로 살아왔을 뿐이었다.
"리리엔이 페레이스로 떠나면, 저도 떠날 생각이에요. 제가 있어야 할 곳으로 돌아가고 싶어요."
엘시아는 다짐을 굳히듯 말했다. 허튼 미련으로 리리엔의 삶을 망치고 싶지 않았다. 과거의 실수를 반복하기는 싫었다. 실수는 한 번으로 족했다.
"리리엔에게는 비밀로 해 주세요."
"있어야 할 곳이라는 게 대체 어딥니까?"
순간 대화가 엇나갔다. 내내 묵묵히 엘시아의 말에 귀를 기울이고만 있던 레오디안이 입을 열었다. 더없이 평이한 음성이었지만 엘시아는 어쩐지 레오디안이 화가 난 것 같다 생각했다.
생각해 보면 레오디안은 엘시아가 대공저를 떠나고자 하는 기색을 내비칠 때마다 화를 냈다.
표정을 일그러뜨린다거나 소리를 지른다거나 하지는 않았지만, 그건 레오디안이라는 인간 자체가 정중하기 때문으로, 엘시아는 레오디안이 명백히 화를 내고 있다는 사실을 알았다.
지금도 마찬가지였다. 평소와 같은 무덤덤한 낯을 한 레오디안은 엘시아의 대답을 재촉하지 않았다. 고요한 시선으로 그녀를 바라볼 뿐이었다. 그 시선을 마주 보고 있자니 어쩐지 심장이 쿵, 쿵, 빠르게 뛰기 시작했다. 온몸의 신경이 바짝 곤두서는 느낌이었다.
"왜……."
그것으로도 모자라 얼굴이 뜨겁게 달아올랐다. 엘시아는 저도 모르게 뺨을 감싸 쥐었다. 뺨에 닿는 스스로의 손이 차갑게 느껴질 정도로, 뺨이 뜨거웠다.
"왜 그런 걸 물어보세요?"
엘시아는 레오디안이 그녀에게 떠날 생각이냐고 물을 때면, 그저 당황했을 뿐 단 한 번도 이유를 물은 적이 없었다. 궁금하지 않았기 때문이었다. 그러나 지금은 궁금했다. 어째서 레오디안은 자신이 떠날 것 같이 굴 때마다 매번 화를 내는지. 왜 이토록 예민하게 반응하는지.

그런 그가 꼭 자신을 붙잡고 싶어 하는 것처럼 보여서.

"혹시 제가 떠나는 게 싫으세요?"

엘시아는 충동적인 물음을 입 밖에 냈다. 눈앞의 시리도록 푸른 눈동자에 당황한 기색이 서렸다. 엘시아는 자신이 방금 무슨 소리를 했는지 깨닫고 새삼 놀랐다. 스스로가 내뱉은 말에 놀라다니, 이 얼마나 우스꽝스러운 일인가.

말을 꺼낸 자와 그 말을 들은 자 모두가 당혹스러운 기색이 역력한 모습으로 선뜻 입을 열지 못했다. 그 상태로 시간이 멈춰버린 것 같았다. 그럴 리 없다는 걸 알면서도 시선마저 굳은 채로 멈칫해 있는 레오디안을 가만 보고 있자니, 엘시아는 그런 느낌에 사로잡히게 되었다.

그렇게 적막 속 묵묵히 서로만 바라보고 있기를 한참. 난감함에 가까운 당황스러운 감정에서 먼저 벗어난 건 엘시아였다. 엘시아는 꽤나 침착하게 레오디안의 표정을 살폈다. 레오디안의 낯에 드리워져 있던 놀란 표정이 점차 사그라지는 광경을 한순간도 놓치지 않고 지켜보았다.

레오디안은 엘시아가 그랬듯, 홀로 감정을 추스른 후에야 입을 열었다.

"그렇다고 한다면 어쩔 생각입니까."

귓가를 감돌고 사라진 음성은 잔잔했다. 언제 동요했냐는 듯, 어느덧 무표정해진 그의 얼굴처럼 덤덤하기만 했다. 그에게서 시선을 돌려 운하를 눈에 담은 채로 엘시아는 잠시간 고민했다.

그러게, 어쩔 생각으로 괜한 질문을 했을까. 어차피 레오디안이 무어라 대답하든 제 결심에는 변함이 없을 것이었다. 그런데도 레오디안의 생각이 궁금했다. 그런 이유로 직전 의문을 입 밖으로 흘려보낸 것이었다.

"……글쎄요. 딱히 어쩌겠다는 생각을 하고 물어본 건 아니라서요."

엘시아는 조용히 고개를 돌렸다. 다시금 레오디안과 시선이 얽혔다. 이윽고 레오디안의 입술이 천천히 벌어졌다.

"그럼, 만약 내가 당신을 붙잡는다면 어쩔 겁니까."

"붙잡으실 건가요?"

예상치 못한 말에 내심 당황했지만 엘시아는 애써 아무렇지 않은 척 되물었다. 그러자 레오디안은 먼저 말을 꺼냈으면서, 생각지도 못한 질문을 맞닥뜨려 그에 대한 답을 고민하는 사람처럼 한참을 침묵했다.

언제나 커다랗게만 느껴지던 남자가 처음으로 제 또래로 느껴졌다. 무척 생소하고 이상한 느낌이었다.

"당신이 부담을 느끼리란 건 알지만, 솔직히 말해 나는 당신이 저택을 떠나기를 바라지 않습니다."

한참 만에 레오디안의 목소리가 귓가를 울렸다. 엘시아는 찰나 망설인 끝에 충동적인 질문을 했다.

"제 존재 자체가 당신에게 해를 끼칠지 모르는데도요?"

"그게 무슨 소립니까. 당신이 내게 해를 끼친다니."

도통 무슨 소리를 하는지 모르겠다는 듯한 표정을 짓고 있는 레오디안을 바라보면서 엘시아는 입술을 꾹 깨물었다.

"대체 왜 그런 생각을 하는지 모르겠습니다."

그런 엘시아를 향해 레오디안은 퍽 납득하다는 늣 말했다.

"대공저에 어울리지 않는 사람이다, 주제에 맞지 않다. 그런 소리 좀 안 하면 안 됩니까."

불만스러운 기색이 역력한 목소리였다. 그게 어쩐지 우스워서 엘시아는 아무런 대답을 하지 않고, 그저 소리 없이 웃었다.

레오디안은 엘시아가 평생을 지니고 살아온 지독한 자기혐오를 이해하고 있을 리 없다. 그 무지함에 화가 난다기보다는, 오히려 마음이 가벼워졌다. 지금껏 자신을 오래도록 고민토록 만든 모든 문제들이 아무것도 아닌 것처럼 느껴졌다. 참 이상한 일이었다. 엘시아는 희미하게 호선을 그리고 있던 입술에 힘을 주었다.

그러자 잠시간 엘시아의 입술 위로 떠올라 있던 미소가 자취를 감추었다.

그 모습을 레오디안이 뚫어지게 바라보았다.

"차라리 웃지. 왜 또 그런 표정을 짓습니까."

"저는 제 표정도 제 마음대로 못하나요?"

"그런 뜻에서 한 말은 아닙니다."

레오디안이 엘시아의 말을 곧장 부정했다. 혹여 엘시아의 심기를 거슬렀을까 레오디안의 낯이 퍽 심각하게 굳었다. 정작 엘시아는 아무런 생각 없이 한 말이었기에, 레오디안에게도 아무런 유감이 없었는데.

"제 눈치 보지 않아도 돼요."

"어떻게 그럽니까."

레오디안이 진심으로 이해할 수 없다는 듯 말했다.

"난 당신이 나를 더 싫어하게 되길 바라지 않습니다. 그러니 내가 당신의 눈치를 보는 건 당연한 일이 아닙니까."

"제가 대공님을 싫어한다고요?"

"그럼 좋아합니까?"

왜 얘기가 그렇게 되는지 모르겠다. 어이가 없어진 엘시아가 말문이 막힌 채로 레오디안을 응시하자, 레오디안이 화제를 틀었다.

"누구보다도 남의 눈치를 잘 보는 당신이 나더러 눈치를 보지 말라 하니 조금 이상합니다."

그렇게 말하는 레오디안의 표정은 이전보다 느슨히 풀려 있었다. 엘시아는 크게 숨을 들이마셨다가 내쉬었다. 여태 주위를 둘러싸고 있던 무거운 분위기며 공기가 가벼워진 느낌이었다.

엘시아는 지금이 모든 궁금증을 해소할 기회라는 생각을 했다. 거기에 생각이 미치자, 머릿속에 떠오른 의문을 입 밖으로 내보내는 건 무척이나 쉬웠다.

"제가 리리엔을 따라 페레이스로 가기를 바라시는 건, 제가 리리엔을 돌봐주길 바라시기 때문인가요?"

이미 한 번 흘러간 대화를 다시금 시작하려는 엘시아에 레오디안이 잠시 말을 골랐다. 그런 다음에야 대답했다.

"아니, 그런 생각은 단 한 번도 한 적 없습니다."

레오디안은 엘시아에게 어떤 의무나 책임을 떠안기고 싶은 생각이 결코 없었다.

"나는 다만 당신이 안전하기를 바랍니다. 당신이 혹시 모를 위험에 노출된 채로 지내지 않았으면 합니다."

대체 무슨 이유인지는 모르겠으나, 어찌 됐든 엘시아는 로켄페데스의 힘을 각성했다. 그런 상황에서 엘시아가 이 암브로시우스 제국에서 지내는 건 그다지 안전하지 않았다. 하물며 황실과 신전이 엘시아에게 흥미를 보이고 계속해서 접근하는 상황에서는 더더욱.

1황자와 2황자, 그리고 신황은 엘시아에게 비오렌치아가 생겨나기 전에도 그녀에게 지대한 관심을 보였다. 만약 그들이 그녀가 새로운 힘을 지니게 되었다는 사실을 알게 된다면, 그들은 그녀를 이용하려 할 것이다. 불 보듯 뻔한 일이었다.

누군가에게 이용당하는 것이 얼마나 지긋지긋한 일인지 그는 잘 알았다. 황실이며 신전이며 하는, 한 개인이 감히 대적할 수 없는 거대한 권력에 리리엔은 물론이고 엘시아가 이용당하는 모습은 보고 싶지 않았다.

"당신이 로켄페네스 가문의 힘을 가지게 된 이상, 당신은 이전처럼 자유로울 수 없습니다. 이곳은 이제 당신이 지내기에도 위험한 곳이 되었습니다."

레오디안이 리리엔과 엘시아를 함께 페레이스로 보내는 게 어떨까 고민한 건 그런 이유에서였다.

"허울뿐인 가문이라 할지라도 내게는 가문이 있습니다. 하지만 당신은 다릅니다."

"……그런 게 없어도 저는 잘 지낼 수 있어요."

인간이 아니니까. 인간이 스스로를 지키기 위해 돈이나 명예, 사회적 지위를 내세운다면, 괴물인 엘시아에게는 그녀만의 방법이 있었다.

"지금까지 갇혀 지내지 않았습니까. 어떻게 잘 지낼 수 있다 장담할 수 있습니까?"

당연하게도 레오디안은 엘시아의 말을 이해하지 못했다. 엘시아도 레오디안이 이해할 것이라 생각하지 않았다. 레오디안을 이해시키고자 하는 마음도 들지 않았다.

"대공님은 제게 충분히 잘해 주셨어요."

엘시아는 자신이 리리엔을 무사히 가족의 품으로 돌려보내 준 은인이라는 이유로, 자신에게 레오디안이 어떠한 책임감을 느끼는지도 모른다고 생각했다. 그래서 레오디안은 리리엔과 더불어 자신까지 책임을 지려고 하는 것이라고.

"말했다시피 저는 리리엔과 함께 떠나고 싶지 않고, 그렇다고 해서 저택에 남고 싶지도 않아요."

레오디안은 엘시아의 말에 반박하려는 듯 입을 열었지만, 그가 미처 말을 꺼내기 전에 엘시아가 선수를 쳤다.

"지금까지 편의를 봐주신 걸로 충분해요. 더 이상 대공님에게 민폐를 끼치고 싶지 않아요."

엘시아는 퍽 단호한 표정으로 말을 덧붙였다.

"제가 혼자서 잘 지내든, 그렇지 않든 대공님이 신경 쓰지 않으셔도 돼요. 대공님이 신경 쓸 이유도 필요도 없는 일이니까요."

그러니까, 하고 엘시아가 말을 이으려던 찰나였다. 이번에는 레오디안이 엘시아의 말문을 막았다.

"도대체 지금까지 내 말을 어떻게 들은 겁니까."

레오디안은 목 끝까지 차오른 말을 간신히 뱉어 내듯이 말을 이었다.

"왜 혼자서 위험을 무릅쓰려 합니까. 쉬운 길이 있는데 어째서 어려운 길을 골라 가려는 거냔 말입니다. 당신이 정말 혼자서 황실이나 신전의 눈을 피해 지낼 수 있을 것 같습니까?"

엘시아는 대답할 수 없었다. 이미 엘시아는 황실과 신전의 눈에 띄었고, 어느 정도 연관이 되어 버렸다. 누구와도 관계 맺지 않고 살았던 과거와 달랐다. 여러 인간과 엮여 버린 상황에서 예전처럼 숨어 사는 일은 쉽지만은 않을 것이다.

하지만 그렇다고 해서 언제까지고 대공저에 머무를 수는 없는 노릇이었다. 엘시아는 곤란함에 입술을 깨물었다.

그때 엘시아의 낯을 유심히 살피던 레오디안의 입술이 천천히 벌어졌다.

"……내가 당신이 필요합니다."

마치 무거운 한숨을 닮은 묵직한 음성이었다. 엘시아는 너무나도 갑작스러운 말에 놀라 눈을 크게 떴다.

한편, 레오디안은 끝내 비겁한 방법을 선택하고 만 스스로가 우스워 자조했다. 그러나 내뱉은 말을 철회할 생각은 없었다.

"당신은 내 도움 따위 필요 없을지 몰라도, 나는 당신의 도움이 필요하다는 말입니다."

엘시아는 리리엔을 따라갈 생각이 없었다. 그렇다고 저택에 머무르려는 것도 아니었다. 엘시아는 그저 떠나고자 하였다.

혼자서 떠나다니, 그건 차악조차 못 되는 어리석은 선택지였다. 엘시아가 위험한 길로 걸어 들어가려는 게 뻔히 보이는데, 레오디안은 그것을 가만 지켜보고만 있을 생각이 없었다.

그리고 레오디안은 엘시아가 쉽게 뿌리치고 떠날 수 없는, 그녀를 붙잡을 수 있는 유일한 존재를 알고 있었다.

"모두가 리리엔이 유일하게 로켄페데스의 힘을 가지고 있다 믿고 있습니다. 그러니 어떻게든 리리엔을 이용하려 하겠지요."

그것은 다름 아닌 그의 하나뿐인 혈육, 리리엔 로켄페데스였다.

"나는 누군가 내 힘을 이용하려들까 봐 그동안 피하고 숨기만 해 왔습니다. 하여 나를, 그리고 리리엔을 이용하려는 자에게 어떻게 맞서야 하는지 방법을 모릅니다."

엘시아는 언젠가 레오디안에게 리리엔을 지키기 위해서는 리리엔을 방패막이로 쓰는 게 아니라 그 스스로 맞서 싸워야 한다고 말한 적이 있었다.

"그러니 그 방법을 당신이 내게 가르쳐 줬으면 좋겠습니다."

리리엔을 지키기 위해서.

비겁하지만 확실하게 엘시아의 결심을 흔들 수 있는 핑계였다.

"리리엔이 아카데미를 졸업할 때쯤이면 제국에 리리엔을 이용하려는 자가 단 한 명도 남아 있지 않게끔."

자신이 혼자서 잘 지내든 말든 그가 신경 쓸 이유도 필요도 없다고 하였다. 그러면 이유나 필요를 만들면 되는 일이었다.

레오디안은 한결같이 진지한 표정으로, 엘시아가 그의 진짜 속내를 알아차릴 수 없도록 진실한 음성으로 호소하듯 말했다.

"이곳을 리리엔이 걱정 없이 지낼 수 있는 안전한 곳으로 만들고 싶습니다. 부디 날 도와줄 수 있겠습니까?"

"……리리엔을 위해서."

엘시아가 조그만 목소리로 혼잣말을 중얼거렸다. 내심 심각해진 표정을 보아, 아마 엘시아는 퍽 진지하게 레오디안의 말을 되짚어 보고 있는 듯했다. 그러나 단지 그뿐이었다. 엘시아는 레오디안이 바라는 대답을 내어놓지 않았다.

레오디안은 엘시아가 망설이고 있다는 사실을 어렵지 않게 눈치챘다. 사실 당연한 얘기였다. 무엇에도 큰 관심을 보이지 않고 어디에도 미련을 보이지 않는 엘시아는 언제나 초연했다. 그런 그녀의 관심사는 오로지 리리엔의 안위뿐인 듯 보였다. 그러나 레오디안은 더 이상 망설이고 싶지 않았다. 엘시아가 겁을 낼까 멀리서 지켜보기만 하는 건 지금까지로 충분했다.

레오디안이 구태여 리리엔을 운운하며, 엘시아의 관심을 조금이나마 끌어보자 하는 것도 그 사실을 익히 알고 있기 때문이었다.

"나 혼자서 리리엔을 지킬 수 있을 것 같지 않습니다."

엘시아의 망설임을 종식시키고자 레오디안이 다시금 못 박듯이 말했다. 힐끗 레오디안을 올려다본 엘시아가 운하로 시선을 돌리면서 입을 열었다.

"리리엔을 아카데미로 보내고……. 그리고 그다음에는 어떻게 하실 생각인 데요?"

그렇게 묻는 엘시아의 목소리에는 조금의 떨림도 묻어 있지 않았다. 엘시아의 반응이 예상했던 것보다 훨씬 차분했다. 레오디안은 의외라고 생각하며,

엘시아의 옆얼굴을 내려다보았다. 창백한 얼굴은 무슨 생각을 하고 있는지를 쉽게 유추할 수 없을 정도로 무표정했다.

"먼저 신전의 악행을 널리 고발할 생각입니다."

부패한 신전을 무너뜨리는 것. 이는 레오디안이 아주 오래전부터 준비해 온 일이었다. 하여 엘시아의 도움은 필요 없었다. 하지만 그 핑계로 엘시아의 발목을 묶어 둘 수 있다면, 진지하게 고려해 볼 요량은 얼마든지 있었다.

"그리고 황실의 추악한 비밀 또한 수면 위로 드러낼 겁니다."

"……추악한 비밀이요?"

내내 잠자코 레오디안의 목소리에 귀를 기울이고 있던 엘시아가 되묻자, 레오디안이 다시금 질문을 되돌려 주었다.

"궁금합니까?"

그제야 엘시아가 레오디안을 돌아보더니 고개를 끄덕였다. 레오디안은 잠시간 고민하는 기색으로 침묵하다 입을 열었다.

"당신이 날 도와주겠다 확답을 준다면 나도 대답하겠습니다."

엘시아가 곤란한 기색을 내비추었다. 선뜻 답을 내놓기에는 레오디안의 요구가 부담스러웠던 탓이다. 리리엔이 아카데미로 떠난 이후에도 저택에 남아 날라니, 언제나 떠날 생각만을 하고 있던 엘시아로서는 단 한 번도 고려해 본 적 없는 난감한 일이었다.

"……생각할 시간을 좀 주세요."

지금 엘시아가 할 수 있는 말이라고는 고작 이러한 말뿐이었다. 엘시아는 곤란한 기색을 구태여 감추지 않은 채로 입술을 깨물었다.

그 모습을 묵묵히 지켜보던 레오디안이 고개를 끄덕였다. 그러더니 말했다.

"언제쯤 대답을 들을 수 있겠습니까."

"렝리탄으로 가기 전까지는 결정할게요."

"알겠습니다."

엘시아를 더 몰아붙여 원하는 대답을 듣고자 한다면 충분히 그럴 수 있으나, 레오디안은 선선히 물러났다.

"지금쯤이면 밤의 축제가 본격적으로 시작되었을 것 같군요."
레오디안은 방금까지 나누었던 심각한 대화를 뒤로하고 자리에서 일어났다.
"이제 광장으로 가죠."
레오디안이 엘시아를 향해 손을 내밀자, 엘시아가 꽤나 자연스럽게 그의 손을 마주 잡았다.

* * *

엘시아와 레오디안이 광장에 도착했을 때, 광장 중앙에 산더미처럼 쌓인 장작이 한창 열렬한 기세로 타오르고 있었다.
"신기하네요."
어느덧 창백한 얼굴을 가면으로 가리고 선 엘시아가 무심결에 감상을 내뱉었다. 찰나 스쳐 가는 어조에 가까운 혼잣말이었으나, 그 말이 가볍게 공기 중에 흩어져 사라지도록 두지 않은 건 레오디안이었다.
"무엇이 말입니까?"
"저렇게 큰 불이 주위로 번지지 않는다는 게 신기해요."
그 말에 레오디안은 엘시아가 저 같은 커다란 불을 본 것이 지금이 처음이리란 사실을 짐작했다.
"더 가까이서 보겠습니까?"
"아뇨."
일순 흥미로운 듯한 기색이 머물렀던 붉은 눈동자가 아래를 향했다. 바닥을 응시하는 엘시아를 살펴본 레오디안은 이내 대수롭지 않다는 듯 말했다.
"나는 좀 더 가까이서 보고 싶은데."
툭 가볍게 던져진 말에 엘시아의 시선이 레오디안을 향했다.
"뜨겁지 않을까요?"
"글쎄요."
레오디안이 엘시아와 담담히 시선을 마주하며 말을 이었다.

"뜨거운지 아닌지는 직접 겪어 봐야 알 수 있을 것 같습니다."

이상한 말이라고 엘시아는 생각했다. 열렬한 기세로 타오르고 있는 불이 무척이나 뜨거우리라는 것쯤은 굳이 겪어 보지 않아도 알 수 있는 사실인데.

"그럼 가까이 가 볼까요?"

레오디안의 말대로 직접 겪어 보는 것도 나쁘지 않겠다는 생각이 들었다. 엘시아는 곧 걸음을 옮기는 레오디안의 뒤를 따라 걸었다.

그러면서 엘시아는 새삼스럽게 레오디안의 너른 어깨며 곧은 등 따위를 유심히 관찰하듯 주시했다. 레오디안은 대체 무슨 생각인 걸까. 그의 머릿속이 궁금했다. 문득 그런 생각이 의식의 흐름처럼 스치고 지나갔다.

"어떠합니까?"

"……뭐가요?"

어느새 걸음을 멈춘 레오디안이 몸을 돌려 엘시아를 응시했다.

"불 말입니다. 뜨겁습니까?"

레오디안이 물었고, 엘시아는 생각에 잠겼다. 그의 질문이 대답하기에 난감한 종류이기 때문은 아니었다. 단지 엘시아는 레오디안이 어째서 이렇듯 사소한 것을 마치 세상에서 제일 중요한 요소인 양 집요하게 탐구하려 드는지 이유가 궁금했을 뿐이었다.

"확실히 가까이 오니까 훈훈한 기운이 느껴지네요. 더울 정도로."

잠시 뒤 혼자만의 상념을 털어 낸 엘시아가 성의껏 대답했다. 그러자 말없이 엘시아를 내려다보던 레오디안이 고개를 비스듬히 기울였다.

"그래서 싫습니까?"

"음, 싫지는 않지만……. 좋지도 않아요."

"그렇군요. 싫지도 좋지도 않다라."

어째선지 퍽 진지하게 생각에 잠긴 듯한 레오디안을 바라보며 엘시아는 방금 제 대답에 깊게 고민할 여지가 있었는가 생각해 보았다. 그러나 딱히 짚이는 것이 없었다. 이에 더 생각해 본다 해도 특별히 무언가 떠오를 것 같지도 않았다.

엘시아는 이내 생각의 흐름을 차단하고, 레오디안에게서 시선을 떼어 내 어둑한 광장의 정경으로 눈길을 돌렸다.

묘하게 들뜬 분위기가 나쁘지 않았다. 활기로 가득한 광장에서 그만큼 활발히 축제를 즐기고 있는 사람들 사이에 둘러싸여 있으니, 이곳으로 오기 전까지 레오디안과 나누었던 묵직한 대화를 잠시나마 뒷전에 둘 수 있었다.

"리리엔을 따라가지 않고 이곳에 남은 건 단지 리리엔이 부탁했기 때문입니까?"

"……네?"

예고 없이 머리 위에서 들려온 소리에 엘시아가 멍하니 눈을 깜빡거렸다. 다른 곳에 정신을 팔고 있었던 탓에 미처 레오디안의 말을 듣지 못했다.

"죄송해요. 방금 뭐라고 하셨어요?"

"이곳에 나하고 단둘이 남은 게 단지 리리엔의 부탁 때문이냐고 물었습니다."

"아……."

그런 걸 왜 물어보는 건지. 엘시아는 오늘따라 레오디안이 유난히 이상한 질문을 많이 하는 것 같다는 생각을 했다.

"저도 축제가 어떤 건지 한 번쯤은 직접 보고 싶었어요."

엘시아는 에둘러 대답했다. 그런 엘시아가 성에 차지 않는지 레오디안이 눈매를 좁혔다. 그 모습을 똑똑히 봤으면서, 엘시아는 모르는 척 눈길을 돌렸다.

"대공님은요?"

그러면서 무심코 띄운 의문에 대답은 빠르게 돌아왔다.

"난 당신과 함께 보내는 시간이 즐겁습니다."

그래서 엘시아는 레오디안이 대답을 내어놓기까지 한 치의 고민도 없었으리라 짐작할 수 있었다. 비록 듣고자 했던 대답이 아닌, 영 뜬금없는 대답이기는 했지만.

"하지만 당신은 다른 것 같군요."

뒤이어진 낮은 중얼거림에 엘시아는 고개를 돌렸다. 레오디안은 어느덧 정면을 응시하고 있었다. 가면으로 반쯤 가려진 그의 옆얼굴이 붉었다. 여름 바람에 일렁이는 붉은 불길이 그의 얼굴에 아른거리고 있었다.

그를 바라보며 엘시아는 생각했다. 자신은 지금 즐거운가. 그에 대한 답을 내리기 위해 방금 레오디안의 말을 여러 번 머릿속으로 되뇌어 보았다. 그래야 했을 만큼 엘시아는 방금까지 레오디안과 함께 있는 이 순간에 관해 아무런 생각도 없었다.

그냥. 딱 그 단어가 떠올랐다. 엘시아는 그냥 레오디안과 함께 서 있었을 뿐이었다. 그와 같이 있는 지금 이 시간이 즐거운가 아닌가는 딱히 생각해 보지 않았다. 그런데도 레오디안은 엘시아가 생각하지도 않은 바에 관하여 말했다.

"……저를 잘 알고 있는 것처럼 말하시네요."

뜨거운 불을 응시하고 있던 서늘한 눈동자가 엘시아를 향했다.

"지금 즐거운지 아닌지, 둘 중 한쪽을 굳이 골라야 한다면 즐겁다는 쪽을 고를 것 같은데……."

인적 드문 거리에서 단둘이 대화를 나누었던 때보다 이곳 광장에서 축제를 지켜보는 지금이 훨씬 좋았다. 그때나 지금이나 레오디안과 함께 있다는 것에는 변함이 없었다. 다만 이곳에서는 아슬아슬한 긴장감을 느낄 필요가 없다는 것이 다를 뿐이었다.

"대공님 눈에는 제가 굉장히 비관적인 사람으로 보이나 봐요."

레오디안이 눈에 띄게 당황한 기색으로 고개를 저었다.

"아닙니다. 그게 아니라……."

레오디안이 커다란 손으로 얼굴을 덮었다. 이미 가면으로 가리고 있는 얼굴을 가린다는 게 좀 우습다는 생각이 들었다. 그러나 그것을 엘시아는 구태여 내색하지 않았다.

"그냥, 당신은 내가 주는 모든 것을 마뜩잖게 여기지 않습니까. 또 나와 같이 정원을 걸을 때도 늘 말이 없고, 그래서……."

말끝을 흐린 레오디안이 가면 위를 덮고 있던 손을 내리더니 한숨을 내쉬었다.

"그래서 손은 괜찮습니까?"

뜬금없는 질문에 엘시아가 멍한 표정을 지었다. 레오디안의 사고의 흐름을 이해할 수 없었다. 직전 화제가 곤란해서 화두를 돌린 건가, 하는 의문을 엘시아가 막 머릿속에 떠올렸을 때였다.

"아무래도 계속 신경이 쓰여서 안 되겠습니다."

레오디안이 내내 참고 있던 말을 실토하듯 말했다.

"솔직히 당신과 축제를 더 즐기고 싶습니다만, 당신이 상처가 아픈데도 참고 있는 건 아닐지 신경이 쓰입니다."

리리엔의 말이라면 죽는 시늉이라도 기꺼이 할 엘시아였다. 엘시아가 리리엔이 부탁한 바를 들어주기 위해 상처로 인한 고통을 견디고 있지 않나 하는 생각이 드는 건, 과민한 반응이 아닐 터였다. 레오디안은 가면 너머의 붉은 눈동자에 시선을 고정한 채로 엘시아의 대답을 기다렸다.

그때 엘시아가 말없이 손을 펼쳐 손바닥을 내보였다. 당연하게도 손바닥은 생채기 하나 없이 깨끗했다.

엘시아가 내보인 손바닥에 레오디안의 눈길이 자연스럽게 닿았다. 그러자 대수롭지 않은 척하려고 해도 어쩔 수 없이 절로 긴장되었다. 엘시아는 조심스럽게 레오디안의 반응을 살폈다. 순식간에 씻은 듯 나은 상처를 보고 당신은 무슨 말을 할까. 그런 의문을 머릿속으로 더듬으며 엘시아가 자조적인 미소를 지었을 때였다.

"아……. 그랬지. 잠시 잊고 있었습니다."

레오디안이 말끝에 한숨을 덧붙였다. 그리고 시선을 들어 올려 엘시아와 눈을 맞추었다.

"당신에게도 나와 같은 힘이 있다는 걸 미처 생각하지 못했습니다."

엘시아는 예상과 다른 레오디안의 반응에 미간을 좁혔다. 그러다가 그가 무슨 말을 하는지 알아차리고는 입술을 깨물었다. 레오디안은 지금 엘시아의 상처가 빠르게 나은 것이 단지 비오렌치아에서 비롯되었다 여기고 있었다. 하여 당연하게도 그는 그녀의 정체를 의심해 볼 생각조차 않는 듯했다.

"당신이 벌써 힘을 자유롭게 다룰 수 있으리라는 건 염두에 두질 않았던 탓에……. 어찌 됐든 다행입니다."

만약 레오디안이 아주 조금이라도 그녀를 의심하는 기색을 보였더라면 그녀는 스스로 숨기고 있는 비밀을 발설할지 진지하게 고려해볼 생각이었다. 하지만 레오디안은 엘시아의 존재에 관한 의문을 표하기는커녕, 그저 다행이라고 말했다. 엘시아는 헛웃음을 삼키며 손을 힘없이 축 아래로 늘어뜨렸다.

당신은 어찌하여 나를 이리도 쉽게 믿을 수가 있는지.

엘시아는 그녀를 조건 없이 믿어 주는 사람은 리리엔이 유일하다고 생각해 왔다. 리리엔과 꼭 닮은 레오디안의 푸른 눈동자를 바라보다가, 엘시아는 이내 눈길을 돌렸다. 새삼 그의 푸른 눈을 마주하는 일이 어쩐지 좀 버겁다는 느낌이 들었다.

"……당신에게 힘을 다루는 방법을 알려 줄까 했는데."

그때 혼잣말에 가까운 읊조림이 엘시아의 귓전을 스치고 지나갔다.

"그럴 필요는 없었나 봅니다."

"……그래도 되는 건가요?"

엘시아가 저도 모르게 되물었다. 레오디안이 엘시아의 말뜻을 파악하려는 듯 미간을 좁힌 채로 엘시아를 응시했다. 그러나 이윽고 레오니안은 방금 엘시아가 무엇을 물어보았는지를 깨달았다.

"안 될 이유가 있습니까."

이제 로켄페데스의 후손은 레오디안과 리리엔 단둘만 남았고, 로켄페데스를 이끄는 수장은 다름 아닌 레오디안이었다.

"당신에게 비오렌치아가 나타난 이유는 모르겠지만, 되돌릴 순 없는 일이지요. 그를 잘 사용할 수 있도록 돕는 게 뭐가 문제입니까."

레오디안은 대수롭지 않다는 듯 말을 이었다.

"게다가 당신이 힘을 능숙하게 다룰 수 있게 된다면, 리리엔을 지키는 일이 더욱 수월해질 텐데요."

진실로 그렇게 믿는 건지, 레오디안은 올곧은 시선으로 엘시아를 응시하며 문장의 마침표를 찍었다. 힐끔 그를 올려다본 그녀가 말없이 고개를 끄덕였다.
"그렇겠네요."
 레오디안은 너무도 쉽게 엘시아에게 힘을 잘 다룰 수 있게끔 해 주겠노라 단언했다. 늘 모든 일에 겁을 내고 조바심을 내는 엘시아에게는 영 어렵기만 한 일이 레오디안에게는 참 쉬운 듯했다. 그 사실이 어째선지 불만스러워진 엘시아가 조금 모난 목소리로 중얼거렸다.
"……그런데 저는 아직 대공님을 돕겠다고 말하지 않았는데요."
"돕지 않겠다고 말하지도 않았죠."
 레오디안이 슬쩍 입매를 끌어 올리고선 응수했다. 엘시아는 말문이 막혔다.
"대답 간절히 기다리고 있겠습니다. 부디 심사숙고하여 결정을 내리시길."
 왼쪽 가슴께에 오른손을 얹어 보인 레오디안이 고개를 가볍게 숙여 보였다. 짐짓 정중한 태도였지만, 어딘지 장난기가 느껴지는 모습에 엘시아는 순간 당황했다.
 머지않아서 엘시아는 방금 레오디안에게서 느낀 장난기가 단순히 착각이 아니라는 걸 깨달았다. 어느덧 고개를 든 그의 입매가 어느 때보다도 선명한 호선을 그리고 있었기 때문이었다.
 그에 엘시아가 미처 반응하기도 전, 불현듯 소란스러운 광장에 아름다운 선율이 울려 퍼졌다. 엘시아는 말을 하려다 말고, 음악 소리가 들려오는 곳으로 고개를 돌렸다.
 그곳에는 어느덧 자리를 잡은 악단이 저마다 악기를 연주하고 있었다. 그 주위로 가면을 쓴 사람들이 춤을 추는 모습이 보였다.
"한 곡 추시겠습니까."
 엘시아는 귓가를 파고든 음성에 고개를 바로 했다. 레오디안이 그녀를 향해 손을 내밀고 있었다. 일순 주춤했던 그녀는 곧 애서 동요를 감춘 채로 그의 손을 잡았다.
 이윽고 따듯한 온기를 품은 커다란 손이 그녀의 손을 부드럽게 감싸 쥐었다.

10. 다시 한번, 되돌아가는

신황 폴리이도스 3세를 알현한 뒤, 복도로 나온 케일런 리예투스의 모습을 발견한 벨레로폰이 성큼 케일런에게 다가갔다.

"리예투스 경."

벨레로폰이 케일런을 향해 기사의 예를 취했다. 그에 똑같이 예를 취한 케일런이 무슨 일이냐고 묻는 듯한 눈으로 벨레로폰을 응시했다.

"신황 성하가 요즘 들어 경을 더욱 자주 찾으시는 것 같은데, 무슨 특별한 일 있는 건가?"

케일런은 순간 벨레로폰이 무언가를 알고 질문하는 건지 싶어 미간을 좁혔다. 그런 기색을 알아차린 듯 벨레로폰이 곧 다급하게 입을 열었다.

"아, 대답하기 곤란하다면 대답하지 않아도 돼."

"아니, 그런 건 아니야."

케일런이 가볍게 고개를 내젓고는 말을 이었다.

"그저 늘 그렇듯 신전 사찰 보고를 하고 나오는 길이야."

"그렇군."

벨레로폰이 가만가만 고개를 끄덕였다. 최근 케일런이 신황과 필요 이상으로 독대하는 느낌이기는 했지만, 그렇다고 케일런이 거짓말을 한다고 의심하는 건 너무 과한 생각이었다. 하여 벨레로폰은 그저 그렇구나 믿기로 했다.

"내일 정오 무렵 떠나는 거지?"

가볍게 어깨를 으쓱인 벨레로폰이 곧장 화제를 돌렸다.

"요헴으로 갈 준비는 다 마쳤나?"

"어느 정도는."

케일런이 여상히 답했다. 벨레로폰은 케일런의 어깨를 두어 번 도닥였다.

"피곤할 텐데 이만 들어가서 쉬게."

그리고 그대로 스쳐 지나가려는 벨레로폰을 케일런이 붙잡아 세웠다.

"잠깐, 로렐라인 경."

저를 부르는 케일런에 벨레로폰이 걸음을 멈추고는 힐끔 고개를 돌렸다. 곧장 케일런과 시선이 마주쳤다. 그러나 어쩐 일인지 케일런은 아무런 말이 없었다. 벨레로폰은 그를 불러 세워 놓고 침묵하는 케일런이 의아하여 고개를 비스듬히 기울였다.

한편, 의아한 시선을 마주한 케일런은 여기서 시간을 끌면 끌수록 벨레로폰에게 대수롭지 않은 척 물어보기가 어려워진다는 사실을 인지하고 가까스로 입을 뗐다.

"그대는 신황 성하께서 요헴으로 귀성하시면 바로 로켄페데스 대공저로 가는 건가?"

케일런은 스스로의 목소리가 벨레로폰의 귀에 평소와 다름없이 들리기를 바라며, 벨레로폰의 반응을 살폈다. 벨레로폰은 잠시 말을 고르는 기색으로 침묵했다. 그것은 따지고 보면 무척이나 짧은 시간이었으나, 케일런에게는 영 길게만 느껴지는 기다림의 시간이었다.

"요헴에 별다른 일이 생기지 않는 이상은 그렇겠지. 그런데 그건 왜 묻지?"

"……문득 자네가 언제쯤 요헴으로 돌아올 건지가 궁금해져서."

케일런의 뒤늦은 대답에 벨레로폰이 눈매를 좁혔다.

"경이 내게 이렇듯 관심이 많은 줄 미처 몰랐는데."

얼핏 농담조로 들을 수도 있는 말이었으나 찔리는 구석이 있는 케일런은 벨레로폰의 말을 가볍게 듣고 넘기지를 못했다.

"사실 그렇지 않나. 언젠가부터 단장님은 요헴은커녕 신전조차 방문하지 않으시고, 자네도 그렇고. 신경이 쓰이지 않으면 그것이 오히려 더 이상한 일이지."

케일런의 진지한 표정을 마주한 벨레로폰이 나직이 침음했다. 그는 벨레로폰으로서는 어쩔 수 없는 일이었다. 레오디안이 명을 거두기 전까지는 벨레로폰은 기사단으로 복귀할 수 없었다.

"아무튼 알겠다. 요헴에서 만날 날을 기다리고 있지."

"그래, 피곤할 텐데 이만 쉬어."

가볍게 묵례한 벨레로폰이 멈추어 있던 걸음을 마저 옮겼다. 그런 그의 뒷모습을 바라보며 케일런은 한동안 그 자리를 지키고 서 있었다.

* * *

축제는 동이 틀 때에야 끝이 난다고 했다. 하지만 그때까지 광장에서 시간을 보내는 건 아무래도 부담스러웠던 탓에 엘시아와 레오디안은 일찍이 마차에 올랐다.

그리하여 지금, 저택으로 돌아가는 마차 안에서 엘시아는 스쳐 지나가는 정경에 시선을 고정하고 있었다. 어둑한 거리에는 오가는 사람이 없었다. 큰 운하가 흐르는 중심 거리인데도 그러했다. 엘시아가 텅 빈 거리를 하염없이 바라보고 있을 때였다.

"사흘 뒤군요."

문득 정적을 가른 목소리에 엘시아는 고개를 돌렸다. 레오디안은 혹여 엘시아가 제 말을 듣지 못하였을지 모른다 생각한 건지, 다시 한번 반복해 말했다.

"사흘 뒤면 렝리탄으로 가야 합니다."

벌써 시간이 그렇게 되었구나. 엘시아가 가만가만 고개를 끄덕였다.

"렝리탄에 가겠다는 결심에는 변함없습니까?"

"네."

"그곳에서 무언가 확인해야 할 것이 있다고 했었죠."

엘시아가 아무런 대답을 하지 않자, 레오디안이 물었다.

"그게 무엇인지 말해 줄 생각은 여전히 없습니까?"

"……죄송해요."

"아니, 괜찮습니다."

애초에 큰 기대를 가지고 물어본 건 아니었다. 궁금하기는 했지만, 그렇다고 해서 캐묻고 싶은 생각은 없었다. 레오디안은 자연스럽게 화제를 돌렸다.

"오늘 하루 종일 돌아다녔는데, 피곤하지는 않습니까?"

"네, 괜찮아요. 대공님은요?"

"저도 괜찮습니다."

레오디안이 희미한 미소를 띤 채로 시선을 돌렸다. 아까지만 해도 엘시아가 바라보고 있던 창 너머 풍경을 바라보던 레오디안은 문득 떠오른 생각에 다시금 엘시아를 응시했다.

"아, 전에 보석상에 주문해 둔 반지가 완성되었다고 합니다."

예상치 못한 반가운 소식에 엘시아가 반색하며 고개를 돌렸다. 그런데 무슨 일인지 레오디안의 표정이 심상치 않았다. 마치 무언가에 놀란 것도 같고, 화가 난 것 같기도 한 굳어진 그의 낯을 마주한 엘시아가 고개를 갸웃했다.

"왜 그러세요?"

불현듯 마차가 크게 흔들렸다. 순간 엘시아는 중심을 잃고 휘청했다.

"무슨 일……."

엘시아가 당황스러운 목소리로 말을 맺기도 전, 마차가 재차 흔들렸다. 이번에는 커다란 굉음도 함께였다. 엘시아가 휘둥그레진 눈으로 창밖과 레오디안을 차례로 바라보았다.

그러기가 무섭게 마차가 한쪽으로 쏠렸다. 커다란 마차가 몇 번을 나뒹굴었다. 너무도 순식간에 일어난 일이었다. 엘시아는 미처 충격에 대비하지 못했다.

그런 엘시아를 레오디안이 꽉 끌어안았다. 그 상태로 레오디안은 이리저리 부딪혔다. 시야가 마구 뒤틀렸다. 엘시아는 그녀를 감싸 안고 있는 단단한 팔에 내심 안도하며 질끈 눈을 감았다.

'리리엔이 먼저 저택으로 돌아가서 다행이야.'

이리저리 흔들리는 와중에도 엘시아는 리리엔이 마차에 타고 있지 않다는 사실에 안심했다. 리리엔은 무사하니 다행이라고, 엘시아는 몇 번이고 생각하며 마음을 놓았다.

그때 온몸으로 엘시아를 보호하고 있던 레오디안이 나직이 읊조렸다.

"명백한 의도를 가진 누군가가 마차를 습격한 것 같습니다."

로켄페데스 가문의 마차는 눈에 띄었다. 누가 보더라도 로켄페데스의 마차임을 한눈에 알 수 있을 정도였다. 마차가 커다랗고 고풍스럽기도 했지만, 무엇보다도 마차를 얼키설키 두르고 있는 줄기가 특이했기 때문이었다.

마차의 외양이 특이한 만큼 표적이 되기도 쉬웠다. 하지만 레오디안이 로켄페데스의 가주가 된 이후 마차가 공격당한 적은 없었다. 제도의 치안 상태가 썩 좋지 않기는 하나, 대공가를 습격하려는 간 큰 이는 그다지 많지 않으므로.

레오디안은 뒤늦게 사태 파악을 마쳤다. 마차가 운하로 떨어지기 전, 이슬 아슬하게 멈추어 섰을 때였다. 주위에서 느껴지는 인기척은 여섯이었다. 그들에게서는 하나같이 명백한 살기가 느껴졌다. 레오디안은 품 안의 엘시아에게 속삭였다.

"잠시 이곳에서 가만히 기다리고 계십시오."

엘시아는 그늘진 레오디안의 얼굴을 올려다보다가, 당장이라도 몸을 일으킬 기세의 레오디안의 팔을 다급히 붙잡았다.

"나가시려고요?"

"잠깐이면 됩니다."

"하지만……."

엘시아는 입술을 깨물고선 빠르게 주위를 살폈다. 어둑한 사위가 너무도 고요했다. 그것이 오히려 불안감을 가중시켰다. 엘시아는 절로 바싹 마른 입 안으로 마른침을 삼켰다.

"……나가지 않는 편이 좋을 것 같아요."

언제까지고 마차 안에 있을 수 없다는 것은 알고 있었다. 그러나 곧장 밖으로 나가는 것도 최선책은 아니라는 생각이 들었다.

"내 걱정은 하지 않아도 됩니다."

레오디안이 천천히 몸을 일으켰다. 그에 따라 레오디안의 품 안에 갇혀 있다시피 했던 엘시아도 자유로워졌다.

"……대공님."

"난 정말 괜찮습니다."

레오디안은 엘시아의 만류에도 결심을 꺾지 않았다. 엘시아는 조그맣게 한숨을 내쉬었다.

'걱정이 되는데, 어떻게 걱정을 하지 말라는 건지.'

엘시아는 조금쯤 허리를 굽히고서는 창밖을 살피는 레오디안을 가만 주시하다가 치맛자락을 걷어 올렸다. 그리고 허벅지에 차고 온 검을 빼어 들었다.

"정 나가셔야겠다면, 이거 가지고 가세요."

엘시아가 레오디안 앞에 내민 검은 일전 레오디안에게 선물로 받은 것이었다. 그를 레오디안이 묵묵히 받아 들었다.

"나오지 마십시오."

그 말을 끝으로 레오디안이 벌컥 마차 문을 열어젖혔다. 엘시아가 뭐라고 대답하기도 전, 레오디안은 마차 밖으로 훌쩍 뛰어내렸다.

* * *

케일런은 초조하게 방 안을 서성거렸다.

케일런이 신황 폴리이도스 3세의 명을 따라 살아온 세월이 자그마치 십 년이었다. 오늘도 케일런은 신황이 명한 바를 행하였다. 레오디안 로켄페데스 대공에게 신전의 기사를 보내라는 명령이었다.

신황의 명령에 의문을 갖는 건 불경한 일이었다. 하지만 케일런은 신황의 명을 받들어, 로켄페데스 가문의 마차를 습격하기 위하여 여섯 명의 기사를 보내 놓고도 계속해서 의문을 더듬고 있었다.

'어찌하여 신황은 신전 제1 기사단장이자 제국의 대공을 위협하려 하는가.'

케일런은 한참 동안 골똘히 생각하였으나 쉽사리 답을 내리지 못했다. 그만큼 신황의 명은 선뜻 이해할 수 없는 것이었다.

신황이 신전에 적을 둔 자에게 신전의 기사를 보내는 경우는 단 하나였다. 신 앞에 신실하겠노라 맹세한 자가 변절한 경우.

'레오디안 로켄페데스가 변절하였는가?'

아니, 아니다. 케일런은 고개를 마구 내저었다. 레오디안이 변절했을 리 없었다. 그동안 레오디안 밑에서 수련해온 케일런이기에 확신할 수 있었다.

'하면 신황은 대체 무슨 이유로 레오디안에게 신전 기사를 보낸 것인가.'

아무리 생각을 해보아도 마땅한 이유가 떠오르지 않았다. 멍한 눈으로 창밖을 바라보던 케일런이 지그시 눈을 감았다.

레오디안은 아마 무사할 것이다. 그렇게 생각하면서도 혹시나 하는 마음이 들었다. 그래서인지 케일런은 자꾸만 가슴을 일렁이게 만드는 불안감을 쉽게 잠재울 수 없었다.

오늘 일을 시작으로 무언가 심상치 않은 일이 벌어질 것 같다는 예감이 들었다.

* * *

"흐으윽……."

또다.

또다시 귓가에 파고든 가느다란 신음성에 엘시아는 힘껏 귀를 틀어막았다. 그러나 아무리 귀를 세게 틀어막아도 흘러들어오는 소리를 모두 다 차단할 수는 없었다. 엘시아는 아랫입술을 질끈 깨물었다.

아까부터 엘시아를 떨게 만들고 있는 신음성은 마차 밖의 레오디안과 그를 대적하고 있는 이름 모를 자들의 것이 아니었다. 금방이라도 숨이 끊어질 듯한 미약한 신음은 다름 아닌 페렛 벤테스, 로켄페데스 가문의 마부인 그의 입술 사이로 흘러나오고 있었다.

엘시아는 페렛이 크게 다쳤다는 사실을 깨닫고, 당장이라도 그의 상태를 살펴보고자 움찔거리는 몸을 한껏 웅크렸다. 엘시아는 레오디안에게 도움을 주지는 못할망정, 그에게 민폐를 끼치고 싶지 않았다. 레오디안이 마차 안에서 기다리라고 했으니, 그가 상황을 정리하고 마차 안으로 돌아올 때까지 가만히 기다릴 생각이었다.

그런데 페렛의 신음소리를 들은 순간부터 페렛이 걱정이 되었다. 페렛이 죽을까 봐 두려웠다. 페렛이 얼마나 큰 부상을 입었는지는 몰랐다. 다만 엘시아는 자신이 조금이라도 페렛의 상처를 처치해 준다면 페렛의 죽음은 막을 수 있을지 모른다고 생각했다.

'어떡하지.'

페렛을 도우려면 마차 밖으로 나가야 했다. 그건 어쩌면 레오디안에게 민폐가 될지 모르는 일이었다. 엘시아는 내내 깨물고 있던 입술을 더욱 힘주어 깨물었다.

엘시아는 그저 저택으로 돌아가려고 했을 뿐이었다. 누구에게도 피해를 주지 않았다. 그런데 마차가 습격당했고, 페렛이 상처를 입었다.

'대체 누가 마차를 공격한 걸까.'

엘시아는 화가 났다. 이름도 얼굴도 모르는 자를 향하여 분노가 치밀었다. 만약 그자가 지금 자신의 눈앞에 있다면 당장 그자의 목을 꺾어 버릴 수 있을 것 같다는 생각이 들 정도로 커다랗고 과격한 분노였다.

엘시아는 어느 순간부터 떨리고 있던 손을 꽉 움켜쥐었다. 그리고 비스듬히 기울어진 창문 밖으로 보이는 레오디안과 그 앞에 사지가 결박되어 있는 남자들에게 시선을 주었다.

남자들은 하나같이 신전 기사단복을 입고 있었다. 그로 말미암아 그들이 신전의 기사라는 사실을 어렵지 않게 추측할 수 있었다. 순간 엘시아는 오늘 낮 광장에서 보았던 신황을 떠올렸다. 이유는 알 수 없었다. 어째선지 불현듯 머릿속에 신황의 얼굴이 떠올랐다.

'성하께서 이곳에서 기다리면 영애를 만날 수 있을 것이라 하셨습니다.'

그에 뒤를 이어 신황의 말을 전해 주었던 케일런의 말이 머릿속을 메웠다. 그의 말을 머릿속으로 되뇌고 또 되뇐 끝에 엘시아는 지금 이 상황에 신황이 관련되어 있을지 모른다 어렴풋이 짐작하기에 이르렀다.

"커억, 컥……!"

그러다 어느 순간, 페렛이 단말마를 내질렀다. 그 끔찍한 소리에 잇따라 쿵, 하고 무언가 바닥으로 추락하는 소리가 들려왔다. 엘시아는 크게 숨을 들이켰다. 방금 그게 무슨 소리였는지 생각하고 싶지 않았다. 하지만 제멋대로 생각이 이어졌다.

'페렛 씨가 쓰러진 거야. 어쩌면 죽었을지도 몰라.'

거기에 생각이 미치자, 심장이 쿵, 쿵, 거칠게 달음박질치기 시작했다. 숨이 점차 거칠어졌다.

'내가 마차 안에서 가만히 있었기 때문에…….'

숨을 헐떡거리는 엘시아의 눈시울이 뜨거워졌다.

'내가 페렛 씨를 도와주지 않았기 때문에 페렛 씨가 죽은 거야.'

죄책감이 목을 조르고 있는 것만 같았다. 엘시아는 질끈 눈을 감았다. 이런 일이 생길 줄 알았더라면, 늦게까지 광장에 남아 있지 않았을 텐데. 리리엔을 따라서 진작 저택으로 돌아갔더라면 좋았을걸.

'미안해요.'

이토록 지독한 무력감을 느껴 본 적이 없었다. 엘시아는 페렛에게 커다란 부채감을 느꼈다. 페렛을 다치게 한 장본인은 따로 있는데도 그러했다.

엘시아는 자신이 허튼 미련을 버리지 못하고 대공저에 머무른 것부터가 잘못이라고, 자신이 진작 대공저를 떠났더라면 이런 일은 벌어지지 않았을 것이라며 후회했다.

'차라리 아무것도 하지 말걸 그랬어.'

레오디안이 리리엔을 찾아올 때까지 기다리면 될 것을, 구태여 하루빨리 리리엔의 가족을 되찾아 주겠다고 제도로 온 스스로가 너무나도 어리석게 느껴졌다.

과거와 다른 선택을 한 결과가 어떠한가.

미래에 일어날 일을 알고 있다고, 최악의 상황만은 피하겠다고 새로운 선택을 한답시고 하였으나 끝내 이 모양이었다.

지금 이 상황은 전부 자신의 잘못된 선택에서 기인한 것이었다. 엘시아는 뼈저리게 자책하며 후회했다. 그런 엘시아의 뺨 위로 뜨거운 눈물이 흘러내렸다. 엘시아는 눈물을 닦을 생각조차 않고 그저 눈물이 흐르면 흐르는 대로 마냥 흘려보냈다.

그 순간이었다. 엘시아의 몸에서 시리도록 푸른빛이 뿜어져 나왔다.

* * *

"당신이 이롯타 신전을 방문하고 싶다 말했을 때, 어쩌면 당신이 신황을 만나게 될지도 모른다고 생각은 했었습니다. 아니길 바랐지만 결국……."

어렴풋이 귓가를 맴돌던 목소리가 점차 또렷해졌다. 엘시아는 멍한 눈을 깜빡거렸다.

아까까지만 해도 기울어진 마차 안에서 페렛의 숨이 멎는 소리를 들었는데, 지금 엘시아는 운하가 보이는 벤치에 앉아 있었다. 이게 대체 어떻게 된 일인지 알 수가 없었다. 그저 혼란스러웠다.

"케일런 리예투스는 신황이 제법 신뢰하는 자입니다."

엘시아는 레오디안의 붉은 입술이 움직이는 모양을 멍하니 바라보았다.

"신황이 신전에 적을 두지 않은 당신에게 대체 무슨 말을 전한 건지, 짐작조차 되지 않아 무척이나 궁금하지만 그건 묻지 않겠습니다."

레오디안은 이미 한 번 했던 말을 반복하고 있었다. 그것을 뒤늦게야 깨달은 엘시아가 크게 숨을 들이마셨다.

'……꿈?'

아니, 꿈이 아니었다. 엘시아는 직전 들이마셨던 벅찬 숨을 허공에 내뱉으며 생각했다.

'내가 또 시간을 거슬러 온 거야.'

그 사실을 자각하는 데는 오랜 시간이 필요하지 않았다. 이미 한 번 경험한 덕분인지도 몰랐다. 엘시아는 떨리는 입술 사이로 간신히 레오디안을 불렀다.

"대공님."

곧바로 레오디안과 시선이 마주쳤다. 그러기가 무섭게 엘시아가 물었다.

"페렛 씨는 지금 어디에 계신가요?"

엘시아의 뜬금없는 질문에 레오디안은 언뜻 당황한 기색을 내비쳤다. 엘시아가 어째서 지금 이 순간 페렛에 관하여 묻는지 이해할 수 없다는 듯 미간을 좁힌 레오디안은 엘시아의 말에 다른 뜻이 있는 건가 가늠하며 침묵했다.

"페렛 씨는 광장 근처에 계시나요?"

엘시아가 재차 의문을 내뱉었을 때에야 레오디안의 입술이 벌어졌다.

"그에게 특별한 일이 없는 한 아마 그럴 겁니다."

레오디안이 대답하자 엘시아는 의미 없이 고개를 끄덕였다. 그 미약한 움직임을 잠자코 지켜보던 레오디안의 눈동자가 미묘하게 짙어졌다.

한편 엘시아는 지금 자신이 무엇을 할 수 있는가 생각하느라 제 옆얼굴에 진득하게 달라붙은 시선을 알면서도 그것을 신경 쓰지는 못했다.

괴로이 신음하던 페렛의 고통 어린 숨소리. 그 소리가 아직 엘시아의 뇌리에 선명하게 아로새겨져 있었다. 그것은 과거 리리엔을 지키기 위해 괴물을 여럿 죽였던 엘시아에게는 익숙한 소리였다.

바란 적은 없으나 익숙해질 수밖에 없었던, 생명이 사그라지는 소리.

엘시아는 페렛이 죽지 않았으면 했다. 비단 그뿐만이 아니라 리리엔 덕에 알게 된, 로켄페데스 저택에 기거하는 사람들의 죽음을 마냥 무력하게 지켜보고만 있을 생각이 전혀 없었다.

또다시 시간을 거슬러 온 의아한 상황에도 혼란스러움을 애써 뒤로하고 침착하게 생각을 이어 가는 건 그런 이유에서였다.

어느 순간부터 어쩐지 머리가 지끈거리기 시작했으나 엘시아는 자신이 처한 상황을 냉정하게 바라보려고 애쓰는 것과 동시에 곧 있을 참혹한 사고를 어떻게 대비할 수 있을지 고민하고 또 고민했다.

그러나 마땅히 뾰족한 수가 떠오르지 않았다. 엘시아의 미간이 절로 좁혀 들었다.

엘시아가 그렇게 꽤 한참을 고요히 고뇌하는 동안 레오디안은 엘시아를 가만 살필 뿐 구태여 의아함을 표하지는 않았다. 다만 엘시아가 불현듯 자리를 털고 일어났을 때 레오디안은 조용히 시선을 들어 올렸다.

광장에서 케일런을 마주치고, 케일런이 엘시아에게 신황의 말을 전한 이후부터 레오디안의 머릿속에는 엘시아에게 묻고 싶은 의문과 해야 할 말이 엉망으로 뒤엉켜 있었다.

하지만 레오디안이 선뜻 말을 꺼낼 수 없는 건, 엘시아의 표정이 너무도 심각해 보이기 때문이었다. 애초에 이곳으로 엘시아를 데려온 이유가 엘시아와 조용히 대화를 나누기 위해서였지만, 레오디안은 잠자코 엘시아가 하는 양을 지켜보았다. 엘시아는 천천히 운을 뗐다.

"제 신체에 생긴 변화는…… 저에게서 대공님과 리리엔이 지닌 힘이 느껴지는 건……."

거리를 밝히는 희미한 빛을 등진 엘시아의 낯에 어스름이 묻어 있었다. 그것을 레오디안은 적요한 시선으로 바라보았다.

레오디안은 엘시아가 그녀에게 일어난 일을 정확하게 파악하고 있을 줄은 꿈에도 몰랐다. 그래서 엘시아의 말을 듣고 당황했지만, 이번에도 레오디안은 의아함을 표하는 대신 침묵하기를 선택했다.

레오디안을 내려다보고 선 엘시아는 망설이는 것 같기도, 두려워하는 것 같기도 했다. 엘시아가 신중히 말을 고르는 이유가 무엇이든 레오디안은 그저 조용히 귀를 기울일 뿐이다.

엘시아의 시선이 찰나 레오디안을 빗겨 나 그의 뒤편 어딘가를 응시하다 다시금 레오디안에게 닿았다. 엘시아의 입술이 천천히 벌어졌다.

"……신의 뜻일까요?"

레오디안은 대답하지 못했다. 엘시아가 무슨 대답을 바라고 물었는지 확신할 수 없었기 때문이었다. 그런 이유로 답을 망설이는 레오디안에게 엘시아는 문득 미소를 지어 보였다.

"대공님, 이 힘을 어떻게 다룰 수 있는지 가르쳐 주실 수 있나요?"

엘시아가 드물게 레오디안에게 부탁했다. 단호한 목소리였다. 레오디안은 자꾸만 뒤바뀌는 화제를 도통 종잡을 수 없다는 생각을 하다가 이내 고개를 끄덕였다. 엘시아에게 어째서 갑자기 이런 부탁을 하였는지를 묻는 건 그다음의 일이었다.

* * *

"그럼 아가씨, 저는 이만 돌아가 보겠습니다."

리리엔이 가볍게 고개를 끄덕였고 페이렌은 공연히 침실 안을 휘 둘러본 후에야 발을 뗐다. 가벼운 소리와 함께 문이 닫히자, 헤르테인은 조용히 리리엔의 곁으로 다가갔다. 헤르테인은 리리엔이 옷을 갈아입는 것을 거들며 말을 붙였다.

"오늘 축제는 어떠셨어요, 아가씨? 즐거우셨나요?"

"응, 즐거웠어."

어딘지 멍한 눈을 한 리리엔의 시선은 헤르테인이 아닌 정면을 향해 있었다. 리리엔의 조그만 얼굴을 바라보며 헤르테인은 무심코 고개를 갸웃했다. 고민하는 기색으로 입술을 달싹이던 리리엔이 혼잣말처럼 말을 덧붙인 건 그때였다.

"……언니는 즐거웠을까."

리리엔은 테이블 위에 놓인 가면을 바라보았다. 결과적으로 가면은 리리엔에게는 전혀 쓸모가 없게 되었다.

리리엔은 지금쯤 엘시아와 레오디안은 무엇을 하고 있을지 짐작해 보다가, 이내 고개를 저어 생각을 훌훌 털어 냈다.

"종일 돌아다녀서 그런지 피곤하다. 얼른 자야겠어."

리리엔은 카펫 위에 자리를 잡고선 세상모르고 잠에 빠져 있는 강아지에게 스치듯 힐끔 눈길을 준 다음, 곧장 침대로 향했다.

"유모도 이제 그만 가서 쉬어."

"네, 아가씨."

헤르테인은 리리엔이 벗어 둔 옷가지를 추슬렀다. 리리엔은 헤르테인의 인기척이 완전히 사라질 때까지 모로 누운 채로 조용히 창밖만 바라보았다. 그렇게 얼마나 시간을 흘려보냈을까. 리리엔은 조금씩 몰려드는 수마에 자연스럽게 의식을 내맡겼다.

그로부터 얼마 지나지 않아서 엘시아와 레오디안이 저택으로 돌아왔다.

* * *

엘시아는 밤의 축제를 충분히 즐기고 와서 축제가 어땠는지 이야기를 들려 달라는 리리엔의 부탁이 있었는데도 불구하고, 광장이 아닌 제도 외곽을 구경하고 싶다는 의사를 밝혔다.

오늘따라 엘시아가 먼저 무언가를 요구하는 것이 의아했지만, 레오디안은 엘시아가 바라는 대로 순순히 마차에 올랐다. 애초에 레오디안이 축제에 흥미가 없기도 했고, 엘시아의 의사에 반하고 싶은 생각이 없었기 때문이기도 했다.

운하가 흐르는 대로변이 아닌 좁다란 길을 따라 마차가 내달리는 동안, 레오디안과 엘시아 사이에서는 어떠한 대화도 오고 가지 않았다. 익숙한 적막 속에서 두 사람은 창밖의 고요한 밤 풍경을 바라보았다.

그러다 어느 순간 엘시아가 피를 토하며 의식을 잃었고, 레오디안은 마차의 행선지를 바꾸었다. 커다란 마차는 곧장 로켄페데스 대공저로 향해 빠르게 달렸다.

대공저에 도착한 후에도 레오디안은 경황이 없었다. 엘시아를 침실로 옮긴 후에야 레오디안은 엘시아에게서 느껴지는 익숙한 힘의 잔재를 눈치챘다.

이상한 일이었다. 엘시아의 몸에는 분명 레오디안이 지닌 것과 같은 힘이 잔류해 있었지만, 그 힘을 엘시아는 다루지 못했다. 아니, 다룰 수 없어야 했다. 하지만 엘시아에게서 느껴지는 기운은 분명 비오렌치아를 사용한 흔적이었다.

레오디안은 이해할 수 없었다. 엘시아의 곁에서 떨어진 적 없던 레오디안이었다. 엘시아가 여태 비오렌치아를 사용하지 않았다는 정도는 그래서 확신할 수 있었다. 그런데 어찌하여 엘시아에게서 비오렌치아를 사용한 후 나타나는, 특유의 잔잔한 파동이 느껴지는가.

젖은 수건으로 엘시아의 입가에 묻은 피를 닦아 낸 레오디안의 머릿속에 순간 한 가지 생각이 스쳤다.

'템푸스.'

어쩌면 엘시아가 시전자의 의지대로 시간을 조종할 수 있는 힘을 사용한 것은 아닌가. 만약 그렇다면 엘시아에게서 느껴지는 기운이 설명됐다. 엘시아가 시간에 손을 댔다면 레오디안은 알아차릴 수 없다.

'대공님, 이 힘을 어떻게 다룰 수 있는지 가르쳐 주실 수 있나요?'

레오디안은 적막한 거리에서 엘시아가 나직이 속삭이듯 물었던 말을 떠올렸다. 그러면서 눈앞의 창백한 얼굴을 하염없이 내려다보았다.

레오디안이 엘시아에게 비오렌치아를 다루는 법을 알고자 하는 이유를 묻자, 엘시아는 리리엔을 지키기 위해서라고 대답했다.

"……대체 무엇을."

저도 모르는 사이 악문 잇새로 억눌린 목소리가 흘러나왔다. 감히 짐작조차 할 수 없는 일이 벌어질 것만 같은 예감에 레오디안은 불안해졌다. 그 어느 때보다도 엘시아의 머릿속이 궁금했다. 그러나 레오디안이 묻는다 해도, 지금 엘시아는 대답할 수 없었다.

그리하여 레오디안이 할 수 있는 일이라고는 고작 엘시아가 깨어나기를 기다리며 자리를 지키는 일이었다.

엘시아의 눈꺼풀 사이로 붉은 눈동자가 드러난 것은 꽤나 오랜 시간이 흐른 뒤의 일이었다.

엘시아에게 내내 시선을 고정하고 있던 레오디안은 엘시아가 의식을 차리는 광경을 한순간도 놓치지 않고 모조리 눈에 담을 수 있었다.

엘시아는 가장 먼저 높다란 천장을 올려다보다가, 뒤늦게야 지척에 자리해 있는 레오디안의 존재를 알아차렸다. 그제야 시선이 얽혔다.

레오디안은 기다렸다는 듯 말문을 열었다. 꽤 오랜 시간 입술을 꾹 맞물고 있던 레오디안의 목소리는 지독히 낮고 거칠었다.

"템푸스를 사용할 수 있었던 겁니까?"

갑작스러운 물음에도 엘시아는 당황한 기색이 아니었다. 오히려 레오디안이 그리 물을 것을 예상하고 있었다는 듯 담담했다. 그에 레오디안은 엘시아가 뭐라고 대답할지를 충분히 유추할 수 있었다.

"아마, 그런 것 같아요. 어떻게 사용할 수 있었던 건진 모르겠지만……."

엘시아가 천천히 몸을 일으켰다. 등을 기대고 앉은 엘시아는 맞은편에 놓인 거울에 잠시 눈길을 두었다가 레오디안을 돌아보았다. 엘시아의 눈동자는 잠잠했다. 거기엔 그 어떤 혼란도 존재하지 않았다.

"제가 또 쓰러졌었나요?"

"그렇습니다."

"얼마나……."

"아직 하루가 가지 않았습니다."

엘시아는 제 머리칼이 하얗게 변하였을 때, 정신을 잃고 쓰러져 꽤 오래도록 의식을 되찾지 못했던 일을 떠올렸다. 엘시아는 리리엔이 그렇듯 자신도 힘을 사용하면 몸에 이상이 생기는 것 같다 추측했다.

"……계속 여기 계셨어요?"

레오디안은 대답하지 않았지만, 엘시아는 레오디안의 차림새로 미루어 답을 알았다.

"죄송해요."

레오디안의 눈매가 가늘어졌다. 엘시아는 시선을 떨구며 말을 이었다.

"피곤하실 텐데, 저 때문에 괜히……."

"아닙니다."

레오디안이 엘시아의 말허리를 잘라 냈다. 그런 그의 음성이 어쩐지 냉랭하게 들려, 엘시아의 어깨가 절로 움츠러들었다.

곧이어 숨을 옥죄는 듯한 무거운 정적이 방 안에 내려앉았다. 레오디안은 지금 화가 난 걸까, 생각하며 엘시아는 입술을 짓씹었다. 그때 레오디안이 돌연 정적을 깼다.

"내게 무엇을 숨기고 있습니까."

무심코 시선을 들어 올린 엘시아는 자신을 직시하는 푸른 눈동자를 마주하곤 숨을 들이켰다.

레오디안의 새파란 눈동자는 엘시아가 간직해 온 비밀을 모조리 파헤칠 것처럼 집요했다.

엘시아는 레오디안의 시선을 피할 생각조차 못한 채로 굳었다.

순전히 제 착각일까. 자신이 비밀을 가지고 있기에 그의 곧은 시선에 지레 겁을 내게 되는 걸까. 수많은 가정들이 엘시아의 머릿속을 스쳐 지나갈 때, 레오디안이 말했다.

"당신은 당신에게 일어난 갑작스러운 변화에도 전혀 놀라지 않았습니다. 그동안은 빌시 혼란스러우리라 생각해 말을 꺼내지 않았지만, 이제는 알아야 겠습니다."

짧게 숨을 뱉어 낸 레오디안은 엘시아의 낯을 샅샅이 관찰하듯 바라보면서 말을 이었다.

"언제부터 비오렌치아를 다룰 수 있게 되었습니까?"

엘시아는 숨을 쉬는 방법조차 잊을 정도로 놀랐다. 그러다 레오디안을 의식한 엘시아는 가까스로 숨을 들이마셨다.

"……그건."

"솔직하게 말해 주십시오."

레오디안은 마치 엘시아가 거짓으로 둘러대리라고 예상하고 있는 사람처럼 말했다. 그래서일까, 엘시아의 얼굴이 미온하나 분명한 열기를 띠며 달아올랐다.

속내를 다 읽힌 것만 같아서 부끄러워졌다.

어떻게 솔직하게 말할 수 있단 말인가. 엘시아는 떨리는 손으로 이불을 그러쥐었다. 레오디안에게 대답해야 한다고 생각했지만, 엘시아는 입술을 달싹거릴 뿐 입술 사이로 어떤 소리도 내지 못했다.

어스름한 방 안에 묵직하게 내려앉은 정적 속, 엘시아는 조심스럽게 레오디안의 표정을 살폈다. 어느 때와 같이 단정한 낯에서 엘시아를 비난하는 듯한 기색은 찾아볼 수 없었다. 하지만 누구에게도 말할 수 없는 비밀을 평생토록 간직해 온 엘시아는 긴장의 끈을 놓지 못했다.

어디서부터 어떻게 말을 꺼내야 할까. 엘시아는 어느 순간부터 제 존재를 주장하듯 거세게 뛰고 있는 심장을 차분히 가라앉히려고 노력했다.

"……제 말을 믿으실지 모르겠지만, 저도 이렇게 될 줄은 몰랐어요."

레오디안과 지내게 되면서부터 종종 찾아들던, 어지러움을 동반한 두통. 크게 아파 본 적 없는 엘시아에게는 낯선 것이었다.

그러나 엘시아는 통증을 느끼는 이유가 어쩌면 레오디안의 힘에 자신이 노출된 탓이 아닐까 추측해 왔다. 다만 그 힘이 제 것이 될 수도 있다고는 짐작조차 할 수 없었을 뿐이다.

"하지만 제 몸에 변화가 생겼을 때, 그게 그렇게 놀랍지는 않았어요. 왜냐하면……."

자신은 인간이 아니니까.

그래서 엘시아는 제 몸에 어떤 일이 생겨도 그다지 이상한 일이 아니라 여겼다. 이해할 수 없는 일이기는 했지만, 그저 그렇구나 하며 받아들였다. 이는 엘시아가 자신의 안위에는 크게 미련을 두지 않는 탓이기도 했다.

엘시아는 나직이 숨을 들이쉬었다 내뱉었다. 쉽게 말을 이을 수가 없었다. 레오디안은 사실대로 이야기해 달라고 했지만, 그건 엘시아에게는 너무나도 어려운 일이었다.

"저는, 저는 어렸을 때부터 이상한 충동을 느껴 왔어요. 그건 지금도 여전하고요."

"충동?"

"네, 충동."

엘시아가 가볍게 고개를 끄덕거렸다. 사실은 충동이 아닌, 태어날 때부터 지니고 있던 본능에 가까운 욕구였지만 엘시아는 오랜 시간 억눌러 온 본능을 어떻게 달리 설명해야 할지 알 수 없었다.

"다른 사람을 보면 허기를 느껴요. 그 사람의 피와 살을 먹어 보고 싶다는 생각이 들어요."

오랜 시간 동안 스위티아에게 세뇌되어 온 탓에 엘시아는 식인은 물론이고 짐승의 고기조차 입에 댄 적이 없었고, 지금은 오히려 식인 행위에 혐오감 지 느꼈다. 하지만 엘시아의 태생, 괴물로 태어난 그녀의 본능은 여전히 남아 있었다.

그 증거가 바로 레오디안이었다. 레오디안에게서는 다디단 향기가 풍겼고, 그 향기가 엘시아는 언제나 곤혹스러웠다. 그는 엘시아가 애써 외면하고 있는 본능을 자극하므로.

"그래서 저는 제가 평범한 인간이 아닐지 모른다고 생각해요. 굉장히 이상한 소리로 들린다는 걸 알지만……. 사실이에요."

엘시아는 레오디안의 시선을 똑바로 마주한 채로 말을 이었다.

"그래서 놀라지 않았어요. 내가 평범하지 않으니까, 이럴 수도 있는 거구나 생각하고 받아들였고요."

가까스로 태연하게 말을 맺은 엘시아가 입을 다물자 레오디안의 미간이 미묘하게 좁혀 들었다.

"당신의 말대로 정말 이상한 소리로 들리는군요."

비스듬히 고개를 기울인 레오디안은 한동안 말없이 엘시아를 가만 주시하기만 했다.

방금 엘시아의 말로는 그의 의문이 해소되지 않는다. 게다가 엘시아의 말은 쉽게 납득할 수 없는 것이기도 했다.

사람을 보고 허기를 느낀다는 말은 난생처음 들어 보았다. 그래서인지 쉽사리 받아들일 수 없었다. 하지만 엘시아가 당면한 상황을 모면하기 위해 거짓말을 하는 것 같지는 않았다. 그럴 필요도 없었고, 만일 그러고 싶었다면 타인의 피와 살을 먹고 싶다는 괴상한 말이 아닌 다른 말로 둘러대는 편이 나으리라는 건 엘시아도 알고 있을 터였다.

'평범한 인간이 아니다, 라.'

레오디안은 엘시아의 체념 어린 말을 몇 번이고 머릿속으로 반복해 생각했다. 고작 평범한 인간이 아니라는 이유로 비오렌치아를 느낄 수 있을 뿐더러 그것을 사용할 수 있을 리 없었다.

애초에 로켄페데스의 피를 타고나지 않은 엘시아가 비오렌치아를 지니게 된 것 자체가 이상한 일이었다. 레오디안으로서도 설명할 수 없는 일을 엘시아가 이해할 수 있을 리가 없다는 것은 알지만, 레오디안은 자꾸 혹시나 하는 생각이 들었다.

엘시아가 너무도 담담하게 모든 상황을 받아들이는 탓일까. 레오디안은 엘시아의 말을 듣고도 의혹을 쉽사리 지울 수 없었다.

그뿐만 아니라 엘시아가 숨기고 있는 것이 비단 그녀의 '충동'만은 아니리란 생각이 들었다. 하지만 레오디안은 오늘은 이쯤에서 물러나기로 했다. 의식을 잃었다가 방금 깨어난 사람을 몰아붙이는 건 현명하지 못한 행동이었다.

"······이상한 소리지만 거짓말로는 들리지 않습니다. 그러니까 믿겠습니다."

레오디안은 눈에 띄게 안심한 엘시아의 낯을 잠자코 바라보다가 말꼬리를 돌렸다.

"아까 어떻게 템푸스를 사용할 수 있었던 건지 모른다고 했죠."

"······네."

엘시아가 선선히 고개를 끄덕이자 레오디안의 낯이 딱딱하게 굳었다.

시간에 손을 대는 건 위험했다. 그것을 자각 없이 행한다면 더더욱 위험했다. 그 사실을 레오디안은 누구보다도 잘 알고 있었다.

템푸스는 시전자의 생명을 양분으로 실현된다는 것 말고도 여러 위험이 따르는 힘이었다. 그를 몸소 깨달은 레오디안은 그의 부모가 명을 달리한 이후,

시간술인 템푸스를 사용한 적 없었다.

"렝리탄으로 가는 건 다시 한번 생각해 보십시오."

레오디안은 당장 이틀 뒤 엘시아가 히치콕 백작저를 방문하리라는 사실을 떠올리고는 말했다.

"제대로 힘을 다룰 수 없는 당신은 당신 스스로에게도, 그리고 다른 사람에게도 위험한 존재입니다."

엘시아는 적어도 제 의지로 힘을 조절할 수 있을 때까지는 되도록 외출을 삼가고 힘을 다루는 방법을 배우는 데에만 집중할 필요가 있었다.

"렝리탄에서 확인해야만 하는 것이 무엇인지 말한다면 내가 가서 확인을 하고 오겠습니다."

엘시아의 낯이 창백하게 질렸다. 그 모습을 바라보며 레오디안은 어쩌면 렝리탄으로 가면 엘시아에 대해 자세하게 알 수 있을지 모른다는 짐작을 했다. 엘시아를 향한 아이작 히치콕의 관심이 무엇에서 비롯되었는지도 알 수 있지 않을까. 레오디안이 그렇게 생각했을 때였다. 엘시아가 떨리는 목소리로 말했다.

"제가 확인하려고 하는 건 대공님이 대신 확인해 주실 수 없는 거예요."

엘시아가 입술을 깨물었다. 핏기 없는 입술에 일순 피가 몰렸다. 한층 붉어진 입술에서 윗니를 떼어 낸 엘시아가 그대로 입을 열었다.

"대공님이 걱정하시는 건 이해해요. 하지만 렝리탄에는 꼭 가야 해요. 그러니까 부디 렝리탄으로 갈 수 있게 해 주세요."

엘시아는 무슨 일이 있어도 렝리탄으로 가겠다는 의지를 드러냈다. 짐짓 집착이 어린 것도 같았다. 레오디안은 한숨을 내쉬었다.

"그 확인해야 한다는 게 무엇인지는 여전히 내게 말해 줄 생각이 없습니까?"

"제가 확인하고 싶은 건……."

엘시아는 찰나 망설인 끝에 말을 이었다.

"괴물이에요."

레오디안이 언제까지고 모르리라고는 기대하지 않았다. 어차피 레오디안은 괴물의 존재를 알게 될 터였다. 게다가 그는 신성지 요헴의 신전에 갇혀 있던 괴물을 마주한 지 오래였다.

레오디안과 함께 아이작의 저택으로 간다면, 그곳에서 레오디안이 괴물을 마주치게 된다면 인간과 다른 괴물의 이질적인 기운을 레오디안이 눈치채지 못할 리 없었다. 단지 시간 문제였다.

"히치콕 백작님이 말하길, 신전 지하에 갇혀 있던 괴물이 그분의 저택에도 있다고 했어요."

한번 말을 꺼내니 그 이후 말을 잇는 건 그다지 어렵지 않았다. 다만 레오디안의 시선을 마주할 용기는 나지 않아, 엘시아는 시선을 내려뜨린 채로 말을 이었다.

"그게 사실인지 아닌지를 확인하고 싶어요. 그래서 렝리탄으로 가려는 거예요."

사실 엘시아는 레븐이 말한 '하이드'를 찾기 위해 아이작의 저택으로 가려는 거였지만, 레오디안을 납득시키기 위해서 적당히 거짓된 이유를 댔다.

"만약 그곳에 정말 괴물이 있다면, 리리엔을 위해서라도 제가 괴물들을 처리하고 싶어서요."

"당신이 어떻게 처리한다는 겁니까."

레오디안이 말도 안 되는 소리를 들었다는 듯 미간을 일그러뜨렸다. 꽤 한참 만에 천천히 고개를 든 엘시아는 레오디안의 찌푸려진 낯을 똑똑히 보았다.

"그럼 대공님은 하실 수 있나요?"

레오디안이 멈칫하자 엘시아가 재차 물었다.

"그곳에 괴물이 살고 있다면, 그 괴물을 죽여 주실 수 있어요? 리리엔을 위해서 그렇게 해 주실 수 있나요?"

굳이 엘시아가 레오디안에게 약속을 받아 내지 않더라도, 레오디안은 머지않아 괴물 토벌대를 이끌게 될 것이다. 하지만 엘시아는 리리엔이 비오렌치아를 지니고 있다는 사실을 신황이 알고 있는 상황에서 리리엔이 괴물을 상대하게 될지 모를 가능성을 뿌리 뽑고 싶었다.

어쩌면 지금이 기회인지 모른다. 엘시아는 자신이 레오디안에게 주제 넘는 부탁을 하고 있다는 걸 알면서도 그가 고개를 끄덕이기를 기다렸다. 그리고 그런 스스로가 엘시아는 무척이나 끔찍하게 느껴졌다.

* * *

신황 폴리이도스 3세가 신성지 요헴으로 돌아온 날, 요헴에 몸을 숨기고 있던 레븐은 자연스럽게 요헴을 떠날 수밖에 없었다.

아이작의 계획에 동참하고 있던 레븐이다. 그는 아이작이 1황자 하일롭과 신황 사이에서 아슬아슬하게 줄타기하는 것을 알고 있었다. 또한 레븐은 그와 같은 존재의 기척을 읽어 낼 수 있는 신묘한 능력을 신황이 지니고 있다는 사실도 알았다.

신황은 아이작만큼이나 인외 존재에게 지대한 관심을 가지고 있었다. 꽤 오랜 시간 아이작은 그에게 쓸모없는 괴물들을 신황에게 넘겨 왔고, 신황은 아이작에게 넘겨받은 괴물들을 데리고 해괴한 짓거리를 벌였다.

레븐은 아이작에게 붙잡히고 싶지 않았지만, 신황의 손아귀에 놓이는 것 역시 끔찍했다. 신황의 영역인 신성지에 계속 머문다면 그의 눈에 띄는 건 단지 시간 문제였다. 그런 이유로 레븐은 신황이 귀환하기 무섭게 신성지를 벗어났다.

아이작의 마수에서 자유로울 수 있는 곳은 신성지가 유일했지만, 레븐에게는 다른 선택지가 없었다.

정처 없이 걸음을 옮기던 레븐은 익숙한 기운을 느끼고는 걸음을 멈추었다. 비식 웃음을 흘리며 돌아본 곳에는 아이작이 보낸 것이 분명한, 한때는 레븐과 동고동락했던 오데르트가 서 있었다.

"피차 피곤하니 술래잡기는 이쯤에서 그만하지."

"오데르트, 오랜만이군."

레븐이 씨익 웃으며 손을 흔들자, 오데르트는 입매를 비틀었다. 그가 레븐이 신성지에서 나오기만을 기다리며 의미 없이 흘려보낸 날을 세기 위해서는 열 손가락이 부족했다.

"날 그냥 보내 줄 생각은 없겠지."

혼잣말처럼 중얼거린 레븐은 고개를 꺾어 하늘을 올려다보았다. 높다란 하늘에는 석양이 져 있었다. 곧 고요한 밤이 찾아들 터였다.

레븐은 신성지를 나오면서 죽음을 각오했다. 어차피 넝마가 된 지 오래인 몸이었다. 그냥 두어도 썩어 문드러질 몸을 가지고 살 수 있을지 모른다는 희망적인 생각 따위는 하등 쓸모없었다.

"아이작은 요즘 뭐 하고 지내? 여전히 황자 뒤꽁무니나 쫓아다니고 있으려나."

레븐은 날이 다 망가진 식칼을 바닥에 툭 내던졌다. 그건 레븐이 제도에서 엘시아를 만났을 때, 엘시아에게서 받은 식칼이었다. 레븐이 소유한 유일한 것이었으나 이제는 더 이상 그에게 필요 없었다.

오데르트는 레븐에게 도망가려는 생각이 전혀 없다고 눈치챘는지, 레븐이 지껄이는 말을 그냥 듣고 있었다.

"애초에 우리가 없었으면 그 고매한 계획도 시작조차 할 수 없었을 텐데 말이야."

"……."

"실수 몇 번 했다고 나를 이 꼴로 만들고, 끝내는 죽이려고 하네. 어이가 없어서 웃음밖에 안 나와."

레븐은 불그스름한 하늘에서 시선을 돌려 오데르트에게 힐끗 눈길을 주었다. 오데르트는 무표정한 얼굴로 레븐과 시선을 맞출 뿐, 여전히 아무런 말이 없었다.

"이봐. 무슨 말이라도 좀 해 봐."

그렇게 말하는 레븐 역시 오데르트에게 대꾸를 바라고 말한 것은 아니었다. 레븐은 의미 없이 실소를 흘렸다.

"그래도 우리 오랜 시간 함께 지냈는데, 잠깐 대화 정도는 나눌 수 있지 않나."

레븐은 다시금 하늘을 눈에 담았다. 오데르트와 함께 들짐승처럼 이곳저곳을 떠돌다가 아이작의 눈에 띈 것이 벌써 십수 년도 더 전의 일이었다.

아이작을 만났을 때, 그때의 하늘도 지금과 같은 붉은빛을 띠고 있었다. 그래서일까. 문득 레븐은 그때 아이작을 따라가지 않았더라면 어땠을까 하는, 이제 와서 생각해 봐야 아무런 의미도 없는 허황된 가정을 머릿속으로 더듬다가 이내 고개를 저었다.

"너는 아직도 아이작의 말을 믿어? 우리가 살 수 있는 세상을 만들어 주겠다던 말을, 여전히 믿는 건가?"

하루하루 목적 없이 그저 살아남기 위해서 살았던 때, 그때 운명처럼 아이작을 만났다. 아이작의 손을 잡으면, 그의 계획에 함께한다면 정말 그의 말대로 인간 못지않게 당당히 살 수 있을 것만 같았다.

하지만 지금은 그때 아이작의 말이 거짓이란 걸 안다. 자신은 그저 아이작의 야망을 위해 이용당하다가 버려진 도구에 불과하다는 것을 알고 있다. 레븐은 허탈한 심정으로 조소했다.

주제에 맞게 살 것을, 괜한 꿈을 꾸다가 결국은 이렇듯 비참한 몰골로 죽음을 기다린다. 이런 상황에서 그나마 위안이 되는 점은, 자신은 아이작이 바라는 대로 쉽게 죽어 주지 않으리라는 것이었다. 엘시아의 존재는 아이작의 계획에 치명적인 변수였다. 그것이 레븐은 너무나도 만족스러웠다. 엘시아를 만나 그녀에게 아이작의 계획을 모조리 고백한 것은 그런 이유에서였다.

레븐은 엘시아가 아이작의 계획을 순조롭게 망칠 수 있도록, 그때까지 엘시아를 신황이 방해할 수 없도록, 신성지에 '안전장치'를 해 두었다. 레븐이 너덜너덜한 신체를 이끌고 구태여 신성지까지 온 건 단지 아이작의 추적을 피하기 위해서만은 아니었다.

"오데르트, 너도 내 꼴 나지 않게 조심해."

레븐은 적당히 친구라 부를 수 있는 존재를 향해 상냥한 경고를 해 주었다. 그것으로 레븐은 모든 미련을 뒤로하고 눈을 감았다.

"내 목이 필요한 거지?"

오데르트에게서는 여전히 아무런 말도 들을 수 없었다. 레븐 또한 오데르트에게서 대답을 기대하지 않았다. 레븐은 찰나 내려앉았던 정적을 깨고 툭 한 마디를 내뱉었다.

"이제 됐으니까 가져가."

* * *

'뭐야, 날 걱정해 주는 건가?'

엘시아가 레븐에게 칼을 건넸을 때, 레븐은 가소롭다는 듯 실소했다.

'네가 진심으로 아이작과 대적할 생각이라면, 앞으로 쓸데없는 동정이나 자비심은 버리는 게 좋아. 그런 것들은 결국에 네 목을 조를 거야.'

레븐은 엘시아를 힐난하듯 날카로운 목소리로 말했다. 하지만 그러면서도 레븐은 엘시아가 건넨 칼을 받아 들었다.

'이별 선물이라고 치고 받아 둘게. 다신 만날 일 없을 테니까.'

그 말을 끝으로 주저 없이 몸을 돌려 사라진 레븐의 뒷모습이 어쩐지 슬퍼 보였다. 그래서인지 그날 그의 모습은 종종 잔상처럼 남아 엘시아의 머릿속에 떠오르고는 했다.

엘시아는 길게 숨을 내쉬며 자리에서 일어났다. 곧장 창가로 다가선 엘시아는 커튼을 젖혔다. 창밖의 하늘에 서서히 동이 트고 있었다.

요 근래 잠시간 잊고 있던 레븐의 존재가 새삼스럽게 떠오른 건, 간밤 레오디안과 나눈 대화 탓인지 몰랐다.

어젯밤은 대화를 나눈 시간보다 정적을 버티던 시간이 현저히 길었다. 그 시간 끝에 엘시아는 레오디안에게 렝리탄으로 가도 된다는 답을 받아 냈다.

하지만 엘시아는 어젯밤보다도 더 초조함을 느꼈다. 아이작의 저택에 괴물이 살고 있다는 사실을 레오디안에게 밝힐 생각은 없었지만, 결과적으로는 밝히게 되었다. 어째선지 레오디안은 엘시아의 말을 듣고도 그다지 놀라지 않았다.

그래서인지 엘시아는 어느 때보다도 불안했다. 그러나 레오디안에게 제 정체를 의심할 만한 여지를 준 것은 후회하지 않았다. 어차피 언젠가 그는 전부 알게 될 테니까. 다만 불안한 마음이 드는 것만은 어찌 손 쓸 도리가 없었다.

나직이 한숨을 내쉰 엘시아는 협탁 위에 놓인 컵을 쥐었다. 물을 마시기 위해서가 아니라, 창가에 놓인 화분에 물을 주기 위해서였다. 엘시아는 화분 두 개에 차례로 물을 주고 난 다음, 멍하니 창밖만 바라보았다.

레오디안이 그의 침실로 돌아간 이후, 뜬눈으로 밤을 새운 엘시아는 조금씩 빛을 찾아가는 하늘을 바라보며 그 어느 때보다도 아침이 오는 게 두렵다는 생각을 했다.

* * *

엘시아는 오늘은 되도록 누구도 만나고 싶지 않았지만 엘시아의 마음처럼 흘러가지는 않았다.

늘 그렇듯 데이시는 엘시아의 아침 식사를 준비해 주었고, 엘시아가 식사를 마쳤을 때 리리엔이 엘시아의 침실을 찾아왔다. 엘시아는 리리엔이 어젯밤 축제가 어땠는지 물어보기 위해 침실을 찾아왔겠거니 생각했지만, 리리엔은 축제에 관한 이야기는 한 마디도 꺼내지 않았다.

리리엔은 벨레로폰이 저택으로 돌아왔다는 사실과 오늘부터 다시 가정교사와 공부를 하게 되었다는 이야기를 하다가 레오디안의 부름을 받고 로이셀을 따라 나갔다.

엘시아는 옷을 갈아입고 소파에 앉아 멍하니 시간을 흘려보내다가, 누군가 문을 두드리는 소리를 들었다.

"처음 뵙겠습니다, 아리테스 영애."

엘시아를 찾아온 건 낯선 여인이었다. 단정한 인상과 차림새를 한 여인은 엘시아에게 사근사근하게 말을 붙였다.

"저는 오드리 엘리니움이라고 합니다. 앞으로 리리엔 아가씨의 가정 교사로서 아가씨에게 가르침을 드리게 되었어요."

엘시아는 오드리의 말을 듣고 멈칫했다가, 고개를 기울이며 물었다.

"그럼 에밀리아 씨는요?"

"테르만 백작 부인은 더 이상 대공저에 출입하지 않으실 거예요."

오드리가 단호한 목소리로 딱 잘라 말했다. 엘시아는 리리엔의 가정 교사가 갑작스럽게 바뀌게 된 상황에 당황했지만 내색하지는 않았다. 리리엔에게 사용인을 붙이는 것은 레오디안의 일로, 엘시아가 관여할 권리는 없었다.

"오늘은 영애에게 인사하기 위해 찾아왔어요. 앞으로 잘 부탁드려요."

"네, 오드리 씨."

엘시아는 오드리가 내민 손을 잡았다. 오드리가 마주 잡은 손을 가볍게 흔든 다음, 부드럽게 웃었다.

엘시아가 레오디안을 다시 만난 건 그날 오후, 정원에서였다. 레오디안은 오드리와 함께였다.

"아, 아리테스 영애."

오드리가 입가에 미소를 내건 채로 엘시아를 향해 가볍게 눈인사를 했다. 엘시아는 어색하게 웃었다. 레오디안의 시선이 느껴졌지만, 엘시아는 레오디안에게는 눈길을 주지 않고 오드리에게만 시선을 고정했다.

"저는 이만 돌아가 보려고요. 본격적인 수업은 내일부터 하기로 했거든요."

오드리는 레오디안에게 시선을 옮겨, 그에게 정중히 인사를 건넸다. 레오디안은 말없이 고개를 끄덕였고 오드리는 주저 없이 걸음을 옮겨 멀어졌다.

졸지에 레오디안과 단둘이 남겨진 엘시아는 입술을 잘근 씹었다. 예상치 못하게 맞닥뜨린 그의 존재는 엘시아에게 긴장감을 주었다.

"그녀는 페레이스 출신입니다. 리리엔의 유모인 헤르테인이 그렇듯."

일순 두 사람 사이에 자리했던 짧막한 정적을 깬 것은 레오디안이었다.

"페레이스라면……."

"훗날 리리엔이 다니게 될 아카데미가 있는 곳입니다."

레오디안이 선뜻 대답하자 엘시아는 오드리를 만났을 때 떠올렸던 의문을 저도 모르게 입 밖에 냈다.

"그런데 어째서 갑자기 리리엔의 가정 교사가 바뀐 건가요?"

"테르만 백작 부인이 도를 넘은 행동을 했기 때문입니다."

리리엔의 안위에는 일말의 관심도 보이지 않았던 에밀리아였다. 에밀리아가 무슨 행동을 했기에 레오디안이 에밀리아를 해고한 건지 알 수 없었지만, 엘시아는 차라리 잘 됐다고 생각했다.

"정원을 산책하러 나왔습니까?"

그때 레오디안이 화제를 돌렸다. 엘시아는 고개를 끄덕였다.

"조금 걸으려고요."

"무언가 고민이라도 있나 봅니다."

"아뇨, 그런 건 아닌데……."

엘시아는 마치 아무 일도 없었던 것처럼 태연히 그녀를 대하는 레오디안이 낯설었다. 엘시아는 내내 어젯밤 대화를 곱씹느라 머릿속이 복잡해, 머릿속을 환기하고자 정원에 나온 참이었다. 한데 어제 일로 심란한 건 엘시아뿐인지, 레오디안은 평소와 다름없었다.

"리리엔에게는 내일 우리가 신성지로 갈 예정이라 말해 두었습니다."

"……리리엔이 따라가겠다고 하지는 않았나요?"

"그랬습니다만, 함께 갈 수 없다고 하니 고집을 부리지는 않더군요."

내일 렝리탄으로 가는 일을 레오디안이 잊지 않은 것으로 보아, 그가 어젯밤 대화를 까맣게 잊어버린 건 아닌 듯했다.

"저, 어제 제가 한 이야기는……."

"리리엔에게는 알릴 생각 없습니다."

엘시아가 망설이며 말끝을 흐리자 레오디안은 엘시아가 무슨 말을 꺼낼지 다 아는 사람처럼 선선히 대답했다. 그에 엘시아는 할 말을 잃고 입술을 다물었다.

"적어도 모든 게 분명해지기 전까지는 리리엔에게 비밀로 할 겁니다."
그러나 이어진 레오디안의 말에 엘시아는 불안을 감추지 못하는 표정으로 입을 열 수밖에 없었다.
"……그게 무슨 소리에요?"
"말 그대롭니다."
레오디안은 엘시아와 달리 일말의 불안도 망설임도 없는 목소리로 말을 이었다.
"나는 이제 주저하지 않을 겁니다. 이용당하고 싶지 않다는 이유로 피하기만 하는 건, 더는 안 합니다."

* * *

레오디안은 더는 피하지 않겠다고 했다. 그렇다면 레오디안은 앞으로 어떻게 할 생각인 걸까. 그것을 고민하느라 엘시아는 단 한 순간도 잠을 이루지 못한 채로 밤을 새웠다. 레오디안의 말은 안 그래도 불안하던 엘시아의 속에 불씨를 던졌다.

고민하는 사이 날이 밝았고, 엘시아는 그녀를 부르는 소리에 자리에서 일어났다.

저택 앞에는 커다란 마차 두 대가 서 있었다. 하나는 엘시아가 종종 타고 다녔기에 익숙한, 굵은 줄기가 전체를 휘 둘러 장식된 마차였다. 옆에 선 검은 마차에는 아무런 장식도 없었다.

리리엔을 비롯하여 저택 사용인들의 배웅을 받으며 엘시아는 레오디안과 함께 줄기가 휘감고 있는 익숙한 마차에 올랐다.

마차는 지체 없이 저택을 벗어나 렝리탄을 향해 내달렸다. 마차가 습격을 받았던 일은 엘시아가 시간을 되돌린 탓에 없던 일이 되었지만, 엘시아는 혹시나 하는 마음에 창밖을 경계했다.

그러나 그것도 잠시, 엘시아의 의지에 반해 무거운 눈꺼풀이 스르르 감겼다.

엘시아가 이틀 연속으로 밤을 새운 탓이었다. 그렇게 수마에 잠긴 엘시아는 드물게 꿈을 꾸었다. 꿈이라기보다는 아주 오래전, 스위티아와 함께 살았을 적을 떠올린 것에 가까웠다.

* * *

신황이 신탁을 공표하지 않은 채로 신성지로 돌아갔다. 하일롭의 예상에서 크게 벗어난 신황의 행보 탓인지 하일롭은 잠시 렝리탄에 다녀오겠다는 아이작을 붙잡았다. 하지만 아이작에게는 하일롭의 불안을 달래 주는 일보다 더 중요한 일이 있었기에 하일롭을 뒤로하고 렝리탄으로 왔다.

아이작은 저택 곳곳을 돌아보며 그의 저택이 여전히 아름다운지를 두 눈으로 똑똑히 확인한 끝에 식당으로 향했다. 내일 저녁 만찬에 오를 메뉴를 다시금 하나하나 확인하기 위해서였다.

"그녀는?"

아이작이 걸음을 옮기며 흘리듯 내뱉은 물음에도 집사는 아이작이 묻는 바를 정확히 알아들었다. 아이작이 '그녀'라고 칭할 존재가 이 저택에 단 한 명밖에 없는 덕분이기도 했다.

"당분간 렝리탄을 떠나 있겠다고 하였습니다. 어디를 간다는 이야기는 없었고요."

"그렇군."

그녀가 제멋대로 구는 건 비단 하루 이틀의 일은 아닌지라 아이작은 행선지조차 밝히지 않은 그녀의 갑작스러운 외출에도 크게 신경을 쓰지 않았다.

"그럼 그동안 하이드는 네가 돌보고 있었나?"

"예, 그렇습니다."

"특별히 이상한 점은?"

집사는 지하의 커다란 방에 홀로 갇혀 지내는 소년을 떠올려 보았다. 소년은 늘 그렇듯, 마치 시체처럼 그저 숨만 쉬며 지냈다. 소년의 보호자 역할을 하는 그녀가 떠난 이후에도 소년은 평소와 같았다.

"이상한 점은 없었습니다."

"그렇겠지."

아이작은 만찬에 내어 갈 와인을 일일이 확인한 끝에 식당을 나섰다. 집사는 조용히 아이작의 뒤를 따랐다.

"곧 귀한 손님이 올 거야. 부족함이 없게 모시도록."

"예, 백작님."

집사가 순순히 대답하자 아이작이 만족스러운 낯으로 미소를 지었다.

모든 것이 계획대로였고, 완벽했다.

* * *

거대한 저택은 한적한 마을과 어울리지 않게 화려했다. 히치콕 저택과 마을은 서로 동떨어진 세계처럼 느껴질 정도였다. 엘시아는 허리를 꼿꼿이 세운 채로 손님을 맞이하는 노집사에게 어색한 인사를 건넨 후, 다시금 저택을 둘러보았다. 그러는 동안 레오디안의 지시로 마부들은 마차에서 짐을 내렸다.

마차에서 짐을 다 내렸을 때, 집사는 사용인들로 하여금 짐을 침실로 옮기도록 한 후, 엘시아와 레오디안을 응접실로 안내했다.

저택의 외관만큼이나 화려하게 꾸며진 응접실에서 아이작은 그럴싸한 미소와 함께 엘시아를 맞이했다. 그러나 미소는 그의 입가에 오래도록 머무르지 않았다. 엘시아를 지키듯 선 레오디안의 존재를 알아차렸을 때, 아이작의 표정은 와락 구겨졌다.

"대공 각하."

아이작은 레오디안이 엘시아와 함께 저택을 찾아오리라고는 짐작조차 하지 못했다. 엘시아가 레오디안을 데리고 올 리는 없다고 굳게 믿었기에 더욱 그러했다.

그도 그럴 게 엘시아는 제 정체를 레오디안에게 숨기려고 애썼다. 그 사실을 잘 알고 있는 아이작이었기에 레오디안의 존재가 너무도 당황스러웠다. 그러나 당황한 건 오직 아이작뿐으로, 레오디안은 태연히 응접실에 자리했다.

"히치콕 백, 오랜만이군."

아이작은 얼떨떨한 표정으로 자리에 앉았다. 곧 시종이 차와 다과를 내왔고, 시종이 응접실을 나선 이후에야 아이작은 태연을 가장할 수 있었다.

"각하께서 오신다는 소식은 듣지 못했는데……."

일부러 말끝을 흐린 아이작이 엘시아에게 시선을 던졌다. 푸른 드레스를 입은 엘시아는 차분히 눈을 내리깐 채로 차를 마시고 있었다. 아이작이 당황스럽건 말건 그것은 제가 상관할 바가 아니라는 듯, 엘시아는 응접실에 든 이래 내내 말이 없었다. 아이작은 저도 모르게 이를 악물었다.

아이작은 어째서 엘시아가 레오디안을 데리고 온 건지, 그 의도를 파악하기 위해 연신 엘시아를 살폈다. 그러나 엘시아는 아이작의 의문을 풀어 줄 생각이 전혀 없어 보였다. 결국 아이작은 한숨과 함께 레오디안에게 시선을 돌렸다.

"미처 연락을 할 새가 없어 백작에게 의도치 않게 무례를 저지르게 되었군."

"아닙니다, 각하."

아이작은 애써 웃음을 지었다. 조금도 예상치 못한 레오디안의 존재는 퍽 치명적인 변수였지만, 그렇다고 해서 엘시아를 회유하고자 세워 둔 계획을 철회할 정도로 위협적이지는 않았다. 아이작 자신과 달리 레오디안은 아무것도 모르고 있었으므로.

레오디안은 엘시아가 인간이 아니라는, 아주 중요한 사실조차 몰랐다. 그런 상황에서 레오디안이 아이작의 원대한 계획에 오점을 남길 수 있을 리 없었다.

"듣던 대로 저택이 무척 아름답군."

"그렇게 봐 주시니 영광입니다."

"무엇이 살고 있다고 해도 이상하지 않을 정도로 커다랗고."

레오디안의 어조가 묘했다. 하여 아이작은 레오디안의 말에 숨겨진 뜻이 있지는 않을까 의중을 가늠하느라 뒤늦게 대답했다.

"……덕분에 많은 객을 모실 수 있지요. 대공 각하께서 이렇듯 예상치 못하게 찾아 주셨지만, 각하께서 머무르실 침실을 무리 없이 준비할 수 있을 정도로 저택에는 많은 침실이 있습니다."

차분하게 말을 맺은 아이작은 레오디안의 표정을 살폈다. 그러나 아무런 표정 없는 그의 낯에서 읽어 낼 수 있는 것은 없었다.

레오디안은 아이작에게 시선을 고정한 채로 침묵했다. 아이작 또한 섣불리 입을 열지 않았다. 그리하여 무겁게 내려앉은 정적은 이윽고 응접실을 찾은 집사로 인해 깨졌다.

"무슨 일이지?"

"침실 정리를 마쳤습니다."

집사는 공손한 태도로 고개를 숙인 채 아이작의 명을 기다렸다. 아이작은 레오디안과 엘시아에게 차례로 눈길을 준 다음 입을 열었다.

"각하, 머무르실 침실로 안내해 드리겠습니다."

"그러도록."

짐짓 오만하게 들리는 레오디안의 대답에 아이작은 입 안 여린 살을 깨물었다. 아이작에게 있어서 레오디안은 당장이라도 쫓아내고 싶은 불청객이지만, 마땅한 구실이 없었다. 아이작은 가까스로 입매를 끌어 올려 웃으며 나긋한 목소리를 냈다.

"두 분을 침실로 안내해 드리게."

"예, 백작님."

집사는 막 자리에서 일어선 레오디안과 엘시아를 향해 꾸벅 고개를 숙였다.

"침실로 모시겠습니다."

레오디안은 엘시아를 앞세워 응접실을 나섰다. 그런 레오디안은 마치 아이작과 엘시아 사이를 차단하는 커다란 방벽 같았다. 덕분에 아이작은 엘시아와 단 한 마디도 나누지 못했다.

응접실에 홀로 남겨진 후에야 아이작은 거침없이 표정을 구기며 욕지거리를 내뱉었다.

11. 렝리탄

    집사의 안내를 받아 도착한 침실은 흠잡을 데 없이 쾌적했다. 침실 한편에는 익숙한 짐꾸러미가 놓여 있었는데, 엘시아와 레오디안이 대공저에서 챙겨온 것이었다.
    "이곳에서 머무시는 동안 대공 각하의 시중을 들 시종들입니다."
    집사가 운을 떼자 잠자코 침실을 지키고 서 있던 시종 네댓 명이 차례로 레오디안에게 인사를 했다. 흠잡을 데 없이 정중한 태도였다. 그들을 관찰하듯 한 명 한 명에게 눈길을 준 레오디안의 시선의 종착지는 엘시아였다.
    엘시아는 저택에서 느껴지는 익숙한 기운을 애써 의식하지 않으며 의연하려고 노력하고 있었다. 눈앞의 화려한 침실에는 사실 일말의 관심도 없으면서, 침실을 둘러보는 데 열중한 척을 하였다.
    "특별히 필요하신 것이나 지시하실 사항이 있으십니까?"
    "없다."
    "그럼 이번에는 귀객이 머무실 침실을 안내해 드리고자 합니다."
    집사가 엘시아에게 힐끗 눈길을 주며 물었다. 레오디안이 고개를 끄덕였다.
    "그래, 부탁하지."
    "이쪽입니다."

집사는 주저 없이 발을 뗐다. 그를 따라 걸음을 옮기는 엘시아의 옆으로 자연스레 레오디안이 속도를 맞추어 걸었다.

집사는 레오디안이 따라나설 줄은 몰랐던 탓에 순간 당황해 레오디안을 돌아보았으나, 이내 동요를 잠재우고 묵묵히 걸음을 옮겼다.

집사가 멈추어 선 곳은 레오디안이 머무를 곳에서 한참은 떨어져 있는 침실 앞이었다. 거리감을 인식한 레오디안의 미간이 미묘하게 구겨졌다.

"이곳입니다."

집사가 문을 열었고 곧이어 침실 내부가 시야에 들어찼다.

"어떠십니까?"

집사의 물음에 엘시아는 직전 보았던 침실과 구조가 다른 방 안을 대강 살펴보았다. 대공저 내 엘시아의 침실만큼이나 널따란 방이었다.

엘시아는 말없이 침실을 돌아본 끝에 집사에게 시선을 두었다. 하지만 엘시아는 방금 집사가 물은, 어떠냐는 질문에 뭐라고 대답을 해야 할지는 영 알 수 없었던 탓에 소리 없이 꽤 여러 번 입술을 달싹거렸다. 그러다 적당한 말을 꺼냈다.

"신경 써 주셔서 감사해요."

"귀객이 머무시는 동안 부족함이 없도록 모시겠습니다. 필요한 것은 이들에게 지시하시면 됩니다."

엘시아가 머무를 침실에도 이미 시종들이 자리하고 있었다. 그들이 건넨 인사에 엘시아는 어색한 미소로 답했다.

"그럼 부디 편히 쉬십시오."

집사가 조용히 침실을 나서자 여태 침묵으로 일관하고 있던 레오디안이 시종들을 향해 말했다.

"필요하면 부를 테니 그 전까지는 안으로 들지 마라."

"예, 알겠습니다."

시종들이 순순히 침실을 나서고, 비로소 엘시아와 레오디안 두 사람만이 남았다. 레오디안은 시간을 들여 침실 곳곳을 관찰했다. 그러나 그것으로는 모자랐는지, 이윽고 레오디안은 방 안을 천천히 거닐며 침실을 살펴보았다. 그러면서 벽을 두드려 보거나 벽에 걸린 그림을 들춰 본다거나 했다.

그 의미를 알 수 없는 행동을 엘시아는 잠자코 지켜보았다. 그다지 오랜 시간이 지나지 않아서 정적을 깬 레오디안의 말에 엘시아는 그의 행동의 이유를 알 수 있었다.

"이곳으로 연결된 숨겨진 통로는 없는 듯하군요."

레오디안이 널따란 소파에 앉았다. 창을 등지고 앉은 레오디안의 낯에서 피로한 기색은 찾아볼 수 없었으나 엘시아는 공연히 물었다.

"피곤하지는 않으세요?"

레오디안은 고개를 저어 보이더니 엘시아를 향해 물음을 되돌려 주었다.

"피곤합니까?"

"……조금요."

엘시아는 아이작을 떠올렸다. 엘시아가 아이작과 마주한 건 그다지 길다고는 할 수 없는 시간이었으나, 내내 긴장하고 있던 탓인지 엘시아는 적당한 피로를 느꼈다. 그렇다고 해서 아이작의 저택에서 편하게 잠을 청할 수 있을 것 같지는 않았다.

레오니안은 그의 맞은편에 자리하고 앉은 엘시아를 얼마간 고요히 바라보다가 한참 만에 입을 열었다.

"침실이 너무 멀리 떨어져 있습니다."

엘시아가 의아함에 고개를 모로 기울였다. 레오디안의 말이 직전 그와 엘시아가 나누었던 화제에서 너무나도 동떨어져 있던 탓이다.

"내가 자리를 비켜 주어야 당신이 편하게 쉴 수 있으리란 건 알지만 그럴 수가 없습니다. 불안해서."

레오디안의 낮은 음성이 연달아 귓전을 울렸다.

"마음에 안 듭니다."

엘시아는 순간 당황해 눈을 크게 떴다가 이내 입매를 끌어 올렸다. 레오디안의 말을 듣고 나니 그나마 긴장이 풀리는 듯했다.

이 거대한 저택에서 그래도 믿을 수 있는 사람이 있다는 사실은 엘시아에게 퍽 위안을 주었다. 엘시아는 찰나 고민한 끝에 입을 열었다.

"저는 옷을 갈아입고 싶은데……."

엘시아는 레오디안의 차림새를 훑어보았다. 그러고는 말을 이었다.

"대공님도 옷을 갈아입고 오실래요? 그런 다음에 같이 차를 마셔요."

엘시아가 먼저 이런 제안을 하리라고는 꿈에도 생각지 못한 레오디안이 일순 멈칫했다. 꽤 놀란 눈으로 엘시아를 마주 바라보던 레오디안이 이윽고 고개를 끄덕이고선 자리에서 일어났다.

"금방 오겠습니다."

"네."

레오디안은 짧은 시간이나마 엘시아를 홀로 남겨두는 것이 못마땅한 듯 엘시아를 돌아보았다. 그러다가 꽤 한참 만에야 침실을 나섰다.

엘시아는 어느덧 추적추적 비가 내리기 시작한 창밖 정경에 눈길을 주었다. 그리고 그렇게 창밖으로 시선을 고정한 채로 한참을 앉아 있었다.

엘시아가 처음 저택 정문을 넘어섰을 때 느꼈던 동족의 기운은 여전히 선명했다.

*　*　*

그 시각 아이작은 빗길을 가르고 저택에 도착한 마차에서 내린 또 다른 손님을 맞이하고 있었다.

"백작님, 오랜만입니다."

"클레멘스 자작. 먼 길 오시느라 고생하셨습니다."

제이스 클레멘체스 자작에게 적당히 인사를 건넨 아이작은 짐짓 찌푸려진 낯을 하고선 젖은 땅을 내려다보았다.

"하필 오늘 비가 내릴 줄은 몰랐습니다."

"그러게나 말입니다."

클레멘체스 자작을 마지막으로 내일 만찬에 참석할 초대객이 모두 저택에 모였다. 아이작이 완벽한 만찬을 위해 세운 계획대로 모든 것이 착실히 진행되고 있었으나 아이작의 저조한 기분은 나아질 기미가 보이지 않았다. 예상치 못한 레오디안의 존재와 더불어 흐린 날씨에 아이작의 기분은 계속해서 축축 늘어지기만 했다.

"……그 여자는 도착했습니까?"

제이스가 아이작에게 은밀히 속삭이듯 묻자 아이작이 가볍게 고개를 끄덕였다.

"그럼 지금 그 여자를 소개해 주실 수 있습니까?"

"아니, 내일까지는 기다려야 합니다."

아이작은 레오디안이 엘시아와 함께 침실에서 저녁 식사를 하겠노라 시종에게 지시해 두었다는 집사의 말을 떠올렸다. 레오디안은 여독을 핑계로 댔지만, 그가 엘시아와 단둘이서만 저녁 식사를 하려는 건 그가 아이작과 엘시아가 마주칠 여지를 최소화하려는 것임을 아이작은 눈치챘다.

하지만 만찬 초대를 받아 저택을 찾아온 이상, 엘시아는 아이작을 비롯하여 그가 초대한 사람들을 만날 수밖에 없었다. 내일 만찬에 엘시아가 자리하는 건 레오디안으로서도 달리 손쓸 수 있는 바가 없었다. 이는 현재 아이작이 무척이나 못마땅한 상황을 간신히 인내하고 있을 수 있는 이유였다.

"그렇다니 아쉽군요."

"오늘은 그저 편하게 휴식을 취하시지요."

"배려에 감사합니다."

제이스는 아이작과 함께 정원을 가로질러 걸으며 정원 곳곳에 자리한 비에 젖은 조각을 눈에 담았다.

"아, 그나저나 백작님. 초대객은 모두 도착했습니까?"

"그렇습니다."

"테이먼 자작과 그간 회포라도 풀어야겠군요."

아이작의 심란한 심사를 알 길이 없는 제이스는 능청스러운 미소를 지었다.

아이작은 의미 없이 고개를 끄덕였다.

* * *

엘시아와 레오디안이 식사를 마치자 시종들이 테이블을 정리했다. 그 이후에도 엘시아와 레오디안은 텅 빈 테이블을 사이에 두고 마주 앉아 있었다.

그런 두 사람 사이에는 딱히 특별한 대화는 오고 가지 않았고 두 사람은 자연스레 내려앉은 정적을 지켰다. 그다지 무겁지 않은, 두 사람의 편안한 차림새만큼이나 편안한 정적이었다.

그러다 어스름한 방 안이 점차 어둠으로 물들 때가 되었고, 레오디안은 초를 켰다. 그에 따라 불그스름한 촛불이 방 안을 밝혔다. 엘시아와 레오디안의 낯에도 붉은 빛이 일렁였다.

레오디안은 엘시아의 창백한 낯이 붉은빛으로 물들어 있는 모습을 말없이 바라보았다. 그의 시선을 엘시아는 담담하게 마주했다. 레오디안의 모양 좋은 입술이 벌어질 때까지 엘시아는 레오디안의 푸른 눈동자를 피하지 않고 주시했다.

"이곳에서 확인해야 한다는 것은 확인했습니까?"

순간 멈칫했던 엘시아는 이윽고 천천히 고개를 끄덕거렸다. 아직 '하이드'를 찾지는 못했지만 아이작의 저택에 정말 괴물이 살고 있다는 건 확인했다.

"그럼 만찬이 끝나는 대로 지체할 필요 없이 이곳을 떠나도 되겠군요."

레오디안은 이곳에서 머무르는 것이 못내 못마땅한 듯했다. 그건 엘시아 역시 마찬가지였던지라, 엘시아는 이번에도 흔쾌히 고개를 끄덕였다.

"……시간이 늦었는데."

말꼬리를 돌린 레오디안은 어째선지 제 말허리를 댕강 잘라 내더니 뒷말을 한참 동안이나 잇지 않았다. 엘시아는 잠자코 레오디안이 무슨 말을 할지를 기다렸다. 기다림은 꽤나 길었다.

"여전히 불안합니다."

한참 만에 이어진 레오디안의 말에 엘시아가 고개를 갸웃했다.
"뭐가 불안하세요?"
레오디안은 입술을 달싹이다가 이내 입술을 맞물었다. 또다시 한참 말을 망설이는 레오디안을 엘시아는 의아한 눈으로 응시했다. 그렇게 얼마쯤 지났을까. 한동안 침묵하던 레오디안이 혼잣말처럼 중얼거렸다.
"……당신이 홀로 이곳에서 밤을 보내야 한다는 것이."
엘시아가 레오디안에게 집중하고 있지 않았더라면 미처 듣지 못했을지 모를 정도로 그의 목소리가 나직했다.
하지만 다행히도 엘시아는 레오디안의 말을 똑똑히 알아들었다. 그러나 엘시아는 선뜻 어떠한 반응도 하지 못했다. 레오디안이 그런 생각을 하고 있을 줄은 조금도 예상하지 못했기 때문이었다. 이번에는 엘시아가 말을 고르다가 한참 만에 말을 꺼냈다.
"저는 가끔 대공님이 저를 어린애로 여기시는 것 같다는 생각을 해요. 저는 어린애가 아닌데."
엘시아가 희미한 미소를 입가에 머금었다.
"대공님 눈에는 제가 리리엔 같은 어린아이로 보이시나 봐요."
잠시 당황한 기색으로 시선을 내돌리던 레오디안이 엘시아를 바라보며 입을 열었다.
"내가 불안을 느끼는 건 당신을 어린애 같다고 여기기 때문은 아닙니다."
"정말요?"
"예."
"……정말 단 한 번도 그렇게 생각한 적 없으세요?"
"……."
레오디안이 대답을 내어놓지 못한 채로 입을 닫았다. 사실 레오디안은 과하다는 생각이 들 정도로 사람을 가리고, 사람을 대하는 데 미숙한 엘시아가 세상을 모르는 어린애 같다고 생각한 적이 많았다.
"그런 생각을 해 본 적이 없으신 건 아닌가 보네요."

엘시아가 가볍게 내뱉은 말에 돌아오는 대답은 없었다. 딱히 레오디안을 책망하고자 꺼낸 말은 아니었다. 그래서 엘시아는 어깨를 으쓱이곤 화제를 돌렸다.

"그나저나 저택이 무척 조용하네요. 마치 우리 말고는 아무도 없는 것처럼 느껴져요."

"벽이 두껍더군요."

레오디안은 아까 이곳 침실 벽을 두드려 보았을 때를 상기하면서 말했다.

"이 안에서 무슨 소리가 나더라도 밖에서는 들을 수 없을 겁니다, 아마."

이 침실은 바로 옆방에서 들리는 소리조차 새어 나오지 않을 정도로 단단하고 두꺼운 벽으로 둘러싸여 있었다. 하물며 이곳과 멀리 떨어진 레오디안의 침실에서는 이곳의 소리를 듣는 건 굳이 확인해 보지 않아도 알 수 있을 정도로 요원한 일이었다.

아무리 온갖 난잡한 추문에 엮여 있는 아이작이라고 할지라도 설마하니 레오디안과 동행한 엘시아에게 허튼짓을 할 정도로 무모하지는 않겠지만, 그래도 레오디안은 혹시나 하는 마음에 긴장을 늦출 수 없었다.

귀족의 초대를 받아 그 저택을 방문할 때는 호위를 대동할 수 없다는 제국의 오래된 법도가 지금처럼 짜증스럽게 느껴진 적이 없었다. 애초에 자신이 관리하지 못하는 곳에서 길게 머물러 본 적이 없는 레오디안이었다. 그랬기에 과거에는 저택뿐만 아니라 신전에서도 지금처럼 누군가의 안위를 이렇게까지 걱정할 필요가 없었다.

"대공님, 피곤하세요?"

레오디안이 한참 말없이 어딘가를 바라보며 미간을 좁히자, 그가 피곤해서 그러리라 생각한 엘시아가 조심스럽게 권했다.

"그만 잠자리에 드는 게 어떠세요?"

"아닙니다. 잠시 생각할 것이 있어서 그랬습니다. 당신을 앞에 두고 홀로 생각에 잠기다니, 무례했습니다."

레오디안의 푸른 눈동자가 엘시아에게 고정되었다.

"내일 저녁까지 침실 안에서만 시간을 보낼 겁니까?"

"글쎄요. 딱히 생각을 안 해 봤어요."

"그러면 근처 마을 구경이라도 해 보면 어떻습니까."

레오디안의 제안에 잠시 고민하던 엘시아가 고개를 끄덕였다.

"그것도 좋을 것 같아요."

"그러면 내일 점심 식사를 마친 다음에……."

나직한 목소리로 말을 잇던 레오디안이 입술을 길게 다물더니 눈매를 좁혔다. 엘시아가 의아한 마음에 레오디안을 가만 응시하는데, 레오디안이 입을 열었다.

"아직 리베라를 벗지 않았군요."

"아……."

조그맣게 탄식을 내뱉은 엘시아가 새하얀 머리칼을 가리기 위해 머리 위에 쓰고 있던 검은 천을 만지작거렸다. 아까 엘시아는 편한 옷으로 갈아입었지만 리베라는 벗지 않았다.

"네, 자기 전에 벗으려고 했어요."

사실 이곳에서 편히 잠을 이룰 수는 없을 것 같았지만, 엘시아는 그냥 그렇게 말하고 말았다. 레오디안은 엘시아의 모습을 묵묵히 눈에 담고 있다가 이윽고 물었다.

"누군가에게 보이고 싶지 않아서?"

그런 마음이 아예 없지는 않았다. 바뀐 머리색을 혹시라도 아이작이 본다면 곤란해질 것 같다는 생각을 하기도 했다. 엘시아는 고개를 끄덕였다.

"불편하고 답답하지 않습니까."

"음…… 괜찮아요."

"동이 트고 당신이 아침을 맞이할 때까지 이 안으로 누구도 들어올 수 없도록 하겠습니다. 그러니 편하게 계십시오."

레오디안이 낮은 목소리가 귓전을 울렸다. 어쩐지 귀가 간지러운 느낌이었다. 작게 어깨를 움츠린 엘시아가 고개를 주억거렸다.

"그럼 벗을게요."

자리에서 일어난 엘시아는 곧장 거울 앞에 섰다. 리베라를 고정하고 있는 작은 핀들을 떼어 내고, 머리 위에 덮인 하늘하늘한 검은 천을 벗어 냈다. 그러고선 몸을 돌렸다.

곧장 레오디안과 시선이 마주쳤다. 엘시아가 리베라를 벗는 동안 내내 엘시아의 움직이는 모양새를 쫓고 있던 시선이었다.

"벗으니까 확실히 편하네요."

엘시아가 가볍게 읊조린 말에 레오디안이 고개를 까딱했다. 무언가 특별한 의사를 표하기 위한 것은 아닌, 별다른 의미 없는 움직임이었다.

"머리를 물들이는 방법도 있습니다."

"……검은색으로요?"

"달리 원하는 색이 있는 것이 아니라면."

머리를 물들인다니, 한 번도 고려해 본 적 없는 일이었다. 제 머리칼이 어떤 색이건 상관없었지만 새하얗게 변한 머리칼은 여전히 낯설었다. 제 것인데도 제 것 같지가 않았다.

"좋은 생각이네요. 한 번 고민해 볼게요."

본래 타고난 머리칼의 색과 비슷한 색으로 물들인다면 더는 리베라를 쓰지 않아도 될 테니 편하기는 할 터였다. 엘시아가 그런 생각을 하고 있는데, 레오디안이 창밖으로 시선을 돌리고선 흘리듯 말했다.

"이곳 백작저를 찾은 자가 꽤 여럿이더군요."

레오디안이 말을 이은 건 엘시아가 다시금 레오디안의 맞은편 소파에 앉았을 때였다.

"내일은 히치콕 백작 외에도 마주해야 할 사람이 많을 겁니다. 꽤나 피곤한 일일 테니 이만 잠자리에 드는 게 좋겠습니다."

레오디안은 침대를 둘러싸고 있는 기다란 휘장을 힐끗 보았다. 빛을 차단하기 위한 휘장은 꽤 두꺼웠다. 저런 휘장이 쳐진 침대라면 엘시아도 편하게 잘 수 있지 않을까. 만일 그가 이곳에서 내내 침실을 지키고 있더라도 말이다. 휘장 두께를 가늠해 보던 레오디안이 엘시아에게 눈길을 돌렸다.

"대공님은요?"

"나는 여기 조금만 더 앉아 있겠습니다."

레오디안은 망설임 없이 대답했지만, 그 대답이 엘시아는 어쩌면 거짓일지도 모른다고 짐작했다. 엘시아 그녀가 홀로 침실에서 밤을 보내는 게 불안하다고 몇 번이나 말했던 레오디안 탓이었다.

하지만 엘시아는 구태여 레오디안에게 자신이 의심하고 있는 바를 내보이지 않았다. 누군가를 걱정한다는 건 호의에서 비롯된다는 사실을 알고 있으니까. 자리를 지키려는 레오디안을 내쫓고 싶은 마음은 들지 않았다.

엘시아는 말없이 소파에서 일어나 침대로 다가갔다. 여전히 쉽사리 잠이 올 것 같지가 않았지만, 엘시아는 선선히 침대에 몸을 길게 뉘였다.

"대공님도 일찍 주무세요."

"그러겠습니다."

레오디안의 대답을 끝으로 침실에는 정적이 내려앉았다. 휘장 너머에서는 아무런 소리도 들려오지 않았다. 다만 레오디안의 인기척만 느껴질 뿐이었다. 엘시아는 가만가만 눈을 감았다.

타인의 기척이 불편하기 보다는 오히려 든든하다는 생각이 들었다. 만약이 휘장 너머 앉아 있는 사람이 레오디안이 아니었더라도 이런 생각이 들었을까. 공연히 그런 의문을 떠올리며 엘시아는 레오디안의 기척에 귀를 기울였다.

* * *

하이드는 천천히 눈꺼풀을 들어 올렸다.

빛 한 줄기 허락되지 않은 탓에 어둑한 공간만큼이나 새까만 머리칼을 아무렇게나 흐트러뜨린 채로 누워 있는 하이드의 붉은 눈동자는 공허했으나 퍽 맑고 깨끗했다.

소년과 청년의 경계에 선 듯한 외양을 지닌 하이드의 수려한 낯은 명망 높은 조각가의 역작처럼 완벽했다.

이를 달리 말하면 하이드의 조각 같은 얼굴은 무표정한 탓인지 현실감이 없어, 살아 숨 쉬는 평범한 인간 같지 않았다. 하이드에게서 느낄 수 있는 생동감은 일정한 속도로 깜빡거리는 눈꺼풀이 유일했다.

하이드는 천장만 바라보며 눈을 감았다 뜨기를 한참 동안 반복했다. 기실 하이드는 하루 일과라고 일컬을 만한 것을 영위하지 못하며 살아왔기에, 멍하니 눕거나 앉아 어딘가를 바라보며 시간을 흘려보내는 일에 굉장히 익숙했다.

그렇게 하이드는 시간을 허비했다. 대뜸 문이 열린 것은 그때였다. 갑작스럽게 난입한 누군가의 존재에도 하이드는 놀라지 않았다. 한참 전에 인기척을 눈치챘기 때문이었다.

상체를 일으켜 앉은 하이드는 고개를 돌려, 막 방 안으로 들어선 아이작에게 시선을 주었다. 아이작은 곧장 본론을 꺼내 놓았다.

"오늘 식사를 걸렀다고 들었어."

하이드가 느릿하게 고개를 끄덕이자 아이작이 낯을 와락 일그러뜨렸다.

"끼니는 반드시 챙기라고 누누이 말했을 텐데."

"배가 고프지 않아."

"그건 이유가 될 수 없어."

하이드를 주시하는 아이작의 눈초리가 매서웠다. 그런 아이작을 하이드는 말없이 응시했다.

"한 가지 물어보고 싶은 게 있어."

"……그래서 오늘분 식사를 물렸군."

아이작이 하이드가 머무는 방을 찾아오는 건, 하이드가 아이작이 제공한 식사를 거부했을 때뿐이었다. 그래서 아이작은 자신을 만나기 위해 하이드가 반항한 것이리라 금세 추측할 수 있었다.

"그래, 뭐가 궁금한데?"

썩 내키지 않다는 듯 말을 툭 내뱉은 아이작이 미간을 좁혔다. 하이드는 아이작에게서 시선을 떼어 내고는 허공 어딘가를 주시하면서 입을 열었다.

"누가 찾아온 거야?"

영 불친절한 질문이었지만 아이작은 하이드가 무엇을 묻고 있는지 어렵지 않게 알아차렸다.

매사에 관심이 없는 하이드가 평소와 다른 행동까지 하며 아이작을 불러내 이런 질문을 한 것은, 하이드도 느꼈기 때문일 터였다.

"그녀의 기운을 느꼈나 보군."

여느 괴물과는 다른, 너무나도 비범한 엘시아의 힘을 말이다.

아이작은 입매를 비틀어 비식 웃었다. 그리고 하이드가 엘시아의 존재에 관심을 보일 수밖에 없는 이유를 말했다.

"신경이 쓰이겠지. 그녀의 기운이 너의 것과 비슷하니까."

아이작이 엘시아의 정체를 단박에 알아차릴 수 있었던 이유이기도 했다. 비슷하다는 말로는 부족할 정도로 엘시아와 하이드는 닮아 있었으니까.

"그녀를 만나 보고 싶나?"

아이작이 비아냥거리듯 묻자, 하이드의 붉은 눈동자가 아이작을 향했다. 그 눈동자에 아이작으로서는 짐작할 수 없는 어떤 감정이 일렁이고 있었다.

꽤 한참을 기다렸으나 하이드에게서 대답을 들을 수 없었다. 아이작이 재차 물었다.

"그녀를 만나고 싶어?"

하이드가 느릿하나 분명하게 고개를 끄덕했다. 그 움직임을 목격한 아이작의 입매가 더욱 비틀렸다.

"그래, 만나게 해 주지."

아이작은 흔쾌한 어조로 선언했다.

* * *

눈꺼풀 너머로 환한 빛을 인지하였을 때, 엘시아는 지체 없이 눈을 떴다.

다행스럽게도 어느 순간 야트막하게나마 잠에 들었다. 하지만 짧은 수면으로는 모든 피로를 몰아낼 수 없었다.

불면에 익숙한 엘시아가 마냥 낯선 곳에서 잠깐이라도 잠을 잘 수 있었던 것은 기적에 가까운 일이었다. 그래서 엘시아는 짧은 잠이나마 영위할 수 있었다는 사실에 만족했다.

엘시아는 망설임 없이 침대에서 내려왔다. 그리고 곧장 문을 열었다.

그러자 직전 엘시아를 수마에서 건져 올린, 문을 두드리는 소리를 낸 장본인의 모습이 엘시아의 시아에 걸렸다.

"이른 시간에 죄송합니다."

때 아닌 방문자는 어제 엘시아를 침실로 안내해 준 집사였다. 그는 엘시아와 시선을 마주치기 무섭게 꾸벅 고개를 숙여 보였다.

"좋은 아침입니다."

"네, 그런데 무슨 일로……."

엘시아가 어색하게 끝을 흐린 말에 고개를 든 집사가 부드럽게 미소를 지으면서 용건을 꺼냈다.

"백작님이 아래 응접실에서 기다리고 계십니다."

예상치 못한 집사의 말에 당황한 엘시아는 힐끗 뒤를 돌아보았다. 레오디안은 어제 앉아 있던 소파에 여전히 앉은 채로 고요히 눈을 감고 있었다. 엘시아의 눈에 비친 레오디안은 깊은 잠에 빠져 있는 것처럼 보였다. 엘시아는 이내 레오디안에게서 시선을 떼어 내곤 다시금 집사에게 눈길을 주었다.

"……저, 일단 옷을 좀 갈아입어도 될까요?"

"아, 제가 미처 그 생각을 못했습니다. 죄송합니다. 옷시중을 들도록 사람을 들이겠습니다."

"아뇨."

엘시아가 황급히 고개를 저었다.

"그러실 필요 없어요. 혼자 준비할 테니, 그냥 잠시 후에 다시 와 주실래요?"

"……예, 그리하겠습니다."

아이작은 곧장 엘시아를 데려오라고 명했지만, 옷을 갈아입겠다는 엘시아를 억지로 끌고 내려갈 수는 없는 노릇이었다. 집사는 선선히 물러섰다.

"여러모로 실례가 많았습니다. 그럼, 저는 잠시 뒤에 다시 오도록 하겠습니다."

엘시아를 향해 꾸벅 고개를 숙여 보인 집사가 깔끔하게 몸을 돌렸다. 곧 문이 닫혔다.

엘시아는 집사가 떠나고도 잠시간 그 자리를 지키고 서 있다가, 이내 문을 닫고 돌아섰다.

그리고도 한동안 망설이던 엘시아는 조심스럽게 소리를 죽여, 레오디안이 잠들어 있는 소파로 가까이 다가갔다.

'내가 그 남자와 단둘이 만난다고 하면 분명 싫어할 텐데.'

엘시아를 홀로 두기 염려된다며 끝내 제 침실로 돌아가지 않고 밤새 엘시아의 침실을 지킨 레오디안이었다. 그 때문에 엘시아는 자신이 아이작과 만나는 것을 레오디안이 선뜻 받아들일 것 같지 않다는 생각을 했다.

'그래도 그 남자하고는 제대로 이야기를 나누어 보아야 하는데.'

아이작과 대화를 나누는 건 물론 레오디안이 없는 곳에서여야 했다. 엘시아와 아이작이 서로 공유하고 있는 비밀은 엘시아가 레오디안에게 들키고 싶지 않은 비밀이기 때문이었다.

게다가 엘시아에게는 레오디안은 물론이고, 심지어는 이 저택의 주인인 아이작도 모르게 비밀리에 해야만 하는 일이 있었다. 바로 '하이드'를 찾는 일이었다.

'어떡해야 하지…….'

그렇게 엘시아가 레오디안을 내려다보며 한참 생각에 잠겨 있을 때였다.

내내 굳게 닫혀 있던 레오디안의 눈꺼풀이 서서히 들어 올려지더니, 곧 그 사이로 새파란 눈동자가 드러났다.

레오디안의 눈동자는 일말의 망설임 없이 곧바로 목적한 곳을 향했고,

그로 인하여 그의 시선과 그녀의 시선이 한데 얽혔다.

레오디안은 방금까지 잠에 빠져 있던 사람이라고는 믿을 수 없을 정도로 무척이나 또렷한 눈동자로 엘시아를 응시하고 있었다. 그 짐짓 맹목적으로 느껴지기까지 하는 시선에 엘시아는 말을 잃었다. 레오디안에게 전할 말이 있는데, 선뜻 말문을 열 수 없었다.

그때 마치 멈춘 시간 속에서 속절없이 굳어 버린 사람처럼, 그저 엘시아를 주시하고 있던 레오디안이 천천히 몸을 일으켰다.

"……나갈 겁니까."

레오디안은 엘시아가 집사와 나눈 대화를 전부 들은 듯했다. 순식간에 엘시아와 눈높이가 엇비슷해진 상태에서 레오디안이 재차 물었다.

"그를 만날 겁니까."

소파에 등을 기대어 앉아 엘시아의 대답을 기다리고 있는 레오디안을 내려다보며, 엘시아는 커다란 남자를 내려다보고 있는 지금 이 상황이 어쩐지 조금 묘한 것 같다는 생각을 했다.

"……좀 주무시기는 한 건가요?"

레오디안이 묵묵히 고개를 저었다. 그가 잠을 자고 있다고 생각했는데, 알고 보니 사실은 그가 밤을 새운 것이란 사실에 엘시아는 내심 난감했다.

그 정도로 레오디안의 불안이 커다랗고 깊은 모양새였을 줄은 몰랐다. 엘시아는 한숨을 삼켰다. 그리고 잠시 뒤 입을 열었다.

"저는 백작님을 만나고 와야 할 것 같아요."

엘시아가 애써 태연하게 건넨 말에 레오디안의 눈매가 가늘어졌다. 레오디안은 곧장 의문을 내어놓았다.

"혼자서 말입니까?"

"네, 혼자서요."

레오디안은 엘시아의 말이 영 탐탁지 않다는 듯 미간을 좁혔다. 그를 알면서도 모르는 척, 엘시아는 말을 이었다.

"별일 없을 거예요."

"하지만……."

"그분에게 꼭 해야 하는 말도 있고."

엘시아는 퍽 단호한 표정을 지었다. 그 모습에 레오디안의 입술이 틈 없이 맞물렸다.

"금방 돌아올 거예요. 대공님은 쉬고 계세요."

레오디안은 엘시아가 의견을 굽힐 생각이 없다는 것을 알았다. 이곳이 아이작의 저택인 이상 엘시아와 아이작이 만나는 걸 언제까지고 막을 수는 없다는 사실도 알고 있다. 렝리탄으로 오면서 어느 정도 각오하고 있던 일이기도 했다. 하지만 막상 직접 겪어 보니 불안한 마음이 생각보다 더했다.

"그럼 응접실 근처에 있겠습니다. 이것만큼은 양보할 수 없습니다."

한참 만에 레오디안의 한숨 섞인 음성이 공기 중에 흩어졌다.

* * *

하루가 지나 다시 만난 아이작은 한껏 몸이 달아 있는 기색을 내보였던 어제와 달리 여유로운 표정을 짓고 있었다.

"아리테스 영애, 간밤 편안히 보냈습니까?"

엘시아는 잠시 대답을 미루고, 응접실 안을 둘러보았다.

엘시아가 옥빛의 드레스를 입고 리베라까지 착용을 마치자 머지않아서 집사가 침실을 찾아왔다. 그를 따라 내려온 응접실에서 엘시아를 기다리고 있던 사람은 아이작뿐만이 아니었다.

엘시아는 아이작의 맞은편 자리에 앉아, 아이작의 뒤로 보이는 두 명의 남자에게 차례로 시선을 주었다.

엘시아의 눈에 낯선 남자들은 인간이 아니었다. 엘시아는 무릎 위로 올려 둔 손을 꽉 움켜쥐었다.

"네, 편안하게 보냈어요."

"그렇다니 다행입니다."

"그런데 이분들은 왜 이곳에 계신 건가요?"

자신에게 경고를 하기 위해서일까. 엘시아가 날카로운 시선을 아이작에게 고정했다. 이윽고 아이작에게서 즐거운 기색이 역력한 목소리가 흘러나왔다.

"당신에게 이들을 꼭 소개해 드리고 싶었습니다."

아이작이 그의 뒤에 선 남자들을 향해 고개를 돌렸다. 그러자 남자들이 한 걸음 앞으로 나섰다.

"여긴 레이먼드, 그리고 이쪽은 오데르트라고 합니다."

두 쌍의 검은 눈동자에 엘시아의 창백한 얼굴이 담겼다.

"만나 뵙게 되어 영광입니다."

"영광입니다."

자신을 뚫어지게 바라보는 두 남자에게 엘시아는 아무런 말도 하지 않았다. 시선조차 주지 않았다. 그저 아이작만을 주시했다.

엘시아의 모습을 잠자코 응시하며 멀건 미소를 짓고 있던 아이작이 두 남자에게 명했다.

"이만 나가 봐."

"예, 주인님."

엘시아는 두 괴물이 응접실을 떠날 때까지도 아이작만을 직시하였다. 그런 엘시아의 붉은 눈동자를 아이작 역시 기꺼이 마주 바라보았다.

"방금 보셨다시피 이곳에서는 인간과 인외의 존재가 더불어 살아가고 있습니다."

문이 여닫히는 소리를 끝으로 정적이 흐르던 응접실에 아이작의 목소리가 울려 퍼졌다.

"어떻습니까. 이 저택은 실로 이상적인 곳이지 않습니까."

아이작은 능숙하게 엘시아의 찻잔에 찻물을 따랐다. 그 고아한 몸짓을 잠자코 지켜보며 엘시아가 입을 열었다.

"……제게 직접 보여 주실 필요는 없었어요. 진작 눈치채고 있었으니까요."

아이작은 엘시아가 날을 세우고 있다는 것은 어렵지 않게 알아차릴 수 있었다. 아이작이 찻주전자를 내려놓고, 대신 제 앞의 찻잔을 손에 쥐었다.

"당신은 대공에게 정체를 들키고 싶지 않은 것 아니었습니까?"

찻잔을 입가에 댄 아이작이 가볍게 흘려보내는 듯한 어투로 물었다. 하지만 이는 사실 아이작이 내내 엘시아에게 따져 묻고 싶었던 것이었다.

씁쓸한 찻물을 들이킨 아이작이 찻잔을 테이블 위에 올려놓을 때까지 엘시아는 아무런 대답도 하지 않았다. 아이작이 다시금 질문을 입 밖에 냈다.

"어째서, 대체 무슨 생각으로 대공을 대동하고 온 건지요."

이번에는 엘시아에게서 답을 들을 수 있었다.

"백작님을 믿을 수 없어서요."

엘시아가 단단한 목소리로 건넨 건 아이작을 자극하기에는 부족함이 없는 말이었다. 아이작은 가벼운 충격을 받았고, 저도 모르게 낯을 굳혔다.

"……방금 그 말이 어째 대공은 믿을 수 있다는 소리로 들리는군요."

"대공님은 믿음직한 분이시죠."

사실 엘시아가 레오디안과 함께 이곳에 오게 된 건, 엘시아가 아닌 레오디안의 뜻이었다. 그러나 그 자세한 사정까지 아이작에게 밝힐 필요도 이유도 없었다. 엘시아는 고요히 가라앉은 눈으로 아이작의 낯을 살폈다.

"하……."

이윽고 허탈하게 탄식을 내뱉은 아이작이 애써 입매를 끌어 올려 웃음을 지었다.

"저를 믿지 않는다니, 말도 안 되는 얘기군요."

"왜 말이 안 되나요?"

엘시아가 미간을 좁혔다. 아이작은 엘시아가 그를 믿는 게 당연하다는 듯 굴고 있었다. 그것이야말로 말이 안 되는 얘기였다. 아이작을 믿고 안 믿고는 엘시아의 자유였으니까.

"당신이 제가 아니면 이 세상에서 누구를 믿을 수 있겠습니까."

아이작이 애써 여유로운 미소를 가장한 채로 엘시아의 찌푸려진 낯을 바라보았다. 그러면서 말을 덧붙였다.

"당신은 나를 믿게 될 겁니다. 제가 당신에게 믿음을 드리겠습니다."
아이작은 단숨에 차를 들이켠 다음 자리에서 일어났다.
"오랜 실험의 결과물을 보여 드리지요."
아이작은 그렇게 선언하듯 말했다. 여태 그의 낯 위로 드리워져 있던 동요의 흔적은 죄 자취를 감추어 더 이상 찾아볼 수가 없었다.

* * *

"누구 찾으시는 분이라도 있습니까?"
천천히 걸음을 옮기는 동안, 엘시아는 연거푸 주위를 살폈다. 엘시아가 아이작을 만나는 동안 레오디안은 응접실 근처에 있겠다고 했다. 그런데 어째선지 엘시아가 아이작을 따라 지하로 내려올 때까지 마주치지 못했다. 엘시아의 모습이 의아했는지 아이작이 물었다. 그제야 엘시아가 아이작을 바라보았다.
"아뇨, 그런 건 아니고……. 그냥 조금 낯설어서요."
"아, 그럴 만도 하지요."
내심 의기양양한 표정으로 고개를 끄덕이던 아이작은 복도 끝에 다다르자 걸음을 멈추었다. 커다란 철문 앞에서였다.
"그 어떤 대저택에도 이토록 넓은 지하 공간은 없을 테니까요."
아이작이 문을 활짝 열어젖혔다. 그러자 아래로 뻗어 있는 충계가 드러났다.
"그럼, 가실까요."
엘시아는 말없이 앞서 걸어 내려가는 아이작을 뒤따랐다. 그렇게 한층 더 깊은 지하로 내려갔다.
직전 내려왔던 지하 일층은 꽤나 밝았는데, 이곳 지하 이층은 빛이 한층 더 희미한 탓에 한 치 앞만을 겨우 볼 수 있었을 정도로 어두웠다.
그러나 아이작의 발걸음에는 거침이 없었다. 이 어둑한 공간이 퍽 익숙한 듯 아이작은 빠르게 걸음을 내디뎠다.

"이 방입니다."

아이작이 또다시 열쇠 꾸러미를 꺼내더니 주렁주렁 매달려 있는 열쇠 중 하나로 문을 열었다. 엘시아는 아이작이 문을 여는 모습을 조금쯤 긴장한 채로 지켜보았다.

이윽고 문이 완전히 열리고 드러난 공간은 겉보기에는 평범한 침실이었다. 그러나 그 공간 안에 있는 유일한 존재는 평범하지 않았다.

엘시아는 방 안에 우두커니 앉아 있는 소년을 믿을 수 없다는 듯한 눈으로 응시했다. 금방이라도 어둠 속에 스며들 것처럼 새까만 머리칼을 가진 소년은 엘시아와 같은 붉은 눈동자를 지니고 있었다.

그런 소년에게서 느껴지는 기운은 그간 엘시아가 만난 여느 괴물과 달랐다. 인간도 괴물도 아닌 어중간한 존재, 엘시아 자신의 기운과 똑같았다.

그러므로 만일 지금 소년의 외모를 확인하지 않았더라도, 엘시아는 자신과 소년이 서로 닮은 존재라는 사실을 알아차렸을 것이다.

"어떻습니까."

아이작은 눈에 띄게 동요하는 엘시아를 즐거운 마음으로 내려다보면서 물었다.

"알아보았습니까?"

멍하니 정면을 주시하던 엘시아의 귓가에 아이작의 목소리가 파고들었다. 엘시아가 가까스로 고개를 돌려 아이작을 바라보았다. 아이작은 혼란스러워하고 있는 엘시아와 달리, 너무나도 태연하게 웃고 있었다.

"……당신의 아이인가요?"

엘시아가 마른 입술로 간신히 흘려보낸 메마른 목소리에 아이작이 입매를 비틀었다.

"내 아이?"

아이작은 마치 아주 우스운 농담이라도 들은 사람처럼 실소하며 되물었다.

"저게 정말 내 아이라고 생각하고 물은 건가요, 영애?"

엘시아는 시선을 돌려 다시금 방 안의 소년을 바라보았다. 그즈음 소년은 엘시아를 집요하게 주시하고 있었기 때문에, 엘시아는 자연스럽게 소년의 시선을 맞닥뜨리게 되었다.

엘시아의 눈앞에 있는 소년은 인간과 괴물의 혼혈 아이였다. 그래서 엘시아는 아이작이 괴물에게서 아이를 보고 지금까지 키워 온 줄 알았다. 그게 아이작이 말한 '오랜 실험'이고, 그 결과물이 소년이라고 생각했다.

"저 아이가 당신의 아이가 아니라면 대체 누구의 아이인데요?"

엘시아가 퍽 날카롭게 물었다. 아이작은 대답하지 않았다. 그저 한참 말없이 엘시아를 내려다보다가, 엘시아에게 안으로 들어가라는 듯 눈짓했다.

"그보다 놀랍지 않습니까? 당신과 같은 존재가 또 있다는 게."

아이작은 방 안의 소년과 엘시아에게 차례로 시선을 주면서 말을 이었다.

"당신이 이 세상에서 유일한 존재는 아니라는 사실이 말입니다."

엘시아는 아무런 반응도 보이지 않았다. 그런 엘시아에게서 아이작이 한 걸음 물러섰다.

"단둘이 대화를 나눌 시간을 드리겠습니다."

아이작은 또 한 걸음을 물러선 다음, 엘시아의 뒷모습에다 대고 말을 덧붙였다.

"그리 오랜 시간을 드리지는 못합니다. 안타깝게도 곧 아침 식사를 해야 할 시간이고, 전 다른 손님께 조찬을 베풀어야 하거든요."

엘시아가 미간을 좁힌 채 아이작을 돌아보았다. 아이작은 엘시아를 향해 환한 미소를 지어 보였다. 그러면서 말했다.

"그럼 문 앞에서 기다리겠습니다. 부디 편히 이야기 나누시길."

* * *

하이드는 한참을 망설인 끝에 가까스로 걸음을 내디디는 창백한 여자를 가만 지켜보았다.

여자는 한두 걸음이면 오갈 수 있는 짧은 거리에 꽤 오랜 시간을 소요했다.

그렇게 한참 만에 여자가 비로소 방 안으로 들어왔을 때, 기다렸다는 듯 문이 닫혔다.

여자는 당황한 기색이 역력한 표정으로 몸을 돌렸다. 아마 여자는 자신도 이곳에 갇혀 버린 것 같다는 생각을 한 듯했다. 여자가 다급하게 문고리를 잡아 돌렸다. 그러자 직전 닫혔던 문이 열렸다.

문을 몇 번 확인하던 여자는 비로소 문을 닫고 등을 돌렸다. 그리하여 다시 마주하게 된 여자의 낯에서 아까의 당황스러운 표정은 찾아볼 수 없었다.

"……여기서 태어났니?"

하이드는 여자의 얼굴을 물끄러미 바라보기만 할 뿐, 아무런 대답도 하지 않았다. 아니, 대답할 수 없었다. 자신이 어디서 태어났는지를 몰랐기 때문이었다.

하이드는 조금 난감해졌다. 여자의 말을 무시하려는 건 아닌데, 여자는 그렇게 오해할까 봐. 그래서 기분이 상한 여자가 방을 나가 버릴까 봐.

그건 싫었다. 여자와 대화를 나누고 싶었다. 여자가 목에 걸고 있는 목걸이는 하이드가 오래도록 간직해 온 기억 속의 목걸이였기 때문이었다.

여자에게 목걸이에 관해서 물어보고 싶었다. 하지만 평생 대부분의 시간을 혼자서 보내 온 하이드는 자신 쪽에서 먼저 대화를 시작하는 방법이나 대화를 이끌어 나가는 방법을 몰랐다.

다행스럽게도 여자는 눈앞의 남자애가 어째서 입을 꾹 다문 채 아무 말도 하지 않는지를 어렴풋이 짐작한 듯했다. 여자가 하이드에게 다른 것을 물었다.

"이름은 있어? 아니, 다른 사람들이 너를 뭐라고 부르는지 알고 있어?"

이번에는 하이드가 대답할 수 있는 질문이었다. 하이드는 무표정한 얼굴로 고개를 끄덕였다. 그리고 대답했다.

"하이드."

그가 누군가에게 처음으로 자신의 이름을 말한 순간이었다.

* * *

엘시아와 레오디안이 떠난 저택에서, 리리엔은 일찍이 아침을 맞이했다. 리리엔은 지체 없이 침대를 벗어났다.

"아가씨, 좋은 아침이지요?"

"응, 그러네."

사실은 조금도 좋은 아침이 아니었지만, 리리엔은 고개를 끄덕였다. 헤르테인이 리리엔의 옷시중을 들었다.

그렇게 별생각 없이 옷을 갈아입던 리리엔의 머릿속에 문득 오늘따라 유난히 저택이 고요한 것 같다는 생각이 스쳐 지나갔다. 머지않아서 리리엔은 그 이유를 짐작해 냈다.

"유모, 언니는 잘 도착했을까?"

"특별한 연락이 없었으니, 아마도 그렇겠지요."

"잘 도착했어야 하는데."

레오디안은 엘시아가 하루 빨리 몸을 회복하려면 복잡한 제도를 떠나, 조용한 곳에서 편안히 휴식을 취해야 한다고 했다. 그러기에 신성지만큼 적절한 곳은 없다던 레오디안은 어제 엘시아와 함께 신성지로 훌쩍 떠났다.

리리엔은 저택에 남았다. 엘시아와 외출할 계획을 이야기하던 레오디안에게 자신도 동행하고 싶다는 말은 꺼낼 생각조차 하지 않았다. 자신이 곁에 있으면 엘시아가 제대로 쉬지 못하리란 것을 누구보다도 잘 알고 있었기 때문이었다.

리리엔은 엘시아가 쉬어야 한다는 레오디안의 말에 전적으로 동의했다. 지금까지 생애 대부분의 시간을 리리엔을 돌보는 데 할애한 엘시아였다. 하물며 엘시아는 얼마 전에 의식을 잃었다 깨어나기도 했고, 심지어 신체에 이상한 변화가 생기기도 했다.

'레오디안과 함께 있으니, 엘시아가 위험한 일에 노출될 일은 없겠지.'

신성지 요헴에 있는 레오디안의 저택은 이전에 가 보았다. 그곳이라면 안전했다. 별일 없을 것이다. 그렇게 생각하며 리리엔은 공연한 걱정을 접었다.

그때 리리엔의 시중을 마친 헤르테인이 커다란 창을 가리고 있던 커튼을 젖혔다. 곧 방 안에 환한 빛이 스며들었다.

"날이 정말 좋아요."

헤르테인의 말에 리리엔은 대충 고개를 끄덕여 보였다. 그러자 부드럽게 미소 지은 헤르테인이 이내 방 한편으로 시선을 돌렸다.

"하루가 다르게 크네요."

어느 날부터 리리엔의 방에서 지내게 된 하얀 강아지를 두고 하는 말이었다. 리리엔은 정신없이 밥을 먹고 있는 하얀 강아지에게 성의 없는 시선을 던졌다가, 이윽고 눈길을 거두었다.

"아가씨, 이만 식사를 하러 내려가실래요?"

"응."

리리엔은 곧장 헤르테인과 함께 침실을 나섰다. 그리고 침실 밖에서 기다리고 있던 페이렌하고 아침 인사를 나누고, 가벼운 대화를 하면서 식당으로 내려갔다.

리리엔이 아침 식사를 마쳤을 즈음 오드리가 저택을 찾아왔다.

"지난밤 평안하셨나요, 아가씨?"

"네, 오드리는요?"

"저도 무척 편안한 밤을 보냈답니다."

상냥한 목소리로 말을 잇는 오드리와 티 테이블을 사이에 두고 마주앉은 리리엔은 오드리를 잠시 관찰하듯 바라보았다.

유난히 예쁜 입술을 가진 오드리는 앞으로 에밀리아 테르만 백작 부인을 대신해 리리엔을 가르치게 된 가정 교사였다.

리리엔과 오드리가 처음 만났을 때, 오드리는 자신이 페레이스 왕국 출신이라고 말했다. 현재의 리리엔은 페레이스에 가 본 적이 없지만, 그곳에 대해서는 알고 있었다. 페레이스에 리리엔이 곧 가게 될 아카데미가 위치해 있기 때문은 아니었다.

리리엔이 중대한 결정을 내릴 수 있도록 도와준 사람이 바로 페레이스 출신이었기 때문이었다.

퍽 오래되어 빛이 바랜 기억이나, 리리엔은 그 이름만큼은 마냥 선명하게 떠올릴 수 있었다. 리리엔은 그 이름을 머릿속으로 더듬어 보았다.

'클로안 루벤체스.'

그는 페레이스의 왕자였으나 왕족의 의무에서는 자유로웠다. 그래서 그의 형인 왕세자가 왕위를 물려받은 이후, 그는 주변국을 자유롭게 여행했다. 리리엔이 그를 만날 수 있었던 것도 그가 암브로시우스 제국에 여행을 온 덕분이었다.

그를 만난 건 리리엔에게는 기적에 가까운 행운이었다. 그 덕분에 리리엔은 자신의 삶에서 가장 중요하였으나, 잃어버리고 말았던 것을 되찾을 수 있었다. 아니, 되찾을 수 있는 기회를 얻을 수 있었다.

신에게 의지하며 살아가는 사람들의 나라인 암브로시우스 제국과 달리 페레이스는 신을 믿지 않는 이들의 나라. 페레이스 출신인 그가 리리엔이 신의 힘을 이전과 다른 방식으로 사용할 수 있도록 깨달음을 준 건 모순적인 일이었다.

하지만 모순적이기는 할지언정 분명히 일어난 일이다. 물론 지금의 자신은 그를 만난 적조차 없는 상태이고, 또 어쩌면 두 번 다시는 그를 만날 수 없을지도 모르지만. 리리엔은 가볍게 자조하면서 상념에서 벗어났다.

그때 오드리는 피로 회복에 도움이 되는 찻잎 세 가지를 함께 우려낸 차를 음미하고 있었다. 리리엔은 오드리가 찻잔을 내려놓기를 잠시간 기다리다가 입을 열었다.

"오드리, 당신에게 한 가지 궁금한 게 있어."

"그것이 무엇인가요, 아가씨?"

오드리가 실로 오랜만에 만난 페레이스 출신의 사람이었기 때문일까. 리리엔은 공연한 질문을 했다.

"당신은 어째서 당신의 나라가 아닌 이 나라에서 지내고 있는 거야?"

오드리는 잠시 말이 없었다. 리리엔의 말을 공격적으로 받아들인 것은 아니었고, 그저 예상치 못했던 질문에 조금 당황한 탓이었다.

그런 이유로 오드리의 대답은 뒤늦게 나왔다. 오드리는 긴장한 얼굴빛의 리리엔을 다독이듯 부드러운 미소를 띠며 말했다.

"제가 원했기 때문이에요, 아가씨."

오드리의 대답은 단순하고 간결했다. 그에 리리엔은 적잖은 충격을 받았다. 귀족 신분인 사람이 제 나라를 떠나서 살고 있으니, 거기에는 무언가 피치 못할, 심각한 사정이 있으리라 지레짐작하고 있었기 때문이었다.

그런데 무슨 사정이 있기는커녕, 단순히 그러기를 원해서였다니. 리리엔이 놀란 눈으로 오드리를 바라보는데, 오드리가 입을 뗐다.

"태어나 자란 나라를 떠나는 건 쉬운 일은 아니죠. 하지만 그것을 기꺼이 감수할 정도로, 저에게는 다른 나라의 아이들을 만나고, 또 가르침을 주고 싶다는 큰 욕심이 있었어요."

그렇게 말하는 오드리는 아스라한 기억을 떠올린 듯 감회 어린 표정을 짓고 있었다. 그 표정에 후회나 회한은 스며 있지 않았다.

리리엔은 의외로운 눈으로 오드리를 물끄러미 주시했다. 제 눈앞의 오드리가 무척 단단하고 강한 사람 같다는 생각이 들었다.

"……그럼 나도, 원하면 내 나라가 아닌 곳에서 살 수 있을까."

그러다가 불현듯 저도 모르게 혼잣말처럼 중얼거리고 말았다. 리리엔은 스스로 내뱉은 말에 놀라 흠칫 어깨를 굳혔다. 그러나 그런 리리엔과 달리 오드리는 여상한 목소리로 리리엔의 혼잣말에도 상냥한 대답을 내어놓았다.

"그럼요, 아가씨."

마치 너무도 당연하며 변하지 않는 진리를 말하고 있는 것처럼 오드리는 망설임이 없었다. 오드리가 부드럽지만 나약하지는 않은 어조로 못 박듯 말했다.

"얼마든지요."

* * *

"하이드."

그 무미건조한 목소리가 공허한 방 안에 울려 퍼진 순간, 엘시아의 눈이 놀라움으로 휘둥그레졌다. 엘시아는 도무지 믿을 수 없다는 듯 물었다.

"……네가 하이드라고?"

하이드는 주저 없이 고개를 끄덕여 대답을 대신했다. 엘시아는 혹시나 하는 마음에서 다시금 의문을 입술 사이로 내뱉었다.

"이 저택에 혹시 너 말고 하이드라는 이름을 가진 사람이 또 있어?"

"나는, 몰라."

하이드가 내놓은 짧은 대답은 엘시아의 의문을 해소하기에 턱없이 부족했다. 엘시아는 미간을 살짝 찌푸린 채로 되물었다.

"모른다니?"

"나는 여기서만 지냈으니까. 나를 찾아오는 사람도 많지 않고."

하이드의 말을 끝으로 방 안에는 정적이 흘렀다. 하이드는 자신에게 엘시아가 다시 무엇이라도 물어 주기를 기다리며, 엘시아의 붉은 눈동자와 엘시아의 목에 걸린 목걸이를 번갈아 보았다.

그렇게 얼마나 지났을까. 엘시아가 희게 질린 얼굴로 바짝 마른 입술을 열었다.

"……혹시 단 한 번도 밖에 나가 본 적이 없어?"

"아니, 예전에 몇 번 나가 본 적 있어."

하이드의 대답에 순간 숨을 크게 들이쉬었던 엘시아는 이내 떨리는 목소리로 물었다.

"네 부모가 너를 이 방에 가둬 둔 거니?"

"어머니가. 어머니는 내가 여기서 얌전히 있기를 바라."

"……네 아버지는?"

"아버지는 몰라. 한 번도 본 적 없어."

하이드는 자신에게 엘시아가 연신 질문을 던지고 있는 상황이 퍽 기꺼워서 흔쾌히 답을 이어 나갔다.

그러나 뒤이어진 엘시아의 물음으로 지금껏 한 사람이 일방적으로 묻고, 한 사람은 대답하던 대화에 끝이 찾아왔다.

"여기서 나가고 싶지는 않아?"

"……글쎄."

곧 두 사람 사이에 자리하고 있는 어둠 속에 적막이 스몄다.

엘시아는 조용히 하이드의 얼굴을 들여다보았다. 이 어두운 방 밖의 세상이 조금도 궁금하지 않은지, 하이드는 대수롭지 않다는 듯한 표정을 짓고 있었다.

그런 하이드의 모습에서 엘시아는 저도 모르게 과거 자신의 모습을 겹쳐 보았다. 집 밖으로 나가기 위해서 언제나 큰 용기를 내야만 했던 자신의 모습을 말이다.

그러나 과거의 엘시아와 현재 하이드의 처지는 비슷하면서도 달랐다. 적어도 그때 엘시아는 자신의 의지만 있다면 밖으로 나갈 수 있었으니까.

하지만 하이드는 갇혀 있었다. 하이드가 이곳에 갇혀 살고 있다는 사실은 누가 보더라도 알 수 있을 정도로 명백했다.

지하로 통하는 두 개의 철문, 그 문은 단단하게 잠겨 있었고, 하이드의 방문 역시 그러했다. 아이작은 이 방과 이 방 밖의 세상을 철저하게 단절시켜 놓았다.

'나한테 믿음을 주겠다더니.'

엘시아는 언제나 능글맞은 미소를 짓고는 하는 아이작을 떠올리고는 입술을 질끈 깨물었다. 아이작은 자신이 이 모습을 보고 나면 그를 믿게 될 것이라 생각한 걸까? 진심으로? 소리 없이 의문을 짚어 나가는 엘시아의 속에서 불길이 치밀어 올랐다.

지금 엘시아는 아이작을 믿게 되기는커녕, 아이작을 혐오스럽게 여기게 되었다.

하이드가 인간이 아니라고 해서, 이런 취급을 당해도 괜찮다는 뜻은 아니다. 아이작은 물론이고 이 세상 그 누구도 하이드의 자유를 박탈할 수 있는 권리가 없다.

엘시아는 마치 자신이 아이작에게 자유를 억압당한 채로 지내고 있기라도 한 양, 하이드의 처지에 깊이 몰입했고 그로 인하여 지독히도 커다란 분노를 느꼈다.

"화났구나."

그때 하이드가 처음으로 먼저 말문을 열었다.

"네가 화를 내고 있는 게 느껴져."

언뜻 혼잣말처럼 중얼거린 하이드의 붉은 눈에 이채가 서렸다. 하이드는 눈앞의 엘시아를 무척 흥미롭다는 듯 바라보았다.

한편 엘시아는 분을 삭이려고 노력했다. 뒤늦게나마, 지금 이 상황에서 홀로 화를 내느라 시간을 낭비하는 건 멍청한 일이라 생각하였기 때문이었다. 아이작이 언제 또 하이드와 대화를 나눌 수 있는 자리를 마련해 줄지 모른다. 아니, 어쩌면 지금이 마지막일 수도 있었다.

그런 이유로 맹렬하던 감정을 차분히 가라앉힌 엘시아가 입을 열었다.

"레븐이 너를 찾으라고 했어."

"레븐이 누구지? 모르겠어."

"……네가, 나를 도울 수 있다고. 내가 하려는 일에 네가 도움을 줄 수 있다고 말한 남자야."

하이드는 영문을 모르겠다는 표정이었다. 그에 하이드가 정말 아무것도 모르고 있다는 사실을 눈치챈 엘시아는 이내 참담한 심정이 되었다.

"그래서."

그때 하이드가 뜬금없이 화제를 돌렸다.

"……그래서 너는 뭐라고 불리는데?"

아. 엘시아가 나직이 탄식했다. 여태 하이드에게 제 이름조차 알려 주지 않았다는 사실을 뒤늦게야 깨달은 탓이었다.

"나는 엘시아야."

"……엘시아."

하이드가 엘시아의 이름을 뇌리에 똑똑히 새기기라도 할 것처럼 몇 번이고 엘시아의 이름을 되뇌었다. 그러다가 천천히 자리에서 일어났다.

엘시아와 하이드 사이에 존재하던 거리가 서서히 좁혀 들었다. 손을 조금만 뻗으면 서로에게 닿을 수 있는 가까운 거리에서, 하이드는 멈춰 섰다. 그리고 엘시아를 빤히 내려다보다가 어느 순간 침묵을 깼다.

"그 목걸이, 예전에 본 적이 있어."

"……이걸?"

"응."

엘시아는 무심코 목에 걸고 있는 목걸이를 만지작거렸다. 이 목걸이는 레오디안이 오랜 시간 간직하고 있던 것이다. 리리엔이 지니고 있는 목걸이와 정확히 하나의 쌍을 이루는 목걸이.

이 목걸이에는 비오렌치아가 깃들어 있었다. 리리엔의 목걸이 역시 그러했다. 그리고 그 사실을 엘시아가 알게 된 건, 엘시아가 비오렌치아를 사용할 수 있게 된 이후의 일이었다.

그리하여 뒤늦게야 안 사실이지만, 레오디안이 리리엔이 그의 동생이라는 사실을 한눈에 알아볼 수 있었던 건 어쩌면 리리엔의 목걸이에 깃든 비오렌치아 덕분일 수도 있었다.

그런 목걸이를 본 적이 있다니. 엘시아는 하이드를 내심 의아한 눈으로 바라보았다. 하이드가 목걸이에 담긴 비오렌치아를 느꼈을 것 같지는 않았다. 엘시아 자신도 비오렌치아를 갖게 된 이후에야 목걸이에 담긴 힘을 느낄 수 있었으니까.

하지만 하이드의 말이 정말 사실이라면, 그것은 하이드가 과거에 레오디안이나 리리엔을 만난 적이 있다는 소리였다. 이곳 렝리탄과 엘시아와 리리엔이 살던 제스아는 무척 가까웠다. 레오디안이 평생을 살아온 제도와는 다르게 말이다.

그러니까 어쩌면.

"혹시 리리엔을 만난 적이 있어?"

"리리엔……?"

순간 고개를 비스듬히 기울였던 하이드가 아까 엘시아의 이름을 들었을 때처럼 리리엔의 이름을 여러 번 발음했다.

"그 여자애를 리리엔이라고 부르는구나."

하이드는 깊은 깨달음이라도 얻은 사람처럼 고개를 주억거렸다.

설마하니 하이드가 리리엔을 만난 적이 있을 줄은 꿈에도 몰랐다. 엘시아가 놀라 눈을 크게 떴다. 그때 하이드가 말했다.

"여기서 나갈래."

하이드의 텅 비어 있던 붉은 눈동자에는 뜨거운 열망이 일렁거리고 있었다.

"그 애를 다시 만나고 싶어."

* * *

하이드는 멀리서 여자애가 하는 양을 지켜보았다. 사실은 조금 더 가까이 다가가서 보고 싶지만, 그랬다가는 여자애가 그의 존재를 알아차릴지도 몰랐다. 그러면 여자애는 분명 그를 쫓아낼 것이다. 첫 만남에서 그러했듯이 말이다.

하이드는 여자애와의 첫 만남 이후, 틈이 생길 때마다 이곳을 찾아왔다. 그런 하이드를 발견하면 여자애는 언제나 '죽고 싶은 게 아니면 얼른 사라지는 편이 좋을걸.' 하는 식으로 경고했다.

조그만 여자애가 한 경고치고는 퍽 날카로운 모양새였지만, 그 경고가 하이드는 조금 우습다고 생각했다. 그도 그럴 게 하이드 그는 쉽게 죽지 못하는 육신을 지니고 있었다. 하물며 조그맣고 마른 여자애의 손에 그가 죽을지도 모른다니 말도 안 되는 이야기였다.

그러니 지금 하이드가 기척을 죽인 채 멀리 떨어져 있는 건 여자애의 경고가 무서워서는 아니었다. 그저 여자애의 웃는 얼굴이 보고 싶어서였다.

저기 멀리 환하게 미소를 짓고 있는 여자애는 그를 맞닥뜨리는 순간, 험악하게 표정을 일그러뜨리리라는 사실을 하이드는 너무나도 잘 알고 있었다.

그래서 하이드는 여자애를 몰래 훔쳐봤다. 여자애는 적당히 굵은 나뭇가지로 땅을 파헤치는 데 열중하고 있었다. 그러느라 여자애의 손이며 팔에는 흙이며 먼지 따위가 엉망으로 엉겼다.

그게 아니더라도 여자애는 언제나 엉망인 몰골이었다. 제 초라한 집 사정과 크게 다르지 않은 허름한 옷만을 입었고, 꾀죄죄했다. 화려하고 커다란 저택에서 지내 온 하이드에게는 영 익숙하지 않은, 그런 추레함이었다.

하이드는 새삼 제 차림새를 성의 없는 시선으로 훑어보았다. 하이드가 입고 있는 옷은 얼룩 하나 찾아볼 수 없이 깔끔했다. 그뿐만 아니라 어느 귀공자나 입을 법한 값비싼 옷이었다. 하이드는 늘 비싸고 귀한 옷들만을 입었다.

비단 옷에 국한된 이야기가 아니었다. 하이드에게 제공되는 모든 것이 그러했다. 하이드는 최상급의 것들에만 둘러싸여 지내 왔다.

하지만 하이드는 현재 그의 눈앞에 있는 여자애의 은빛 머리칼이, 그가 지금까지 보아 온 그 어떤 것보다도 빛난다고 생각했다. 그래서인지 하이드는 한낮의 밝은 볕 아래 반짝반짝 빛나는 여자애의 머리카락에서 눈을 떼지 못했다.

그즈음 여자애가 하이드의 기척을 알아차렸다. 내내 웃고 있던 여자애의 표정에 단숨에 날카로운 기운이 서렸다. 하이드는 저도 모르게 한 걸음 뒤로 물러났다.

여자애가 성큼성큼 하이드에게 다가왔다. 그렇게 금세 거리를 좁힌 여자애의 손에는 황금빛 보석이 달린 목걸이가 들려 있었다. 여자애는 하이드의 눈앞에 그 손을 마구 흔들었다. 아무래도 단단히 화가 난 것 같았다.

'내 말이 우스워?'

'……'

'여기 다시는 오지 말라고 했잖아.'

하이드는 마치 무언가에 홀리기라도 한 것처럼 여자애를 바라보다가 물었다.

'그건 뭐야?'

여자애는 어이가 없다는 표정이었다. 순순히 대답해 줄 기색이 아니어서, 하이드가 재차 말했다.

'그게 뭔지 궁금해.'

'네가 알아서 뭐 하게?'

여자애가 등 뒤로 손을 감추었다. 아마 하이드에게 목걸이를 보이고 싶지 않은 것 같았다.

'궁금해.'

하이드가 끈질기게 묻자, 여자애는 헛웃음을 쳤다.

'소중한 거야.'

'소중한 것?'

'그래, 그래서 누구도 볼 수 없는 곳에 잘 숨겨 둔 거고.'

여자애는 이제 알았으면 얼른 사라지라며 빈손을 휘휘 내저었다. 그러더니 여느 때처럼, 죽고 싶지 않으면 다시 오지 말라는 말을 덧붙이고는 주저 없이 몸을 돌렸다.

'……무엇보다도 언니가 알면 속상해할 테니까, 언니가 없을 때만 꺼내서 볼 수 있는 거지만.'

여자애는 하이드로서는 의미를 알 수 없는 말을 중얼거리면서 멀어졌다. 하이드는 여자애가 집 안으로 들어갈 때까지 여자애의 뒷모습을 멍하니 바라보고만 있었다.

어느 순간 하이드는 회상에서 벗어났다. 그러나 여전히 눈앞에 흐린 기억 속 조그만 뒷모습이 선명한 느낌이었다.

"소중해서 누구도 볼 수 없는 곳에 숨겨 둔 거라고 했어."

하이드는 불쑥 난입한 아이작으로 인해 엘시아가 떠나고, 홀로 남은 침실에서 고저 없고 무미건조한 목소리로 중얼거렸다.

"……그게 무슨 뜻이었는지 이제 알 것 같아."

* * *

엘시아는 마치 누군가 제 뒤를 쫓아오기라도 하는 양, 황급하게 침실 안으로 들어서서는 곧장 문을 닫았다.

쾅, 문이 닫히는 소리를 마지막으로 방 안에는 적막이 내려앉았다. 엘시아는 가까스로 걸음을 옮겨 소파에 앉았다. 한껏 긴장으로 굳어져 있던 몸이 그제야 이완됐다. 엘시아는 가느다란 한숨을 내쉬었다.

'하이드가, 나와 같은 존재일 줄은 몰랐어.'

엘시아는 그녀와 같이 인간과 괴물 사이에서 태어난 아이가 또 있으리라곤 짐작조차 하지 못했다. 하물며 그 아이가 아이작의 저택에서 살고 있을 줄은 더더욱 예상하지 못했다.

인간과 괴물의 혼혈은 자신이 유일할 것이라는 생각에서는 아니었다. 엘시아는 자신이 특별한 존재라고는 전혀 생각하지 않았다.

다만 엘시아는 인간과 괴물 사이에서 태어난 아이는 대개 쉽게 죽는다는 사실을 스위티아 덕분에 알고 있었다. 또한 지금까지 살면서 자신과 같은 존재를 단 한 번도 만난 적이 없었던 엘시아였다. 그래서 엘시아는 갑작스럽게 마주하게 된 하이드의 존재가 당황스러웠다.

그리고 무엇보다도 그런 하이드가 레븐이 말한, 아이작의 저택에서 찾아내라고 했던 그 '하이드'라는 사실이 난감했다.

'정말 하이드가 나를 도와줄 수 있을까……?'

좀처럼 확신할 수가 없었다. 엘시아는 방금 만났던 하이드의 모습을 떠올려 보았다.

어딘지 체념한 듯한, 아무런 미련도 없는 것만 같던 텅 빈 붉은 눈동자. 그건 언제나 스스로를 혐오하며 살아온 엘시아의 눈동자와도 비슷했다.

'게다가 하이드가 예전에 리리엔과 만난 적이 있다니.'

엘시아는 저도 모르게 목걸이를 만지작거리며 생각에 잠겼다. 이곳 렝리탄은 엘시아가 도망쳐 온 마을, 제스아와 가까웠다. 그러나 설마하니 하이드와 리리엔이 일면식이 있었을 줄이야.

엘시아는 자연스럽게 리리엔을 떠올렸다. 만약 하이드의 말이 사실이라면, 하이드가 정말 리리엔과 만난 적이 있다면. 그렇다면 리리엔은 어째서 하이드를 만났다는 사실을 숨겼을까?

리리엔은 엘시아가 종종 사냥을 위해 집을 비울 때면, 텅 빈 집에서 얌전히 엘시아가 돌아오기만을 기다렸다. 그리고 엘시아가 돌아오면, 하루 종일 무엇을 하면서 시간을 보냈는지 자세하게 이야기해 줬다.

'하이드는 분명 리리엔에게 관심이 있는 것처럼 보였어.'

하이드는 엘시아의 목에 걸린 목걸이가 무엇인지 단번에 알아보았다. 그뿐만 아니라, 하이드는 리리엔과 만나고 싶다는 욕망을 엘시아를 향해 분명히 내비쳐 보였다. 그랬기에 알 수 있었다. 하이드가 리리엔하고 만났던 기억을 퍽 소중하게 간직해 왔다는 사실을 말이다.

그리고 하이드가 지금까지 리리엔과의 인연을 간직해 온 건, 하이드와 리리엔 사이에 어떤 특별한 교류가 있었기 때문일 것이다. 대체 하이드와 리리엔, 두 사람 사이에 무슨 일이 있었을까. 두 사람은 알고, 엘시아 자신은 모르고 있는 것이 무엇일까. 고민하는 엘시아의 낯이 점차 초조함으로 물들었다.

그 무엇보다도, 그 지하에서 어떻게 하이드를 빼낼 수 있을지가 막막했다. 마땅한 방법이 떠오르지 않았다. 하이드를 데리고 이곳에서 나가는 일은 현재로서는 영 요원하게만 보였다.

엘시아는 부지불식간 귓가를 파고든 빗소리에 창밖으로 시선을 돌렸다. 어젯밤 한차례 쏟아지고 그친 비가 어느새 다시금 추적추적 내리고 있었다. 싸늘한 비가 여름의 온기를 거두어 가며 대지 위를 적시고 또 적시어 나갔다.

* * *

그 시각, 레오디안은 눈앞의 제이스 클레멘체스 자작과 루디언 테이먼 자작을 짜증으로 일그러진 눈매로 응시하고 있었다.

레오디안은 엘시아와 아이작이 만나는 응접실 앞을 지키고 있다가 이들에게 붙잡혔다.

아이작은 오직 엘시아만을 만찬에 초대한 것이 아니었다. 그렇기 때문에 원치 않아도 다른 사람을 마주칠 수밖에 없었다. 그러나 그때가 하필이면 지금일 줄이야.

"어디에서도 좀처럼 만나 뵐 수 없는 대공 각하를 이곳에서 만날 줄이야, 꿈에도 몰랐습니다."

"대공 각하는 사교계와 거리를 두시는 분이시니 당연한 얘기지요."

서로 간에 아예 마주치지 않았으면 몰라도, 이미 얼굴을 맞닥뜨리고 만 상황이었다. 레오디안은 그에게 대화를 청하는 이들을 무시할 수가 없었다. 결국 레오디안은 두 자작과 함께 다른 방에 자리하였다. 엘시아와 아이작이 있는 응접실의 바로 옆 응접실이었다.

"오늘 만찬에도 자리를 하시겠지요, 각하?"

"그렇소."

레오디안이 굳이 탐탁지 않은 기색을 숨기지 않은 채로 대답했다. 그러나 제이스나 루디언은 레오디안의 건조한 대답에도 크게 개의치 않았다.

그들은 레오디안의 성격이라면 여러 소문으로 들어 알고 있었다. 또한 레오디안이 제도와 신성지를 오고 가며 제 할 일만을 묵묵히 할 뿐, 사교계나 그곳의 가십에는 인연이 없는 삶을 살아왔다는 건 중앙 귀족이라면 누구라도 알았다.

"듣자하니 렝리탄에 홀로 오신 것이 아니라고요?"

제이스가 미심쩍은 미소와 함께 물었다. 대충 대화를 마무리하고 자리를 떠나고 싶었던 레오디안, 자꾸만 새로운 화제를 꺼내는 제이스가 그저 짜증스러웠다.

"내가 누구와 함께 왔는지 그대가 어째서 신경을 쓰는 거지? 그게 그대에게 중요한가?"

"그것은 아닙니다만……."

제이스가 여전히 미소를 입가에 건 채로 말끝을 흐렸다. 그러면서 그는 루디언에게 힐끗 시선을 주었다. 그 시선에 루디언이 입을 열었다.

"각하께서 이미 알고 계시는지도 모르겠으나, 현재 각하와 각하의 저택에서 머무르고 있는 여인에 관한 소문이 돌고 있습니다."

루디언은 점차 싸늘하게 식어 가는 레오디안의 표정에도 입을 다물지 않았다.

"이곳에 동행하신 분이 바로 그 소문의 여인이겠지요?"

루디언이 하고자 하는 말을 기어코 끝냈을 때, 레오디안은 자리를 털고 일어났다.

"내 앞에서 사사로운 소문이나 지껄일 작정이라면 듣고 싶지 않네. 그러니 이만 일어나 보겠네."

"……잠깐, 대공 각하!"

제이스가 다급한 목소리로 레오디안을 붙잡으려 하였으나, 레오디안은 뒤도 돌아보지 않고 그대로 응접실을 빠져나왔다.

그러기가 무섭게 마침 근처를 지나던 아이작을 맞닥뜨렸다.

"각하, 여기 계셨군요."

아이작이 반색하며 레오디안에게 말을 붙였다.

"아까 각하께서 머무르고 계시는 침실에 시종을 올려 보냈는데, 시종이 전하길 각하께서 침실에 계시지 않다기에 의아하던 참이었습니다."

아이작은 갑작스럽게 마주친 레오디안을 보고도 당황하지 않았다. 레오디안은 미묘하게 미간을 좁혔다.

"아리테스 영애와 이야기는 마쳤나?"

"예, 무척이나 즐거운 시간이었지요. 아마 지금쯤이면 아리테스 영애는 침실에 계실 겁니다."

"그렇군."

대강 고개를 끄덕이며 걸음을 내딛은 레오디안을 아이작이 불러 세웠다.

"아, 그런데 말입니다, 각하."

레오디안은 고개만 돌려 아이작을 바라보았다. 아이작이 물었다.

"어찌하여 이곳을 찾아 주신 건지, 그 이유를 제게 알려 주실 수 있습니까?"

"여기 모인 이들은 하나같이 이상한 데 관심이 참 많군."

"……무슨 불쾌한 일이라도 있으셨나 봅니다."

짐짓 걱정스럽다는 듯한 목소리였지만, 그 표정은 그렇지 않았다. 아이작은 오히려 기껍다는 듯 미소를 띠고 있었다. 그를 향해 레오디안이 경고했다.

"허튼 짓은 하지 않는 편이 백작에게도 좋을 것이다."

"허튼 짓이라면 무슨……?"

"그것은 그대가 더 잘 알겠지."

레오디안의 서늘한 낯을 응시하던 아이작이 피식 조소를 흘렸다.

"으음, 애석하게도 딱히 짚이는 바가 없습니다, 각하."

레오디안은 능청스럽게 말하는 아이작을 잠시 말없이 내려다보다가, 이내 아이작을 뒤로하고 걸음을 옮겼다. 아이작은 이번에는 레오디안을 붙잡아 세우지 않았다.

* * *

레오디안이 엘시아의 침실을 찾았을 때, 엘시아는 소파에 멍하니 앉아 있었다. 레오디안은 어느새 그에게 시선을 두고 있는 엘시아를 바라보다가 문을 닫았다.

"이 저택 아래 두 개의 층으로 된 넓은 지하 공간이 있어요."

레오디안이 엘시아에게 가까이 다가가자 엘시아가 꺼낸 말이었다. 레오디안은 엘시아의 맞은편 소파에 앉은 다음, 입을 열었다.

"그걸 어떻게 알았습니까?"

"백작님이 보여 줬어요."

"백작과 지하에 내려갔다 왔다는 얘깁니까?"

"네."

엘시아가 순순히 답하자 레오디안의 미간이 구겨졌다.

"그의 무엇을 믿고 그를 따라서 지하에 내려간 겁니까. 그가 무슨 짓을 할 줄 알고."

레오디안이 드물게 빠른 속도로 말했다. 그에 엘시아는 내심 당황했다. 레오디안이 이렇게 격한 반응을 보일 줄은 몰랐다.

"……자리를 지켰어야 했는데."

엘시아가 당황한 마음에 말을 고르는데, 레오디안이 혼잣말처럼 중얼거린 말이었다. 엘시아는 거듭 당황하여 말없이 레오디안을 바라보았다. 레오디안이 짤막한 침묵 끝에 말했다.

"그래서 그곳에 무엇이 있었습니까?"

그렇게 묻는 레오디안은 어느덧 심각한 낯빛을 지우고, 평소와 같은 무표정한 얼굴이었다. 레오디안은 엘시아가 먼저 말을 꺼낼 정도이니, 분명 엘시아가 지하에서 무언가를 본 것이리라 짐작했다. 그리고 그 짐작은 곧 맞아떨어졌다.

"백작님이 오랜 실험의 결과물을 보여 주겠다면서 저를 지하로 데리고 갔는데……."

엘시아는 긴장이 된 탓인지 마른 입술을 축이고는 말을 이었다.

"지하에 리리엔 또래로 보이는 남자애가 갇혀 있었어요."

"……괴물이 아니라?"

지하에 무언가 갇혀 있다면, 그건 괴물이어야 했다. 그렇게 생각했다. 그래서 레오디안은 직전 엘시아가 아이작과 지하에 다녀왔다고 말했을 때, 드물게 엘시아를 책망한 것이었다. 엘시아가 괴물이 갇혀 있는 위험한 곳에 다녀왔다고 생각했으니까.

그런데 지하에 남자애가 갇혀 있다고? 레오디안이 의아함에 눈매를 좁혔다. 무언가 이상했다.

엘시아는 신전 지하에 갇혀 있던 괴물이 이 저택에도 있는지를 확인하고 싶다고 했다. 그리고 어젯밤, 엘시아는 확인했다고 했다. 이곳에서 확인해야 한다는 것은 확인했냐는 레오디안의 물음에 엘시아는 분명 고개를 끄덕였다.

"그럼 어젯밤 확인했다던 괴물은?"

"있었어요."

엘시아는 아이작이 응접실에 불러들였던 오데르트와 레이먼드를 떠올리고는 대답했다. 그들은 괴물이었다. 하지만 그들은 갇혀 있지 않았다. 갇혀 있는 것은 오로지 하이드뿐이었다.

엘시아는 여기서 하이드를 데리고 나가고 싶었다. 그러기 위해서는 레오디안의 도움이 필요했다. 이는 기나긴 고민 끝에 엘시아가 내린 판단이었다. 자신 혼자서 하이드를 빼내는 건 불가능했다.

"……괴물도 지하에 있었어요. 하지만 그것보다도 우선 남자애를 구하는 게 중요하다고 생각해요."

한편, 엘시아가 꺼내 놓은 말을 잠시간 머릿속으로 더듬은 레오디안은 상황을 어떻게 정리해야 할지를 고민하기 시작했다.

레오디안은 사실 오늘 밤 만찬을 마치고 나면 지체 없이 이곳을 떠나려고 했다. 엘시아는 만약 이 저택에 정말 괴물이 있다면 자신이 괴물을 처리하고 싶다고 했지만, 레오디안은 엘시아가 그러도록 두고 싶지 않았다. 엘시아가 괴물을 처리할 수 있으리라고 생각하지도 않았다.

하지만 엘시아는 이곳에서 어떻게든 결론을 짓고 싶은 것 같았다. 레오디안은 잠시간의 고민을 끝내고, 이내 입을 열었다.

"그럼 당장 히치콕 백작에게 지금껏 괴물을 가둬 두고, 그 사실을 숨긴 죄를 물어 재판에 세우도록 하죠."

"당장……이요?"

레오디안이 고개를 끄덕이는 것으로 대답을 대신했다. 그러자 엘시아가 당황한 기색이 역력한 표정으로 말을 꺼냈다.

"혹시 백작님 몰래 남자애만 구할 수는 없을까요?"

레오디안은 예상과 다른 엘시아의 반응에 의아함을 감출 수 없었다. 리리엔을 위해 괴물을 직접 처리하겠노라 말했던 엘시아가 아니었나. 그런데 이제 와서 남자애만 구하겠다고?

레오디안은 새삼 엘시아의 창백한 얼굴을 살펴보듯 보았다. 엘시아는 어딘지 불안한 기색이었다. 레오디안은 의문을 뒤로한 채 말했다.

"히치콕 백작이 재판에 선다면 이곳에 갇혀 지낸 이들은 자유로워질 겁니다. 물론 인간이 아닌 존재들은 신전에 인도되겠지만."

거기까지 말하던 레오디안은 불현듯 신황이 괴물을 데리고 실험을 하고 있다는 사실을 떠올리고는 말을 바꿨다. 신황은 지금껏 괴물을 처리하는 척하면서 사실은 괴물을 이용하고 있었다.

"아니, 괴물은 내가 처리하겠습니다. 괴물의 사체만으로도 히치콕 백작의 만행을 증명하기에 충분하니."

엘시아는 아까부터 의아할 정도로 낯빛이 창백하게 질려 있었다. 원래도 새하얗기는 하지만, 지금은 유독 정도가 심했다.

"……혹시 무슨 특별한 이유라도 있는 겁니까?"

레오디안이 나직이 묻자, 순간 놀란 듯 눈을 크게 떴던 엘시아가 이내 시선을 내려뜨렸다. 그 동요가 역력한 기색에 레오디안의 의문은 더욱 깊어졌다. 엘시아가 무언가 숨기고 있는 것 같다는 생각도 들었다.

하지만 레오디안은 잠자코 엘시아가 말을 꺼낼 때까지 기다렸다. 엘시아는 한참을 망설이는 기색으로 침묵하던 끝에 입을 열었다.

"그 아이를 보고 예전 제 모습이 생각났어요. 어둡고 좁은 곳에서 갇혀 지내던 제 모습이요."

엘시아는 방금까지 말을 망설이던 것이 무색할 정도로 빠르게 말을 이었다.

"그래서 그 아이를 구해 주고 싶었어요. 만약 히치콕 백작님이 재판에 서게 되면, 그 아이도 조사를 받아야 하지 않나요? 하다못해 증언을 해야 할지도 모르고……."

엘시아의 말이 맞았다. 말없이 고개를 끄덕인 레오디안은 잠자코 엘시아의 목소리에 귀를 기울였다.

"저는 그 아이가 곤란한 일을 겪지 않았으면 좋겠어요. 그 아이는 정말 아무것도 몰라요. 그냥 여기 갇혀 있었을 뿐이에요."

거기까지 말한 엘시아는 잠시 말을 멈추고 숨을 골랐다. 그리고 잠시 뒤 다시 말을 잇기 시작했다.

"그리고 무엇보다 그 아이가 이곳에서 무사히 나가게 되더라도, 그 아이에게는 마땅히 갈 곳이 없잖아요. 그러니까 대공님이 저한테 지낼 곳을 제공해 주신 것처럼 그 아이에게도······."

일순 말끝을 흐린 엘시아가 떨리는 목소리로 말을 덧붙였다.

"대공님이 여태까지 저를 도와주신 것처럼, 그 아이도 도와주시면 좋겠어요. 염치없는 부탁인 걸 알지만······. 저는 대공님이 아니면 부탁할 사람이 없어요."

아마도 엘시아는 보육원의 존재를 모르고 있는 것 같았다. 신전 기사단이 이곳 저택을 조사하기 시작하면, 아이는 적당한 보육원에 보내지게 될 터였다. 아이에게 특별한 연고가 없는 한은 말이다.

그런데 엘시아는 아이가 이곳을 나가면 꼼짝없이 거리를 전전하게 될 것이라 여기고 있었다. 레오디안은 엘시아의 오해를 바로잡아 주는 대신, 다른 말을 꺼냈다.

"그 아이를 돌봐 주고 싶은 겁니까?"

"······가능하다면요."

엘시아의 조심스러운 대답에 레오디안은 한숨을 내쉬었다. 아마도 엘시아는 과거의 자신과 처지가 비슷한 아이를 차마 외면하지 못하는 것이리라. 하지만 그렇다고 해서 엘시아가 아이를 책임질 의무는 없었다. 레오디안이 그런 생각을 하면서 재차 한숨을 내쉴 때였다.

레오디안의 반응에서 그의 부정적인 대답을 짐작한 엘시아가 그를 설득하고자 입을 열었다.

"부탁드릴게요, 대공님. 대공님은 좋은 분이시니까······."

그러나 너무도 염치가 없어서 엘시아는 차마 더 이상 말을 잇지 못하고 입술을 깨물었다. 그 모습에 레오디안이 한숨을 삼켰다.
"당신이 나를 얼마나 좋은 사람으로 여기고 있는지는 모르겠습니다만, 글쎄, 나는 그렇게 좋은 사람이 아닙니다."

레오디안은 혹시라도 지금 제 말을 엘시아가 오해해 들기라도 할까 봐, 잠시도 지체하지 않고 말을 이었다.

"그저 당신에게는 내가 좋은 사람이기를 바랄 뿐입니다. 내 말, 무슨 뜻인지 압니까?"

엘시아가 당황스러운 눈으로 레오디안을 바라볼 뿐, 아무런 말도 하지 않았다. 이는 레오디안이 이미 어느 정도 짐작하고 있던 반응이기도 했다. 레오디안은 지금껏 엘시아를 살피고 있던 시선을 거두면서 말했다.

"앞으로도 당신에게는 좋은 사람이고 싶으니."

레오디안은 찰나 나직한 웃음을 흘리고서는 말을 덧붙였다.

"알겠습니다, 당신 뜻대로 하죠. 백작의 눈을 피해 아이를 구할 방법을 생각해 봅시다."

어젯밤 레오디안과 엘시아는 외출하기로 약속했지만, 두 사람 중 누구도 그 약속을 언급하지 않았다. 그보다 더 중요한 일이 생긴 탓이었다. 게다가 어제부터 궂은 날씨가 이어지고 있기도 했다.

남몰래 지하로 가서 하이드를 빼내 올 방법을 고민하다 보니, 어느덧 비로 젖은 하늘에는 불그스름한 석양이 걸려 있었다.

그즈음 집사가 침실을 찾아왔다. 집사는 엘시아와 레오디안에게 곧 저녁 만찬 시간이라는 사실을 새삼 상기시켜 주면서, 아이작이 엘시아를 위해 드레스를 따로 준비해 두었다는 이야기를 전했다.

그러자 집사의 뒤를 따라 들어온 하녀들이 엘시아의 치장을 돕겠노라고 나섰다. 그런 그들의 모습과 그들이 가져온 드레스며 장신구 따위를 잠자코 살펴본 레오디안은 불쾌한 기색을 숨기지 않았다.

엘시아는 레오디안이 앉아 있는 소파로 가까이 다가갔다. 그것으로도 모자라 엘시아가 레오디안의 귓가에 바짝 얼굴을 가져다 대자, 레오디안이 흠칫 어깨를 굳혔다.

엘시아는 레오디안의 귓가에 나지막하게 목소리를 흘려보냈다.

"제가 백작님이 준비한 옷을 순순히 입고 가면, 우리 계획에 득이 되지 실이 되지는 않을 거예요. 백작님이 방심까지 해 주면 더 좋겠지만, 거기까지 바라는 건 무리겠죠."

잠시간 레오디안의 귓가를 간질이던 엘시아의 말소리가 멎었다. 제 할 말은 다 끝냈다는 듯 주저 없이 허리를 곧게 펴는 엘시아를 레오디안이 얼떨떨한 눈으로 올려다보았다.

그러나 레오디안은 이어진 엘시아의 가벼운 재촉에 곧 시선을 거두어들일 수밖에 없었다.

"대공님도 옷을 갈아입고 오세요."

레오디안은 선선히 자리에서 일어났다. 그러고서는 엘시아와 조금 떨어진 곳에 서 있는 하녀들의 얼굴을 뇌리에 똑똑히 새기듯 천천히 돌아보았다.

그 일련의 과정이 끝났을 때, 레오디안은 마지막으로 침실 안을 훑어보았다. 혹시 미처 알아차리지 못한 위화감은 없는지 확인하기 위해서였다.

잠시 뒤 눈길을 거둔 레오디안은 침실을 나서고자 걸음을 내디뎠다. 집사기 레오디안에게 말을 건넨 것은 그때였다.

"그럼, 저는 당장 내려가서 대공님의 시중을 들 시종들을 올려 보내겠습니다."

레오디안은 말없이 고개를 끄덕였다. 그러면서 엘시아에게 눈인사를 하고자 시선을 두었다. 머지않아 그 시선을 눈치챈 엘시아가 레오디안을 돌아보았다.

그렇게 서로 눈이 마주치자, 찰나 레오디안을 향해 살짝 웃어 보인 엘시아는 곧 마주 보고 선 하녀에게 시선을 돌렸다.

그 모습을 잠시 지켜보던 레오디안은 이내 좀체 떨어지지 않는 발걸음을 애써 옮겼고, 그대로 침실을 나섰다.

　　　　　　　　＊ ＊ ＊

　엘시아가 레오디안의 에스코트를 받으며 만찬장에 도착했을 때, 만찬장에는 이미 아이작을 비롯하여 그의 저택에 초대된 손님들이 착석해 있었다.
　"대공 각하, 그리고 아리테스 영애."
　레오디안이 만찬장에 모습을 드러내자, 자리에 앉아 있던 사람들이 모두 자리에서 일어났다.
　레오디안은 음식이 담긴 접시로 가득한 테이블을 훑어보았다. 이미 서빙이 다 끝나 만찬이 제대로 다 갖춰진 상태였다. 그로 미루어 레오디안은 아이작이 그와 엘시아를 일부러 뒤늦게 부른 것이라는 사실을 짐작할 수 있었다.
　"이쪽입니다, 각하."
　그러나 레오디안은 별다른 말 없이 상석에 앉았다. 그러자 아이작은 레오디안이 자리한 오른편의 빈자리를 엘시아에게 권했다.
　엘시아가 의자를 끌어 앉았을 즈음에는 직전 자리에서 일어났던 사람들도 모두 다시금 자리에 앉았다.
　그리고 아이작은 레오디안의 왼편, 자연스럽게 엘시아와 마주 보게 되는 자리에 앉아 있었다.
　저 맞은편 상석이 텅 비어 있는데도 굳이 엘시아를 바라보고 앉은 아이작의 속셈이 레오디안에게는 훤히 보였다.
　"어김없이 아름다우십니다, 영애."
　아이작이 미소를 지으면서 건넨 말을 엘시아는 가볍게 흘려들었다. 그런 엘시아의 차림새를 빠르게 훑어본 아이작의 시선이 순간 엘시아가 머리 위에 쓴 검은색 리베라에 고정됐다.
　아이작의 낯에 의아한 기색이 서렸다. 그도 그럴 게 아이작이 엘시아를 위해 준비한 드레스는 채도가 엷은 붉은빛 드레스로, 그 드레스와 새까만 리베라는 전혀 어울리지 않았다.
　거기에 가만 생각해 보면 엘시아는 어제도 저 리베라를 쓰고 있었다. 이곳은 신전이 아닌데, 엘시아는 좀처럼 리베라를 벗지 않았다. 그게 어째선지 좀 이상하다는 생각이 들었다.

그런 생각으로 아이작이 미간을 좁혔을 때였다. 아이작의 옆자리에 앉아 있던 제이스 클레멘체스 자작이 크흠, 헛기침을 했다.

그 명백한 의도를 가진 소리가 귓가를 울렸을 때에야 아이작은 모두에게 엘시아를 소개해 주기로 약속한 사실을 떠올렸다.

"엘시아 님, 이분은 제이스 클레멘체스 자작님입니다."

아이작이 먼저 제이스를 소개하자, 주위의 시선이 모여들었다. 제이스가 내심 으스대며 과장된 목소리로 말했다.

"소문으로만 듣던 분을 만나 뵙게 되어 영광입니다."

"소문…… 이요?"

영 찜찜한 구석이 있는 말에 엘시아가 제이스에게 되물었을 때, 레오디안은 시종으로부터 와인을 고를 것을 종용받고 있었다.

"음, 그에 관해서는 눈앞의 진수성찬을 천천히 음미하면서 차차 이야기를 나눠 보는 것이 어떠십니까?"

제이스가 한껏 눈을 휘어 능글맞게 웃으며 아이작을 바라봤다. 아이작도 제이스에게 미소를 돌려주었다.

그런 두 사람의 모습을 본 엘시아는 저도 모르게 무릎 위 올려둔 손을 꽉 움켜쥐었다. 만찬장으로 오기 전, 단단히 결심을 하고 왔지만 막상 이 자리에 앉아 있으려니 의연하게 행동하기가 어려웠다.

"무슨 이야기를 하는 중입니까?"

그때 레오디안의 낮은 목소리가 만찬장에 내려앉았다. 어느 정도 무게가 실린 음성이었던지라, 만찬장에는 묘한 기류가 흘렀다.

조금 전까지만 해도 엘시아에게 능청스럽게 말을 붙였던 제이스가 긴장해 마른침을 삼켰을 정도였다. 그러나 아이작은 레오디안의 말을 대수롭지 않게 맞받아쳤다.

"음식이 훌륭하다는 이야기를 하고 있었습니다, 각하."

잠시 레오디안과 시선을 맞추고 있던 아이작은 이내 엘시아에게 눈길을 돌렸다. 그러면서 엘시아에게 태연히 음식을 권했다.

"먼저 가볍게 전채부터 드시는 게 어떠십니까?"

 엘시아는 제 앞에 놓인 접시를 내려다보았다. 그러자 만찬장으로 들어온 순간부터 엘시아의 코를 찌르고 있던 역겨운 냄새의 출처가 눈에 들어왔다.

 가장 가까이에 놓인 접시만 봐도 엘시아가 선뜻 손을 댈 수 있는 음식이 없었다. 얇게 썰린 훈제 고기, 절인 생선, 식힌 쇠고기며 돼지고기. 게다가 그 옆으로 보이는 스프에도 잘게 썬 고기가 잔뜩 들어 있었다.

 게다가 제 몫으로 준비된 음식의 고기가 유독 핏기로 붉어 보이는 건 단순히 착각만은 아닌 것 같았다. 엘시아는 괜히 물을 마시면서 힐끔 아이작을 쳐다봤다.

 아이작은 엘시아와 눈이 마주치기 무섭게 한껏 입꼬리를 끌어 올렸다. 마치 지금 엘시아가 무슨 생각을 하고 있는지 훤히 다 알고 있다는 듯. 아이작은 태연자약한 미소를 지으며 엘시아를 빤히 바라보았다.

 그런 아이작을 마주한 엘시아는 문득 눈앞의 음식을 먹을 바에는 차라리 아이작하고 대화를 나누는 편이 훨씬 낫겠다는 생각을 했다. 그 정도로 엘시아는 핏기가 채 가시지 않은 육류에서 연신 올라오는 냄새가 너무나도 끔찍했다.

 누군가에게는 그저 군침이 도는 음식일지 모르겠지만, 불행하게도 엘시아에게만큼은 아니었다. 아까부터 꽉 움켜쥐고 있던 손에 더욱 힘을 준 엘시아는 마치 자신을 시험하기라도 하듯 테이블에 놓여 있는 야채샐러드에 눈길을 주었다.

 지금 엘시아가 먹을 수 있는 유일한 음식이었다. 야채샐러드에는 아무런 고기도 들어 있지 않았다. 하지만 엘시아는 차마 야채샐러드로 손을 가져갈 수 없었다. 아이작의 시선이 계속해서 느껴지고 있기 때문이었다.

"요리장의 솜씨가 형편없군."

 그때, 저마다 대화를 나누며 식사를 이어가고 있던 테이블 위로 레오디안의 서늘한 음성이 내려앉았다.
"제대로 익히지도 않은 걸 음식이라고 내온 건가?"
얼어붙은 분위기 속에서 모두의 시선을 받으며, 레오디안은 엘시아의 앞에 놓인 그릇들에 눈길을 고정한 채로 말을 이었다.
"이걸 지금 먹으라고 내온 것이냐고 물었다."
레오디안의 목소리는 고저 없이 평온했지만, 그 안에 서린 노기를 눈치채지 못한 사람은 없었다.
엘시아는 저로 인해 벌어진 상황에 당황했다. 엘시아가 원하는 바를 이루려면 되도록 아이작의 심기를 거스르지 않는 편이 좋았다. 그 사실을 레오디안도 알고 있을 것이다. 이곳으로 오기 전까지 레오디안과 함께 하이드를 구할 방법을 논의했으니까.
그러나 현재 레오디안은 그 점을 전혀 염두에 두고 있지 않은 것 같았다. 언젠가 레오디안에게 엘시아는 자신이 육류를 먹으면 몸에 붉은 부스럼이 생긴다고 둘러댔던 적이 있었다. 그래서일까? 레오디안은 얼핏 화가 난 것처럼 보였다.
"이런 음식을 대접받다니 불쾌하군."
그렇게 말하는 레오디안은 당장이라도 자리를 박차고 일어날 기세였다. 엘시아는 다급하게 포크를 손에 쥐었다. 그리고 가장 가까이 있는 접시로 포크를 가져갔다.
엘시아의 모습을 본 레오디안의 눈이 짐짓 커다래졌다. 그를 개의치 않은 채 엘시아는 치미는 역겨움을 애써 내리누르며 절인 생선을 입 안에 넣고 씹었다.
"……대공 각하, 제가 생각하기에 아리테스 영애께서는 음식이 입맛에 맞으시는 것 같습니다."
이번에도 레오디안의 말에 반응한 건 아이작이었다. 아이작의 태도는 퍽 불순하였으나, 레오디안은 엘시아를 신경 쓰느라 아이작에게는 눈길조차 주지 않았다.

엘시아는 꿋꿋하게 음식을 먹었다. 레오디안이 걱정스러운 눈으로 보고 있다는 걸 알기에 더욱 열심히 먹었다. 식도를 타고 넘어가는 것들이 당장이라도 다 토해 내고 싶을 정도로 끔찍했지만 참았다.

그러던 어느 순간, 아이작이 불현듯 물었다.

"아리테스 영애, 혹시나 해서 묻는 겁니다만. 혹시 음식이 마음에 차지 않으십니까?"

"아뇨, 아니에요."

엘시아는 고개를 저으면서 못 박듯 단호하게 대답했다.

"맛있어요. 그러니까 저는 신경 쓰지 말고 마저 식사하세요."

억지로 미소를 지어 보인 엘시아의 말에 아이작이 만족스럽다는 듯이 웃었다.

"그렇다니 다행입니다."

그러더니 레오디안을 향해 고개를 돌리고선 물었다.

"각하, 아리테스 영애께서 괜찮으시다니 이제 아무런 문제없지요?"

물음이 아니라 단정 짓는 말에 가까웠다.

레오디안은 성의 없는 시선으로 아이작을 스치듯 바라보았으나, 머지않아 다시금 엘시아에게 시선을 고정했다. 레오디안은 여전히 엘시아에게만 온 신경을 기울이고 있는 기색이었다. 그 때문에 아이작은 레오디안에게서 대답은커녕, 그 어떠한 반응도 이끌어 낼 수 없었다.

그러나 아이작은 재차 말을 꺼내는 대신, 푹신한 의자에 등을 기대어 앉아 엘시아와 레오디안의 모습을 가만 지켜보기 시작했다.

그도 그럴 것이 현재 아이작의 눈에 비친 두 사람은 그가 어림짐작했던 것보다 더 친밀해 보였다. 그래서인지 그는 허를 찔린 것만 같은 기분으로 두 사람의 모습을 지켜볼 수밖에 없었다.

엘시아와 레오디안은 얼핏 그들만의 세상에서 시간을 보내고 있는 사람들처럼 보였다. 그 정도로 두 사람은 주변을 전혀 신경 쓰지 않고 서로 대화를 나누는 데에만 집중하고 있었다.

"……괜찮습니까?"

레오디안이 상체를 기울여 엘시아의 귓가에 나직이 속삭였다. 엘시아는 평소보다도 훨씬 창백하게 질린 얼굴로 애서 고개를 끄덕여 보였다.

"억지로 먹을 필요 없습니다."

"전 신경 쓰지 마세요. 괜찮아요, 정말로."

엘시아는 간신히 입꼬리를 끌어 올려 미소를 지었다. 그럼에도 불구하고 레오디안은 여전히 미심쩍은 눈으로 엘시아의 안색을 살폈다.

레오디안의 시선을 돌리기 위해서 엘시아는 레오디안의 빈 잔에다가 와인을 손수 따라 주었다.

레오디안은 내심 놀란 듯했지만, 이내 별말 없이 순순히 와인을 마셨다. 엘시아는 다행이라는 생각을 하면서 포크를 내려놓았다.

아까부터 속이 엉망으로 울렁거리고 있었다. 당장이라도 무언가 치밀어 오를 것만 같은 느낌에 엘시아는 차분하게 숨을 들이마시고 내쉬기를 반복했다. 별 소용은 없었지만 달리 토기를 참을 수 있는 방법이 생각나지 않았다.

그런 이유로 엘시아가 열심히 호흡을 고르고 있는데, 왜인지 내내 조용하던 아이작이 불쑥 자리에서 일어났다. 아이작은 엘시아 앞에 놓인 접시를 힐끔 바라보더니 이내 아부 일도 없었다는 듯 태연히 좌중을 돌아보았다.

"이렇게 초대에 응해 주셔서 감사합니다, 여러분."

아이작은 인사가 늦어 죄송하다는 심심한 사과와 함께 그린 듯이 미소 지었다. 뒤이어 아이작은 만찬장의 벽면 곳곳에 걸린 그림에 관하여 설명하기 시작했다.

"로멘테탄토의 역작인 〈신의 재림〉입니다. 손에 넣기까지 꽤나 많은 시간과 노력을 들여야 했지요. 그러나 그만한 가치가 있었습니다."

만찬장에 자리한 모두가 아이작의 말을 경청하면서 간간이 감탄 어린 탄성을 내뱉었다. 오직 엘시아만이 아이작의 목소리에 집중하지 못하고 있었다.

사실 현재 엘시아의 귓가에는 어떤 소리도 오래도록 머무르지 못했다. 엘시아는 울렁이는 속을 진정시키는 데 모든 신경을 소비하고 있었고, 그런 이유로 그 외의 것들에는 전혀 집중을 하지 못했다.

엘시아는 메마른 입술을 축이고 그보다 더 마른 입 안으로 마른침을 삼켰다. 그러나 그런 엘시아의 갖은 노력이 무색하게도 시간이 흐르면 흐를수록 지금 이 자리를 지키고 있는 게 마냥 힘들어지기만 했다.

섬뜩한 느낌이 머리끝부터 발끝까지 잠식해 나갔다. 이는 단순히 느낌이나 기분 탓만은 아니었다. 엘시아는 스스로 미처 인지하지 못한 순간부터 식은땀을 흘리고 있었다.

결국 버티다 못한 엘시아가 자리를 박차고 일어나고 싶은 충동에 사로잡혔을 때였다.

"……정말 괜찮습니까?"

레오디안의 나지막한 속삭임이 아이작의 목소리와 뒤엉켜 들렸다. 엘시아는 흠칫 놀라 고개를 돌렸다. 언제부터였는지는 알 수가 없었지만, 지금 레오디안의 푸른 눈동자는 일말의 흔들림조차 없이 엘시아의 모습을 또렷하게 담고 있었다.

그 푸른 눈을 마주한 순간, 세상이 잠시 정지한 것 같았다. 엘시아는 숨을 쉬는 방법을 잊어버리기라도 한 사람처럼 멈칫 얼어붙었다. 엘시아가 마냥 숨기고만 싶은 모습을 레오디안은 언제나 너무나도 쉽게 목격했다. 지금도 마찬가지였다.

그러나 이미 맞부딪치고 만 시선이었다. 엘시아가 레오디안의 시선으로부터 벗어나기란 불가능했다. 레오디안은 엘시아에게 어떠한 이상이 생겼다는 사실을 눈치챈 뒤였다.

"……침실로 가고 싶어요."

엘시아는 겨우 한 마디를 내뱉었다. 레오디안은 곧장 반응을 보였다.

"혹시 또 어지러운 겁니까?"

"네, 조금."

엘시아는 적당히 대꾸했다. 이유는 무엇이든 좋았다. 어떻게 해서든 지금 이곳에서 벗어나고 싶었다. 계속해서 후각을 자극하는 역겨운 냄새로부터 도망치고 싶었다. 여태껏 어찌 이 자리를 버티고 앉아 있었는지가 놀랍게 느껴질 정도로 간절하게 말이다.

"그렇다면 침실로 돌아갈 것이 아니라……."

레오디안이 힐끔 창밖을 바라보았다. 창밖으로는 여전히 비 내리는 풍경이 자리해 있었다. 아무래도 당장 제도의 대공저로 돌아가는 것은 무리일 성 싶었다.

빠르게 판단을 내린 레오디안이 아이작에게 눈길을 돌렸다. 아이작은 마주 앉은 제이스에게 그의 미학에 관해 이야기하고 있었다.

"백작."

"아, 예. 각하."

아이작이 옅은 미소와 함께 고개를 비스듬히 기울였다. 갑작스러운 부름이 의아한 듯했다. 레오디안은 아이작에게 양해를 구하기도 전에 자리에서 일어났다.

"술을 과하게 한 탓인지 이만 올라가 쉬고 싶군."

"예? 갑자기 무슨……."

"부디 양해해 주길 바라겠네."

아이작에게 일방적인 통보를 한 레오디안은 더 이상 군말을 덧붙이지 않았다.

아이작은 물론이고 주변 사람들 역시 레오디안의 돌발 행동에 당황했으나, 레오디안은 제 행동의 이유를 친절하게 설명해 주지 않았다.

레오디안은 다만 아직 자리에 앉아 있는 엘시아를 향해 짤막한 말을 건넸을 뿐이었다.

"이만 가죠."

레오디안은 엘시아를 향해 주저 없이 팔을 내밀어 보였다. 단지 그뿐, 레오디안은 별다른 말을 하지 않았지만 엘시아는 레오디안의 속내를 짐작할 수 있었다. 아마도 제 팔을 붙잡고 일어나라는 뜻이리라.

엘시아는 레오디안의 호의를 거절하지 않았다. 레오디안은 아까 엘시아가 어지럽다고 했던 말을 믿고 있었다. 그러니 지금 레오디안의 호의를 유난스럽다고 말할 수는 없었다.

이윽고 엘시아가 레오디안의 팔 위로 손을 얹자, 자연스럽게 엘시아를 끌어당긴 레오디안이 마지막으로 좌중을 둘러보면서 말했다.

"다들 마저 식사를 하게."

그러고는 누군가가 자신을 붙잡아 세울 여지조차 주지 않겠다는 듯 주저 없이 걸음을 옮겼다. 엘시아는 모두의 시선에서 회피하듯 고개를 푹 숙인 채, 그저 레오디안이 이끄는 대로 발걸음을 내디뎠다.

* * *

침실 안으로 들어서기가 무섭게 힘이 풀려서 주저앉는 엘시아의 몸을 레오디안이 단단히 부축했다. 그러나 이내 레오디안은 순순히 물러날 수밖에 없었다. 엘시아가 레오디안을 힘껏 밀쳐냈기 때문이었다.

직전 레오디안을 밀쳐낸 엘시아의 손길에는 힘이 조금도 들어가 있지 않았다. 하여 레오디안은 엘시아에게 밀려난 것이 아니라, 그저 엘시아의 거부 의사를 존중해 물러선 것이었다.

그렇게 엘시아로부터 한 걸음 물러선 채로, 레오디안은 아무래도 상태가 심상치 않아 보이는 엘시아의 안색을 살폈다.

"많이 안 좋습니까?"

"그냥 나가주시면……. 읍."

엘시아가 황급히 손을 들어 입을 틀어막았다. 당장이라도 무언가를 토해 낼 것만 같았다. 엘시아의 붉은 눈동자가 침실 안을 빠르게 훑었다.

"왜 그럽니까."

"아무것도 아니……."

간신히 대답을 내어놓던 엘시아는 입을 틀어막고 있는 손에 힘을 주었다. 아무렇지 않은 척하려고 해 보았지만 불가능했다. 엘시아는 놀란 기색이 역력한 레오디안을 뒤로한 채, 욕실로 달려갔다.

벌컥 문을 열어젖히자 어두운 욕실 풍경이 드러났다. 엘시아는 망설임 없이 욕실 안으로 들어섰다. 그러기가 무섭게 저절로 허리가 꺾였다.

"우욱……!"

엘시아는 울컥울컥 치밀어 오르는 토기에 연신 꺽꺽댔다. 무엇이든 토해내야 할 것 같은 느낌과 다르게 아무것도 토해 낼 수 없었다.

하지만 헛구역질은 멈출 기미가 보이지 않았다. 억지로 참아 보려 해 봐도 소용없었다. 엘시아는 계속해서 헛구역질만을 반복했다.

그렇게 엘시아가 의미 없는 괴로움 속에서 좀처럼 벗어나지 못하고 있는데, 불현듯 욕실에 한껏 가라앉은 목소리가 울려 퍼졌다.

"……단순히 어지러운 게 아니었던 겁니까?"

그 목소리를 듣자 이상하게도 점차 속이 진정되기 시작했다. 엘시아는 긴 소매로 입가를 닦아 내고는 허리를 곧게 폈다.

레오디안은 마치 믿을 수 없는, 보아서는 안 될 장면을 목격하기라도 한 사람처럼 딱딱하게 굳어 있었다. 얼핏 당황한 것 같아 보이기도 했다.

그래서일까. 레오디안을 안심시켜 주는 게 좋겠다는 생각이 불쑥 들었다. 엘시아는 조심스럽게 말문을 열었다.

"이제 괜찮아요. 괜찮아졌어요."

그러고는 바짝 메마른 탓에 볼품없이 갈라진 입술을 축였다. 레오디안은 엘시아의 말을 듣고도 꽤 한참을 침묵했다. 그 자리에 못 박힌 것처럼 서서 엘시아를 내려다보기만 했다.

엘시아가 보기에 레오디안은 잠시 생각을 정리할 시간이 필요한 것처럼 보였다. 그래서 엘시아는 레오디안을 잠자코 기다려 주었다.

엘시아의 기다림은 그다지 길지 않았다. 어느덧 레오디안은 평소의 무표정한 얼굴로 돌아와, 평소처럼 낮디낮은 목소리로 말을 꺼냈다.

"왜 먹지도 못하는 음식을 억지로 먹은 겁니까?"

레오디안의 푸른 눈에 의문이 담겼다. 엘시아는 애써 가볍게 대답했다.

"이제는 먹을 수 있을 거라 생각했는데, 아무래도 아니었나 봐요."

"……그걸 지금 말이라고."

레오디안이 내내 꽉 억누르고 있던 무언가를 터뜨리기라도 하듯 한숨을 내뱉었다.

"다시는 그러지 마십시오."

레오디안은 엘시아의 눈을 똑바로 바라보면서 단호하게 말을 이었다.

"그 무엇도 억지로 참지 말라는 얘깁니다."

엘시아는 차마 대답할 생각조차 못한 채로 그저 레오디안과 시선을 마주하고만 있었다. 무겁게 가라앉은 분위기 속, 엘시아를 내려다보는 레오디안의 눈동자는 깊은 심해같이 짙은 푸른색이었다.

엘시아는 당혹스러웠다. 아이작에게 공연히 의심을 사지 않기 위해서 노력했을 뿐인데, 그로 인해 레오디안이 지금과 같은 반응을 보이리라고는 짐작하지 못했다.

하지만 그렇다고 해서 지금 레오디안의 반응을 이해할 수 없는 것은 아니었다. 엘시아는 자신에게 레오디안이 꽤나 신경을 쓰고 있다는 사실을 인지하고 있었다. 레오디안은 엘시아가 갑자기 쓰러졌을 때도 엘시아의 곁을 지켰었다.

그 사실을 알고 있기에 레오디안이 지금처럼 엘시아를 걱정하고, 거기에 더해 엘시아로부터 다시는 그러지 않겠다는 약속을 받아 내고자 하는 것이 영 뜬금없는 일이라고 느껴지지는 않았다.

다만 엘시아는 누군가가 자신에게 마음을 쓰는 상황을 마주할 때마다 어찌해야 할 바를 알 수 없을 뿐이었다. 지금 엘시아가 선뜻 레오디안에게 대답하지 못하고 그저 당혹스러워 하고 있는 건 그런 이유에서였다.

그렇게 얼마나 어색한 정적 속에서 서로 시선만을 맞대고 있었을까. 레오디안이 어둑한 욕실에 내내 감돌고 있던 정적을 깼다.

"……이제 정말 괜찮아지셨습니까?"

"네, 괜찮아졌어요."

이전과 달리 대답하기가 어렵지 않은 물음이었던지라, 엘시아는 선선히 고개를 끄덕였다.

"저……. 그런데 많이 놀라셨나요? 이런 모습을 보여 드려서……."

죄송해요. 덧붙인 말은 거의 속삭임에 가까워 차라리 환청처럼 들렸다. 레오디안은 대답하지 않았다. 대답 대신 다른 말을 꺼냈다.

"당신은 좀 쉬는 것이 좋겠습니다."

레오디안이 엘시아를 자연스럽게 욕실 밖으로 이끌었다. 엘시아는 순순히 레오디안을 따라 침실로 들어섰다. 레오디안은 서두르지 않았지만, 그렇다고 내딛는 걸음이 느릿하지도 않았다.

그 덕분에 엘시아는 금세 침대 가까이에 당도했다. 침대에 드리워져 있던 휘장을 걷어 낸 레오디안은 엘시아가 높은 침대 위로 오를 수 있도록 도왔다. 그러더니 말했다.

"아무것도 생각하지 말고 주무십시오."

마치 엘시아가 이런저런 생각으로 좀처럼 숙면을 취하는 일이 없다는 사실을 다 알고 있는 사람처럼. 레오디안은 엘시아를 고요히 내려다보았다.

"대공님은요?"

"나도 조금만 있다가 침실로 돌아가겠습니다."

엘시아는 방금 레오디안의 말이 거짓말이라는 것을 알았다. 어제도 레오디안은 그의 침실로 돌아가겠노라 말했지만, 엘시아의 침실에서 아침을 맞이했다. 아마 오늘도 어제와 다르지 않을 것이다. 엘시아는 그렇게 짐작했다.

"리베라를 벗겨드리겠습니다."

그러나 엘시아는 자신의 생각을 말로 옮기지 않았다. 그저 조용히 레오디안의 조심스러운 손길을 느꼈다.

레오디안은 엘시아가 머리에 쓰고 있던 리베라를 능숙하게 벗겨 냈다. 엘시아는 이제는 레오디안의 손에 들린 검은 리베라를 가만 바라보았다.

리베라를 손에 들고 한 걸음 물러선 레오디안이 휘장을 쳤다. 침대에 다시금 휘장이 드리워짐에 따라, 엘시아와 레오디안 사이가 휘장으로 가로막혔다.

엘시아는 휘장 위로 아른거리는 레오디안의 인영을 묵묵히 바라보았다. 엘시아가 앉아 있는 침대로부터 서서히 멀어진 레오디안의 인영은 이내 어제 그가 밤을 보냈던 소파에 자리했다.

엘시아는 불편한 드레스 차림을 하고도 침대에 누웠다. 그러고는 꽤 두께가 있는 이불을 목 끝까지 덮었다.

눈은 감지 않았다. 엘시아는 휘장 너머로 희미하게 보이는 레오디안에게 시선을 고정한 채로 가만가만 호흡했다.

레오디안은 마치 그림처럼 앉아 있었다. 조금의 미동조차 없는 탓인지 그렇게 보였다. 엘시아는 천천히 눈꺼풀을 감았다가 이내 들어 올리기를 반복했다. 그 행위를 몇 번이고 반복해도 레오디안의 인영은 꿈쩍하지 않았다.

그렇게 엘시아는 고요 속에서 오직 레오디안만을 하염없이 바라보았다. 그러다 어느 순간, 엘시아는 스스로 인식하지 못한 사이에 곤히 잠들었다.

의식이 수마에 완벽하게 잠기기 전, 엘시아가 마지막으로 눈에 담은 모습은 단연, 레오디안의 뒷모습이었다.

* * *

레오디안도 엘시아를 바라보고 있었다.

엘시아의 나지막한 숨소리가 규칙적으로 바뀌었을 때까지도 레오디안은 휘장 위로 비치는 엘시아의 모습에 눈길을 고정하고 있었다.

그런 레오디안이 엘시아에게서 시선을 떼어 낸 것은 부지불식간 문이 열어젖혀졌을 때였다.

양해를 구하기는커녕, 노크조차 없이 문을 연 무뢰배가 누구인가. 레오디안은 구태여 불쾌한 기색을 숨길 생각은 하지 않고, 미간을 좁힌 채로 고개를 돌렸다.

그러기가 무섭게 문가에 귀신같이 서 있는 조그만 남자애의 모습이 눈에 들어왔다. 레오디안은 예상치 못한 남자애의 모습을 발견하고는 의아해졌다.

남자애의 옷차림은 시종이라기에는 귀해 보이는 것이었다. 하여 레오디안은 눈앞의 남자아이가 아이작이나 아이작의 초대를 받고 저택을 찾아온 귀족들 중 누군가의 아이일지도 모른다는 추측을 했다.

"넌 누구지?"

"지금 당장 여기서 나가."

"……뭐?"

"당장 이곳을 떠나라고."

레오디안을 바라보는 붉은 눈동자가 단호했다. 그래서일까. 레오디안은 순간 말을 잃었다. 붉은 눈동자는 어린아이의 것이라기에는 그 안에 서린 기세가 제법 흉흉했다.

그 무엇보다도 아이에게서 느껴지는 기시감이 레오디안을 의아하게 만들었다. 이 묘한 기시감의 정체는 무엇인가. 순간 머릿속에 떠오른 의문에 눈매를 좁힌 채로 아이를 주시하던 레오디안은, 문득 저도 모르게 고개를 돌렸다.

어떤 직감이 머릿속을 스치고 지나갔다. 그래서 레오디안은 드물게 깊이 잠이 든 엘시아에게로 시선을 두었다. 정확하게는 휘장에 아른거리는 엘시아의 인영을 멍한 눈으로 바라보았다.

그 순간, 마치 레오디안이 지금 무슨 생각을 하고 있는지를 알아차리기라도 한 것처럼 남자애가 불쑥 말을 꺼냈다.

"엘시아한테는 내가 곧 뒤따라가겠다고 전해 줘."

레오디안은 믿을 수 없다는 듯 남자애를 다시금 주시했다. 제 눈앞의 아이가 어떻게 엘시아를 알고 있는 것인가. 의문을 더듬던 레오디안은 머지않아서 답을 알아냈다.

"네가 바로 이 저택 지하에 갇혀 있다던 그 아이로군."

나직한 목소리는 확신에 차 있었다. 제 귓가를 울린 근사한 음성에 남자아이, 하이드는 곧 고개를 갸웃했다.

"나는 갇혀 있지 않았어."

그 말에 레오디안은 낯을 찌푸렸다. 그러나 그는 전혀 개의치 않은 채로 하이드가 말을 이었다.

"나가고 싶지 않아서 나가지 않았을 뿐이야."

하이드의 생에 목적은 없었다. 그저 살아 있으니 살아왔을 뿐이었다. 하이드의 생에 유일한 흥밋거리는 오래전 만난 조그만 여자애였다. 그러나 그 흥미마저도 여자애가 사라지면서 함께 자취를 감추었다.

그 이후 하이드는 아이작의 요구에 따라 순순히 방 안에서만 지냈다. 더 이상 여자애를 만날 수 없게 되니, 자연스럽게 방 밖으로 나가고 싶은 욕구도 생겨나지 않았기 때문이었다.

그러니까, 엘시아를 만나기 전까지는 그랬다. 이제 하이드는 여자애를 만날 수 있었다. 오랜 시간 모든 욕구를 거세당한 채 살아온 하이드에게 다시금 유일한 욕구가 생겨났다.

"엘시아가 마음에 들어."

과거 여자애의 입에 붙어 있던 말, 그 '언니'라는 말은 엘시아를 가리키는 말이었다. 그것을 깨닫게 된 하이드에게는 엘시아도 중요해졌다. 엘시아는 리리엔이 소중하게 생각하는 사람이니까. 리리엔과 재회할 수 있도록 도와줄 사람이니까.

"그러니까 지금부터 나는 엘시아가 싫어하는 것들을 전부 치워 버릴 거야."

하이드는 무엇을 위하여 스스로 지하에서 걸어 나왔는지를 말했다. 상대방이 이해하기를 바라고 한 말은 아니었다. 통보에 가까운 말이었다.

"너는 강해 보여. 이곳에서 무사히 빠져나갈 수 있을 것 같아."

하이드가 레오디안의 차가운 시선에도 대수롭지 않게 레오디안을 평가했다. 그 어린아이답지 않은 하이드의 모습을 본 레오디안의 머릿속에 어떤 직감이 스쳤다.

예전 엘시아의 머리칼이 그러했듯 칠흑같이 검은 머리칼, 그리고 새빨간 눈동자. 또 핏기 없이 창백한 얼굴을 한 하이드의 모습에서 레오디안은 묘한 깨달음을 얻었다.

"……너, 인간이 아니군."

레오디안은 자각했다. 그간 엘시아에게서 느껴지던 기묘한 감각이 무엇이었는지를 눈치챘다.

"인간이 아니었어."

길고도 긴 시간을 허비한 끝에서야 마주하게 된 진실이었다.

* * *

레오디안이 하이드를 마주하고 있는 시각, 엘시아는 오래전 기억을 꿈으로 꾸고 있었다.

그러니까, 엘시아가 어릴 적 인간 사냥을 나섰다 돌아온 스위티아가 엘시아 앞에서 보란 듯이 식인을 하였던 기억. 그 끔찍한 기억 속에 엘시아의 의식은 붙들려 있었다.

'역겨운 냄새가 나지?'

스위티아는 인간의 피를 입가에 흠뻑 묻힌 채로 엘시아를 돌아보면서 물었다.

'응? 역겹지?'

스위티아는 계속해서 엘시아의 대답을 재촉했다.

'내가 역겹지? 그렇지?'

엘시아가 해야 하는 대답은 이미 정해져 있었다. 엘시아는 스위티아가 원하는 대답을 입 밖으로 내어놓았다.

'……네, 역겨워요.'

'혐오스러운 모습을 보여서 미안하구나. 이 어미는 인간이 아니라, 인간을 먹지 않으면 살아갈 수가 없어.'

스위티아는 조금도 미안한 기색이 아니었다. 오히려 너무도 즐겁다는 듯 명랑한 목소리로 말을 이어 나갔다.

'하지만 내 딸은 다르지. 내 딸은 인간을 먹는 어미를 역겨워하니까.'

스위티아는 한껏 입꼬리를 끌어 올려 웃었다. 엘시아는 당장이라도 울음이 터질 것 같았지만, 억지로 미소를 지었다. 스위티아를 향해 마주 웃어 보였다.

'너는 인간이야, 엘시아.'

스위티아는 엘시아를 세뇌시키기라도 할 것처럼 중얼거렸다.

'그렇게 될 거야, 반드시.'

엘시아는 스위티아의 읊조림을 다만 귀에 담고 있을 뿐, 스위티아에게 아무런 반박도 할 수 없었다.

'그럼 그년이 아닌 내가 우두머리로 선택되겠지.'

스위티아는 엘시아를 와락 끌어안았다. 어린 엘시아를 품에 가둔 스위티아의 손길에는 배려도 자비도 없었다. 엘시아는 당장 숨이 끊어질 것만 같은 압박감을 참아 내야 했다.

그렇게 지옥 같은 시간을 얼마나 인내하고 있었을까.

"······일어나십시오."

이제는 익숙한 목소리가 귓가를 파고들었다. 흐릿하던 의식이 점차 선명해져 갔다. 엘시아는 저도 모르게 목소리의 지시에 따라 눈꺼풀을 들어 올렸다.

천천히 눈을 뜨자, 그곳에 심해가 있었다. 심해에 잠겨 있는 스스로의 모습이 보였다. 그 광경을 엘시아는 멍한 눈으로 가만가만 바라보았다. 그때 다시금 낮은 목소리가 귓전을 울렸다.

"지금 이곳을 떠나야 합니다."

무엇이 문제일까. 엘시아는 흐릿한 시야 속에서 마냥 심각해 보이는 레오디안의 표정을 물끄러미 바라보았다. 아무리 시간이 지나도 시야는 좀처럼 또렷해지지 않았다.

엘시아는 미간을 찌푸렸다. 마치 깊은 바닷속을 유영하고 있는 것만 같은 기분이었다. 원인 모를 부유감으로부터 좀체 헤어 나올 수 없었다.

"당신, 괜찮습니까?"

레오디안의 목소리가 다시금 귓가를 간질였다. 엘시아는 천천히 몸을 일으켰다. 그에 따라 레오디안의 얼굴이 조금 더 가까이에서 보였다.

"지금 바로 이곳을 떠나야 할 것 같은데."

레오디안은 어딘지 멍해 보이는 엘시아를 신중한 눈으로 살피며 말을 이었다.

"일어날 수 있겠습니까?"

"네, 그런데 갑자기 떠난다니……."

엘시아는 어째선지 정신이 마냥 혼미한 와중에도 지금 이 상황이 너무도 갑작스럽다는 것쯤은 어렵지 않게 인지했다. 그에 어리둥절해진 엘시아가 물음을 덧붙였다.

"혹시 무슨 일 있으셨어요?"

"이곳 지하에 갇혀 있다는 아이의 이름이 하이드입니까?"

레오디안은 물음에 대답하는 대신 뜬금없는 질문을 던졌다. 엘시아는 저도 모르게 숨을 들이켰다. 레오디안이 어떻게 하이드의 이름을 알고 있는 걸까. 엘시아는 미처 당황한 기색을 감추지 못한 채로 입을 열었다.

"네, 맞아요. 그런데 그 이름을 어떻게 아셨어요?"

"그 아이가 찾아왔었습니다."

"……하이드가 대공님을요?"

"그렇습니다."

엘시아의 입술이 멍하게 벌어졌다. 지하에 꼼짝없이 갇혀 지내 온 하이드가 어떻게 레오디안을 찾아올 수 있다는 말인가.

엘시아는 이성적으로 상황 파악을 해 보려고 노력했지만, 머릿속이 여전히 멍한 탓에 합리적인 추론을 할 수 없었다.

"……여길 떠나야 한다고요?"

혼란스러운 가운데 엘시아는 결국 조금 전의 화제를 다시금 화두로 올릴 수밖에 없었다.

"무언가 안 좋은 일이 일어날 것 같다는 예감이 듭니다."

레오디안 역시도 엘시아처럼 혼란스럽기는 마찬가지인 듯, 그답지 않게 서둘러 말을 덧붙였다.

"당장 이곳을 떠나는 게 좋겠습니다."

"하지만, 그러면 하이드는……."

"바로 그 아이가 당장 여기서 나가라고 말했습니다."

예상치 못한 말을 듣고 굳어 있는 엘시아를 향해 레오디안이 못 박듯 말했다.

"그 아이가 당신에게 전하라더군요. 당신을 곧 뒤따라갈 테니 여길 떠나라고."

"절 뒤따라오겠다고 했다고요? 어떻게……. 제가 어디로 갈 줄 알고 저를 따라와요? 불가능하잖아요."

엘시아가 도무지 믿을 수 없다는 듯 중얼거렸다. 그 모습에 레오디안은 순간 입매를 뒤틀었다가, 이윽고 한숨을 내쉬었다.

"글쎄, 그게 가능한지 불가능한지는 당신이 더 잘 알고 있지 않습니까."

엘시아는 말문이 막힌 채로 레오디안을 올려다보았다. 레오디안은 평소와 달리 엘시아에게 친절한 설명을 덧붙여 주지 않았다.

"어찌 됐든 우리는 이곳을 떠날 겁니다."

레오디안은 엘시아에게 거듭 통보했다.

"지금 당장."

* * *

엘시아는 가지고 온 짐을 챙기기는커녕, 야반도주를 하는 사람처럼 빈손으로 서둘러 저택 밖으로 나왔다. 레오디안이 이미 대기시켜 놓은 대공가 마차 앞에는 페렛이 졸음 가득한 눈을 끔뻑거리면서 서 있었다.

"늦은 시간에 미안하게 됐군."

"아닙니다, 각하. 제가 마땅히 해야 하는 일인 것을요."

레오디안은 페렛에게 적당히 고개를 끄덕여 보인 다음, 엘시아를 돌아보았다. 엘시아는 환한 빛이 새어 나오는 저택을 응시하고 있었다.

"먼저 마차에 오르십시오."

레오디안이 엘시아를 향해 손을 내밀었다. 엘시아는 순순히 레오디안의 손을 잡고 마차에 올랐다. 엘시아의 뒤를 이어 레오디안이 마차에 오르자 페렛이 마차의 문을 닫았다.

엘시아는 활짝 열린 덧창 너머로 보이는 저택을 연신 불안한 눈으로 힐끔거리다가 말을 꺼냈다.

"무언가 이상해요."

가만 생각해 보면 정말 이상한 일이었다. 레오디안이 잠든 엘시아를 깨우면서까지 급하게 이곳을 떠나려고 하는 지금 이 상황도 그러했지만, 무엇보다도 이상한 건 저택이 비정상적으로 고요하다는 점이었다.

게다가 그 누구도 갑작스레 떠나려는 엘시아와 레오디안을 붙잡지 않았다. 당연한 일이었다. 엘시아는 방금 마차에 오르기 전까지 아무도 마주치지 못했다.

엘시아는 그것이 너무나도 의아했다. 엘시아가 아는 아이작은 엘시아를 쉽게 보내 줄 사람이 아니었다. 거기에 오늘은 저녁 만찬이 열렸다. 엘시아는 도중에 빠져나오기는 했지만, 아직 만찬은 한창일 터였다.

만찬장을 벗어나 곧장 침실로 향했던 엘시아가 잠에 빠져 있었다 해도 그다지 오랜 시간은 지나지 않았을 터였다. 또한 현재 지택의 창밖으로 새어 나오고 있는 밝은 빛들이 그 증거였다.

현재 저택에는 많은 사람들이 머무르고 있고, 아이작은 손님들과 함께 만찬을 즐기고 있을 터였다. 그런데 어째선지 저 화려한 저택이 텅 비어 있는 것만 같다는 묘한 생각이 자꾸만 들었다.

"······너무 조용하지 않아요?"

엘시아가 불안한 눈으로 레오디안을 응시했다. 레오디안은 딱히 아무런 반응도 하지 않았다. 그저 엘시아를 묵묵히 바라볼 뿐이었다.

그제야 엘시아는 지금 레오디안이 어딘지 좀 이상한 것 같다는 느낌을 받았다. 어디가 어떻게 이상하다고 정확히 짚어 낼 수 없었지만, 무언가 이상하다는 것만은 확실했다.

"……대공님?"

"앞으로 꽤나 먼 길을 가야합니다."

엘시아가 방금 무슨 생각을 했는지를 알아차렸을 리는 없는데, 레오디안은 갑작스럽게 화제를 돌렸다. 엘시아는 내심 당황해 입술을 맞물었다.

"도중에 혹시 또 머리가 아프다거나, 속이 안 좋다거나 하면 참지 말고 말해 주십시오."

"네, 그럴게요."

레오디안은 엘시아의 대답을 듣기가 무섭게 눈을 감았다. 마치 더 이상은 아무런 대화도 나누고 싶지 않다는 듯. 지그시 눈을 감은 레오디안을 멍하니 바라보다가, 엘시아는 고개를 돌려 창밖을 응시했다.

그 이후 마차는 오래도록 침묵에 휩싸인 채로 묵묵히 밤길을 내달리고 또 내달렸다.

12. 탈출

거대한 마차가 대공저에 도착해 멈춰 섰을 때, 대공저는 무량한 어둠에 잠겨 있었다.

밤이 한창인 시각, 대공저 집사 로이셀은 당황한 기색이 역력한 표정으로 마차를 맞이했다. 레오디안이 저택으로 돌아오리라는 소식을 전해 듣지 못한 탓이었다.

로이셀이 알고 있는 예정대로라면 레오디안과 엘시아는 내일 오후쯤 대공저로 돌아왔어야 했다. 하지만 무슨 이유에선지 두 사람은 로이셀이 예상치 못한 때에 대공저로 돌아왔다.

"각하, 무슨 일 있으셨습니까?"

로이셀이 걱정스러운 물음을 입 밖으로 내어놓은 것은 두 사람의 귀환이 너무도 뜻밖이었기 때문이었다.

"시간이 늦었으니 자세한 이야기는 내일로 미루지."

"……알겠습니다."

레오디안은 불현듯 엘시아에게 시선을 두었다가, 이내 말없이 걸음을 내디뎠다. 엘시아는 멀어지는 레오디안의 뒷모습을 멍하니 바라보았다.

지금까지 엘시아가 레오디안의 저택에서 머무는 동안, 레오디안이 엘시아를 홀로 내버려 두고 앞서 걸어간 경우는 없었다. 그래서일까. 엘시아는 좀처럼 당황스러운 마음을 진정시키지 못했다.

"엘시아 님, 먼 길을 오시느라 피곤하시지요."

"아……."

엘시아는 로이셀의 상냥한 목소리를 듣고 나서야 정신을 차렸다. 엘시아는 어색하게 웃으며 로이셀을 마주 보았다.

"제가 괜한 염려를 하고 있는 것이면 좋겠으나, 아무래도 불미스러운 일을 겪으신 듯한데……."

말끝을 흐린 로이셀이 엘시아의 안색을 살폈다. 엘시아는 잠시간 무슨 대답을 해야 할지 망설이다가 적당한 말로 대답했다.

"저는 잘 모르겠어요."

"……그러시군요."

"별 도움이 못되어 죄송해요."

"아닙니다, 엘시아 님. 이렇게 서 계실 것이 아니라 이만 안으로 들어가시지요."

엘시아는 꺼릴 것 없는 제안에 고개를 끄덕였다. 로이셀은 페렛을 향해 몇 가지 지시를 한 뒤, 이윽고 엘시아와 함께 저택 안으로 들어섰다.

"리리엔은요?"

"아가씨께서는 일찍이 잠자리에 드셨습니다."

"……혹시 그동안 별일은 없었나요?"

"여느 때와 같았습니다. 그러니 안심하십시오. 엘시아 님이 마음을 쓰실 만한 일은 없었으니까요."

엘시아에게 리리엔의 안부를 전하던 로이셀이 막 생각났다는 듯 탄식과 함께 말을 이었다.

"아, 리리엔 아가씨께서 새로 온 가정 교사를 무척이나 좋아하시는 것 같습니다."

"오드리 씨를 말씀하시는 거죠?"

"그렇습니다. 아가씨께서 가정 교사와 함께하는 시간을 매일같이 고대하십니다."

"……다행이네요."

엘시아는 흐릿한 미소를 지었다. 오드리가 에밀리아와 달리 리리엔을 다정히 대해 주고 있다면 더 바랄 것이 없었다.

"내일 아가씨께서 엘시아 님이 예정보다 일찍 돌아오셨다는 사실을 알게 되시면 굉장히 기뻐하실 것 같습니다."

로이셀은 엘시아와 함께 충계를 오르는 동안, 엘시아가 어색함을 느끼지 않도록 배려해 가벼운 이야기를 늘어놓았다. 그런 로이셀에게 엘시아는 적당히 맞장구를 쳐 주었다.

머지않아서 엘시아를 침실 앞까지 데려다준 로이셀은 엘시아에게 정중히 고개를 숙여 보이며 밤 인사를 건넸다.

"그럼, 부디 평안한 밤 보내시기를."

"감사해요, 로이셀 씨."

로이셀이 떠난 뒤, 곧장 침실로 들어선 엘시아는 불과 며칠이 지났다고 어딘지 낯설게 느껴지는 침실 안을 휘 둘러보았다. 침실은 머무르던 자의 부재에도 불구하고 깨끗하게 정리되어 있었다.

엘시아는 창가로 천천히 다가갔다. 그러고는 푸른 꽃이 핀 화분과 아직 꽃봉오리만 맺혀 있는 화분, 그 조그만 두 개의 화분을 조용히 내려다보았다.

그렇게 한곳에 시선을 고정한 채로 엘시아는 상념에 잠겼다. 자신이 잠들기 전과 너무도 달라진 레오디안의 태도, 그에 관한 생각을 머릿속에 하염없이 떠올렸다.

* * *

그 시각, 하이드는 스스로 결심한 바를 실천으로 옮겼다. 바로 엘시아를 화나게 만든 아이작과 그가 손수 일구어 온 모든 것을 파괴하는 일.

하이드의 생각은 일차원적이었다. 직선적이고 단순했다. 엘시아가 아이작을 싫어하니, 엘시아가 싫어하는 아이작을 죽인다. 단지 그뿐이었다.

지금껏 아이작에게 유용한 물건 취급을 당하여 왔으나, 그럼에도 불구하고 하이드는 아이작에게 별다른 유감을 가지고 있지 않았다. 그런 하이드가 아이작을 죽이고자 결심한 동기는 그토록 단순했다.

* * *

화려하게 장식된 널따란 홀에서는 만찬이 한창이었다. 저마다 그간의 회포를 풀면서 즐거이 식사를 이어 나가고 있었고, 그 중심에는 단연 아이작이 자리해 있었다.

사실 아이작은 엘시아가 레오디안과 함께 만찬장을 떠난 순간부터 그만 만찬을 파하고 싶었지만, 대외적인 이미지를 중시하는 아이작은 만찬을 예정보다 일찍 끝마칠 수 있을 만한 마땅한 구실을 찾지 못한 탓에 별수 없이 자리를 지키고 있을 수밖에 없었다.

그런 이유로 오래도록 지속되던 저녁 식사 시간, 그 시간이 끝이 난 것은 난데없이 난입한 불청객 때문이었다.

부지불식간 만찬장 문이 커다란 소리를 내며 열어젖혀졌다. 그 소리의 출처로 모두의 시선이 향하였다.

"……하이드?"

아이작이 믿을 수 없다는 듯 자리를 박차고 일어났다. 하이드는 천천히 걸음을 옮기더니 이내 연회장 한가운데에서야 멈추어 섰다. 모두의 시선을 받고 있는데도 불구하고 하이드는 마냥 의연했다.

"백작, 저 아이는 누굽니까?"

제이스가 영문을 모르겠다는 표정을 지은 채로 아이작을 올려다보았다. 아이작은 선뜻 대답을 하지 못하고 그저 애꿎은 주먹만 꽉 움켜쥐었다.

그러는 동안 하이드는 아무런 말없이 아이작을 똑똑히 직시하고 있었다.

마치 아이작 외에 다른 사람은 눈에 보이지도 않는 사람처럼. 하이드는 지독히도 무표정한 낯으로 아이작을 마주한 채였다.

그 모습에 아이작은 이유 모를 불안감에 사로잡혔다. 어쩌면 당연한 일이었다. 하이드가 아이작의 말을 거스르고 지상으로 올라온 건 지금이 처음이었다. 아이작이 하이드의 방문에 자물쇠를 걸어 잠근 이후, 하이드는 단 한 번도 방 밖으로 나온 적이 없었다.

"……어째서 방을 나온 거지?"

아이작이 무척이나 가라앉은 목소리로 가까스로 물음을 입 밖에 냈다. 그 이후 만찬장에는 묘한 정적이 흘렀다. 하이드는 아무런 대답도 하지 않았다. 아이작의 불안감은 점차 증식해 나가 몸집을 불렸다.

"어째서 방을 나왔냐고 물었다, 하이드."

만찬장에 자리해 있던 이들이 저마다 서로 눈빛을 교환했다. 아무래도 상황이 심상치 않게 돌아가고 있는 것 같다는 직감에서였다.

"아니, 그 무슨 이유에서든 너는 지금 네 행동에 책임을 져야 할 것이다."

아이작은 하이드를 향해 으름장을 놓은 직후, 곧장 소리 높여 오데르트와 레이먼드를 불렀다. 현재 저택에 남아서 저택의 경비를 보고 있는 두 괴물을 말이다.

두 괴물은 아이작의 부름에 곧바로 모습을 드러냈다. 얼핏 보기에도 이질적인 생김새를 지닌 두 괴물이 만찬장에 나타나자, 만찬장의 분위기는 이루 말할 데 없이 싸늘하게 가라앉았다.

"부르셨습니까, 주인님."

"저 녀석을 지하로 끌고 가."

"예, 주인님."

오데르트와 레이먼드가 하이드를 향해 다가갔다. 그럼에도 불구하고 하이드는 미동조차 하지 않았다. 자신보다 훨씬 큰 두 성인 남성이 위협적으로 가까이 다가가고 있음에도 하이드는 개의치 않는 기색이었다.

만찬장에 아슬아슬한 긴장감이 흘렀다. 그때 내내 상황을 지켜보고 있던 루디언이 침묵을 깼다.

"……저, 백작. 대체 저 아이가 누구기에."

"자작이 신경 쓸 필요는 없는 아이입니다."

아이작이 꽤나 단호하게 딱 잘라 말했다. 그에 루디언의 입술이 꾹 맞물렸다. 다시금 주위로 어색한 정적이 감돌았다.

한편, 하이드는 자신을 향해 가까이 다가와 멈추어 선 두 괴물을 물끄러미 올려다보았다. 그들은 하이드가 조금만 움직이려는 기색을 보이면 당장 달려들 기세였다.

"순순히 지하로 내려가는 편이 좋을 것이다."

레이먼드가 나지막이 경고했다. 이번에도 하이드는 아무런 반응을 보이지 않았다. 그저 상대방에게 무심한 시선만을 보낼 뿐이었다.

"스스로 걸어갈 생각이 없나 보군."

"하는 수 없지."

오데르트와 레이먼드가 찰나 짧은 대화를 나눈 끝, 두 괴물은 거의 동시에 하이드의 양팔을 겁박하고자 손을 뻗었다.

하이드는 물러서지 않았다. 오히려 하이드는 자신을 향해 뻗어진 손을 움켜쥐고 그대로 꺾어 버렸다.

"……크아악!"

두 괴물이 괴로이 신음했다. 그러자 만찬장에 자리해 있던 사람들이 하나같이 경악스러운 표정을 지으며 자리에서 일어났다.

"아니, 이 무슨!"

"지금 대체 뭣들 하는 것이오!"

만찬장은 순식간에 난장판이 되었다. 아이작은 짜증스럽게 한숨을 내뱉었다.

"다들 앉으십시오. 괜찮습니다."

아이작이 좌중을 돌아보며 꺼낸 말에 곳곳에서 반발 어린 목소리가 터져 나왔다.

"백작의 눈에는 저 모습이 괜찮아 보이오?"

"나는 이만 돌아가야겠소. 이곳에 더 있다가는 어떤 험한 꼴을 보게 될지 두렵네."

"맞는 말이오. 나도 돌아가겠소."

모두가 당황한 기색이 역력해서는 황급히 자리를 떠나고자 걸음을 내디뎠다. 아이작이 분통을 터뜨리듯 목소리를 높인 것은 그때였다.

"내가 방금 괜찮다고 하지 않았습니까!"

모두가 믿을 수 없다는 듯 아이작을 돌아보았다. 아이작은 이를 악문 채로 억누른 목소리를 냈다.

"……모두 앉으시지요."

방금 전까지만 해도 당장에 홀을 벗어날 것처럼 서두르던 사람들이 모두 움직임을 멈추었다. 그들 중 누군가 '미쳤군' 하고 중얼거렸다.

"레이먼드, 오데르트! 나를 실망시킬 작정인가? 당장 저 녀석을 끌고 가지 않고 뭐 하는 거지!"

아이작이 정말이지 답답하다는 듯 제 머리칼을 아무렇게나 쓸어 넘기면서 소리쳤다. 그에 두 괴물은 간신히 몸을 일으켰다. 고통을 꾹 참아 내며 하이드에게 달려들었다.

"……세상에."

레이먼드의 머리통이 바닥 위를 나뒹굴었다. 그 모습을 목격한 사람들이 저마다 헛숨을 들이켜거나, 헛구역질을 하거나 했다. 그만큼 믿을 수 없을 만큼 끔찍하고도 참혹한 광경이었다.

하이드는 자신을 향해 달려든 레이먼드의 머리통을 우악스럽게 잡아채, 그대로 머리를 몸과 분리시켜 버렸다. 실로 순식간에 일어난 일이었다.

"욱, 우욱……!"

누군가 토악질을 했다. 그러나 누구도 그것에는 신경을 쓰지 못했다. 혹시라도 저 이상한 소년이 자신에게도 위협을 가하지 않을까 하는, 본능적인 두려움 때문이었다.

만찬장은 이제 쥐 죽은 듯 고요해졌다. 모두가 공포에 질린 채로 하이드를 바라보았다. 정확하게는 하이드와, 그를 대치하고 있는 오데르트를 경악 어린 눈으로 주시했다.

하이드는 푸른 피로 더러워진 손으로 입가를 쓸어내렸다. 그에 따라 소년의 얼굴에 푸른 피가 묻었으나, 그럼에도 소년의 얼굴은 여전히 아름다웠다. 그렇기에 방금 일어난 일을 더욱 믿을 수가 없었다. 저 어여쁜 소년이 직전 자신보다 큰 사내를 단숨에 죽여 버렸다고? 정말로?

모두의 시선 속에서 오데르트가 하이드로부터 뒷걸음질 쳤다. 그러면서 떨리는 입술을 애써 벌렸다.

"……무슨 생각이지?"

오데르트는 도무지 하이드를 이해할 수 없었다. 하이드가 어째서 이렇듯 갑작스럽게 공격적인 모습을 보이는 건지 좀처럼 이유를 알 수 없었다. 하이드는 언제나 순종적이었다. 아이작에게 거역하는 법이 없었다. 아이작과 손을 잡은 모든 괴물이 그러하듯, 하이드 역시도 그러했다.

"왜 레이먼드를 죽였지?"

오데르트는 발치에 가득 고인 푸른 피 웅덩이를 힐끔 응시했다. 아마도 차가울 것이 분명한 피는 그 끝을 모르고 레이먼드의 몸에서부터 울컥울컥 흘러나오고 있었다.

"어찌하여 아이작의 명을 거스르려고 하는 거지?"

오데르트가 다시금 하이드에게 시선을 주었을 때까지도 하이드에게서는 아무런 대답도 들을 수 없었다. 오데르트는 마치 인형 같은 하이드에게서 한 걸음 더 물러섰다.

"……아이작을 죽일 생각이군."

오데르트는 스스로 꺼낸 말에 놀라서 눈을 크게 떴다. 저도 모르게 내뱉은 말이었으나, 그건 지금 이 상황을 정확히 설명할 수 있는 말이었다. 하이드는 아이작을 살해할 작정이었다. 오데르트의 붉은 눈동자에 경악이 서렸다.

"어째서?"

오데르트는 하이드에게 대답을 들을 수 없으리란 사실을 짐작하고 있으면서도 공연한 의문을 꺼내 놓을 수밖에 없었다. 그만큼 하이드의 행동을 이해할 수 없었기 때문이었다.

아이작은 오데르트와 같은 괴물들도 자유롭게 살아 숨 쉴 수 있는 세상을 만들어 주겠다고 했다. 그런 아이작의 계획에 오데르트가 동참해온 세월이 십 년은 족히 넘었다.

그리고 하이드는 태어난 순간부터 지금까지 언제나 아이작과 함께였다. 하이드의 탄생을 지켜본 오데르트였다. 그래서 오데르트는 하이드가 아이작에게 반하려는 지금 이 상황이 말도 안 된다고 생각했다.

"너는, 아이작의 아이잖아."

오데르트가 짐짓 허망한 목소리로 중얼거린 말에 비로소 하이드의 파리한 입술이 벌어졌다.

"날 방해할 거야?"

"……뭐?"

"날 방해할 거냐고."

하이드는 오데르트가 도저히 믿을 수 없는 상황에 횡설수설 꺼내 놓은 물음에 대한 답을 주지 않았다. 그럴 생각이 애초에 없었던 것 같았다.

"죽고 싶은 게 아니라면 비켜."

하이드는 고저 없이 무미건조한 목소리로 한 마디를 내뱉었을 뿐이었다. 오데르트는 말문이 막혔다.

"……너."

그럼에도 무슨 말이라도 해야 한다는 생각에 애써 입을 열었지만, 불행하게도 오데르트의 말은 끝까지 이어지지 못했다.

오데르트는 하이드의 자비 없는 손길에 살갗이 찢어짐에 따라 자연스럽게 뒤따른 극악한 고통을 느꼈다.

"커흑……."

오데르트는 그대로 바닥에 쓰러졌다. 멍하니 눈을 깜빡거리다가 뒤늦게 상황 파악을 했다. 그도 그럴 게 눈앞에 제 몸뚱이였던 살덩이가 있었던 것이다.

오데르트는 머리통이 사라진 몸뚱이에서 분수처럼 뿜어져 나오는 푸른 피를 믿을 수 없는 눈으로 바라보았다.

'너는 아직도 아이작의 말을 믿어?'

'우리가 살 수 있는 세상을 만들어 주겠다던 말을, 여전히 믿는 건가?'

그런 오데르트의 머릿속에 레븐이 했던 말이 떠올랐다.

오데르트가 레븐을 죽이기 위해서 레븐의 뒤를 쫓고, 그리하여 레븐이 맞이하게 된 최후의 순간에 지껄였던 말들이 말이다.

'오데르트, 너도 내 꼴 나지 않게 조심해.'

아슬아슬하게 이어지던 정적은 곧이어 처참하게 깨어졌다. 아이작의 노기 어린 목소리에 움직임을 멈추고 어정쩡하게 서서 사태를 지켜보던 사람들이 너 나 할 것 없이 앞다투어서 만찬장을 빠져나가기 시작했다.

말 그대로 아비규환이었다. 서로가 서로를 밀쳐내고 또한 밀쳐지며 만찬장을 벗어나고자 걸음을 재촉했다. 그 혼란과 혼돈의 한가운데에서 아이작은 믿을 수 없는 표정으로 하이드를 바라보았다.

오로지 아이작과 하이드만이 미동 없이 서서 자리를 지켰다. 모두가 만찬장을 빠져나가, 그대로 저택 밖으로 내달려 나간 이후에도 그러했다.

아이작은 하이드의 붉은 눈동자를 주시하며 자신의 최후를 예감했다. 제 꾀에 제가 넘어간다는 말이 떠올랐다. 마주하고 있는 하이드의 무감한 눈동자 속에 슬며시 자리한 살의를 읽어 냈을 때였다.

그 여자가 이 저택에 머무르고 있었으면 달라졌을까. 아이작은 생각했다. 어쩌면 당연한 생각이었다. 그도 그럴 게 그 여자는 하이드를 감당할 수 있는 유일한 존재였다.

그러나 현재 그 여자는 부재중이었다. 늘 그렇듯 여자는 아이작에게 행선지를 알리지 않고, 제멋대로 저택을 떠나 어디론가 가 버렸다. 분명 머지않아 돌아올 테지만, 불행하게도 여자가 돌아왔을 때는 모든 일이 끝난 뒤일 터였다. 여자가 부재한 지금 하이드를 막을 수 있는 자는 아무도 없었으므로.

무엇이 문제였을까. 하필 지금 하이드에게 변화가 생긴 것은 왜일까. 도대체 무엇이 하이드를 자극한 것일까. 평생 감정 없는 인형처럼 살아온 하이드에게 목적을 부여해 준 것은 무엇이었을까.

의문이 꼬리에 꼬리를 물고 이어졌다. 쥐 죽은 듯이 고요한 적막 속에서 아이작은 간신히 말문을 열었다.

"……지하에서 어떻게 나왔지?"

가까스로 꺼낸 의문은 의미 없는 것이었다. 아이작은 답을 알고 있었다. 하이드는 아이작이 거느린 괴물 중 가장 강했다. 아이작이 설치한 장치를 파괴하는 것쯤이야 하이드에게는 별반 어렵지도 않은 일이었을 터였다.

"아니, 아니……."

허탈한 심정으로 고개를 내저은 아이작은 곧 질문을 바꾸었다.

"어째서 밖으로 나왔지?"

하이드는 여전히 속을 알 수 없는 얼굴로 아이작을 바라볼 뿐, 아무런 말이 없었다. 아이작은 힘주어 이를 악물었다.

어떻게든 시간을 끌어서, 그 안에 이곳에서 도망칠 묘수를 떠올려 보려 하였으나, 하이드는 아이작의 생각처럼 움직여 주지 않고 있었다.

하이드는 당장이라도 아이작의 목을 비틀어 버릴 것만 같았다. 하이드는 충분히 그럴 수 있는 힘을 가지고 있었다. 그 사실을 잘 알고 있는 아이작은 이루 말할 수 없는 공포를 느꼈다.

아이작이 떨리는 눈동자로 하이드의 발치에 나뒹굴고 있는 두 괴물의 시체를 바라볼 때였다. 하이드가 비로소 침묵을 깼다.

"나는 이곳을 나가려고 해."

아이작이 시선을 들어 올려 하이드를 눈에 담았다. 하이드의 새하얀 얼굴에는 그 어떤 표정도 덧씌워져 있지 않았다.

"날 방해할 거야?"

"당연한……."

하이드가 너무도 당연한 것을 묻기에 생각 없이 대답하다가, 그 순간 머릿속에 스친 생각에 아이작은 입을 다물었다.

방금 하이드가 아이작을 향해 물은 말은 조금 전, 하이드가 두 괴물을 상대할 때 했던 말과 같았다.

하이드는 두 괴물에게 방해할 거냐 묻고, 그들이 물러서지 않자 그들을 죽였다. 그래서였다. 아이작은 그들과 같은 꼴이 나고 싶지는 않았다.

아이작은 애서 떨리는 목소리를 가다듬고서 말했다.

"……그간 불만이 있었다면 무엇이 불만인지 이야기를 해라. 이런 식으로 표현하지 말고, 말로 하란 말이야."

"불만?"

하이드가 미간을 좁혔다. 마치 난생 처음 듣는 소리에 낯설어 하는 사람처럼.

"무슨 소리인지 모르겠어."

하이드는 천천히 고개를 비스듬히 기울였다.

"나는 아무런 불만도 없는데."

"불만이 없는데 왜 이런 짓을……!"

순간 거칠어진 숨을 몰아쉬며 아이작은 하이드를 매섭게 노려보았다.

"지금 네 행동을 용서받을 수 있을 것 같나?"

"용서……."

"그래, 용서. 네가 아무리 배움이 짧아도 용서가 무슨 뜻인지는 알겠지. 지금이라도 당장 지하로 돌아가는 편이 좋을 것이다."

아이작은 자신이 겁을 먹었다는 사실을 하이드가 눈치채기라도 할까 봐, 공연히 허세를 부렸다. 그러면서 아이작은 하이드의 뒤로 보이는 활짝 열린 문을 연신 힐끔거렸다.

어떻게 하면 하이드를 따돌리고 밖으로 나갈 수 있을까. 아이작이 머릿속으로 온갖 경우의 수를 따져 볼 때였다.

"용서받고 싶지 않은데."

"……뭐?"

하이드가 혼잣말처럼 중얼거린 말에 아이작의 입술이 경악으로 크게 벌어졌다. 그 모습을 바라보며 하이드는 조금 우습다는 생각을 했다.

"너는 용서를 받고 싶어?"

하이드가 물었고, 아이작은 할 말을 잃었다. 아이작은 하이드를 멍하니 바라보기만 했다. 하이드는 아이작이 대답할 때까지 기다려 줄 생각이 없었다.

애초에 아이작은 하이드에게 있어서 아무런 의미가 없는 존재였다. 그런 아이작을 친절하게 기다려 줄 이유가 하이드에게는 없었다. 하이드는 아이작을 향해 성큼 다가갔다.

"오, 오지 마."

아이작은 하이드가 다가오는 만큼 뒷걸음질 쳤다.

"거기 서. 거기 멈추라고!"

하이드는 멈추지 않았다. 아무런 표정 없는 얼굴이 분명한 목적을 가지고 다가오는 모습은 지독하리만큼 공포스러웠다. 얼마 안 가서 아이작은 다리가 풀려 그대로 바닥에 주저앉고 말았다.

반면 하이드는 주저 없이 걸음을 내디뎠고, 하이드와 아이작 사이에 존재하던 거리는 눈 깜짝할 새 좁혀져 버렸다.

"그 여자가 너를 가만 놔둘 것 같아?"

아이작은 포식자의 눈앞에 놓인 연약한 짐승이 최후의 발악을 하듯 목소리를 높였다.

"네가 날 살해했다는 사실을 알게 되면, 그 여자는 널 죽이려고 할 걸? 그 여자 손에 죽는다고. 너도 죽는다고!"

아이작이 한껏 이죽거렸으나 하이드는 표정의 변화 없이 아이작을 가만 내려다볼 뿐이었다. 불행하게도 아이작의 협박 비슷한 말은 하이드에게 아무런 소용이 없었다. 하이드에게 생을 부여해 준 여자 역시 하이드에게는 아무런 의미가 없는 존재이기 때문이었다.

하물며 하이드는 생에 욕구를 느끼지 못했다. 설령 친모가 자신을 죽이려 든다고 하여도, 그것이 두렵지 않았다. 두렵지 않으니 협박이 될 수 없었다.

현재 하이드의 유일한 관심이자 욕구이자 욕망은 오래전 만난 어린 여자애와 재회하는 것이었다. 그것 외에 하이드에게 중요한 건 아무것도 없었다.

"할 말은 다 했어?"

하이드의 말은 마치 사형 선고처럼 들렸다. 아이작은 희게 질린 얼굴로 무슨 말이라도 꺼내고자 입술을 벌렸다. 그러나 그 입술 사이로 흘러나온 건 제대로 된 말이 아닌 처절한 비명이었다.

평생을 가식적인 가면을 쓰고 온갖 치장에 몰두하며 살아온 그답지 않은, 그 어떤 꾸밈도 없는 날것 그대로의 소리였다.

* * *

"언니!"

엘시아가 노크도 없이 열어젖혀진 문을 바라보았을 때, 리리엔은 이미 침실 안으로 들어선 뒤였다. 리리엔은 곧장 엘시아에게 달려왔다.

"왜 이렇게 일찍 돌아왔어? 내가 보고 싶어서 빨리 돌아온 거야?"

엘시아는 제 품 안을 파고드는 리리엔을 익숙한 손길로 마주 안아 주면서 고개를 끄덕였다.

"별일 없었어?"

"응, 언니는? 신성지는 어땠어? 재밌게 구경하고 온 거야?"

엘시아는 사실 어제부터 어딘지 냉정한 구석이 있던 레오디안의 태도에 관하여 고민하고 있었다. 하지만 그를 그대로 리리엔에게 말해 주고 싶지는 않았기에, 엘시아는 이번에도 고개를 가볍게 주억거렸다.

"응, 재미있었어."

"다음에는 나도 같이 갈래."

"그래, 그러자."

과연 이다음이 있을지는 모르겠지만, 엘시아는 그냥 그렇게 말하고 말았다.

"조금 있으면 오드리가 올 텐데……."

리리엔이 잠시 고민하는 기색으로 말을 늘이다가 이내 뒷말을 이었다.

"그 전에 정원에서 점심 먹을까?"

"정원에서?"

"응, 강아지도 데리고 나가자."

엘시아는 리리엔의 권유가 썩 내키지 않았다. 레오디안은 물론이고, 아이작의 저택에 두고 온 하이드의 존재가 내내 마음에 걸렸다. 엘시아는 혼자만의 시간이 필요했다.

"……별로야?"

"아니, 아니야. 나가자."

그러나 언제나 그러하였듯 엘시아는 리리엔에게 거절의 말을 꺼낼 수가 없었다. 이윽고 엘시아는 자리를 털고 일어났다.

리리엔이 엘시아의 손을 잡아왔다. 엘시아는 리리엔의 작은 손을 꽉 마주 잡으며, 침실을 나섰다.

"엘시아 님, 오랜만입니다."

침실 밖 복도에 벨레로폰이 서 있었다. 엘시아는 벨레로폰의 말대로, 오랜만에 만난 벨레로폰을 보고 내심 반가운 마음이 들었다.

"이제 신황 성하를 수행하는 일은 끝나신 거죠?"

"그렇습니다. 이곳이 얼마나 그리웠는지 모릅니다."

벨레로폰은 신황의 수행 기사로 소임을 다하는 동안, 얼마만큼 지루한 시간을 보냈는지를 이야기했다. 엘시아는 가볍게 웃거나 고개를 끄덕이거나 하면서 적당히 반응을 했다. 그러다 보니 어느덧 정원에 도착했다.

엘시아는 언젠가부터 정원에 마련된 티 테이블에 앉으며 의아한 마음에 벨레로폰에게 불쑥 질문했다.

"그런데 페이렌 씨는요?"

"아, 누님은……."

벨레로폰은 어쩐지 난감한 기색으로 주위를 둘러보았다. 그러더니 이전과 달리 한껏 목소리를 낮추고서 말했다.

"사실 오늘 아침, 불미스러운 소식을 접했습니다."

벨레로폰은 일찍이 아침을 맞이했을 때, 저택을 찾아온 사신이 전한 소식을 떠올렸다. 조금도 예상하지 못한, 너무나도 경악스러운 소식이었다.

"어젯밤 히치콕 백작이 그의 저택에서 숨진 채로 발견되었다고 합니다."

엘시아가 순간 자신의 귀를 의심했을 정도로 벨레로폰의 말은 현실감이 없었다.

"……히치콕 백작님이요?"

"그렇습니다. 어느 귀족의 신고를 받은 치안대가 저택을 찾았을 때, 히치콕 백작은 처참한 몰골로 죽어 있었다고 합니다."

벨레로폰은 리리엔을 의식한 건지 소리를 한껏 낮추어 속삭이듯 말을 덧붙였다.

"백작의 시신은 마치 짐승에게 습격을 당한 것 같은 모습이었다고 하였습니다."

벨레로폰의 말에 엘시아는 머리를 세게 얻어맞기라도 한 양 멍해졌다.

아이작이 죽었다니. 벨레로폰이 거짓말을 할 이유는 없다는 것을 알고 있으면서도 엘시아는 벨레로폰의 말을 믿을 수가 없었다.

그도 그럴 게 어제 만찬장에서 만난 아이작의 모습이 엘시아의 머릿속에 선명하게 남아 있었다. 어젯밤 아이작은 여느 때와 다름없는 모습이었다. 그런 그가 죽었다니, 그 사실을 엘시아는 쉽사리 받아들일 수 없었다.

그런데다가 벨레로폰의 말을 들어보면 아이작은 누군가에게 살해당한 것 같았다. 아이작의 죽음도 놀라운데, 살해를 당했다고? 대체 누가 아이작을 살해한단 말인가. 그것도 이렇듯 갑작스럽게 말이다.

엘시아는 예상치 못한 상황에 당황을 금치 못했다. 마냥 혼란스러운 머릿속은 좀처럼 정돈이 될 기미를 보이지 않았다. 엘시아는 벨레로폰을 그저 멍하니 바라보기만 했다.

"한밤중 그 저택에서 무슨 일이 벌어졌던 건지, 자세한 정황을 파악하기 위해 신전에서 기사를 파견했습니다. 누님은 신전의 명을 받고 렝리탄으로 가셨습니다."

벨레로폰의 설명은 친절했다. 엘시아는 페이렌의 부재의 이유를 충분히 이해할 수 있었다. 다만 머리로는 분명히 알겠는 사실을 가슴으로는 받아들이지 못했을 뿐이었다.

"그리고 대공 각하께서도 렝리탄으로 향하셨습니다."

이어진 벨레로폰의 말 또한 그러했다. 엘시아는 간밤 자신의 머릿속에 들어앉아 떠나지 않던 레오디안의 존재를 새삼스럽게 상기하고는 미간을 좁혔다.

레오디안이 다시금 렝리탄으로 발걸음을 하였을 줄이야. 엘시아는 자신이 모르는 사이에 벌어진 일이 생각보다 많은 탓인지 직전까지 이어진 벨레로폰의 말을 납득하기가 쉽지 않았다.

"……대공님과 페이렌 씨가 언제쯤 돌아오는지는 모르시나요?"

"거기까지는 모르겠습니다."

벨레로폰이 난감한 표정으로 곧장 대답했다. 엘시아는 저도 모르게 나지막한 한숨을 내쉬었다. 머리가 지끈거렸다.

그즈음 로이셀이 차와 티푸드가 담긴 트레이를 이끌고 다가왔다. 가지고 온 것들을 티 테이블 위로 올려놓는 로이셀의 손길은 자연스러웠다. 엘시아는 로이셀이 벨레로폰과 대화를 나누는 모습을 잠시 지켜보면서 생각에 잠겼다.

엘시아는 무엇보다도 렝리탄에, 아이작의 저택에 있을 하이드의 존재가 마음에 걸렸다. 어제는 이상하리만큼 정신이 몽롱하여, 레오디안의 손에 이끌려 돌아왔다. 하지만 지금 엘시아는 여느 때와 다름없이 의식이 선명했다. 그 선명한 의식 속에서 하이드의 안위를 자연스럽게 걱정하게 되었다.

'신전 기사들이 지하를 발견할 수 있을까?'

그들이 지하 공간의 존재를 알아차리지 못하는 것도 문제지만, 그 반대의 경우도 문제였다.

신황 폴리이도스 3세는 엘시아에게 관심을 보였다. 그러니 엘시아와 같은 존재인 하이드에게도 자연히 관심을 가질 것이다. 엘시아는 하이드가 신황의 손에 넘어가기를 원치 않았다.

레오디안이 말하길, 하이드는 엘시아의 뒤를 따라오겠다고 하였다. 하지만 어떻게? 지금 와서 엘시아는 뒤늦은 의문을 떠올렸고, 자연스럽게 후회가 쫓아왔다.

'어제 그렇게 저택을 떠나오는 게 아니었는데……'

엘시아의 마음속에 하이드를 구해 주지 못했다는 죄책감이 슬그머니 고개를 들었다. 오랜 시간 자유를 갈취당한 채 갇혀 살아온 어린아이에게 끝내는 아무런 도움도 주지 못했다는 사실이 비수가 되어 가슴속을 쿡쿡 찌르고 있는 것만 같은 느낌이었다.

게다가 그 아이는 다름 아닌 리리엔과 인연이 있었다. 그런데 엘시아는 아이를 도와주기는커녕, 도망치듯 대공저로 돌아왔다. 그 사실이 못내 후회스러웠다.

그렇게 회한 어린 생각을 계속해서 이어 가던 엘시아의 머릿속에 어젯밤 내내 고민한 것이 떠올랐다. 바로 묘한 태도의 레오디안. 거기에 엘시아의 생각이 미쳤다. 그때였다.

"언니, 무슨 생각을 그렇게 해?"

조그맣지만 충분히 따스한 손이 엘시아의 손등 위를 뒤덮듯 잡아왔다. 엘시아는 퍼뜩 시선을 들어 올렸다. 어느새 리리엔이 걱정스러운 눈으로 엘시아를 바라보고 있었다.

"혹시 무슨 걱정이라도 있어?"

리리엔의 물음에 벨레로폰도 엘시아에게 시선을 두었다. 엘시아는 의도치 않게 리리엔이 걱정할 만한 모습을 보였다는 사실을 깨닫곤 냉큼 고개를 저었다.

"아냐, 그냥 조금 피곤해서 그래. 걱정 같은 거 없어."

"……정말이야?"

"응, 정말로."

리리엔은 영 못미덥다는 눈치였지만, 더 이상 파고들지 않았다. 리리엔은 선선하게 화제를 돌렸다.

"이따가 오드리를 만날 때, 언니도 같이 만날래?"

리리엔의 권유는 갑작스러웠다. 엘시아는 내심 당황한 채로 고민한 끝에 조심스럽게 거절을 말했다.
"그건 오드리 씨에게도 폐를 끼치는 일일 것 같아."
"오드리는 그렇게 생각하지 않을걸."
"나도 불편하고."
"……음, 그러면 할 수 없지."
리리엔이 한결 풀이 죽은 목소리로 중얼거렸다.
"언니가 오드리하고 친하게 지냈으면 좋겠는데."
엘시아는 아무래도 리리엔이 오드리를 예상보다 더 많이 좋아하고 있는 것 같다는 생각을 했다. 고작 며칠 사이에 리리엔이 이렇듯 마음을 줄 정도라니, 오드리는 정말 좋은 사람인 듯했다. 오늘 접한 이야기 중 유일하게 엘시아의 마음에 위안이 되는 것이었다.
"나중에. 나중에 만날게."
그래서인지 엘시아는 기약 없는 약속을 입 밖에 냈고, 그럼에도 불구하고 리리엔은 만족스럽다는 듯 활짝 미소를 지었다.
"언니랑 이렇게 별것 아닌 이야기하면서 시간 보내는 게 너무 좋아."
엘시아는 말없이 리리엔의 손등을 가만가만 쓸어 주었다. 엘시아도 리리엔과 평화롭게 시간을 보내는 게 좋았다. 부디 이 평화가 오래도록 지속되었으면 좋겠다고 생각했다.
하지만 엘시아는 어쩐지 지금 이 평화가 그저 폭풍 전야에 불과한 것 같다는 느낌이 들어, 좀처럼 불안한 마음에서 벗어날 수 없었다. 귓가에 이질적인 소리가 들려온 것은 그때였다.
뒤이어 익숙한 기운이 느껴졌다. 그 출처를 향해 엘시아가 고개를 돌렸다. 그곳에 하이드가 있었다. 엘시아는 하이드를 시야에 담은 채로 멍하니 입술을 벌렸다. 생각지도 못한 방식으로 하이드를 마주하게 된 탓이었다.
그런 엘시아의 혼란스러운 마음을 아는지 모르는지, 하이드는 태연하게 한낮의 태양을 한 몸에 받고 우두커니 서 있었다.

한편, 뒤늦게 낯선 이의 인기척을 알아차린 벨레로폰이 자리를 박차고 일어났다.

"아이야, 여긴 어떻게 들어왔지?"

벨레로폰은 곧장 하이드에게 다가갔다. 갑작스럽게 나타난 눈앞의 어린 소년을 향한 경계를 늦추지 않은 채였다.

엘시아는 힐끔 리리엔을 바라보았다. 리리엔은 속을 알 수 없는 얼굴로 하이드를 쳐다보고 있었다. 엘시아는 일단 하이드를 안으로 데리고 들어가서 자세한 이야기를 들어 보는 게 좋겠다고 판단했다.

엘시아는 자리에서 일어나, 벨레로폰에게 다가갔다. 벨레로폰은 대답 없는 하이드를 내려다보며 답을 채근하는 중이었다.

"엘시아 님, 혹시 모르니 물러나 계십시오."

엘시아가 가까이 다가갔을 때, 벨레로폰이 우려 섞인 목소리로 말했다. 그를 향해 엘시아가 어색하게 미소를 지어 보였다.

"아는 애예요."

"……이 아이를 말입니까?"

"네."

벨레로폰은 당황한 기색이 역력했다.

그도 그럴 게 대공저의 높다란 정문은 굳게 닫혀 있었다. 어린 소년이 어떻게 저택 안으로 들어올 수 있었는지 의아함을 품기에 충분했다.

엘시아는 벨레로폰이 지금 이 상황을 마냥 당혹스럽게 여기고 있다는 걸 눈치챘지만, 그저 조용히 벨레로폰을 올려다보았다.

사실 엘시아는 그럴 수만 있다면 벨레로폰에게 자세한 설명을 해 주고 싶지만, 안타깝게도 엘시아 역시 하이드가 어떻게 이곳을 찾아왔는지를 알지 못했다.

* * *

현재 엘시아는 하이드와 단둘이 침실에 자리하고 있었다.

리리엔은 엘시아의 곁에 남아 있고 싶어 했지만, 때마침 오드리가 찾아와 리리엔은 하는 수 없이 오드리와 함께 자리를 옮겨야 했다. 그런 리리엔의 뒤를 벨레로폰이 따랐다.

벨레로폰은 엘시아가 낯선 소년과 단둘이 마주한다는 데 불안감을 느끼는 듯 했지만, 애초에 벨레로폰은 리리엔의 호위였다. 따라서 벨레로폰은 리리엔처럼 별수 없이 엘시아를 뒤로하고 자리를 떠나야 했다.

하이드는 이전과 달리 어떠한 감정이 서린 눈동자로 방 안 곳곳을 둘러보았다. 그 모습을 엘시아가 잠자코 응시했다.

그 누구도 선뜻 말문을 열지 않기에 정적은 계속해서 이어지고 있었다. 그러나 그것을 신경 쓰는 건 오직 엘시아뿐이었다. 하이드는 쥐 죽은 듯 고요한 적막을 조금도 개의치 않는 기색이었다.

"……지하에서는 어떻게 나온 거야?"

먼저 정적을 깬 것은 내내 그를 신경 쓰고 있던 엘시아였다. 그제야 연신 주위만 둘러보던 하이드의 붉은 눈동자에 엘시아의 모습이 담겼다.

"나는 네가 갇혀 있는 거라고 생각했어. 그런데……."

하이드가 불쑥 손을 내밀어 보였다. 엘시아는 하려면 말을 미처 완전히 끝맺지 못한 채로 입술을 다물었다. 하이드의 손바닥에 검은 얼룩 같은 것이 묻어 있었다. 그게 대체 무엇인지 엘시아는 알 길이 없기에, 그저 의아한 눈으로 내려다보기만 했다.

"문을 열 때 이렇게 됐어."

하이드는 대수롭지 않다는 듯 말을 이었다.

"피가 많이 났는데 멈췄어."

그것으로 충분히 설명을 했다고 생각하는 건지, 하이드는 곧 손을 거두어들였다.

"……다친 거구나."

"응, 근데 어차피 이 흉터도 곧 사라질 테니까 괜찮아."

하이드는 상처 입는 데 무척이나 익숙한 듯, 아무렇지도 않게 말했다.

그런 하이드에게서 엘시아는 예전 자신의 모습을 보았다. 엘시아도 몇 번이고 상처를 입어도 대수롭지 않게 여겼다. 아무리 깊은 상처라고 할지라도 금세 치유되리라는 사실을 알고 있기 때문이었다.

하지만 그렇다고 해서 상처가 아프지 않은 건 아니었다. 상처를 입을 때마다 당연하게도 고통을 느꼈다. 거기에 깊은 상처는 짙은 흉터를 남기기도 했다. 흉터가 사라진다고 해서 상처 입은 일을 잊을 수 있는 것도 아니었다.

"그렇게 이야기하지 마."

엘시아는 제가 다 고통스럽다는 듯 미간을 찌푸린 채로 중얼거렸다.

"아무렇지 않은 것처럼 말하지 마."

"알았어."

하이드는 순순히 고개를 끄덕였다. 엘시아가 어째서 심각한 표정을 짓는지 이유를 알지 못하면서, 그것을 궁금해하지도 않았다. 다만 엘시아가 하지 말라니 안 하겠다고 할 뿐이었다.

엘시아는 하이드가 마치 백지 같다고 생각했다. 어떤 색으로도 충분히 흠뻑 물들 가능성이 있는 새하얀 백지. 그래서일까. 엘시아는 하이드에게 말을 꺼내기 전에 몇 번이고 말을 골랐다.

"……히치콕 백작이 죽었다는 소식을 들었어. 아마 살해당한 것 같다고 하던데. 혹시 네가 그런 거니?"

"히치콕 백작?"

하이드는 생전 처음 듣는 소리에 의아한 사람처럼 고개를 기울였다. 그에 엘시아가 설명을 덧붙였다.

"아이작 히치콕. 내가 너하고 만날 수 있도록 해 준 남자 말이야."

그제야 하이드가 멍한 눈으로 대답을 내어놓았다.

"응. 내가 죽였어."

하이드는 대수롭지 않다는 듯 엘시아를 바라보았다. 엘시아는 설마 했지만, 정말 하이드가 아이작을 죽인 것이라는 사실에 놀라 말을 잇지 못했다.

"그 남자가 사라져서 좋지 않아?"

이어진 하이드의 말 또한 놀랍기 그지없었다. 엘시아는 미묘하게 미간을 좁히고선 되물었다.

"좋지 않냐고?"

"응, 널 괴롭혔잖아."

"하지만……."

아이작이 죽기를 원한 적은 없었다. 엘시아는 설마 하이드가 아이작을 죽인 게 엘시아 자신 때문인가 싶은 생각에 떨리는 목소리로 물었다.

"혹시 나 때문에 그 사람을 죽인 거니?"

하이드는 망설임 없이 고개를 끄덕였다.

"그리고 더 이상 거기서 살고 싶지 않으니까."

엘시아는 하이드의 순진함이 무척 잔인하다는 깨달음을 얻기에 이르렀다.

"하이드, 그렇다고 해서 사람을 죽이면 안 돼."

"왜?"

하이드가 정말 모르겠다는 듯 멍한 눈으로 엘시아를 바라보았다. 엘시아는 순간 말문이 막힌 채로 하이드를 마주 응시했다. 어떻게 설명을 해야 할지 막막한 탓이다.

"……네가 그 사람을 죽였다는 걸 다른 사람이 알게 되면, 분명 곤란해질 거야."

엘시아는 절로 새어 나오는 한숨을 억지로 삼키며 말을 이었다.

"리리엔을 만나고 싶지?"

"맞아. 만나고 싶어."

"네가 살인을 한 게 알려진다면, 너는 리리엔 곁에 있을 수 없어."

엘시아가 퍽 단단한 목소리로 내뱉은 말에 하이드의 무표정한 낯에 금이 갔다.

"그럼 어떻게 해야 해? 이미 그 남자는 죽었는걸."

하이드는 리리엔 곁에 있을 수 없다는 말에 퍽 충격을 받은 듯했다.

"난 죽은 사람을 다시 살려 낼 수 있는 방법을 모르는데."

하이드가 얼핏 불안한 기색으로 중얼거렸다. 그 모습에 엘시아는 하이드가 예상하고 있던 것보다 더 리리엔에게 집착하고 있다는 느낌을 받았다.

대체 하이드와 리리엔은 어떤 사이인 걸까? 엘시아는 하이드가 인간이 아니라는 사실을 알고 있기에, 하이드가 리리엔에게 보이는 관심을 영 달갑게 여길 수만은 없었다.

엘시아는 잠시 말없이 하이드를 살펴본 끝에 입을 열었다.

"네가 그 남자를 죽였다는 사실은 아마 아무도 눈치채지 못할 거야."

어쩌면 신전은 아이작을 살해한 범인이 인간이 아닌 괴물이라는 사실을 알아낼 수 있을지 모른다. 하지만 그게 하이드라는 것까지 알아내지는 못할 것이다. 하이드는 지금 이곳에 있으니까.

"……그러니까 아무한테도 말하지 마. 그러면 돼."

"알았어."

"그리고 앞으로는 함부로 인간을 죽여서는 안 돼. 여기서 지내고 싶다면 말이야."

"응, 그렇게 할게."

하이드는 순순히 대답했다. 그럼에도 불구하고 엘시아는 선뜻 마음을 놓을 수 없었다. 과연 하이드를 리리엔 곁에 머무르도록 하는 게 옳은 결정인지도 확신할 수 없었다.

"내 기척을 쫓아서 온 거야?"

"응."

"여기까지 오는 동안 누구 마주친 사람은 없었어?"

"응, 없었어."

레오디안은 일찍이 렝리탄으로 향하였다고 했는데, 하이드는 레오디안을 만나지 못했다. 그걸 다행이라 해야 할지, 불행이라 해야 할지. 엘시아는 한숨과 함께 입을 열었다.

"네가 이곳에서 지내려면 이 저택의 주인의 허락을 받아야 해."

"그게 누군데?"

"리리엔의 보호자야."

하이드가 영문을 알 수 없다는 듯한 표정을 지었다.

"리리엔은 네 동생이 아니었어?"

리리엔은 엘시아의 동생이 아니었다. 그래서는 안 됐다. 리리엔은 평범한 인간이니까. 엘시아는 씁쓸하게 미소를 지었다.

"리리엔은 이곳 로켄페데스 가문의 아이야."

* * *

날씨가 점차 서늘해짐에 따라, 오드리의 복장도 변하였다. 오늘 오드리는 하늘하늘한 물빛 드레스 위에 숄을 걸친 채였다.

이번에 오드리가 리리엔과 공부한 건 대륙의 지형에 관해서였다. 그러는 동안 종종 사담도 나누었기에, 수업은 늦은 오후가 되어서야 끝이 났다.

"리리엔 아가씨, 혹시 무슨 걱정거리라도 있으세요?"

오드리가 불쑥 물었고, 막 자리에서 일어나려던 리리엔은 그대로 멈칫했다.

"내내 다른 곳에 신경을 쓰고 있으신 것 같아 보였거든요."

리리엔은 다시금 자리에 앉았다. 그러자 오드리가 리리엔을 향해 부드럽게 미소를 지어 보였다. 리리엔은 잠시간 망설이다가 말문을 열었다.

"사실 물어보고 싶은 게 있어서……."

"무엇이 궁금하신가요?"

오드리가 상냥하게 되물었지만, 리리엔의 입술은 오히려 꾹 맞물렸다. 하지만 오드리는 리리엔을 더 이상 재촉하지 않고, 다만 리리엔을 지그시 바라보았다.

리리엔은 막상 말을 꺼내려고 하니 막막해져서 의미 없이 몇 번이고 말을 골랐다. 그러느라 한참 뒤에야 간신히 말을 꺼냈다.

"……페레이스 왕국에 두 명의 왕자가 있지?"

"네, 맞아요. 알렉산더 레옹 루벤체스 저하, 그리고 클로안 루벤체스 저하가 계세요."

알렉산더와 클로안. 그중 리리엔이 관심이 있는 건 클로안이었다. 리리엔은 떨리는 마음을 애써 감추고서는 물었다.

"내가 페레이스의 왕자를 만날 수 있는 방법이 있을까?"

"……왕자 저하를 만나 보고 싶으세요?"

"응."

오드리는 어째서 리리엔이 갑자기 페레이스의 왕자들에게 관심을 보이는 건지 이유가 궁금했지만, 그 이유를 묻는 대신 다른 말을 꺼냈다.

"이 제국과 페레이스 왕국은 오랜 시간 화친을 맺어 왔으니, 페레이스의 왕자 저하를 만나는 건 영 불가능한 일은 아니에요. 조금 어렵기는 하겠지만요."

오드리는 담담히 사실을 전했다. 리리엔은 만족한 건지 아닌지 모를 모호한 표정을 지었다. 그 모습에 오드리가 말을 덧붙였다.

"대공님께 한번 말씀드려 보세요."

"……레오디안한테?"

"네, 대공님은 황실과 연이 깊으시니까요. 대공님께 부탁을 드리면, 왕자 저하를 만나는 것도 가능할지 몰라요."

가만 생각해 보니 오드리의 말이 맞았다. 레오디안이라면 리리엔이 클로안을 만날 수 있는 자리를 마련해 줄 수 있었다. 다만 레오디안이 순순히 리리엔의 부탁을 들어줄지가 문제였다.

"조언 고마워, 오드리."

"별말씀을요."

오드리는 비로소 자리에서 일어났다.

"그럼 고민은 해결되신 건가요?"

"응, 덕분에."

"도움이 되었다니 다행이에요."

리리엔은 오드리를 따라 자리를 털고 일어나, 곧장 서재를 나섰다. 함께 저택을 나서는 동안, 오드리는 자연스럽게 리리엔의 걸음에 맞추어 걸었다.

저택 밖에는 마차 한 대가 서 있었다. 오드리를 기다리고 있는 마차였다. 오드리는 마부의 도움을 받아 마차에 오른ㄴ 뒤, 리리엔에게 인사를 건넸다.

"그럼 내일 뵐 게요, 아가씨."

리리엔은 활짝 웃으며 오드리를 배웅했다. 오드리가 탄 마차가 멀어지는 모습을 바라보다가, 더 이상 마차가 보이지 않게 되었을 때에야 몸을 돌렸다.

'레오디안이 돌아오면 이야기를 꺼내 봐야겠어.'

리리엔은 굳은 다짐과 함께 걸음을 옮겼다. 그렇게 침실로 돌아왔을 때, 리리엔은 자신의 침실 앞에 서 있는 엘시아와 하이드를 마주쳤다.

"리리엔, 오드리 씨는 돌아가셨어?"

"응. 그런데 얘는……."

리리엔은 힐끔 하이드를 쳐다보았다. 아까 하이드를 마주쳤을 때, 리리엔은 굉장히 놀랐다. 하이드를 다시 만날 줄은 꿈에도 몰랐기 때문이었다.

엘시아와 하이드가 어떻게 서로 알고 있는 건지 의아하기도 하였다. 리리엔은 썩 탐탁지 않게 하이드를 주시하던 시선을 돌려, 엘시아를 바라보았다.

"얘는 왜 데리고 왔어?"

"하이드가 너에게 하고 싶은 말이 있대."

하이드. 그게 남자애의 이름인가 보다. 리리엔은 다시금 하이드에게 눈길을 주었다.

"무슨 말이 하고 싶은데?"

리리엔이 퍽 날카롭게 물었다. 그러자 내내 우두커니 서 있던 하이드의 파리한 입술이 벌어졌다.

"너를 만나고 싶었어."

"……뭐?"

"네가 보고 싶어서 왔어."

리리엔은 말문이 막혔다. 어이가 없기도 하고, 당황스럽기도 했다. 리리엔은 하이드와 아무런 사이도 아니었다. 하물며 각별하다고는 말할 수 없는 관계였다.

그런데 하이드는 마치 리리엔을 오래도록 그리워한 끝에 재회하기라도 한 사람처럼 말하고 있었다. 리리엔은 저도 모르게 미간을 찌푸렸다.

"아니, 그 전에 너 우리 언니를 어떻게 알고 있는 거야?"

하이드는 대답하지 않았다. 다만 엘시아를 올려다볼 뿐이었다. 뭐라고 대답을 해야 하냐고 묻고 있는 것 같은 시선이었다.

그런 하이드의 모습에 리리엔의 미간 사이 주름이 더욱 깊어졌다. 하이드와 엘시아가 단둘이서만 어떤 비밀을 공유하고 있는 것만 같은 느낌이 들었다. 그래서 리리엔은 기분이 나빴다.

"왜 대답을 안 해?"

리리엔은 구태여 불쾌한 기분을 숨기지 않은 채로 날이 선 목소리로 물었다.

"리리엔, 우리 들어가서 얘기할까?"

엘시아가 중재를 하고자 나섰다. 리리엔은 여전히 탐탁지 않다는 듯한 시선으로 하이드를 쳐다보고 있었다.

하이드와 달리 리리엔은 하이드와의 만남을 달갑지 않게 여기고 있는 것 같았다. 그것이 의아하였지만, 엘시아는 재차 부드럽게 권유했다.

"들어가서 얘기하자, 응?"

곧 리리엔이 고개를 끄덕였다. 엘시아는 리리엔과 하이드를 이끌고 침실 안으로 들어섰다.

세 사람의 인기척에 침실에서 강아지를 돌보고 있던 헤르테인이 의아한 눈으로 고개를 돌렸다. 엘시아는 어색하게 미소를 지어 보였다.

"잠시 리리엔과 이야기를 나누고 싶은데요."

"아, 그러시군요. 자리를 비켜드리겠습니다."

"감사해요."

헤르테인이 익숙한 손길로 강아지를 품에 안아 들었다. 그러고는 주저 없이 침실을 나섰다. 엘시아는 리리엔이 테이블 앞에 앉는 모습을 지켜보다가,

하이드를 향해 말했다.

"너도 앉을래?"

"응."

하이드는 순순히 리리엔의 맞은편으로 가 앉았다. 그때 기다렸다는 듯 누군가 문을 두드리는 소리가 들려왔다.

엘시아가 의아한 마음에 고개를 돌려 문가를 바라보는데, 리리엔이 말했다.

"들어와."

이윽고 문이 열렸다. 불현듯 리리엔의 침실을 찾아온 건 로이셀이었다.

"엘시아 님, 침실에 계시지 않아 혹시나 하여 이곳으로 와 보았는데 여기 계셨군요."

로이셀은 리리엔이 아닌 엘시아에게 용건을 이야기했다.

"대공님이 돌아오셨습니다."

"……지금요?"

"예, 대공님께 엘시아 님을 모셔 오라는 명을 받았습니다."

엘시아의 표정이 절로 굳어졌다. 애써 잊고 있던 레오디안의 냉정하던 태도가 떠올랐다. 선뜻 레오디안을 만나고 싶지 않고, 꺼려지는 건 그래서인지 몰랐다.

"……혹시 지금 바쁘십니까? 그렇다면 대공님께 말을 전하겠습니다."

엘시아의 망설임을 어떻게 받아들인 건지, 로이셀이 조심스럽게 권했다. 엘시아는 다시금 주저하다가 고개를 저었다.

"아니에요. 안 바빠요. 어디로 가면 되나요?"

"대공님은 서재에 계십니다. 그리로 가시면 됩니다."

엘시아는 서로를 가만 바라보고만 있는 리리엔과 하이드에게 힐끔 시선을 주었다. 이 두 아이만을 남겨 두고 침실을 나서는 게 과연 괜찮은 일인지 확신이 서지 않았다.

"잠깐 리리엔에게 할 말이 있는데, 잠깐 시간을 주실래요?"

"물론입니다."

로이셀은 흔쾌히 고개를 끄덕였다.
"그럼 복도에서 기다리고 있겠습니다."
"감사해요."
로이셀이 부드러운 미소와 함께 몸을 돌렸다. 머지않아 달칵, 문이 닫히는 소리가 침실 안에 내려앉았다.

그 소리를 끝으로 고요해진 침실에서 엘시아는 어디서부터 이야기를 시작해야 할지 고민했다. 마냥 막막하여 쉽사리 말문을 열 수가 없었다.

그런 이유로 한참을 망설인 끝에 엘시아가 가까스로 입을 열었다.
"하이드는 신성지에서 만났어."
"신성지?"
"그래, 거기서 우연히 만났어. 갈 곳이 없다기에 여기로 오라고 했고."
엘시아가 나직이 말을 잇는 동안, 하이드는 리리엔을 뚫어져라 바라볼 뿐 아무런 말이 없었다. 엘시아가 거짓말을 하고 있는데도 개의치 않는 기색이었다.

"대공님과 제대로 이야기를 나누지는 못했지만……. 아마 하이드는 이곳에서 지내게 될 거야."

리리엔이 와락 미간을 찌푸렸다.
"왜? 얘가 왜 여기서 지내는데? 난 싫어."
"……하이드는 너를 만나고 싶다고 했는데."
"나는 아니야. 만나고 싶다고 생각한 적 없어."
엘시아는 리리엔이 하이드를 경계하고 있는 것 같다는 느낌을 받았다. 왜일까. 엘시아는 새삼스럽게 하이드를 내려다보았다. 하이드는 늘 그렇듯 속을 알 수 없는 무표정한 얼굴로 우두커니 앉아 있었다. 제 앞에서 리리엔이 구태여 말을 고르지 않고 내뱉고 있음에도 불구하고 그러하였다.

한동안 묵묵히 하이드를 응시하면서 엘시아는 자신의 선택이 너무나도 이기적인 것이었다는 생각을 했다. 리리엔은 물론이고, 아마 레오디안 역시도 하이드가 이곳에서 지내는 걸 원치 않을 텐데. 엘시아는 한숨을 삼켰다.

"……네가 정 싫다면."

"리리엔."

하이드가 엘시아의 말허리를 잘라 냈다. 침실 안으로 들어온 이래, 계속해서 침묵을 지키던 하이드가 스스로 말문을 연 순간이었다.

"너에게 하고 싶은 말이 있어."

하이드는 퍽 진지했다. 리리엔은 차마 듣기 싫다고 냉정하게 잘라 말할 수는 없었는지, 불퉁한 목소리로 되물었다.

"뭔데?"

"너한테만 하고 싶은 얘기야."

리리엔과 하이드의 시선이 거의 동시에 엘시아를 향했다. 그 시선의 의미를 어렵지 않게 해석한 엘시아가 희미하게 미소 지었다.

"괜찮겠어?"

"……뭐, 나도 물어보고 싶은 게 있기도 하고."

"그럼 난 대공님에게 다녀올게."

리리엔이 여전히 퉁한 표정으로 고개를 끄덕였다.

"얼른 와야 돼."

"알겠어."

마지막으로 리리엔과 하이드의 모습을 눈에 담은 엘시아는 곧 그 두 아이를 뒤로하고 침실을 나섰다.

* * *

선뜻 침실을 나선 기세가 무색하게도 엘시아는 떨리는 마음을 이루 다잡을 수 없었다. 로이셀의 안내를 받아 레오디안의 서재에 도착하였을 때까지도 여전했다.

"들어가시면 됩니다."

"네, 고마워요."

엘시아는 크게 숨을 들이마시고는 로이셀이 손수 열어 준 문 너머로 한 걸음 내디뎠다. 그렇게 서재 안으로 들어서기 무섭게 등 뒤로 문이 닫혔다.

엘시아는 조심스럽게 시선을 들어 올렸다. 서재는 따로 불을 켜 두지 않은 탓에 한낮인데도 불구하고 조금쯤 어두웠다. 그 고즈넉한 공간을 익숙한 체취가 가득 채우고 있었다.

엘시아의 본능을 자극하는 달콤한 향이었다. 엘시아는 저도 모르게 마른침을 삼켰다. 그게 긴장한 탓인지, 아니면 군침이 도는 탓인지는 알 수 없었다.

"앉으시겠습니까."

엘시아가 서재 안으로 들어선 직후, 엘시아를 향해 그저 묵묵한 시선만을 보내고 있던 레오디안이 정적을 깼다.

"묻고 싶은 이야기가 있습니다."

순간 멈칫했던 엘시아는 이윽고 떨어지지 않는 발걸음을 옮겼다. 그 모습을 레오디안이 한순간도 놓치지 않고 주시하였다.

엘시아가 서재 한가운데 놓인 벨벳 소파에 앉았을 때, 커다란 책상 앞에 앉아 있던 레오디안이 몸을 일으켰다. 곧장 엘시아가 앉은 곳으로 다가섰다.

"……렝리탄에 다녀오셨다고 들었어요."

레오디안이 엘시아의 맞은편에 앉고서는 고개를 끄덕였다.

"방금 다녀온 길입니다."

"히치콕 백작님이 살해당했다는 이야기도…… 들었어요."

엘시아를 응시하는 레오디안의 푸른 눈동자가 고요했다. 마치 거센 폭풍이 일기 전 고요 같았다. 레오디안이 무슨 말을 할지 두렵기 때문일까. 엘시아는 숨을 죽였다.

"일전 신성지에서 목격한 괴물을 기억합니까?"

"……네."

"아마 그와 같은 존재의 소행인 듯합니다."

레오디안은 신전 기사들과 함께 히치콕 백작의 저택을 다시 찾아가서 본 만찬장의 살풍경한 모습을 떠올렸다.

만찬장에는 아이작의 시신 말고도 시신 두 구가 더 있었다. 그 두 구의 시신에서 흘러나온 피는 푸른색이었다. 아마도 아이작이 흘린 피일 붉은 피와 다르게 말이다.

신전 기사들은 푸른 피로 얼룩져 있던 두 시신을 수습해 신성지로 인도해 갔다. 그리고 아이작의 시신은 히치콕 백작가 가신들에게 인도되었다.

"그곳 저택에서 무슨 일이 있었는지 정확하게는 알 수 없지만, 아마 괴물들 사이에 알력 다툼이 있었던 것 같습니다."

레오디안이 나직이 말을 잇는 동안, 그의 말에 귀를 기울이고 있던 엘시아의 표정이 차츰 굳어 갔다. 그러나 레오디안은 엘시아의 사정을 돌보아 주지 않았다.

"나는 당장 신성지로 떠나야 하지만, 그 전에 당신에게 듣고 싶은 이야기가 있어 들렀습니다."

레오디안은 말을 꺼내는 데 주저함이 없었다. 엘시아는 숨 쉬는 일조차 잊어버린 채, 마냥 희게 질려서는 레오디안을 바라보았다. 레오디안은 아까부터 냉정한 표정으로 일관하고 있었다.

"그 아이, 히치콕 백작의 저택에서 만난 아이가 정말 평범한 인간이 맞습니까?"

레오디안이 물었다. 엘시아는 어느 순간부터 속절없이 떨리고 있는 손을 꽉 마주 잡았다. 레오디안이 답을 몰라서 묻는 것이 아니리라는 직감이 머릿속을 스쳤다.

아마 레오디안은 지금 자신을 시험하고 있는 건지도 모른다. 엘시아는 파리한 입술을 열었다. 그 사이로 잠시간 멈추고 있던 숨이 터져 나오듯 새어 나왔다.

"……저는."

"아니, 질문을 바꾸겠습니다."

레오디안은 자비가 없었다. 엘시아가 잠시라도 생각할 틈을 주지 않았다. 이런 레오디안은 처음이었다. 아니, 과거 언젠가는 레오디안이 무척 차가운 사람이라는 걸 알았다. 하지만 어느 순간부터 엘시아는 서툴기는 하나, 분명 다정한 레오디안에게서 위안을 받았다.

그런데 지금은, 꼭 레오디안을 처음 만났을 때 같았다. 그러니까 엘시아가 레오디안의 손에 목숨을 잃었을 때. 그때 그 서릿발처럼 차갑던 사내와 현재 눈앞의 레오디안의 모습이 겹쳐졌다.

"그 아이가 인간이 아니라는 걸 언제부터 알고 있었습니까."

몰라보게 싸늘해진 표정으로, 레오디안이 물었다.

"아이를 처음 만난 순간부터입니까?"

엘시아는 저도 모르게 믿을 수 없다는 듯한 눈으로 레오디안을 바라보았다. 레오디안은 원래 이토록 차가울 수 있는 사람인데, 그저 자신이 그간 단꿈에 젖어 잊고 있었던 것뿐인지도 모른다. 애초에 이것이 당연한 일이었다.

그동안 레오디안은 물론, 모든 이를 속이고 기만해 온 것은 엘시아 자신이었다. 그러니 이런 냉대는 당연했다. 이전까지 받은 상냥한 대우가 오히려 이상한 일이었다.

그런데 그 다정함에 너무 익숙해져서, 그래서 지금과 같은 서늘한 시선이 너무도 낯설게 느껴졌다. 그저 당황스러웠다.

얼마나 당황스럽던지, 당장이라도 속에서 울컥 뜨거운 무언가 터져 나올 것만 같은 기분이 들었다. 더 이상 답을 미루고만 있을 수는 없었기에 엘시아는 떨어지지 않는 입술을 애써 벌렸다.

"……네, 맞아요. 처음부터 알았어요."

엘시아는 힘없이 시선을 내려뜨렸다. 레오디안의 푸른 눈동자를 차마 똑똑히 마주할 엄두가 나지 않았다.

레오디안은 조금 전까지만 해도 거침없이 몰아치던 기세가 무색하게도 이제는 아무런 말이 없었다. 하여 엘시아의 대답을 끝으로 서재에는 정적이 흘렀다.

숨이 막힐 정도로 무거운 정적이었다. 엘시아는 무릎 위로 말아 쥐고 있는 손에 힘을 주었다. 기다렸다는 듯 손톱이 살갗을 파고들었다.

떨지 않으려고 노력해 보아도 별 소용은 없었다. 조금 전부터 세차게 뛰고 있는 심장 또한 쉽사리 평정을 되찾을 기미를 보이지 않았다.

그러나 엘시아는 무슨 말이라도 해야 한다는 강박과 가까운 생각에 떨리는 마음을 뒤로한 채 애써 말문을 열었다.

"무언가 나쁜 마음을 가지고 아이를 데려온 건 아니에요."

여전히 레오디안을 마주 볼 용기는 없었기에 엘시아는 그녀와 그 사이에 자리한 테이블 한편에 시선을 고정하고서는 말을 이었다.

"……아이가 예전 제 모습을 닮은 것 같다는 말도 거짓말이 아니에요."

"그래, 닮은 것 같더군요."

레오디안의 나직한 목소리에 순간 멈칫했던 엘시아는 찰나 망설인 끝에 입을 열었다.

"하지만 대공님과 리리엔이 아이의 존재를 탐탁지 않게 여긴다면, 저도 더는 고집을 부릴 생각 없어요."

엘시아는 아까부터 시선을 내리고 있었으나 레오디안의 시선이 닿아 있는 것쯤은 알 수 있었다. 하지만 그 시선을 마주할 자신은 여전히 없었기에 엘시아는 내리뜬 눈을 천천히 깜빡일 뿐이었다.

"……아이가 오늘 저택을 찾아왔다는 이야기는 전해 들었습니다."

레오디안의 가라앉은 목소리에 흠칫 몸이 떨렸다. 엘시아는 초조한 마음에 마른 입술을 축였다.

"아이를 이곳에서 지내도록 할지 말지는 당신이 원하는 대로 하십시오."

한편, 레오디안은 이제 엘시아가 지금껏 모든 것을 두려워하고, 마냥 밀어내기만 하던 이유를 알 것 같았다. 그러나 레오디안은 차마 엘시아에게 더 이상 추궁해 물을 수가 없었다.

서로 마주한 이래, 내내 희게 질려 있는 엘시아의 낯은 레오디안의 말문을 막았다. 레오디안이 이번에야말로 엘시아에게 진실을 듣겠노라 결심한 것은 아무런 소용이 없었다.

이 세상 모든 풍파를 혼자서 다 감내하고 있는 양 겁에 질려 있는 엘시아는 너무나도 손쉽게 레오디안을 무력하게 만들었다.

칼을 쥔 건 이쪽인데, 어째서 그 칼을 휘두를 수가 없는 건지. 레오디안은 한숨을 삼켰다.

"신황은 신전 기사들을 선별해 토벌대를 꾸리겠노라 하였습니다."

"……토벌대라면, 괴물을 상대하기 위한 토벌대를 말하시는 건가요?"

"그렇습니다."

레오디안은 다시금 한숨을 억누르고서는 말을 이었다.

"그래서 앞으로는 지금처럼 저택에서 지내지 못할 것 같습니다. 아까도 말했다시피 나는 당장 신성지로 떠나야 합니다."

엘시아는 이제는 일어난 적 없는 일이 되어 버린 과거의 어느 순간을 떠올렸다. 괴물 토벌대를 이끌고 온 레오디안, 그리고 그의 손에 죽음을 맞이한 자신의 모습을. 엘시아는 당장 어제 일어난 일처럼 선명하게 떠올릴 수 있었다.

괴물 토벌대가 꾸려진 건 어느 귀족이 괴물의 손에 죽고 난 이후의 일이었다. 원래라면 지금으로부터 일 년 정도의 시간이 지난 뒤에 일어나야 할 일이기도 했다. 시간을 거슬러 온 엘시아는 그 사실을 알고 있었다.

'그게 아이작 히치콕의 죽음으로 인해 일어난 일이었던 건가?'

다만 엘시아는 설마하니 아이작이 괴물에게 살해당하고, 그리하여 괴물 토벌대가 꾸려졌을 줄은 몰랐다. 바로 그 점이 괴물 토벌대가 꾸려지는 시점이 앞당겨졌다는 것보다도 당황스럽게 느껴졌다.

무엇보다도 결국 괴물 토벌대가 조직되고, 그를 다름 아닌 레오디안이 이끌게 되었다는 사실이 엘시아로 하여금 불안한 마음이 들게끔 하였다.

엘시아는 시간을 거슬러 돌아오기 전과 달리 리리엔에게 일찍이 가족을 되찾아 주었지만, 시간은 엘시아가 경험하여 알고 있는 대로 흘러갔다. 자잘한 사건은 달라졌을지언정, 큰 흐름은 바뀌지 않았다.

그래서였다. 엘시아는 어쩌면 자신이 또다시 레오디안의 손에 죽음을 맞이할지도 모른다는 불안한 예감에 사로잡히게 되었다.

본능적인 두려움에 몸이 떨렸다. 기억 속 과거 레오디안의 냉정한 모습을 다시금 마주하게 될 수도 있다는 생각에 무서워졌다. 엘시아는 입술 사이로 떨리는 숨을 길게 내쉬었다.

그때 엘시아의 안색을 살피던 레오디안이 미묘하게 미간을 좁히고서는 입을 열었다.

"……괜찮습니까?"

"네?"

홀로 상념에 잠겨 있던 엘시아는 저도 모르게 놀란 눈을 들어 올렸다. 이전과 달리 한결 부드러워진 표정을 짓고 있는 레오디안의 낯이 시야에 들어찼다. 그건 엘시아가 익히 잘 알고 있는 레오디안이기도 하였다.

"안색이 안 좋은데. 혹시 어디 아픈 건 아닙니까?"

"……아. 아니에요. 그냥 좀 걱정이 되어서요."

"무엇이 말입니까?"

엘시아는 레오디안의 푸른 눈동자가 고요히 가라앉아 있는 모양새를 바라보며 입을 열었다.

"대공님은 신성지로 떠나시면 오래도록 저택으로 돌아오지 못하시겠죠?"

"아마도. 그럴 것 같습니다."

레오디안이 주저 없이 고개를 끄덕였다.

"그럼 그동안 리리엔은 이곳에 홀로 남겨지잖아요. 그게 걱정이 돼요."

엘시아의 말에 레오디안이 예상치 못한 소리를 들은 사람처럼 눈을 크게 떴다. 그러나 그것은 찰나의 일로, 레오디안은 곧 태연히 말했다.

"리리엔은 괜찮을 겁니다."

레오디안은 정말 그렇게 믿어 의심치 않는 것 같았다. 그에 엘시아가 레오디안은 어떻게 저토록 확신하는 건가 의문을 떠올리는데, 레오디안이 말을 이었다.

"리리엔의 곁에는 당신이 있을 것이 아닙니까."

엘시아는 아무런 대답도 할 수 없었다. 말문이 턱 막힌 탓이었다.

레오디안이 방금과 같은 말을 한 것은, 엘시아를 신뢰하기 때문이었다. 지금껏 레오디안에게 솔직하지 못했던 엘시아였으나, 레오디안은 엘시아를 믿었다.

그 신뢰를 새삼 마주한 엘시아는 당연하게도 죄책감이 들었다. 죄책감을 느끼면서도 결코 솔직할 수는 없는 스스로의 처지가 원망스럽기 그지없었다. 그러나 엘시아는 애써 입꼬리를 끌어 올려 희미하게나마 미소를 지어 보였다.

* * *

그 시각, 리리엔은 하이드를 날카로운 시선으로 노려보듯 바라보고 있었다.

그런 리리엔을 마주한 하이드의 붉은 눈동자는 맹목적이다 싶을 정도로 집요하게 리리엔만을 주시했다. 엘시아가 침실을 떠난 이후, 단둘이 남겨진 이래 한결같은 시선이었다.

하이드는 할 말이 있다고 한 사람답지 않게 아무런 말이 없었다. 꽤 한참 동안 이어지고 있던 적막 속에서 대화를 시작한 사람은 리리엔이었다.

"지낼 곳이 없다고?"

"응."

하이드는 내내 입을 꾹 다물고 있던 것이 무색하게도 선뜻 대답을 내어놓았다. 리리엔은 미간을 찌푸리고서는 다른 물음을 입 밖에 냈다.

"그럼 이제까지 어디서 지냈는데?"

하이드는 이번에는 아무런 대답을 하지 않았다. 리리엔은 어째 벽을 보고 대화를 하고 있는 것만 같은 답답한 기분이 들었다.

"길거리에서 먹고 자고 했어?"

멍한 눈으로 리리엔을 바라보고만 있던 하이드가 이윽고 천천히 고개를 끄덕였다. 그 모습에 리리엔이 고개를 절레절레 내저었다.

"그래서 네 꼴이 그 모양인가 보네."

"내 꼴이 어떤데?"

"마음에 안 들어."

하이드는 큰 충격이라도 받은 사람처럼 멍하니 입술을 벌렸다. 지금까지 리리엔이 본 하이드의 반응 중 가장 격한 반응이었다.

머지않아 하이드가 믿을 수 없다는 듯 되물었다.

"……마음에 안 들어?"

"응, 그렇다니까."

리리엔은 대수롭지 않게 고개를 끄덕였는데, 그런 리리엔과 달리 하이드는 충격을 금치 못하고 있었다. 리리엔이 순간 자신이 방금 굉장히 몹쓸 말이라도 한 건가 스스로의 언행을 되짚어 보았을 정도였다.

"마음에 들고 싶은데, 어떻게 해야 돼?"

리리엔은 어이가 없는 눈으로 하이드를 바라보았다. 예전에도 그랬지만, 지금도 리리엔은 여전히 하이드를 도무지 이해할 수 없었다.

과거 리리엔은 하이드가 집을 찾아올 때면, 언제나 다시는 이곳을 찾아오지 말라고 엄포를 놓았었다. 그런데 하이드는 리리엔의 말을 무시하고 몇 번이고 리리엔을 찾아왔다.

그때도 충분히 짜증스러웠는데, 실바하니 이곳까지 쫓아오다니. 리리엔은 하이드를 다시금 마주하게 된 상황이 탐탁지 않기 그지없었다.

"됐고, 어떻게 언니를 아는 건지나 말해. 정말 언니가 말한 대로 언니하고 너하고 서로 우연히 만난 거야? 신성지에서?"

하이드는 지금까지와 다름없이 무표정한 낯이었지만, 고개를 끄덕이는 모습이 어딘지 어색해 보였다. 리리엔이 어렵지 않게 알아차렸을 정도였다. 당연하게도 리리엔은 의심을 거두지 못했다.

"너 대체 무슨 생각으로 여기 온 거야? 단순히 나를 만나고 싶어서?"

리리엔의 목소리에 자연스럽게 날이 섰다. 하이드는 개의치 않는 기색이었다. 단지 입을 꾹 다물었을 뿐이었다.

"너는 불리하면 대답을 안 하는구나. 그게 얼마나 사람을 답답하게 만드는지 알아? 게다가 엄청 예의 없는 행동이라고."

리리엔의 지적에도 하이드는 입을 열 기미조차 보이지 않았다. 리리엔이 답답한 마음에 미간을 와락 찌푸리고는 가슴을 콩콩 두드렸다.

"나한테 할 말 있다고 했지? 그게 뭔지나 얘기해 봐."

결국 하이드에게서 대답을 듣는 것을 포기한 리리엔이 화제를 돌렸다. 그에 하이드는 방금까지만 해도 고집스럽게 입을 다물고 있던 것이 무색하게도 선뜻 말을 꺼냈다.

"먼저 물어보고 싶은 게 있어."

"뭔데?"

리리엔이 대수롭지 않게 되물었고, 곧 하이드의 건조한 목소리가 침실 안에 내려앉았다.

"너는 인간이면서 왜 엘시아하고 사는 거야?"

리리엔은 예상하지 못한 질문에 순간 멈칫했지만, 답을 내어놓는 것은 어렵지 않았다.

"엘시아를 사랑하니까."

리리엔의 주저 없는 대답에 하이드의 눈매가 가늘어졌다.

"사랑한다고?"

"응, 사랑해."

"엘시아는 너와는 다른 끔찍한 존재인데도?"

하이드는 리리엔이 엘시아가 인간이 아니라는 사실을 인지하고 있으리라 확신하고, 그를 기저에 두고 질문을 하고 있었다. 그런 하이드를 리리엔은 대수롭지 않게 받아들였다. 하이드와 엘시아가 서로 일면식이 있다는 걸 알게 되었을 때, 리리엔도 어느 정도 예상한 바였다.

"그런 건 나한테는 아무런 의미가 없어. 엘시아가 어떤 사람인가 하는 건 전혀 중요하지 않아. 중요한 건 내가 엘시아를 사랑하고……."

리리엔은 눈앞의 하이드의 창백한 얼굴을 똑똑히 직시하면서 단호한 목소리로 말을 이었다.

"엘시아가 나를 사랑한다는 거야."

하이드는 한동안 아무런 반응도 보이지 않더니, 새삼스러운 눈빛으로 리리엔을 바라보았다. 그러더니 혼잣말처럼 감상을 툭 내뱉었다.

"……신기하네."

하이드의 입꼬리가 천천히 올라갔고, 이윽고 하이드의 입매가 그럴싸한 호선을 그렸다.

"그 사랑이라는 거. 나도 하고 싶어졌어."

하이드는 탐탁지 않은 시선을 보내고 있는 리리엔을 향해 아무렇지도 않게 물었다.

"어떻게 해야 돼? 가르쳐 줘."

리리엔은 아무런 대답을 하지 않았다. 하이드는 아무리 시간이 지난다고 할지라도 자신이 바라는 것을 리리엔이 선뜻 내어 줄 생각이 없으리라는 사실을 직감하였다. 리리엔이 거절할 수 없을 만한 제안을 입 밖으로 꺼낸 건 그래서였다.

"네가 가르쳐 주면 엘시아를 도와줄게."

"……뭐?"

"내가 엘시아를 지켜 줄게."

하이드의 예상대로 리리엔은 차마 하이드의 말을 무시하지 못했다.

"어떻게…… 뭘 어떻게 지켜 준다는 건데?"

"엘시아를 위협하는 모든 것으로부터 엘시아를 지켜 줄 거야. 그리고 엘시아가 원하는 건 뭐든 손에 넣을 수 있도록 도와줄 거고."

리리엔이 입술을 질끈 깨무는 게 눈에 보였다. 그에 하이드는 잠시 리리엔이 생각할 시간을 주고자 침묵했다.

하이드는 리리엔은 물론, 엘시아 역시도 무척 마음에 들었다. 게다가 인간과 인간이 아닌 존재가 서로를 끔찍이 사랑하는 모습이 마냥 신기해서 호기심이 일기도 했다. 그래서인지 리리엔과 엘시아 곁에 머무르고 싶다는 욕심이 생겼다. 두 사람이 어떻게 살아가는지를 가까이서 지켜보고 싶다는 욕망이 하이드의 마음속 깊숙이 자리 잡았다.

하이드는 한동안 지키고 있던 침묵을 깨고, 언젠가 하이드에게 생을 부여해 준 여인이 그에게 종종 속삭이고는 했던 말을 내뱉었다.

"나는 쓸모가 있어."

하이드는 여전히 망설이는 기색으로 침묵하는 리리엔을 똑바로 바라보면서 덧붙였다.

"그러니 난 너에게 도움이 될 거야."

하이드의 목소리는 담담했다. 마치 대수롭지 않은 사실을 이야기하는 사람처럼 일말의 동요가 없었다. 그에 리리엔은 자연스럽게 의문을 떠올렸다.

"왜 나를 도와주려고 하는 건데? 우리는 아무런 사이도 아니잖아."

"내가 그러고 싶으니까."

"그러니까 왜 그러고 싶은데?"

리리엔은 하이드를 이해할 수 없었다. 리리엔과 하이드는 과거에 고작 몇 번 마주친 게 전부인 사이였다. 게다가 리리엔은 자꾸만 찾아오는 하이드가 귀찮아서 언제나 매몰차게 대했다. 그런데 하이드는 다시금 리리엔을 찾아와, 이제는 리리엔을 도와주겠다고 하고 있었다.

이 세상에 대가 없는 호의는 없었다. 리리엔은 그렇게 믿었다. 그래서 하이드의 제안을 선뜻 거절하지는 못하면서도 동시에 냉큼 받아들일 수도 없었다.

"그렇게 여기에서 지내고 싶어?"

"그래."

하이드가 선선히 고개를 끄덕이면서 말을 이었다.

"하지만 그것 때문만은 아니야."

"그러면?"

"나는 엘시아와 같아. 인간과 인간이 아닌 존재에게서 태어났어."

하이드는 엘시아를 만난 순간 알아차렸다. 엘시아의 존재에 관한 것은 물론이고, 엘시아에게서 느껴지는 익숙한 기운의 정체까지도 전부 자연스럽게 깨닫게 되었다.

"나는 엘시아의 엄마를 알아."

하이드는 엘시아에게도 말하지 않은, 그가 리리엔에게 하고자 했던 말을 비로소 꺼냈다.

하이드에게 생명을 불어넣어 준 여인, 베스티. 그녀에게는 동생이 있었다. 그 동생은 베스티와 경쟁하다가 끝내는 패배했다.

그 경쟁이란 인간과 괴물 사이 혼혈을 잉태하고, 성공적으로 출산하는 일이었다.

"내 엄마에게는 동생이 있어. 그 동생이 바로 엘시아의 엄마야."

하이드는 과거에 단 한 번 만난 적이 있는 베스티의 동생을 또렷하게 기억하고 있었다.

스위티아, 분명 그런 이름이었다.

* * *

엘시아는 레오디안을 뒤로하고 서재를 나섰다. 발걸음이 좀처럼 떨어지지 않았지만, 리리엔이 하이드와 단둘이 침실에 자리하고 있다는 사실이 엘시아로 하여금 걸음을 옮기도록 만들었다.

그렇게 얼마나 걸었을까. 어느 순간 망설이는 기색이 역력한 목소리가 엘시아의 걸음을 붙잡아 세웠다.

"저⋯⋯ 엘시아 님."

엘시아는 고개를 돌렸다. 그러자 벨레로폰이 난감한 표정으로 서 있는 모습이 눈에 들어왔다.

"전해 드릴 것이 있습니다."

벨레로폰이 곧장 품에서 무언가를 꺼내어 엘시아에게 건넸다. 그것을 선선히 받아 든 엘시아는 시선을 내렸다. 새하얀 편지 봉투에 익숙한 문양이 찍혀 있는 게 보였다.

"신황 성하께서 엘시아 님에게 보내신 편지입니다."

엘시아는 축제 기간에 레오디안, 그리고 리리엔과 함께 찾았던 광장에서 만난 케일런이 전한 신황의 말을 떠올렸다. 신황이 엘시아에게 약속한 것을 받기 위해 연락하겠다던 말을 말이다. 그것이 다름 아닌 벨레로폰을 통해서 일 줄은 예상하지 못했다. 엘시아는 애써 떨리는 마음을 침착하게 가라앉히고는 입을 열었다.

"전해 주셔서 감사해요."

엘시아가 희미하게 웃어 보이자, 그 모습을 가만 바라보던 벨레로폰이 찰나 망설이다가 말을 꺼냈다.

"엘시아 님, 예전부터 궁금했는데…… 신황 성하와 어떻게 알고 계시는 겁니까?"

"예전에 신전에서 만난 적이 있어요."

엘시아가 적당한 사실을 말했다. 그것만으로는 신황이 엘시아에게 개인적으로 편지를 보낸 상황을 설명할 수 없었다. 그래서 벨레로폰은 다시금 의문을 입 밖에 냈다.

"제가 보기에 신황 성하께서 엘시아 님에게 꽤나 관심을 지니고 있으신 것 같은데, 다만 그 관심의 이유를 짐작할 수가 없습니다. 혹시 엘시아 님은 이유를 알고 계십니까?"

벨레로폰은 반드시 엘시아에게서 대답을 들어야 하겠다는 듯 단호한 표정을 짓고 있었다. 엘시아는 선뜻 대답을 하지 못하고 애꿎은 입술만 깨물었다.

"엘시아 님을 비난하려는 건 아닙니다. 단지 신황 성하께서 엘시아 님에게 은밀히 편지를 전하라고 하셨기에, 어쩐지 뭔가 불안한 느낌이 들어서……."

방금 벨레로폰이 말한 대로, 신황은 레오디안이 모르게 엘시아에게 편지를 전하라고 하였다. 그 점을 벨레로폰은 대수롭지 않게 넘길 수가 없었다.

벨레로폰은 레오디안이 신성지 요헴의 기사나, 신황과 대립하고 있다는 사실을 누구보다도 잘 알고 있었다. 그렇기 때문에 벨레로폰은 신황이 엘시아에게 은밀히 접촉하고자 하는 상황에 불안함을 느꼈다.

벨레로폰은 여전히 아무런 말이 없는 엘시아를 가볍게 채근하고자 한동안 가볍게 다물고 있던 입술을 열었다.

"……엘시아 님."

"아마 별일 아닐 거예요."

엘시아는 애써 아무렇지 않게 말을 이었다.

"저도 신황 성하께서 무슨 이유로 제게 편지를 보낸 건지 모르겠어요."

"그럼 지금 이 자리에서 편지를 함께 읽어 보는 건 어떻겠습니까?"

벨레로폰이 드물게 단호한 목소리로 제안했다. 엘시아는 순간 멈칫했다가 이윽고 고개를 저었다.

"아마 별말 적혀있지 않겠지만, 무언가 특별한 얘기가 있으면 알려 드릴게요."

"……꼭 알려 주셔야 합니다."

벨레로폰이 별수 없이 물러났다. 엘시아는 가볍게 웃으며 고개를 끄덕였다.

"그럴게요."

그러면서 편지를 쥔 손을 꽉 움켜쥐었다.

* * *

레오디안이 막 신성지 요헴으로 떠날 채비를 하던 차에 리리엔이 레오디안을 찾아왔다.

리리엔이 먼저 레오디안을 찾는 일은 그다지 흔한 일이 아니기에 레오디안은 자연스레 의아한 시선으로 리리엔을 바라보았다.

리리엔은 태연히 방 안으로 걸어 들어와, 곧 레오디안의 가까이에서 멈추어 섰다. 그리고는 망설임 없이 곧장 레오디안을 올려다보았다.

푸르른 두 쌍의 눈동자가 서로 허공에서 얽혔다. 리리엔은 한동안 잠자코 레오디안을 주시하다, 이내 용건을 꺼냈다.

"부탁하고 싶은 게 있어."

레오디안은 말해 보라는 듯 고요한 눈으로 리리엔을 가만 내려다보았다. 그에 리리엔은 주저하지 않고 곧장 말을 이었다.

"페레이스 왕국의 왕자를 만나고 싶어."

하고자 했던 말을 마친 리리엔의 입술이 꾹 다물렸다. 레오디안은 전혀 예상하지 못한 리리엔의 말에 눈매를 좁혔다.

그간 외진 마을의 추레한 집에서 갇혀 지낸 리리엔이 설마하니 페레이스의 왕자와 일면식이 있을 리는 없었다. 그런데 어찌하여 리리엔이 페레이스의 왕자에게 관심을 보이는 건지 의아했다.

"네가 페레이스의 왕자를 왜 만나려고 하는 거지?"

레오디안이 곧장 의문을 입 밖으로 내어놓자, 리리엔은 선뜻 대답하지 못했다. 그 모습에 레오디안은 그에게 리리엔이 이유를 숨기고자 한다는 사실을 짐작하였다.

"리리엔, 네가 이렇듯 갑자기 페레이스의 왕자를 만나고자 하는 이유를 설명하지 않는다면, 네 부탁은 들어줄 수 없다."

레오디안이 단호하게 말했다. 그에 당황한 듯한 리리엔의 푸른 눈동자가 흔들렸다.

"······그건."

리리엔이 애써 말을 꺼낸 것이 무색하게도 다시금 입술을 맞물었다. 그것으로도 모자라 질끈 입술을 깨문 리리엔은 꽤 한참 뒤에야 말문을 열었다.

"엘시아와 관련된 일이야."

리리엔의 대답에 레오디안은 오히려 혼란스러워졌다. 리리엔이 페레이스의 왕자에게 관심을 가지는 것도 의외인 상황에서, 그 관심의 이유가 다름 아닌 엘시아 때문이라니. 레오디안은 절로 드는 의구심에 미간을 좁혔다.

"그게 정확히 무슨 소리지?"

"엘시아와 관련된 일로 페레이스 왕자 클로안에게 도움을 받으려고 해."

사실 리리엔은 이미 클로안으로부터 도움을 받은 적이 있었다. 하지만 그 사실을 레오디안에게 고스란히 전달할 수는 없는 노릇이었다. 레오디안은 리리엔이 지금껏 갇혀 살아온 줄로만 알고 있었으므로.

"그러니까 클로안을 만날 수 있도록 도와줘, 레오디안."

리리엔이 조금쯤 간절한 눈빛으로 레오디안을 바라보았다. 레오디안은 잠시 고민하는 기색으로 침묵을 지킨 끝에 입을 열었다.

"굳이 그를 만나지 않더라도 내가 있지 않나. 도움이 필요하면 내게 말해라."

"아니, 클로안을 꼭 만나야 해."

리리엔이 단호한 표정으로 말했다. 그 모습에 레오디안의 의문은 더욱 깊어졌다.

"……이해할 수 없군."

"클로안을 만난 다음에 전부 말할게."

"전부라면?"

"말 그대로, 전부."

여전히 단호한 표정을 지은 채로 대답한 리리엔이 지체 없이 말을 덧붙였다.

"전에 내가 준비가 될 때까지 기다려 달라고 부탁했던 거 기억해?"

"그래, 기억하고 있다."

엘시아에게 로켄페데스 가문의 힘이 나타났을 때였다. 정신을 잃은 엘시아 앞에서 리리엔은 레오디안에게 언젠가 레오디안의 의문을 풀어 주겠노라 약속하였다.

"이제 확신이 생겼어. 내가 알고 있는 것들을 모두 다 말해 줄게. 하지만 그 전에 반드시 클로안을 만나야 해."

리리엔이 레오디안에게 가까이 다가섰다. 그러더니 레오디안이 입고 있는 기사단복을 훑어보았다. 새삼 관찰하는 것만 같은 시선이었다.

그 시선을 마주한 채로 레오디안은 잠시간 묵묵히 서 있다가, 이윽고 결정을 내렸다.

"신성지에 도착해 곧장 페레이스 왕실에 연락을 취하겠다."

레오디안은 그와 닮은 리리엔의 푸른 눈동자를 똑똑히 직시하면서 말을 이었다.
"그러나 만약 페레이스 왕실에서 만남을 거부한다면 그때는 나로서도 손쓸 방법이 없다는 건 알고 있도록."
"응, 고마워."
리리엔이 환하게 미소를 지었다. 그 예쁘게 웃는 얼굴을 본 레오디안은 어떤 주문에 걸리기라도 한 사람처럼 입술을 맞물었다.
한편, 리리엔은 새삼스럽게 레오디안을 천천히 훑어보았다. 준수한 얼굴이며 단정한 차림새를 꽤 시간을 들여 관찰하였다. 지금 눈앞의 레오디안은 기사단복 차림 탓인지 평소보다 더 절제되고 딱딱해 보였다. 그러나 리리엔은 레오디안이 사실은 누구보다도 따듯한 마음을 가진 사람이라는 걸 알고 있었다.
"……이번에 신성지로 떠나면 언제쯤 돌아와?"
"글쎄, 정확히 언제라고 짚어 말하지는 못하겠군."
레오디안의 무표정한 낯에 일순 근심 어린 표정이 스치고 지나갔다. 리리엔은 잠시 망설이다가 말했다.
"다치지 않게 조심해야 해."
"……그래."
직전 리리엔의 말이 퍽 갑작스러웠는지, 레오디안은 찰나 의외라는 듯한 표정을 지었다. 하지만 순순히 고개를 끄덕이며 답한 레오디안은 이내 희미하게나마 미소를 지었다.
"이곳에 틈틈이 사람을 보내 소식을 전하지. 또 최대한 빨리 돌아올 수 있도록 노력하겠다."
"응."
"너는 아무것도 걱정할 필요 없어. 그저 평소처럼 지내면 돼."
"응, 그럴게."
리리엔은 여전히 입매에 미소를 내건 채로 선선히 대답했다. 가슴 속에 따스한 온기가 퍼져 나가고 있는 것만 같은 느낌이 들었다. 리리엔은 레오디안에게 더욱 가까이 다가갔다.

"잘 다녀와."

리리엔이 레오디안의 손을 꼭 잡았다. 그 갑작스러운 행동에 놀란 레오디안이 순간 멈칫했으나, 이내 레오디안은 가벼운 웃음을 흘리며 리리엔의 손을 마주 잡았다.

* * *

레오디안이 신성지 요헴으로 떠날 채비를 마쳤을 즈음, 페이렌이 레오디안과 동행하기 위하여 저택을 찾아왔다. 엘시아는 레오디안을 배웅하기 위해 리리엔과 함께 저택 밖에 나와 있었다. 그 덕분에 엘시아는 오랜만에 페이렌을 만날 수 있었다. 엘시아와 페이렌은 서로 반갑게 인사를 나누었다.

살인 사건이라는 흉흉한 사건이 일어난지 불과 하루가 막 지난 시점이라고는 믿을 수 없을 정도로 이곳 대공저는 평화로웠다.

엘시아와 마주하고 있는 페이렌 역시도 여느 때와 다름없는 모습이었다. 엘시아는 조금쯤 염려스러운 마음이 들었지만, 아무렇지 않아 보이는 페이렌에게 차마 아이작에 관한 이야기를 꺼낼 수가 없었다.

"조심히 다녀오세요."

"예, 걱정해 주셔서 감사합니다, 엘시아 님."

페이렌이 부드럽게 웃으면서 벨레로폰을 향해 시선을 돌렸다. 벨레로폰은 리리엔과 더불어 엘시아의 호위를 위해 저택에 남기로 하였다.

"벨레로폰. 무슨 일이 있으면 바로 연락해야 해, 알겠지?"

"이곳은 걱정하지 말고 다녀와."

벨레로폰이 어깨를 으쓱했다. 그 모습을 페이렌이 영 믿을 수 없다는 듯한 눈으로 바라보다가, 작게 혀를 찼다. 아무래도 마음이 놓이지 않는 것 같았다. 하지만 그렇다고 해서 별다른 방법이 있는 것은 아닌지라, 페이렌은 이윽고 몸을 돌렸다. 그러고는 리리엔과 가볍게 대화를 나누었다.

한편, 레오디안은 조금쯤 떨어진 곳에서 낯선 사내와 이야기를 나누고 있었다. 그 광경을 엘시아가 조용히 바라보고 있는데, 엘시아의 시선이 어디를 향해 있는가를 인지한 벨레로폰이 나직이 말했다.

"테르만 백작입니다."

그 낮은 목소리가 귓가를 파고들자, 엘시아는 놀란 기색을 감추지 못한 채로 벨레로폰을 돌아보았다. 그도 그럴 게 예전 리리엔의 가정교사로 있던 에밀리아의 성이 다름 아닌 테르만이었다.

"……그럼 혹시 에밀리아 씨와 관련이 있는 분인 건가요?"

"예, 맞습니다. 저분이 바로 에밀리아 테르만 백작 부인의 남편이지요. 알렌드로 테르만 백작입니다."

엘시아는 레오디안을 마주하고 있는 사내, 마티어스에게 다시금 시선을 주었다. 새삼스럽게 알렌드로를 바라보다가, 자연스럽게 한 가지 의문을 머릿속에 떠올렸다.

에밀리아는 더 이상 대공저에 출입하지 않는 상황이었다. 그런데 어찌하여 알렌드로가 지금 대공저를 찾아온 건지, 그 점이 꽤나 의아하였다. 엘시아는 나름대로 이유를 추리해 보려고 하였으나, 마땅한 이유를 생각해 낼 수 없었다.

그때 레오디안이 알렌드로를 이끌고 엘시아가 서 있는 곳으로 다가왔다.

"이쪽은 알렌드로 테르만 백작으로, 내가 저택을 비운 동안 내 대리로 저택에서 일을 처리할 겁니다."

레오디안이 간단하게 알렌드로를 소개했다. 그에 엘시아의 의문은 자연히 풀리게 되었다. 엘시아는 알렌드로를 향해 어색하게 웃어 보였다.

"안녕하세요."

"예, 영애. 이야기로만 듣던 분을 이렇게 만나 뵙게 되어 영광입니다. 알렌드로라 편히 불러주시면 됩니다."

엘시아는 여전히 입가에 미소를 내건 채로, 고개를 끄덕이는 것으로 대답을 대신했다. 그 모습에 알렌드로가 엘시아를 향해 마주 웃어 보였다.

"무언가 일이 생기거나, 내게 전할 말이 있다면 테르만 백작에게 알리십시오."

"네, 그럴게요."

엘시아가 주저 없이 대답했다. 레오디안은 시간이 꽤 지체된 상황을 인지하고 있었으나, 그럼에도 불구하고 좀처럼 발걸음이 떨어지지 않아서 나직이 한숨을 내뱉었다.

"……별일이 없더라도."

그러다가 잠시 뒤 꺼낸 말은 온전히 끝맺어지지 못한 채로 허공에 흩어졌다. 말을 하다 말고 입을 다문 레오디안을 엘시아가 의아하게 올려다보는데, 레오디안이 작게 고개를 젓더니 말길을 돌렸다.

"그럼 이만 가 보겠습니다."

찰나 알렌드로와 시선을 교환한 레오디안은, 방금까지만 해도 주저하고 있던 것이 무색하게도 선뜻 몸을 돌렸다. 그리고 그대로 앞만 보고 성큼성큼 걸어 나갔다.

엘시아는 순식간에 멀어지는 레오디안의 뒷모습을 조금쯤 망연히 주시하였다. 미처 잘 다녀오라는 인사조차 건네지 못한 탓이었다.

그러나 그런 엘시아의 아쉬운 마음을 아는지 모르는지, 레오디안은 망설임 없이 마차에 올랐다. 그의 뒤를 따라 페이렌도 마차에 올라탔다.

두 사람을 태운 마차는 머지않아서 대공저를 뒤로하고 떠나갔다. 마차가 떠난 자리를 멍하니 바라보고 있는 엘시아의 곁으로 리리엔이 다가왔다. 그렇게 엘시아의 곁에 바투 붙어 선 리리엔은 늘 그렇듯 엘시아의 손을 잡았다. 엘시아 역시도 버릇처럼 리리엔의 손을 마주 잡았다.

"언니, 안으로 들어가자."

"……그래, 그러자."

엘시아는 남몰래 한숨을 삼키고는 몸을 돌렸다. 그리고 엘시아는 어쩐지 불편한 마음을 뒤로한 채, 그대로 곧장 저택 안으로 향했다.

* * *

레오디안은 푸른 꽃이 듬성듬성 피어 있는 줄기로 둘러싸인 마차 안에서 페이렌의 보고를 들었다. 이미 알고 있는 사실이기는 하지만, 레오디안은 혹여나 자신이 놓친 부분이 있을까 싶어서 페이렌의 목소리에 집중했다.

"……저택 안에서 발견된 시신은 총 다섯 구입니다. 그 불온한 두 존재의 시체를 제외하고서 말입니다."

레오디안은 묵묵히 고개를 끄덕이는 것으로 대답을 대신했다. 페이렌은 내내 들고 있던 서류를 무릎 위로 얹어 놓았다.

그런 페이렌에게서 시선을 떼어 내, 창밖으로 눈길을 둔 레오디안은 그 상태로 상념에 잠겼다. 현재 상황을 냉정하게 판단해 보고자 머릿속으로 그간 보고 받은 바를 되짚어 보았다.

아이작을 포함한 귀족의 시신이 다섯. 그리고 괴물의 시체가 둘. 괴물의 시체를 제외하고 모든 시신은 각각 가문으로 인도되었다.

시신을 처리한 이후, 히치콕 백작의 저택은 어느 정도 정리가 된 상태였다. 하지만 레오디안은 어쩌면 그곳 저택에 또 다른 시신이 있을지도 모른다는 생각을 했다.

그도 그렇게 신황은 아직 히치콕 저택에 지하 공간이 있다는 사실을 알아차리지 못하였지만, 레오디안은 아니었다. 레오디안은 지하 공간의 존재를 알고 있었다. 다만 그 지하 공간에 무엇이 있는지를 모르고 있을 뿐이었다. 아직은 말이다.

레오디안은 아이작이 저택에서 무슨 짓을 벌이고 있었는지 독단적으로 조사하기 위하여 신황에게 협력했다. 신황에게 괴물의 시체 두 구를 순순히 넘긴 것 역시도 그런 이유에서였다.

"새로이 알게 된 소식은 없나?"

"예, 현재로서는 방금 전달한 것이 전부입니다."

"그렇군."

페이렌은 창밖을 내다보고 있는 레오디안의 낯빛을 살피면서 조심스럽게 물었다.

"신성지에 도착하면 곧장 임모투스 신전으로 가십니까?"

"아니, 일단은 저택으로 향할 것이다."

레오디안은 헤르테인에게서 받은, 신황이 신성지에서 남몰래 자행해 온 실험 기록을 다시 한번 살펴볼 요량이었다. 그 실험 기록지는 현재 신성지에 위치한 레오디안의 사택에 있었다.

처음 레오디안이 히치콕 저택에서 일어난 살인 사건에 관해 들었을 때, 레오디안은 제도의 대공저에 둔 기록지를 신성지의 사택에 가져다 두었다.

"저택에서 실험 기록지를 살펴본 뒤에 집결지에 들른다. 그곳에서 소집된 기사들을 확인하고, 그 후에 임모투스 신전으로 가지."

"예, 각하."

레오디안은 푹신한 등받이에 몸을 편히 기대었다. 그러나 가시 방석 위에 앉아 있는 것처럼 불편한 마음까지 편해지지는 않았다.

"……신황이 그 불온한 시체들을 어찌하였는지 아는가?"

"듣자하니 신전 지하에 안치해 두었다고는 하는데, 그 말이 사실인지 아닌지는 모르겠습니다."

"그렇다면 직접 가서 확인해 보면 되겠군."

레오디안은 어느덧 창밖으로 보이는 신성지의 풍경을 눈에 담았다. 온통 새하얀 거리를 마차가 가로질러 앞으로 나아갔다.

13. 접근

렝리탄에 위치한 히치콕 백작 저택에서 벌어진 학살 사건에 제도의 분위기가 뒤숭숭해졌다. 당연하게도 황실은 렝리탄에서 일어난 사건을 인지하고 있었다.

황제는 오래도록 앓고 있던 병마로 인해 의식이 없는 상황이었다. 아직 정식으로 황태자로 책봉되지는 않으나, 1황자 하일롭은 황제를 대신하여 모든 결정을 내리고 있었다.

소식을 듣자마자 하일롭은 로켄페데스 대공저에 전령을 보냈다. 엘시아를 만나기 위해서였다. 하지만 그보다도 먼저 대공저를 찾은 사람이 있었으니, 바로 2황자 로지안이었다.

로지안은 전령을 보내지 않고, 레오디안이 신성지로 떠났다는 소식을 전해 듣기가 무섭게 직접 대공저에 찾아왔다.

그런 로지안을 맞이한 사람은 알렌드로였다. 알렌드로는 가주 레오디안을 대신하여 대공저에 머무르고 있는 것이기에 당연한 일이었다.

로지안은 엘시아가 아닌 알렌드로를 마주하게 된 상황이 탐탁지 않다는 기색을 구태여 감출 생각조차 하지 않았다.

알렌드로는 표정을 굳히고 있는 로지안을 의연히 상대하였다.

"엘시아 님은 무슨 일로 만나려고 하시는 겁니까, 황자 저하."

"그 이유를 그대에게 말해야 할 필요성을 느끼지 못하겠는데."

로지안의 말투에는 한껏 벼린 날이 서 있었다. 그 목소리 또한 차갑기 그지없었다. 그러나 알렌드로는 당황하지 않고 입을 열었다.

"황자 저하께서 제게 이유를 말씀해 주시지 않는다면, 안타깝게도 저는 저하께 엘시아 님과 만날 자리를 마련해 드릴 수가 없습니다."

로지안의 미간이 자비 없이 와락 구겨졌다. 그 모습에도 알렌드로는 여전히 침착한 태도를 취하였다. 그것이 로지안을 더욱 자극했다.

"내가 내 나라의 사람을 만나고자 하는데, 거기에 그대의 허가가 필요한가?"

"……저하."

"그대는 경우가 있는 사람인 줄 알았는데, 내 착각이었나 보군."

지금 경우가 없는 사람이 누구인지 모르는가. 알렌드로는 결국 내내 참고 있던 한숨을 내쉬었다. 아무리 로지안이라고 할지라도 알렌드로는 차마 로지안의 요구를 아무런 조건 없이 들어줄 수 없었다.

레오디안은 황실이나 신전에서 엘시아에게 접촉해 올 것을 예상한 건지, 신성지로 떠나기 전 알렌드로에게 몇 가지를 단단히 당부하였다.

그래서 알렌드로는 갑작스러운 로지안의 방문이 영 난감했다. 이 제국의 황자를 문전박대할 수는 없는데, 그렇다고 해서 마냥 환대를 할 수도 없는 상황이었으므로.

알렌드로는 다시금 한숨을 내쉬었다. 그러고는 나직한 목소리로 말했다.

"마땅한 이유만 말씀해주시지요. 어려운 일도 아니지 않습니까."

로지안은 알렌드로의 태도를 지적하고 싶은 사람처럼 표정을 이전보다 더욱 험악하게 일그러뜨렸다. 그러나 로지안은 알렌드로를 비난하는 대신 다른 말을 꺼냈다.

"형님이 내게 그 여자와 결혼을 하라 하시더군."

"……엘시아 님과 결혼, 말입니까?"

알렌드로가 경악스럽게 눈을 크게 떴다. 로지안은 대수롭지 않게 고개를 끄덕였다.

"그래, 그래서 그 사실을 알려 주려고 찾아왔다. 그 여자도 알아야 하지 않겠어?"

로지안은 등받이에 상체를 기댄 채로, 오만하게 턱을 치켜들었다. 그러고서는 이제 어떻게 할 거냐고 묻는 듯한 눈빛으로 알렌드로를 바라보았다.

알렌드로는 로지안이 꺼낸 말을 듣고 받은 충격에서 좀처럼 벗어나지 못하는 것 같은 기색이었다. 인내라는 것을 모르고 살아온 로지안은 알렌드로를 배려해 주지 않고, 짜증스러운 목소리로 알렌드로를 재촉했다.

"이제 그만 그 여자한테 가서 내가 찾아왔다는 얘기를 전하지 그래?"

"……알겠습니다, 저하."

알렌드로는 가까스로 정중하게 대답했다. 천천히 자리에서 일어나는 알렌드로의 모습을 로지안이 뚫어져라 주시하였다.

"잠시 이곳에서 기다려 주십시오."

"그러지."

이윽고 알렌드로가 응접실을 나설 때까지, 로지안의 불쾌한 심사를 대변하는 날카로운 시선은 알렌드로에게 고정된 채였다.

* * *

응접실에 밝혀진 환한 불에, 로지안의 금발이 빛을 받아 반짝거렸다. 로지안의 눈동자는 엘시아가 응접실로 들어선 이래 엘시아를 관찰하듯 집요하게 보고 있었다.

엘시아는 로지안의 시선을 피하지 않고 마주 바라보며, 알렌드로가 황망한 표정으로 전한 말을 떠올렸다.

'1황자 저하께서 2황자 저하와 엘시아 님의 결혼을 명하셨다 합니다. 이 사실을 알고 계셨습니까?'

엘시아는 한숨을 내쉬었다. 1황자 하일롭, 그와는 더 이상 엮일 일이 없으리라 짐작했는데, 그건 단지 엘시아의 희망 사항에 가까운 착각이었다.

게다가 결혼이라니. 너무나도 갑작스러운 이야기에 엘시아는 당황하지 않을 수가 없었다. 하일롭이 대체 무슨 생각으로 그런 명령을 내린 건지 이유를 짐작조차 할 수 없었다.

"……아이작 히치콕, 그 능글맞은 백작이 죽었다고 하던데. 소식은 들었겠지?"

꽤 오래도록 이어지던 정적을 깬 사람은 로지안이었다.

"히치콕 백작은 적이 많지. 그 누가 백작을 해한 건지 가늠하기 어려울 정도로 많아."

그렇게 말하는 로지안은 즐거운 기색이 역력했다. 엘시아는 본능적인 거부감에 미간을 좁혔다. 그 모습을 보고도 로지안은 조금도 개의치 않고 말을 이었다.

"뭐, 백작을 누가 죽였건 백작이 죽었다는 사실에는 변함이 없지. 그대에게도 잘된 일이야."

로지안이 붉은 입술로 또렷한 미소를 지었다. 누군가의 죽음에 관해 이야기를 하는 사람답지 않은 모습이었다. 엘시아는 화제를 돌렸.

"1황자 저하께서 정말 제 결혼을 명령하셨나요?"

"그대와 내 결혼을 명하였지."

"……."

"말은 정확하게 해야 하지 않겠나."

로지안은 내내 기대어 있던 등받이에서 상체를 일으켰다. 그러고는 테이블에 두 팔을 올리더니, 몸을 앞으로 비스듬히 기울였다.

그 상태로 로지안은 지긋이 엘시아를 바라보았다. 이전보다 더 가까이에서 보이는 푸른 눈동자가 부담스러웠다. 그러나 엘시아는 로지안의 눈을 피하지 않았다.

"단지 그 이야기를 전하러 오신 건가요?"

"그대가 예상하고 있는 바와 같아."

엘시아가 말없이 눈을 찌푸리자, 로지안이 작게 웃으며 입을 열었다.

"우리의 결혼을 운운한 것은 단지 그대를 찾아온 이유를 대기 위해서였다. 그대는 어떨지 모르겠지만, 나는 내 결혼이야 어찌되든 상관없거든."

본인의 결혼인데도 그것을 상관없다고 말하는 로지안을 믿을 수가 없었다. 엘시아는 여전히 조금쯤 눈매를 찌푸린 채로 말문을 열었다.

"왜 저를 만나려고 하셨는데요?"

엘시아가 묻자, 로지안은 방금까지만 해도 주저 없이 말을 늘어놓던 모습이 무색하게 느껴질 정도로 입술을 꾹 맞물었다. 그대로 침묵을 지키는 로지안을 엘시아가 의아하게 응시했다.

로지안은 한동안 아무런 말도 하지 않았다. 자연스레 내려앉은 정적 속에서 엘시아와 로지안은 시선만을 나누었다.

그렇게 얼마쯤 지났을까. 로지안은 예고 없이 불쑥 말을 꺼냈다. 그러나 그 말은 엘시아의 질문에 대한 대답이 아니었다.

"그대는 형님을 어떻게 생각하지?"

로지안은 뜬금없이 하일롭에 관해 물었다. 그래서인지 엘시아는 잠시간 망설인 끝에 침묵을 깼다.

"깊게 생각해 본 적 없어요."

"그래, 그렇겠지."

로지안이 의미 없이 고개를 끄덕거렸다.

"그런데 갑자기 그건 왜 물어보시는 건가요?"

"형님이 그대에게 아주 지대한 관심을 가지고 있으니까. 그대는 형님을 어떻게 생각하고 있는지가 궁금했어."

로지안은 순순히 대답했다. 엘시아는 기억 속 하일롭의 얼굴을 떠올려 보았다. 아마도 레오디안과 혈연관계일 하일롭의 푸른 눈동자가 레오디안의 눈동자와 얼핏 닮아 있는 것도 같다는 생각이 들었다.

지금 이 상황에 어울리지 않는 의미 없는 생각이었다. 그래서 엘시아는 곧 상념을 떨쳐냈다. 그때 로지안이 말했다.

"백작이 죽었으니, 형님은 독단적으로 행동하실 것이다."

"……그게 무슨."

"그대에게 직접 만남을 청할 것이라는 소리야."

로지안은 하일롭이 전령을 불러들인 사실을 알고 있었다. 그 때문에 뒷일을 잴 생각조차 못하고 다급하게 대공저를 찾아온 것이었다. 로지안은 엘시아를 똑똑히 직시하면서 말을 이었다.

"대공이 신성지로 떠난 지금, 그대는 홀로 형님을 상대할 각오가 되어 있나?"

현 황제가 원인 모를 병으로 의식을 잃은 채로 지낸 지는 오래되었다. 그 동안 하일롭은 중앙 귀족을 휘어잡았다. 그것이 아니더라도 어릴 적부터 하일롭은 여러모로 뛰어났다. 그 덕분에 오랜 시간 하일롭의 그림자에 가려진 채로 지낸 로지안을 현 황제의 후계자로 점찍어 보는 이는 많지 않았다.

현재 암브로시우스 제국에는 황태자가 없지만, 모두는 황제의 뒤를 이어 제위를 물려받을 이를 하일롭이라 여기고 있었다.

하지만 로지안은 하일롭이 제위를 물려받아서는 안 된다고 믿고 있었다. 그건 로지안이 황제의 자리에 욕심이 있어서가 아니었다. 로지안은 황위에는 관심이 없었다. 그가 하일롭에게 대적하고자 결심한 것은 로지안이 하일롭의 진면모를 익히 잘 알고 있기 때문이었다.

"내가 그대를 도와줄 수 있다고 한다면, 내 손을 잡겠나?"

로지안이 단도직입적으로 물었다. 아까부터 엘시아는 그저 당황한 기색으로 말이 없었지만, 로지안은 잠자코 엘시아의 낯빛을 살피며 그녀의 대답을 기다렸다.

하일롭은 굉장히 위험한 야망을 가지고 있었다. 바로 신전의 힘을 제 아래에 두고자 하는 야망이었다.

역대 황제들은 모두 한결같이 신전을 손아귀에 넣고자 시도하였으나 언제나 실패했다. 그 증거 중 하나가 바로 레오디안 로켄페데스의 존재였다.

레오디안 로켄페데스, 그는 현 황제의 이복동생이었다.
선황은 전대 로켄페데스 가주의 부인을 억지로 탐하였다. 로켄페데스의 힘을 손에 넣기 위해서였다. 그리하여 태어난 것이 레오디안이었다. 현 황제와 무려 열다섯 살의 나이 터울이 있는 레오디안은 그가 태어난 순간부터 불온의 씨앗이 되었다.
전대 로켄페데스 공작과 공작 부인은 레오디안이 태어난 이후 신전과 황가의 알력 싸움에 휘말린 끝에 죽었다. 선황은 레오디안에게 대공의 작위를 내렸으나, 레오디안은 선황에 반발했다.
하일롭 역시도 선황이나 역대 황제들과 다름없는 남자였다. 그는 신전을 장악하기 위하여, 현 황제가 의식을 잃은 뒤 오래전부터 계획해 온 바를 실행하고 있었다. 하일롭과 레오디안의 사이가 좋지 않은 건 당연한 일이었다.
"내가 오늘 그대를 찾아온 건 그대에게도 좋은 제안을 하기 위해서야."
로지안은 하일롭이 엘시아에게 지대한 관심을 가지고 있다는 것을 눈치챈 지 오래였다. 하일롭이 그의 뜻대로 움직여 주지 않는 레오디안 대신, 엘시아를 이용해 신전을 장악하고자 하는 속셈을 인지하고 있었다.
"대공이 나를 썩 탐탁지 않게 여긴다는 사실을 알고 있어. 그러나 나는 대공과 손을 잡고자 한다. 그러려면 그대와도 좋은 관계를 유지해야겠지."
하일롭은 로지안을 유용한 패로 사용하려고 하지만, 로지안은 하일롭의 뜻대로 순순히 움직여 줄 마음이 전혀 없었다.
"대공이 부재한 현재, 그를 대신하여 알렌드로가 정말 형님으로부터 그대를 보호해 줄 수 있으리라 생각하나?"
엘시아는 대답하지 않았다. 로지안은 그런 엘시아의 반응쯤이야 진작 예상하고 있던 탓에 대수롭지 않게 말을 덧붙였다.
"분명히 말하건대, 나는 그대를 보호해 줄 수 있어. 그뿐만 아니라 우리가 손을 잡으면 우리는 피차 원하는 바를 손에 넣을 수 있게 될 것이다. 그러니 잘 생각해 봐. 내 손을 잡을지, 말지를 말이야."
로지안은 여전히 망설이고만 있는 엘시아를 바라보다가 천천히 자리에서 일어났다. 애당초 오늘 엘시아에게 확실한 답을 들을 수 있으리라고는 기대하지 않았다.

"확신이 생기면 이쪽을 통하여 내게 연락을 취하도록."

로지안은 검은 편지 봉투를 품에서 꺼내, 테이블 위에 올려놓았다. 엘시아의 시선이 자연스레 편지 봉투에 닿았다.

"그대도 인지하고 있는지 모르겠는데, 지금 상황이 꽤나 급박하게 돌아가고 있어. 하여 가능한 한 빠른 시일 내로 대답을 들을 수 있었으면 좋겠군."

그 퍽 나지막한 목소리에 엘시아가 막 몸을 일으킨 로지안을 올려다보는데, 불현듯 노크 소리가 귓가를 파고들었다.

로지안이 손수 응접실 문을 열었다. 그러자 곧장 로이셀이 안으로 들어왔다. 로이셀은 어째선지 무척이나 황망한 표정을 짓고 있었다.

"엘시아 님, 황궁에서 전령이 방문하였습니다."

로이셀이 힐끔 로지안에게 시선을 주고서는 말을 이었다.

"전령이 전한 1황자 저하의 전언입니다. 내일 정오에 마차를 보낼 테니 곧장 입궁하라 하십니다."

로이셀의 말에 로지안이 그것 보라는 듯 엘시아를 응시하였다. 엘시아는 자마 무슨 반응을 해야 할지 알 수 없어서 그저 시선을 내려뜨릴 뿐이었다.

* * *

붉은 노을이 스민 고요한 침실 한편에 앉아서, 엘시아는 두 개의 편지 봉투를 응시했다.

하나는 벨레로폰이 전한 신황의 편지였고, 다른 하나는 갑작스럽게 대공저를 방문한 로지안에게서 받은 것이었다. 그뿐만 아니라 엘시아는 하일롭에게서 황궁에 입궁하라는 명까지 받은 상태였다. 이 모든 일을 레오디안에게 알려야 할지, 엘시아는 오래도록 망설이고 있었다.

'내가 아니더라도 충분히 바쁠 텐데.'

엘시아의 망설임은 레오디안에게 괜한 걱정을 끼치고 싶지 않다는 데에서 비롯되었다. 하지만 그렇다고 해서 엘시아는 이 모든 상황을 숨기겠노라 결정을 내리지도 못했다.

신성지로 떠나기 전 대화를 나누었을 때, 레오디안은 엘시아를 의심하는 듯한 기색을 보였다. 그 점이 내내 마음에 걸렸다. 묘하게 냉정하던 레오디안의 태도 역시도 그러했다.

'……어떡해야 하는 걸까.'

엘시아가 한동안 고민을 끝마치지 못하고, 그저 고민하고 또 고민하고 있을 무렵이었다. 문득 문이 열리는 소리가 들려왔다. 엘시아는 노크도 없이 문을 열 만한 사람을 떠올리면서 고개를 돌렸다. 활짝 열린 문틈으로 하이드가 서 있는 모습이 보였다.

하이드는 가타부타 말없이 침실 안으로 들어섰다. 엘시아는 내심 당황한 눈빛으로 하이드를 바라보았다. 하이드는 주저 없이 엘시아에게 가까이 다가서더니 불쑥 말을 꺼냈다.

"내일 리리엔이 광장에 놀러 나가고 싶대."

갑작스럽게 마주한 하이드만큼이나 갑작스러운 말이었다. 엘시아가 뒤늦게 반응했다.

"……나도 같이 가자는 이야기야?"

"응. 저번에 제대로 구경을 못 했다고, 이번에 함께 가서 제대로 구경하고 싶다고 하던데.."

엘시아는 난감한 표정을 감추지 못했다. 그것을 단번에 알아차린 하이드가 고개를 비스듬히 기울였다.

"싫어?"

"아니, 싫은 건 아닌데……."

엘시아는 나직이 한숨을 내쉬었다. 내일은 어쩌면 황궁으로 향해야 할지도 몰랐다. 아니, 하일롭이 입궁을 명한 이상, 그것은 엘시아가 피하고 싶다고 해서 피할 수 있는 일이 아니었다.

"나는 내일 가야만 하는 곳이 있어."

"그럼 광장은 못 가겠네."

하일롭이 멍한 표정으로 고개를 끄덕였다.

"그럼 리리엔한테 안 된다고 전할게."

"잠깐만."

엘시아는 그사이 무슨 일이 있었기에 하이드와 리리엔이 퍽 가까워진 것만 같은 느낌이 드는 건지 의아했다.

"지금까지 리리엔하고 같이 있었던 거야?"

"응."

하이드는 대수롭지 않다는 듯 대답했다. 엘시아의 의아한 마음은 더욱 깊어졌다.

'리리엔은 하이드를 별로 좋아하지 않는 것 같았는데…….'

엘시아는 순간 머릿속에 든 의문을 차마 그대로 입 밖으로 꺼낼 수가 없었다. 그래서 가만가만 하이드를 쳐다보고만 있는데, 하이드가 눈매를 좁혔다.

"이건 뭐야?"

하이드의 시선은 엘시아가 내내 주시하고 있던 테이블 위에 놓인 편지에 닿아 있었다.

"아무것도 아니야."

엘시아가 다급하게 편지를 추슬러 한편에 밀어 놓는데, 하이드가 혼잣말처럼 중얼거렸다.

"이상한 기운이 느껴지는데."

하이드가 엘시아에게 더욱 바투 붙어 섰다.

"봐도 돼?"

"……네가 신경 쓸 필요 없는 것들이야."

"하지만 신경이 쓰여."

하이드는 좀처럼 물러설 기미를 보이지 않았다. 엘시아는 난감한 마음에 한숨을 내쉬었다. 그때 하이드가 나직이 중얼거렸다.

"게다가 그 문양을 예전에 본 적이 있어."

엘시아는 하이드에게 편지를 숨겨야 한다는 생각과 별개로 자연스레 떠오른 의문에 고개를 갸웃했다.

"어떤 문양을 말하는 거야?"

하이드는 말없이 엘시아의 손에서 편지 하나를 앗아 갔다. 다름 아닌 신황이 보낸 편지였다. 엘시아는 말릴 새도 없이 벌어진 상황에 멍하니 하이드를 올려다보았다.

"여기서 이상한 느낌이 나."

"……그건 신황에게서 받은 편지야."

"신황?"

"신을 위해 봉사하는 사람들을 이끄는 사람을 신황이라고 불러."

엘시아가 나름대로 설명을 하자, 그를 잠자코 듣던 하이드의 눈동자에 이채가 서렸다. 하이드는 묘한 눈으로 편지 봉투 겉면을 이리저리 살펴보았다. 그러면서 입을 열었다.

"그 사람이 왜 너한테 편지를 보냈는데?"

사실 엘시아는 아직 편지를 읽어 보지 않아서, 신황이 편지에 무슨 말을 적었는지를 알고 있지 못했다. 하지만 충분히 짐작이 가능했다.

엘시아는 공연히 침실 안을 휘 둘러본 다음에야 조심스럽게 대답했다.

"신황이 나를 만나고 싶어 해."

그 혼잣말처럼 읊조리는 소리가 침실 안에 울려 퍼졌다. 곧 하이드가 엘시아에게 편지를 돌려주었다. 하이드가 건넨 편지를 받아든 엘시아가 이번에도 혼잣말을 중얼거렸다.

"……그런데 어떻게 해야 할지 모르겠어."

엘시아의 모습을 가만 지켜보고 있던 하이드가 아무렇지도 않게 한 마디를 툭 내뱉었다.

"내가 도와줄게."

하이드는 멍한 표정을 짓고 있는 엘시아를 향해 물었다.

"엘시아는 그 사람이 싫은 거지?"

얼핏 확신이 서려 있는 물음이었다. 그에 엘시아가 대답을 하려고 입을 뗀 순간, 하이드가 선수를 쳤다.

"그럼 그 사람은 내가 없애 줄게."

순간 멍하니 하이드를 바라보았던 엘시아가 뒤늦게 입을 열었다.

"앞으로는 함부로 인간을 죽이지 않겠다고 했잖아."

"하지만 네가 싫어하는 인간을 가만둘 수는 없는걸."

하이드가 아무렇지도 않게 경악스러운 말을 덧붙였다.

"함부로 죽이지만 않으면 되잖아."

말문이 턱 막혔다. 어디서부터 설명을 해야 할지 막막해진 엘시아는 그저 하이드를 말없이 쳐다보기만 했다. 그러자 하이드가 고개를 모로 비스듬히 기울였다.

"그래도 문제가 되는 거야?"

"당연하지."

엘시아가 나직이 한숨을 내쉬었다.

"인간들의 세상에는 규칙이 있어. 인간들은 그 규칙을 지켜. 규칙을 어기면 벌을 받게 되니까. 인간들의 세상에서 살려면 우리도 규칙을 지켜야 해."

엘시아가 최대한 알기 쉽게 풀어서 설명을 하자, 하이드가 묘한 눈빛으로 엘시아를 가만 응시하였다.

"게다가 인간을 살해하면 그 어떤 벌보다도 큰 벌을 받게 돼."

엘시아가 말을 맺었고, 잠자코 엘시아의 말에 귀를 기울이고 있던 하이드는 이윽고 천천히 고개를 주억거렸다.

"알겠어, 그럼."

대수롭지 않게 한 걸음 뒤로 물러선 하이드가 말을 이었다.

"아무튼 내일은 함께 광장에 갈 수 없다는 거지?"

"응, 미안해."

엘시아는 잠시 잊고 있던 편지를 내려다보았다. 아직 열어 보지도 않은 편지였지만, 언제까지고 읽지 않은 채로 둘 수는 없었다.

"리리엔한테는 그렇게 전할게."

"그래, 그래 주면 고맙지."

"이따 식사 시간에 봐."

"응."

엘시아가 고개를 끄덕이는 모습을 확인한 하이드가 지체 없이 침실을 떠났다. 그리하여 홀로 남겨진 엘시아는 잠시 망설인 끝에 비로소 편지 봉투를 뜯었다.

편지를 펼쳐 들자, 아마도 신황의 필체일 유려한 필체가 눈에 들어왔다.

[친애하는 엘시아.

하루가 다르게 날이 서늘해지는 요즘, 부디 그대가 별일 없이 평안히 보내고 있기를 바랍니다.

우리의 약속을 잊지는 않았겠지요.

그대가 머무르기에 부족함이 없도록 모든 준비를 마쳤습니다.

그러니 언제든 신성지를 찾아 주세요.

근시일 내 그대와 재회할 날을 고대하고 있겠습니다.

경애의 마음을 담아,

신황 지그문트.]

폴뤼이도스 3세의 편지는 간결했다. 그 덕분에 편지를 전부 읽는 데는 그리 오랜 시간이 필요하지 않았다.

예상했던 것처럼 신황이 만남을 요구했지만, 엘시아는 그에 선뜻 응하겠노라 마음먹을 수가 없었다.

아마도 신황은 아이작이 인간이 아닌 괴물에게 살해당하였다는 사실을 알고 있을 터였다. 그리고 아이작이 살해되기 전, 엘시아가 아이작의 저택에 머물렀다는 사실 또한 알고 있을지 몰랐다.

그런 상황에서 신황을 만나는 건 그다지 좋은 일이 아니었다. 하지만 그렇다고 해서 신황과의 만남을 피할 수도 없었다.

그뿐만이 아니라 내일은 하일롭이 대공저에 마차를 보내올 것이었다. 어쩌면 하일롭도 작금의 상황을 모조리 파악하고 있을지 몰랐다.

이래저래 난감한 처지였다. 엘시아는 지끈거리는 머리에 손을 들어 눈가를 꾹 눌렀다.

'어째서 다들 내게 이러는 건지…….'

로지안의 제안을 받아들여, 그와 손을 잡으면 이 난처한 상황에서 벗어날 수 있을까. 순간 의문이 떠올랐지만, 그 답은 쉽사리 알 수가 없었다.

오늘 하루가 유독 길게 느껴졌다. 엘시아는 깊은 한숨을 내쉬었다.

* * *

하이드는 이제껏 사용할 일이 없어 텅 비어 있던 손님용 침실에 머무르게 되었다. 리리엔의 침실로부터 꽤나 떨어진 곳에 위치한 침실이었다.

하지만 그것이 부질없게도 하이드는 툭하면 리리엔의 침실에 불쑥 찾아들었다.

그런 하이드를 쫓아내는 것이 지칠 정도로 빈번한 빈도였다. 리리엔은 지금도 자신의 곁에 태연히 얼쩡거리고 있는 하이드를 어이가 없는 눈으로 바라보다가, 이내 완전히 신경을 꺼 버렸다.

리리엔은 헤르테인이 건네준 고기 조각을 강아지에게 먹이는 데 집중했다. 눈처럼 새하얀 강아지는 하루가 다르게 성장했지만, 아직은 조그마했다.

"이름이 뭐야?"

난데없이 귓가를 울린 목소리에 리리엔이 미간을 좁혔다. 그대로 하이드를 돌아보자, 하이드가 천천히 입술을 열었다.

"그러니까 저 생물을 네가 뭐라고 부르냐고."

"……내가 바보인 줄 알아?"

순간 어이가 없어진 리리엔이 헛웃음을 내뱉었다.

"이름이 무슨 뜻을 가진 단어인지는 잘 알고 있거든."

단지 하이드에게 대답을 해 주고 싶지 않을 뿐이었다. 리리엔이 고개를 절레절레 내젓고는 다시금 강아지에게 시선을 두었다.

대공저 후원에서 발견한 강아지는 객관적으로 보아도 귀여웠다. 엘시아가 관심을 가지는 것도 이해가 됐다.

리리엔은 강아지가 썩 마음에 들지 않았지만, 나름대로 강아지를 열심히 돌보았다. 그러면 엘시아가 기뻐할 것 같아서였다.

최근 엘시아는 어째선지 우울해 보였다. 레오디안과 신성지를 다녀온 이후에 더욱 그러했다. 그 이유가 궁금했지만, 막상 엘시아에게 물어보자니 차마 입이 안 떨어졌다.

"……똥똥이야."

리리엔은 나지막히 한숨을 내쉬었다.

"얘 이름, 똥똥이라고."

"만져 봐도 돼?"

"그러던가."

리리엔이 대충 고개를 끄덕이자, 그제야 내내 리리엔을 향해 있던 하이드의 집요한 시선이 리리엔에게서 떨어져 나갔다.

"똥똥이."

하이드가 퍽 조심스럽게 강아지를 쓰다듬었다. 그 모습을 가만 지켜보다가, 리리엔이 불쑥 물었다.

"언니가 뭐래?"

하이드가 힐끔 리리엔을 바라보았다.

"내일 광장에 가겠대?"

"아니."

하이드가 망설임 없이 꺼내 놓은 대답에 리리엔의 어깨가 힘없이 축 늘어졌다.

리리엔이 내일 광장에 가려고 했던 건, 엘시아의 기분을 풀어 주기 위해서 였다. 리리엔은 내일의 계획까지 나름대로 완벽하게 세워 놓았다. 그런데 엘시아가 거절을 했으니, 그 계획은 아무래도 쓸모가 없어졌다.

"내일은 갈 곳이 있대."

"……뭐? 어디? 어디를 간다는데?"

예상치 못한 하이드의 말에 리리엔이 놀란 목소리로 되묻자, 하이드가 가볍게 어깨를 으쓱했다.

"그건 말해 주지 않아서 모르겠어."

의문을 해소하기에는 충분하지 못한 대답에 리리엔의 낯이 절로 찌푸려졌다.

엘시아가 외출을 할 예정이라니, 그것도 자신에게 한 마디 말도 없이. 리리엔의 표정이 곧 침울하게 물들었다.

당장이라도 엘시아에게 가서 내일 어디를 가냐고 물어보고 싶은 충동이 들었다. 하지만 요즘 유독 심각한 기색인 엘시아의 기분을 더욱 망치고 싶지 않았다. 리리엔은 애써 충동을 내리눌렀다.

그런 리리엔의 의문은 다음 날, 황가의 문양이 찍힌 마차가 대공저 앞에 서 있는 모습을 목격한 순간 자연스럽게 풀렸다.

* * *

"1황자가 어째서 마차를 보내온 건데?"

엘시아는 마냥 난감한 표정으로 리리엔을 내려다보았다. 마차 앞을 떡하니 지키고 선 리리엔은 결코 쉽게 물러설 기세가 아니었다.

리리엔의 눈을 피해 조용히 저택을 나서려고 했는데, 그런 엘시아의 계획은 수포로 돌아갔다. 어떻게 안 건지, 엘시아가 침실을 나서기가 무섭게 리리엔이 엘시아의 뒤를 쫓아 나선 탓이었다.

암브로시우스 제국의 황가를 상징하는 문양이 선명하게 자리하고 있는 커다란 마차를 목전에 두고 있는 상황이었다. 그런 상황에서 엘시아는 리리엔에게 핑계를 둘러댈 수도 없었다.

"……리리엔, 1황자 저하께서 왜 나를 만나려고 하시는지는 모르겠어. 하지만 가야 해."

"그럼 나랑 같이 가."

리리엔이 단호한 표정으로 말했다.

"언니를 혼자 보낼 수는 없어. 위험하단 말이야. 게다가 그 사람은……!"

꽤 빠르게 말을 잇던 리리엔이 돌연 입술을 꾹 맞물었다. 그런 리리엔은 마치 해서는 안 되는 말을 내뱉을 뻔한 사람처럼 당황한 기색이었다. 의아해진 엘시아가 되물었다.

"그 사람은?"

"……아무것도 아니야."

리리엔이 가볍게 고개를 저었다.

"아무튼 언니가 혼자 황궁에 가는 건 반대야."

"리리엔."

"언니가 황궁에 가려는 걸 레오디안도 알고 있어?"

엘시아가 난처한 표정으로 한숨을 내뱉자, 리리엔이 그럴 줄 알았다는 듯 혀를 찼다.

"그래, 알고 있을 리가 없지. 만약 레오디안이 알았더라면 언니가 황궁에 못 가도록 막았을 테니까."

엘시아는 말문이 막힌 채로 아무런 대답도 하지 못했다. 그러자 리리엔이 다시금 못 박아 말했다.

"언니를 혼자 보낼 수 없어. 정 가야 한다면 나랑 같이 가. 그게 아니면 언니도 못 가."

"아가씨, 엘시아 님이 곤란해하십니다. 그러니 이제 그만……."

"로이셀은 아무 말도 하지 마."

로이셀이 리리엔을 만류하고자 말을 꺼내기가 무섭게 리리엔이 로이셀의 말을 단칼에 잘라 냈다. 로이셀이 난감하다는 듯 한숨을 내쉬면서 엘시아를 바라보았다.

그런 로이셀을 향해 엘시아가 말없이 고개를 저어 보였다. 지금 로이셀이 리리엔을 말릴 수 있을 리 없다는 것쯤은 알고 있었다. 엘시아가 로이셀에게 물었다.

"벨레로폰 씨는 어디 계세요?"

"벨레로폰은 하이드하고 같이 있어. 내가 하이드를 감시하라고 시켰거든."

엘시아의 의문에 답한 것은 로이셀이 아닌 리리엔이었다. 리리엔은 이제 어찌할 거냐는 듯 턱을 치켜들고서 엘시아를 똑똑히 직시했다.

"하아…… 리리엔."

"언니가 무슨 말을 해도 소용없어."

리리엔은 여전히 엘시아의 기분을 상하게 하고 싶지는 않았다. 그러나 리리엔에게는 순순히 물러날 수는 없는 분명한 이유가 있었다.

리리엔은 하일롭이 얼마나 잔혹한 성정을 가진 남자인지를 잘 알고 있었다. 그런 남자와 엘시아가 단둘이 만날지도 모르는데, 그걸 가만 지켜보고만 있을 수는 없었다.

리리엔이 고요한 눈으로 엘시아를 올려다보다가 붙었다.

"어떡할래?"

리리엔은 애초에 외출할 작정이었는지, 외출복으로 갈아입고 선 채였다. 그 모습에서 엘시아는 리리엔의 단호하고도 고집스러운 의사를 알아차렸다. 엘시아는 한동안 망설인 끝에 가까스로 말문을 열었다.

"일단…… 마차에 타자."

그제야 리리엔이 내내 굳히고 있던 표정을 허물어뜨리고, 만족스럽다는 듯이 미소를 지었다.

그 시각 레오디안은 알렌드로로부터 다급한 연락을 받았다. 레오디안이 막 임모투스 신전에 도착했을 때였다.

알렌드로가 보내온 사신에게서 소식을 전해 듣고 있는 레오디안의 모습을 페이렌이 숨죽인 채로 지켜보았다.
마침내 사신이 말을 마쳤을 때. 페이렌은 걱정스러운 목소리로 물었다.
"……저택에 무슨 일이 생겼습니까?"
레오디안은 사신을 돌려보낸 뒤에야 입을 열었다.
"어제 2황자가 찾아왔다고 한다."
"설마 2황자 저하께서 엘시아 님을 만나신 겁니까?"
"그렇다는군."
레오디안은 어째선지 무척이나 의연했지만, 페이렌은 놀라움을 금치 못했다. 페이렌은 전혀 예상하지 못한 일에 어떤 반응을 보여야 할지 모르겠다는 듯이 한참을 혼란스러운 표정으로 우두커니 서 있었다.
"그리고 1황자도 저택에 전령을 보내왔다고 하는군."
레오디안이 이어 전한 소식 또한 경악스럽기 그지없었다. 레오디안이 저택을 떠나오기가 무섭게 황자 두 명이 엘시아에게 접근을 하다니. 꿈에도 상상하지 못한 상황이었다.
"지금이라도 제도로 돌아가 보셔야 하는 것이 아닙니까?"
페이렌은 걱정스러운 마음에 조심스럽게 물었다. 레오디안은 속을 알 수 없는 표정으로 한동안 말이 없더니, 잠시 후 가볍게 고개를 가로저었다.
"테르만 백작이 있으니 괜찮을 것이다."
"하지만, 각하. 테르만 백작이 두 명의 황자 저하를 상대하기에는 조금 무리가 있지 않겠습니까."
페이렌이 의문을 표하였다. 엘시아의 일이라면 예민하게 반응하던 레오디안이 지금은 어째서 이렇듯 낙관적인 태도를 취하는 것인지 이해할 수 없었다.
레오디안은 꽤 한참 동안을 침묵했다. 페이렌은 조용히 레오디안을 올려다보았다. 레오디안은 여전히 그 의중을 쉽사리 파악하기 힘든 무표정한 얼굴을 하고 있었다. 페이렌이 기나긴 정적을 깨고 말을 꺼냈다.

"……혹시 엘시아 님과 무슨 일이 있으셨습니까, 각하?"

그 조심스러운 질문에 레오디안의 무표정하기만 하던 낯에 순간 금이 갔다. 페이렌은 레오디안의 대답을 듣지 못했지만, 그 대답은 충분히 알 것만 같았다.

"나는 이 길로 신황을 만나고 오겠다."

레오디안은 화제를 돌렸다. 페이렌은 여전히 엘시아가 걱정스러웠지만, 이제는 레오디안의 부관이 된 페이렌은 레오디안이 새롭게 화두에 올린 화제에 응하여 답할 수밖에 없었다.

"그대는 내가 지시한 대로 렝리탄으로 가도록."

"……예, 알겠습니다."

페이렌은 별수 없이 개인적인 감정은 접어 두어야 했다. 이제부터 충실히 임무에 임해야 할 시간이었으므로.

* * *

저택에 한 차례 일어난 소동을 뒤늦게야 알게 된 알렌드로는, 저택에서부터 떠나가는 마차를 황망히 비라보았다.

그런 알렌드로의 곁에서 방금 엘시아와 리리엔을 배웅한 로이셀이 혼잣말처럼 중얼거렸다.

"아무래도 심히 걱정이 됩니다. 혹시라도 무슨 변고를 당하시지는 않을지……."

그건 알렌드로 역시도 마찬가지였다. 알렌드로는 하일롭이 엘시아에게 입궁을 명한 이상, 그를 피할 길이 마땅히 없다는 것을 인지하고 있었다.

그럼에도 불구하고 알렌드로는 그가 엘시아에게 든든한 방패가 되어 주지 못했다는 사실에 크나큰 부끄러움을 느꼈다.

"……아무 일 없겠지요?"

"그러기를 바라야지."

알렌드로가 힘없는 목소리로 대답했다. 로이셀은 알렌드로의 근심 어린 표정을 바라보면서, 나직이 한숨을 내쉬었다.

이 난감한 상황 속에서 그나마 다행스러운 점은, 벨레로폰이 엘시아와 리리엔과 동행하였다는 사실이었다.

뒤늦게 소동을 인지한 알렌드로가 벨레로폰을 찾았고, 그리하여 벨레로폰은 황실에서 보낸 마차에 오르게 된 것이었다.

벨레로폰은 한때 사교계에 출입을 자주했고, 황실 사정에도 밝았다. 그간 외딴 마을에서 지내 온 탓에 사회성이 결여된 엘시아와 리리엔과는 달랐다. 두 사람에게 벨레로폰은 분명 도움이 될 것이었다.

그렇게 생각하면서도 로이셀은 좀처럼 쉽사리 마음을 놓지 못했다. 그도 그럴 게 레오디안이 저택에 부재한 상황에서, 엘시아와 리리엔이 황궁에 입궁하게 되었다. 썩 좋지 못한 상황이었다.

"부디 무사히 돌아오셔야 할 텐데……."

로이셀은 이제는 그림자조차 보이지 않게 된 마차가 떠나간 길을 물끄러미 응시했다. 알렌드로 역시도 자리를 떠나지 않고 묵묵히 서 있었다.

그렇게 얼마나 지났을까.

"엘시아는 떠났어?"

난데없이 소년이 나타났다. 다름 아닌 하이드였다. 갑작스럽게 모습을 드러낸 하이드를 보고, 로이셀과 알렌드로는 순간 당황한 채로 하이드를 그저 멍하니 내려다보기만 했다.

그때 하이드가 두 손을 불쑥 내밀어 보였다. 하이드의 손에는 웬 조그만 주머니가 여러 개 들려 있었다. 새까만 천 주머니였다.

"안에서 이런 걸 찾았어. 여기저기에 숨겨져 있던데."

"잠깐 살펴봐도 되겠느냐?"

"응."

하이드가 멍한 얼굴로 고개를 끄덕거렸다. 알렌드로는 하이드의 손에서 주머니 하나를 집어 올렸다.

주머니에서는 묘한 향이 났다. 그래서일까. 어쩐지 불길한 예감이 들었다. 알렌드로는 주머니를 유심히 살펴보다가, 곧 주머니를 열어보았다.

주머니 안에는 말린 풀 같은 것이 여러 개 들어 있었다. 그것을 조심스럽게 꺼낸 알렌드로가 로이셀을 향해 내보였다.

"혹시 이게 무엇인지 알고 있나?"

짙은 붉은빛을 띠는 풀을 가만 바라보던 로이셀이 심각해진 표정으로 고개를 저었다. 그 모습을 확인한 알렌드로는 곧 하이드에게 눈길을 돌렸다.

"아이야, 너는? 넌 이게 무엇인지 아느냐?"

하이드가 가볍게 고개를 저었고, 알렌드로는 조금쯤 암담해졌다.

"……이것들을 저택 안에서 찾았다고 하였지?"

"응."

하이드가 선선히 대답했다. 순간 알렌드로의 머릿속에는 자연스레 의문이 떠올랐다.

알렌드로의 눈에는 하이드가 마냥 순진한 어린애로 보였다. 그런 하이드가 어떻게 이것들을 발견해 낼 수 있었는지, 그것이 알렌드로는 퍽 의아했다.

그러나 현재 무엇보다도 중요한 것은 따로 있었다.

"전부 다 찾아낸 것이냐?"

알렌드로가 굳은 표정으로 꺼내놓은 말에 하이드는 대수롭지 않게 선뜻 대답을 했다.

"응, 이게 다야."

"그래, 잘 하였다."

알렌드로는 하이드를 향해 부드럽게 미소를 지어 보였다.

"그런데 아이야, 혹시 그 주머니를 모두 내게 줄 수 있겠느냐? 대신 이걸 주겠다."

알렌드로는 품에서 금화를 꺼내어 보였다. 그것을 멍한 눈으로 물끄러미 주시하던 하이드가 입을 열었다.

"그냥 줄게."

단지 엘시아를 위해 이상한 기운이 느껴지는 주머니를 찾아냈을 뿐, 주머니를 가지고 싶다는 욕구는 조금도 느끼지 못했다. 하이드는 손에 들고 있던 주머니를 전부 알렌드로에게 건넸다.

* * *

"이쪽입니다, 영애."

엘시아는 정중한 시종의 안내를 받으며 응접실에 들어섰다. 그런 엘시아의 곁에는 리리엔이 한시도 떨어지지 않을 기세로 딱 붙어 있었다.

"이곳에서 부디 편히 기다려주십시오. 황자 저하께서 곧 발걸음을 하실 것입니다."

"네."

엘시아는 긴장으로 굳어진 표정으로 주위를 둘러보았다. 하일롭을 처음 만났을 때 이야기를 나누었던 곳과는 다른 응접실이었다.

그러나 그곳처럼 이곳 역시도 더할 나위 없이 호화롭게 꾸며져 있었다. 아마 황궁의 모든 공간은 이토록 화려하게 장식되어 있을 것 같다는 생각이 들었다.

"엘시아 님, 그간 1황자 저하와 서로 꾸준히 연락을 나누어 오신 겁니까?"

여태 말없이 곁을 지키고 있던 벨레로폰이 불쑥 의문을 꺼내어 놓았다. 그에 엘시아는 벨레로폰에게 시선을 주었다. 벨레로폰은 잔뜩 경직된 표정이었다.

"아뇨, 딱히 꾸준히 연락을 주고받은 건 아니에요."

하일롭에게 편지를 받은 건 이번이 처음이 아니었다. 하지만 엘시아는 구태여 그 사실을 벨레로폰에게 알릴 생각이 없었다.

한편, 벨레로폰은 자연스레 깊은 의구심에 잠겼다. 신황은 물론이고 2황자 로지안, 그에 더해 1황자 하일롭까지 엘시아에게 이토록 관심을 보이고 있는 상황을 쉽사리 이해할 수가 없는 탓이었다.

엘시아는 꽤나 덤덤히 상황을 받아들이고 있는 듯했지만, 벨레로폰은 그럴 수가 없었다. 그도 그럴 게 신전과 황가가 서로 대척 상태로 대립해 온 것은 무척이나 오랜 시간 이어진 일이었다.

그런 두 거대한 세력의 중심에 서 있는 인물들이 너나 할 것 없이 엘시아를 휘두르려고 하는 것 같았다. 그런 직감이 들었다. 벨레로폰은 새삼스럽게 엘시아를 관찰하듯 바라보았다.

대체 왜일까. 아무리 대공의 보호 아래 있다고 할지라도, 엘시아는 평범한 귀족 영애와 다름없었다. 그런데 모두가 엘시아에게 관심을 표하는 것은 어째서일까.

벨레로폰이 꽤 오래도록 머릿속으로 의문을 더듬고 있는데, 어느 순간 고요하던 응접실에 리리엔의 목소리가 불쑥 내려앉았다.

"언니, 1황자가 왔어."

리리엔의 말대로였다. 곧 누군가 문을 두드렸고, 머지않아서 문이 열렸다. 그리고 하일롭이 비로소 응접실 안으로 들어섰다.

엘시아는 리리엔의 손에 이끌려 앉아 있던 자리에서 일어났다. 벨레로폰은 하일롭을 향해 정중하게 고개를 숙여 보였다.

하일롭이 성큼성큼 다가오는 동안, 엘시아는 의아한 마음에 리리엔을 바라보았다. 리리엔은 어떻게 하일롭의 존재를 알아차릴 수 있었을까, 의문이 든 탓이었다.

"오랜만이군, 아리테스 영애."

하일롭은 태연히 자리에 앉았다. 하일롭은 엘시아와 리리엔, 마지막으로 벨레로폰에게 차례로 시선을 준 다음 입을 열었다.

"앉지."

리리엔이 기다렸다는 듯 소파에 앉았고, 엘시아도 리리엔을 뒤따라 자리에 앉았다. 그런 두 사람의 모습을 하일롭이 한껏 가늘어진 눈으로 응시했다.

"서로 무척이나 친해 보이는군."

하일롭은 이윽고 리리엔에게만 시선을 고정한 채로 말을 이었다.

"그래서 초대받지도 않은 황궁에 함부로 입궁한 것인가, 레이디 로켄페데스?"

엘시아는 하일롭이 지금 리리엔을 탐탁지 않게 여기고 있다는 사실을 눈치챘다. 하일롭의 태도가 너무나도 노골적이었기에 알아채기란 어렵지 않았다. 엘시아는 리리엔에게 날을 세우는 하일롭을 만류하고자 대뜸 말을 꺼냈다.

"저를 만나려 하신 용건이 궁금해요."

하일롭의 시선이 자연스럽게 리리엔에게서 엘시아에게로 옮겨 갔다. 하일롭의 눈초리는 여전히 매서웠다.

"……일전에 로켄페데스 대공가로 편지를 보낸 일이 있지."

이윽고 하일롭이 담담한 목소리로 말을 이었다.

"내 하나뿐인 아우, 로지안과 그대의 결혼을 추진하겠노라 편지를 보냈는데. 아무래도 그대는 그 편지를 받지 못한 것 같아."

하일롭이 엘시아의 반응을 살피듯 엘시아를 유심히 관찰하듯 바라보았다. 엘시아는 예상치 못한 하일롭의 말에 내심 당황한 마음을 애써 감추었다.

'이전에도 나를 2황자와 결혼시키려고 했다고……?'

하일롭의 태도로 보아 지금 하일롭이 거짓말을 하는 것 같지는 않았다. 정말 하일롭이 편지를 보냈다면, 그 편지의 존재를 엘시아가 여태까지 인지하지 못하고 있었던 것은, 아마도.

'레오디안이 편지를 숨긴 건가?'

순간적으로 떠오른 의문이었지만 엘시아는 곧 그것 외에는 다른 원인이 없으리라는 생각에 미쳤다. 그때 하일롭이 말했다.

"상황이 꽤나 급박하게 돌아가고 있어. 하여 안타깝게도 내게는 더 이상 여유롭게 그대를 기다려 줄 여력이 없어서 말이야."

여유가 없다는 말은 과연 거짓말이 아닌지, 하일롭은 얼핏 초조한 기색으로 빠르게 말을 덧붙였다.

"그대의 확답이 필요해. 그대가 오늘, 내 사람이 되겠다는 확신을 준다면 더할 나위 없이 좋겠군."

그 말을 마지막으로 화려한 응접실에는 쥐 죽은 듯한 적막이 내려앉았다. 엘시아는 자신을 가늠하듯 바라보는 하일롭의 시선을 담담히 마주하다가, 힐끔 눈길을 돌렸다.

 리리엔이 아까부터 이상하리만큼 조용했다. 벨레로폰은 둘째치고, 리리엔은 내내 무슨 생각을 하는지 도통 짐작할 수 없는 표정으로 침묵을 지키고 있었다.

 엘시아는 리리엔이 난동을 부리지는 않더라도, 적어도 하일롭에게 곱지 않은 말 몇 마디 정도는 할 줄 알았다. 그런데 엘시아의 예상과 다르게, 리리엔은 단지 우두커니 자리에 앉아 있을 뿐이었다.

 그것이 다행스럽기보다는 오히려 마음에 걸렸다. 엘시아가 조금쯤 걱정스럽게 리리엔의 안색을 살펴보고 있는데, 문득 낮은 목소리가 정적을 깼다. 하일롭이었다.

 "그래서 그대의 대답은?"

 하일롭이 지긋한 시선에 엘시아는 입술을 질끈 깨물었다. 엘시아는 현재 눈앞의 하일롭은 물론이고, 아마 엘시아의 답변을 기다리고 있을 신황까지 치가 떨릴 만큼 끔찍했다. 마치 자신이 무슨 물건이라도 되는 양 휘두르려 드는 꼴에 환멸이 났다. 엘시아가 악 다물린 입술을 막 열어 말을 꺼내려고 했을 때였다.

 "황자 저하, 제가 감히 한 마디 올려도 되겠습니까."

 벨레로폰의 단단한 목소리가 울려 퍼졌다. 하일롭이 미묘하게 미간을 좁혔다. 그것으로도 모자라 하일롭은 감히 기사 따위가 대화에 끼어든 상황이 못마땅하다는 듯이 비릿한 헛웃음을 내뱉었다.

 "어디 해 보거라."

 "양해 감사드립니다. 그럼 무례를 무릅쓰고 말씀 올리겠습니다."

 벨레로폰은 주저 없이 말을 이었다. 그런 벨레로폰은 무언가를 단단히 결심한 사람처럼 결연한 표정을 짓고 있었다.

 "현재 대공 각하가 아리테스 영애의 후견인으로, 영애의 생활 전반을 돌보고 있다는 사실은 알고 계시리라 생각합니다."

"그런데?"

"아리테스 영애가 결혼과 같은 중대사를 지금 당장 독단적으로 결정을 내리는 건 어려운 상황이라는 이야기입니다. 비록 그것이 자신의 일이라고 할지라도 말입니다."

벨레로폰은 흔들림 없는 목소리로 말을 맺었고, 그 목소리를 잠자코 듣고 있던 하일롭은 무릎 위로 올려둔 손을 꽉 움켜쥐었다.

"글쎄, 나는 경과 생각이 조금 다른데."

하일롭의 눈이 힐끗 엘시아를 바라보았다. 하일롭은 엘시아가 순순히 그가 바라는 대답을 내어놓으리라 믿어 의심치 않고 있는 듯했다.

엘시아는 길게 숨을 내쉬었다가, 이내 숨을 깊이 들이마셨다. 그런 다음 담담하게 입을 열었다.

"저는 물건이 아니에요."

"……뭐?"

엘시아는 비록 인간이 아니었지만, 그렇다고 해서 인간이 가지고 노는 인형과 같은 처지를 자처할 생각은 추호도 없었다.

"어째서 제가 사랑하지 않는 사람하고 결혼을 해야 하죠? 도대체 무엇을 위해서요?"

결혼은 인간이 만들어 낸 관습이었다. 엘시아는 당연하게도 살아생전 자신이 결혼을 하리라고는 생각조차 한 적 없었다. 하물며 온전한 자신의 선택으로 인한 것이 아닌 결혼은 결코 하고 싶지 않았다.

"아리테스 영애, 그대가 무언가 착각을 하였나 본데. 나는 그대에게 제안을 한 것이 아니야. 물론, 권유도 아니고."

하일롭이 불쾌한 기색을 감추지 않고 말했다.

"그대가 내 명을 따르지 않을 수 있을 것 같나?"

그 날카로운 물음에 응접실의 분위기가 순식간에 차갑게 얼어붙었다. 하일롭은 오만하게 턱을 치켜들고, 엘시아를 흘끔 내려다보았다.

"지금 그대가 할 수 있는 일은, 그저 고개를 끄덕이는 일뿐이야. 내 말, 알아들었나?"

엘시아는 대답하지 않았다. 그저 말없이 하일롭을 주시하기만 했다. 그런 엘시아를 마주한 하일롭도 더는 말을 꺼내지 않았다. 서로 탐색하는 듯한 시선을 교환할 뿐, 더 이상의 대화는 없었다.

그런 이유로 응접실에는 다시금 적막이 내려앉았다. 잠자코 귀를 기울이면 상대방의 숨소리를 들을 수 있을 것만 같은 고요함이었다.

그 싸늘한 정적 속, 응접실에 자리한 모두는 어느 순간부터 아스라이 들려오는 묵직하고도 다급한 발걸음 소리를 인지했다. 그 소리는 점차 가까워지고 있었다.

머지않아서 누군가 문을 두드렸다. 하일롭은 못마땅한 기색으로 들라 명하였고, 이내 기다렸다는 듯 문이 벌컥 열렸다.

곧 시종 한 명이 응접실 안으로 한 걸음 내디뎌 들어섰고, 하일롭을 향해서 조용히 고개를 숙여 보였다. 그 뒤로 줄지어 선 시종은 한두 명이 아니었다. 얼핏 보기에도 족히 열 명은 되어 보였는데, 하나같이 경황이 없는 듯한 기색이었다. 하일롭은 심상치 않은 분위기를 읽어 냈다.

"……무슨 일이지?"

하일롭이 의문을 입 밖으로 냈을 때였다. 문득 시종들이 양쪽으로 한 걸음씩 비켜서 가운데에 길을 냈다. 그들 사이로 로지안이 걸어 나왔다.

"형님, 지금 여기서 한가하게 수다나 떨고 계실 때가 아닙니다."

예상치 못하게 마주하게 된 로지안을 보고 하일롭이 눈매를 가느다랗게 좁혔다. 그러면서 로지안의 무례한 행동을 타박하고자 입을 여는데, 로지안이 먼저 선수를 쳤다.

"부황께서 의식을 되찾으셨습니다."

"……뭐?"

하일롭이 순간 머리를 세게 얻어맞기라도 한 사람처럼 멍한 표정을 지었다. 그 정도로 로지안의 말은 놀라웠다.

벨레로폰 역시도 하일롭과 크게 다르지 않은 반응을 보였다. 어느 날 갑자기 쓰러진 이후, 오래도록 사경을 헤매온 황제가 돌연 의식을 찾았다니. 이것이 어떤 파장을 불러오게 될지는 감히 짐작조차 하기가 두려웠다.

"부황께서 형님을 찾으시기에 이렇게 형님을 모시러 왔습니다."

로지안이 의연하게 용건을 꺼내어 놓았다. 로지안의 말이 전부 사실이라면, 하일롭에게는 더 이상 지체하고 있을 시간이 없었다. 하일롭은 별 수 없이 자리에서 몸을 일으켰다.

"……아리테스 영애, 오늘은 이만 돌아가 봐도 좋다."

그 말을 마지막으로 하일롭은 좀처럼 떨어지지 않는 걸음을 가까스로 내디뎠다. 이윽고 하일롭이 응접실을 나서자, 그런 하일롭의 뒤를 시종들이 줄줄이 따라 나갔다.

마지막 시종이 응접실을 나설 때까지 그 자리를 지키고 서 있던 로지안이 힐끔 엘시아를 쳐다봤다.

로지안의 푸른 눈동자에 엘시아의 창백한 낯이 맺혔다. 하지만 그것도 잠시, 로지안은 곧 아무 일도 없었다는 듯 시선을 돌렸다.

"당분간 형님은 그대에게 미처 신경을 쓸 여력이 없을 것이다."

로지안은 대뜸 말을 툭 내뱉고는 주저 없이 몸을 돌렸고, 미처 붙잡을 새도 없이 떠나 버렸다.

* * *

황제가 기적적으로 의식을 되찾았다.

하지만 오래도록 병마에 시달려 온 황제의 심신은 약해질 대로 약해진 상태였다. 황제는 언제 다시 또 쓰러질지 몰랐다.

하여 하일롭은 황제의 일신에 생겨난 변화가 황궁 밖에 알려지지 않도록 주의를 기울였다. 황궁에 기거하는 사용인은 물론이고, 우연히 황제가 깨어났다는 소식을 접한 중앙 귀족의 입단속을 하였다. 그러나 그것이 무색하게도 불과 반나절이 지나지 않아서, 황제가 병상에서 일어났다는 소식은 황궁이 위치한 제도로부터 멀리 떨어져 있는 신성지에 퍼져 나갔다.

정확하게는 신성지 요헴, 임모투스 신전. 그곳의 지도자, 신황 폴뤼이도스 3세의 귀에 흘러 들어갔다.

신황은 생각지도 못한 소식을 접하고 일순 놀라기는 했지만, 단지 그뿐이었다.

황제가 깨어난 것은 예상 밖의 일이기는 했으나, 지금 와서 황제가 바로잡을 수 있는 것은 아무것도 없었으므로.

신황은 소식을 전해 온 사신을 담담히 돌려보냈다. 사신에게 당분간은 황실의 귀추에 주목하고 있으라는 명을 내린 다음의 일이었다.

그렇게 사신이 제도로 돌아갔을 때. 불현듯 로아나가 찾아왔다.

"성하."

"예, 신관."

신황은 부드럽게 미소 지었다. 로아나가 레오디안의 사람이라는 것쯤은 예전부터 인지하고 있었다. 그럼에도 불구하고 신황은 언제나 자애롭게 웃어 보였다.

지금도 마찬가지였다. 신황은 입가에 미소를 내건 채로, 로아나가 용건을 꺼낼 때까지 잠자코 기다려 주었다.

로아나는 꽤나 오래도록 망설인 끝에 말문을 열었다.

"저도 토벌대와 함께하고 싶습니다."

예상치 못한 말에 순간 표정을 굳혔던 신황은, 이내 다시금 부드럽게 미소를 입가에 내걸었다.

"신관은 이곳에 남아서 해야 할 일이 있지 않습니까."

"그것은 사실이나, 상황이 상황인만큼 토벌대와 함께하고 싶습니다. 저는 분명 토벌대에 도움이 될 수 있으리라 생각합니다."

로아나는 이미 결심을 굳힌 모양으로, 퍽 단호한 표정으로 말을 이었다.

"또한 성하께서 이룩하시고자 하는 일에도 제가 도움이 되리라 믿습니다."

신황은 대답하지 않았다. 로아나는 입술을 꾹 맞문 채로 신황의 반응을 살폈다. 그것은 신황도 마찬가지였다. 신황은 로아나의 의중을 파악하기라도 할 것처럼 물끄러미 로아나의 눈동자를 들여다보았다.

그렇게 한동안 정적이 이어졌다. 로아나가 오래도록 그녀를 빤히 주시하는 신황의 시선에 부담감을 느꼈을 때, 신황이 침묵을 깼다.

"대공 때문입니까."

"……아닙니다, 성하."

가까스로 고개를 저으면서도 로아나는 신황의 통찰력에 새삼 두려움을 느꼈다. 정확하게는 방금 자신의 대답이 거짓이라는 사실을 신황이 알아차리기라도 할까 봐 두려웠다.

직전 신황이 추측한 대로, 로아나가 괴물 토벌대에 함께하고자 하는 것은 레오디안 때문이었다. 로아나는 레오디안이 그간 황실과 신전 사이에서 아슬아슬한 줄타기를 해 온 모습을 지켜보았다.

그런데 왜 그런 레오디안이 선뜻 신황의 명을 받들어, 괴물 토벌대를 이끌게 된 것인지는 어렴풋하게나마 짐작이 됐다. 다만 로아나는 지금껏 로아나를 통해 신황의 동태를 살핀 레오디안이 어째서 이번에는 그녀를 그의 계획에서 배제시켰는지 영문을 알 수 없었을 뿐이었다.

레오디안은 로아나에게 신전에 남으라 하였다. 그 이유에 관해서는 말해 주지 않았다. 그 때문에 로아나는 레오디안의 명을 납득할 수 없었다. 여태 레오디안의 뜻에 함께해 온 로아나였기에 더욱 그러하였다.

지금 로아나가 신황을 찾아와 토벌대에 넣어 달라는 요구를 한 것은 그러한 이유에서였다.

"안타깝게도 신관의 청은 들어드릴 수 없습니다. 내가 판단하기에 토벌대보다도 이곳에 신관의 힘이 더욱 절실히 필요합니다."

신황이 속삭이듯 말했다.

"그렇기에 신관은 이곳에 남아야 합니다."

* * *

어느덧 황궁에 다녀온 날로부터 나흘이 지났으나, 리리엔은 조용했다. 정확히 말해, 리리엔은 황궁에 관한 화제를 꺼내지 않았다. 엘시아는 리리엔이 큰 충격을 받은 것은 아닐지 걱정했지만, 구태여 먼저 이야기를 꺼내지는 않았다.

엘시아 역시도 나름대로 생각을 정리할 시간이 필요했다. 하일롭 앞에서는 애써 의연한 태도를 고수하고자 노력하였지만, 하일롭이 꺼낸 말은 엘시아가 동요하지 않는 것이 도리어 이상할 정도로 경악스러운 말이었다.

리리엔이 오드리와 수업을 마치고 난 오후, 엘시아는 정원에서 리리엔과 함께 시간을 보내는 중이었다.

평소라면 리리엔은 디저트를 양껏 먹었을 텐데, 어째선지 오늘은 디저트에는 손도 대지 않고 있었다. 그저 멍하니 어딘가를 바라보고 있을 뿐이었다.

그런 리리엔을 방해하지 않고, 엘시아는 조용히 리리엔의 안색을 살펴보기만 하였다. 리리엔이 대뜸 말을 꺼낸 것은 꽤나 오랜 시간이 흐른 뒤의 일이었다.

"언니, 우리 당분간 저택에서 나가지 말자."

리리엔은 단단히 결심을 내린 듯, 굳은 표정으로 엘시아를 응시했다. 엘시아는 찰나 망설인 끝에 고개를 끄덕였다.

"그래, 그러자."

로지안이 말하길, 하일롭은 당분간 다른 곳에 신경을 쓸 여력이 없으리라 하였다. 그러니 하일롭이 다시금 엘시아를 황궁으로 불러들이는 일은 없을 터였다. 적어도 당분간은 말이다.

리리엔은 엘시아의 선선한 대답이 마음에 들었는지, 한결 편안해진 표정으로 비로소 디저트를 먹기 시작했다.

"……맛있어?"

"응. 언니도 좀 먹어."

"아니야, 난 괜찮아."

엘시아가 부드럽게 미소 짓고는 고개를 돌렸다. 어느덧 날이 많이 쌀쌀해 졌다. 정원에 가득 피어 있던 꽃들도 저마다 겨울을 준비하고 있었다.

그렇게 주위의 정경을 천천히 둘러보던 중, 엘시아는 문득 머릿속에 스친 한 가지 의문에 고개를 갸웃했다.

"그런데 하이드는 어디 있어?"

엘시아가 묻자, 순간 리리엔이 멈칫했다. 리리엔은 누가 보더라도 알 수 있을 정도로 당황한 기색으로 엘시아를 바라보았다.

리리엔은 선뜻 아무런 대답도 꺼내 놓지 못했다. 그에 엘시아는 무언가 이상하다는 생각을 했다. 이유 모를 불안한 직감과 함께였다.

"리리엔, 하이드는 어디 있니."

"그게……"

리리엔이 잘근잘근 입술을 깨물어댔다. 엘시아가 다시금 리리엔의 이름을 불러 리리엔을 재촉했고, 곧 리리엔이 낭패감이 어린 목소리로 대답했다.

"어디 다녀올 곳이 있다고 나갔어."

"……뭐?"

"그, 걱정하지 마! 금방 돌아온다고 했어."

다급하게 변명 같은 말을 덧붙인 리리엔이 힘없는 시선을 내려뜨렸다. 그 모습을 멍하니 바라보면서 엘시아는 마치 뒤통수를 얻어맞기라도 한 사람처럼 큰 충격에 빠졌다.

하이드는 백지장과 같았다. 무슨 색이라도 물들 수 있는 남자애였다. 무엇보다도 큰 문제는 하이드가 평범한 남자애가 아니라는 점이었다.

그런 하이드가 혼자서 제도를 돌아다니는 건 위험했다. 하이드는 무슨 짓을 벌일지 몰랐다. 하물며 지금은 아이작을 비롯한 귀족 여러 명이 살해당한 사건으로 인해, 제도가 흉흉한 시점이었다.

"……어디 간다는 말은 없었고?"

"으응."

리리엔이 엘시아의 눈치를 살피면서 말을 이었다.

"그냥 얼른 다녀오겠다고만 말했어."

리리엔의 곁에 찰싹 달라붙어서 결코 떨어지지 않으려고 하던 하이드였다. 그런 하이드가 어째 안 보인다 했는데, 설마하니 저택을 나가 버렸을 줄이야.

엘시아는 암담함에 지그시 눈을 감고서는 깊은 한숨을 내쉬었다.

* * *

그 시각, 하이드는 새하얀 거리를 걷고 있었다. 온통 하얀 건물로 가득한 거리에는 곳곳에 성스러운 문양이 새겨진 깃발이 펄럭거리고 있었다.

'이상한 곳.'

하이드는 멍한 눈으로 주위를 둘러보면서 걸음을 옮겼다. 생전 처음 보는 거리에 초행길이었지만, 낯선 길을 따라 걷는 하이드의 발걸음에는 망설임이 없었다.

그건 하이드의 기민한 감각이 전에 한 번 느낀 적 있는 기척을 읽어 냈기 때문이었다. 하이드는 그저 그 기척이 느껴지는 곳으로 걷기만 하면 되었다.

머지않아서 하이드는 새하얀 거리처럼 하얀 저택 앞에서 멈추어 섰다. 꽤 커다란 저택의 정문에는 푸른 꽃이 곳곳에 피어 있는 굵은 줄기가 얼기설기 얽혀 있었다.

하이드는 잠시 멍하니 선 채로 저택을 올려다보며, 정문을 뛰어넘을지 아니면 누군가 자신을 발견하기 전까지 기다릴지를 고민했다.

그즈음 저택 안에서 웬 남자 한 명이 걸어 나왔다. 남자는 이곳 로켄페데스 대공가 별저의 집사, 루멘이었다. 우두커니 서 있던 하이드를 발견한 루멘은 하이드를 경계하는 기색으로 정문으로 다가섰다.

"아이야, 이곳에 서 있으면 안 된다. 무슨 일인지는 모르겠지만 그만 돌아가렴."

루멘이 최대한 상냥하게 말했다. 그러나 하이드는 미동조차 하지 않았다.

"그 남자는 어디에 있어?"

"……뭐라고?"

"그 남자에게 할 말이 있어."

하이드가 대뜸 꺼내 놓은 말에 루멘은 저도 모르게 미간을 와락 찌푸렸다. 하이드가 누구를 찾는 건지는 어렵지 않게 짐작할 수 있었다.

루멘 본인을 제외한다면 현재 이곳에 머무르고 있는 사람은 이곳의 주인, 레오디안 로켄페데스뿐이었으므로.

"설마 대공님을 이야기하는 것이냐?"

하이드가 멍하니 고개를 끄덕거렸다. 루멘의 눈동자가 경악으로 물들었다. 설마하니 눈앞의 사내애가 정말 레오디안을 찾아왔을 줄이야. 당황을 금치 못하였던 루멘은 이윽고 단호하게 말했다.

"대공님은 네가 만나고 싶다고 하여서 만날 수 있는 분이 아니시다."

하이드는 말없이 고개를 비스듬히 기울였다. 그러면서 머릿속으로는 자신을 막아선 남자의 목을 비틀어 버릴까 하는 생각을 했다.

'하지만 인간을 죽이면 엘시아가 싫어하겠지.'

거기까지 생각이 미친 하이드는 곧 루멘을 죽일 생각을 깔끔하게 접었다. 대신 어떻게 하면 루멘이 자신을 들여보내 줄까 고민하다가 입을 열었다.

"나는 리리엔의 친구야."

하이드의 말에 루멘의 입술이 멍하게 벌어졌다. 리리엔은 레오디안의 하나뿐인 동생이었다. 루멘은 마치 가늠이라도 하듯 눈을 가늘게 뜨고선 하이드를 내려다보았다.

하이드는 분명 리리엔 또래로 보이기는 했다. 하지만 하이드가 정말로 리리엔의 친구이리라고는 선뜻 믿을 수 없었다.

"……대공님께서 오늘 아무도 저택에 들이지 말라고 하셨다. 그러니 너를 저택에 들일 수는 없겠구나."

그 말을 마지막으로 루멘은 더 이상의 대화는 나누고 싶지 않다는 듯, 지체 없이 몸을 돌렸다.

그러나 하이드는 루멘을 붙잡지 않았다. 시야에 걸린 루멘의 뒷모습 너머로 레오디안이 우뚝 서 있는 게 보였기 때문이었다.

멀리서 하이드를 지켜보고 있던 레오디안은 하이드와 시선이 마주치기 무섭게 걸음을 내디뎠다. 그 모습을 뒤늦게 발견한 루멘이 당황한 목소리를 냈다.

"대공님, 나와 계셨습니까?"

"그래."

레오디안이 성큼성큼 하이드를 향해 다가가자, 루멘이 황급히 레오디안의 걸음을 쫓으며 퍽 다급하게 말했다.

"저 아이는 곧 돌아갈 겁니다, 대공님. 리리엔 아가씨의 친구라고는 하는데……."

"알고 있다."

"……예?"

루멘이 저도 모르게 멈추어 서서는 레오디안을 멍하니 쳐다보았다. 그러는 동안 레오디안은 하이드의 지척에 다가서서 걸음을 멈추었다.

레오디안은 잠시 말없이 하이드를 내려다보았다. 하이드는 아무렇지도 않게 레오디안의 시선을 마주했다.

그 어린아이답지 않은 모습에 레오디안이 조금쯤 미간을 좁혔다.

"네가 여기는 어떻게 알고 찾아왔지?"

"들어와라."

하이드가 활짝 열어젖힌 문을 잡고 서 있는 레오디안을 지나쳐 방 안으로 들어서자, 레오디안이 문을 닫았다.

하이드는 무심한 시선으로 방 안을 휘 둘러보았다. 한낮인데도 퍽 어스름한 방은 널찍했다. 딱 필요한 가구만으로 채워진 방은 얼핏 공허해 보이기도 했다.

레오디안은 방 한가운데 우뚝 서 있는 하이드를 잠시 말없이 응시하다가, 이내 소파에 앉았다. 그때까지도 하이드는 우두커니 서 있기만 하였다.

"여기까지는 어떻게 왔지?"

"뛰어서."

하이드가 순순히 대답했고, 레오디안은 하이드의 대답을 이해할 수 없다는 듯 고개를 비스듬히 기울였다. 하지만 그뿐, 레오디안은 크게 놀란 기색은 아니었다. 하이드는 레오디안을 물끄러미 바라보았다.

하이드는 렝리탄에서 제도의 로켄페데스 대공저로 향했을 적에도 이동 수단을 이용하지 않았다. 그저 익숙한 기척을 향해서 달리고 또 달렸을 뿐이었다.

평범한 방법이 아니라는 것쯤은 하이드도 알고 있었다. 그런데 레오디안은 하이드의 말을 유난하게 받아들이지 않은 듯했다. 그런 레오디안이 하이드는 내심 신기했다.

"안 놀라네."

"그것보다 무슨 일로 찾아온 거지?"

"너한테 하지 못한 말을 해야 할 것 같아서."

하이드가 천천히 걸음을 옮겨 레오디안의 맞은편에 앉았다.

"하지 못한 말이라."

레오디안은 하이드의 말을 가만 되뇌어 보았다. 하이드가 구태여 이 먼 곳까지 찾아와서 하려는 말이 대체 무엇일까. 레오디안은 어쩌면 엘시아와 관련된 것인지도 모르겠다고 추측했다.

"나는 리리엔하고 만난 적이 있어."

그러나 하이드가 불쑥 내뱉은 말은 직전 레오디안의 예상에서 한참 빗나간 것이었다.

"내가 엘시아를 따라가고 싶었던 건, 엘시아와 함께 가면 리리엔을 다시 만날 수 있을 거라고 생각했기 때문이야."

하이드는 잠시 말을 멈추고, 조용히 레오디안을 바라보았다. 레오디안은 무슨 생각을 하고 있는지 알 수 없는 서늘한 표정을 짓고 있었다.

그런 레오디안의 모습에서 얼핏 리리엔과 닮은 구석이 보이는 것도 같았다.

그렇게 생각한 하이드가 새삼 레오디안을 관찰하듯 바라보는데, 레오디안이 침묵을 깼다.

"……너는 그동안 지하에 갇혀 지내지 않았나. 언제 리리엔을 만났다는 거지?"

이해할 수 없다는 듯 하이드를 주시하는 레오디안의 푸른 눈동자에 적의는 없었다. 하이드는 어깨를 으쓱했다.

"아주 오래전에. 리리엔이 내가 살던 저택 근처의 마을에서 살았을 때. 그때 만났어."

하이드가 대수롭지 않게 꺼내 놓은 말에 레오디안의 눈이 미묘하게 커졌다. 그도 그럴 것이 하이드가 말한 시점은 리리엔이 엘시아와 함께 갇혀 지낼 적이었다.

"그때는……."

여기서 한 걸음만 더 내디디면 진실에 가까워질 수 있으리라는 직감이 들었다. 그러나 레오디안은 기대와 동시에 드는 두려움에 선뜻 말을 꺼내지 못했다.

그런 레오디안의 심사를 알아차리기라도 한 것일까. 레오디안을 대신하기라도 하듯, 하이드가 선선히 입을 열어 물었다.

"그때 리리엔이 어디서 살았는지 알고 싶어?"

순간 레오디안은 크게 숨을 들이켰다. 그리고 그 숨을 내뱉지 않고, 그대로 멈추었다.

* * *

"그 괴물……."

형편없이 갈라진 목소리. 그러나 그것을 신경 쓰는 사람은 아무도 없었다. 오히려 그 듣기 싫은 목소리에 하일롭과 로지안은 귀를 기울였다.

머지않아서 황제가 가까스로 말을 이었다. 여전히 고막을 괴롭히는 듯한 괴이한 목소리였다.

"그 괴물의 목줄을 쥐었어야지."

지금 황제가 말하는 괴물이 누구를 지칭하는 것인지는 자명했다. 다름 아닌 황제의 배다른 동생, 레오디안 로켄페데스였다.

선황이 전대 로켄페데스 가주의 부인을 억지로 취하여 낳은, 로켄페데스 대공. 레오디안은 황제와 무려 스무 살의 나이 터울이 났다.

그리고 그 어린 동생을 황제는 괴물이라 칭하고 있었다. 로지안은 저도 모르게 미묘하게 미간을 찌푸렸다.

"……로켄페데스의 여식의 행방은 여전히 오리무중이겠지?"

황제가 뜬금없이 내어놓은 질문에 하일롭과 로지안은 침묵했다. 황제가 어째서 갑자기 리리엔 로켄페데스에 관해 묻는 것인지 영문을 알 수 없었다. 무엇보다도 어딘지 찝찝한 기분이 들었다.

"그래, 그렇겠지. 그래야지."

한편, 두 황자의 반응을 어떻게 받아들였는지 황제가 홀로 무언가 납득한 듯 고개를 끄덕거렸다. 그 모습에 두 황자는 황제가 리리엔이 행방불명인 채로 있기를 바란다는 사실을 직감했다.

"……폐하, 로켄페데스의 여식은 지금으로부터 반년 전에 대공가로 돌아왔습니다."

하일롭이 뒤늦게 꺼내 놓은 말에 황제가 눈을 크게 떴다.

"……무어라?"

"사실입니다, 폐하. 리리엔 로켄페데스는 돌아왔습니다."

로지안이 하일롭이 전한 말과 다름없는 말을 꺼내자, 황제는 마치 숨을 쉬는 방법조차 잊어버린 사람처럼 딱딱하게 굳어 버렸다.

"폐하, 왜 그러십니까? 혹시 로켄페데스의 여식이 폐하께 감히 무슨 잘못이라도 하였습니까?"

하일롭의 의아한 기색을 감추지 않고 물었다. 황제는 대답하지 않았다. 대신 노기 어린 음성으로 소리쳤다.

"어떻게……! 그 아이가 어떻게 돌아올 수 있었단 말이냐!"

황제는 무언가에 쫓기기라도 하는 양 공포에 질린 표정이었다.

"그 아이는 돌아와서는 안 됐다. 그런데 도대체 어찌하여……! 컥, 쿨럭!"

황제가 순간 밭은기침을 토해 내더니, 이윽고 맹렬한 기세로 기침을 하기 시작했다. 황제는 입가를 틀어막은 채로, 곧 숨이 넘어갈 것처럼 기침을 쏟아 냈다.

그러다 한참 만에야 간신히 기침이 멎었을 때, 황제는 입가를 막고 있던 손을 떼어 냈다. 그 손에 피가 흠뻑 묻어나 있었다. 각혈한 것이었다.

"폐하……!"

황제가 까무룩 정신을 놓고 쓰러졌다.

* * *

느지막한 오후, 알렌드로와 로이셀은 대공저 내 집무실에서 서로를 마주 보고 앉아 있었다.

그런 두 사람의 사이를 가로막고 있는 테이블 위에는 일전 하이드가 저택 곳곳에서 찾아낸 검은 주머니가 여러 개 올려져 있었다.

그 주머니 안에 든 낯선 이파리의 정체를 알렌드로는 그의 가신을 통해 은밀하게 알아보았다. 그리고 닷새가 흐른 지금에서야 정체를 알아냈다.

"……그러니까, 이게 환각을 유도하는 식물이라는 말입니까?"

로이셀이 경악을 금치 못하고 물었다. 알렌드로는 나직이 침음하며 고개를 끄덕였다.

"그렇다고 하더군."

"아니, 대체 누가 이런 짓을……."

알렌드로가 한결 더 어두워진 표정으로 가만 고개를 저어 보였다. 주머니 안에 든 것의 정체는 알아냈으나, 주머니를 저택 곳곳에 숨긴 이의 정체까지는 알아내지 못했다.

누가 무슨 목적으로 저택에 주머니를 숨겨 놓은 것인지, 그 또한 아직은 오리무중이었다.

"이 사실을 대공님께 알리셨습니까, 백작님?"

"아직이네."

알렌드로의 대답을 끝으로 집무실에는 정적이 내려앉았다.

알렌드로는 기나긴 한숨을 내쉬었다. 레오디안은 현재 대공가에 미처 신경을 쓸 여력이 없을 정도로 바쁜 나날을 보내고 있었다.

그 사실을 누구보다도 잘 알고 있는 알렌드로는 차마 레오디안에게 저택에 일어난 사태를 선뜻 보고할 수가 없었다. 사안이 사안인 만큼 레오디안에게 한시라도 빨리 알려야 한다고 생각하면서도 그러했다.

"……일단 주머니를 소각하고 사태를 지켜보지."

"오늘 새로이 기사를 들이신 것은 그래서였습니까?"

"그렇다네."

알렌드로의 연락을 받고 백작령에서 출발한 기사들이 오늘 막 대공저에 도착하였다. 알렌드로는 앞으로 레오디안이 저택으로 돌아올 때까지, 저택의 경비를 강화해 둘 작정이었다.

애초 레오디안은 저택에 기사를 두지 않았다. 그럴 필요가 없었다. 레오디안은 능력 있는 기사였다. 그리고 그런 레오디안에게 감히 위해를 가하고자 시도하는 자는 무척 드물었다.

하지만 지금은 이전과 상황이 많이 달라졌다. 이전까지 레오디안은 그 자신만을 지키면 되었으나, 현재 레오디안에게는 지켜야 할 사람이 있었다.

"리리엔 아가씨의 호위로 기사 두 명을 더 붙일 생각이다."

알렌드로의 말에 로이셀이 굳은 표정으로 고개를 끄덕였다. 로이셀도 리리엔과 엘시아를 걱정하고 있던 참이었다.

"그리고 앞으로는 저택에 드나드는 모든 이들을 철저하게 감시할 것이다."

"……예, 아무래도 그래야겠지요."

힘없이 고개를 끄덕인 로이셀은 테이블 위에 놓인 검은 주머니를 내려다보았다. 어째선지 자꾸만 불길한 예감이 들었다.

*　*　*

모두가 깊이 잠든 늦은 밤.

엘시아는 늘 그랬던 것처럼 쉽사리 잠을 이루지 못하고 있었다.

아까부터 엘시아는 창가에 앉아서, 탁 트인 창 아래로 보이는 어두운 정원의 모습을 눈에 담고 있는 중이었다.

하이드가 어디론가 가 버렸다는 사실을 알게 된 이후, 당연하게도 엘시아는 무척 불안했다. 매일같이 하이드를 기다렸다.

마치 언젠가 레오디안이 저택으로 돌아오기를 기다리며 매일 밤 버릇처럼 창밖을 내다보았을 때처럼, 엘시아는 어둠이 스민 저택의 정문을 하염없이 바라보았다.

그렇게 얼마쯤 지났을까.

눈에 익은 거대한 마차가 저택 앞에 멈추어 섰다. 로켄페데스 대공가를 상징하는 문양이 새겨진, 굵은 넝쿨이 휘 둘러져 있는 마차였다.

엘시아는 설마 하는 마음으로 마차를 바라보았다. 머지않아서 마차의 문이 열렸고, 누군가 마차에서 내렸다. 그리고 그 누군가를 엘시아는 단번에 알아보았다.

다름 아닌 레오디안 로켄페데스, 그였다.

레오디안은 태연히 마차에서 내려섰다. 그 모습을 똑똑히 목격한 엘시아는 순간 숨을 크게 들이켰다. 당분간은 만나지 못하리라 예상했었는데. 엘시아는 당황스러운 마음을 감추지 못했다.

한편으로는 불안한 마음도 들었다. 신전의 기사로서 임무를 수행하느라, 오랜 시간 저택을 비우게 되리라던 레오디안이었다. 그런데 그런 레오디안이 이렇게 갑자기 그것도 한밤중에 저택으로 돌아와야 할 정도면, 어쩌면 무슨 큰일이 일어나도 단단히 일어난 것 같다는 직감에서였다.

엘시아는 조심스러운 시선으로 창밖의 정경을 살폈다. 혹여 자신의 모습을 레오디안이 눈치챌지도 모른다고 생각하면서도, 창밖의 풍경에서 주의를 돌릴 수 없었다.

레오디안과 비교해서 조그만 인영이 마차에서 내리는 모습이 시야에 걸린 것은 그때였다. 레오디안이 혼자가 아니라, 누군가와 함께 저택으로 돌아왔다는 사실을 뒤늦게 알아차린 엘시아가 눈을 크게 떴다.

게다가 그 누군가는 바로 하이드였다. 엘시아는 정말로 크게 놀랐다. 조금도 예상하지 못한 상황이었다. 어째서 하이드가 레오디안과 함께 저택으로 돌아온 거지?

도저히 상황 파악이 안 됐다. 엘시아는 망연하게 그들을 바라보았다. 어느덧 레오디안과 하이드는 저택 안으로 걸음을 옮기고 있었다.

그제야 엘시아는 하이드의 기척을 읽을 수 있었다. 이상한 일이었다. 하이드의 모습을 보기 전까지는 하이드의 존재를 미처 눈치채지 못했다.

무엇보다도 이상한 건, 레오디안과 하이드가 함께 걷는 모습이 어째선지 퍽 자연스럽게 보인다는 점이었다.

* * *

이튿날, 아침.

뜬눈으로 밤을 새운 엘시아는 아침 일찍 침실을 찾아온 로이셀을 마주했다. 로이셀은 엘시아에게 레오디안이 저택으로 돌아왔다는 사실을 알렸다.

어젯밤 레오디안과 하이드의 모습을 목격한 엘시아는 로이셀의 말에도 크게 놀라지 않을 수 있었다. 엘시아는 로이셀과 함께 식당으로 향했다. 식당에는 이미 레오디안과 하이드, 그리고 리리엔이 자리해 있었다. 세 사람이 앉아 있는 테이블 위로 시종 몇 명이 음식을 나르는 중이었다.

엘시아가 식당 안으로 들어섰을 때, 그 모두의 시선이 엘시아에게로 향했다. 그것이 꽤나 부담스러웠지만, 엘시아는 애써 아무렇지 않은 척 자리에 앉았다. 리리엔의 옆자리였다.

"엘시아, 좋은 아침이야. 잘 잤어?"

"응, 잘 잤어. 너는?"

"나도 잘 잤어."

리리엔이 엘시아를 덥석 끌어안았다. 그러면서 엘시아의 귓가에 나지막이 속삭였다.

"아침에 일어나니까 하이드가 나를 빤히 쳐다보고 있더라. 깜짝 놀랐어. 온몸에 소름이 다 돋았다니까? 아마 어젯밤에 저택으로 돌아온 것 같은데……."

리리엔은 혹여 레오디안이나 하이드가 제 말을 듣기라도 할까 봐 불안한 사람처럼 목소리를 한껏 낮추고선 말을 이었다.

"그런데 아무래도 레오디안하고 함께 돌아온 것 같아."

엘시아는 휘둥그레진 눈으로 리리엔을 바라보았다. 방금 전까지만 해도 엘시아를 바짝 끌어안고 있던 리리엔은 어느새 아무런 일도 없었다는 듯 똑바로 앉아 있었다.

엘시아는 눈길을 돌려 하이드에게 시선을 두었다. 하이드는 우두커니 앉아서 제 앞에 놓인 샐러드를 뻥한 표정으로 내려다보고 있었다.

하이드 옆에 앉아 있는 레오디안 역시도 의연한 모습이었다. 지금 이 기묘한 식사 자리에 동요하고 있는 사람은 오로지 엘시아 자신뿐인 듯했다.

곧 레오디안이 포크를 들어 올렸다. 레오디안은 엘시아가 식당에 자리한 이래, 엘시아에게 한 마디도 건네지 않았다. 그저 흘깃 엘시아를 스치듯 바라보았을 뿐이었다.

무거운 정적이 흐르는 어색한 분위기 속에서 레오디안이 조용히 음식을 먹기 시작했을 때, 하이드와 리리엔, 그리고 엘시아 역시도 저마다 식사를 시작했다.

그러자 오직 식기가 부딪치는 소리만이 간간이 울려 퍼질 뿐, 서로 간에 아무런 대화도 오고 가지 않았다. 고요한 식당에 언제까지고 이어질 것 같던 적막을 깬 사람은 리리엔이었다.

"……레오디안, 갑자기 저택에는 왜 돌아온 거야? 벌써 일이 다 끝난 거야?"

레오디안이 힐끔 시선을 들어 올려 리리엔을 바라보았다. 그리고 그대로 잠시 말없이 리리엔을 응시하고만 있던 레오디안이 이내 입을 열었다.

"하이드를 데려다주기 위해 잠시 들렀을 뿐이다."

얼핏 무심하게도 느껴지는 대답에 리리엔의 눈이 휘둥그레 커졌다.

"하이드가 레오디안을 찾아갔어?"

"그래."

"아니, 어떻게 알고 찾아간 거야?"

리리엔이 짐짓 경악스럽게 하이드를 쳐다보았다. 엘시아 역시도 내심 놀란 마음에 하이드를 주시했다. 그러나 그런 두 사람의 시선을 눈치채지 못한 건지, 하이드는 태연자약하게 포크로 샐러드를 뒤적거릴 뿐이었다.

"……그럼 다시 신성지로 돌아가야 해?"

리리엔이 꽤 한참 만에 꺼내 놓은 물음에 레오디안은 선선히 고개를 끄덕이는 것으로 대답을 대신했다.

그것을 마지막으로 또다시 정적이었다. 쥐 죽은 듯이 고요한 식당에서 네 사람은 마치 의무라도 된 듯 식사를 이어 갈 뿐이었다.

엘시아는 지금 이 자리를 만든 사람이 다름 아닌 레오디안이라는 사실을 알고 있었다. 또한 레오디안이 단순히 식사를 하기 위해서 모두를 모이도록 만든 것은 아니리라 여겼다.

그런데 레오디안은 이상하게도 아무런 말이 없었다. 그런 레오디안이 엘시아는 무척이나 의아했다. 나름대로 단단히 마음을 먹고 식당으로 내려온 엘시아였다. 레오디안이 무슨 말을 하더라도 담담히 레오디안을 마주하자고, 그렇게 굳게 마음을 먹었었다.

그러나 식당에 깊이 뿌리가 박힌 적막은 오래도록 깨어지지 않았다. 엘시아가 조마조마한 마음으로 식사를 다 끝마쳤을 때까지도 그러하였다.

예의 시종 몇 명이 테이블 위를 정리할 때, 엘시아는 자리를 떠날 생각조차 미처 못 한 채로 얼떨떨하게 앉아 있었다. 레오디안이 비로소 엘시아를 향해 말을 꺼낸 것은 그때였다.

"잠시 시간 괜찮습니까?"

레오디안의 푸른 눈동자는 여느 때와 다름없이 짐짓 무덤덤해 보였다.

"할 말이 있습니다. 괜찮다면 시간을 좀 내어 주십시오."

순간 멈칫해서 레오디안을 멍하니 바라보았던 엘시아는 곧 가까스로 고개를 끄덕였다.

* * *

"야, 너 도대체 무슨 생각으로 레오디안을 찾아간 거야?"

엘시아와 레오디안이 단둘이서만 식당을 빠져나가기가 무섭게 리리엔은 하이드를 향해 물었다.

"아니, 생각이 있기는 해?"

그 꽤나 공격적인 물음에도 하이드는 일말의 동요조차 내보이지 않았다. 다만 묵묵히 리리엔의 시선을 마주하였을 뿐이었다.

그 모습에 리리엔이 성발이지 답답하다는 듯 목소리를 높였다.

"왜 대답이 없어? 방금 내 말 못 들었어?"

"아니, 들었어."

이번에는 대수롭지 않게 대답한 하이드가 고개를 모로 비스듬히 기울였다. 그러면서 멍하니 혼잣말처럼 중얼거렸다.

"네가 왜 화를 내는지 모르겠어."

그 말에 말문이 막힌 리리엔이 저도 모르게 넋이 나간 표정으로 입을 떡 벌렸다. 답답하다 못해 어이가 없었다. 설령 벽을 보고 대화를 나눈다고 하여도 이보다는 답답하지는 않을 것 같았다.

잠시 뒤, 가까스로 정신을 차린 리리엔이 헛웃음을 치면서 입을 열었다.

"왜 화를 내는지 모르겠다고? 진심으로 하는 말이야?"

하이드가 리리엔을 멀뚱멀뚱 쳐다봤다. 그 모습에 리리엔은 어쩐지 맥이 빠져서 허탈한 목소리로 중얼거렸다.

"……내가 화를 내는 이유를 네가 모른다는 게 신기하다. 어떻게 모를 수가 있지?"

하이드는 뜬금없이 레오디안을 찾아가는 기행을 벌였음은 물론, 레오디안을 저택으로 데려오기까지 했다. 그런데도 하이드는 너무도 태연했다. 리리엔은 도무지 하이드를 이해할 수 없었다.

애당초 하이드와는 말이 통하지 않았다. 그러니 이 이상 하이드와 대화를 나눈다고 하여도 답답한 마음이 가시지는 않을 것 같았다. 애초 하이드와 대화를 시도한 것부터가 잘못이었다.

리리엔은 하이드와 대화를 나누는 건 아무런 의미 없는 시간 낭비에 불과하다고 생각했다. 그래서 곧장 자리에서 일어났다. 그런데 그때였다.

"너하고 엘시아는 너무 많은 걸 숨기고 있어."

하이드가 난데없이 불쑥 말을 꺼냈다. 그 말은 너무나도 뜬금없고 당황스러운 것이었다. 리리엔은 막 자리에서 일어나려던 어정쩡한 자세로 굳어서 하이드를 쳐다보았다.

"……뭐?"

"나는 너를 도와주겠다고 했어. 엘시아를 지켜 주겠다고 약속했어."

하이드는 당황한 기색이 역력한 리리엔을 태연하게 올려다보면서, 핏기 없는 창백한 입술로 아무렇지도 않게 말을 이었다.

"그래서 내가 말했어. 그게 너하고 엘시아를 위한 일이라고 생각했으니까."

무척이나 불친절한 말을 늘어놓은 주제에 하이드는 이내 입술을 꾹 닫아 버렸다. 리리엔은 조금쯤 어이가 없다는 생각을 하면서도, 내심 불안한 마음에 떨리는 목소리로 되물었다.

"……지금 그게 대체 무슨 말이야? 뭘 말했다는 건데? 누구한테?"

잠시 말없이 리리엔을 바라보기만 하던 하이드의 입술이 이윽고 천천히 벌어졌다.

"네 가족한테 말했어."

"내 가족……. 설마 레오디안을 말하는 거야?"

하이드가 선선히 고개를 주억거렸다. 그 모습에 리리엔의 얼굴이 차츰 경악으로 물들었다. 리리엔은 어느 순간부터 속절없이 떨리고 있는 손을 꽉 움켜쥐었다. 그러고는 물었다.

"……레오디안한테 무슨 말을 했는데?"

"내가 너를 어디에서 만났는지 말했어."

"……뭐?"

"그리고 내가 엘시아의 엄마를 알고 있다고도 말했어."

하이드는 여전히 태연하기 그지없는 목소리로 말을 맺었다.

리리엔은 말문이 막힌 채로 멍하니 하이드를 응시했다.

방금 하이드의 말을 똑똑히 들었으나, 도무지 믿을 수가 없었다. 대체 무슨 생각으로 레오디안에게 모든 사실을 밝힌 것인지 그저 경악스러웠다.

하이드가 레오디안과 함께 저택으로 돌아왔을지도 모른다고 짐작했을 때부터 어쩐지 마음이 조마조마했는데, 설마하니 하이드가 레오디안에게 쓸데없는 소리를 지껄였을 줄이야.

"……그걸 전부 레오디안한테 말했다고!?"

꽤 한참 만에 리리엔은 하이드에게 되물었다. 그 어느 때보다 첨예한 목소리였다.

"왜 그랬어? 나한테 한 마디 상의도 없이……!"

하이드는 리리엔이 날카로운 목소리로 따져 묻는 것이 마음에 들지 않는다는 듯 뚱한 표정으로 리리엔을 쳐다보았다. 그 모습에 이윽고 허탈한 마음이 든 리리엔이 자리에 털썩 주저앉았다. 그러면서 힘없이 입을 열었다.

"네가 무슨 짓을 한 건지 알아?"

"……너를 위해서 한 일이야."

"그게 어떻게 나를 위한 일이라는 거야?"

리리엔이 도무지 이해할 수 없다는 듯 되묻자, 하이드의 입술이 꾹 맞물렸다.

그 상태로 하이드는 리리엔을 물끄러미 쳐다보기만 했다.
 그렇게 얼마쯤 지났을까. 리리엔이 답답한 마음에 하이드를 재촉하고자 입을 열었을 때였다. 그것을 눈치채기라도 한 것처럼 하이드가 한참 만에 침묵을 깼다.
 "너는 엘시아만 사랑해?"
 "……뭐?"
 "엘시아 말고 다른 사람은 사랑하지 않아?"
 "……갑자기 그런 이상한 질문은 왜 하는 건데."
 리리엔이 이전보다 한층 누그러진 눈빛으로 하이드를 바라보았다. 하이드는 잠시 말을 고르는 듯한 기색으로 말이 없었다.
 "너, 혹시 지금 괜한 말로 말을 돌리려고 하는 거라면……."
 "그 남자는 네 가족이잖아."
 하이드의 무미건조한 목소리가 리리엔의 말허리를 잘라 냈다. 리리엔은 멈칫 굳었다가, 곧 멍하니 입을 벌렸다. 리리엔은 어쩐지 하이드가 하려는 말이 무엇인지를 알 것만 같았다.
 "그런데 너하고 엘시아는 그 남자한테 모든 걸 숨기려고만 해. 그건 잘못된 일이야."
 고작 며칠 전에 다시 만난 하이드가 알면 뭘 얼마나 안다고, 이렇듯 훈계하는 듯한 말을 하는지 기가 막혔다. 하지만 리리엔은 하이드에게 차마 어떠한 항변도 할 수가 없었다.
 하이드의 말 그대로였다. 리리엔은 레오디안에게 지금껏 모든 것을 숨겨 왔다. 엘시아도 마찬가지였다. 두 사람은 문제 소지가 될 만한 것이라면 그게 무엇이든 간에 필사적으로 숨기려고만 들었다.
 그런 두 사람과 함께 지내면서 레오디안은 얼마나 답답했을까. 리리엔은 황망한 표정으로 입술을 꾹 깨물었다.
 무엇보다도 레오디안은 평범한 인간이 아니었다. 비범한 힘을 지니고 있는 남자였다. 엘시아가 비오렌치아를 발현했을 때. 그때 레오디안은 두 사람이 무언가 숨기고 있다는 사실을 새삼 깨달았을 터였다.

"그 남자에게 아무것도 말해 주지 않으면서 그 남자가 가진 것은 이용하려고 하잖아."

하이드가 리리엔을 똑똑히 직시하면서 말을 이었다.

"그건 불공평해."

"……."

"그 남자도 알아야 해. 그리고 그 남자가 너와 엘시아에게 도움이 된다는 건 너도 알고 있잖아."

언제나 탁하게 풀려 있는 하이드의 새빨간 눈동자가 지금 이 순간만큼은 너무도 맹렬한 기세로 리리엔을 응시하고 있었다.

온몸에 오소소 소름이 돋는 것만 같은 기분이었다. 그래서 리리엔은 하이드의 눈을 피해 슬쩍 시선을 돌렸다. 그때 하이드의 목소리가 귓전을 울렸다.

"게다가 그 남자는 내가 인간이 아니라는 사실을 이미 눈치채고 있었어."

리리엔은 돌아가지 않는 고개를 가까스로 돌려, 다시금 하이드와 시선을 맞추었다.

"……그게 정말이야?"

그렇게 묻는 리리엔은 방금 하이드의 말이 너무나도 경악스럽다는 듯한 표정을 짓고 있었으나, 하이드는 대수롭지 않게 고개를 끄덕였다.

"내가 너와 엘시아에 관해서 알고 있는 걸 얘기했을 때, 그 남자는 별로 놀라지 않았어."

숨을 쉬는 것조차 잊어버릴 만큼 놀란 리리엔과 달리, 하이드는 마치 불변의 진리를 이야기하는 사람처럼 평이한 어조로 아무렇지 않게 말을 이었다.

"그 남자는 사실은 전부 다 알고 있었는지도 몰라. 그냥 모르는 척하고 있었을 뿐."

* * *

레오디안이 앞장서 엘시아를 이끌고 온 곳은 다름 아닌 그의 서재였다. 레오디안이 신성지로 떠나기 전, 마지막으로 엘시아와 대화를 나눈 곳이었다.

서재의 문을 닫고 들어선 레오디안은 곧장 소파에 자리했다. 엘시아는 눈치껏 레오디안의 맞은편에 앉았다.

고작 테이블 하나를 사이에 둔 가까운 거리에서 레오디안의 푸른 눈동자는 너무도 선명하게 보였다. 엘시아는 잠시 레오디안을 바라본 끝에 시선을 내려뜨렸다.

불현듯 레오디안이 말문을 연 것은 그때였다.

"황궁에 다녀오셨다고 들었습니다."

"……네, 맞아요."

엘시아는 레오디안이 어떻게 그 사실을 알고 있는 건지 놀랐지만, 애써 아무렇지 않은 척 고개를 끄덕였다.

"그곳에서 별 일은 없었습니까?"

"대공님이 걱정하실 만한 일은 없었는데……."

엘시아는 찰나 망설인 끝에 말을 덧붙였다.

"황제 폐하께서 의식을 되찾으셨다는 이야기를 들었어요."

엘시아는 레오디안을 힐끔 올려다보았다. 레오디안은 놀란 기색은커녕, 오히려 무덤덤한 표정을 하고 있었다.

"……혹시 알고 계셨어요?"

레오디안은 선선히 고개를 끄덕였다.

"그보다 묻고 싶은 것이 있습니다."

그 나지막한 목소리에 엘시아는 마른 입술을 축였다. 머지않아서 레오디안이 말을 이었다.

"왜 거짓말을 했습니까?"

순간 숨이 멎는 듯한 느낌이었다. 엘시아는 놀라 휘둥그레진 눈으로 레오디안을 바라보았다.

"예전에 당신은 내게 가족이 없다고 말했습니다. 하지만 그 아이는 당신이 한 것과 다른 이야기를 하더군요."

"······."

"왜 내게 거짓말을 했습니까?"

말문이 턱 막혔다. 엘시아는 무슨 말이라도 해야 한다고 생각하면서도 선뜻 말을 꺼낼 엄두가 나지 않았다. 그저 소리 없이 입만 벙긋거릴 뿐이었다.

그러다 엘시아가 끝내 어떤 말도 꺼내놓지 못한 채로 입술을 꾹 맞물었을 때, 레오디안이 침묵을 깼다.

"그 아이가 과거에 리리엔을 만난 적이 있다는 사실을 어째서 숨긴 겁니까."

아까부터 레오디안은 지독하리만큼 무표정했다. 그 상태로 말을 이어 가는 레오디안의 어조나 어투는 딱히 책망하는 듯한 모양새는 아니었지만, 그렇다고 해서 친절한 것은 아니었다.

"계속 숨길 작정이었습니까?"

"······."

"그래, 그럴 작정이었군요."

레오디안이 홀로 납득한 듯 혼잣말처럼 중얼거렸다.

엘시아는 낭황을 금치 못했다. 그도 그럴 것이 지금 레오디안은 엘시아가 말한 적 없는 것에 관해 이야기하고 있었다.

대체 하이드가 레오디안을 찾아가서 무슨 이야기를 한 건지. 어디서부터 어디까지 이야기를 한 건지. 그 무엇도 감히 짐작조차 할 수 없었고, 그렇기에 두려웠다.

"······죄송해요."

결국 지금 이 순간 엘시아가 할 수 있는 말이란 고작 심심한 사과의 말뿐이었다.

"거짓말을 해서, 정말 죄송해요."

"나는 지금 당신에게 사과를 받으려는 것이 아닙니다."

그렇게 말하는 레오디안의 목소리는 어느 때보다도 차분했다.

"나는 이유가 듣고 싶은 겁니다."

"……."

"당신이 왜 거짓말을 했는지. 어째서 거짓말로 진실을 숨기려 했는지. 그랬어야 할 정도로……."

레오디안은 말을 잇다 말고 순간 크게 숨을 들이켰다가, 이내 길게 내뱉었다. 그러고는 잠시 뒤, 한 마디를 툭 내뱉었다.

"내가 당신에게 신뢰를 주지 못한 건지."

레오디안의 시선이 지긋했다.

"나는 당신이 믿을 만한 사람이 못 되는 건지."

엘시아는 레오디안에게 대답을 해야 한다는 생각조차 하지 못한 채로 얼어붙었다. 지금 눈앞의 레오디안은 너무나도 커다란 상처를 받은 사람처럼 보였기 때문이었다.

레오디안이 어쩌면 모든 사실을 하이드로부터 들어 알게 되었을지 모른다는 두려움은 여전했지만, 그것보다도 자신이 의도치 않게 레오디안에게 상처를 준 것인지 모른다는 생각에 당황스러운 마음이 앞섰다. 엘시아는 어찌 할 바를 모르고 시선을 이리저리 옮기기만 했다.

레오디안이 화를 낼 것이라고 생각했다. 지금껏 엘시아 그녀가 숨겨 온 비밀은 가벼운 것이 아니었다. 어쩌면 리리엔은 물론, 레오디안 그에게도 위협이 될 만한 비밀을 숨겨 왔으니, 레오디안이 화를 내는 것은 너무도 당연한 일이라고 생각했다.

그런데 레오디안은 엘시아가 거짓말을 했다는 사실에 화를 내기는커녕, 오히려 엘시아가 거짓말을 하게 만들었다며 스스로를 탓하고 있었다.

그래서인지 엘시아는 그 어느 때보다도 거대하고 또 무거운 죄책감을 느꼈다. 누군가 심장을 꽉 틀어쥐고 있는 듯한 느낌이었다. 그 정도로 가슴이 답답하고 먹먹했다.

"……저는."

한참 만에 비로소 입을 연 엘시아는 짐짓 물기가 서린 목소리에 목을 골랐다.

그런 다음에야 가까스로 말을 이었다.

"대공님이 제 존재를 받아들이지 못하실 거라고 생각했어요. 말해도 믿지 못하실 거라고……."

레오디안은 여전히 무슨 생각을 하고 있는 건지 알 수 없는 무덤덤한 표정을 하고 있었다. 엘시아는 꿀꺽 마른침을 삼키고는 다시금 입을 열었다.

"그렇게 생각해서……. 대공님이 가진 힘이라면 제가 평범한 인간이 아니라는 사실을 금방 알아낼 수 있다는 걸 알면서도……."

그렇게 엘시아가 겨우겨우 말을 이어 가는 동안, 레오디안은 느릿하게 말을 잇는 엘시아를 재촉하지도, 답답하게 여기지도 않았다. 다만 묵묵히 엘시아의 목소리에 귀를 기울였다.

"……저는, 제가 이렇게 오래도록 이곳에 머무르게 될 줄은 꿈에도 몰랐거든요."

애초에 리리엔에게 가족을 되찾아 주려고 했을 뿐이었다. 엘시아는 감히 계속해서 리리엔의 곁에 머무르고자 욕심을 부릴 생각이 추호도 없었다. 미련이 아예 없었다면 거짓말이겠지만, 그 미련을 어떻게든 버리고자 노력했다. 그게 얼마나 허튼 미련인지 알고 있었기 때문이었다.

하지만 결국 엘시아는 리리엔을 떠나지 못했고, 지금껏 리리엔의 곁에 머무르고 있었다. 진작 리리엔을 뒤로하고 떠났더라면 지금과 같은 상황은 벌어지지 않았을 터였다. 또 당연하게도 난감한 상황을 모면하기 위해서 레오디안에게 거짓말을 할 필요도 없었을 것이다.

"그냥 떠나면 된다고 생각해서……. 어차피 떠날 거니까. 곧 떠날 거니까……."

리리엔에게도 레오디안에게도 그저 좋은 사람으로 남아 있고 싶다는 욕심이 엘시아를 지금 이 상황까지 이끌고 왔다.

언젠가 떠나더라도 두 사람의 기억 속에는 다만 좋은 추억으로 남고 싶어서. 그래서였다. 엘시아는 차마 자신이 인간이 되지 못한, 끔찍한 존재라는 사실을 고백할 수가 없었다.

"그러니까 그때까지만 비밀로 하면 된다고 생각했어요."

엘시아는 속절없이 떨리는 입술을 꽉 깨물었다. 시선은 아래로 내려뜨린 채였다. 차마 레오디안을 똑바로 마주볼 엄두가 나지 않았다. 레오디안이 어떤 표정을 지으며 어떤 반응을 보이고 있는지를 확인하기가 두려웠다.

"······정말, 죄송해요."

엘시아는 자꾸만 잠기는 목을 고르고 또 골랐다. 별 소용은 없어도 계속해서 반복했다.

홀로 간직해 온 비밀과 그 비밀을 지키기 위해 거듭해 온 거짓말의 무게가 너무나도 무거웠다. 어깨가 짓눌리는 듯한 느낌이었다. 하지만 도망칠 길은 더 이상 존재하지 않았다.

아니, 여기서까지 도망쳐서는 안 된다는 생각이 들었다. 엘시아는 바로 지금 이 순간이 레오디안에게 모든 것을 고백할 때라고 여겼다.

레오디안은 엘시아에게 충분한 신뢰감을 주었다. 레오디안은 늘 엘시아를 위해 주었고, 리리엔을 위해 주었다. 그간 레오디안의 행동으로 미루어 알 수 있었다.

레오디안은 믿을 만한 사람이었다.

"저는 대공님을 만난 적이 있어요."

엘시아가 비로소 시선을 들어 올려 레오디안과 눈을 맞추었다.

"그러니까, 제가 리리엔을 데리고 이곳에 오기 전에요."

레오디안은 엘시아의 말을 이해할 수 없다는 듯 고개를 비스듬히 기울였다. 그 모습에 엘시아는 잠시 말을 고른 다음, 이윽고 입을 열었다.

"저와 리리엔이 살았던 곳은 괴물 여럿이 무리를 짓고 사는 마을이었어요."

"······제스아, 말이군요."

엘시아는 고개를 끄덕였다. 제스아는 렝리탄과 산 하나를 사이에 두고 있는 마을이었다. 엘시아는 리리엔과 함께 이곳 제도로 올 때, 렝리탄에서 영업 마차를 잡아 타고 왔다.

제대로 된 마차 한 대 없는 제스아와 달리, 꽤 많은 인간이 터를 이루고 사는 렝리탄은 퍽 발전된 영지였으므로.

"어느 날, 대공님이 그 마을을 찾아오셨어요. 괴물 토벌대를 이끌고서요. 저는 그때 리리엔이 로켄페데스 대공가의 핏줄이었다는 사실을 알게 됐어요."

레오디안은 영문을 모르겠단 기색이었다. 당연한 반응이었다. 지금 엘시아가 하고 있는 이야기는 이제는 일어난 적 없는 일이 되어 버린, 엘시아가 회귀하기 전의 일이었으니까.

"대공님은 오랜 시간 찾아 헤매 온 리리엔을 끝내 찾아내셨어요. 대공님이 이끈 괴물 토벌대도 맡은 임무를 성공적으로 수행했고요."

엘시아는 마냥 선명하게 느껴지는 기억 속, 레오디안의 차가운 얼굴을 떠올렸다. 괴물들의 숨을 앗아 가던 레오디안의 자비 없는 손길도 또렷하게 기억했다.

"저도 그때 죽었어요."

"······그게 무슨."

"하지만 대공님을 원망하지는 않았어요."

엘시아는 자신의 말을 레오니안이 좀처럼 이해하시지 못하고 있다는 사실을 알고 있으면서도 친절한 설명을 덧붙이지 않고 계속해서 말을 이었다.

"리리엔을 납치한 악마가 바로 제 어머니였거든요."

엘시아는 여전히 스위티아가 무슨 이유로 리리엔을 납치한 것인지 알지 못했다. 하지만 분명한 건 스위티아가 리리엔을 납치했다는 사실이었다. 그것만큼은 달라지지 않았다. 회귀 전에도, 회귀 후에도.

"저는 그저 리리엔이 돌아가야 할 곳으로 돌아갔으니 됐다고 생각했어요. 살고 싶다는 생각은 하지 않았어요. 애초에 죽지 못해 살았으니까······."

순간 레오디안의 표정이 딱딱하게 굳었다. 죽음을 이야기하는 엘시아의 모습이 너무나도 의연했기에.

"지금도 대공님을 원망하지 않아요."

레오디안은 아까부터 엘시아가 무슨 소리를 하고 있는 건지 전혀 이해하지 못하면서도 의문을 표하지 못했다. 아니, 의문은 고사하고 그 어떤 말도 꺼내지 못했다.

"어차피 그건 전부 없던 일이 되었기도 하고요."

엘시아는 처음 말을 꺼냈을 때와 다르게 지금은 무척 덤덤하게 말을 이어 가고 있었다. 레오디안의 사정 따위는 크게 개의치 않으며 엘시아는 짐짓 경악스러운 말을 덧붙이고 또 덧붙였다.

"지금 이게 다 무슨 헛소리인가 싶으시겠죠?"

레오디안은 그저 엘시아를 바라볼 뿐, 침묵했다.

헛소리라 치부하기에는 엘시아의 태도가 너무나 진지했고, 그렇다고 해서 전부 사실로 받아들이기에는 이야기가 무척 모순적이었다.

그런 이유로 레오디안이 선뜻 대답하지 못하고 침묵을 지키는데, 엘시아가 물었다.

"……제가 시간을 되돌아왔다고 말한다면, 제 말을 믿을 수 있으시겠어요?"

그 조심스러운 질문에 레오디안은 순간 벼락을 맞기라도 한 사람처럼 퍼뜩 깨달음을 얻었다.

시간을 되돌아왔다, 그 말은 다른 사람이었다면 웃기지도 않는 헛소리라 여길지도 모른다. 하지만 레오디안은 아니었다. 레오디안은 의지대로 시간을 조종할 수 있는 힘을 지니고 있었다.

바로 다름 아닌 시간술, 템푸스. 그 힘을 지닌 레오디안은 방금 엘시아의 말을 가볍게 흘려 듣지 않았다.

모순적이라 생각했던 엘시아의 이야기의 허점이 이제야 비로소 메꾸어졌다. 레오디안은 깊은 침음을 흘렸다.

"내가 정말 당신을……."

죽였냐고. 그 뒷말은 차마 잇지 못했다. 레오디안은 입술을 꾹 맞물었다. 그러나 엘시아는 마치 레오디안이 무슨 소리를 하려고 했는지는 다 알고 있다는 듯 희미하게 미소를 지으며 고개를 끄덕였다.

"제가 어떻게 리리엔이 대공님의 동생이라는 사실을 알고 이곳으로 리리엔을 데려올 수 있었는지, 이제 아시겠죠?"

아직 충격에서 미처 빠져나오지 못한듯 보이는 레오디안을 바라보면서 엘시아는 담담하게 말을 이었다.

"저는 리리엔을 납치한 악마의 딸이에요. 이건 리리엔도 모르고 있는 사실이에요."

하이드가 레오디안에게 이것까지는 말하지 않았을 것이다. 이것은 오직 스위타아의 딸인 엘시아만이 알고 있는 사실이었으므로.

"대공님은 저를 은인이라 여기셨지만 사실은……."

엘시아는 찰나 자조하듯 조소하고는 말을 덧붙였다.

"저는 그저 납치범의 딸이었을 뿐이에요."

그 말을 마지막으로 엘시아는 입술을 꾹 맞물었다. 그러면서 무릎 위에 올려 둔 손을 꽉 움켜쥐었다.

이제야 비로소 모든 사실을 털어놓았다. 지금 레오디안이 느끼고 있을 배신감이 얼마나 거대할지는 상상하기조차 두려웠다. 엘시아는 떨리는 마음을 애써 억누르면서 레오디안의 저분을 기다렸다.

아까까지만 해도 크게 놀란 기색이던 레오디안은 어느새 평소처럼 무표정한 낯으로 돌아와 있었다. 엘시아를 바라보는 푸른 눈동자가 일말의 동요 없이 잠잠했다.

레오디안은 한참 동안 아무런 말도 하지 않고, 그저 엘시아와 시선을 맞춘 채로 천천히 눈을 깜빡이기만 했다. 그 덕분에 서재는 조금만 귀를 기울인다면 서로의 숨소리 정도는 거뜬히 들을 수 있을 것만 같이 고요해졌다.

그 쥐 죽은 듯이 적막한 분위기 속에서, 엘시아는 점차 홀가분한 기분을 느꼈다.

이제 더 이상 거짓말을 할 필요가 없어졌기 때문인지, 그게 아니면 지금껏 쌓아 온 거짓말로 인해 느껴야만 했던 죄책감을 조금이나마 덜어 냈기 때문인지. 엘시아는 레오디안과 오래도록 시선을 마주하고 있는데도 두렵지 않았다.

설령 지금 당장 레오디안이 엘시아 그녀의 숨을 끊어 내고자 돌연 검을 빼어 든다 할지라도 엘시아는 두렵지 않을 것 같았다.

그렇게 허공에서 서로의 시선을 얽고 있기를 한참. 레오디안이 가까스로 말문을 열었다.

"당신이 어째서 나를 그토록 두려워하는지 이해할 수 없었는데……."

레오디안의 목소리는 오래도록 침묵하고 있었던 탓인지 무척이나 낮게 가라앉아 있었다.

"……그랬군요."

그랬던 거였어, 덧붙인 말은 혼잣말에 가까웠다. 레오디안은 크게 숨을 들이켜더니, 이내 길게 내쉬었다. 마치 감당하기 힘든 이야기에 어떻게 반응해야 할지 모르겠다는 듯. 레오디안은 꽤 한참 말을 골랐다.

"……어느 정도 짐작을 하고 있던 부분도 있으나, 막상 직접 들으니 혼란스럽군요."

그 말대로였다. 레오디안은 평소처럼 무표정했지만, 그 차가운 얼굴에는 분명 혼란스러운 기색이 서려 있었다.

"생각을 정리할 시간이 필요합니다."

엘시아는 말없이 고개를 끄덕였다. 레오디안이 충분히 요구할 수 있는 것이라는 생각이 들었기 때문이었다.

무엇보다도 현재 칼자루를 쥔 것은 레오디안이었다. 엘시아가 할 수 있는 일이란 레오디안의 처분을 기다리는 일뿐이었다.

"하지만 지금 당장 물어보고 싶은 게 하나 있습니다. 당신에게서 반드시 대답을 듣고 싶은 것이기도 합니다."

엘시아는 이번에도 말없이 고개를 끄덕였다. 물어보라는 듯, 묵묵한 시선만을 보내오는 엘시아를 향해 레오디안이 말했다.

"아까 당신은 죽지 못해 살았다고 말했죠."

엘시아는 순간 저도 모르게 숨을 들이켰다.

"그것은 아직도 여전한 겁니까?"

레오디안은 난데없는 질문에 엘시아가 희게 질린 모습을 뻔히 보았으나, 주저하지 않고 물었다.

"여전히 죽지 못해 삽니까?"

엘시아는 꽤 오래도록 아무런 대답도 하지 못했다.

레오디안에게 감추고 있던 비밀을 고백하면서, 엘시아는 레오디안이 비난한다 할지라도 마땅히 감내해야 한다며 단단히 각오했다. 그런데 대뜸 이런 것을 물어볼 줄 엘시아는 짐작조차 하지 못했다.

죽지 못해 살았다는 말은 그저 그랬었노라는 사실을 별다른 생각 없이 그대로 말로 옮겼을 뿐이었다. 하지만 레오디안은 지금 이 순간, 무엇보다도 그 말이 중요하다는 듯 화두에 올렸다.

엘시아는 레오디안에게 뭐라고 대답을 해야 할지 거듭 망설였다. 그도 그럴 것이 사실 엘시아는 아직도 자신의 삶에 큰 의미를 두고 있지 않았다. 아니, 오히려 엘시아는 자신의 삶을 혐오했다.

끔찍한 살상을 아무렇지도 않게 자행하고, 그 살상을 양분으로 살아가는 괴물. 엘시아는 그런 자신의 뿌리를 지독하리만큼 끔찍하나니 여겼다.

그러나 그 사실을 레오디안에게 모조리 고백할 수는 없는 노릇이었다. 차마 그것만큼은 엄두가 나지 않았다. 엘시아는 시선을 내려뜨린 채로 곤혹스럽게 입술을 짓씹었다.

그러다 아까부터 주위가 조용하다는 걸 깨닫곤 눈길을 들어 올렸을 때, 곧장 레오디안과 시선이 마주쳤다. 레오디안은 묵묵히 엘시아를 바라보고 있었다. 엘시아는 마치 마법에 걸리기라도 한 사람처럼 멍하니 입술을 벌렸다.

"……아뇨."

이 난감한 상황에서 벗어날 수 있는 방법을 엘시아는 알고 있었다. 레오디안에게는 미안하지만, 엘시아는 이번에도 거짓을 말하기로 했다.

"이제는 그렇게 생각하지 않아요."

엘시아는 희미하게나마 미소를 지어 보였다.

"리리엔이 하루가 다르게 성장하는 모습을 지켜보는 게 즐겁고……."

레오디안이 좀체 속을 알 수 없는 무표정한 얼굴을 하고 있어 순간 말을 늘였던 엘시아가 잠시 뒤 말을 이었다.

"네, 그래서 그런 생각 이제 안 해요."

레오디안은 아무런 말도 하지 않았다. 그저 홀로 납득한 듯 고개를 몇 번 주억거렸을 뿐이었다. 그 모습에 엘시아는 크게 안도하면서 남몰래 한숨을 삼켰다.

이후 레오디안은 엘시아에게 아무것도 묻지 않았다. 엘시아가 레오디안에게 전한 이야기는 쉽게 받아들일 수 있는 내용이 아닐뿐더러 그저 가볍게 넘길 만한 사안이 아니었는데도 그러했다. 레오디안은 다만 깊은 상념에 잠긴 사람처럼 오래도록 침묵했다.

* * *

"예전에 네가 그랬잖아. 소중한 것은 잘 숨겨 두어야 한다고."

하이드는 뜬금없는 화제를 입에 올렸다. 갑자기 무슨 소리를 하는 걸까, 생각하며 리리엔은 저도 모르게 미간을 좁혔다. 그때 하이드가 재차 무미건조한 목소리로 말했다.

"계속 생각했는데, 네 말은 틀렸어."

"……무슨 뜻이야?"

"네 말대로 소중한 걸 꽁꽁 감추어 둔다면, 누군가 네게 소중한 게 뭔지를 쉽게 눈치챌 거야."

하이드의 말을 가만 듣고 있자니 리리엔은 더욱 어리둥절해졌다. 리리엔은 자신이 과거에 하이드에게 무슨 말을 했는지조차 기억하지 못했다.

당연한 일이었다. 리리엔은 과거에 하이드를 특별히 중요한 사람으로 여기지 않았다. 그 때문에 리리엔은 하이드와 재회하기 전까지 그라는 존재를 까맣게 잊고 있었다. 그런 리리엔이 하이드와 나눈 대화를 자세하게 기억하고 있을 리 없었다.

"그러니까 소중한 것일수록 마치 아무것도 아닌 것처럼 드러내 놓는 게 맞다고 생각해."

"……아까부터 네가 무슨 소리를 하는 건지 이해하지 못하겠어."

리리엔이 미간을 더욱 좁히고서는 말했다. 그러자 하이드가 불쑥 옷깃을 제치더니 자신이 목에 걸고 있던 목걸이를 내보였다. 그 목걸이의 생김새를 확인한 리리엔의 눈이 휘둥그레졌다.

"너 그거 어디서 났어?"

"어머니가 선물로 줬어."

하이드가 대수롭지 않다는 듯 선선히 대답했다. 리리엔 역시 곧 평정을 되찾았다. 하이드가 지니고 있는 목걸이는 리리엔의 호박 목걸이와 비슷한 모양새이기는 하지만, 단지 그뿐이었다. 하이드의 목걸이는 리리엔의 것과 다르게 지극히 평범한 목걸이였다. 그것을 리리엔은 조금쯤 뒤늦게 알아차렸다.

"내가 너한테 목걸이를 보여 준 적이 있어?"

"응."

하이드가 내번에 고개를 끄덕였다. 리리엔은 어쩐지 허탈한 마음이 들어 힘없는 목소리로 혼잣말처럼 중얼거렸다.

"……내가 도대체 왜 그랬지."

아무래도 자신이 예전에 하이드에게 목걸이를 보여 주면서 무슨 소리를 하기는 한 모양이었다. 리리엔은 저도 모르게 한숨을 내쉬었다.

"그런데 갑자기 목걸이 얘기는 왜 꺼낸 건데?"

"숨기지 말라고."

"……뭘?"

"너는 엘시아하고 오래오래 함께 살고 싶은 거잖아. 그러면 숨기지 마."

순간 하이드의 붉은 눈동자에 이채가 서렸다.

"너한테 엘시아가 소중하다는 걸 아무도 눈치채지 못하게."

그제야 하이드가 무슨 이야기를 하고 있는 건지 알아차린 리리엔은 하이드를 새삼스럽게 바라보았다. 하이드가 엘시아와 자신에게 이토록 신경을 쓰고 있었을 줄이야. 리리엔은 무척 의외라는 생각을 했다.
"……너는 왜 이렇게 나한테 신경을 써 주는 거야?"
"말했잖아."
하이드가 아무렇지도 않게 태연한 목소리로 대답했다.
"네 마음에 들고 싶다고."

14. 흔들리는 시간

레오디안은 다시금 신성지 요헴으로 떠나기 위하여 저택 밖으로 나섰다. 거대한 마차가 레오디안을 기다리고 있었다.

레오디안을 배웅하기 위하여 밖으로 나온 엘시아는 레오디안이 알렌드로와 함께 서 있는 모습을 말없이 지켜보았다.

그렇게 얼마쯤 지났을까. 레오디안이 엘시아에게 다가왔다.

"당분간 제도를 떠나 있는 것이 어떻겠습니까?"

레오디안은 엘시아에게 무척이나 뜬금없는 제안을 했다. 엘시아는 의아한 마음에 되물었다.

"제도를 떠나 있으라고요?"

"당신만 괜찮다면 말입니다."

레오디안은 대수롭지 않게 말했다. 엘시아는 난감함을 감추지 못하고 얼떨떨하게 입을 열었다.

"글쎄요, 너무 갑작스러워서……."

이곳 대공저를 떠나는 건 엘시아가 항시 각오하고 있던 일이었다. 하지만 지금 레오디안의 말은 엘시아가 영영 대공저를 떠나라는 뜻이 아니었다.

레오디안은 엘시아에게 잠시 대공저를 떠나 있기를 제안했지만, 그 제안에는 엘시아가 다시 대공저로 돌아오리라는 가정이 기저에 깔려 있었다. 그것을 엘시아는 어렵지 않게 눈치챘다.

갑작스러운 상황에 잠시 홀로 말없이 생각을 정리하던 엘시아는 이윽고 단호한 표정으로 말문을 열었다.

"리리엔을 혼자 남겨 두고 갈 수는 없어요."

"그건 걱정하지 않아도 됩니다."

"……네?"

"애초에 내 말은 당신과 리리엔이 함께 제도를 떠나 있는 것이 어떻겠냐는 뜻이었으니까."

아, 멍하니 입술을 벌린 엘시아가 뒤늦게야 레오디안의 말뜻을 알아차렸다. 하지만 그럼에도 불구하고 엘시아는 레오디안에게 선뜻 확실하게 답을 줄 수 없었다. 그만큼 레오디안의 제안은 엘시아가 미처 생각지도 못한 것이었고, 당연하게도 엘시아에게는 무척이나 당황스러웠다.

"당장 결정하라는 얘기는 아닙니다."

레오디안은 마치 엘시아의 생각을 읽어 내기라도 한 사람처럼 말했다.

"한번 고민해 보십시오. 그 이후 결정을 내리고 내게 알려 주면 됩니다."

"……네, 그럴게요."

엘시아는 여전히 얼떨떨한 표정으로 고개를 끄덕거렸다. 그 모습을 잠시 묵묵히 내려다보던 레오디안이 곧 천천히 입을 열었다.

"그럼, 이만 가 보겠습니다."

"조심히 살펴 가세요."

"그러겠습니다."

가볍게 미소를 지어 보인 레오디안은 마지막으로 저택을 돌아보았다. 무슨 일인지 리리엔의 모습이 보이지 않아 의아한 탓이었다.

하지만 단지 그뿐, 레오디안은 이내 몸을 돌려 마차로 향했다.

"신성지에 도착하면 연락을 하도록 하지."

"예, 각하."

알렌드로와 짤막한 인사를 나눈 다음, 레오디안은 곧장 마차에 올랐다. 마차는 지체 없이 저택을 벗어났다. 점차 속도를 더해 달려 나가는 마차에서 레오디안은 창밖을 내다보았다. 정확하게는 멀어지는 저택의 풍경에다 시선을 고정했다.

리리엔은 괜찮을 것이다. 그런 확신이 레오디안에게 있었다. 그 확신은 근거가 없는 허무맹랑한 것이 아니었다. 이 저택에는 엘시아가 있고, 그리고 하이드가 있었다. 두 사람이 리리엔을 위해서라면 무슨 일이라도 무릅쓰리라는 사실을 레오디안은 알고 있었다.

하지만 그러기를 바라는 건 아니었다. 레오디안은 엘시아나 하이드가 위험한 길을 자처해 걸어 들어가기를 원치 않았다. 그래서였다. 레오디안은 엘시아와 리리엔, 그리고 하이드를 이곳 저택에 남겨 두는 건 위험하다고 판단했다.

레오디안이 신성지 요헴으로 떠나기가 무섭게 황자 두 명 모두가 엘시아에게 접촉해왔다. 그 사실을 알고 있는데도 상황을 가만히 방관할 수는 없는 노릇이었다.

게다가 오랜 세월 의식을 잃은 채로 지낸 황제가 돌연 병상을 벗어난 실정이었다. 레오니안은 왕세가 과거에 그러했듯 앞으로 로켄페데스 가문을 손에 쥐고 흔들려 드리라는 것을 어렵지 않게 짐작할 수 있었다.

그러나 예전처럼 레오디안은 모든 사실을 다 알면서도 방관하는 짓을 이제는 그만두기로 했다. 부모의 죽음과 리리엔의 실종, 그로 인한 상처와 될 대로 되란 식의 나태에 가까운 무력감을 현재 레오디안은 완벽하게 떨쳐 냈다. 리리엔과 재회하고 엘시아를 만났기에 가능했던 일이었다.

이제 레오디안에게는 지켜 내야만 하는 것이 생겼다. 지금은 불안정하나 어쩌면 언젠가 완전해질지 모를 평화로운 생활을, 레오디안은 반드시 지키고 싶었다.

* * *

현재 엘시아는 정원에서 리리엔이 강아지와 함께 뛰노는 모습을 바라보고 있는 중이었다. 새하얀 솜뭉치 같은 강아지는 처음 봤을 때보다 자랐지만 여전히 조그마했다.

리리엔은 처음에는 강아지를 썩 마음에 들어 하지 않는 것 같더니, 이제는 강아지에게 꽤나 정이 든 모양이었다. 엘시아는 저도 모르게 흐뭇하게 미소를 지었다.

그렇게 엘시아가 조용히 리리엔을 지켜보고 있는데, 문득 하이드의 목소리가 엘시아의 귓가를 울렸다.

"엘시아."

"응?"

"……미안해."

엘시아는 갑작스러운 하이드의 말에 고개를 갸웃했다. 그러나 엘시아의 의아한 마음을 아는지 모르는지, 하이드는 친절하게 설명을 해 줄 생각이 없다는 듯 입을 꾹 다물었다. 엘시아는 하이드를 물끄러미 바라보았다. 작은 티테이블을 사이에 둔 채로 마주 앉은 하이드는 늘 그렇듯 멍한 표정을 짓고 있었다.

"하이드, 갑자기 뭐가 미안하다는 거야?"

엘시아가 의아한 마음을 감추지 못하고 묻자, 그제야 하이드가 천천히 입을 열었다.

"리리엔이 나 때문에 엘시아가 많이 놀랐을 거라고 했어."

"……그래?"

"응, 다시는 말없이 사라지지 않을게."

무슨 소리를 하는 건가 했더니, 하이드는 자신이 홀연히 저택을 떠나 레오디안을 찾아간 일을 사과한 것이었다. 엘시아는 의외라는 듯한 눈빛으로 하이드를 응시했다.

하이드로 인해서 엘시아가 곤란해진 것은 사실이었다. 레오디안을 찾아간 하이드가 생각지도 못한 이야기를 고백한 탓에, 엘시아는 여태 레오디안에게 숨기고 있던 비밀을 숨김없이 털어놓아야만 했다. 하지만 그 덕분에 결과적으로 엘시아는 이전보다 훨씬 마음이 편해진 상황이었다.

어차피 하이드가 아니었더라도 레오디안은 언젠가 모든 사실을 알아차렸을 것이었다. 그 시기가 조금 앞당겨졌을 뿐이다.

비록 앞으로 레오디안과 엘시아, 그리고 리리엔의 관계가 어떻게 변화할지는 알 수 없지만, 엘시아는 아무래도 잘 됐다는 생각을 했다.

"무사히 돌아왔으니까 됐어."

엘시아가 하이드를 향해 미소를 지어 보였다. 그런데 뭐가 마음에 들지 않는 건지, 하이드가 돌연 미간을 찌푸리면서 입을 열었다.

"엘시아는 너무 착해."

"……내가?"

"응."

"나 안 착해."

"아니야, 착해."

하이드는 단호한 표정으로 고개를 가로로 젓고는 말했다.

"엘시아는 좀 나빠질 필요가 있어."

엘시아는 갑작스러운 하이드의 말에 무슨 반응을 해야 할지 알 수 없어서 멍하니 입술을 벌린 채로 하이드를 바라보았다.

하이드는 무언가를 깊이 고민하는 듯한 기색으로 한동안 말이 없다가, 대뜸 엘시아를 향해서 웬 검은 주머니를 내밀었다.

"이거."

"이게 뭔데?"

"그냥 주머니."

엘시아는 얼떨떨한 얼굴로 하이드로부터 주머니를 건네받았다. 엘시아는 모르지만 일전에 하이드가 저택 곳곳에서 찾아낸 주머니 중 하나였다. 그러나 처음 하이드가 주머니를 발견했을 때와 다르게 지금 건넨 주머니 안에는 아무것도 들어 있지 않았다. 알렌드로가 혹시라도 저택에 주머니가 더 남아 있을지 모른다면서, 생김새를 잊지 말고 기억하고 있으라며 하이드에게 빈 주머니를 주었기 때문이었다.

하이드는 방금 건네받은 주머니를 멍하니 내려다보고 있는 엘시아를 향해서 단호하게 말했다.

"그거 땅에다가 버려 봐."

"……응?"

"그거 지금 땅에다가 버려 보라고."

엘시아가 마치 넋이 나간 듯한 표정으로 하이드를 멀거니 쳐다보았다. 뜬금없이 하이드가 왜 이런 짓을 시키는 건지 이해할 수 없었다.

"……왜?"

"안 착하다면서. 그럼 바닥에 쓰레기 정도는 막 버려야지."

그렇다고 해서 바닥에 쓰레기를 버리라고 시킬 줄이야. 엘시아는 순간 말문이 막혔다. 사고의 흐름이 어딘지 이상하다는 생각이 들었다. 난감한 마음으로 하이드를 바라보다가, 엘시아는 한참 만에 입을 열었다.

"하이드, 내가 지금 여기에다가 주머니를 버리면 누군가 와서 치울 거야. 원래는 하지 않아도 됐을 수고를 누군가가 하게 된다는 얘기야."

"거봐. 엘시아는 착해."

"……"

"나쁜 사람은 남 걱정 안 해."

하이드는 마치 이제 어쩔 거냐는 듯한 눈빛으로 엘시아를 가만히 응시했다. 엘시아는 나직이 한숨을 내쉬었다.

"나는 남 걱정 안 하고 쓰레기도 막 버릴 수 있는데, 엘시아는 그렇게 못하지?"

하이드는 엘시아가 쓰레기를 버리는 모습을 꼭 봐야만 하겠다는 듯이 엘시아를 도발했다.

"내 말이 맞지?"

하이드가 무슨 속셈으로 하는 말인지 알고 있으면서도, 엘시아의 마음속에 저도 모르는 사이 불쑥 반발심이 일었다. 그러나 그러고도 꽤나 망설인 끝에, 비로소 조금쯤 허리를 굽힌 엘시아가 바닥에다가 주머니를 조심스럽게 내려놓았다. 그러기가 무섭게 하이드가 단호하게 말했다.

"다시 줍지 마."

그 말에 엘시아는 방금 자신이 무슨 짓을 한 건가 회의감을 느꼈다. 이런 식으로 자신이 착하지 않다는 것을 증명할 필요는 없는데, 하이드의 뜻대로 바닥에 쓰레기를 버렸다.

엘시아는 땅에 덜렁 놓인 주머니를 후회가 막심한 표정으로 내려다보다가, 기나긴 한숨을 내쉬었다.

* * *

"……대체 어제부터 둘이서 뭐하는 거야?"

리리엔이 도무지 이해할 수 없다는 듯 물었다. 방금 하이드가 시킨 대로 문을 거칠게 닫고 돌아선 엘시아의 머릿속에 뒤늦게야 아차 하는 생각이 들었다.

"언니, 오늘 좀 이상해."

리리엔이 미간을 찌푸린 채로 혼잣말처럼 중얼거렸다. 엘시아는 어제부터 자신이 착하지 않다는 것을 증명하기 위해서 하이드가 시키는 '나쁜 사람이라면 아무렇지도 않게 저지를 법한 행동'을 하고 있다고는 차마 고백할 수가 없었다. 그런 엘시아를 대신하기라도 하듯 하이드가 리리엔을 향해 말했다.

"엘시아가 나한테 화가 났나 봐."

"……뭐?"

리리엔의 눈이 휘둥그레 졌다. 하이드의 말을 믿을 수 없었던 탓이었다. 리리엔이 보아 엘시아는 애당초 화를 잘 내지 않았고, 설령 드물게 화를 낸다 하더라도 화를 밖으로 격하게 표출하는 성격이 아니었다.

그런데 엘시아가 하이드에게 화가 났다는 이유로 식사 시간에 물을 엎지르고, 하이드의 말을 여러 번 무시하고, 거친 발걸음 소리를 내면서 걸어 다니고, 조금 전처럼 문을 쾅 닫은 거라고? 리리엔은 경악스러운 표정으로 입을 벌렸다.

"……너 어제 언니한테 사과 안 했어?"

"했어."

심지어 하이드가 사과를 했단다. 그런데도 엘시아가 아직까지 하이드에게 화를 내고 있다니, 믿을 수가 없었다. 리리엔은 어쩐지 당황스러운 표정으로 소파에 앉아 있는 엘시아에게 힐끔 시선을 주었다.

"언니, 혹시 아직 하이드한테 화가 안 풀린 거야?"

엘시아는 마치 무슨 말을 할 것처럼 입술을 벌렸으나, 그것이 무색하게도 이내 아무런 말없이 입술을 꾹 맞물었다. 그 모습에 리리엔은 더욱 의아한 마음이 들었다.

지금과 같은 엘시아의 모습은 또 처음 본다. 리리엔은 잠시 망설이다가, 곧 엘시아가 앉아 있는 소파로 다가갔다. 그리고 그대로 엘시아를 와락 껴안았다.

엘시아는 자연스럽게 리리엔을 마주 안아 주었다. 엘시아의 품에 꼭 안겨서, 리리엔은 엘시아를 조심스러운 시선으로 올려다보았다.

"……언니, 화 많이 났어?"

엘시아는 난감한 기색을 감추지 못한 채로 리리엔의 시선을 마주했다. 리리엔에게 사실대로 말해야 할까 하는 고민이 순간 엘시아의 머릿속을 스쳤다.

엘시아는 시선을 돌려 하이드를 힐끗 바라보았다. 하이드는 마치 엘시아가 방금 무슨 생각을 했는지를 훤히 다 꿰고 있는 사람처럼, 엘시아를 향해서 단호하게 고개를 저어 보였다. 그 모습을 목격한 엘시아가 속으로 한숨을 삼켰다.

그때 잠자코 엘시아의 안색을 살피고 있던 리리엔이 대뜸 말을 꺼냈다.

"하이드한테 자기 방으로 가라고 할까?"

그 뜬금없고도 당황스러운 말에 엘시아가 놀란 눈으로 리리엔을 내려다보았다. 그러자 리리엔이 뾰로통하게 입술을 내밀었다.

"……언니가 불편해하는 것 같아서 나도 마음이 안 좋아."

"아냐, 그럴 필요 없어. 난 괜찮아."

"정말로?"

"응, 정말로."

엘시아가 입꼬리를 끌어 올려 미소를 지으면서 리리엔의 머리칼을 부드럽게 쓸어 넘겨 주었다.

"걱정해 줘서 고마워."

엘시아가 나직한 목소리로 속삭이자, 리리엔이 엘시아의 품 안으로 더욱 파고들었다.

"불편하면 숨기지 말고 말해 줘야 돼, 알았지?"

"응, 알았어."

엘시아가 순순히 대답하자 리리엔은 그제야 만족스럽다는 듯 엘시아에게 마주 웃어 보였다. 그러면서 하이드를 탐탁지 않다는 듯한 눈으로 힐끔 쳐다봐 주는 것도 잊지 않았다.

그런 리리엔과 엘시아의 모습을 하이드는 멀찍이 떨어져서는 가만히 지켜보았다. 아직 하이드는 리리엔과 엘시아 사이의 유대감을 진심으로 이해할 수 없었다. 이해하고 싶었지만 그럴 수가 없었다.

그것은 하이드가 단 한 번도 가져 본 적 없는 것이기에, 도저히 마음 깊이 받아들일 수 없었다. 하지만 리리엔과 엘시아가 서로 간에 진실로 공유하고 있는 애정이나 유대감 같은 따뜻한 감정을, 언젠가는 하이드도 반드시 가져 보고 싶었다.

* * *

신성지 요헴의 세 신전은 어느 때보다도 바쁜 하루를 보내고 있었다. 각

신전에 소속된 신관은 물론, 신전 기사단 소속 기사들도 저마다 맡은 바 소임을 다하기 위하여 열심이었다.

렝리탄의 히치콕 백작저에서 일어난 귀족 살인 사건 이후 그에 관한 조사가 계속되고 있었다. 히치콕 백작저에서 임모투스 신전으로 인도된 괴물의 사체를 해부하고 분석하는 것도 그 일환이었다. 다만 괴물의 사체에 접근할 수 있는 것은 신황을 제외하면 로아나를 비롯한 몇 명의 대신관뿐이었다.

괴물과 인간의 차이점 중 가장 눈에 띄게 두드러지는 점은 바로 피의 색깔이었다. 인간의 육체에 흐르는 피는 무릇 붉은색이건만, 그와 달리 괴물의 피는 푸른색이었다. 괴물의 사체에 말라붙어 있는 푸른 피는 얼핏 기괴하게까지 보였다.

"……신은 어찌하여 이들과 같은 존재를 창조하신 걸까요."

대신관 욤펜이 황망한 목소리로 중얼거렸다. 그에 대답하는 사람은 아무도 없었다. 로아나는 여태 괴물의 사체를 내려다보고 있던 시선을 들어 올렸다.

욤펜의 낯빛이 희게 질려 있었다. 욤펜은 드물게 유약한 성정을 지닌 대신관이었다. 아무래도 욤펜은 인간이 아닌 미지의 존재를 마주하고 있는 상황을 감당하기가 버거운 듯했다. 욤펜을 향해 로아나가 걱정스러운 목소리로 물었다.

"대신관, 괜찮으십니까? 안색이 좋지 않습니다."

"……괜찮습니다."

욤펜이 힘겹게 대답했다. 그런 욤펜에게 대신관 모두의 시선이 향했다. 로아나는 이내 대신관 모두를 천천히 둘러본 다음, 조심스럽게 권유했다.

"오늘은 이만하는 게 어떨까요?"

"아무래도 로아나 대신관의 말을 따르는 것이 좋을 것 같군요."

"그래, 오늘은 이만하지요."

대신관 여러 명이 고개를 주억거렸다. 여태 신성력으로 괴물의 사체를 훑어 보던 대신관이 괴물의 사체에서 손을 떼어 냈다.

"모두에게 폐를 끼친 것 같아 송구스럽습니다."

"아닙니다, 욤펜 대신관."

사실 욤펜 말고도 괴물의 사체를 마주하고 있는 데 부담감을 느끼고 있던 대신관이 많았다. 어쩌면 당연한 일이었다. 모두 괴물의 사체를 이렇듯 오랜 시간 관찰하는 것은 처음이었으므로. 머지않아서 대신관들이 하나하나 자리를 떠났다.

"로아나 대신관, 올라가지 않으십니까?"

대신관이 대부분 지상으로 향하였을 무렵, 욤펜이 의아한 눈으로 로아나를 돌아보았다. 로아나는 부드럽게 미소 지으면서 대답했다.

"아, 저는 잠시 확인하고 싶은 것이 있어서 조금 뒤에 올라갈 생각입니다."

"……그러시군요. 그럼 대신관, 저도 이만 올라가 보겠습니다."

"네, 내일 뵙겠습니다. 대신관."

욤펜은 로아나를 향해 가볍게 눈인사를 건넨 것을 마지막으로 지하를 떠났다. 모두가 떠나고, 고작 초 몇 개로 밝힌 지하 공간은 쥐 죽은 듯이 고요했다. 로아나는 크게 숨을 들이마셨다. 로아나의 눈앞에는 두 괴물의 사체가 변함없는 모습으로 자리해 있었다.

괴물의 사체는 부패하지 않았다. 처음 발견했을 당시의 모습 그대로를 유지하고 있었다. 이 짐도 평범한 인간하고 날랐다.

로아나는 조심스럽게 괴물의 사체에 다가갔다. 그리고 곧장 한 손을 사체에 가져다 댔다. 이윽고 로아나가 신성력을 사용하자, 로아나의 손에서는 새하얀 빛이 뿜어져 나왔다.

로아나는 지그시 눈을 감았다. 이 괴물의 사체에서 느껴지는 기이한 감각을, 로아나는 전에도 느껴 본 적 있었다. 몇 번을 반복해 보아도 다름이 없었다.

괴물의 사체가 신성지로 인도된 지 보름째. 또한 로아나를 비롯한 대신관들이 신성력으로 괴물의 존재를 이해하고자 노력해온 것 역시도 오늘로 보름째였다. 그간 여러 번 괴물을 마주해 온 로아나는 오늘에야 비로소 어떠한 확신을 가지기에 이르렀다.

* * *

로아나가 지하 공간에서 나와 지상으로 향한 것은 꽤나 오랜 시간이 흐른 뒤의 일이었다. 로아나는 임모투스 신전을 찾아온 신도 몇 명과 대화를 나눈 끝에 신전을 벗어났다.

로아나는 곧장 중앙 광장으로 향했다. 기사단 집결지를 찾아갈 작정이었다. 그러나 로아나는 신전에서부터 얼마 떨어지지 않은 곳에서 만나고자 마음먹었던 사람을 맞닥뜨렸다.

로아나는 예상치 못하게 마주친 눈앞의 아름다운 사내를 향해 얼떨떨한 표정으로 입을 열었다.

"……대공님."

레오디안은 페이렌과 함께였다. 어디를 막 다녀온 참인지, 아니면 그 반대인지. 두 사람은 신전 기사단복을 단정하게 차려 입고 있었다. 로아나는 두 사람을 향해 다가갔다.

페이렌이 로아나에게 가볍게 고개를 숙여 보였다. 그에 로아나는 희미하게 미소를 지어 보이는 것으로 답했다.

"로아나 대신관."

오랜만에 듣는 레오디안의 목소리는 마치 처음 들어본 것처럼 귀에 낯설었다. 로아나는 페이렌을 의식해 페이렌에게 힐끗 시선을 준 뒤, 이내 레오디안을 바라보았다.

"잠시 시간을 내어 주실 수 있나요? 대공님께 긴히 드리고 싶은 말씀이 있어요."

레오디안의 눈동자에 순간 의아한 기색이 스쳤다. 그러나 그것은 아주 잠시였고, 레오디안은 곧 무미건조한 표정으로 입을 열었다.

"보아하니 이곳에서 나눌 만한 이야기는 아닌 것 같군."

로아나는 가볍게 고개를 끄덕였다.

지금부터 로아나가 레오디안에게 하고자 하는 이야기는 개인적인 것은 아니나, 지극히 민감하다 말할 수 있을 법한 것이었다.
"대공님만 괜찮으시다면 대공님의 사택으로 가서 이야기를 나누고 싶어요."
로아나가 결연한 표정으로 제안했고, 그 제안을 레오디안은 흔쾌히 받아들였다.

* * *

로지안이 말한 대로였다. 엘시아가 하일롭의 초대로 황궁을 방문했다가 돌아온 이후, 하일롭은 마치 엘시아를 신경 쓸 여력이 없는 사람처럼 아무런 연락도 취해 오지 않았다. 엘시아에게 로지안과의 결혼을 강요하던 사람이라고는 믿을 수 없게 말이다.

하일롭이 언제 다시 황궁으로 불러들일지 모른다는 생각에 좀처럼 불안감을 떨치지 못했던 엘시아였지만, 하일롭에게서 어떤 연락도 오지 않는 것이 일주일쯤 되자 차츰 조금씩이나마 마음을 놓을 수 있었다.

최근 대공저는 평화로웠다. 너무나도 평화로운 나머지 무서울 정도였다. 리리엔은 마치 아무 일도 없었다는 듯 천진난만하기만 했고, 하이드 역시도 별다른 사고를 치지 않았다.

이 평화로운 시간이 무척이나 기꺼웠지만, 이 평온한 시간이 언제든 손쉽게 무너질 수 있다는 것을 알기에 엘시아는 여전히 매일 밤 제대로 잠을 이루지 못했다.

그런 이유로 오늘도 어김없이 엘시아는 모두가 잠든 한밤중에도 깨어 있었다. 특별한 일을 하지는 않았다. 그저 창가에 의자를 끌어다 놓고 앉아서 창밖을 멍하니 내려다볼 뿐. 그 상태로 엘시아는 그저 아침이 밝아 오기를 기다리며, 하염없이 시간을 흘려보냈다.

그런데 어느 순간, 무척이나 가까운 곳에서 하이드의 기척이 느껴졌다. 그에 엘시아는 자연스럽게 고개를 돌렸다.

그렇게 엘시아가 굳게 닫혀 있는 침실 문에다가 시선을 두었을 때, 기다렸다는 듯 문이 벌컥 열렸다. 그리고 하이드가 모습을 드러냈다.

갑작스럽게 나타난 하이드를 보고 놀란 것도 잠시, 엘시아는 방 안으로 천천히 걸어 들어오는 하이드의 모습을 잠자코 바라보았다.

머지않아서 하이드가 엘시아의 맞은편에 의자를 끌어와 앉았다. 이토록 깊은 밤중 하이드가 찾아온 것은 또 처음이라, 엘시아는 자연스럽게 의아한 마음이 들었다.

"잠이 안 와?"

"아니."

하이드는 대번에 고개를 가로저었다. 그 모습에 엘시아의 의아한 마음이 더욱 커졌다.

"혹시 무슨 일 있어?"

"그것도 아니."

이번에도 하이드는 선선히 고개를 저었다. 그러더니 무미건조한 목소리로 한 마디를 툭 내뱉었다.

"잠이 안 오는 건 엘시아잖아."

엘시아는 순간 말문이 막혀서 하이드를 멍하니 바라보았다. 그도 그럴 것이 지금껏 리리엔도 눈치채지 못한 엘시아의 불면을 지금 하이드는 어렵지 않게 알아차린 것이다.

"……어떻게 알았어?"

엘시아가 얼떨떨한 표정으로 꺼내 놓은 물음에 하이드는 대수롭지 않다는 듯 대답했다.

"나도 그랬으니까."

하이드는 엘시아를 빤히 바라보았다. 마치 엘시아의 상태쯤이야 쉽게 간파해낼 수 있다는 듯. 하이드가 천천히 말을 이었다.

"아침이 오지 않을까 봐 무서웠던 적이 있어."

태어난 이래 줄곧 어두운 방 안에서 홀로 지냈다. 그랬던 하이드가 처음으로 빛을 본 것은, 지하에서 몰래 빠져나갔을 때였다. 생애 최초로 목격한 한낮의 태양은 하이드의 눈에 너무나도 찬란해 보였다. 오래도록 눈에 담고 있는 것이 두려울 정도로, 청명한 하늘에 오롯이 자리한 태양은 아름다웠다.

"그래서 나도 잠을 안 자고 버틴 적이 있어."

태양의 존재를 목도한 이후, 하이드는 계속해서 뜬눈으로 시간을 보내다가 기회가 될 때마다 밖으로 나가서 하늘을 올려다보고는 했다. 그러다 충동적으로 달리기 시작했고, 그렇게 정처 없이 내달려서 도착한 마을에서 리리엔을 발견했다. 그게 리리엔과의 첫 만남이었다.

"하지만 그건 바보 같은 짓이었어, 엘시아."

잠을 자지 않고 버텨야만 아침을 맞이할 수 있는 것은 아니었다. 아침은 자연스럽게 찾아왔다. 그렇기에 아침이 오지 않을까 봐 두려워하는 사람은 없었다.

"내가 곁에 있어 줄게."

하이드는 천천히 손을 뻗었다. 멍한 표정으로 하이드를 바라보고 있는 엘시아의 창백한 뺨을, 하이드가 부드럽게 어루만졌다. 그러면서 속삭였다.

"그러니까 이제 안심하고 자도 돼."

그 말이 무슨 마법의 주문이라도 되는 양 엘시아는 실로 오랜만에 숙면을 취했다. 신기하게도 단 한 번을 깨지 않고 깊게 잠을 잤다. 눈을 감고 있는데도 느껴지는 환한 빛을 인식하고 눈을 떴을 때는 이미 해가 한창인 시간이었다.

영 얼떨떨한 기분으로 몸을 일으킨 엘시아의 눈에 보인 것은 어제 그 모습 그대로 창가에 앉아 있는 하이드의 멍한 얼굴이었다.

단번에 엘시아의 기척을 읽어 낸 하이드의 붉은 눈동자가 곧장 엘시아의 움직임을 쫓았다. 그 시선을 오롯이 받으면서 침대에서 내려선 엘시아는 망설임 없이 하이드에게 가까이 다가갔다.

"하이드, 설마 지금까지 쭉 깨어 있었던 거야?"

하이드는 엘시아가 지척에 멈추어 섰을 때까지도 그저 엘시아를 멀뚱멀뚱 쳐다보고만 있다가, 뒤늦게야 대답을 해야 한다는 생각이 들었는지 선선히 고개를 저었다.

"나는 신경 쓰지 마."

하이드가 멍한 눈을 느릿하게 깜빡거렸다.

"어떻게 신경을 안 써."

"그 말 이상해."

도무지 이해할 수 없다는 듯 하이드가 혼잣말처럼 중얼거렸다.

"엘시아가 왜 나를 신경 쓰지? 나는 엘시아보다 훨씬 더 튼튼한데."

그러나 그 말을 똑똑히 알아들은 탓에 일순 말문이 막힌 엘시아가 멍하니 하이드를 주시했다. 그러는데 하이드가 무덤덤한 표정으로 입을 열었다.

"나한테 신경 쓸 시간이 있으면 그 시간을 아껴서 엘시아 너 자신한테 쓰는 게 여러모로 좋을 걸."

얼핏 듣더라도 어렵지 않게 알아차릴 수 있었을 정도로 명백한 훈계조였다. 엘시아는 순간 어이가 없어졌다. 하이드는 리리엔보다 조금 더 크다 뿐이지, 키가 엘시아의 어깨춤에 겨우 닿는 어린 소년이었다.

그런 하이드가 마치 자신을 타이르듯 말하니 엘시아는 너무나도 당황스러웠다. 선뜻 무슨 반응을 보여야 할지 알 수가 없었다.

그때였다. 돌연 하이드가 멍하니 입을 벌리더니 나직이 탄식했다.

그 소리에 엘시아가 의아한 눈으로 하이드를 바라보기가 무섭게 하이드가 대뜸 말을 꺼냈다.

"리리엔이 일어났어."

무척이나 뜬금없는 말에 엘시아가 고개를 갸웃하는데, 하이드가 내내 앉아 있던 의자에서 몸을 일으켰다.

"내가 여기서 엘시아하고 단둘이 있는 걸 보면 리리엔이 분명 또 뭐라고 잔소리를 할 거야."

하이드는 주저 없이 걸음을 내디뎠다. 그렇게 침실을 가로질러 걷다가 이윽고 문가에 다다랐을 때, 고개만 돌려 힐끔 엘시아를 쳐다보았다.

"난 이만 가 볼게. 이따 봐, 엘시아."

그 말을 마지막으로 하이드는 지체하지 않고 침실을 떠났다. 미처 붙잡을 새도 없었다. 졸지에 침실에 홀로 남겨진 엘시아는 방금 무슨 일이 일어난 건가 어리둥절해서는, 하이드가 꽉 닫고 나간 문을 멍하니 응시했다.

* * *

신성지 요헴에 위치해 있는 레오디안의 사택은 퍽 살풍경했다.

로아나는 새삼스럽게 저택의 정경을 둘러보았다. 저택은 딱 필요한 정도로만 관리가 되어 있었다. 다른 이도 아닌 대공이 소유한 저택이라고는 믿을 수 없을 정도로 소박하고 단출한 모습이었다.

꽤 오랜 세월 동안 로아나는 신성지에서 레오디안과 함께 여러 임무를 수행해 왔으나, 이 사택을 방문한 건 이번이 처음이었다.

사실 로아나가 제도의 로켄페데스 대공저에 출입하게 된 지도 얼마 되지 않았다. 정확하게는 리리엔이 대공저로 돌아온 이후에야 로아나는 대공저에 출입했다. 이를 달리 말하자면 그 전까지는 레오디안의 개인적 공간에 발을 들인 적 없다는 소리였다.

"간단히게니미 차를 들겠나?"

"아뇨, 괜찮습니다."

레오디안은 그가 집무실로 사용하는 서재로 로아나를 안내했다. 저택의 정경이 그러하였듯, 서재 역시도 꼭 필요한 집기만이 놓여 있어 퍽 삭막하게 느껴졌다.

로아나는 서재 내부의 모습을 공연히 훑어본 다음에야 레오디안의 맞은편에 자리하고 앉았다. 그런 두 사람에게서 조금쯤 떨어진 곳에서 페이렌이 곧은 자세로 서 있었다.

레오디안은 로아나 그녀가 먼저 말을 꺼내기를 잠자코 기다리는 눈치였다. 하지만 로아나는 페이렌을 의식한 나머지 좀처럼 쉽사리 말문을 열지 못했다.

그도 그럴 것이 로아나가 지금부터 레오디안에게 하고자 하는 이야기는 꽤나 민감한 주제였다. 그 때문에 로아나는 선뜻 페이렌 앞에서 이야기를 꺼내지 못하고 망설일 수밖에 없었다.

그런 로아나의 마음을 알아차린 걸까. 한동안 침묵으로 일관하던 레오디안이 페이렌을 바라보았다.

"로렐라인 경. 잠시 자리를 비켜 주겠나."

"예, 각하."

페이렌은 군더더기 없이 깔끔한 태도로 가볍게 고개를 숙여 보이고는 곧장 서재를 떠났다. 달칵, 문이 닫히고 서재에는 비로소 레오디안과 로아나 단둘이 남았다.

"그래서 대신관, 그대가 내게 긴히 하고자 하는 말이 무엇이지?"

레오디안의 푸른 눈동자는 로아나를 곧은 시선으로 응시했다. 로아나는 어디서부터 말을 꺼내야 할지 잠시 말을 고르다가, 잠시 뒤 천천히 입을 열었다.

"렝리탄에서 발견한 괴물의 사체 두 구가 임모투스 신전 지하에 안치되어 있다는 사실은 알고 계시겠지요."

레오디안은 묵묵히 고개를 끄덕였다.

"현재 저는 신황 성하의 명으로 다른 대신관과 함께 괴물의 사체를 살펴보고 있습니다. 미지의 존재를 이해하기 위해서요."

이 역시 레오디안이라면 익히 알고 있을 사실이었다. 그래서인지 레오디안은 아직까지는 특별히 눈에 띄는 반응을 보이지 않았다. 로아나는 레오디안의 낯을 유심히 살피면서 말을 이었다.

"처음에는 단순히 제 착각일 것이라 여겼습니다. 아니, 그럴 리가 없다고 생각했다는 편이 옳겠지요."

로아나는 자꾸만 입안이 말라 계속 마른침을 삼켰다. 공연히 긴 서두를 늘어놓았을 정도로 로아나는 차마 뒷말을 잇기가 두려웠다. 하지만 그렇다고 할지라도 반드시 해야만 하는 말이었다.

"……괴물의 사체와 접촉했을 때, 무척이나 익숙한 느낌을 받았습니다."

처음에는 아니겠지, 그렇게 생각하고 넘겼다. 그러나 괴물의 사체를 마주하는 시간이 늘어나면 늘어날수록 부정할 수가 없어졌다. 로아나는 늘어뜨리고 있던 두 손을 꽉 움켜쥐었다.

"그건 분명 제가 언젠가 느껴 본 적이 있는 감각이었습니다."

레오디안은 좀체 속을 알 수 없는 무표정한 얼굴로 로아나를 마주하고 있었다. 그런 레오디안의 시선을 피하지 않고 똑똑히 직시하면서, 로아나는 지체 없이 말을 이었다.

"엘시아 님이 평범한 인간이 아니라는 사실, 혹시 알고 계셨습니까?"

로아나는 뒤이어 찾아들 충격을 예견한 사람처럼 굳은 표정으로 레오디안을 바라보았다. 레오디안에게서는 한동안 아무런 대답도 들을 수가 없었다.

레오디안은 여전히 지독하리만큼 무표정했다. 직전 로아나가 꺼낸 질문은 꽤나 경악스럽게 느낄 만한 것이었는데도, 레오디안은 그다지 놀란 기색이 아니었다. 그뿐만 아니라 일말의 동요하는 기색도 보이지 않았다. 적어도 겉보기에는 그러했다.

"로아나 대신관."

꽤 한참 만에 무미건조한 목소리로 로아나를 부른 레오니안은 한결같이 부덤덤한 모습이었다.

"그대가 짐작한 바를 성하께 고했나?"

예상치 못한 질문에 순간 멈칫한 로아나가 이내 고개를 가로저었다.

"그럼, 내게서 확신을 얻어 간 후에 고할 생각인가?"

"아뇨, 각하. 저는 성하께 아무것도 고하지 않을 거예요."

이번에도 로아나는 고개를 흔들었다. 어찌하여 레오디안이 이런 걸 묻는지 이유는 알 수 없었지만, 로아나는 진심으로 대답했다.

로아나는 엘시아에 대해서 신황에게 고할 생각은 추호도 없었다. 애초에 자신이 왜 그래야 한단 말인가? 로아나는 눈에 한껏 힘을 주고서는 레오디안을 응시했다.

"저는 그저 각하께서 모든 사실을 인지하고 계셨으면서도 엘시아 님을 받아들이신 건지를 알고 싶었을 뿐이에요."

로아나는 드물게 단호한 표정으로 레오디안을 마주했다. 레오디안은 의외라는 듯 로아나를 바라보면서 고개를 비스듬히 기울였다.

"그대가 그런 걸 신경 쓰리라고는 생각 못 했는데."

"……제가 엘시아 님에게 신경을 쓰는 게 이상한 일인가요?"

문득 반발심이 일었다. 그도 그럴 것이 그간 대공저를 드나들면서 엘시아를 치료해 준 사람이 바로 다름 아닌 로아나였다.

그런데 방금 레오디안의 말은 마치 로아나 그녀가 엘시아에게 신경을 쓰는 건 주제 넘는 짓이라는 소리로 들렸다.

로아나가 불쾌한 심사를 감추지 않고 드러내면서 표정을 와락 일그러뜨리는데, 레오디안이 가볍게 고개를 저었다.

"아니, 그런 뜻으로 한 말은 아니야."

레오디안은 팔걸이에 팔을 지탱하고서 거기에다 턱을 괴었다. 그 상태로 지그시 로아나를 바라보았다.

"그대가 많이 놀랐겠어."

레오디안도 아직 엘시아가 평범한 인간이 아닌 존재라는 사실에 익숙해지지 못한 상태였다.

엘시아가 감추려 기를 쓰며 지켜 온 비밀을 처음 들었을 때, 레오디안은 엘시아를 의식해 의연하려 노력했으나 마음 깊은 곳에서는 경악을 금치 못했다. 이전부터 어느 정도 의심을 하고 있었는데도 그러했다.

하물며 엘시아와 그리 오랜 시간을 보냈다고는 할 수 없는 로아나가 얼마나 놀랐을지는 어렵지 않게 짐작할 수 있었다. 레오디안은 진중하게 말을 이었다.

"그런데도 내게 먼저 이야기를 청해 주어서 고맙군."

레오디안의 말에 방금 전까지만 해도 예민하게 날을 세우고 있던 로아나의 기세가 한층 누그러졌다. 그런 로아나의 모습을 한동안 말없이 바라만 보다가,

레오디안은 이윽고 결심을 굳혔다.

"대신관, 그대에게 부탁하고 싶은 것이 있다. 한번 들어 봐 주겠나."

"네, 각하. 말씀하세요."

로아나가 선선히 답했고, 그에 레오디안은 거리낌 없이 말을 꺼냈다.

"현재 임모투스 신전에 안치되어 있는 괴물의 사체를 모조리 다 불태워 줄 수 있겠나?"

"괴물의 사체를 불태워 달라 하심은……."

로아나는 차마 뒷말을 끝까지 다 잇지 못한 채로 입술을 맞물었다. 예상치 못한 레오디안의 말에 당황스러운 기색을 감출 수가 없었다.

그 정도로 방금 레오디안의 말은 너무나도 놀라웠고, 그와 더불어 로아나는 의아함을 느꼈다. 레오디안이 어찌하여 갑자기 이러한 것을 부탁하는 건지 로아나로서는 쉽사리 이해할 수가 없었다.

그리하여 로아나가 선뜻 말문을 열지 못하고 마냥 혼란스러워하고 있는데, 마치 로아나의 머릿속을 들여다보기라도 한 것처럼 레오디안이 말을 꺼냈다.

"신황은 괴물의 존재를 너무나도 잘 파악하고 있다."

평소와 다름없이 나직한 목소리로 말하는 레오디안의 표정은 무척이나 단호했다.

"괴물의 사체가 신황의 손아귀에 있어서는 안 돼."

레오디안은 지금껏 신황이 신전 지하에서 인외 존재를 상대로 어떠한 실험을 해 왔다는 사실을 알고 있었다. 신황이 이번에 새로이 손에 넣게 된 괴물의 사체 역시 실험에 이용할지도 모르는 일이었다.

히치콕 백작 저택에서 참사가 벌어진 직후, 상황이 여의치 않아 괴물의 사체를 임모투스 신전으로 인도할 수밖에 없었다. 하지만 언제까지고 그곳에 사체를 가만 놔둘 수는 없는 노릇이었다.

신황은 이미 너무나도 많은 것을 알고 있었다. 어쩌면 현재 신황은 레오디안은 물론이고, 이 대륙 위에 존재하는 그 누구에게도 뒤지지 않을 정도로 많은 사실에 접근해 있을지도 몰랐다.

레오디안은 신황이 그의 세력을 더욱 견고히 하기 위해서 저지르는 온갖 추악한 행위를 예전처럼 그저 방관하고만 있을 생각이 없었다. 그러므로 지금 임모투스 신전 지하에 자리해 있는 괴물의 사체는 반드시 제거되어야 했다.

"할 수만 있다면 내가 직접 괴물의 사체를 처리하고 싶지만, 신황은 내가 지하에 접근하도록 허락하지 않을 것이다."

레오디안은 신성지의 기사이나, 신황은 언제나 레오디안을 경계했다. 레오디안은 늘 감시를 받았다. 신성지에서도, 제도에서도. 레오디안은 경계 어린 시선에서 자유로울 수 없었다.

그 때문에 레오디안은 신황이 오랜 시간 비밀리에 자행해온 실험의 기록지를 헤르테인을 통해서 얻을 수밖에 없었다.

"애당초 신황은 나를 신뢰하지 않았다. 그저 좋을 대로 이용했을 뿐. 그렇기 때문에 그대의 도움이 필요해."

서두르는 기색 없이 말을 끝맺은 뒤, 마치 대답을 기다리듯 묵묵한 시선을 보내는 레오디안의 모습에 로아나는 마른침을 삼켰다.

그동안 레오디안은 황실과 신전의 알력 싸움에 휘둘리지 않기 위해서 적당한 태도를 취해 왔다. 로아나도 잘 알고 있는 사실이었다.

그런데 지금 레오디안은 명백하게 신전에 대항하는 행동을 취하려고 하고 있었다. 그렇다면 그 계기는 과연 무엇일까. 혹시 엘시아의 존재가 레오디안에게 어떠한 변화를 불러일으킨 걸까?

로아나는 지그시 눈을 감았다. 지금 이 순간, 로아나는 자신이 중대한 선택의 기로에 서 있다는 것을 알았다.

그간 로아나는 레오디안의 곁에서 그의 뜻을 따라왔지만, 직전 레오디안의 부탁은 이전까지와는 비교조차 안 되는 무리한 부탁이었다. 당연하게도 로아나는 선뜻 결정을 내리지 못하고 망설일 수밖에 없었다.

만약 지금까지 그러하였듯 이번에도 레오디안의 명을 따른다면, 로아나는 신황과 적대하게 될 터였다. 아마도 영영 돌이킬 수 없을 길을 걸어가게 되는 것이다.

"……저 역시도 혼자서 지하에 내려가는 건 불가능해요."

로아나는 체감 상 기나길었던 침묵을 깨고 입을 열었다.

"괴물의 사체에 접촉하고자 할 때, 적어도 두 명 이상의 대신관이 함께할 것을 신황 성하께서 명하셨거든요."

로아나의 말 그대로였다. 신황은 불미스러운 사고라도 생길까 우려했는지 몇 가지 명을 내렸다. 그 때문에 괴물의 사체 조사를 맡은 대신관들은 정해진 시간에만 지하에 발걸음 할 수 있으며, 또한 홀로 지하로 향할 수 없었다.

그런 상황에서 로아나가 레오디안의 명을 따라, 남몰래 괴물의 사체를 불태우는 것은 불가능에 가까운 일이었다.

차라리 잘 됐다 싶었다. 지금 자신이 레오디안의 부탁을 거절하더라도 이상하지 않은 적당한 핑계가 되니까. 로아나는 입을 열어 짤막한 한숨을 내쉬고는 말했다.

"죄송하지만 저는 각하께 도움을 드리지 못할 것 같아요."

로아나는 조심스러운 시선으로 레오디안의 낯을 살폈다. 레오디안은 한쪽 팔을 팔걸이에 올려 두고 손에다 턱을 괸 채, 다른 한 손으로는 입가를 가만가만 매만졌다. 무언가를 짐짓 심각하게 고민하고 있는 듯한 기색이었다.

"……두 명 이상의 대신관이라 했나?"

꽤 한참 만에 레오디안이 로아나를 빤히 쳐다보면서 물었다. 로아나는 고개를 끄덕였다.

"네, 그래서 저 혼자 괴물의 사체에 접근할 수는 없어요."

"그렇군."

레오디안은 방금까지 입매를 매만지던 손을 팔걸이에다 얹더니 곧 손가락으로 팔걸이를 툭, 툭, 두드리기 시작했다.

"그렇다면 그대 말고 다른 대신관 한 명이 더 필요하겠군."

"……네?"

"대신관 중에 신황에게 반발심을 가지고 있는 자가 있나?"

순간 영문을 모른 채로 어리둥절하게 레오디안을 바라보았던 로아나는,

조금 뒤늦게야 지금 레오디안이 무슨 말을 하고 있는지를 깨달았다.

레오디안은 포기할 생각이 없었다. 어떻게든 괴물의 사체를 없애고 싶은 것이다. 로아나는 나직이 탄식했다. 그때 레오디안이 질문을 바꾸어 물었다.

"그대와 동행해 지하로 내려갈 만한 자가 있나?"

일순 머릿속을 스쳐 지나간 얼굴이 있었다. 그러나 로아나는 선뜻 대답을 하지 못하고 망설였다.

로아나가 아무래도 결정을 내리지 못하고 거푸 주저하고 있다는 사실을 눈치챈 레오디안이 여태 등받이에 기대고 있던 상체를 앞으로 기울여 로아나에게 가까이 다가갔다.

"로아나 대신관, 그대의 도움이 절실히 필요하다."

"……."

"그 사체들은 반드시 제거해야만 해."

로아나는 긴 망설임 끝에 입을 열었다. 결연한 표정과 단단한 목소리로 로아나가 말했다.

"한 명 떠오르는 사람이 있어요."

욤펜 레인테아드, 그 유약한 성정의 남자는 오로지 가문을 위해 신을 섬기게 된 대신관이었다. 그래서인지 그는 다른 대신관과 다르게 신황에게 무조건적인 충성심을 보이지 않았다.

"하지만 그가 과연 신황 성하의 명에 반하는 행동을 할지는 확신할 수가 없어요."

"내가 직접 그를 만나 보지."

적당히 어둑한 서재, 그로 인해 평소보다 짙은 색채를 띤 레오디안의 푸른 눈동자에 이채가 서렸다. 로아나는 찰나 망설였으나, 이내 선선히 고개를 끄덕였다.

* * *

최근 엘시아는 하이드와 함께 보내는 시간이 많아졌다. 정해진 일정을 소화해야 하는 리리엔과 달리, 엘시아와 하이드에게는 딱히 일과랄 것이 없었다. 그 덕분에 두 사람은 자연스럽게 대부분의 시간을 함께하게 되었다.

한 시간 전 리리엔이 오드리와 공부를 하기 위해서 서재를 나선 탓에, 엘시아는 하이드와 단둘이 서재에 남아서 평화로운 시간을 보내고 있는 중이었다.

아까부터 하이드는 동화책 하나를 골똘히 집중해서 읽고 있었는데, 그 모습이 새삼스러워 엘시아는 좀처럼 하이드에게서 시선을 떼어 내지 못했다.

자신을 뚫어지게 바라보는 시선을 느끼고 있을 텐데도 하이드는 엘시아를 단 한 번도 돌아보지 않았다. 동화책의 마지막 장까지 다 읽은 다음에야 하이드는 고개를 들었다.

엘시아는 내내 머릿속을 맴돌던 의문을 입 밖으로 꺼냈다.

"하이드, 너 글을 읽을 수 있어?"

"아니."

하이드는 대수롭지 않게 대답하고는 들고 있던 동화책을 테이블 위에 올려놓았다.

"그래도 무슨 이야기인지는 알겠어. 그림이 그려져 있으니까."

"……괜찮으면 내가 읽어 줄까?"

순간 멍하니 엘시아를 쳐다본 하이드가 곧 고개를 가로저었다.

"이제 질렸어."

방금까지만 해도 한껏 몰입해서 동화책을 읽던 아이라고는 믿을 수 없을 정도로 무심한 태도였다. 그게 다 지금껏 하이드가 지하에 갇혀 지내 온 탓인 것 같아서 내심 심각해진 엘시아가 다른 동화책을 권해 보려고 입을 뗐을 때였다.

누군가 가볍게 문을 두드리는 소리가 조용한 서재에 울려 퍼졌다. 일순 멈칫한 엘시아가 곧 나직한 목소리로 들어오라 말하자, 기다렸다는 듯 문이 열렸다.

"레이디 엘시아, 신전에서 편지가 왔습니다."

알렌드로였다. 그는 손에 새하얀 편지를 들고서 안으로 들어왔다.

"······신전에서요?"

"예, 방금 막 도착한 편지입니다."

엘시아는 얼떨떨한 표정으로 편지를 건네받았다. 과연 편지 봉투에 신전과 신성지를 상징하는 문양이 새겨져 있었다. 이 문양을 릴루미노라고 부른다고 했던가. 멍하니 생각하며 엘시아는 알렌드로가 건넨 지칼로 봉투를 뜯어보았다.

"신전······. 들어 본 적이 있어."

어느덧 엘시아의 곁에 바투 붙어 앉은 하이드가 호기심이 가득한 눈으로 편지를 내려다보았다.

"신전에는 신성한 힘을 가진 사람들이 산다고 들었어."

하이드가 혼잣말처럼 중얼거리는 소리가 엘시아의 귓전을 울렸다. 엘시아는 편지를 읽다 말고 시선을 들어 올려 하이드를 바라보았다.

하이드가 글을 읽지 못한다는 건 직전 대화로 알게 되었지만, 그럼에도 불구하고 엘시아는 하이드 앞에서 편지를 읽는 게 꺼려졌다.

두어 걸음쯤 물러난 곳에서 자리를 지키고 있는 알렌드로의 시선 역시도 영 마음에 걸렸다. 엘시아는 결국 편지를 곱게 접어 봉투에 넣었다. 그러기가 무섭게 하이드가 고개를 갸웃했다.

"왜? 편지 안 읽어?"

"응, 조금 있다가 읽으려고."

엘시아의 대답에 하이드가 눈매를 가느다랗게 좁혔다.

"궁금한데 지금 읽으면 안 돼?"

엘시아는 말없이 하이드를 바라보다가, 눈길을 돌려 알렌드로를 힐끗 쳐다보았다. 알렌드로는 엘시아가 들고 있는 편지에 시선을 단단히 고정하고 있었다. 하이드와 마찬가지로 알렌드로도 편지의 내용을 궁금해하고 있는 듯했다.

엘시아는 조용히 자리에서 일어났다. 편지에 무슨 내용이 적혀 있든 간에 지금 이곳에서 편지를 읽는 것은 아무래도 영 꺼려졌다.

알렌드로를 마주 보고 선 엘시아는 손에 쥐고 있는 편지를 꽉 움켜쥐었다. 손바닥에 닿는 빳빳한 종이의 느낌이 선명했다.

"음, 저는 침실로 돌아가 보려고요."

알렌드로를 향해 나직이 말하자 순간 멈칫한 그가 말없이 엘시아를 바라보다가 이내 선선히 고개를 끄덕였다.

"곧 식사 시간이니 준비가 되면 집사를 침실로 올려 보내도록 하겠습니다."

"네."

엘시아의 대답을 들은 알렌드로는 가볍게 눈인사를 건네고는 주저 없이 서재를 떠났다. 문이 닫히자 엘시아는 아직 소파에 앉아 있는 하이드를 돌아보았다.

"하이드, 너는 어떡할래? 여기에 계속 있을 거야?"

"편지에 뭐라고 적혀 있는지 궁금한데."

하이드의 시선은 엘시아가 내도록 움켜쥔 편지에 닿아 있었다.

"내가 알면 안 되는 내용이 쓰여 있을 것 같아서 그래?"

"……응."

엘시아는 하이드의 말을 부정하지 않았다.

"편지는 혼자 읽을게. 미안해."

"아니야."

대수롭지 않게 대답한 하이드가 눈길을 들어 올려 엘시아를 바라보았다.

"그냥 좀 궁금했을 뿐이야. 나는 편지 같은 걸 받아 본 적이 없거든."

엘시아는 순간 말문이 막혔다. 설마하니 하이드가 그런 이유로 편지에 관심을 보였으리라고는 조금도 짐작하지 못한 탓이었다.

하기야 생각해 보면 당연한 일이었다. 평생 갇혀 지내 온 하이드가 외부 사람과 긴히 관계를 맺어 왔을 리 없으니, 누군가와 편지를 주고받은 일 역시도 없었을 터였다.

"괜찮으면 내가 편지 써 줄까?"

"……나한테?"

엘시아가 고개를 끄덕이자 하이드가 드물게 놀란 표정을 지었다. 엘시아의 제안이 갑작스럽기는 한 모양이었다.

하이드는 꽤 한참 아무런 말없이 엘시아를 빤히 쳐다보기만 하다가, 퍽 시간이 흐른 뒤에야 느릿하게 입을 열었다.

"하지만 나는 글을 모르는걸. 엘시아가 편지를 써 줘도 한 글자도 못 읽어."

그제야 하이드가 글을 읽지 못한다는 사실을 떠올린 엘시아가 나직이 탄식했다. 하여 난감해진 엘시아가 미안한 마음에 조심스레 하이드의 안색을 살피는데, 하이드가 아무렇지도 않게 말을 이었다.

"그래도 엘시아가 편지를 준다면 평생 소중하게 간직할 거야."

엘시아는 잠시간 말을 고르다가 입을 열었다.

"그럼 내가 편지를 써 줄 테니까 리리엔한테 읽어 달라고 부탁해 보는 건 어때?"

누가 보더라도 알 수 있을 정도로 리리엔에게 커다란 호의를 가진 하이드와 달리, 리리엔은 여전히 하이드를 썩 탐탁지 않게 여기고 있었다.

엘시아는 리리엔이 하이드와 친하게 지냈으면 바랐다. 어찌 됐든 하이드는 리리엔의 또래 친구라 부를 수 있을 만한 유일한 존재였으니까.

"……좋은 생각인 것 같아."

하이드는 직전 엘시아의 말을 곱씹는 듯한 기색으로 혼잣말을 중얼거리다가 이윽고 고개를 주억거렸다.

"응, 엄청 좋은 생각이야."

그렇게 말하는 하이드의 핏기 없는 입술이 또렷한 호선을 그렸다.

* * *

하이드가 방 안으로 들어가는 모습을 확인한 뒤, 자신의 침실로 돌아온 엘시아는 곧장 편지를 꺼내 보았다.

신성지와 신전을 상징하는 문양이 새겨진 편지는 다름 아닌 신황이 보내 온 것이었다. 엘시아는 빠르게 편지를 읽어 내렸다. 엘시아가 편지를 다 읽는 데는 그리 오랜 시간이 소요되지 않았다.

그도 그럴 것이 편지에는 일전에 엘시아가 신황으로부터 받았던 편지에 적혀 있던 것과 별다를 바 없는 내용이 쓰여 있었다. 그러니까, 요컨대 엘시아가 신전을 찾아 주기만을 고대하고 있다는 이야기였다.

아무래도 신황은 엘시아가 하루라도 빨리 신성지를 방문하기를 바라고 있는 모양이었다. 엘시아는 나직이 한숨을 내쉬었다.

'……제도를 떠나 있는 게 좋으려나?'

차라리 레오디안이 권유한 대로 제도를 떠난다면 이렇듯 신황에게 편지를 받을 일도 없을 듯했다. 하지만 그렇다고 해서 선뜻 그러자고 결정을 내리기는 또 망설여졌다.

저 좋자고 리리엔을 데리고 어디 낯선 곳으로 향하는 건 지나치게 이기적인 행동이라는 생각이 들었기 때문이었다.

재차 긴 한숨을 내쉰 엘시아는 편지를 곱게 접어 서랍에다 넣었다. 서랍에는 이미 편지 여러 개가 자리해 있었다.

그간 엘시아는 사신이 받은 편지를 모조리 보관해 두었다. 전에 신황에게서 받은 것은 물론이고, 하일롭을 비롯해 로지안, 그리고 레오디안으로부터 받은 편지까지 모두 서랍에 잘 보관되어 있었다.

별생각 없이 서랍을 닫으려던 엘시아의 시선이 순간 잿빛 편지 봉투에 닿았다. 언젠가 엘시아가 레오디안과 가벼운 말다툼을 벌이다가 그 모습을 리리엔에게 들킨 날, 리리엔의 강요로 서로 한 통씩 편지를 교환하게 되었을 때 레오디안이 건넨 편지였다.

그 편지를 향해 엘시아는 저도 모르게 손을 뻗었다. 이미 한 번 읽은 편지지만 어째선지 지금 다시금 읽어 보고 싶다는 생각이 문득 머릿속을 스친 탓이었다.

그런데 그때 불현듯, 내내 굳게 닫혀 있던 문을 두드리는 소리가 귓가를 울렸다. 그 갑작스러운 소음에 엘시아는 서랍을 닫고 몸을 돌렸다.

식사 준비를 마치면 집사 로이셀을 올려 보내겠다던 알렌드로의 말이 생각났다. 그에 엘시아가 들어오라는 말을 꺼내기도 전, 벌컥 문이 열렸다.

'리리엔인가?'

이 대공저에서 엘시아의 허락 없이 멋대로 문을 열 수 있을 만한 사람은 단 두 사람뿐이었다. 바로 리리엔과 하이드였다.

그러나 문이 열리고 모습을 드러낸 건 예상과 달리 낯선 사내 두 명이었다. 그들은 묵직한 발걸음 소리를 내면서 안으로 들어왔고, 말없이 문을 닫고 선 엘시아를 주시했다.

"……누구세요?"

엘시아가 한 걸음 뒤로 물러나면서 꺼낸 말에 돌아오는 대답은 없었다.

엘시아는 알렌드로가 대공저에 호위를 늘렸다는 사실을 알고 있었다. 하지만 그들은 정원이나 정문 근처를 지킬 뿐 저택 안으로는 들어오지 않았고, 하여 그들을 직접 마주칠 일은 없었기에 엘시아는 지금과 같은 상황이 무척이나 의아했다.

"함께 가 주셔야겠습니다."

"어디를요?"

"가 보시면 압니다."

불친절한 대답을 내어 놓은 사내들이 엘시아에게 다가오기 시작했다. 그들을 엘시아는 한껏 경계 어린 눈으로 바라보면서 입을 열었다.

"어딘지도 모르는데 따라갈 수는 없어요."

엘시아가 퍽 단호하게 꺼내 놓은 말에 사내들이 서로 시선을 교환했다. 엘시아는 못 박듯 말했다.

"저는 당신들을 따라가지 않을 거예요. 나가 주세요."

그러나 엘시아를 향해 다가오는 사내들은 발걸음을 멈추지 않았다. 그 모습에 엘시아의 머릿속에 순간 불길한 예감이 스치고 지나갔다. 이유 모를 섬뜩한 직감이었다.

"……당신들, 백작님이 보낸 게 아니군요."

알렌드로는 레오디안을 대신해 대공저에 머무르는 동안, 한결같이 정중한 태도로 엘시아를 대했다. 그런 그가 이런 무례한 사내들을 그녀의 침실로 보냈을 리 없었다.

"누가 보내서 왔죠?"

사내들은 대답하지 않았다. 그저 엘시아에게 시선을 고정한 채로 한 걸음 한 걸음 내디딜 뿐이었다. 엘시아는 레오디안에게 선물을 받은 뒤로 내도록 다리에 차고 있는 단검을 빼어 들었다.

"물러서요."

엘시아는 곧장 사내들을 향해 날카로운 날붙이를 겨누었다. 그제야 비로소 사내들의 걸음이 멈추었다. 서로 말없이 시선을 교환한 사내들은 머지않아서 자신들이 허리춤에 차고 있는 검집으로 손을 가져갔다.

"허튼 반항은 하지 않는 것이 좋을 겁니다."

사내 하나가 나직이 경고했다. 엘시아는 경계를 늦추지 않았다. 눈앞의 사내들을 순순히 따라갈 생각은 결코 없었다.

'……리리엔은 괜찮겠지.'

엘시아는 꿀꺽 마른침을 삼켰다. 리리엔은 아직 오드리와 함께 있을 터였다. 하물며 벨레로폰이 리리엔의 곁을 지키고 있기까지 했다. 그러니 리리엔은 괜찮을 것이다.

그렇게 생각하자 어느 순간부터 거칠게 두방망이질 치고 있던 심장이 차츰 차분해지는 느낌이었다. 엘시아는 단검 손잡이를 움켜쥐고 있는 손에 힘을 꽉 주었다.

괴물이 아닌 인간을 상대하는 건 처음이었다. 그것도 한 명이 아닌 둘씩이나 마주하고 있는 상태지만, 엘시아는 쉽게 지지 않을 자신이 있었다.

날카로운 긴장감으로 얼어붙은 분위기 속, 엘시아의 단호한 의지를 알아차린 사내들이 기어코 검을 빼어 들었다.

그리고 그 순간, 돌연 문이 열렸다. 문을 등진 채이던 사내들은 미처 보지 못했지만, 엘시아는 문을 열고 들어온 하이드를 한눈에 발견했다.

하이드는 망설임 없이 달려들었고, 뒤에서 사내 하나를 덮쳤다. 사내에게 올라탄 하이드는 그대로 사내의 목을 꺾어 버렸다. 그는 찰나 비명조차 내지르지 못한 채로 무너져 내렸다. 일순간에 일어난 일이었다.

다른 사내 하나가 당황한 기색이 역력한 표정으로, 직전 숨이 끊어져 바닥에 쓰러진 사내를 내려다보았다. 너무나도 갑작스럽게 벌어진 상황에 조금 뒤늦게야 상황 파악을 끝마친 그는 하이드를 향해서 검을 휘둘렀다.

그 모습에 엘시아는 앞뒤 재지 않고 힘껏 단검을 던졌다. 빠르게 날아간 날카로운 단검이 곧장 사내의 어깻죽지를 파고들었다.

"크허억……!"

불시에 공격을 당한 사내가 힘없이 검을 바닥에 떨어뜨렸다. 그러자 하이드가 조금 전 그러했듯 사내의 목을 꺾으려 하였다.

"하이드, 기다려."

하이드가 의아한 눈으로 엘시아를 응시했다. 엘시아는 사내를 향해 성큼성큼 다가갔다.

"누가 보냈는지를 알아내야 해."

"응."

하이드가 순순히 뒤로 물러났다. 엘시아는 사내의 어깨에 꽂혀 있는 단검을 뽑아냈다.

"크흑……."

사내가 괴로이 신음하며 뒷걸음질을 쳤다. 그가 가까스로 벌린 거리를 단번에 좁힌 엘시아는 피 흘리는 사내의 어깨를 우악스럽게 틀어쥐었다.

"누가 당신을 보냈죠?"

"크흐윽……."

사내가 거칠게 고개를 흔들었다. 연신 신음을 흘리는 것을 보아 아무래도 꽤나 고통스러워하고 있는 듯한데, 그러면서도 이를 악문 채로 대답을 하지 않았다. 순순히 대답을 내어 놓을 생각이 없어 보였다.

"누가 보냈는지 대답하면 놓아줄게요."

이번에도 사내는 대답하지 않았다. 그에 엘시아가 마냥 곤란한 표정으로 사내를 내려다보고 있는데, 여태 우두커니 서 있던 하이드가 사내에게 가까이 다가갔다. 그러더니 사내의 양팔을 뒤로 꺾어 단단히 틀어쥐었다.

"커헉……!"

"이런."

하이드가 짧게 혀를 찼다.

"팔을 부러뜨린 것 같아."

"끄윽, 끅……."

그러려던 건 아닌데, 덧붙이면서 고개를 든 하이드가 멍한 눈으로 엘시아를 올려다보았다.

"누가 오고 있어."

하이드가 대뜸 꺼낸 말에 엘시아가 크게 숨을 들이켰다. 만약 누군가 지금 이 상황을 목격한다면……. 거기까지 생각이 미치자 머릿속이 새하얗게 질렸다.

"발걸음 소리가 들려."

반면 하이드는 지나치게 태연했다. 어떻게 그럴 수가 있는지 놀라울 정도였다. 엘시아는 초조하게 입술을 깨물었다.

괴로이 신음을 내뱉고 있는 사내 옆으로 숨이 끊어진 지 오래인 남자의 사지가 바닥에 널브러져 있었다. 그 시체를 어떻게 처리해야 할지 암담했다. 엘시아는 한참 입술을 짓씹다가 혼잣말처럼 중얼거렸다.

"어떡하지……?"

"엘시아는 나가."

하이드가 단호하게 말했다.

"여기는 내가 지키고 있을게."

"하지만……."

"걱정하지 마."

하이드는 현재 사내의 사지를 억압하고 있는 와중에도 마냥 태연자약했고, 너무나도 의연하게 엘시아를 다독였다.

"다 괜찮을 거야."

그 말을 듣자 거칠게 뛰던 심장이 차츰 차분해지는 느낌이었다. 그래, 괜찮을 거야. 엘시아는 가만가만 고개를 끄덕였다.

하이드는 엘시아가 손에 쥐고 있는 단도를 눈짓하면서 입을 열었다.

"그거 이리 줘."

순간 멈칫했던 엘시아가 이내 하이드에게 순순히 단도를 건넸다.

하이드는 단도를 건네받기가 무섭게 사내의 목에다가 단도를 바짝 들이댔다. 그러면서 사내의 귓가에 조용히 하라고 속삭였다. 사내는 더없이 굳어진 표정으로 입술을 깨물었다.

사내가 더 이상 신음 소리조차 내지 않고 심지어는 숨소리마저 억누르자, 하이드는 고개를 들었다. 그런 다음 엘시아의 모습을 위아래로 빠르게 훑어보았다.

"엘시아."

막 침실을 나서려던 엘시아가 하이드를 돌아보았다.

"옷에 피가 묻었어. 옷 갈아입고 나가."

"아, 응……."

엘시아는 뒤늦게야 자신이 어떤 몰골을 하고 있는지를 인지했다. 아까 전 엘시아가 사내의 어깨에 단도를 박아 넣었을 적에 튄 피가 엘시아의 옷에 점점이 묻었고, 특히 오른쪽 소매는 피로 흠뻑 젖어 있었다. 엘시아는 옷장에서 적당한 옷을 꺼내 들고 욕실로 향했다.

머지않아서 옷을 갈아입은 엘시아가 욕실에서 나오자, 기다렸다는 듯 하이드가 말을 꺼냈다.

"그 옷은 나한테 줘."

"……갑자기 옷은 왜?"

"이 인간 입을 막는 게 좋을 것 같아서."

"아……."

엘시아는 피 묻은 옷을 하이드에게 건넸다. 하이드는 한 손으로 옷을 대충 구기더니 직전 자신이 말한 대로 옷으로 사내의 입을 막았다.

"많이 놀랐어?"

"아니야, 안 놀랐어. 괜찮아."

"괜찮기는."

하이드가 짧게 혀를 차고는 문가를 턱짓했다.

"이제 얼른 나가."

엘시아는 잠시 망설이다가 고개를 끄덕였다. 그리고 곧장 침실을 빠져나왔다. 퍽 다급하게 복도로 나와서 침실 문을 닫기가 무섭게 로이셀과 눈이 마주쳤다. 흠칫 놀란 엘시아는 저도 모르게 크게 숨을 들이켰다.

"아, 엘시아 님. 마침 엘시아 님을 모시러 가던 길이었습니다."

로이셀을 맞닥뜨린 순간부터 가슴이 쿵쾅쿵쾅 거칠게 뛰기 시작했으나, 엘시아는 최대한 태연하게 로이셀을 마주하려고 노력하며 차분한 목소리를 냈다.

"벌써 식사 준비가 되었나요?"

"예, 그렇습니다."

로이셀이 선선히 고개를 끄덕였다.

"그런데 엘시아 님, 하이드 군과 함께 계셨던 게 아니었습니까?"

의아한 목소리로 묻는 로이셀의 시선에 엘시아는 아래로 늘어뜨리고 있는 손을 꽉 움켜쥐었다. 설마하니 로이셀이 무언가를 눈치채고 묻는 것은 아닐 터였다. 그렇게 생각하면서 애써 마음을 차분히 다스린 엘시아가 입을 열었다.

"하이드는 잠들었어요."

엘시아는 무심코 침실 쪽으로 돌아가려는 고개를 똑바로 고정한 채로 말을 이었다.

"하이드의 식사는 제가 이따가 따로 챙길게요."

"아, 그렇군요."

다행스럽게도 로이셀은 엘시아의 말을 의심하지 않고 믿었다.

"그럼 이만 내려가시지요. 리리엔 아가씨께서 기다리고 계십니다."

"네."

고비를 넘겼으나 여전히 심장은 거칠게 뛰고 있었다. 그러나 엘시아는 애써 의연함을 가장하며 대수롭지 않다는 듯 걸음을 내디뎠다.

* * *

한편, 침실에 남은 하이드는 사내를 어찌할까 가늠하는 중이었다. 오랜만에 맡는 피 냄새가 달콤했다. 당장이라도 뼈째 삼켜 버리고 싶은 충동이 들 정도였다. 그럴 자신도 있었다. 하지만······.

'누가 보냈는지를 알아내야 해.'

엘시아는 사내에게서 알아내야 할 것이 있다고 했다. 그 때문인지 엘시아는 사내를 죽이기를 원하지 않았다.

그러니 만약 지금 자신이 사내를 잡아먹는다면 엘시아가 곤란해할 것이다. 어쩌면 실망할 수도 있고 그러다 자신을 미워하게 될지도 모르는 일이었다. 그런 생각에 하이드는 식욕을 억누르려고 노력했다.

하지만 생각처럼 쉽지가 않았다. 그도 그럴 것이 가까이 바투 붙어 있는 사내에게서는 너무나도 맛있는 냄새가 나고 있었다. 하이드는 꿀꺽, 군침을 삼켰다.

애써 욕구를 다스리려 해 봐도 마음처럼 되지 않았다. 사내를 죽이지 않는 선에서 피를 마시는 것 정도는 괜찮지 않을까 하는 생각이 계속해서 머릿속을 맴돌았다.

그러나 하이드는 사내의 어깨에 자리한 자상에서부터 흘러나오고 있는 피를 선뜻 마시지 못했다. 그랬다가 혹시라도 욕구를 주체하지 못할까 봐 두려웠기 때문이었다.

마냥 괴롭기만 한 인내와 인고의 시간이었다. 시간이 흐르면 흐를수록 하이드는 더욱 괴로워졌다. 엘시아 앞에서 아무렇지 않은 척을 했던 것이 무색하게도, 하이드는 죽어 나자빠진 시체라도 씹어 삼키고 싶다는 욕망에 휘둘리고 있었다.

그러는 동안에도 사내는 숨소리조차 내지 않고 있었다. 하이드는 사내의 입에다 쑤셔 박아 둔 옷을 꺼내 바닥에 내려놓았다. 사내의 침이 은실처럼 길게 주욱 늘어졌다.

사내를 먹지 않고 살려 두는 대신에 시체를 먹는 건 괜찮지 않을까? 이미 죽어서 아무런 말도 할 수 없는 시체였다. 그걸 먹어 치운다고 해서 엘시아가 화를 낼 것 같지는 않았다. 그런 생각에 하이드가 짐짓 깊게 고민할 때였다.

"……차라리, 죽여라."

사내가 고통스러운 목소리로 말했다. 그제야 혼자만의 생각에서 벗어난 하이드가 사내의 목에 겨누고 단도를 더욱 바짝 들이댔다.

"조용히 해."

날카로운 날붙이가 사내의 살갗을 가볍게 파고들었고 살갗에서 한 줄기 선혈이 주륵, 흘러내렸다. 이끼부터 하이드의 코끝에 감돌고 있던 피 냄새가 조금 더 짙어졌다.

하이드의 인내심이 바닥을 보이기 시작했다. 하이드는 자신이 더 이상 참지 못하리라는 사실을 알았다. 이러면 안 되는데, 엘시아가 사내에게서 알아내야 할 것이 있다고 했는데…….

어느 순간부터 마냥 몽롱해진 머릿속으로 간신히 생각을 이어 가던 하이드는 불현듯 한 가지를 깨달았다. 지금 자신이 사내에게서 대답을 이끌어 낸다면, 그 이후에는 엘시아도 사내가 죽든 말든 크게 개의치 않을 것이다. 그래, 그럴 것이다. 하이드는 바짝 마른 입술을 축였다.

언젠가 엘시아는 인간을 죽여서는 안 된다고 말했다. 하지만 아까 자신이 인간을 죽이는 모습을 똑똑히 봐 놓고도 엘시아는 화를 내지 않았다. 한 명을 더 죽인다고 해서 엘시아가 화를 낼 것 같지는 않았다.

"누가 보냈어?"

하이드는 드물게 성마른 목소리로 사내를 재촉했다.

"누가 너를 보낸 건지 말해."

"대답할 수 없다."

사내의 태도가 완강했다. 하이드는 사내의 목에 들이밀고 있던 단도를 더욱 바짝 들이밀었다.

"말해."

"크흑……."

이전보다 많은 양의 피가 사내의 목줄기를 타고 흘러내렸다. 사내는 신음을 삼키고 단단한 목소리를 냈다.

"죽여라."

사내는 하이드가 바라는 대답을 내어놓지 않았다. 하이드는 말없이 단도를 내던졌다. 팽개쳐진 단도는 바닥 위를 아무렇게나 나뒹굴었다. 그를 힐끗 성의 없는 시선으로 바라본 하이드는 곧 사내의 팔을 틀어쥐었다. 아까 하이드가 실수로 부러트리고 말았던 팔이었다.

"끄아악!"

사내가 비명에 가까운 신음소리를 내질렀다. 하이드가 사내를 가볍게 밀치듯 놓아주었다. 그러자 방금 하이드가 꺾어 버린 팔을 다른 팔로 감싸 쥔 사내가 바닥을 구르며 신음했다.

그 모습을 하이드는 묵묵히 내려다보았다. 사내의 팔은 기형적으로 틀어져 있었다. 이번에는 실수가 아니었다. 하이드는 사내를 고통스럽게 만들고자 이미 부러졌던 사내의 팔을 재차 꺾어 버린 것이었다.

"대답을 하지 않으면 다른 팔도 부러트릴 거야."

사내는 고통으로 인한 생리적인 눈물을 흘리며 헐떡거렸다. 하이드를 올려다보는 다갈색 눈동자는 공포심으로 물들어 있었다.

"팔을 뽑아 버릴 수도 있어."

사내는 숫제 여린 짐승이라도 된 것처럼 몸을 떨었다. 하이드가 기세를 몰아 사내를 채근하고자 빠르게 말을 덧붙였다.

"이제 말할 거야?"

"죽, 크흑……. 죽여라."

하이드는 짧게 혀를 찼다. 사내는 정말 죽고 싶은 모양이었다. 왜일까? 하이드는 사내를 이해할 수 없었다.

그도 그럴 것이 하이드는 죽여 달라고 말하는 사람을 처음 보았다. 살려 달라고 비는 사람은 수없이 보아 왔다. 그러나 그 반대 경우는 또 처음이었다.

그런 이유로 하이드는 사내가 도통 이해가 안 됐지만, 사내가 대답만 한다면 얼마든지 사내가 원하는 대로 해 줄 용의가 있었다. 하이드는 가볍게 어깨를 으쓱이고선 말했다.

"누가 널 보냈는지 말하면 죽여줄게."

사내는 당장이라도 죽을 것처럼 고통스럽게 신음하는 와중에도 어이가 없어서 순간 얼빠진 표정으로 하이드를 쳐다봤다.

※ ※ ※

무슨 일인지 엘시아는 식사를 하는 내내 문가를 힐끔거렸다. 얼핏 초조한 기색이 보이기도 했는데, 그것을 리리엔이 눈치채지 못할 리 없었다.

리리엔은 당연하게도 식사 시간 내도록 엘시아의 눈치를 보았다. 음식이 입으로 들어가는지 코로 들어가는지 모를 정도로 엘시아에게 온 신경을 기울였다.

그러나 리리엔이 대놓고 엘시아의 안색을 살피는데도 엘시아는 전혀 알아차리지 못했다. 리리엔의 시선을 미처 눈치채지 못할 정도로 다른 곳에 정신이 팔려 있는 듯했다.

리리엔은 어쩌면 엘시아가 불안해하고 있는지도 모른다고 생각했다. 그러니까 정확하게는 황궁에 다녀온 이후, 아닌 척했지만 사실은 불안해하고 있는 거라고 여겼다.

그도 그럴 것이 황궁에 방문했을 때 들은 이야기는 쉽게 넘길 만한 소리가 아니었다. 1황자는 엘시아에게 2황자와 결혼을 하라고 강요했다. 앞으로 평생 엘시아와 함께 행복하게 살 미래를 그리고 꿈꿔 온 리리엔에게는 무척이나 경악스러운 이야기였다. 아마 엘시아도 리리엔과 크게 다르지 않을 것이었다.

하지만 막상 말을 꺼내려니 선뜻 입이 떨어지지 않아서, 리리엔은 자신의 앞에 놓인 음식을 깨끗하게 먹어 치운 다음에야 간신히 엘시아에게 의문을 표했다. 엘시아가 막 자리를 털고 일어나려는 기색을 보였을 때였다.

"언니, 이제 뭐할 거야?"

엘시아는 자신의 발목을 붙잡는 목소리에 힐끔 고개를 돌렸다. 리리엔이 예쁜 눈을 깜빡거리며 엘시아를 올려다보고 있었다.

"어, 음……."

엘시아는 난감한 표정으로 말끝을 흐렸다. 리리엔은 무언가 특별하게 할 말이 있는 듯했다. 평소라면 리리엔의 이야기에 기꺼이 귀를 기울여 주었겠지만, 애석하게도 현재 엘시아에게는 무엇보다도 우선해 처리해야만 하는 일이 있었다.

아까부터 엘시아는 자신의 침실에 낯선 사내와 단둘이 마주하고 있을 하이드가 이루 말할 수 없이 신경이 쓰였다. 그럴 리는 없겠지만 혹여 하이드가 다치기라도 했을까 봐 걱정스러운 마음을 감출 길이 없었다.

엘시아는 자신을 말간 눈으로 바라보면서 대답을 기다리고 있는 리리엔과 시선을 맞추고는 남몰래 한숨을 삼켰다.

"오늘은 좀 피곤해서, 낮잠을 좀 자려고 하는데……. 그런데 왜? 무슨 일 있어?"

"아니, 그냥 언니 할 일 없으면 언니랑 같이 산책이나 할까 해서 물어봤지."

"그래? 음, 산책은 내일 하면 안 될까?"

엘시아는 여전히 난감한 기색이 역력해서는 리리엔의 낯을 살폈다. 혹시라도 리리엔의 마음이 상하지는 않을까 염려스러웠는데, 그런 엘시아의 걱정과 달리 리리엔은 선선히 고개를 끄덕거렸다.

"피곤하다는데 별수 없지. 많이 피곤해? 얼른 올라가서 쉬어, 언니."

"이해해 줘서 고마워, 리리엔."

"별말씀을."

리리엔이 장난스럽게 웃으면서 자리에서 일어났다.

"나는 똥똥이랑 놀아야겠다."

* * *

레오디안을 돕기로 결정한 이후, 욤펜과 단둘이 이야기를 나눌 만한 적당한 때를 기다리고 있던 로아나에게 기회가 찾아왔다.

임모투스 신전 지하에 안치되어 있는 괴물의 사체를 살펴보는 임무를 맡은 이래, 유난히 불안정해 보이던 욤펜은 결국 한동안 임무에서 제외되었다. 얼마 전 평소와 다름없이 임무를 수행하기 위해 지하 공간에 들어섰을 때, 욤펜이 괴물의 사체에 신성력을 사용하다가 갑자기 의식을 잃고 쓰러졌기 때문이었다.

"몸은 좀 어떠세요?"

"아, 로아나 대신관."

"일어나실 필요 없어요. 전 괜찮으니 그냥 누워 계세요."

로아나는 상체를 일으켜 앉으려는 욤펜을 가볍게 만류하고는 침실 안으로 들어섰다.

"이렇게 귀한 시간을 내어 찾아와 주시다니, 정말 어찌 감사를 드려야 할지 모르겠습니다. 걱정해 주셔서 정말로 감사합니다."

"아닙니다. 당연한 일인 것을요."

욤펜의 낯빛이 눈에 띄게 수척해져 있었다. 로아나는 나직이 한숨을 내쉬었다. 욤펜이 임무에서 제외되어 휴식을 취한 지도 나흘이었다. 그런데 욤펜은 아직까지 충격에서 벗어나지 못한 기색이었다. 이래서야 욤펜에게 함께 지하로 내려가 달라 부탁하기가 그저 난감했다.

그런 이유로 로아나가 선뜻 말문을 열지 못하고 망설이고 있는데, 욤펜이 조심스럽게 말을 꺼냈다.

"……오늘도 지하에 다녀오신 길입니까?"

설마하니 욤펜이 먼저 임무에 관한 화제를 꺼낼 줄이야. 예상 밖이었다. 로아나는 의외로운 시선으로 욤펜을 바라보며 고개를 끄덕였다.

"네, 평소와 다름없이 임무를 마치고 온 참입니다."

"그 괴물의 시체는……."

욤펜이 희게 질린 얼굴로 말끝을 흐렸으나, 로아나는 어쩐지 욤펜이 차마 끝까지 잇지 못한 뒷말을 알 것만 같았다.

"여전해요. 조금도 부패하지 않고 그 모습 그대로를 유지하고 있어요."

"……역시나, 그렇군요."

욤펜은 화제가 불편하기는 했는지 먼저 말을 꺼낸 것이 무색하게도 입을 꾹 다물었다. 로아나는 나지막하게 한숨을 내쉬었다.

"사실 오늘 욤펜 대신관을 찾아온 건, 한 가지 부탁을 드리기 위해서입니다."

"제게…… 부탁을요?"

"네."

욤펜은 내심 놀란 기색이었다. 아무래도 로아나의 말이 갑작스럽기는 한 모양이었다.

로아나는 아직 기운을 차리지 못한 욤펜에게 부담을 주고 싶지는 않았다. 그래서인지 선뜻 말문을 열기가 망설여졌다. 지금 자신이 하고자 하는 부탁이 욤펜에게는 무척이나 부담스러운 것이라는 사실을 알고 있었다.

하지만 그렇다고 해서 언제까지고 욤펜에게 말을 꺼내기를 차일피일 미룰 수만은 없었다. 레오디안은 하루라도 빨리 괴물의 시체를 처리하고 싶어 했다.

충분히 많은 시간을 허비했다. 로아나는 마른 입술을 축였다.

"욤펜 대신관이 괴물의 존재에 두려움을 느낀다는 사실을 알고 있어요."

욤펜은 당황한 기색이었지만, 로아나의 말을 끊지 않고 그녀의 말에 귀를 기울였다.

"저 역시도 대신관과 마찬가지로 괴물의 존재에 두려움을 느끼고 있습니다. 그 인간이 아닌 존재들이 인간들 틈에서 정체를 숨기고 살아가고 있다는 사실을 잘 알고 있기 때문이에요."

로아나의 머릿속에 순간 핏기 없는 새하얀 얼굴이 떠올랐다. 레오디안의 은인이자 리리엔에게는 가족이나 다름없는 여인. 과할 정도로 사람을 꺼리고 타인을 대하는 데 미숙한 여자를 지금은 이해할 수 있을 것 같았다. 로아나는 느릿하게 입을 열었다.

"……하지만 그들이 인간이 아니라고 해서, 그들을 비인도적으로 대하는 것을 정당하다 말할 수 있을까요?"

욤펜은 어째서 로아나가 갑자기 이렇듯 서두를 길게 늘어놓는지 의아한 눈치였다. 로아나는 본론을 꺼냈다.

"저는 신황 성하의 눈을 피해 괴물의 사체를 빼돌리려고 합니다."

"……예?"

욤펜이 경악스럽게 눈을 홉떴다.

"성하께서는 오로지 사적인 욕망을 위해 괴물의 사체를 이용하고 있어요. 그건 옳지 않은 일입니다."

욤펜은 지나치게 놀란 동시에 당황했다. 무슨 말을 해야 할지, 또 어떤 반응을 보여야 할지 알 수 없었다. 그는 소리 없이 입술을 벙긋거리다가 결국 아무런 말도 꺼내 놓지 못하고 입술을 꾹 맞물었다.

그 모습을 잠시간 말없이 바라보던 로아나가 이내 한결같이 덤덤한 목소리로 말했다.

"욤펜 대신관이 저를 좀 도와주셨으면 합니다."

* * *

 침실로 향하는 엘시아의 발걸음이 다급했다. 방금 자신의 침실 안으로 들어간 리리엔과 막 헤어진 참이었다.
 엘시아와 리리엔의 침실은 서로 가까이에 위치해 있었기에, 엘시아가 자신의 침실 문을 열기까지는 그리 오랜 시간이 소요되지 않았다. 침실 안으로 들어선 엘시아의 눈에 피비린내 나는 내부 모습이 들어왔다.
 하이드는 창가에 놓인 소파에 앉아 있었다. 엘시아가 문을 닫고 안으로 걸음을 내디디자 하이드가 고개를 돌려 엘시아에게 시선을 주었다. 평소와 다름없이 맑은 눈이었다.
 "황궁에 소속된 기사래."
 하이드는 바닥을 나뒹굴고 있는 시체 두 구에 힐끗 성의 없는 시선을 두고서 말을 이었다.
 "엘시아가 반항해도 끌고 오라는 명령을 받고 왔다고 했어."
 엘시아는 하이드의 눈길이 향해 있는 곳으로 시선을 내려뜨렸다. 아까 전 엘시아가 식당으로 향할 때까지만 해도 피를 흘리기는 했지만 멀쩡하게 살아 있던 남자는 싸늘한 주검이 되어 있었다.
 남자는 팔 한쪽이 없었다. 다른 남자의 시신 역시도 엘시아가 마지막으로 보았던 모습과 달랐다. 두 장정의 사지는 완전하지 않았다. 엘시아는 이유를 알았다.
 "······하이드."
 엘시아는 바짝 마른 입 안으로 마른침을 꿀꺽 삼켰다. 머릿속을 맴돌고 있는 한 마디를 꺼내는 게 어려웠다. 고작 한 마디인데.
 엘시아가 연신 말을 고를 뿐 선뜻 말을 꺼내지 못한 채로 침묵하는 동안, 하이드는 엘시아를 향해 묵묵한 시선만을 보내왔다. 엘시아는 카펫 위로 보이는 검붉은 자국을 내려다보았다. 한참 비가 내리고 난 다음 대지에 고인 물웅덩이 같은 자국이었다.

거기다 눈을 고정한 채로 엘시아가 한참 만에 입을 열었다.

"너, 인간을 먹니?"

"응."

하이드는 너무도 쉽게 대답을 꺼내 놓았다. 엘시아는 천천히 시선을 들어 올렸다. 하이드는 마치 아무런 일도 없었다는 양 태연한 모습으로 우두커니 앉아 있었다.

엘시아는 꼭 새하얀 백지처럼 아무것도 모르는 천진한 아이 같다 여겼던 하이드가 스위티아와 같은 괴물이라는 새삼 실감했다.

지나치게 아름다울 뿐, 겉보기에는 평범한 인간과 다름없어 보이는 소년. 하이드가 정적을 깨고 말했다.

"엘시아는 아니야?"

엘시아는 대답하지 않았고, 하이드는 그런 엘시아에게 재차 대답을 요구하지 않았다. 대신 다른 말을 꺼냈다.

"날 왜 그렇게 쳐다봐? 그렇게 쳐다보지 마, 엘시아."

하이드가 자리에서 일어났다. 그 길로 곧장 엘시아를 향해 가까이 다가갔다. 피 묻은 카펫을 아무렇지도 않게 밟고 지나오는 하이드의 모습에 엘시아는 저도 모르게 한 걸음 뒤로 물러났다.

하이드가 우뚝 발걸음을 멈추었다.

"……엘시아가 그러니까 나, 가슴이 아파."

하이드가 이렇게 속마음을 낱낱이 밝힐 줄은 몰랐다. 엘시아는 순간 당황해 아무런 말도 하지 못했다. 하이드가 다른 곳도 아닌 대공저에서 식인을 했다는 사실에 극심한 실망감을 느낀 순간이었다.

그러나 그런 심정을 말로써 표현할 수 없었다. 하이드가 우울한 기색으로 엘시아 그녀의 눈치를 살피는 모습을 가만 보고 있자니, 차마 쉽사리 입이 떨어지지 않는 것이다. 엘시아는 나직이 한숨을 삼켰다.

두 장정의 시체를 어떻게 남몰래 처리해야 할지 난감한 상황인데, 심지어 그 시체가 훼손되기까지 했다. 이 일을 어떻게 수습해야 할지. 마냥 암담하기만 했다. 엘시아는 다시금 한숨을 삼키고서 비로소 침묵을 깼다.

"하이드, 내가 전에 말했잖아."

하이드의 새빨간 눈동자가 한껏 음울한 색채로 물든 채로 엘시아의 낯을 훑듯이 바라보았다.

"인간들이 세상에서 인간들과 함께 살아가려면 인간들이 만든 규칙을 지켜야 한다고. 기억나?"

"응, 기억나."

하이드가 냉큼 대답하며 고개를 세차게 끄덕거렸다.

"엘시아가 한 말은 안 잊어버려. 전부 다 기억해."

"……그래."

야트막하게 헛숨을 내쉰 엘시아는 잠시 말을 고른 끝에 다시금 침묵을 깨고서 말했다.

"나는 인간을 먹지 않아, 하이드."

"진짜?"

"응, 진짜. 단 한 번도 먹어 본 적 없어."

하이드는 설마하니 엘시아가 식인을 한 번도 한 적 없으리라고는 짐작 못 했는지 내심 놀란 기색을 감추지 못했다. 그저 멍하니 입을 벌린 채로 엘시아를 응시했다.

"나는 네가 인간을 먹을 거라고는 생각하지 못 했어. 그래서 너한테 저 사람들을 맡기고 갔던 건데……."

차마 뒷말을 다 잇지 못한 엘시아가 아랫입술을 꾹 깨물었다. 계속해서 엘시아의 눈치를 살피고 있던 하이드가 드물게 다급한 표정으로 입을 열었다.

"엘시아가 함부로 인간을 죽이지 말라고 했지만, 저 인간들은 먼저 엘시아를 함부로 대했잖아. 그래서 죽어 마땅하다고 생각했어."

지금껏 하이드가 인간을 먹는다고 그것을 지적하거나 비난한 사람은 아무도 없었다. 그러했기 때문에 지금 이 상황이 무척이나 당황스러웠지만, 그렇다고 엘시아에게 미움을 받고 싶지는 않았다. 하이드는 어떻게든 자신의 입장을 엘시아에게 납득시키려고 노력했다.

"그리고 나는 엘시아가 나랑 똑같은 식성을 가지고 있을 거라고 생각했어. 정말이야. 엘시아가 인간을 먹지 않는다는 사실은 정말 모르고 있었어."

드물게 긴 말을 늘어놓은 하이드가 할 말을 끝내고 입을 닫았을 때까지 엘시아는 아무런 말도 하지 않았다. 그저 연신 눈치를 살피는 하이드를 가만히 내려다보았을 뿐이었다. 그런 엘시아의 모습에 하이드는 더욱 초조해졌다.

"엘시아, 내가 미워? 내가 인간을 먹어서 실망했어? 그래서 내가……."

어쩐지 목이 콱 메어 와 마른침을 삼켜 목을 고른 하이드가 간신히 뒷말을 이었다.

"……혐오스러워?"

엘시아는 순간 크게 숨을 들이켰다. 하이드는 꼭 커다란 상처를 입은 여린 짐승처럼 몸을 떨었다. 그래서인지 엘시아는 선뜻 무어라 말을 꺼내지 못하고 침묵했다.

그런 엘시아의 모습을 어떻게 받아들였는지, 하이드는 느릿하게 입을 열어 한껏 떨리는 목소리를 냈다.

"……내가 잘 몰라서 그랬어. 두 번 다시는 안 그럴게."

하이드가 엘시아를 향해서 소심스럽게 다가갔다. 이번에는 엘시아도 뒷걸음질 치지 않았다. 그저 가까이 다가오는 하이드를 가만가만 바라보기만 했다.

"엘시아가 싫다고 하는 일은 안 할 거야."

엘시아를 올려다보는 하이드의 새빨간 눈동자가 바람 앞 촛불처럼 흔들거렸다.

"그러니까 이번만 그냥 넘어가 주면 안 돼?"

일순 아랫입술을 꾹 깨물었다가, 엘시아는 천천히 말문을 열었다.

"너를 탓하려는 건 아니었어, 하이드."

하이드의 순종적이며 맹목적인 시선이 엘시아의 가슴을 아프게 찔렀다. 애초에 엘시아에게는 하이드를 비난할 자격이 없었다.

"너는 그렇게 나고 자랐으니까. 네가 인간을 죽이는 데 망설임이 없고, 또 인간을 먹는 걸 당연하게 여겨도 이상한 일은 아니라고 생각해."

엘시아는 어떻게 하면 하이드에게 더 이상 상처를 주지 않고 이 상황을 잘 마무리할 수 있을지 고민하면서 신중하게 말을 이었다.

"너를 혐오스럽다고 생각한 적 없어. 네가 밉지도 않아. 오히려 나는……."

목에 돌덩이라도 박힌 것처럼 목이 메었다. 그 때문인지 끝이 갈라진 목소리로 엘시아가 한 마디를 덧붙였다.

"널 만나서 다행이라고 생각해."

"……."

"너는 어떻게 생각하고 있는지 모르겠지만, 나는 그래. 널 만나게 되어서 정말 기뻤어."

엘시아가 미워하고 원망하는 상대가 있다면 그건 하이드가 아닌, 엘시아 그녀와 하이드를 이렇게 만든 존재였다. 두 사람에게서 다른 선택지를 갈취해 오직 하나만을 선택할 수밖에 없게끔 종용한 존재들이—이를테면 스위티아와 아이작, 그들이 엘시아는 너무나도 원망스러웠다.

"나는 앞으로도 너와 함께 지낼 수 있으면 좋겠다고 생각하고 있어."

"나도 그래!"

하이드가 다급하게 말했다.

"나도 엘시아가 좋아. 계속 엘시아랑 같이 살고 싶어."

"그렇게 말해 주니 기쁘다."

"진심이야."

"응, 알아. 고마워."

하이드가 엘시아의 앞에서 구태여 입바른 말이나 귀에 달콤한 소리를 할 이유는 없었다. 그 사실을 엘시아는 잘 알고 있었다.

"다만 하이드, 하나만 약속해 줘. 앞으로는 뭐든지 나와 상의하겠다고. 인간을 죽이든 먹든, 그 무엇이든 충동이 생긴다면 나한테 먼저 이야기해 주겠다고."

엘시아가 단단한 목소리로 말을 이었다.

"우리가 함께 지내기 위해서 반드시 해야만 하는 약속이야."

"응응. 약속할게."

하이드가 일말의 망설임조차 없이 대번에 고개를 몇 번이고 주억거렸다. 그 무해한 모습에 엘시아는 입가에 희미한 미소를 머금었다.

"그러면 이제…… 저 시체들을 어떻게 처리할지 고민해 보자."

엘시아가 바닥에 아무렇게나 널브러진 장정 두 명의 시체에 힐끔 시선을 주면서 말했다.

* * *

로아나와 욤펜이 행동에 나선 때는 지나치게 이른 새벽녘이었다. 욤펜은 로아나의 뒤를 따라 걸으면서도 불안한지 연신 시선을 이리저리 배회시켰다.

혹여 누군가 현재 자신들의 모습을 발견하기라도 할까 봐 두려운 나머지 욤펜은 뒤집어쓰고 있던 로브를 더욱 깊게 눌러썼다.

"우리가 정말 이래도 괜찮은 걸까요."

로이니기 막 지히로 항하는 층계의 문을 열었을 때, 욤펜이 기어들어 가는 듯한 목소리로 속삭였다. 로아나는 힐끔 욤펜을 돌아보았다.

"괜찮지 않아도 해야 하는 일이에요."

불안한 마음을 미처 다스리지 못하고 있는 욤펜과 다르게 로아나는 너무나도 의연한 모습이었다.

"……예, 그렇지요."

욤펜이 씁쓸한 표정으로 고개를 주억거렸다. 그 모습을 말없이 지켜보던 로아나는 곧 잠시간 멈추었던 발걸음을 재차 옮겼다.

욤펜은 방금 막 통과해 온 거대한 문을 닫고서 앞서 걸어가는 로아나의 뒤를 따라 계단을 내려갔다.

음습한 습기로 가득 찬 지하 공기가 훅 끼쳐 왔다. 욤펜은 저도 모르게 흠칫 어깨를 떨었다.

"욤펜 대신관, 두려운가요?"

괴물의 사체 두 구가 안치되어 있는 방 문 앞에서, 로아나가 대뜸 짤막한 물음을 던졌다.

욤펜은 로아나의 금안을 마주한 채로 말을 고르다가, 꽤 오랜 시간을 소요한 끝에 가까스로 입술을 벌렸다.

"솔직히 말하자면 무척이나 두렵지만 기꺼이 감내하겠습니다."

해야 하는 일이라고 하였다. 그에 욤펜도 동의하는 바였다. 신을 신실히 모셔야 할 신전은 어느 순간부터 재물이나 권력 따위를 모으는 데 혈안이 되어 버렸다.

아마 신황 폴뤼이도스 3세가 제위에 오르면서부터였던 것 같다. 신전이 빠른 속도로 부패하기 시작한 시점은.

"그렇군요. 그럼, 더 지체하지 않고 문을 열겠습니다."

"예."

욤펜이 이전과 달리 단호해진 표정으로 고개를 끄덕였고, 로아나는 굳게 닫혀 있는 문을 단번에 열어젖혔다.

곧 기이한 존재로부터 뿜어져 나온 묘한 기척이 물씬 느껴졌다. 로아나는 내도록 그러했던 것처럼 이번에도 어김없이 앞장서서 방 안으로 들어갔다.

훅, 헛숨을 내쉰 욤펜이 그러지 않으려고 해도 별수 없이 긴장으로 굳어진 몸을 가까스로 움직여 로아나를 뒤따랐다.

괴물의 사체는 마지막으로 보았던 모습 그대로 변함없이 똑같은 자리에 자리해 있었다. 그를 향해 다가가는 로아나의 뒷모습을 바라보며 욤펜은 꿀꺽, 마른침을 삼켰다.

"욤펜 대신관, 준비해 온 것을 이리로 가져오세요."

로아나가 흔들림 없는 목소리로 간결하게 지시했다. 욤펜은 침실에서 챙겨 온 물건이 담긴 가방을 가지고 로아나가 서 있는 곳으로 가까이 다가갔다.

욤펜이 넓은 테이블 위에 가방을 올려놓자, 로아나가 가방을 열었다. 가방 안에는 종려나무의 기름이 담긴 유리병 다섯 개, 그리고 새하얀 주머니가 하나 들어 있었다. 그 티끌 하나 묻지 않은 흰 주머니에는 신성지를 상징하는 문양이 새겨져 있었다. 로아나는 유리병을 꺼내 들었다.

"시작하죠."

"예."

욤펜 역시도 유리병을 꺼내 병의 뚜껑을 열었다. 그리고 병 안에 든 진득한 액체를 곧장 괴물의 사체 위로 죄 부어 버렸다. 신성력에 반응하는 신비로운 기름이었다. 괴물의 사체를 태우기에 이만큼 적절한 것이 없었다.

머지않아서 괴물의 사체가 기름으로 흠뻑 젖었다. 로아나와 롬펜은 텅 빈 유리병을 다시금 가방 안에 넣었다.

그다음 마치 약속이라도 한 것처럼 두 사람은 거의 동시에 신성력을 사용했다. 두 사람의 손에서부터 뻗어 나온 찬란한 빛이 어둑한 지하 공간을 순식간에 환하게 밝혔다.

괴물의 사체 위로 푸른 불꽃이 피어났다. 그 불꽃은 대번에 몸집을 불려 괴물의 육신을 모조리 집어삼켰다.

신성한 푸른 불꽃이 미지의 존재를 소멸시켜 나가는 광경을 로아나와 욤펜이 말없이 바라보았다.

* * *

"괴물의 사체를 태우고 남은 재입니다."

로아나가 흰 주머니를 건네자, 그것을 페이렌이 선선히 받아 들었다.

"이게 전부입니까?"

"네."

페이렌은 꽉 묶인 주머니를 열어 안에 든 것을 빠르게 확인했다. 그런 다음 주머니를 다시 단단히 묶었다.

"각하께 전하겠습니다."

주머니를 품에 갈무리해 넣은 페이렌이 나직이 말했다. 로아나는 말없이 고개를 끄덕였다. 아직 미처 동이 트기 전, 하늘에 밤의 흔적이 어스름하게 스며들어 있는 이른 시간이었다.

페이렌은 레오디안의 명으로 로아나가 약속한 일을 제대로 행했는지를 확인하기 위하여 일찍부터 신전을 찾아온 것이었다.

욤펜은 머지않아서 다른 대신관이 지하로 내려가, 괴물의 사체가 사라졌다는 사실을 발견했을 때를 상상하며 두려워했다. 그런 욤펜을 침실로 데려다 준 로아나 역시도 내심 불안한 마음을 감출 수 없었다.

신황이라면 오늘 로아나와 욤펜이 남몰래 저지른 일을 단번에 눈치챌 것만 같아서. 로아나는 이미 돌이킬 수 없다는 걸 알면서도 의미 없는 후회를 거듭했다.

"……괜찮으십니까?"

페이렌이 대뜸 조심스러운 물음을 꺼내 놓았다. 로아나는 순간 숨을 크게 들이켜고는 침묵하다가, 애써 아무렇지 않은 척 태연하게 입을 열었다.

"제가 원해서 한 일인 것을요."

"그래도……."

안색이 안 좋아 보입니다, 하고 덧붙이는 페이렌의 목소리는 속삭임에 가까웠다.

"괜찮으니 제 걱정은 하지 마시고 어서 대공님께 가 보세요."

로아나가 희미하게나마 웃으면서 내어 놓은 말에도 페이렌은 그 자리에 못 박힌 듯 서서 미동을 하지 않았다.

"……혹시 당분간 제도에 가 계시는 건 어떻습니까?"

꽤 한참 만에 정적을 깬 페이렌이 뜬금없는 말을 꺼냈다. 로아나는 의아함에 고개를 갸웃했다.

"……제도에요?"

"예."

페이렌이 가볍게 고개를 주억거렸다.

"날이 밝으면 괴물의 사체가 사라졌다는 사실을 모두가 알게 될 겁니다. 신황 성하께서는 대신관들을 추궁할 것이고, 결국 누가 벌인 짓인지를 알아내고 말겠죠."

로아나의 생각도 페이렌이 생각하는 바와 같았다. 신황은 모든 상황을 금세 파악할 것이다. 그렇기에 애초에 로아나는 신관직을 파직당할 각오까지 하고 레오디안의 명에 따랐다.

"신황 성하께서 계속해서 엘시아 님에게 접촉하고 있다고 합니다. 하지만 저는 물론이고 대공 각하 역시도 즉각 대응하지 못하고 있는 실정입니다."

레오디안은 레오디안대로 기사단을 장악하는 데 모든 노력을 기울이고 있었고, 페이렌 역시 신성지의 정세에 온 신경을 기울이고서 레오디안의 명을 받드느라 대공저에 남은 리리엔과 엘시아를 신경 쓸 여력이 없었다.

"만약 로아나 대신관님께서 대공저에 머물러 주신다면 여러모로 큰 도움이 될 것 같습니다."

"……."

"대신관님께도 그리 나쁘지 않은 제안일 겁니다."

페이렌의 말대로였다. 신황의 눈을 피해 당분간 신전을 떠나 있는 건 로아나에게도 퍽 이로운 일이었다. 하지만 문제가 하나 있었다.

"제가 대공저에 머무르는 것을 대공님께서 허락하실까요?"

로아나가 의문을 입 밖으로 내어 놓자, 페이렌이 난감한 기색으로 침묵했다. 아무래도 페이렌은 로아나에게 충동적으로 제안했을 뿐, 레오디안이 어떤 반응을 보일지는 미처 고려하지 못한 것 같았다.

"……이 길로 각하의 사택으로 돌아가, 각하께 말씀을 드려 보겠습니다."

결국 지금 이 시점에서 페이렌이 할 수 있는 말이란 고작 기약도 확신도 없는 무의미한 말이었다. 로아나는 가벼운 미소를 지으면서 말했다.

"걱정해 주셔서 진심으로 감사하지만, 더 이상 신경 쓰지 않으셔도 돼요. 저는 정말 괜찮아요."

"……."

"어차피 각오한 일이에요."

혼잣말에 가깝게 중얼거린 로아나가 문득 고개를 들어 하늘을 올려다봤다. 어느덧 어둠이 걷힌 하늘에 커다란 태양이 오롯이 자리해 있었다.

"예상치 못하게 시간을 꽤나 지체하고 말았네요. 저는 이만 들어가 보겠습니다."

로아나는 군더더기 없는 깔끔한 몸짓으로 몸을 돌렸다. 그리고 곧장 신전 안으로 향하는 로아나의 뒤로 여전히 그 자리를 우두커니 지키고 서 있던 페이렌이 나직이 로아나를 부르는 소리가 가볍게 울려 퍼졌다.

그러나 그것은 늦가을의 바람 소리에 묻힐 정도로 작은 목소리였기에 로아나는 뒤를 돌아보지 않았다.

* * *

엘시아와 하이드는 오랜 시간을 고민하였으나, 뾰족한 수를 찾아내지 못했다.

난데없이 침실에 난입한 사내 두 명의 시체는 여전히 엘시아의 침실 한가운데 자리해 있었다.

"어떡하지……."

"내 방으로 옮기자니까."

하이드의 말에 엘시아가 나직이 한숨을 내쉬었다. 설령 하이드의 침실로 시체를 옮긴다 하여도 그것은 단지 임시방편일 뿐, 본질적인 해결책이 되지 못했다.

어느덧 해가 뉘엿뉘엿 저물어 가고 있었다. 머지않아 저녁 식사 시간이 될 것이었다. 그러면 로이셀이 엘시아를 식당으로 안내하기 위해 이곳 침실을 찾아올 터였다.

물론 엘시아가 먼저 스스로 알아서 침실을 나선다면 로이셀이 이 참혹한 광경을 목격하게 되는 일만큼은 막을 수 있을 테지만, 그래도 혹시나 하는 생각에 엘시아는 불안한 마음을 다스릴 수가 없었다.

"엘시아."

"응?"

"일단 엘시아는 리리엔한테 가 봐."

하이드가 드물게 단호한 표정으로 말했다. 엘시아는 뜬금없는 하이드의 권유에 멍한 얼굴로 하이드를 바라보았다. 하이드가 못 박듯 반복해 말했다.

"리리엔한테 가 봐."

엘시아는 어리둥절해졌다.

"……갑자기 리리엔한테는 왜?"

"엘시아가 종일 침실에 틀어박혀 있으면 리리엔이 이상하게 생각할지도 몰라."

그럴듯한 이야기였다. 엘시아는 의외로운 눈으로 하이드를 응시했다. 그도 그럴 게 엘시아는 자신이 미처 고려하지 못한 바를 딱 짚어 말하는 하이드가 놀라웠다. 설마하니 하이드가 이렇듯 냉철하게 상황을 파악하고 일리 있는 말을 할 줄이야. 예상 밖이었다.

"어쩌면 엘시아가 어디 아픈 게 아닐까 걱정할 수도 있어."

엘시아는 고개를 주억거렸다. 아무리 고민해도 이 상황을 수습할 방법이 딱히 떠오르지 않으니, 잠시 생각을 환기해 보는 것도 좋은 방법인 듯했다.

"그럼 나는 리리엔한테 가 볼게."

"응, 여긴 내가 지키고 있을 테니까 걱정하지 마."

하이드가 퍽 믿음직스럽게 말했다. 엘시아는 어쩐지 가슴이 벅찬 느낌에 아랫입술을 꾹 깨물었다가, 잠시 뒤 애써 웃으며 입을 열었다.

"고마워, 하이드."

하이드는 말없이 가만가만 고개를 끄덕였다. 그 모습을 지켜보던 엘시아는 곧 지체하지 않고 침실을 나섰다.

리리엔의 침실까지는 금방이었다. 리리엔의 침실 앞에서 멈추어 선 엘시아는 가볍게 문을 두드렸다. 머지않아서 문 너머에서 리리엔의 목소리가 들려

왔다. 엘시아는 문을 열었다.

하얀 강아지와 카펫 위를 뒹굴고 있는 리리엔의 모습이 보였다. 리리엔은 엘시아와 시선이 마주치기 무섭게 벌떡 몸을 일으켰다.

가볍게 문을 닫고서 침실 안으로 들어선 엘시아는 천천히 리리엔에게 다가갔다. 리리엔이 늘 그러하듯 익숙하게 엘시아에게 매달리듯 답싹 안겨 왔다. 그런 리리엔을 향해 엘시아가 부드럽게 물었다.

"뭐 하고 있었어?"

"그냥, 뚱뚱이랑 놀았어."

리리엔이 엘시아의 가슴팍에 얼굴을 비비적거렸다. 짐짓 투정을 부리는 듯한 몸짓이었다. 엘시아가 가볍게 웃음소리를 흘렸다.

"심심했어?"

"응."

리리엔이 마치 기다렸다는 듯 망설임 없이 곧장 대답했다.

"언니 쉬는 거 방해하고 싶지 않아서 참았는데……."

엘시아의 품에서 연신 얼굴을 비비적대던 리리엔이 고개를 들어 올렸다. 엘시아는 리리엔의 푸른 눈동자를 가만 내려다보며 이어질 리리엔의 뒷말을 기다렸다.

"언니가 없어서 외로웠어."

"그랬구나."

엘시아가 다정한 손길로 리리엔의 머리를 쓰다듬었다. 그런 엘시아의 입매에 걸려 있던 미소가 한층 짙어졌다.

"그럼 이제 내가 곁에 있으니까 외롭지 않겠네?"

"치이……."

불퉁하게 입술을 쭉 내민 리리엔이 다시금 엘시아의 품에다 포옥 고개를 묻었다. 엘시아는 자연스럽게 리리엔을 데리고 소파로 향했.

리리엔은 엘시아의 품에서 떨어지고 싶지 않은 듯한 눈치였지만, 엘시아가 이끄는 대로 순순히 소파에 앉았다.

"동화책 읽어 줄까?"

리리엔의 맞은편에 앉은 엘시아가 가볍게 권했다. 리리엔이 고개를 흔들었다.

"동화책은 아까 유모가 읽어 줬어."

"그래?"

"응, 그래서 오늘은 더 이상 읽고 싶지 않아."

엘시아가 말없이 고개를 끄덕이는 것으로 리리엔의 말에 반응을 해 보이자, 그 모습을 잠시간 가만 바라보던 리리엔이 대뜸 화제를 돌렸다.

"하이드가 안 보이는데, 무슨 사고를 치진 않았겠지?"

리리엔이 정말이지 걱정스럽다는 듯 미간을 좁혔다. 그도 그럴 게 하이드는 평소 리리엔의 곁에 딱 붙어 좀처럼 떨어지려 하지 않았다. 그런 하이드가 오늘은 왜인지 코빼기도 안 보이니, 리리엔으로서는 의아하게 여길 수밖에 없었다.

"뭐, 나야 하이드가 옆에서 알짱거리면서 귀찮게 하지 않으니까 좋기는 한데."

아무래도 이상하단 말이야, 덧붙인 리리엔의 미간 사이 주름이 더욱 깊어졌다.

"…… 하이드는 낮잠을 자고 있어."

엘시아가 아까 로이셀에게 말했던 것과 같은 거짓말을 입 밖으로 내어 놓았다. 로이셀이 그랬던 것처럼, 리리엔도 엘시아의 말을 크게 의심하지 않고 납득하는 듯했다.

"그렇다면 다행이고."

리리엔이 어깨를 가볍게 으쓱했다. 그러고는 이내 흥미를 잃었는지 다른 화두를 입에 올렸다.

"그나저나 언니, 하루 종일 저택에서만 지내는 게 지루하지 않아?"

아까부터 엘시아를 향해 있는 리리엔의 푸른 눈동자에 일순 이채가 서렸다. 그런 리리엔의 표정은 왜인지 모르게 상기되어 있었다. 꼭 개구진 아이와 같은 리리엔의 얼굴에 엘시아는 저도 모르게 작게 웃었다.

"왜, 밖에 나가고 싶어?"

"응응."

리리엔이 냉큼 고개를 끄덕였다.

"언니가 정 피곤하면 멀리 나가지 않아도 돼. 저택 근처라도 나갔다 오면 안 될까?"

제발, 하고 덧붙인 리리엔이 한껏 기대감이 서린 눈을 반짝이며 엘시아를 바라보았다.

엘시아는 조금쯤 난감한 표정으로 리리엔을 내려다보았다.

하기야 리리엔은 워낙 호기심이 많고 활발한 성격이었다. 그런데 축제 구경을 한 이후, 내도록 저택 안에서만 시간을 보내고 있으니 리리엔이 얼마나 지루해하고 있을지는 어렵지 않게 짐작할 수 있었다.

물론 얼마 전에 황궁을 방문하기는 했다지만 그건 리리엔이 원하는 모습의 외출이라고는 할 수 없는 것이었다.

생각해 보면 엘시아는 이곳 제도로 온 이후, 리리엔과 단둘이 외출한 적이 없었다.

그 사실을 새삼스럽게 상기한 엘시아는 내심 당황스러운 마음에 마른 입술을 축였다. 외출을 하자는 리리엔에게 선뜻 그러자고 대답할 수가 없었던 탓이었다.

엘시아는 오늘 아침 낯선 사내 두 명에게 위협을 받은 상황이었다. 그런 상황에서 리리엔과 외출을 한다는 건 영 내키지 않았다. 하물며 레오디안이 부재한 지금, 혹시나 무슨 일이 일어날지 모르는데 리리엔을 데리고 저택 밖을 나설 수는 없는 노릇이었다.

그런 이유로 엘시아가 망설이고 있는데, 리리엔이 엘시아의 대답을 재촉했다.

"응? 언니."

여전히 기대감으로 반짝거리는 푸른 눈동자를 바라보며 엘시아는 한숨을 삼켰다.

"……한번 생각해 볼게."

"정말?"

"응, 정말."

리리엔이 짐짓 들뜬 목소리로 말했다.

"좋은 쪽으로 생각해 봐야 해, 알았지?"

"그래, 알았어."

엘시아는 리리엔을 향해서 환하게 웃어 보였다. 이래저래 복잡한 사정이야 어찌 됐건, 리리엔의 천진난만한 모습을 가만 보고 있자니 별수 없이 미소가 지어졌다.

* * *

리리엔과 단둘이서 저녁 식사를 마친 엘시아는, 리리엔이 헤르테인과 잠자리에 들 준비를 하는 모습을 잠시간 지켜보다가 리리엔의 침실을 나섰다. 그리고 그 길로 곧장 자신의 침실로 향했다.

"왔어?"

침실 안으로 들어서는 엘시아의 모습을 발견한 하이드가 반색하며 소파에서 일어났다. 엘시아는 방 안의 정경을 휘 둘러본 다음 고개를 끄덕였다.

"뭐 하고 있었어?"

"아무것도."

하이드는 엘시아가 돌아오기를 기다리는 동안, 그저 하염없이 창밖을 내다보고 있었다. 단지 그뿐이었다.

"심심하지는 않았어?"

엘시아의 물음에 하이드는 고개를 비스듬히 기울였다가 이윽고 가볍게 고개를 흔들었다. 그 모습을 잠시 바라보고 있던 엘시아는 곧 시선을 돌려, 여전히 방 한가운데 바닥에 아무렇게나 나뒹굴고 있는 시체에 눈길을 주었다.

그 눈길을 따라서 하이드가 시선을 옮겼다. 점차 싸늘하게 식어 가고 있는 시체에서 냄새가 풍기기 시작했다. 그건 하이드의 식욕을 자극하는 달콤한 냄새가 아닌, 절로 미간을 찌푸리게 만드는 고약한 냄새였다.

그나마 다행인 것은 날씨가 서늘하다는 점이었다. 만약 지금이 여름이었다면 시체에서는 더욱 고약한 냄새가 났을 터였다.

"시체를 밖에다 묻는 게 좋겠어."

조용한 방 안에 불현듯 엘시아의 목소리가 적막을 깼다. 하이드는 엘시아를 바라보았다.

"밖에다 묻어?"

"응, 계속 이렇게 둘 수는 없으니까."

엘시아는 후원을 떠올렸다. 잘 정돈되어 있는 정원과 다르게, 후원에는 사용하지 않는 온실이 덩그러니 놓였을 뿐, 사용인의 손을 타지 않아 아무렇게나 방치되어 있었다. 그 이유는 알 수 없지만, 방치된 후원의 존재는 지금 상황에서 엘시아가 고를 수 있는 유일한 선택지였다.

현재 알렌드로가 고용한 기사들이 저택의 정문을 단단히 지키고 있었다. 그들의 눈을 피해 시체를 짊어지고 저택 밖으로 나가는 건 불가능했다. 그러니 결국 시체를 저택 안에다 묻어야 했는데, 장소를 고르자면 후원이 적당했다.

밤이 깊어지고, 저택에 기거하고 있는 사람들이 잠들었을 때. 그때 엘시아는 시체를 후원에다 묻을 작정이었다.

땅에 시체를 묻는 건 엘시아에게는 마냥 익숙한 일이었다. 리리엔을 노리고 접근하는 괴물들을 죽여 그 시체를 마당에 묻은 일이 수도 없이 많았으니 당연한 이야기였다.

그렇게 엘시아가 사내 두 명의 시체를 바라보며 상념에 잠겨 있는데, 그런 엘시아를 향해서 하이드가 대뜸 물었다.

"언제 묻을 건데?"

"이따 밤에."

엘시아가 대수롭지 않게 대답하자 하이드가 미묘하게 미간을 좁혔다.

"밤에는 잠을 자야 하잖아."

하이드가 마치 당연한 이치나 진리를 이야기하듯 말했다. 엘시아는 내심 당황해 하이드를 바라보았다.

"하지만 모두가 잠든 시간이 아니면 할 수 없는 일이야."

"그럼 내가 할게. 엘시아는 자."

"……뭐?"

"어디에다 묻으면 돼?"

"……."

엘시아는 예상치 못한 하이드의 말에 말문이 막혔다. 그러나 당황한 엘시아의 표정을 보지 못한 건지, 하이드는 너무나도 태연하게 말을 꺼냈다.

"나, 잘할 수 있어."

15. 사체들

임모투스 신전 지하에 안치되어 있던 괴물의 사체가 사라졌다는 사실은 반 나절이 지나지 않아서 신황의 귀에 들어갔다.

괴물의 사체를 살피는 임무를 맡았던 대신관 여덟 명이 신황 앞에 고개를 조아렸다.

그들을 내려다보는 신황 폴뤼이도스 3세, 지그문트의 표정은 여상했다. 그 어떤 분노의 기미도 찾아볼 수 없었다.

"안타깝게 되었군요."

대신관들로부터 괴물의 사체가 분실되었다는 보고를 들은 이후, 꽤 오래도록 침묵을 지키던 신황이 한참 만에 꺼낸 말이 고작 그것이었다.

로아나는 조심스럽게 시선만을 들어 올려 힐끗 신황을 바라보았다. 신황은 속을 알 수 없는 얼굴로 대신관들을 응시하고 있었다.

그 말간 눈동자를 바라보고 있자니 어쩐지 소름이 끼쳤다. 로아나는 조용히 시선을 내려뜨렸다. 신황이 다시금 말문을 연 것은 그 무렵이었다.

"갑작스럽게 괴물의 사체가 사라져 여러분이 많이 놀랐겠습니다."

"……."

"나는 괜찮으니 모두 고개를 드세요."

신황은 그의 말을 따라 고개를 든 대신관들의 얼굴을 차례로 하나하나 돌아보면서 말했다.

"별일 아닙니다."

신황은 괴물의 사체를 분실한 대신관들을 탓하지 않았다. 오히려 신황은 흥미롭다는 듯한 기색이 역력한 표정으로 대신관들을 바라보았다.

"곧 로켄페데스 대공을 비롯한 신전의 기사들이 이곳 신전으로 수많은 괴물의 사체를 인도해 올 것입니다."

신황이 가볍게 입꼬리를 끌어 올려 미소를 지으며 말을 이었다.

"그러니 고작 괴물의 사체 두 구가 사라진 것으로 동요할 필요 없어요."

* * *

"……아무래도 이상합니다."

신황을 알현하고 나오기가 무섭게 로아나에게 다가와 바투 붙어 선 욤펜이 로아나에게만 들릴 정도로 조그만 목소리로 속삭였다.

"어떻게 생각하십니까, 로아나 대신관. 성하께서 미처 눈치채지 못하신 걸까요?"

"글쎄요."

로아나는 직전 마주했던 신황의 얼굴을 떠올려 보았다. 신황은 괴물의 사체가 사라지게 된 경위에 조금도 관심을 두지 않았다. 그저 면목 없어 하는 대신관들을 다독였을 뿐이었다.

못내 찜찜한 마음이 들었지만, 그렇다고 해서 신황에게 대체 무슨 생각이시냐고 물어볼 수는 없는 노릇이었다. 신황의 의중을 파악할 길이 없으니, 당연히 대응할 수도 없었.

"어찌 됐든 우리에게는 잘된 일 아닙니까. 너무 깊게 생각하지 마세요, 욤펜 대신관."

"하지만……."

욤펜이 연신 불안한 눈으로 주위를 살피더니 곧 떨리는 목소리로 말했다.
"……어째 영 불안합니다. 신황께서는 정말 이렇듯 그냥 넘어가실 생각일까요?"
욤펜의 말에 로아나는 대답하지 못했다. 욤펜이 그러하듯, 로아나 역시도 신황의 생각은 알지 못했다.
로아나는 욤펜과 이 이상으로 대화를 나누어도 무의미하다 판단했다.
"저는 가 볼 곳이 있어, 이만 물러가 보겠습니다."
욤펜은 로아나를 붙잡고 싶었지만, 이윽고 로아나가 단호하게 몸을 돌리는 모습을 보고는 차마 붙잡지 못했다.
그 자리에 못 박힌 듯 서서 욤펜은, 멀어지는 로아나의 뒷모습을 그저 멍하니 바라보았다.
한편 로아나는 등 뒤로 느껴지는 시선의 존재를 인지하고 있었지만, 뒤를 돌아보지 않았다. 오직 앞만 보고 걸음을 내디뎠다.
조금 전 신황의 반응은 로아나의 예상 밖이었다. 욤펜과 마찬가지로 로아나 또한 불안감을 느꼈다.
곧장 신전을 나선 로아나는 레오디안의 저택을 향해서 걸음을 재촉했다. 이른 새벽, 페이렌을 만나서 이야기를 전하기는 했지만 아무래도 레오디안을 직접 만나 보는 게 좋을 것 같다는 생각에서였다.
머지않아서 스산한 저택 앞에 멈추어 선 로아나는 거대한 정문을 가볍게 밀어 보았다. 굵은 줄기로 둘러싸인 문은 너무나도 쉽게 열렸다.
로아나는 찰나 망설인 끝에 저택 안으로 들어섰다. 저택은 무척이나 고요했다. 그제야 로아나는 어쩌면 레오디안이 현재 저택이 아닌, 기사단 집결지에 있을지 모른다는 생각을 했다. 만약 그렇다면 로아나는 지금 헛된 발걸음을 한 것이 됐다.
하지만 일단 확인을 해 봐야겠다는 생각에 로아나는 건물 안으로 향했다. 일전 레오디안과 이야기를 나누었을 때, 레오디안이 안내했던 서재의 위치를 상기하며 그곳을 향해 걸음을 옮겼다.

그러다가 머지않아서 로아나는 페이렌을 맞닥뜨렸다. 로아나의 모습을 발견한 페이렌이 짐짓 당황한 표정으로 로아나에게 다가왔다.
"여기까지 무슨 일이십니까?"
페이렌이 의아한 기색을 감추지 않고 물었다. 로아나는 선선히 용건을 꺼내 놓았다.
"대공님을 만나 뵈러 왔어요."
"아……."
페이렌은 잠시 말없이 로아나를 바라보다가, 이윽고 옆으로 비켜섰다.
"대공님은 현재 침실에 계십니다. 안내해 드리겠습니다."
로아나가 가볍게 고개를 끄덕였다. 그것을 확인한 페이렌이 로아나를 앞서 걷기 시작했다. 페이렌의 뒤를 따라 로아나도 걸음을 옮겼다. 그런 로아나의 심장은 얼핏 거친 기세로 빠르게 뛰고 있었다.
그리고 그리 오랜 시간이 지나지 않아서 로아나와 레오디안이 서로를 마주했을 때, 제도의 대공저로부터 전령이 도착했다. 엘시아가 습격을 받았다는 소식을 가지고서.

* * *

알렌드로가 고용한 기사들이 저택을 지키고 있는 상황에서 모두의 눈을 피해 장정의 시체 두 구를 묻는다는 것은 애초부터 불가능한 일이었는지도 모른다.
늦은 밤, 알렌드로는 마치 아무것도 모르는 어린애처럼 천진하게 서 있는 하이드에게 자리를 권했다.
"앉거라."
하이드는 별다른 말없이 알렌드로의 맞은편에 앉았다. 방금 전 남몰래 시체를 후원에다 묻는 엄청난 짓을 저지르려던 아이라고는 믿을 수 없을 정도로 태연했다.

알렌드로는 환하게 밝혀진 서재를 공연히 휘 둘러보았다. 이곳은 레오디안이 집무실로 사용하는 서재였는데, 레오디안을 대신하게 되면서 알렌드로는 대부분의 시간을 이곳에서 보내고 있었다.

알렌드로는 꽤 한참 동안 난감한 기색으로 이리저리 시선만 옮겨 대다가, 다시금 하이드에게 눈길을 고정했다.

어디서부터 말을 꺼내야 할지 알 수가 없었다. 그도 그럴 게 하이드가 저지른 짓은 가볍게 넘길 수 있을 만한 일이 아니었다.

알렌드로는 저택 경비를 서고 있던 기사에게 하이드가 후원에서 땅을 파헤치고 있었고, 그런 하이드의 옆에 시체 두 구가 놓여 있었다는 보고를 받았다.

그러나 그 보고를 도무지 믿을 수가 없어서, 알렌드로는 직접 후원으로 가서 상황을 파악하고 온 참이었다. 그리고 하이드를 데리고 서재로 왔다.

현재 시체들은 기사들이 적당히 수습해서 쉽게 눈에 띄지 않는 후원 한편에다 놓아둔 상태였다.

시체들의 신원을 파악하는 일은 어렵지 않았다. 알렌드로는 숨이 멎어 싸늘한 시신으로 변한 그들이 자신이 얼마 전에 고용한 기사들이라는 사실을 금세 알아보았다.

그래서였다. 알렌드로는 두 눈으로 직접 확인을 한 바가 있으나, 아직도 작금의 상황이 도저히 믿기지 않았다.

무엇보다도 평범한 사내들도 아닌, 훈련받은 기사들을 대체 누가 살해한 것이며, 또 그런 그들을 어째서 하이드가 땅에 묻으려고 했던 것인가. 알렌드로는 깊이 생각해 보았지만 상황의 인과를 도저히 파악할 수가 없었다.

"……그들이 누구에게 살해당한 것인지를 알고 있느냐?"

얼핏 가녀려 보이기까지 하는 소년, 하이드가 자신보다 훨씬 커다란 사내 둘을 살해하였다고는 생각할 수 없었다. 그렇게 판단한 알렌드로가 한참 만에 그렇게 물었다.

하이드는 아무런 말없이 알렌드로를 물끄러미 쳐다보기만 했다. 그 모습을 주시하던 알렌드로의 머릿속에 순간 한 가지 생각이 스치고 지나갔다.

그러니까, 어린아이인 하이드가 잔인하게 살해당한 사내 둘의 시체를 보고 놀랐을지 모른다는 생각이었다.

알렌드로에게는 아이가 없었다. 알렌드로는 아이를 어떻게 달래야 하는지 몰랐다. 하여 알렌드로는 그저 조심스러운 시선으로 하이드의 낯빛을 살필 뿐이었다.

하이드는 무언가를 곰곰이 생각하는 기색으로 침묵하다가, 한참 만에 입을 열었다.

"그 남자들이 엘시아를 위협했어."

"그게…… 정말이냐?"

하이드가 선선히 고개를 끄덕였다. 알렌드로는 멍하니 입을 벌렸다. 이곳 저택을 수호해야 할 기사가 저택에 머무르고 있는 여인을 위협했다고?

하이드의 말이 정말 사실이라면, 그건 알렌드로 그가 직접 고용한 기사가 엘시아에게 해를 끼치려 하였다는 이야기가 된다.

"그 모습을 직접 목격하였느냐?"

알렌드로가 경악을 금치 못하며 꺼낸 물음에 하이드는 이번에도 대수롭지 않다는 듯 고개를 주억거렸다.

"어떻게 그런 일이……."

알렌드로는 자리를 박차고 일어났다. 순식간에 높아진 눈높이에 하이드는 목을 꺾다시피 고개를 들어 알렌드로를 쳐다봤다.

"어디 가려고?"

알렌드로가 순간 멈칫해 하이드와 시선을 맞추었다. 알렌드로는 엘시아가 괜찮은지 확인해 볼 요량이었다.

그런데 하이드가 이상하리만큼 태연했다. 만약 엘시아의 신변에 무슨 이상이 생겼다면 하이드가 이렇듯 태연하지는 않을 것 같다는 생각이 들었다. 알렌드로는 잠시간 망설이다가 입을 열었다.

"아리테스 영애는 괜찮은 것인가?"

"……아리테스 영애?"

하이드가 알렌드로의 말을 이해할 수 없다는 듯 고개를 비스듬히 기울였다.

"그러니까, 레이디 엘시아를 이야기하는 것이다."

"아."

일순 멍하니 입을 벌렸던 하이드가 이윽고 고개를 끄덕거렸다.

"엘시아는 괜찮아."

하이드가 대수롭지 않게 말을 이었다.

"아마 엘시아는 지금쯤 잠을 자고 있을 거야."

"……잠을, 자고 있을 거라고?"

"응, 내가 그러라고 했거든."

알렌드로의 입술이 멍하니 벌어졌다. 원래도 혼란스러웠던 알렌드로의 머릿속은 더욱 혼란스러워졌다.

그도 그럴 것이 다른 일도 아니고 살인 사건이었다. 다름 아닌 대공저에서 살인 사건이 일어났다. 그리고 어린 소년이 살해된 장정 두 명의 시체를 묻으려는 시도를 하였다.

그런데 살해된 사내들에게 위협을 당했다는 엘시아는 방금 하이드의 말에 따르면 잠을 자고 있단다. 이를 어떻게 받아들여야 할지 알 수가 없었다. 알렌드로는 나직이 침음했다.

가만히 알렌드로를 지켜보고 있던 하이드가 대뜸 말문을 연 것은 그 즈음이었다.

"혹시 지금 엘시아를 깨우려는 거야?"

그렇게 묻는 하이드의 표정은 이전과 달리 진지했다.

"깨우지 마."

알렌드로는 말문이 막힌 채로 하이드를 바라보았다.

"엘시아는 잠을 잘 못 잔단 말이야."

엘시아는 최근에야 제대로 잠을 자기 시작했다. 그래서 하이드는 알렌드로가 엘시아의 숙면을 방해하지 않았으면 바랐다.

그래서였다. 하이드는 엘시아가 오늘 일어난 일을 모두에게 숨기고 싶어 한다는 사실을 진작 눈치채고 있었다. 때문에 지금 자신이 알렌드로에게 모든 것을 고백한다면 엘시아가 자신을 원망할 수도 있다는 생각이 들었지만, 이내 단호한 표정으로 말을 꺼냈다.

"내가 다 얘기할게. 무슨 일이 있었는지 내가 전부 봤으니까."

하이드에게 다른 건 중요하지 않았다. 엘시아와 리리엔 외에는 중요한 게 없었다. 이제 엘시아와 리리엔은 텅 비어 있던 하이드의 세계를 이루는 모든 것이었으므로.

하이드의 단호한 의지를 꺾지 못한 알렌드로는 결국 다음 날이 되어서야 대공저에 일어난 사건을 레오디안에게 전할 수 있었다.

* * *

그리하여 레오디안은 대공저에 살인 사건이 벌어진 때로부터 하루가 지난 오늘, 알렌드로가 보내온 전령을 마주했다.

전령은 대공저에 일어난 사건을 레오디안에게 일목요연하게 전달했다.

레오디안은 엘시아가 다름 아닌 대공저 내에서 위협을 당했다는 소식을 듣고 놀랐지만, 엘시아를 위협한 사내 두 명이 살해당했다는 이야기에는 놀라지 않았다.

그도 그럴 것이 레오디안은 하이드가 히치콕 백작을 비롯한 귀족 네댓 명을 살해했다는 사실을 알고 있었다.

하이드는 인간이 아니었다. 인간은 상상할 수 없는 힘을 가지고 있었다.

레오디안은 그가 대공저로 돌아갈 수 없는 지금, 엘시아의 곁에 하이드가 있어서 다행이라고 생각했다.

하이드가 아니었더라면 엘시아는 어떻게 되었을지 모른다. 레오디안이 아는 엘시아는 하이드처럼 인간을 살해하는 데 망설임이 없는 여자가 이 아니었으므로.

"죽은 자들의 신원은 파악이 되었나?"

레오디안이 전령을 향해 물었다.

"배후는 누구지?"

전령은 난감한 표정으로 고개를 흔들었다.

"백작님이 어제부터 조사를 하고 계십니다. 머지않아서 그자들의 신원과 배후를 알아낼 수 있을 겁니다."

"테르만 백작에게 알아내는 대로 내게 연락을 하라 이르도록."

"예, 대공 각하."

전령은 레오디안에게 정중히 인사를 한 후에 급히 자리를 떠났다.

문이 닫히고, 그 뒤로 방 안에는 자연스럽게 적막이 찾아들었다.

레오디안은 몸을 돌렸다. 그러자 여태 말없이 앉아서 상황을 지켜보고 있던 로아나가 곧장 레오디안과 시선을 맞춰 왔다.

"……대공님. 혹시 따로 짐작이 가는 곳이 있으세요?"

로아나가 조심스럽게 꺼낸 질문에 레오디안은 잠시간 묵묵히 말을 골랐다.

짐작이 가는 곳이라.

없을 리가 없었다. 다른 곳도 아니고 대공저에 세작을 심어 엘시아를 위협할 만한 사람은 그다지 많지 않았다.

지금 레오디안은 크게 두 곳을 염두에 두고 있었다. 다름 아닌 신전과 황실이었다.

"신황 성하는 아닐 거예요."

로아나 역시도 레오디안하고 같은 생각을 하고 있었는지, 레오디안이 염두에 두고 있는 선택지를 추려 냈다.

"제 생각에는 황실인 것 같아요."

황제가 의식을 차린 이후, 1황자 하일롭은 아마 꽤나 초조하고 있을 것이다.

하일롭은 자신이 순조롭게 제위에 오르게 되리라 믿어 의심치 않았고, 제위에 오를 날만을 기다려 왔다.

그런데 황제가 깨어나면서 황실의 분위기가 묘해졌다. 그도 그럴 것이 황제는 아직 공식적으로 황태자를 책봉하지 않았다.

이 암브로시우스 제국의 황자는 두 명이고, 두 명 모두 적법한 후계자였다. 둘 중 누구든지 황태자가 될 수 있었다.

물론 2황자 로지안보다 1황자 하일롭이 훨씬 더 유능하다는 건 오래전부터 널리 알려진 사실이었다.

하지만 그렇다고 해서 그것이 하일롭이 황태자 자리에 올라 무사히 황제의 자리까지 오르게 되리라는 의미는 아니었다.

현재 시점에서는 로지안보다야 하일롭이 황태자가 될 가능성이 더 크기는 하지만, 또 모르는 일이었다.

하일롭이 황제의 눈밖에 나고, 로지안이 황제의 마음에 들게 된다면, 로지안이 지지 세력을 다져 하일롭을 대적하기 시작한다면, 현재 판도는 언제든지 뒤바뀔 수 있었다.

이러한 중대한 시점에서 신전은 독자적으로 괴물 토벌대를 꾸려, 인간 틈에 숨어 살고 있는 괴물을 죄다 찾아내 죽이고자 하고 있었다.

과연 신황이 토벌하려는 것이 오로지 괴물뿐일까? 로아나는 의심스러웠다.

"아무래도 엘시아 님이 계속 대공저에서 지낸다면 위험할 것 같다는 생각이 들어요."

로아나가 굳은 표정으로 말을 꺼냈다. 레오디안은 가라앉은 시선으로 창밖을 바라볼 뿐, 아무런 말도 하지 않았다.

"그리고 저 역시도 당분간 신황 성하의 눈을 피해 있는 편이 좋겠다는 생각이 들어요."

꽤 한참 동안 말없이 로아나를 바라보기만 하였던 레오디안이 마침내 고개를 끄덕였다.

"그대의 판단이 옳아."

레오디안은 로아나를 똑똑히 직시하며 말을 이었다.

"그대와 함께 사체를 처리한 대신관이 누구지? 그 대신관도 신성지를 떠나 있는 것이 좋겠어."

레오디안의 말에 로아나가 고개를 흔들었다.

"갑자기 두 명의 대신관이 사라진다면 신황 성하께서 의심하실 거예요."

"신황이 사체에 손을 댄 것이 누군지 정말 모르고 있으리라고 생각하나?"

"……네?"

로아나가 당황한 기색이 역력한 목소리로 되물었다.

"그게 무슨……."

"신황은 진작 눈치챘을 것이다. 다만 모르는 척하고 있을 뿐."

레오디안의 짐작으로는 그랬다. 역대 신황들은 각자 뛰어난 능력을 지니고 있었다.

그러므로 당연하게도 이번 대 신황 폴뤼이도스 3세도 필시 묘한 능력을 지니고 있을 터였다. 그러나 신황은 자신의 능력을 오래도록 숨겨 왔다. 그래서 신황의 능력으로 정확히 어떤 일이 가능한지 알 수 없었다.

하지만 그간 신황을 지켜본 바, 레오디안은 신황의 능력을 어렴풋이 추측할 수 있었다.

신황은 종종 마주한 상대방의 머릿속을 읽기라도 한 것처럼 굴고는 했다. 또 신황을 대면한 사람 중, 가끔 신황에게 홀리기라도 한 듯이 비정상적으로 신황을 숭배하는 사람이 있었다.

하여 레오디안은 신황의 능력이 정신계 능력이 아닐까 어림짐작하고 있었다. 타인의 생각을 읽거나, 타인의 생각을 조종하거나 하는 능력 말이다.

"그러니 신황에게 이번 일을 들킬까 걱정할 필요 없어. 그대의 안위만 생각해."

레오디안이 굳은 표정으로 말했다. 그를 마주한 로아나의 표정 역시 딱딱하게 굳어졌다.

"……욤펜 대신관에게 의사를 물어볼게요. 그가 신성지를 떠나겠다고 하면, 그 즉시 제도로 향하겠어요."

로아나가 가까스로 꺼낸 말에 레오디안이 묵묵히 고개를 끄덕였다.

* * *

"……그래서 대공 각하께 전령을 보내 사건을 알렸습니다."

엘시아가 멍한 표정으로 알렌드로를 바라보았다. 그러다 간신히 시선을 돌린 곳에 하이드의 무표정한 얼굴이 자리해 있었다.

어젯밤, 시체 두 구를 들고 후원으로 나간 하이드가 후원 한편의 땅을 파다가 기사들에게 발각된 모습을 엘시아는 똑똑히 보았다.

그때부터 어느 정도 각오하고 있던 일이었다. 하지만 막상 알렌드로가 레오디안에게 모든 사실을 알렸다는 이야기를 하니, 그에 어떻게 반응을 해야 할지 엘시아는 영 알 수가 없었다.

"무척 놀라셨지요? 제 불찰입니다. 죄송합니다."

알렌드로가 딱딱하게 굳어 있는 엘시아를 향해 사죄했다. 그에 엘시아는 더욱 당황해 알렌드로를 바라보았다.

"자세한 사정은 하이드를 통해 들었습니다. 엘시아 님이 검을 다룰 줄 아셔서 무척 다행입니다. 하마터면 위험할 뻔했는데 말입니다."

하이드가 알렌드로에게 어떤 말을 했는지 엘시아로서는 알 수 없었다. 하어 엘시아는 괜한 말을 꺼냈다가 알렌드로에게 의심을 사기라도 할까 봐, 입을 꾹 다문 채로 침묵을 지켰다.

"그 기사들의 신원을 파악하는 중입니다. 그들의 배후 또한 조사 중에 있습니다."

알렌드로는 엘시아의 낯빛을 살피며 부드러운 목소리로 말했다.

"다시는 대공저에서 이런 불미스러운 일이 일어나지 않도록 단단히 조처하겠습니다. 다시 한번, 사과드리겠습니다. 죄송합니다."

재차 사과를 건네는 알렌드로를 멍하니 바라보기만 하던 엘시아가 곧 가까스로 고개를 흔들었다.

"아니에요. 저야말로 괜한 일을 벌인 것 같아서……."

"괜한 일이라니요."

방금 전까지만 해도 엘시아에게 한사코 부드러운 어조로 말을 하였던 알렌드로가 단호하게 엘시아의 말을 부정했다.
"위해를 가하려는 상대를 제압한 것을 어찌 괜한 일이라 말하십니까?"
"……."
"그것은 괜한 일이 아닙니다. 엘시아 님은 스스로를 보호하기 위해 정당하게 방어를 하신 겁니다."
알렌드로는 단호한 목소리만큼이나 단호한 표정으로 엘시아를 바라보았다. 그에 순간 멈칫했던 엘시아가 힘없이 고개를 끄덕였다. 알렌드로가 그렇게 생각한다니 다행이었다. 그런데 과연, 소식을 전해 들은 레오디안도 알렌드로와 똑같이 생각하고 있을까?
아닐 것 같다는 생각이 들었다. 그런 회의적인 생각에 엘시아는 절로 새어 나오려는 조소를 삼켰다.

* * *

"……죽었다고?"
하일롭이 정말이지 믿을 수 없다는 듯 되물었다. 방금 막 세작을 통해 들은 소식을 하일롭에게 전한 기사가 면목이 없다는 양 고개를 푹 숙였다. 그 모습을 한동안 말없이 지켜보던 하일롭은, 한쪽 입꼬리를 끌어 올려 비릿한 미소를 지었다.
"……하기야, 평범한 기사는 그 여자의 상대가 안 될테지."
경솔했다. 조급한 마음에 너무나도 뻔한 사실을 간과하고 말았다. 그러니까, 엘시아가 인간이 아니라는 사실을 말이다.
이번 일은 다른 누구를 탓할 수 없었다. 다름 아닌 바로 하일롭, 그의 실수였으므로. 애초에 어그러질 수밖에 없었던 일이었다. 그 사실을 하일롭은 겸허하게 받아들였다.
불행 중 다행인 것은 로켄페데스 대공저에 들여보낸 기사들은 출신도 연고

지도 불분명한, 하다못해 제대로 된 신분도 없는 사내들이라는 점이었다.

렌드로 테르만 백작이 알고 있을 그들의 신분은 다만 하일롭이 적당히 위장한 거짓 신분이었다. 그러므로 테르만 백작과 레오디안 로켄페데스 대공이 죽은 기사들의 신분과 그들의 배후, 그리고 사건의 정황 따위를 파악하는 데는 꽤나 오랜 시간이 필요할 터였다.

그 전에, 하일롭은 엘시아를 대공저 밖으로 끌어내야 했다.

"내가 특별히 지시를 하기 전까지는 계속해서 로켄페데스 대공저의 정황을 살피도록."

"예, 황자 저하."

하일롭은 가벼운 손짓으로 기사를 물렸다. 그러자 하일롭을 향해 예를 취해 보인 기사가 곧 지체 없이 집무실을 떠났다.

달칵, 문이 닫히는 소리가 조용한 집무실에 울려 퍼졌다. 홀로 남겨진 하일롭은 널따란 책상에 턱을 괸 채, 손가락으로 입매를 매만졌다.

레오디안이 신성지에 발이 묶여 있으니, 대공저에서 엘시아를 빼내오는 것은 쉬우리라 생각했다. 그런데 생각보다 일이 어렵게 돌아가고 있었다.

리리엔의 가정교사로 있었던 테르만 백작 부인을 통해 대공저 곳곳에 심어 놓은, 환각을 일으키는 독초의 효과도 어째 영 나타날 기미조차 보이지 않고 있었다.

하일롭은 여전히 대공저에 독초가 잘 숨겨져 있는지를 확인해야 할 필요성을 느꼈다. 그래서 테르만 백작부인의 뒤를 이어 리리엔의 가정교사가 된, 오드리를 매수하려는 시도를 했다.

그러나 그 은밀한 시도는 단순히 시도로 그쳤다.

오드리는 페레이스 왕국 출신으로, 이 암브로시우스 제국에는 이렇다 할 연고가 없었다. 그런 오드리를 매수하는 것은 불가능했다. 무엇보다도 오드리는 그새 리리엔에게 꽤나 많은 정을 붙인 눈치였다.

거기까지 생각하던 하일롭의 머릿속에 문득, 황제가 깨어난 이후 계속해서 반복해 되뇌고 있는 말이 떠올랐다.

'그 아이는 대공저에 있어서는 안 돼.'

황제는 리리엔 로켄페데스의 존재를 꺼리다 못해 끔찍하게 혐오했다.

하일롭은 황제가 수년 전, 리리엔을 납치해 대공가의 눈을 피해 어디론가 숨겨 버린 장본인이라는 사실을 알고 있었다.

하지만 황제가 어찌하여 그러한 일을 저질렀는지, 그 이유는 아직도 오리무중이었다.

하일롭은 그가 미처 파악하지 못한, 황제만이 간직하고 있는 무언가가 있으리라 어림짐작할 뿐이었다.

"대체 왜일까……."

레오디안은 나이 터울이 많이 나는 황제의 동생이었다. 그리고 그런 레오디안의 동생이 다름 아닌 리리엔이었다.

황제가 리리엔을 납치한 데에는 분명 그래야만 했을 사정이 있을 터였다. 문제는 그 사정을 어떻게 알아내야 할지 영 알 수가 없다는 것이었다.

혹시 엘시아라면 알고 있을까. 그래, 그동안 리리엔을 돌봐 온 엘시아라면 뭔가 알고 있을지 모른다.

아무런 이유 없이, 어떤 대가도 바라지 않고 리리엔을 키웠을 리 없다. 그렇게 생각한 하일롭은 한시라도 빨리 엘시아를 대공저에서 빼돌려야겠다고 단단히 다짐했다.

* * *

어느덧 계절이 모습을 바꾸어 겨울이 성큼 다가왔다. 한껏 신이 나서 걸음을 재촉해 거리를 걷는 리리엔의 옷차림이 몰라보게 두꺼워졌다. 엘시아 역시도 평소 입는 소매가 긴 드레스 위로 두터운 외투를 걸친 채였다.

"언니, 그래도 오랜만에 밖에 나오니까 좋지?"

리리엔이 생글생글 웃으며 물었다. 엘시아는 가볍게 고개를 끄덕였다.

"그러게, 진작 나와 볼 걸 그랬어."

오늘 엘시아가 리리엔과 하이드, 그리고 호위로 벨레로폰까지 대동해 외출을 하게 된 건 알렌드로의 권유 때문이었다.

때는 알렌드로가 저택에서 일어난 살인 사건을 레오디안에게 보고했다는 이야기를 마쳤을 때였다.

수업을 마치고 오드리를 저택 앞까지 배웅한 리리엔이 엘시아를 찾아왔다. 그러더니 곧장 꺼낸 말이, 외출을 할지 말지 생각해봤냐는 말이었다.

그 말을 들은 알렌드로는 엘시아에게 기분 전환 삼아서 가볍게 외출을 하고 돌아오는 것이 어떻겠냐는 권유를 했다.

그에 리리엔은 물론, 하이드까지 기대감이 서린 눈을 빛냈다. 알렌드로의 권유가 더해진 상황에서 엘시아는 결국 고개를 끄덕이고 말았다.

그리하여 현재, 엘시아는 대공저 근처 운하를 걷고 있었다.

리리엔도 그간 겪은 상황들로 눈치챈 것이 있는지, 멀리 나가 보자고 고집을 피우지 않았다.

엘시아는 리리엔 옆에 딱 붙어서 걷는 하이드를 힐끔 바라보았다. 하이드는 로이셀이 급하게 구해 온 외출복을 입고 있었다.

얼핏 보기에도 품이 커 보이는 옷을 입고 있어서 그런지, 하이드는 평소보다 더 어리게 보였다.

엘시아는 이런저런 이야기를 나누며 걷는 리리엔과 하이드의 모습을 지켜보며 두 아이의 뒤를 따라 걸었다.

그런 엘시아의 곁에서 벨레로폰이 보폭을 맞추어 걸음을 옮겼다.

그렇게 얼마쯤 평화로운 분위기 속에서 산책하듯 저택 주변을 걸었을까.

"……레이디 리리엔!"

저 멀리서 낯설면서도 어딘지 눈에 익은 소녀가 다급한 표정으로 달려들어 왔다.

그 소녀의 정체를 가장 먼저 알아차린 사람은 다름 아닌 리리엔이었다.

"에이사 히치콕?"

혼잣말처럼 중얼거린 리리엔이 의아한 듯 미간을 좁혔다.

엘시아는 벨레로폰에게 가로막혀서 안절부절 어쩔 줄을 모르고 있는 소녀를 새삼스럽게 바라보았다.

에이사 히치콕, 죽은 아이작 히치콕 백작의 하나뿐인 동생이라던 그 소녀는 지금, 왜인지 무척이나 간절한 눈으로 리리엔을 응시하고 있었다.

"물러서십시오."

벨레로폰이 에이사에게 나직이 경고했다.

저보다 훨씬 커다란 성인 남자에게 가로막혀 있으니 겁을 먹을 법도 한데, 에이사는 물러서기는커녕 미동조차 하지 않았다.

에이사는 리리엔 외에는 눈에 보이지 않는 사람처럼, 오로지 리리엔에게만 시선을 고정한 채로 울먹거렸다.

"……저를 좀 도와주세요, 레이디 리리엔."

엘시아는 힐끗 리리엔을 돌아보았다. 리리엔은 냉정한 눈으로 에이사를 바라보고 있었다.

"내가 왜?"

머지않아서 리리엔이 꺼낸 말은 리리엔의 서늘한 표정만큼이나 차가웠다. 그에 놀란 것은 비단 엘시아뿐만이 아니었다. 벨레로폰과 에이사가 짐짓 믿을 수 없다는 듯이 리리엔을 새삼스럽게 응시했다.

그러나 모두의 시선을 받고 선 리리엔은 전혀 개의치 않는 기색이었다.

에이사가 속절없이 흔들리는 목소리로 더듬더듬 말을 꺼냈다.

"우리, 우리는 친구잖아요."

"……우리가?"

리리엔이 미간을 찌푸렸다.

"이상한 소리를 하네."

혼잣말처럼 중얼거린 리리엔은 이내 이전보다 더 서늘하게 표정을 굳혔다.

"나는 너 같은 친구를 둔 기억이 없는데."

"……."

"아무래도 네가 뭘 단단히 착각하고 있는 것 같아."

그렇게 말하는 리리엔에게서는 에이사를 향한 혐오감마저 느껴졌다.

그래서인지 엘시아는 눈앞의 리리엔이 너무나도 낯설게 느껴졌다. 엘시아는 당황을 금치 못했다. 리리엔이 어째서 이렇듯 에이사에게 날을 세우는 건지 엘시아로서는 알 길이 없었다.

"리리엔, 왜 그래?"

엘시아는 리리엔에게만 들릴 정도로 조그만 목소리로 속삭이듯 물었다.

그러자 여태 에이사를 똑똑히 직시하고 있던 리리엔이 엘시아를 향해서 시선을 돌렸다.

"나는 언니한테 무례하게 군 사람하고 친구할 생각 없어."

리리엔이 단호한 목소리로 잘라 말했다.

그제야 엘시아는 리리엔이 초대를 받은 아틀리에 동행했던 때를 떠올렸다.

그때 엘시아는 그곳에서 에이사를 비롯해서 리리엔의 또래 귀족들을 만났다.

엘시아가 머릿속에 떠올릴 수 있었던 것은 딱 거기까지였다. 잠시 기억을 더듬어 보았으나, 엘시아는 자신에게 에이사가 무례하게 굴었는지 아닌지를 기억해 낼 수 없었다.

그도 그럴 게 그때 당시 엘시아는 정신이 없었다. 리리엔이 갑작스럽게 의식을 잃고 쓰러졌기 때문이었다.

기절한 리리엔을 데리고 다급하게 저택으로 향했던 기억만이 엘시아의 뇌리에 선명하게 남아 있었다.

"제가 아리테스 영애에게 무례하게 굴었다면 진심으로 사과드릴게요."

숨을 제대로 쉬고 있는지 걱정스러울 정도로 하얗게 질린 얼굴을 한 에이사가 다급하게 말을 꺼냈다.

"저도 모르게 그랬나 봐요. 제가 어리석고 철이 없어서……."

에이사는 엘시아를 향해서 연거푸 사과했다.

"정말 죄송해요. 죄송해요, 아리테스 영애."

엘시아는 기억도 못하는 일을 에이사는 계속해서 사과하고 있었다. 에이사 역시도 엘시아에게 무례를 저지른 일을 제대로 기억하고 있는 눈치가 아니었다.

엘시아는 당황한 눈으로 에이사와 리리엔을 번갈아 바라보았다. 리리엔은 여전히 싸늘한 표정으로 에이사를 주시하고 있었다.

하지만 단지 그뿐이었다. 리리엔은 아무런 말도 하지 않았다. 입술을 고집스럽게 꾹 다문 채였다.

"……사과는 이제 됐어요. 그만해요."

결국 엘시아가 에이사를 만류하며 말을 꺼냈다.

"무슨 일 때문에 그래요?"

"그게……."

조금 전까지의 기세가 무색하게도 에이사는 쉽사리 말을 잇지 못했다.

그런 에이사의 눈망울에 여태 가득 고여 있던 눈물이 기어코 에이사의 뺨을 타고 흘러내렸다.

"언니, 그만 가자."

리리엔이 꽤나 힘을 실어 엘시아의 팔을 잡아당겼다.

에이사의 사정 따위 조금도 관심 없다는 듯, 리리엔은 재차 엘시아를 재촉했다.

"오랜만에 밖에 나왔는데 기분을 망치고 싶지 않아서 그래. 응? 그냥 가자, 언니."

엘시아는 난감한 표정으로 리리엔을 내려다보았다. 그러는 동안 가까스로 정신을 차린 에이사가 초조한 목소리로 애원했다.

"제발, 제발 도와주세요. 살려주세요. 레이디 리리엔이 도와주지 않으면 저는 정말로 죽을지 몰라요."

그렇게 말한 에이사는 다리에 힘이 풀린 건지, 곧 바닥에 털썩 주저앉았다.

에이사를 안쓰럽다는 듯 내려다보던 벨레로폰이 잠시 망설인 끝에 에이사를 부축했다.

벨레로폰에게 기대어 간신히 일어선 에이사가 잘게 떨리는 입술을 열었다.
"로켄페데스 대공가라면 황실도 함부로 건드리지 못할 것 아니에요. 제발……."
"……황실이요?"
엘시아가 의아한 목소리로 되묻자 에이사가 기다렸다는 듯이 고개를 세차게 끄덕거렸다.
"네, 황실이요."
에이사는 다급하게 말을 이었다.
"황실에서 저희 가문의 모든 사유 재산을 몰수해 갔어요. 돌아가신 제 오라버니께서 용서받을 수 없는 중죄를 저질렀다면서……."
에이사는 눈물을 쏟아 내면서 헐떡거렸다. 그러느라 에이사는 좀처럼 쉽사리 뒷말을 잇지 못했다.
그 모습에 여태 엘시아의 팔을 꽉 움켜쥐고 있던 리리엔의 손에서 힘이 빠져나갔다.

* * *

아이작의 죽음 이후 히치콕 백작가는 거의 와해되었다. 황실 기사단이 제도의 저택을 점거한 이후, 에이사는 먼 친척인 레이아드 자작가에게 맡겨졌다.
그러나 에이사는 남몰래 제도로 올라왔다. 그리고 몇 번이고 로켄페데스 대공저를 찾아갔다. 대공가의 도움을 구하기 위해서였다.
너무나도 막막하기만 한 상황에서 그나마 도움을 청할 곳이 있다는 건 불행 중 다행인 일이었다. 게다가 에이사는 대공가의 하나뿐인 여식, 리리엔하고 안면이 있었다.
그랬건만 에이사는 리리엔을 만날 수 없었다.
무슨 이유에선지 대공저의 정문은 단단히 걸어 잠긴 채였고, 그 앞을 여러 명의 기사들이 지키고 있었다. 그리고 그들은 한사코 에이사의 방문을 막았다. 그런 상황에서 에이사가 할 수 있는 일이란, 고작 대공저 근처를 배회하며 리리엔이 저택 밖으로 나오기만을 기다리는 정도가 유일했다.

그렇게 보름이라는 시간이 흘렀다. 보름 만에 에이사는 저택을 나선 리리엔의 모습을 목격했다.

그리고 자존심을 버리고 리리엔에게 매달리며 애원한 끝에, 에이사는 이전까지는 감히 한 발자국도 내딛지 못했던 대공저에 발을 디딜 수 있게 되었다.

엘시아에게 용서를 구하기를 잘했다. 그게 아니었더라면 에이사가 대공저의 응접실에 자리하는 일은 결코 일어나지 않았을 터였다.

에이사는 따듯한 차를 마시면서 눈으로는 힐끔 엘시아를 바라보았다.

에이사와 테이블을 사이에 두고 마주 앉아 있는 엘시아는 아까부터 퍽 심각한 표정을 짓고 있었다.

그러나 엘시아는 에이사에게 무슨 일이냐고 자세한 사정을 묻지 않았다. 다만 에이사가 진정하기까지 기꺼이 기다려 주고 있을 뿐이었다.

그 사실을 어렵지 않게 눈치챈 에이사는 엘시아가 굉장히 다정하고 상냥한 사람이라는 것을 깨달았다.

그 다정함과 상냥함은 에이사에게 커다란 도움이 될 것이었다. 동시에 현재 에이사가 유일하게 믿을 수 있는 구석이기도 했다.

에이사는 힐끗 시선을 돌려 리리엔을 바라보았다. 리리엔은 여전히 냉정한 표정으로 엘시아의 옆자리를 지키고 앉아 있었다. 그런 리리엔에게 자비를 구하는 건 어리석은 짓이었다.

에이사는 다시금 엘시아에게 눈길을 주면서 찻잔을 내려놓았다. 조용한 응접실에 찻잔과 테이블이 가볍게 부딪치는 소리가 울려 퍼졌다.

"……이제 좀 진정이 됐어요?"

엘시아가 조심스럽게 물었다. 에이사는 희미하게 미소를 지으면서 고개를 끄덕여 보였다.

"네, 덕분에요. 정말 감사해요……."

에이사는 일부러 한껏 목소리를 흐렸다. 그러자 엘시아의 표정이 어두워졌다. 그 모습을 확인한 에이사는 힘없이 고개를 숙이고서는 시선까지 아래로 내려뜨렸다.

"이렇게 따듯한 차는 오랜만에 마셔 봐요."

에이사는 느릿느릿 말을 이었다.

"아니, 제대로 차를 마셔 본 게 언제인지도 기억이 안 나네요. 저택에서 쫓겨난 뒤로 거리를 전전하느라……."

"거짓말하지 마."

여태 잠자코 에이사의 말을 듣고 있던 리리엔이 짐짓 단호한 목소리로 단칼에 에이사의 말허리를 잘라 냈다.

"……리리엔."

"저거 거짓말이야, 언니."

리리엔이 답답하다는 듯 엘시아를 바라보면서 말했다.

"쟤가 입고 있는 옷을 봐. 거리를 전전했다는 사람치고 너무 깨끗하잖아."

그 말에 에이사는 낭패감을 느끼고 아랫입술을 질끈 깨물었다. 어떻게든 엘시아의 동정을 사고 싶어서 꺼낸 거짓말을 리리엔에게 손쉽게 간파당했다. 에이사의 뺨이 수치심으로 훗훗하게 달아올랐다.

한편, 엘시아는 리리엔을 바라보고 있던 시선을 돌려 에이사를 주시했다.

무슨 이유에서인지는 모르겠지만, 조금 전 에이사의 말이 거짓말이었다는 것은 엘시아도 알고 있었다.

엘시아는 다만 에이사가 거짓말로 스스로의 처지를 비참하게 꾸며야 할 정도로 궁지에 몰린 것이라 생각했기에 에이사를 비난하고 싶지 않을 뿐이었다.

게다가 엘시아는 아이작의 죽음에 깊이 관련되어 있었다. 하지만 그에 죄책감을 느끼지는 않았다. 단지 아이작의 죽음으로 인해 아무런 죄 없는 어린 에이사까지 피해를 입게 된 상황에 책임감을 느꼈다.

그래서였다. 엘시아는 에이사에게 자세한 사정을 들어 보고, 가능한 한 에이사에게 도움을 주고 싶었다.

"……에이사, 리리엔의 도움이 필요하다고 했죠?"

"네, 그랬어요."

에이사가 여전히 불그스름하게 달아오른 뺨을 한 채로 고개를 끄덕거렸다. 그 모습을 잠시간 묵묵히 바라보다가, 엘시아가 단호하게 말했다.

"그렇다면 이제부터 거짓말은 하지 말아요."

그렇지 않아도 리리엔은 에이사를 탐탁지 않게 여기고 있었다. 그런 상황에서 에이사가 거짓말을 하고, 그것을 리리엔에게 들킨다면 엘시아로서도 에이사를 돕겠노라 고집할 수 없었다.

엘시아에게 있어서 무엇보다도 중요한 것은 리리엔이었다. 때문에 엘시아는 아무리 에이사의 처지가 안타깝다 하여도, 리리엔의 마음을 아프게 만들면서까지 에이사를 돕고 싶은 생각은 없었다.

엘시아의 표정이 짐짓 단호했다. 에이사는 고개를 끄덕였다.

"네……. 죄송해요."

에이사가 조그만 목소리로 웅얼거리듯 말하며 시선을 내려뜨렸다. 그러면서 반쯤 빈 찻잔을 의미 없이 매만지는 에이사의 모습을 리리엔이 차가운 얼굴로 응시했다.

"그래서, 무슨 도움이 필요하다는 건데?"

리리엔이 날카로운 어투로 툭 내뱉었다. 일이 이렇게 된 것이 리리엔은 마음에 들지 않았다.

그도 그럴 것이 실로 오랜만에 엘시아와 함께 외출을 했는데 에이사가 다 망쳐 놨다. 리리엔은 정말이지 할 수만 있다면 에이사에게 소리를 높여 따지고 싶은 심정이었다.

만일 엘시아가 저보다 작고 연약한 아이에게 마음이 약한 사람이 아니었더라면 망설이지 않고 그랬을 것이다.

그러고 보면 엘시아는 착하디착했다. 리리엔이 가끔 이해할 수 없을 정도였다. 하이드를 저택 안으로 들인 것으로 모자라서, 이제는 에이사를 도와주려고 하고 있었다.

리리엔은 작게 한숨을 내쉬었다. 그러나 그마저도 이내 삼켜야 했다. 엘시아의가 조심스러운 시선으로 자신의 옆얼굴을 살피는 것이 느껴졌기 때문이었다.

그 무렵, 에이사가 정적을 깨고 말문을 열었다.

"……황실 기사단이 저택을 쳐들어온 것은 보름쯤 전의 일이에요."

에이사는 아이작의 시신을 인도해 온 황실 기사단이 저택을 마구잡이로 뒤졌던 날을 떠올렸다.

* * *

"……제도, 말입니까?"

욤펜이 놀란 눈으로 로아나를 바라보았다. 로아나는 가볍게 고개를 끄덕여 보였다.

"욤펜 대신관에게 너무도 무거운 짐을 떠안긴 것 같아 마음이 좋지 않아요."

심약한 욤펜은 로아나와 공모한 짓을 언제 신황이 알아차릴까 두려움에 떨고 있었다.

"당분간 신성지를 떠나 있는 것이 대신관에게도 좋을 것 같아요."

"……아무래도 그렇겠지요."

욤펜이 힘없이 고개를 주억거렸다. 그 모습을 로아나가 말없이 바라보았다.

욤펜은 고개를 돌려 창밖을 주시했다. 날씨가 좋았다. 욤펜의 복잡한 심사를 알 리 없는 하늘은 유난히 청명했다.

한참 그렇게 창밖에다 던져두었던 시선을 거둔 욤펜은 마주 앉은 로아나와 눈을 맞추었다. 로아나는 욤펜이 결단을 내리기를 잠자코 기다려 주고 있었다.

"하지만 신황 성하께서 허락을 하실지……."

"그것은 걱정하지 않으셔도 됩니다."

로아나가 단호하게 말했다. 퍽 믿음직스러운 목소리였다.

"로켄페데스 대공 각하께서 모든 것을 처리해 주기로 약속하셨습니다."

괴물의 사체를 처리하라 명한 사람은 다름 아닌 레오디안이었다. 그리고 그 사실을 욤펜 역시 알고 있었다.

"또한 대공 각하께서는 저와 욤펜 대신관이 제도의 대공저에서 머물도록 허락해 주셨으니, 지낼 곳도 걱정하지 않으셔도 됩니다."

"……그렇군요."

욤펜이 다시금 고개를 끄덕거렸다. 아무래도 신성지를 떠나 있으라는 것이 레오디안의 명이겠거니 생각하면서, 욤펜은 한숨을 내쉬었다.

욤펜은 신관이 된 이후 신성지를 떠난 적이 없었다. 비단 욤펜뿐만이 아니라 대부분의 신관이 그러했다. 해마다 신전 순회를 하는 신황의 수행 신관으로 뽑히는 게 아니고서야 신성지의 신관이 신성지를 벗어나는 일은 없었다.

"……어떻게 하시겠어요?"

로아나가 물었고, 욤펜은 침묵했다. 입술을 꾹 맞문 채로 시선을 내려뜨렸다. 선뜻 결단을 내릴 수가 없었다. 욤펜은 한동안 망설였다.

그런 욤펜을 로아나는 이번에도 기꺼이 기다려 주었다.

로아나의 기다림은 꽤나 길었다.

반평생을 신성지의 신관으로서 살아온 욤펜이 쉽사리 결정을 내리지 못하는 건 충분히 이해할 수 있는 일이었다.

로아나는 조용히 차를 마셨다. 그렇게 로아나가 다 식어 버린 찻잔을 완전히 비웠을 때, 욤펜이 침묵을 깼다.

"가겠습니다."

* * *

알렌드로의 표정이 심각했다.

"……역시나, 일이 그렇게 되었군요."

알렌드로가 혼잣말처럼 중얼거렸다.

알렌드로는 히치콕 백작가를 둘러싼 추문을 인지하고 있었다. 하여 황실이 히치콕 백작가의 죄를 추궁하리라는 것은 어느 정도 예상하고 있던 바였지만 막상 실제 사정을 듣고 나니 마음이 무거워졌다.

그도 그럴 것이 에이사 히치콕은 리리엔의 또래로, 어른들의 사정에 휘말리기에는 무척이나 어린 나이였다.

"하지만 히치콕 영애를 이곳에 머무르도록 할 수는 없습니다."

알렌드로가 안타깝다는 듯 혀를 찼다.

엘시아는 알렌드로를 이해했다. 대공 대리로 저택에 머무르고 있는 알렌드로였다. 그러니만큼 알렌드로로서는 선뜻 에이사의 거취를 책임지겠노라 말할 수 없을 것이다.

"적당히 머무를 곳이 없을까요?"

"음……."

알렌드로가 무언가를 깊이 고민하는 기색으로 침묵했다.

그런 알렌드로가 다시금 말문을 연 것은 꽤나 시간이 흐른 뒤의 일이었다.

"제 아내가 머무르고 있는 타운 하우스가 제도에 있습니다. 그곳이라면 괜찮을 것 같습니다."

알렌드로의 아내라면, 리리엔의 가정 교사로 있었던 에밀리아를 이야기하는 것이었다. 자연스럽게 에밀리아를 떠올린 엘시아는 잠시간 망설이다가 고개를 가로저었다.

"다른 곳은 없나요?"

"으음, 제가 소유한 영지가 있기는 합니다만……."

알렌드로의 영지는 현재 영주인 알렌드로가 제도에서 머무르고 있는 탓에 알렌드로의 동생이 영주 대리로 영지의 일을 맡아보고 있는 실정이었다.

꺼릴 것은 없었다. 다만 아무래도 에이사는 제도에서 지내는 게 익숙할 텐데, 그런 에이사를 먼 영지로 내려 보내도 되나 싶은 것이었다.

"제 동생에게 한번 연락을 해 보겠습니다."
"감사해요."
"별말씀을요."
알렌드로의 말에 엘시아가 희미하게 미소를 지어 보였다.

　　　　　　　　　　＊ ＊ ＊

로아나가 욤펜과 함께 대공저에 도착한 것은 느지막한 오후의 해가 하늘을 밝히고 있을 무렵이었다.
점심 식사를 하기 위해서 침실 밖으로 나온 엘시아는, 예상치 못한 방문객을 보고서 내심 놀라운 마음을 감추지 못했다.
"엘시아 님, 오랜만이에요."
로아나는 반색하며 엘시아에게 인사를 건넸다. 엘시아는 어색한 미소를 지어 그 인사를 돌려주었다.
"그런데 옆에 계신 분은……."
"아, 저와 함께 신전에서 신을 모셔 온 욤펜 대신관입니다."
로아나가 엘시아에게 욤펜을 소개했다. 욤펜이 엘시아를 향해 정중하게 고개를 숙여 보였다.
"당분간 신세를 지게 되었습니다. 욤펜 레오티어스라고 합니다. 편히 욤펜이라 불러 주십시오."
"아, 저는 엘시아라고 해요."
"네, 엘시아 님."
욤펜의 입술이 붉은 호선을 그렸다. 부드럽게 웃는 욤펜의 낯을 말없이 바라보는 엘시아의 시선을 로아나가 자연스럽게 자신에게로 돌렸다.
"리리엔 아가씨는 방에 계신가요?"
"네, 아마도."
리리엔도 지금쯤이면 로이셀의 안내를 받아 식당으로 내려오고 있을 것이다.

"리리엔 아가씨께 전해 드릴 것이 있어서요."

로아나가 대수롭지 않게 용무를 말했다.

아, 멍하니 입을 벌린 엘시아가 가만가만 고개를 끄덕거렸다.

"그럼, 실례하겠습니다."

이윽고 로아나가 엘시아를 지나쳐 걸어갔다.

한편, 엘시아와 함께 방문객을 맞이한 알렌드로가 욤펜을 향해서 말했다.

"이쪽으로 오시죠. 머무실 곳을 안내해 드리겠습니다."

"예, 부디."

욤펜은 알렌드로와 함께 저택 안으로 향했다. 그를 얼떨떨한 눈으로 바라보다가, 곧 엘시아 역시도 저택 안으로 걸음을 옮겼다.

로아나가 대공저를 방문하리라고는 예상하지 못했다. 그 정도로 갑작스러운 방문이었다.

레오디안의 뜻일까? 자연스레 의문을 떠올리며 엘시아는 식당으로 향했다.

* * *

대공저의 식당이 북적거리는 건 굉장히 드문 일이었다. 엘시아는 리리엔과 하이드는 물론이고, 알렌드로와 에이사, 그리고 욤펜과 로아나를 차례로 돌아보았다.

이토록 많은 사람과 함께 식사를 하는 건 엘시아에게 있어서는 낯설게만 느껴지는 일이었다. 그래서인지 아까부터 엘시아는 영 묘한 기분에 사로잡힌 채로 더딘 속도로 식사를 하고 있었다.

반면에 리리엔은 오랜만에 만난 로아나와 함께 식사를 하니 무척이나 즐거운 듯했다. 그도 그럴 게 리리엔은 저택에서 지루한 하루하루를 보내고 있었다. 그런 상황에서 갑자기 찾아온 로아나의 존재가 반가울 법했다.

리리엔은 만면에 미소를 띤 채로 로아나와 도란도란 이야기를 나누었다.

"그러니 너무 걱정하지 마세요. 대공님도 금방 돌아오실 거예요."

"그랬으면 좋겠다."

조용히 식사를 마친 엘시아가 포크를 테이블 위에 가볍게 내려놓았다.

"그만 먹으려고?"

그러기가 무섭게 하이드가 엘시아를 향해 물었다. 엘시아는 가만가만 고개를 끄덕였다.

"더 먹지."

"많이 먹었어."

"그게?"

엘시아의 앞에 놓인 접시를 빠르게 훑어본 하이드가 뚱한 표정을 지었다.

"엘시아는 좀 더 많이 먹을 필요가 있어."

하이드가 나지막하게 중얼거리는 소리를 엘시아는 못 들은 척했다. 다행스럽게도 하이드는 더 이상 말을 꺼내지 않았다.

"그나저나 저택에 다른 손님이 계실 줄은 몰랐어요."

그때, 로아나가 에이사를 힐끔 바라보면서 말했다. 에이사가 흠칫 굳어서 좌중을 둘러보았다. 낯선 사람들 틈에서 식사를 하는 것만으로도 충분히 불편한데, 그 와중에 자신에게 시선이 쏠리니 영 당혹스러운 모양이었다.

"히치콕 백작 가문의 영양이라 했죠?"

"네에……."

로아나의 물음에 에이사가 조그만 목소리로 대답했다. 그 모습을 잠자코 지켜보던 엘시아가 입을 열었다.

"에이사, 식사는 다 했나요?"

"네?"

"따로 부탁하고 싶은 게 있는데, 괜찮으면 제 방으로 갈래요?"

"아, 네."

에이사가 내심 반색하며 고개를 끄덕거렸다. 엘시아는 의아한 눈으로 자신을 바라보는 사람들을 돌아보며 말했다.

"저는 먼저 일어나 볼게요."

리리엔이 당황한 표정으로 엘시아를 바라보았다.
"언니, 벌써 침실로 가려고? 그러지 말고 같이 이야기 나누자."
"아냐, 난 괜찮아. 에이사한테 부탁하고 싶은 것도 있고……."
엘시아는 어느새 불퉁하게 입을 쭉 내밀고 있는 리리엔을 향해서 부드러운 미소를 지어 보였다.
"너는 마저 식사하면서 로아나 님과 즐거운 시간 보내."
엘시아가 자리에서 일어났다. 그러자 여태 주위의 눈치를 보고 있던 에이사가 냉큼 엘시아를 따라 의자를 밀고 일어났다. 그에 리리엔이 퍽 매서운 눈으로 에이사를 흘겨보았다.
그런 리리엔의 모습에 당황한 엘시아가 멈칫해서 리리엔을 바라보았다.
리리엔이 에이사를 탐탁지 않게 여긴다는 것은 이미 알고 있는 사실이었지만, 리리엔이 이렇듯 에이사를 향해 날을 세우는 모습을 보니 당황하지 않을 수가 없었다.
리리엔을 어떻게 달래 줘야 할지 모르겠다. 엘시아는 그저 난감한 마음으로 리리엔과 에이사에게 번갈아서 눈길을 주었다.
그 무렵이었다. 불현듯 어디선가 실랑이를 벌이는 목소리들이 들려왔다. 그 목소리는 여러 명의 발걸음 소리와 함께 점차 가까워졌다.
식당 안에서 평화롭게 식사를 하고 있던 모두의 시선이 활짝 열려 있는 식당 문으로 향했다.
머지않아서 그곳에 수많은 사내들이 모습을 드러냈다.
그중 가장 앞에 서 있는 남자는 다름 아닌, 1황자 하일롭이었다.
"화, 황자 저하."
알렌드로가 당황한 기색으로 하일롭을 향해서 예를 취했다. 그러나 그런 알렌드로의 모습을 보지 못한 사람처럼, 하일롭은 오직 엘시아에게 시선을 고정한 채로 식당 안으로 뚜벅뚜벅 걸어 들어왔다.
차갑게 얼어붙은 분위기 속에서, 엘시아는 하일롭의 뒤를 따라 들어온 남자들의 낯을 하나하나 확인했다.

몇몇은 저택에서 종종 마주치고는 해서 낯이 익었다. 그들은 알렌드로가 고용한 기사들이었다.

그리고 하일롭을 호위하듯 주위를 경계하고 있는 남자들은 똑같은 정복을 입고 있었다. 그를 미루어 보아 엘시아는 그들이 하일롭의 일행이라는 것은 어렵지 않게 알아차릴 수 있었다.

"식사 중이었나?"

엘시아의 지적에 다가와 멈추어선 하일롭이 여전히 엘시아에게 시선을 고정한 채로 말했다. 엘시아는 허리를 곧게 펴고 하일롭을 마주 바라보았다.

"음, 보아하니 식사는 끝마친 모양이군. 내가 그대의 식사 시간을 방해한 것은 아니라서 다행이야."

딱딱하게 굳은 분위기 따위는 신경 쓸 바가 아니라는 듯이 하일롭은 태연자약했다.

"황자 저하, 이곳에는 무슨 일로……."

알렌드로는 연락도 없이 무작정 저택에 난입한 하일롭을 난감한 눈빛으로 주시했다.

"아, 다름이 아니라."

모두의 시선을 한 몸에 받고 있으면서도 하일롭은 대수롭지 않게 말을 이었다.

"엘시아 아리테스 영애가 히치콕 백작을 살해한 용의자로 지목이 되었어."

그런 하일롭의 입 밖으로 나온 말은 실로 경악스러운 것이었다. 누군가 크게 숨을 들이켜는 소리가 식당 안에 울려 퍼졌다.

"그리하여 정말이지 안타깝게도 엘시아 아리테스 영애는 당분간 황궁 지하 감옥에 구금되어 조사를 받을 예정이네."

"아니, 이토록 갑작스럽게 그런……."

알렌드로가 차마 말을 끝까지 잇지 못하고 입을 닫았다.

황궁 지하 감옥이라면 신분이 귀한 자들을 위해 만들어진 감옥이었다. 하여 여타 감옥보다 환경이 훨씬 쾌적하지만, 그래도 감옥은 감옥이었다.

알렌드로는 굳은 표정으로 엘시아에게 눈길을 주었다. 다름 아닌 황자가 직접 엘시아를 데리러 온 상황이었다. 이 사태를 어떻게 해결해야 할지 도무지 알 수가 없었다. 알렌드로는 나직이 침음했다.

그때, 바닥에 의자가 끌리는 소리가 났다. 여태 상황을 지켜보고 있던 리리엔이 자리에서 일어난 것이다.

"……엘시아를, 감옥에 가둘 거라고?"

리리엔이 도저히 믿을 수가 없다는 듯 혼잣말을 중얼거렸다.

그러자 이윽고 리리엔의 뒤를 따라 몸을 일으킨 로아나가 리리엔의 귓가에 뭐라고 속삭였다.

그러느라 리리엔의 귓가에 얼굴을 바투 들이대고 있었던 로아나가 한 걸음 뒤로 물러났을 때, 리리엔은 굳은 표정으로 입을 꾹 다물고서 엘시아에게 시선을 던졌다.

한편, 로아나는 쥐 죽은 듯이 고요한 정적 속에서 하일롭을 향해 다가갔다.

"황자 저하, 잠시 실례하겠습니다."

하일롭은 예를 보이는 로아나에게 별다른 말을 하지 않았다. 다만 묵묵히 고개를 끄덕였을 뿐이었다.

하일롭의 대답을 확인한 로아나는 곧장 식당을 나섰다. 식당에서 어느 정도 멀어졌을 때, 로아나는 걸음을 재촉하다 못해 뛰기 시작했다.

그렇게 빠르게 층계를 오른 로아나는 이층의 굳게 닫혀 있는 어느 커다란 문 앞에 섰다. 로아나는 망설임 없이 눈앞의 문을 열고 방 안으로 들어섰다. 신성지의 임모투스 신전과 연결되어 있는 포탈이 자리한 방이었다.

오직 포탈만이 놓여 있을 뿐, 텅 빈 방 안을 로아나는 성큼성큼 가로질렀다.

포탈 앞에 멈추어 선 로아나는 포탈을 덮고 있는 암막을 걷어 냈다. 그리고 신성력을 끌어내 포탈에다 쏟아붓다시피 했다. 머지않아서 포탈에서 환한 빛이 쏟아져 나오기 시작했다. 그 사이로 로아나는 주저 없이 걸음을 내디뎠다.

　　　　　　　　＊ ＊ ＊

　그 시각, 레오디안은 임모투스 신전에서 신황을 알현하고 있었다.
　그동안 대리인을 통해서 명을 하달해 온 신황이 레오디안을 불러들인 것은 예외적인 상황이었다. 그런 이유로 레오디안은 자연스러운 의문을 품은 채로 신황을 주시했다.
　차라리 새하얀 색에 가까운 은발과 그만큼 흰 눈동자는 가만 바라보고 있노라면 묘한 기분이 들었다.
　신황은 레오디안을 마주한 이래 내도록 침묵을 지키고 있었다. 때문에 레오디안 역시도 묵묵히 신황과 시선을 마주하고 있을 뿐, 아무런 말도 하지 않았다.
　고요한 정적은 마치 영원할 것처럼 계속해서 이어졌다.
　레오디안이 지금 이곳에서 느껴져서는 안 되는 로아나의 기척을 감지한 것은 그때였다.
　"성하."
　"그대가 로아나 대신관과 욤펜 대신관을 제도의 저택으로 보냈다지요."
　레오디안과 신황의 말이 한데 뒤엉켰다. 두 사람이 거의 동시에 말을 꺼낸 탓이었다.
　"……그렇습니다."
　레오디안은 일단 신황의 말에 순순히 반응했다. 그러면서도 레오디안은 아스라하게 느껴지는 로아나의 기척에 집중했다.
　"어째서 그리하였는지 이유를 알려줄 수 있겠습니까."
　신황이 그린 듯한 미소를 입매에 내건 채로 레오디안을 바라보았다. 그런 신황의 모습에 레오디안은 어쩌면 신황이 모든 것을 알면서도 일부러 묻었는지도 모른다는 생각을 했다.
　"그간 맡은 바 소임을 행하느라 무리를 한 듯하여 잠시라도 휴식을 취하는 편이 좋겠다는 판단에서 그리하였습니다."

로아나의 기척이 점점 가까워지고 있었다. 레오디안은 짐짓 굳은 표정으로 꽉 닫혀 있는 문을 힐끔 주시했다.

"그렇군요."

"……."

"그곳에 아직도 엘시아가 머무르고 있지요?"

예상치 못한 신황의 물음에 레오디안은 순간 숨을 들이켰다. 설마하니 신황이 지금 엘시아를 화제에 올릴 줄은 짐작하지 못했다. 때문에 레오디안은 내심 당황한 와중에도 애써 아무렇지 않은 척 의연하게 입을 열었다.

"그렇습니다."

"내가 편지를 보냈는데 엘시아는 답장하지 않더군요."

"……."

"이는 왜일까요."

레오디안은 입술을 꾹 맞물었다. 어쩐지 아까부터 신황이 괜한 말로 시간을 끌고 있는 것 같다는 근거 모를 느낌을 지울 수가 없었다.

"대공."

"예, 성하."

신황이 묘한 눈빛으로 레오디안을 직시했다.

"그대가 부탁한다면 엘시아가 답장을 할까요?"

무엇을 시험하기라도 하는 듯한 물음이었다. 레오디안은 대답하지 않았.

한데 신황은 무슨 이유에선지 레오디안이 대답하기를 채근하지 않았다. 그저 여전히 희미한 미소를 지은 채로 레오디안의 낯을 제 눈에 담고 있을 뿐이었다.

그리하여 다시금 무거운 정적이 내려앉았다. 두 사람 중 그 누구도 말문을 열 기색이라고는 조금도 내보이지 않았다.

그렇게 얼마쯤 지났을까.

어느 순간, 불현듯 누군가 문을 두드리는 소리가 쥐 죽은 듯이 고요한 공간에 울려 퍼졌다.

"들어오세요."

신황의 나직한 목소리에 문이 열리고, 모습을 드러낸 것은 신황의 수행 신관이었다.

"무슨 일이지요?"

"그것이······."

수행 신관이 난감한 기색이 역력해서는 말끝을 흐렸다.

"괜찮으니 말해 보세요."

신황이 자애롭게 말했고, 그에 수행 신관이 직전 차마 끝맺지 못한 말을 꺼냈다.

"로아나 대신관이 급하게 대공 각하를 찾으십니다."

조금 전만해도 망설이던 모습이 무색하게도 수행 신관은 빠르게 말을 이었다.

"반드시 지금 대공 각하를 만나 봐야 한다면서 복도에서 기다리고 있습니다."

"음, 그렇군요."

신황의 입술이 느릿하게 벌어졌다.

"로아나 대신관이 무슨 일로 대공을 찾을까요."

수행 신관에게서 시선을 떼어내 레오디안에게 눈길을 준 신황은, 마치 레오디안의 반응을 면밀히 살피는 듯한 눈빛을 보냈다.

그러나 레오디안이 특별히 아무런 동요도 내보이지 않고 그저 침묵하자, 머지않아서 신황이 말했다.

"로아나 대신관이 대공을 찾는다 하는군요."

신황이 대수롭지 않다는 듯 말을 덧붙였다.

"이만 나가 보아도 좋습니다."

레오디안은 서두르는 듯한 인상을 주지 않기 위해 일부러 천천히 자리에서 일어났다. 그런 레오디안의 모습을 신황이 단 한 순간도 놓치지 않을 것처럼 뚫어지게 바라보았다.

그 집요한 시선을 뒤로한 채, 레오디안은 접견실을 나섰다. 수행 신관의 말대로 로아나가 복도를 우두커니 지키고 서 있었다.

로아나는 어딘지 초조한 기색이 역력한 표정을 짓고 있었다.

홀가분하다는 듯이 뒤도 돌아보지 않고 제도로 떠났던 로아나가 다시금 신성지로 돌아왔다는 사실보다도, 심상치 않은 로아나의 표정이 더욱 의아했다. 레오디안은 곧장 로아나에게 다가갔다.

"무슨 일이지?"

"지금 당장 저택으로 돌아가셔야 해요."

로아나가 다급한 목소리로 빠르게 말을 이었다.

"1황자 저하께서 엘시아 님을 감옥으로 연행해 가겠다며 저택에 찾아왔어요."

감히 상상조차 못한 이야기였다. 때문에 딱딱하게 굳은 레오디안을 로아나가 재촉했다.

"당장, 저택으로 가셔야 해요."

"가지."

레오디안의 그 말을 시작으로 상황은 급박하게 흘러갔다.

로아나는 그녀가 직전 이곳 임무투스 신전으로 올 때 사용한 포탈이 있는 방으로 다시금 향했다. 다만 이번에는 그녀 혼자가 아닌, 레오디안과 함께였다.

로아나가 제도의 대공저에 1황자 하일롭이 들이닥쳤다는 사실을 전하였을 때, 마치 끈이 떨어진 마리오네트처럼 멍하고 허망한 표정으로 한참을 서 있었던 레오디안은, 언제 그랬냐는 듯이 평소와 같은 무표정한 낯으로 포탈에다 그의 힘을 불어넣었다.

그런 레오디안은 겉보기에는 아무렇지도 않아 보였다. 그러나 그 단단한 겉모습 아래로 감추어져 있는 속마음은 어떠할까. 정말, 아무렇지도 않을까? 로아나로서는 알 길이 없었다.

검게 죽어 있던 포탈이 새하얀 빛을 뿜어내기 시작했다. 로아나와 레오디안은 동시에 포탈 안으로 걸음을 내디뎠다.

두 사람이 제도의 대공저에 당도한 것은 실로 일순간의 일이었다.

레오디안은 마치 어디로 가야 할지를 아는 사람처럼, 포탈이 자리한 방을 망설임 없이 벗어났다.

그런 레오디안의 뒤를 따라가는 것은 꽤나 버거운 일이었다. 로아나는 앞서 성큼성큼 걸어가는 레오디안의 걸음을 따라잡기 위해 연신 발걸음을 재촉했다.

그렇게 막 층계를 내려와 홀에 발을 디뎠을 때였다. 여러 목소리들이 뒤엉켜 자아낸 소리가 귓가를 파고들어 왔다.

"······하니, 앞으로······."

"하지만······."

그 아스라하게 들려오는 소리는 하나같이 미처 문장이 되지 못하여 의미가 불분명한 단어의 나열로 이루어져 있었다.

그러니 그에 귀를 기울이는 건 바보 같은 짓이다. 로아나는 이전보다 더 빨라진 레오디안의 걸음을 맞추어 걷는 데 집중했다.

그 덕분에 머지않아서 도착한 식당에서, 로아나는 하일롭이 대동하고 온 황실 기사단이 엘시아를 빙 둘러싸고 있는 모습을 목격했다.

* * *

이제는 익숙해진 달콤한 체취가 어디선가 풍겨와 코끝을 간질이고 사라졌다가, 다시금 코끝에 맴돌기를 반복했다. 그것이 엘시아가 돌연 고개를 돌리게 된 까닭이었다.

엘시아는 어렵지 않게 레오디안의 모습을 발견할 수 있었다. 본능을 따라서 시선을 옮긴 곳에 그가 있었으므로.

엘시아와 레오디안의 시선이 허공에서 한데 얽혔다. 그러나 그것은 찰나의 순간이었다. 레오디안의 시선은 곧 엘시아를 스치고 지나갔다.

레오디안은 여태 엘시아를 둘러싸고 있던 한 무리의 사내들을 바라보았다.

사내들의 낯을 하나하나 차례로 돌아본 레오디안이 잠시간 멈추고 있던 걸음을 내디뎠다.

저벅저벅, 그의 걸음에 묵직한 소리가 어우러졌다. 그 소리가 어느 순간부터 싸하게 가라앉은 식당 안의 적막을 깼다.

레오디안은 여느 때와 다름없이 무표정했다. 지나치게 그러했다. 엘시아는 레오디안이 어쩌면 화가 난 걸지도 모른다는 생각을 했다.

레오디안은 이제껏 단 한 번도 누군가에게 앞이 가로막혀 본 적 없는 사람처럼, 망설임 없이 걸어서 식당 한가운데 멈추어 섰다.

그러자 식당 안을 울리던 유일한 소리가 뚝 멎었다. 그에 자연스럽게 식당 안은 쥐 죽은 듯이 고요해졌다.

아까부터 계속해서 이어지고 있는 정적이 무거웠다. 엘시아는 레오디안의 시선이 에이사에게 붙박인 채로 꽤 한참을 머무르는 것을 보았다.

"대공, 아니, 숙부님."

하일롭의 나지막한 목소리가 울려 퍼진 것은 그 무렵이었다.

"오랜만에 뵙습니다."

그렇게 말하는 하일롭의 음성에는 웃음기가 서려 있었다.

"바쁘시다 들었는데, 이곳은 어쩐 일로 왔습니까?"

이곳 저택의 주인이 다름 아닌 레오디안이라는 사실을 모를 리 없는데, 하일롭은 그렇게 물었다. 레오디안을 자극하기라도 하려는 걸까. 하일롭의 입술은 붉은 호선을 그리고 있었다.

엘시아는 내심 조마조마한 마음으로 하일롭을 바라보다가, 레오디안에게 시선을 던졌다.

어느덧 에이사에게서 시선을 떼어 낸 레오디안은 리리엔과 하이드, 그리고 알렌드로와 욤펜을 차례로 돌아보고 있었다.

그러다 마침내 하일롭에게 시선을 준 레오디안의 눈동자는 지독하리만큼 고요하게 가라앉아 있었다. 그래서인지 그 푸른 눈동자가 얼핏 평소보다 조금 더 짙은 색채를 띠고 있는 것처럼 느껴졌다.

"숙부님."

하일롭이 재차 레오디안을 불렀다. 그러나 이번에도 레오디안은 하일롭에게 어떠한 대꾸도 하지 않았다.

대신 레오디안은 조용히 고개를 돌려, 여태 그의 옆에 서 있던 로아나에게 말했다.

"그대는 아이들을 데리고 위층으로 올라가."

"……네."

순간 멈칫했던 로아나가 조금쯤 뒤늦게 대답을 내어놓았다. 그러고는 곧장 리리엔에게 다가갔다.

그러자 모습을 가만 지켜보던 하일롭의 웃는 낯에 차츰 금이 갔다.

"숙부님께서 소식을 들었는지 모르겠지만……."

하일롭이 느릿하게 말을 이었다.

"엘시아 아리테스 남작 영애의 신변은 오늘부로 황실에서 맡아 돌보게 되었습니다."

하일롭이 평이한 어조로 끝맺은 말에 레오디안은 이번에도 아무런 반응을 하지 않았다.

아까부터 레오디안은 마치 하일롭의 목소리가 들리지 않는 사람처럼 굴고 있었다.

그런 레오디안은 로아나가 리리엔과 하이드, 에이사를 데리고 식당을 빠져나가는 모습을 확인한 이후에야 입을 열었다.

"엘시아, 우리는 지금 신성지로 갈 겁니다."

그러나 그 말마저도 하일롭을 향한 것이 아니었다. 레오디안은 당황한 기색의 엘시아에게 성큼성큼 다가갔다.

조금 전까지만 해도 엘시아의 곁에서 결코 물러나지 않을 것 같던 황실 기사단은 우스우리만큼 선선히 비켜서서 길을 냈다. 덕분에 레오디안은 별다른 노력을 기울이지 않고 손쉽게 엘시아의 앞에 당도했다.

엘시아는 코앞에 보이는 레오디안을 조금쯤 멍한 눈으로 올려다보았다.

"당신이 제도를 떠나 있을지 말지 결정하기를 기다리려고 했습니다만, 상황이 이렇게 되었으니 별수 없습니다."

레오디안은 그답지 않게 다소 서두르는 기색으로 말을 이었다.

"탐탁지 않겠지만 부디 이번만 참아 주십시오. 일단 신성지로 가서 추후 거취에 대해 이야기를 나누도록 합시다."

엘시아는 너무도 갑작스러운 레오디안의 말에 뭐라고 대답을 해야 할지 알 수가 없어서 그저 당황한 표정으로 눈만 깜빡거렸다.

'신성지라니.'

그간 신황에게서 두 번이나 편지를 받았으나, 그것을 번번이 무시한 엘시아였다.

신성지로 가게 된다면 신황을 만나게 될지도 몰랐다. 그것만은 피하고 싶은 엘시아였기에 선뜻 레오디안에게 고개를 끄덕여 보일 수 없었다.

"이만 가죠."

그러나 그런 엘시아의 마음을 알 리 없는 레오디안은 가볍게 엘시아를 재촉했다. 엘시아는 저도 모르게 발걸음을 뗐다.

그 모습에 하일롭이 뒤늦게야 정신을 차렸다. 여태 말문이 막힌 채로 멍하니 굳어 있었던 깃이 무색하게도, 하일롭은 빠르게 입을 열었다.

"뭣들 하고 있는 건가, 대공을 막지 않고!"

하일롭의 일갈에 지금껏 얼어붙어 있던 황실 기사단이 행동에 나섰다. 그들이 한 일이란 엘시아와 레오디안의 길을 막은 것이었다. 그들로서는 감히 레오디안에게 검을 겨눌 수 없었기에 그러했다.

"아무리 숙부님이라고 할지라도, 살인 용의를 받고 있는 자를 함부로 데려가실 수는 없습니다."

하일롭이 굳은 표정으로 말했다.

"게다가 신성지라니."

하일롭은 정말이지 믿을 수 없다는 듯, 말끝에다가 헛웃음을 덧붙였다.

"지금 제정신이십니까?"

하일롭이 한껏 이죽거렸으나 레오디안은 식당 안으로 들어온 이래 내도록 그러했듯 무표정한 낯으로 하일롭을 주시했다.

그러나 엘시아는 레오디안에게 생겨난 변화를 감지했다. 그러니까, 정확하게는 레오디안이 지닌 힘이 일렁이고 있다는 것을 알아차렸다.

오직 엘시아뿐이었다. 하일롭을 비롯한 주위의 사내들은 레오디안이 그의 신묘한 힘을 사용할 작정이라는 것을 미처 눈치채지 못했다.

그들은 머지않아서 레오디안의 손에서부터 쏟아져 나온 푸른빛이 주위로 퍼져 나갔을 때에야 앞으로 무슨 일이 벌어질지를 직감한 듯했다.

그러나 그 뒤늦은 깨달음은 무의미한 것이었다. 이미 레오디안은 힘을 개방했고, 그것을 막을 수 있는 방법은 존재하지 않았다.

"……크흑!"

누군가 신음을 내지른 것을 시작으로 여태 엘시아와 레오디안을 가로막고 있던 기사들이 한 명 한 명 바닥에 힘없이 쓰러지기 시작했다.

하일롭이 데리고 온 한 무리의 기사단이 단 한 명의 예외 없이 전부 의식을 잃고 쓰러지기까지는 그리 오랜 시간이 걸리지 않았다.

이제 어느덧 식당 안에는 엘시아와 레오디안을 제외하면 알렌드로와 그가 고용한 기사들, 그리고 하일롭만이 바닥을 딛고 선 채였다.

"방금, 방금 그게 무슨……."

도무지 믿어지지 않는 상황에 하일롭은 더듬더듬 말을 이었다.

"로, 로켄페데스 가문의 힘을 타고난 건 그 조그만 여자애뿐일 텐데……."

레오디안은 혼란스러워하는 하일롭에게 직전 일어난 상황을 친절하게 설명해 줄 생각이 추호도 없었다.

"리리엔이 기다리고 있을 겁니다."

레오디안은 마치 숨 쉬는 방법을 잊어버리기라도 한 사람처럼 하얗게 질려 있는 엘시아의 손을 가볍게 잡아끌었다.

더 이상 시간을 지체할 수 없다는 듯, 레오디안은 큰 힘을 들이지 않고도 손쉽게 엘시아를 이끌고 걸음을 옮겼다.

"……대공!"

그때 하일롭의 거친 목소리가 식당에 울려 퍼졌다. 그와 동시에 하일롭이 성큼성큼 걸음을 옮기는 소리가 들렸다. 그에 엘시아는 무심코 고개를 돌렸다. 그리고 그 순간이었다.

엘시아의 눈에 가장 먼저 들어온 것은 코앞에 다가온 하일롭의 커다란 손이었다. 엘시아는 저도 모르게 눈을 질끈 감았다.

한편, 엘시아를 돌려 세우기 위해 손을 뻗은 하일롭은 되는 대로 무언가를 움켜쥐었다. 그 무언가는 다름 아닌 엘시아가 하얗게 탈색된 머리카락을 가리기 위해서 머리에 뒤집어쓰고 있던 검은색 리베라였다.

엘시아의 허리춤까지 길게 늘어져 있던 리베라는 하일롭이 거친 손길로 휙 잡아챈 탓에 단번에 벗겨졌다. 그 여파로 엘시아의 하얀 머리칼이 공중에서 하늘하늘한 실처럼 흔들거리다가 허리께에 늘어졌다.

그 광경을 모조리 목격한 하일롭은 믿을 수 없는 눈으로 엘시아를 바라보았다.

하지만 그것도 일순간이었다. 하일롭은 곧 무형의 힘에 떠밀려 바닥을 나뒹굴었다. 그런 그의 손에는 검은색 리베라가 쥐여져 있었다.

가까스로 몸을 일으킨 하일롭은 고통스럽게 표정을 일그러뜨리는 와중에도, 방금 자신에게 무슨 일이 일어났는지를 파악했다.

하지만 하일롭이 정신을 수습했을 때는 이미 늦어, 엘시아와 레오디안의 모습은 흔적조차 남지 않고 사라져 버린 뒤였다.

"감히……."

그리하여 하일롭의 목소리는 의미 없이 식당 안만 공허하게 울렸을 뿐이었다.

* * *

"걱정하지 마세요, 리리엔 아가씨."

로아나는 부드러운 목소리로 리리엔을 달랬다. 하지만 그럼에도 딱딱하게 굳은 리리엔의 표정은 결코 풀어질 기미를 보이지 않았다.

로아나는 가만 한숨을 삼켰다. 레오디안이 예상보다도 늦어지고 있었다. 지금쯤이면 사태를 수습하고도 남았을 텐데, 아직까지 레오디안은 물론이고 엘시아 역시도 나타나지 않고 있었다.

그런 이유로 자연스럽게 초조한 마음으로 로아나가 연신 주위를 경계하며 살펴보고 있는데, 여태 몸을 잘게 떨고 있던 에이사가 떨리는 목소리로 말을 꺼냈다.

"……어, 어째서 황자 저하께서…….."

에이사는 한 마디 한 마디를 간신히 이어갔다.

"레이디 엘시아가 우리 오라버니를…… 살해했다고……. 대, 대체 왜 그런 말씀을……."

"지금 무슨 헛소리를 하는 거야!"

날카로운 목소리가 고요한 공간에 울려 퍼졌다. 리리엔은 누가 보더라도 알 수 있을 정도로 형형한 기세로 에이사의 앞을 가로막고 섰다. 그 다소 거친 몸짓에 로아나가 리리엔을 만류했다.

"……리리엔 아가씨."

"우리 언니는 아무도 죽이지 않았어."

리리엔은 로아나에게는 찰나의 시선조차 주지 않았다. 오직 에이사만을 매서운 눈빛으로 바라볼 뿐이었다.

"또 한 번 그딴 헛소리 하기만 해 봐. 가만 안 둘 거니까."

리리엔이 더없이 싸늘한 목소리로 경고했다. 에이사는 당장 쓰러진다고 해도 이상하지 않을 정도로 하얗게 질린 얼굴을 하고 있었다.

"하지만……."

"우리 언니를 의심하는 거야?"

리리엔이 여전히 날카롭기 그지없는 목소리로 일갈하듯 물었다. 에이사의 입술이 꾹 맞물렸다. 희게 질린 에이사의 낯을 노려보며 리리엔이 거칠게 숨을 몰아쉬었다.

에이사는 불안한 기색이 역력해서는 연신 로아나를 힐끔힐끔 쳐다봤다.

이윽고 찾아든 무거운 정적 속에서 오로지 리리엔의 씨근대는 숨소리만이 계속해서 이어졌다.

그렇게 얼마쯤 지났을까.

여태 잠자코 침묵을 지키고 있던 하이드가 멍한 시선을 돌려 층계 쪽을 바라보았다.

"리리엔, 엘시아가 오고 있어."

하이드의 말에 리리엔의 표정이 조금쯤 누그러졌다.

"……네가 그걸 어떻게 알아."

"그냥, 알아."

그 불성실한 대답에 리리엔이 눈매를 좁히고서 하이드를 바라보았을 때였다. 어디선가 발걸음 소리가 들려왔다.

로아나는 저도 모르게 긴장으로 몸을 굳힌 채로 소리의 출처를 향해서 눈길을 던졌다. 방금 하이드의 말대로 엘시아가 오고 있는 것이라면 좋겠지만, 또 혹시 모르는 일이었다.

어쩌면 지 발걸음 소리의 주인이 엘시아나 레오디안이 아닌 다른 사람일 수도 있었다.

그런 생각에 로아나가 조금쯤 불안한 눈으로 층계 쪽을 바라보았다.

머지않아서 발걸음 소리가 가까워지고, 두 명의 인영이 모습을 드러냈다.

엘시아와 레오디안이었다.

"엘시아!"

리리엔이 엘시아를 향해서 뛰어갔다. 엘시아는 새하얗게 탈색된 머리칼을 오롯이 드러낸 채였다.

"무슨 일 있었어?"

"어…… 아니야, 별일 없었어."

엘시아는 자신의 품 안으로 뛰어든 리리엔을 꼭 안아 주었다. 그러면서 한 손으로는 리리엔의 머리칼을 부드러운 손길로 어루만졌다.

리리엔은 엘시아의 품에다 고개를 파묻고서 엘시아의 체취를 한껏 들이마셨다.

"많이 놀랐지? 미안해."

리리엔이 고개를 홱 들어 올렸다. 그러더니 엘시아의 눈동자를 똑바로 바라보면서 단호하게 말했다.

"언니가 미안해할 일 아닌데 왜 언니가 사과를 해? 사과하지 마."

순간 멈칫했던 엘시아가 이내 미소를 지으면서 고개를 끄덕였다.

한편, 그런 두 사람의 모습을 한동안 잠자코 바라보고 있던 레오디안이 리리엔을 불렀다.

"이만 저택을 떠나야 한다. 지체하고 있을 시간이 없어."

그제야 레오디안에게 시선을 준 리리엔이 알았다며 고개를 주억거렸다.

"언니, 가자."

리리엔이 제법 듬직하게 엘시아의 손을 잡고선 엘시아를 이끌고 앞서 걸음을 옮겼다.

그 모습을 확인한 로아나는 포탈이 자리한 방의 문을 열었다. 그러다 아직도 희게 질린 얼굴을 하고서 우두커니 서 있는 에이사를 발견했다. 로아나는 난감한 표정으로 에이사를 바라보았다.

에이사를 이곳에 남겨 두고 갈 수는 없는 노릇이지만, 그렇다고 해서 신성지로 데려가는 것도 영 난처한 일이었다.

로아나는 그녀가 서 있는 곳으로 가까이 다가온 레오디안을 향해서 조심스럽게 물었다.

"저, 대공 각하. 히치콕 백작가의 에이사 아가씨도 함께 데려가실 건가요?"

그제야 레오디안은 망연자실하게 우뚝 서 있는 에이사에게 시선을 주었다.

레오디안의 무심한 시선을 한 몸에 받은 에이사는 이전보다 더 딱딱하게 몸을 굳혔다.

찰나 침묵한 레오디안의 입술이 느릿하게 벌어졌다.
"어찌하고 싶지?"
"저, 저는……."
에이사는 몇 번이고 입술을 소리 없이 여닫기만을 반복한 끝에 가까스로 대답했다.
"저도 같이 데려가 주세요."

* * *

포탈을 통해서 도착한 임모투스 신전은 전에 본 것과 다름없는 모습이었다.
괜히 주위를 훑어본 엘시아는 리리엔의 손을 꽉 마주 잡은 채로, 앞서 걸어가는 레오디안의 뒤를 따라 걸었다.
그러다 신전을 방문한 신도들이 모여 있는 홀에 당도했을 때, 로아나가 엘시아의 귓가에 나지막한 목소리로 속삭였다.
"조심하셔야 합니다. 이곳은 신황 성하께서 기거하시는 곳이니까요."
어쩌면 신황을 마주칠지도 모른다는 의미에서 로아나가 주의를 주었고, 그것을 엘시아는 어렵지 않게 알아차렸다. 엘시아는 굳은 표정으로 고개를 끄덕였다.
"그런데 로아나 님과 함께 저택으로 오셨던 분은 어떡하죠? 저택에 남아 계실 텐데……."
"그건 걱정하지 않으셔도 돼요."
로아나가 애써 밝은 미소를 지으면서 말을 이었다.
"저는 다시 저택으로 돌아갈 거예요. 엘시아 님이 말씀하신 대로 욤펜 대신관은 저택에 남아 있으니까요."
"아……."
엘시아는 걱정스러운 마음을 감추지 못했다. 그도 그럴 것이 아직 저택에 하일롭이 있을지도 몰랐다.

엘시아는 자신을 감옥으로 데려가겠다며 만족스럽게 웃던 하일롭의 낯을 머릿속에 떠올렸다.

단 한 번도 자유를 억압당해 본 적 없는 자 특유의 여유로움이 엘시아로 하여금 하일롭을 향한 혐오감을 품게 만들었다.

엘시아는 저도 모르게 입술을 꾹 깨물었다. 그러자 그때, 마치 엘시아의 생각을 알아차리기라도 한 것처럼 로아나가 말했다.

"걱정하지 마세요, 엘시아 님."

더없이 부드럽고 다정한 목소리였다.

"다 괜찮을 거예요."

그래서일까. 엘시아는 상황이 점차 막막한 방향으로만 흘러가고 있다고 생각하면서도, 로아나에게 고개를 끄덕여 보일 수밖에 없었다.

"그럼 저는 여기서 인사를 드려야 할 것 같아요."

마침내 임모투스 신전 밖으로 나섰을 때, 로아나가 말했다.

"대공 각하, 저는 다시 대공저로 돌아가 보려고 해요."

"그래."

레오디안은 굳이 로아나에게 이런저런 설명을 듣지 않고도 로아나가 어찌하여 대공저로 돌아가려는 것인지 알았다.

"부디 조심히 가세요."

로아나는 엘시아와 리리엔, 그리고 에이사까지 차례로 돌아본 뒤에야 비로소 몸을 돌렸다.

그렇게 로아나가 다시금 신전 안으로 향하고, 레오디안은 신전 밖에 줄지어 늘어서 있는 마차 중 한 대 앞으로 다가갔다.

여태 마차 앞에서 시간을 때우고 있던 마부가 레오디안이 입고 있는 신전 기사단 정복을 알아보고 반색했다.

"어디로 모실까요?"

레오디안은 마부에게 사택 위치를 댔다. 그러자 마부가 냉큼 반석을 가져와 그것을 마차 문 앞에다 밀어 놓았다.

"오르시지요."

레오디안은 먼저 엘시아를 향해서 손을 내밀었다. 엘시아는 이제는 조금씩 익숙하게 레오디안의 손을 잡고 마차에 올랐다.

엘시아가 마차에 오르자 레오디안은 담백하게 엘시아의 손을 놓아주었다. 엘시아는 찰나 손등을 훑듯 스치고 간 레오디안의 단단한 손의 느낌에 저도 모르게 몸을 떨었다.

하지만 그것은 일순간이었다. 곧 리리엔과 에이사, 그리고 하이드까지 마차에 탔다. 엘시아는 아무렇지 않은 척, 곧 마차에 오르는 레오디안의 모습에 시선을 두었다.

레오디안은 엘시아의 맞은편에 자리했다. 그러기가 무섭게 이내 마차 문이 닫히고, 마부가 마부석에 앉았다.

머지않아서 마차가 서서히 움직이기 시작했다. 그와 꼭 약속이라도 한 것처럼 레오디안과 눈이 마주쳤을 때, 엘시아는 눈길을 돌려 창밖을 응시했다. 옆얼굴에 붙박인 레오디안의 곧은 시선이 느껴졌다.

"사택으로 갈 겁니다."

고개를 돌리고 있는 엘시아를 향해서 레오디안이 행선지를 밝혔다. 엘시아는 어색하게 고개를 끄덕이는 것으로 대답을 대신했다.

엘시아는 어째선지 레오디안을 똑바로 바라볼 수가 없었다.

아까 식당에서 불현듯 나타난 레오디안의 모습을 맞닥뜨렸을 때에는, 상황이 급박했던지라 미처 어색함을 느낄 새가 없었다.

하지만 하일롭의 마수에서 벗어난 지금은 달랐다. 엘시아는 저도 모르게 마른침을 꿀꺽 삼켰다.

레오디안을 오랜만에 다시 만난 탓일까. 그도 아니면, 앞으로 다시 레오디안과 함께 지내게 될지도 모른다는 예감이 들었기 때문일까.

이유는 알 수 없지만 그 이유가 무엇이 되었든, 엘시아가 현재 묘한 긴장감을 느끼고 있다는 사실에는 변함이 없었다.

그리하여 엘시아가 숨조차 편히 쉬지 못할 정도로 지나치리만큼 어색한 긴장감에 사로잡혀 있는 동안, 마차는 목적지를 향해서 망설임 없이 달려 나갔다.

마침내 저택 앞에 도착해 멈추어 선 마차에서 내렸을 때, 엘시아는 저택 안쪽에서부터 걸어나오는 남자의 모습을 발견했다.

엘시아는 그 남자가 이곳의 유일한 사용인인 집사라는 사실을 떠올렸다. 하지만 단지 그뿐, 집사의 이름이 무엇인지는 기억나지 않았다.

"처음 왔을 때도 생각한 건데, 여긴 꼭 유령이 사는 집 같아."

리리엔이 장난스럽게 중얼거리는 소리가 들렸다. 엘시아는 가볍게 미소를 지으면서 리리엔을 내려다보았다. 리리엔이 기다렸다는 듯 엘시아에게 바투 붙어 서더니 팔짱을 꼈다.

"언니도 그렇게 생각하지?"

"글쎄……."

엘시아는 말을 흐리면서 그냥 웃고 말았다. 그러면서 어느덧 레오디안에게 무어라 말을 하고 있는 집사를 바라보았다.

집사는 갑작스럽게 찾아든 방문객의 존재에도 당황하지 않고 의연한 모습을 보이고 있었다.

"언니, 춥지 않아? 안으로 들어가자."

리리엔이 엘시아를 가볍게 채근했다.

"그래, 그러자. 하이드, 이쪽으로 와. 에이사도 이리로 와요."

엘시아는 멍하니 서 있는 하이드와 에이사를 향해서 손짓했다. 에이사는 어색함을 감추지 못하고 있었는데, 엘시아의 말에 냉큼 걸음을 옮겼다.

곧 하이드 역시도 걸음을 떼는 모습을 확인한 엘시아는 여전히 리리엔과 팔짱을 낀 채로 사택을 향해서 발걸음을 내디뎠다.

일전에 한 번 와 본 적이 있는 사택의 모습은 마냥 낯설지만은 않았다. 아마 그때로부터 변한 것이 없기 때문일 것이다.

사택의 내부도 마찬가지였다. 얼핏 보기에도 무언가 크게 달라진 구석이 없었다. 엘시아가 주위를 휘 둘러보는데, 어디선가 발걸음 소리가 들려왔다.

"……엘시아 님?"

머지않아서 페이렌이 모습을 드러냈다. 페이렌은 예상치 못하게 맞닥뜨린 엘시아와 리리엔을 보고 당황스러운 표정을 지었다.

"여긴 무슨 일로……."

"아, 일이 좀 생겨서……. 이곳으로 급히 오게 됐어요."

차마 리리엔을 비롯한 아이들 앞에서 자세하게 이야기하기가 꺼려진 엘시아가 두루뭉술하게 말을 흐렸다. 그래서인지 페이렌은 당황스러운 기색을 수습하지 못했다.

페이렌은 혼란스러운 듯 조금쯤 커다랗게 뜬 눈으로 엘시아와 리리엔, 그리고 하이드를 차례로 바라보았다. 그러다 영 어색한 모습으로 우두커니 서 있는 에이사까지 눈에 담았다.

하이드에 관해서는 일전에 레오디안으로부터 이야기를 들어 알고 있었다. 때문에 당연하다는 듯 엘시아와 동행한 하이드의 존재는 그리 의아하지 않았다. 하지만 에이사는 아니었다. 페이렌으로서는 에이사가 이곳에 따라온 이유를 짐작조차 할 수 없었다.

"그런데 이쪽은……."

하여 페이렌이 의아한 목소리로 말을 꺼냈을 때였다. 마침 레오디안이 집사와 함께 안으로 들어섰다.

"각하."

페이렌이 레오디안을 향해서 예를 취하여 보였다. 레오디안은 묵묵히 고개를 끄덕이는 것으로 답을 대신하였다.

"그럼, 헤이온. 아이들을 침실로 안내해 주게."

"예, 각하."

레오디안의 명을 받은 집사, 헤이온이 리리엔에게 다가섰다. 그러자 리리엔이 힐끔 엘시아를 올려다봤다.

"엘시아는……?"

"먼저 침실로 가 있어. 나는 조금 있다가 올라갈게."

엘시아가 리리엔에게 다정하게 미소를 지어 보였다. 리리엔은 별 수 없다는 듯 고개를 끄덕였다.

"이쪽으로 오시지요."

헤이온이 리리엔과 하이드, 그리고 에이사를 향해서 말했다. 아이들은 순순히 헤이온을 뒤따라갔다.

이윽고 헤이온을 앞세운 아이들이 층계를 올라갔을 때, 페이렌이 말문을 열었다.

"……엘시아 님이 말씀하시길, 저택에서 일이 있었다고 하셨는데. 대체 무슨 일이 있었던 겁니까, 각하?"

"자세한 이야기는 안에서 하도록 하지."

레오디안이 곧 걸음을 옮겼다. 페이렌은 선선히 레오디안의 뒤를 따랐다. 그런 두 사람의 모습을 바라보던 엘시아 역시도 이내 발걸음을 뗐다.

* * *

레오디안에게 정황을 전해 들은 페이렌은 레오디안이 지시한 바를 수행하기 위하여 저택을 떠났다.

그 무렵 하늘은 어느덧 어둑하게 물들어 가고 있었다. 헤이온이 저녁 식사를 준비하고 있는지, 어디선가 맛있는 음식 냄새가 풍겨 왔다.

순간 크게 숨을 들이마셨던 엘시아는 곧 입술 사이로 긴 숨을 내어놓았다.

그러자 레오디안의 묵묵한 시선이 엘시아에게로 향했다. 그 푸른 눈동자와 시선이 얽히기가 무섭게 엘시아는 눈길을 아래로 내려뜨렸다.

아까부터 엘시아는 좀처럼 레오디안하고 제대로 시선을 마주칠 엄두를 내지 못하고 있었다.

스스로도 지나치게 이상하게 굴고 있다는 사실을 인지하고 있었다. 하지만 그러면서도 엘시아는 도무지 의연하게 레오디안을 마주 바라볼 수 없었다.

때문에 엘시아는 다만 자신의 이상한 태도를 레오디안이 눈치채지 않았으면 바랄 뿐이었다.

"……전에 낯선 기사들로부터 위협을 받았다는 이야기를 전해 들었습니다."

고요한 공간에 나직한 목소리가 묵직하게 울려 퍼졌다. 엘시아는 자신과 레오디안 사이를 가로막고 있는 테이블 한편을 바라보면서 고개를 끄덕였다. 그 별 의미 없는 고갯짓을 몇 번이나 반복했을 때, 레오디안의 목소리가 재차 주변을 울렸다.

"많이 놀랐을 것 같습니다."

엘시아는 가볍게 입술을 깨물었다. 엘시아의 침실에 들이닥쳤던 기사들의 최후가 어떠했는지 레오디안이 모를 리 없는데. 레오디안은 그에 관해서 말하는 대신, 당시 엘시아가 느꼈을 감정에 대해 이야기했다.

엘시아는 그런 레오디안이 고마우면서도 한 편으로는 가슴이 꽉 얹힌 것처럼 불편해졌다.

이토록 다정한 남자에게 언제나 못할 짓을 해 왔기에. 적어도 엘시아는 늘 그렇게 생각해 왔기에, 레오디안이 지금처럼 친절하게 굴 때마다 도무지 어찌해야 할지를 알 수가 없었다.

그저 죄책감이 들었다. 자신은 이런 다정을 받을 자격이 없는데, 레오디안은 아무렇지도 않다는 듯이 건넸다.

"앞으로는 그런 일 없을 겁니다."

얼핏 무미건조하게 들리나 명백한 배려가 섞여 있는 낮은 목소리였다.

귓가를 간질이듯 파고 들어온 그 목소리에 엘시아는 순간 속에서 무언가 울컥 터져 나올 것만 같은 느낌을 받았다. 그래서 더욱 힘주어 입술을 깨물었다.

그러면서도 엘시아는 차분히 마음을 가라앉히려고 노력했다. 지금은 혼자만의 감정에 휘둘리고 있을 때가 아니었다. 그건 레오디안의 앞이 아니더라도 할 수 있는 일이었다.

지금은 레오디안하고 대화를 나누어야 할 때였다. 그렇게 생각하니 엘시아는 동요로 일렁이는 마음을 차츰 잠잠하게 가라앉힐 수 있었다.

"……대공님은, 잘 지내셨어요?"

그리하여 한참 만에 엘시아는 가까스로 그 물음을 입 밖으로 내어놓았다. 시선은 여전히 레오디안이 아닌, 테이블 한구석을 향한 채였다. 그 모습을 응시하며 레오디안이 대답했다.

"잘 지내지는 못했지만……."

"……."

"어떻게든 지내지더군요."

이상한 말이었다. 그에 엘시아는 무심코 고개를 들었다가, 단번에 레오디안과 눈이 마주쳤다. 레오디안은 늘 그렇듯 무덤덤한 표정을 하고 있었다.

엘시아는 지금 이 순간 묘한 감정에 동요하는 것이 오직 자신뿐인 것 같다는 생각에 재차 입술을 깨물었다. 핏기 없는 입술이 하얀 이에 자비 없이 짓이겨졌다.

대체 이 감정은 무엇일까. 어떠한 이름을 붙여야 할까. 도저히 알 수 없었다.

이윽고 적막이 찾아들었다. 레오디안과 함께 있노라면 으레 그렇듯 자연스레 내려앉고는 하는 고요였다. 그에 충분히 익숙해졌다고 생각했는데, 어째선지 지금은 영 불편하게만 느껴졌다. 엘시아는 어떻게든 정적을 깨야 한다는 생각에 입을 열었다.

"신황 성하에게서 편지를 받았어요. 두 번이나……."

레오디안은 별다른 반응을 보이지 않았다. 그는 마치 엘시아에게 무슨 일이 일어났는지를 전부 다 알고 있는 사람처럼 의연했다.

"편지에 답장은 하지 않았어요."

"그랬습니까."

"네, 그래서……."

엘시아는 힘없이 말을 흐렸다가 잠시 뒤 말을 덧붙였다.

"혹시라도 신황 성하를 만나게 된다면 어떻게 해야 할지 모르겠어요."
"신황이 불편합니까?"
잠자코 엘시아의 말에 귀를 기울이고 있던 레오디안이 물었다.
"신전이, 불편합니까?"
"……네."
엘시아는 레오디안이 정말 몰라서 묻는 게 아니라, 이미 답을 알면서 재차 확인차 묻는 것 같다는 느낌을 받았다.
"하지만 이제 신성지 밖으로는 나갈 수 없습니다."
레오디안은 자못 어두워진 낯빛을 한 채로 말을 이었다.
"이곳은 황실의 권력에서 자유로운 유일한 곳입니다."
엘시아는 현재 히치콕 백작 살해 용의를 받고 있었다. 이번에는 하일롭을 피해 무사히 신성지로 올 수 있었지만, 다음에도 그러리라는 보장이 없었다. 레오디안이 차분하게 설명했다.
"신전이 위치한 중심지로부터 먼 곳으로 갈 수는 있습니다. 하지만 신성지 밖은 안 됩니다."
순간 멍하니 레오디안을 쳐다보던 엘시아는 곧 고개를 끄덕거렸다. 레오디안이 무슨 이야기를 하는 건지 엘시아는 충분히 이해했고, 또 납득했다.
"죄송해요. 저는……."
엘시아가 힘없이 시선을 내려뜨리며 꺼낸 난데없는 말에 레오디안의 눈썹이 찌푸려졌다.
"……저는 늘 대공님에게 폐만 끼치는 것 같아요."
차마 눈을 마주칠 엄두조차 나지 않는다는 듯이 엘시아는 아래에 시선을 고정한 채로 말했다.
"정말 그러고 싶지 않은데, 이번에도……. 대공님에게 민폐가 됐어요."
죄송해요, 하고 덧붙이는 엘시아의 목소리는 만약 레오디안이 귀를 기울이고 있지 않았더라면 미처 듣지 못하였을지도 모를 정도로 조그마했다. 푸른 핏줄이 툭 불거져 있는 레오디안의 커다란 손이 꽉 오므라들었다.

그리고 그 순간, 레오디안은 그와 엘시아 사이에 존재하는 거리감을 새삼스럽게 실감했다.

어느 정도 가까워졌다는 생각이 들면 마치 그 생각을 비웃기라도 하듯이 선명하게 존재감을 과시하는 그 거리가 마치 눈앞에 보이는 듯했다.

레오디안은 조금쯤 벌어진 입술 사이로 찰나 짧막한 침음을 흘렸다. 그러자 엘시아의 뺨에 아스라한 그림자를 만들어 내던 속눈썹이 일순간 경련하듯 파르르 떨렸다.

"나는 민폐라고 생각하지 않습니다."

엘시아는 여전히 시선을 내리깔고 있었다. 그 탓에 레오디안은 엘시아의 표정을 읽어 낼 수 없었다. 그럼에도 레오디안은 엘시아에게 눈길을 고정한 채로 말을 이었다.

"아니, 설령 민폐라고 해도 좋습니다."

"……."

"나는 당신이 나를 믿고 의지하기를 바랍니다."

엘시아는 침묵을 지켰다. 꼭 레오디안의 말을 듣지 못한 사람처럼, 어떠한 대꾸도 하지 않았다.

그러나 레오디안은 구태여 엘시아를 채근하지 않았다. 늘 그렇듯, 엘시아를 그저 지켜보며 기다릴 뿐이었다.

그리고 그 기다림은 꽤나 길었다. 엘시아는 한참 만에 비로소 조그만 목소리로 중얼거렸다.

"……제가 대공님에게 의지하기를 바라신다고요?"

"그렇습니다."

레오디안의 선선한 대답에 엘시아는 꼭 지레 놀란 사람처럼 크게 숨을 들이켰다.

"대공님은…… 정말 좋은 분이세요. 제게 과분할 정도로 친절하시고……."

잠자코 엘시아의 말을 듣고 있던 레오디안의 낯에 일순간 가벼운 웃음이 번졌다.

"나는 전혀 과분하다 생각하지 않습니다."

더는 참지 못하겠다는 듯이 터져 나온 나직한 웃음소리가 귓가를 간질였다. 그에 엘시아는 마냥 얼떨떨한 표정으로 고개를 들어 올렸다.

그렇게 시선이 닿은 곳에는 레오디안의 웃는 낯이 자리해 있었다. 엘시아는 눈을 크게 떴다. 그러면서 순간 자신의 두 눈을 의심했다.

하지만 시야에 들어찬 모습은 달라지지 않았다. 정말이지 놀랍게도, 눈앞의 레오디안은 웃고 있었다.

"당신은 이보다 더 나은 대접을 받을 만한 자격이 있는 사람입니다."

엘시아의 놀란 기색을 알아차리지 못하였는지, 아니면 그것을 전혀 상관하지 않는 것인지. 레오디안은 아무렇지도 않게 말을 이어 갔다.

"그리고 내가 전에 말하지 않았습니까."

엘시아는 말을 잃은 채로, 그저 멍하니 레오디안을 바라보았다.

"나는 그리 좋은 사람이 아니라고. 그러나 다만 당신에게만은 좋은 사람이고 싶다고."

"……."

"내가 당신 눈에 좋은 사람으로 보인다면, 다행입니다. 그것으로 족합니다."

레오디안이 말을 끝맺자 엘시아의 침묵이 더욱 무거워졌다. 레오디안은 한결같이 의연했다. 그것이 엘시아의 마음속에 더욱 커다란 풍랑을 일으켰.

레오디안이 단도직입적으로 이야기할 때마다 그를 어떻게 대해야 할지 엘시아는 도무지 알 수가 없었다.

엘시아는 숨기는 데 익숙한 사람이었다. 레오디안하고 달랐다. 곧고 정직한 레오디안의 흔들림 없는 푸른 눈동자를 마주할 때마다 가슴이 쿵쿵 세차게 뛰는 것은 아마도 그래서일 것이다. 엘시아는 입술을 깨물었다. 그러다 한참 만에 입을 열었다.

"저는…… 저야말로 좋은 사람이 아니에요."

"아니라고 해도 상관없습니다."

간신히 한 마디를 꺼낸 엘시아와 다르게 레오디안은 너무도 손쉽게 입을 열어 대꾸했다.

"내게는 좋은 사람이니까."

레오디안은 일말의 주저 없이 말을 이었다.

"나는 당신에게 더 잘하고 싶습니다."

엘시아를 바라보는 레오디안의 낯에 자리해 있던 희미한 미소는 어느덧 자취를 감춘 지 오래였으나, 그럼에도 레오디안의 아름다운 낯은 여전히 다정했다.

얼핏 서늘한 인상으로 보였지만, 오늘따라 유난히 부드럽게 풀려 있었다. 엘시아는 그런 레오디안을 가만 응시하다가, 어느 순간 더는 참지 못하고 고개를 아래로 내려뜨렸다.

아까부터 속에서 일렁이던 뜨거운 무언가가 기어코 목을 타고 올라왔다. 울컥, 터져 나오는 그 무언가를 엘시아는 더 이상 내리누를 수 없었다.

"왜……."

짐짓 당황한 기색이 섞인 레오디안의 나직한 목소리가 엘시아의 귓전을 파고들었다.

그 목소리의 뒤를 이어 옷자락이 스치는 소리가 들려왔다.

"왜, 웁니까."

레오디안의 체취가 물씬 풍겨 와 코끝을 간질였다. 여태 엘시아의 맞은편에 앉아 있던 레오디안이 엘시아가 앉은 곳으로 다가온 것이다.

레오디안은 한동안 엘시아의 지척에서 망설이는 기색으로 서 있다가, 한참 만에 결심한 듯 엘시아의 옆에 앉았다.

가로로 길고 너른 소파는 키가 큰 레오디안이 앉고도 공간이 남았다. 엘시아는 자신과 어느 정도 거리를 두고 앉은 레오디안을 힐끔 돌아보았다.

어느새 엘시아의 옆자리에서 레오디안은 엘시아의 안색을 살피고 있었다. 엘시아는 한 손을 들어 제 뺨을 적신 눈물 한 줄기를 아무렇게나 닦아 냈다.

"대공님이……."

자기가 울게 만들어 놓고, 레오디안은 도무지 영문을 모르겠다는 얼굴을 하고 있었다.

"잘해 주지 마세요."

뺨 위를 가볍게 쓸어 내던 엘시아의 손길이 거칠어졌다.

"그러지 마세요……."

엘시아는 이곳에 어울리지 않았다. 언제나 그렇게 생각해 왔다. 리리엔에게도, 그리고 레오디안에게도 엘시아는 어울리지 않았다.

추적추적 비가 내리는 어느 오후, 길을 걷다 보면 바지 아랫단을 젖게 만드는 더러운 빗물. 언젠가 깨끗이 빨아서 제거할 그 오물과 같은 것. 엘시아는 스스로를 그리 여겼다.

그런데 레오디안은 아무래도 그 사실을 모르고 있는 것 같았다. 아니, 설령 알고 있다고 해도 레오디안은 그것을 가볍게 무시했다.

그래서는 안 됐다. 엘시아는 자신과 다르게 마냥 깨끗한 레오디안에게 더러운 흔적을 남길 생각이 추호도 없었다. 감히 그러고 싶다는 생각을 꿈에도 한 적 없었다.

"저한테, 저한테 잘해 주실 필요 없어요. 왜냐하면 저는……."

"싫습니다."

엘시아가 정처 없이 마구 떨리는 손을 꼭 움켜쥐었을 때, 그 새하얗다 못해 핏줄이 다 비추어 보이는 손등 위를 덮어 쥔 손이 있었다. 엘시아의 손을 손쉽게 다 감쌌을 정도로 커다란 손이었다. 흠칫 놀라 일순 어깨를 들썩이기까지 한 엘시아가 그 커다란 손에 시선을 두었다.

커다랗지만 선이 섬세하고 곧은 손은 이 세상 그 어떤 모진 풍파에도 흔들림 없이 단단하게 우뚝 서 있을 것만 같은, 제 주인인 레오디안을 꼭 닮아 있었다.

그래서일까. 엘시아는 미처 레오디안의 손을 떨쳐 낼 엄두조차 내지 못한 채로, 다만 맞닿은 손에 멍한 시선만을 보냈다.

그때, 한동안 묵묵히 잠자코 엘시아의 새하얀 얼굴을 들여다보고 있던 레오디안이 말했다.

"안아 주고 싶습니다."

불현듯 다가온 온기보다도 놀라운 말이었다. 엘시아는 저도 모르게 고개를 핵 들어 올렸다.

"당신, 몸을 너무 떨어서."

레오디안은 어째선지 굳은 표정을 짓고 있었다. 얼핏 긴장한 것 같기도 한 표정이었다.

"안아도 됩니까?"

* * *

"화, 황자 저하……."

알렌드로가 목이 졸린 듯한 목소리로 중얼거렸다. 그러면서 짐짓 간절한 눈으로 하일롭을 올려다보았으나, 알렌드로의 목에다 검을 겨누고 있는 하일롭이 물러나는 일은 없었다.

어느덧 혼란스러운 심사를 추스른 하일롭의 표정은 단호했다. 차갑게 얼어붙은 분위기 속, 하일롭은 분노로 얼룩진 목소리를 냈다.

"그들이 어디로 갔는지 말하여라."

"……."

"테르만 백, 그대 죽고 싶은가?"

아까부터 알렌드로는 좀처럼 하일롭이 원하는 답을 내어놓지 않고 있었다. 하일롭이 여태 알렌드로의 목에 겨누고 있던 검을 더욱 바짝 디밀었다.

"답하라."

하일롭이 재차 명하였다. 그러나 이번에도 알렌드로는 대답하지 않았다.

하일롭은 당장에라도 알렌드로의 목을 베어 내고 싶은 충동에 사로잡혔다.

만약 알렌드로가 로켄페데스 대공 가문의 가신만 아니었더라면, 하일롭은 알렌드로를 처단하는 데 일말의 망설임조차 두지 않았을 것이다.

"답하라 하였다!"

하일롭이 더는 참지 못하겠다는 듯 목소리를 높였다. 기다란 검신 아래, 알렌드로가 머리를 조아렸다. 하지만 단지 그뿐이었다. 알렌드로는 결코 대답하지 않았다.

"……그래, 그렇군."

악 물고 있는 잇새로 헛숨을 흘려보낸 하일롭이 말을 이었다.

"그대가 이리 죽고 싶어 하는데, 내가 미처 그 마음을 눈치채지 못했어."

하일롭은 더는 참지 않기로 했다. 뒷일 또한 생각하지 않기로 작정했다. 이윽고 알렌드로의 목에 겨눠져 있던 날붙이가 여린 살갗을 파고들었다. 그리하여 알렌드로의 목에서 주륵, 한 줄기 피가 흘러내렸다.

그 광경을 한 순간도 놓치지 않겠다는 듯 집요하게 바라보며, 하일롭은 검을 쥔 손에 더욱 힘을 주었다.

그런데 그 순간이었다.

"황자 저하!"

누군가 하일롭의 앞에 꿇어앉았다. 아니, 꿇어앉았다기보다는 다리에 힘이 풀려 주저앉은 것에 가까웠다.

하일롭은 그를 만류하려는 선지, 그의 시선을 놀린 누군가를 차가운 눈으로 바라보았다.

그 누군가는 다름 아닌, 빌어먹을 신관복을 입고 있는 대신관이었다.

아무리 하일롭이라고 할지라도 대신관을 죽였다가는 골치가 아파졌다. 그것을 눈앞의 대신관도 알고 있을 터였다. 그렇기에 감히 그의 앞을 막아설 엄두를 낸 것이리라. 하일롭은 뿌득 이를 갈았다.

"로, 로아나 대신관이 돌아왔습니다."

이름 모를 대신관이 말했다. 순간 멈칫한 하일롭은 이내 한껏 움켜쥐고 있던 검을 바닥에 아무렇게나 내던졌다. 점차 가까워지는 발걸음 소리를 들었기 때문이었다.

과연 대신관의 말대로였다. 아무래도 신관들은 서로의 신성력을 감지할 수 있는 능력이라도 있는 듯했다.
 하일롭은 식당 안으로 걸어 들어오는 대신관의 모습을 발견했다.
 신황이 길들인 개인 주제에, 무슨 이유에선지 언제나 레오디안의 곁에 딱 붙어 있고는 하던 대신관이었다.
 하일롭의 형형한 시선을 받으며 로아나는 식당 안을 휘 둘러보았다. 식당은 로아나가 급히 신성지로 향하기 전, 마지막으로 본 모습과 크게 달라진 바가 없었다.
 알렌드로와 욤펜, 그리고 대공저의 기사들을 경계하고 있는 황실 기사단의 얼굴은 하나같이 긴장감으로 딱딱하게 굳은 채였다.
 로아나는 나직이 한숨을 내쉬었다. 하일롭이 순순히 대공저를 나섰으리라고는 생각하지 않았다. 어쩌면 대공저의 상황이 더욱 극단으로 치달아 있을지도 모른다고 짐작했었다. 그래서 어느 정도 단단히 각오하기도 했다.
 하지만 이런 상황을 마주하게 되니 마냥 막막한 마음이 드는 것은 사실이었다. 로아나는 힐끔 하일롭에게 시선을 던졌다.
 이 상황을 초래한 주범인 하일롭은 여태 알렌드로에게 겨누고 있던 검을 방금 막 바닥에 아무렇게나 내던져 버리고는 로아나를 주시하고 있는 상태였다.
 하일롭은 약이 바짝 올라 있는 듯했다. 레오디안이 어떤 방법으로 엘시아를 데리고 식당을 빠져나왔는지는 알 수 없지만, 아마도 그리 온화한 방법은 아니었으리란 짐작이 갔다.
 로아나는 다시금 입술 사이로 한숨을 흘려보냈다. 그러면서 좀처럼 떨어지지 않는 걸음을 애써 내디뎠다.
 식당은 충분히 넓었지만 로아나가 하일롭이 서 있는 곳으로 다가서는 데는 그리 오랜 시간이 걸리지 않았다.
 "황자 저하."
 로아나가 하일롭을 향하여 짧게 예를 취했다. 그리고 고개를 들어 올렸을 때, 로아나는 명백한 분노로 물든 하일롭의 새파란 눈동자를 맞닥뜨렸다.

"그대 이름이 무언가."

"……저는 임모투스 신전의 대신관, 로아나라고 합니다."

"그래, 로아나 대신관."

혼잣말에 가깝게 중얼거린 하일롭이 이마 위로 흘러내린 머리칼을 아무렇게나 쓸어 넘겼다. 다소 거친 손길이었다.

"그대가 대공이 이곳 저택을 빠져나가도록 도왔겠지."

"……."

"아니, 그 전에."

하일롭이 허탈한 웃음을 흘렸다. 그러고는 날카로운 눈빛으로 로아나를 직시하며 물었다.

"대공이 비오렌치아를 타고났다는 사실을, 그대는 알고 있었나?"

비오렌치아. 로켄페데스 대공가에 대대로 전승되어 온 그 신비로운 힘. 그 힘을 오늘 하일롭은 목전에서 목격했다.

다름 아닌 레오디안이 비오렌치아를 타고났을 줄이야 하일롭은 꿈에도 상상하지 못했다.

그간 하일롭은 황제가 로켄페데스 대공가에서 리리엔을 빼돌린 까닭을 리리엔이 비오렌치아를 타고났기 때문이라고 짐작했다. 그것이 아니고서야 황제가 리리엔을 납치할 이유가 없었다. 설령 그밖에 다른 이유가 있다고 할지라도 하일롭으로서는 알 길이 없었다.

그도 그럴 것이 의식을 차린 황제는 리리엔이 대공가에 머무르면 안 된다고 연신 당부하듯 말하면서도, 그 이유에 관해서는 함구했다. 그렇기에 황제가 어찌하여 리리엔의 존재를 꺼리는지, 하일롭은 나름대로 짐작할 수밖에 없었다.

"대신관, 답하라."

하일롭이 입을 꾹 다물고 있는 로아나를 재촉했다. 지금 이 순간, 하일롭은 기필코 로아나의 대답을 들어야 했다.

레오디안이 비오렌치아를 지니고 있었다니, 하일롭이 미처 염두에 두지 못했던 변수였다. 그것도 앞으로 하일롭의 앞길을 가로막을지 모를 거대한 변수.

하일롭은 불안한 마음과 더불어 치솟는 분노를 내리누를 수가 없었다.
"답하라 명하였다!"
하일롭의 노기 섞인 목소리가 고개 숙인 로아나의 머리 위로 벼락같이 내리꽂혔다.
"대신관, 내가 지금 그대를 강제해야 하는가? 그리해야만 그대가 그 고귀한 입술을 열 텐가!"
결국 로아나는 기나긴 망설임 끝에 말문을 열었다.
"예, 황자 저하. 저하께서 짐작하고 계신 바가 맞습니다."
"하……."
하일롭의 입술 사이로 허탈한 숨이 터져 나왔다. 로아나는 묵묵히 머리를 조아렸다. 머지않아서 하일롭이 짓씹듯 욕설을 내뱉는 소리가 귓가에 울렸다. 거칠기 짝이 없는 음성이었다.
그에 로아나는 딱히 노력하지 않아도 현재 하일롭이 얼마나 분노하고 있는지를 어렵지 않게 짐작할 수 있었다.
아무래도 레오디안이 하일롭의 눈앞에서 힘을 드러낸 듯했다. 로아나가 미처 예상치 못한 일이었다. 황실과 신전의 알력 싸움의 한가운데 자리해 있으면서도, 자신이 타고난 힘을 철저하게 숨겨 온 레오디안이었다.
그런데 레오디안이 이렇듯 갑작스럽게 힘을 드러내다니. 이것이 무엇이 의미하는지 로아나는 감히 짐작키 두려웠다.
그저 이로 인해서 불어닥칠 변화의 바람이 꽤나 맹렬한 기세이리라는 것만을 짐작할 수 있을 뿐이었다.
"……그래, 그랬단 말이지."
하일롭은 숫제 배신이라도 당한 사람처럼 허망한 표정으로 중얼거렸다.
"그럼, 신황도 알고 있는가?"
이윽고 이어진 하일롭의 물음에 로아나가 천천히 고개를 들어 올려 하일롭과 눈을 마주했다. 그러기가 무섭게 하일롭이 직전 꺼낸 물음을 부연하여 물었다.

"로켄페데스 대공이 지닌 힘을 신황도 인지하고 있었느냐 물었다."

"그에 관해서는 저도 모르겠습니다, 저하."

로아나는 하일롭이 진실로 모르고 묻는 것이 아니리라 여겼다. 로아나의 눈에 하일롭은 단지 자신이 생각하고 있는 바에 확신이 필요해 구태여 묻는 것으로 보였다.

그렇게 짐작하면서도 로아나는 순순히 하일롭이 바라는 대답을 내어놓을 생각이 없었다.

하일롭이 혼란스러워하면 할수록 그만큼 레오디안은 시간을 벌 수 있었다. 레오디안에게 하일롭을 상대하기 위해 준비할 시간이 필요한지 아닌지 로아나로서는 알 수 없었다. 하지만 로아나는 지금 자신의 행동이 레오디안에게 조금의 도움이라도 되었으면 바랐다.

로아나는 차갑게 얼어붙은 표정으로 자리에 못 박힌 듯 서 있는 하일롭을 향해서 태연하게 말했다.

"하지만 신황 성하와 대공 각하가 서로 긴밀한 관계에 있다는 사실은 알고 있습니다."

* * *

"그만 울어."

리리엔이 단호한 표정으로 꺼내 놓은 말이 고요한 공간에 자리하고 있던 적막을 갈랐다.

하이드는 힐끔 리리엔을 쳐다보았다. 리리엔은 그렇게 하면 상대방의 낯을 꿰뚫을 수 있으리라 여기기라도 하는 건지, 집요하고도 날카로운 시선으로 에이사를 바라보는 중이었다.

그런 리리엔의 시선을 마주하고 있는 에이사는 긴장이 풀린 탓인지 축 늘어져 앉아 울먹거리고 있었다. 서럽게 헐떡이는 에이사의 모습은 퍽 애처로워 보였는데, 애석하게도 리리엔의 눈에는 그렇게 보이지 않는 듯했다.

"도대체 왜 계속 우는 건지 이해를 못하겠네."

리리엔이 어이가 없다는 듯한 눈빛으로 에이사를 응시하며 말했다.

"여기에 너 달래 줄 사람 없어."

그 냉정하기 그지없는 말에 에이사는 어떻게든 울음을 삼켜 보려는 듯 이를 힘껏 사리물었다.

"혹시나 해서 말해 두는데, 아까 전에 네가 했던 헛소리를 엘시아 앞에서도 했다간 봐. 절대 용서하지 않을 거야."

리리엔은 아무래도 에이사가 했던 말이 신경이 쓰이는지 재차 경고했다. 에이사는 눈물로 젖은 눈을 하고서 몇 번이나 고개를 끄덕였다.

그런 두 사람의 모습을 여태 잠자코 지켜보고 있던 하이드는 돌연 시선을 돌렸다. 그러고는 별다른 장식이랄 것이 없는 침실을 휘 둘러보았다.

전에 한 번 왔을 때도 느낀 것이지만, 이곳은 마치 유령이 사는 저택 같았다. 그간 머무른 제도의 대공저와 전혀 달랐다. 이곳은 차라리 하이드가 평생 갇혀 지낸 렝리탄의 히치콕 백작저 지하와 닮아 있었다.

그런 느낌을 받았기 때문일까. 하이드는 새삼스럽게 예전 자신의 모습을 떠올렸다. 엘시아가 찾아오기 전까지, 하루하루 의미 없이 시간만 흘려보내고는 했던 자신의 모습을 말이다.

그러다 어느 순간, 하이드는 무심코 혼잣말을 중얼거렸다.

"……엘시아는 왜 안 올까."

그러기가 무섭게 리리엔의 고개가 홱 돌아갔다. 하이드는 자신의 옆얼굴에 닿아 온 시선을 느끼곤 그 시선의 주인에게 눈길을 주었다.

그리하여 곧 하이드의 시야에 들어온 리리엔은 탐탁지 않다는 듯 표정을 찌푸리고 있었다.

"내려가 보는 게 좋을까?"

"관둬."

하이드의 말에 리리엔이 고개를 저었다. 그런 리리엔이 의외였던지라 하이드는 내심 놀라 눈을 미묘하게 크게 떴다.

"엘시아가 기다리라고 했잖아. 그럼 기다려야지."

리리엔은 퍽 어른스럽게 말했다. 그 역시도 의외의 모습이었기에 하이드는 놀라움을 금치 못했다.

"……여기에는 레오디안이 있으니까 괜찮아."

그렇게 중얼거리는 리리엔은 영 마뜩잖다는 기색이었지만, 당장 엘시아를 찾아갈 생각은 없어 보였다.

그래서 하이드는 더 이상 엘시아의 이야기를 꺼내지 않고 잠자코 입을 닫았다.

그런데 그 순간, 리리엔이 퍽 매서운 눈빛으로 하이드를 바라보았다.

"그나저나 너는 나를 도와준다고, 엘시아를 지켜 준다고 했으면서 아까는 왜 그랬어?"

왜 그랬냐니, 그게 무슨 의미일까. 알 수 없었기에 하이드는 아무런 대꾸를 하지 않고 리리엔을 물끄러미 쳐다보기만 했다. 그러자 리리엔이 정말이지 답답하다는 듯 말했다.

"황자가 엘시아를 데려가려고 하는데 너는 아무것도 안 했잖아!"

"아……."

하이드는 멍하니 입술을 벌렸다. 그런 하이드의 얼굴이 리리엔의 눈에는 아무런 생각 없는 천치 같아 보였다.

"레오디안이 저택으로 돌아왔으니 망정이지, 아니었으면 엘시아는 꼼짝없이 황자에게 잡혀 갔을 거야. 알아?"

다시금 생각해 봐도 정말 운이 좋다고밖에 형용할 수 없는 일이었다. 마침 레오디안이 우연히 저택으로 돌아오지 않았더라면, 엘시아는 감옥으로 끌려갔을 것이다. 그렇게 생각하니 머릿속이 하얗게 질리는 듯했다. 리리엔은 길게 한숨을 내쉬었다.

"……하지만, 인간을 죽이면 안 되잖아."

"……뭐?"

"인간 세상의 규칙 같은 건 상관없지만, 엘시아가 화를 내는 건 싫으니까."

멍하게 입술을 벌린 리리엔이 경악스럽다는 듯 하이드를 바라보았으나, 리리엔으로서는 그 뜻을 파악할 수 없는 헛소리를 내뱉은 하이드는 제 할 말은 다 끝났다는 듯 입을 길게 다문 채였다.

평소 하이드가 멍한 얼굴로 대체 무슨 생각을 하고 사는지 궁금했지만, 지금 이 순간만큼은 아니었다. 리리엔은 당장이라도 눈앞의 하이드의 머리통을 열어 그 안에 뭐가 들어 있는지를 확인하고 싶은 심정이었다.

"야, 너 대체 무슨 소리를……."

리리엔이 답답한 마음에 하이드를 추궁하듯 목소리를 높였을 때였다.

집사 헤이온의 안내를 받아 침실 안에 자리한 이래, 내도록 굳게 닫혀 있던 문이 돌연 벌컥 소리를 내며 열렸다.

그렇게 열린 문틈으로 모습을 드러낸 사람은 다름 아닌 엘시아였다. 어째 선지 불그스름하게 상기된 뺨을 한 엘시아가 다소 다급한 걸음으로 침실 안으로 들어왔다.

엘시아가 침실 안으로 들어서는 모습을 본 리리엔이 벌떡 자리에서 일어났다. 그러고는 망설임 없이 엘시아에게로 다가갔다.

리리엔이 늘 그렇듯 엘시아의 품에 안겼고, 엘시아는 그런 리리엔을 자연스럽게 마주 안아 주었다.

리리엔은 엘시아의 품에 고개를 묻고 엘시아의 체취를 한껏 들이마시다가, 잠시 뒤 고개를 슬쩍 들어 올려 엘시아를 바라보았다.

"엘시아, 왜 그래. 무슨 일 있었어?"

리리엔이 내심 불안한 마음을 감추지 못하고 물었다. 엘시아는 저도 모르게 한 손으로 상기된 뺨을 매만졌다.

그러면서 고개를 젓는 엘시아의 표정은 조금쯤 넋이 나간 것처럼 멍했다. 무슨 일이 있었냐는 리리엔의 물음에 레오디안을 떠올린 탓이었다.

'안아도 됩니까?'

이제는 익숙해진 낮은 목소리로 레오디안은 그렇게 물었다. 무척 뜬금없는 말이었고, 동시에 짐짓 경악스러운 말이기도 했다.

안아도 되냐니. 엘시아는 너무도 놀란 나머지 딱딱하게 굳은 채로 선뜻 아무런 대꾸를 하지 못했다.

그런 엘시아를 레오디안은 늘 그렇듯 기다려 주었다. 자연스레 내려앉은 정적 속에서 엘시아는 어느 순간, 자신의 뺨이 홧홧하게 달아오르는 걸 느꼈다.

안아 주고 싶다는 레오디안의 난데없는 말도 그러했지만, 그 말에 반응하는 스스로가 무엇보다도 당황스러웠다.

무어라 말로 설명할 수 없는 묘한 감정으로 가슴속이 울렁거렸다. 그래서인지 한번 달아오른 뺨은 좀처럼 차게 식을 기미를 보이지 않았다.

엘시아는 저도 모르게 두 손을 양 뺨에 가져다 댔다. 손바닥에 닿은 뺨이 뜨거웠다. 그래서 엘시아는 굳이 거울에 비추어 확인해 보지 않더라도 지금 자신의 뺨이 불그스름하게 물들어 있으리란 사실을 알 수 있었다.

어떡하지, 그 생각만이 하얗게 질린 머릿속을 가득 채웠다. 그러다 어느 순간, 레오디안의 시선을 새삼스럽게 의식하게 되었다.

현재 마주 앉아 있는 레오디안이 눈에 띄게 동요하며 뺨을 붉힌 자신의 모습을 보고 있었다.

엘시아는 달아오른 얼굴을 어떻게든 감추고 싶었다. 그래서 무심코 고개를 끄덕였다.

그 미약한 고갯짓의 의미를 레오디안이 알아차리지 못할 수도 있다는 생각이 뒤늦게 들었지만, 다행인지 불행인지 레오디안은 그 의미를 제대로 알아들었다.

머지않아서 엘시아는 제 어깨를 감싸 안는 온기를 느꼈다. 레오디안이 말 그대로 엘시아를 품에 안은 것이다.

자신이 고개를 끄덕여 의사를 밝힌 것으로 인해 뒤이어진 행위였다. 그런데도 엘시아는 할 수만 있다면 시간을 되돌리고 싶을 정도로 놀랐다.

레오디안의 너른 품은 엘시아의 가는 몸을 죄 끌어안고도 남았다. 그렇게 레오디안의 품에 폭 감싸 안긴 채로, 엘시아는 그 어느 때보다도 진한 레오디안의 체취를 맡았다.

그에 더욱 놀란 엘시아는 레오디안을 밀어내려고 했다. 그러나 그럴 수 없었던 것이, 문득 레오디안이 커다란 손으로 엘시아의 등을 다독였기 때문이었다.

너무나도 당황스러운 와중에도 그 다정한 손길에 엘시아는 위안을 얻었다. 리리엔이 버릇처럼 엘시아의 품에 안겨 어리광을 부리는 이유를, 엘시아는 그 순간 어렴풋이 알 것만 같았다.

레오디안을 밀어내려던 엘시아의 손에서 힘이 빠져나갔다. 엘시아는 팔을 늘어뜨리고 레오디안의 손길에 몸을 내맡겼다.

그렇게 얼마쯤 지났을까.

'이제 괜찮을 겁니다.'

레오디안이 문득 말을 꺼냈다. 서로 몸을 바투 붙이고 있는 탓에 레오디안의 목소리는 엘시아의 귀에 그 어느 때보다도 선명하게 들렸다.

'당신을 두렵게 만드는 일은 이제 두 번 다시 일어나지 않을 겁니다.'

이어진 레오디안의 목소리는 귓가에 바짝 얼굴을 붙이고 속삭이는 것과 다름없게 들렸다. 그래서인지 엘시아의 귓가에서 시작된 기묘한 간질거림이 온몸으로 퍼져 나갔다.

엘시아는 저도 모르게 긴장으로 몸을 굳혔다. 그리고 그런 엘시아를 알아차린 레오디안은 더욱 부드러운 손길로 엘시아를 다독여 주었다.

그런 레오디안은 이러한 행위에 너무도 익숙한 사람 같았다. 그토록 의연한 레오디안과 다르게 엘시아는 전연 그렇지 못했다.

아까부터 엘시아의 심장은 빠르고 거칠게 달음박질치고 있었다. 얼마나 맹렬한 기세이던지, 혹여 자신의 심장이 박동하는 소리가 레오디안의 귓가에 들리지는 않을까 걱정이 될 정도였다.

무엇보다도 아까부터 자신의 코끝을 간질이고 있는 레오디안의 달콤한 체취가 난감하기 그지없었다. 자꾸만 자신의 충동을 자극했다. 그에 결국 엘시아는 한참 바르작거리다가 레오디안을 밀어내고 말았다.

그다지 힘이 실려 있지 않은 엘시아의 손에 레오디안은 순순히 밀려났다.

'……리리엔이 기다리고 있을 거예요.'

엘시아가 핑계처럼 중얼거린 말에도 레오디안은 선선하게 고개를 끄덕였다.

그뿐만 아니라, 불에 덴 듯이 자리를 박차고 일어나는 엘시아를 붙잡지도 않았다. 레오디안은 늘 그렇듯 아무것도 묻지 않고 엘시아가 하는 양을 가만 지켜보기만 했다.

그리하여 현재, 엘시아는 누군가 쫓아오기라도 하듯 걸음을 재촉해서 리리엔이 있는 방으로 온 것이었다.

아직도 심장이 쿵쾅쿵쾅 거칠게 뛰고 있었다. 엘시아는 마냥 다정하던 레오디안의 모습을 애써 머릿속에서 지워 내려 노력했다.

그러면서 영 걱정스럽다는 듯이 자신을 바라보고 있는 리리엔을 향해서 고개를 저어 보였다.

"아냐, 별일 없었어. 그냥 조금…… 더워서."

그렇게 대답하는 목소리에는 힘이 하나도 들어가 있지 않았다. 그에 리리엔은 의심스러운 눈으로 엘시아를 바라보았다.

분명 무슨 일이 있었던 것 같은데, 지금 엘시아는 순순히 사실대로 이야기해 줄 것 같지 않았다. 리리엔은 남몰래 한숨을 삼켰다.

엘시아가 조금만 더 자신에게 의지했으면 좋겠다 바라는 리리엔으로서는 지금 엘시아가 아무래도 무언가를 숨기는 것 같아서 영 마음에 들지 않았다.

그래도 자신에게 한없이 약한 엘시아이니, 만약 자신이 무슨 일이 있었느냐 캐묻는다면 엘시아는 더는 숨기지 못하고 결국 이야기를 꺼낼 터였다. 거기까지 생각이 미친 리리엔이 입술을 열었을 때였다.

"뭐 하고 있었어?"

엘시아가 먼저 선수를 쳤다. 리리엔은 조금쯤 입술을 벌린 채로 멈칫했다.

어느덧 엘시아는 평소의 핏기 없는 새하얀 얼굴로 돌아와 있었다. 리리엔은 말문이 막혀서는 그저 엘시아를 빤히 올려다보기만 했다. 그러다 잠시 뒤,

힐끔 시선만을 돌려 에이사를 바라보았다.

에이사는 엘시아와 리리엔이 서로 마주 안고 있는 모습을 물끄러미 주시하고 있었는데, 그런 에이사의 눈가는 불그스름하게 부은 채였다. 누가 보더라도 울었다는 걸 알아차릴 수 있을 정도였다.

지금 엘시아는 미처 에이사를 신경 쓸 겨를이 없는 듯했지만, 엘시아가 에이사에게 시선을 주는 건 단지 시간문제였다.

"엘시아, 아까부터 맛있는 냄새가 나."

"……응?"

"헤이온이 식사 준비를 하고 있나 봐."

리리엔의 말 그대로였다. 사실 엘시아도 조금 전부터 아래층에서 풍겨 오는 음식 냄새를 인지하고 있었다.

다만 엘시아는 갑작스럽게 바뀐 화제와 어딘지 초조한 기색인 리리엔이 의아하여 선뜻 아무런 대꾸를 하지 못했다.

그런 엘시아의 안색을 유심히 살펴보던 리리엔이 대뜸 한 마디를 툭 내뱉었다.

"나 배고파."

리리엔은 엘시아더러 보란 듯이 자신의 배를 살살 문질렀다. 그러면서 천연덕스럽게 물었다.

"엘시아는 배 안 고파?"

"어, 나는 별로……."

엘시아는 내심 당황해 말끝을 흐렸다. 그도 그럴 것이 이곳 신성지의 저택으로 오기 전, 대공저에서 막 식사를 마친 참이었다.

식사를 하는 둥 마는 둥 했던 엘시아와 다르게 리리엔은 평소 그러는 것처럼 양껏 음식을 먹었다.

리리엔이 로아나와 즐겁게 대화를 나누면서 식사를 하는 모습을 지켜보았던 엘시아로서는 배가 고프다는 리리엔의 말을 의아하게 받아들일 수밖에 없었다.

그런 이유로 엘시아가 선뜻 말문을 열지 못한 채로 리리엔을 의아한 눈으로 바라보고 있는데, 리리엔이 돌연 목소리를 높여 하이드를 불렀다.
"하이드!"
그러자 여태 우두커니 앉아 있던 하이드가 자리에서 일어났다.
"응, 나도 배고파."
하이드는 마치 리리엔이 무슨 말을 할지 짐작하고 있었던 사람처럼 말했다.
그리고 그런 하이드를 향해서 리리엔이 만족스럽다는 듯이 미소를 지어 보였다.
리리엔이 갑자기 왜 이러는 건지 알 수 없었던 엘시아는 마냥 어리둥절해졌다.
"엘시아도 같이 식당으로 가자."
리리엔이 여태 자신의 어깨를 감싸안고 있던 엘시아의 팔을 풀어내더니, 엘시아의 손을 잡고 가볍게 흔들었다.
"응? 가자."
리리엔이 귀엽게 웃으면서 엘시아를 재촉했다. 엘시아는 여전히 얼떨떨한 표정으로 고개를 끄덕였다.

* * *

먼저 식당에 내려가 있으라는 리리엔의 말에 엘시아는 혼자서 식당으로 향했다.
이곳 저택은 꽤나 커다랬지만, 제도의 대공저와는 비교할 수 없었다. 때문에 엘시아가 식당에 도착하는 데는 그리 오랜 시간이 소요되지 않았다.
엘시아는 별생각 없이 식당 안을 빠르게 둘러보다가, 흠칫 놀라 걸음을 멈추었다.
식당에는 이미 선객이 자리하고 있었다. 다름 아닌 레오디안이었다.

당연하다는 듯이 상석에 앉아 있던 레오디안과 눈이 마주치자, 엘시아는 눈에 띄게 동요하고 말았다.

그도 그럴 것이 레오디안을 피해서 자리를 박차고 나온 게 불과 몇 분 전의 일이었다.

아니, 정확하게 말하자면 엘시아는 레오디안을 피한 것이 아니었다. 어느 때보다도 다정하게 구는 레오디안의 모습에 엘시아는 말로 설명할 수 없는 감정을 느꼈고, 그 묘한 감정을 외면하고자 레오디안을 뒤로하고 자리를 떠난 것이었다.

그런데 미처 마음의 준비를 하기도 전에 다시금 레오디안을 맞닥뜨렸다. 엘시아는 간신히 진정시킨 마음이 레오디안의 푸른 눈을 마주하기가 무섭게 기다렸다는 듯이 일렁이기 시작하는 걸 느꼈다.

엘시아는 살짝 고개를 숙였다. 이토록 묘한 감정은 생전 처음으로 느껴 보는 것이었다. 그래서 엘시아는 현재 자신의 마음을 일렁이게 만드는 감정이 무엇인지 도저히 알 수가 없었다.

다만 분명한 것은, 지금 엘시아가 느끼고 있는 감정은 레오디안을 마주할 때면 언제나 당연하다는 듯이 엘시아의 가슴께를 덥히곤 했던 죄책감과는 전혀 다르다는 사실이었다.

엘시아는 나직이 숨을 삼켰다. 이름을 붙일 수 없는 미지의 감정은 엘시아에게 아득한 두려움을 선사했다.

그래서일까. 엘시아는 당장이라도 레오디안의 시선이 미처 닿을 수 없는 곳으로 도망치고 싶어졌다.

만약 지금 자신이 몸을 돌려 식당을 나선다면 레오디안이 의아하게 여길 것이라고 생각하면서도 그러했다.

고개를 숙인 상태에서도 엘시아는 머리 위로 느껴지는 묵묵한 시선을 느낄 수 있었다. 의식하지 않으려고 해도 의식이 됐다.

아무렇지 않은 척 자리에 앉으려고 해도 바닥에 뿌리를 깊이 내린 것처럼 발이 떨어지지 않았다. 엘시아는 곤혹스러운 마음에 입술을 질끈 깨물었다.

"……리리엔과 함께 내려오는 것 아니었습니까?"

어느 순간, 레오디안의 낮은 목소리가 식당 안을 묵직하게 울렸다. 귓가에 파고든 그 근사한 음성에 무심코 고개를 들어 올린 엘시아는 대번에 레오디안과 시선을 맞닥뜨렸다.

"아……."

그러기가 무섭게 엘시아는 홱 고개를 돌렸다. 그뿐만 아니라 마치 두려운 존재를 마주하기라도 한 것처럼 한껏 몸을 움츠렸다.

대체 왜 이럴까, 어째서 태연하게 레오디안을 바라볼 수가 없는 걸까. 그런 생각이 머릿속에 가득했다. 꼭 레오디안을 처음 만났을 때로 되돌아간 것만 같은 기분이었다.

그러니까, 리리엔을 데리고 제도의 대공저에 당도하였을 때, 마냥 서늘한 인상의 레오디안의 푸른 눈동자를 차마 똑바로 마주할 엄두를 내지 못했을 때, 그때 같았다.

레오디안이 한없이 다정한 사람이라는 사실을 알기 전, 레오디안을 두려워했던 그때로 돌아간 것만 같았다.

왜 이런 기분이 드는 걸까. 엘시아는 희게 질린 얼굴로 입술을 잘근잘근 씹어 댔다. 돌연 식당 안에 의자가 끌리는 소리가 울려 퍼진 것은 그 무렵이었다.

엘시아는 이번에도 저도 모르게 고개를 들었다. 그러자 어느새 자리에서 일어난 레오디안이 가까이 다가오는 모습이 눈에 들어왔다.

레오디안은 아까부터 좀처럼 긴장을 놓지 못하고 이상하게 구는 엘시아를 눈치채지 못한 건지, 아니면 알면서도 모르는 척하기로 한 건지, 의연한 모습으로 엘시아의 지척에서 멈추어 섰다.

"몸이 안 좋습니까?"

"……아, 아뇨."

그런 건 아니에요, 하고 덧붙이는 엘시아의 목소리는 당장이라도 사그라질 듯이 조그마했다. 레오디안은 한쪽 눈썹을 휘 들어 올렸다. 영 맥을 못 추는 듯한 엘시아의 모습이 의아한 눈치였다.
"피곤하면 식사는 나중에 하고……."
"리리엔은 곧 내려올 거예요."
엘시아는 놀란 눈을 크게 떴다. 의도치는 않았지만 레오디안과 거의 동시에 말을 꺼낸 탓에 레오디안의 말을 잘라 낸 꼴이 되었다.
엘시아는 슬쩍 레오디안의 눈치를 살폈다. 그러나 레오디안은 방금 엘시아가 제 말허리를 잘라 낸 것에 별달리 신경 쓰는 기색이 아니었다.
"그렇습니까."
머지않아서 레오디안이 대수롭지 않게 말했다.
"그럼 자리에 앉아서 기다리죠."
"네."
엘시아는 졸린 듯한 목소리로 대답했다. 마음 같아서는 자리에 앉기는커녕, 당장 식당을 나서고 싶었다. 하지만 엘시아는 자신의 마음의 소리를 애서 뒤로한 채, 레오디안의 뒤를 따라 자리로 향했다.
레오디안은 엘시아가 앉을 의자를 빼어 주었다. 엘시아는 어색한 표정으로 그 의자에 앉았다.
엘시아가 앉는 모습을 확인한 레오디안은 그제야 비로소 자신의 자리에 앉았다.
"함께 식사를 하는 것도 참 오랜만이군요."
새삼스럽다는 듯 레오디안이 말을 꺼냈다. 혼잣말에 가까운 중얼거림이었다.
순간 멈칫했던 엘시아는 이내 말없이 고개를 끄덕였다. 그러면서 눈앞의 레오디안에게 시선을 던졌을 때, 레오디안의 입매에는 희미한 미소가 걸려 있었다.
잘 웃는 사람이 아닌데, 그런 생각이 의식의 흐름처럼 엘시아의 머릿속을 스치고 지나갔다.
'무슨 좋은 일이라도 있는 걸까?'

엘시아는 살짝 미간을 찌푸렸다. 자신이 보기에도 말도 안 되는 생각이었다.

그도 그런 게, 하일롭이 대뜸 대공저에 쳐들어와서 엘시아를 끌고 가려고 했던 것이 불과 몇 시간 전의 일이었다. 그러니까 아마 레오디안은 심히 언짢았을 것이다. 자신의 저택에 불청객이 방문했는데 기분이 좋을 리가 없었다. 오늘 레오디안은 좋은 일은커녕 불쾌하기 짝이 없는 일을 겪은 것이다.

그런데 왜인지 레오디안은 오늘따라 유난히 잘 웃었다. 그것은 단순히 엘시아의 착각이 아니었다. 실제로 엘시아는 아까 전에도 레오디안이 꽤나 환하게 웃는 모습을 보았다.

물론 엘시아가 모르는 사이에 레오디안에게 좋은 일이 있었을지도 모르는 일이었다. 그러나 그렇게 생각하면서도 엘시아는 레오디안을 향해 있는 의아한 시선을 거두지 못했다.

"왜 그렇게 봅니까?"

"……네?"

엘시아는 화들짝 놀라 레오디안과 눈을 마주쳤다. 어느덧 레오디안은 엘시아를 유심히 바라보고 있었다.

"이, 잠깐 다른 생각을 좀……."

엘시아가 난감한 목소리로 중얼거렸다. 그러다 스스로 꺼낸 말이 퍽 무례한 것이었음을 뒤늦게 알아차리고는 숨을 들이켰다.

상대를 앞에 두고 다른 생각에 빠져 있었다는 사실을 곧이곧대로 이야기하고 만 것이다. 엘시아는 당황한 시선을 내려뜨리고는 입술을 깨물었다.

그런데 그런 엘시아의 사정을 아는지 모르는지, 레오디안이 뜬금없는 말을 꺼냈다.

"이제는 내가 꽤 편해졌나 봅니다."

엘시아가 멍하니 입술을 벌렸다. 무심코 시선을 들어 올리자 레오디안의 입매에 걸린 미소가 더욱 짙어진 게 보였다.

그 미소 띤 얼굴은 엘시아의 시선을 손쉽게 사로잡았다. 엘시아는 평소보다 더 아름다워 보이는 레오디안의 얼굴에서 눈을 떼지 못했다. 그때, 붉은 호선을 그리고 있는 입술이 느릿하게 벌어졌다.

"난 좋습니다."

마치 널리 알려진 사실이나 당연한 이치를 이야기하듯 담담하기 그지없는 목소리였다. 그 묵직한 울림을 지닌 단정한 음성에 엘시아의 뺨이 화르륵 달아올랐다.

"저는……."

엘시아가 어떻게든 화제를 돌려보고자 말문을 열었을 때였다.

리리엔과 하이드, 그리고 에이사가 식당 안에 모습을 드러냈다. 엘시아는 차라리 잘 되었다는 생각을 하며 입을 닫았다.

16. 새로운 보금자리

"그럼, 이만 가 보겠습니다."

"조심히 다녀오세요."

엘시아의 말간 얼굴을 들여다보던 레오디안이 피식 가벼운 웃음을 흘렸다.

"예, 그러겠습니다."

엘시아와 잠시 시선을 맞춘 것을 마지막으로 레오디안은 깔끔하게 몸을 돌렸다.

엘시아는 마차에 오르는 레오디안의 뒷모습을 멀거니 바라보았다. 신성지에 위치한 레오디안의 사택에서 지내게 된 이래 벌써 며칠째, 엘시아는 기사단 집결지를 오가는 레오디안을 배웅하고 마중하고 있었다.

하일롭과 그가 대동하고 온 황실 기사단에게 이끌려 감옥으로 가게 될 뻔했던 일이 마치 아주 오래전 과거처럼 느껴졌다.

그 정도로 요 며칠 엘시아의 하루하루는 평화로웠다. 이래도 되나 싶을 만큼 화목한 일상이었다.

머지않아서 레오디안을 태운 마차가 서서히 움직이기 시작했다. 조금씩 멀어지는 마차의 뒤꽁무니를 바라보고 있는데, 불현듯 점차 가까워지는 빠른 발걸음 소리가 들렸다. 엘시아는 소리의 출처로 고개를 돌렸다.

"뭐야, 벌써 갔어?"

리리엔이 가볍게 투덜거리면서 엘시아에게 다가섰다. 리리엔은 아직 잠옷 차림이었다.

"지금 일어났어?"

"응."

리리엔이 불퉁하게 입술을 쭉 내밀었다.

"오늘은 나도 언니랑 같이 레오디안을 배웅하려고 했는데……. 아니, 레오디안은 대체 왜 이렇게 일찍 나가는 거야?"

리리엔은 일찍이 외출하는 레오디안이 영 불만스러운 듯했다. 엘시아는 가볍게 웃었다.

"내일은 오늘보다 더 일찍 일어날 거야. 그럼 내일은 레오디안을 배웅할 수 있겠지."

"무리할 필요 없어, 리리엔."

리리엔은 엘시아와 함께 레오디안을 배웅하고자 했지만, 매번 실패하고 있었다. 리리엔도 어린아이치고는 일찍 일어나는 편이었지만, 새벽녘 저택을 나서는 레오디안을 배웅하는 건 아무래도 무리였다.

그런데 리리엔은 무슨 생각인지 레오디안을 배웅하는 데 몇 번이나 실패했으나 결코 포기하지 않았다.

"……언니 혹시 지금 나 놀리는 거야?"

"그렇게 느껴졌어?"

"응, 너무해."

리리엔이 장난스럽게 엘시아를 타박하며 엘시아의 품을 파고들었다.

"내일은 꼭 성공할 거야."

"그래, 그래."

엘시아는 여전히 입가에 미소를 내건 채로 고개를 끄덕거렸다. 리리엔은 한동안 엘시아의 품에서 머무르다 고개를 들어 올렸다.

"언니, 우리 아침 먹고 나서 차 마시자. 차 마시면서 책 읽어 줘."

리리엔의 권유에 엘시아는 거리낄 것 없다는 듯 선선히 고개를 끄덕이는 것으로 대꾸했다.

리리엔과 하루 종일 시간을 보내는 것은 이곳에서 지내게 된 이후 매일같이 반복되어 온 일상이었다.

갑작스럽게 대공저를 떠나온 탓에 리리엔은 오드리에게 가르침을 받지 못하게 되었고, 그뿐만 아니라 정해진 일과를 따를 필요도 없어졌다.

리리엔은 예상치 못한 선물을 받은 아이처럼, 당분간 아무것도 하지 않고 그저 엘시아의 곁에서 시간을 보낼 수 있게 되었다는 데 무척이나 기뻐했다.

"너무 좋아."

너무너무 좋아, 하고 덧붙이는 리리엔의 목소리에는 기쁜 기색이 덕지덕지 묻어 있었다.

그에 엘시아의 미소가 더욱 짙어졌다. 어리광을 부리는 리리엔이 이루 말할 수 없이 귀여웠다.

* * *

"……깅아지네요?"

로아나가 저도 모르게 얼떨떨한 목소리로 중얼거렸다. 헤르테인은 가볍게 미소를 지었다.

"리리엔 아가씨께서 키우는 강아지예요."

"아……."

설마하니 대공저에 이렇듯 귀여운 생명체가 더불어 살고 있었을 줄이야. 로아나는 새삼스러운 눈으로 하얀 강아지를 내려다보았다.

헤르테인은 품에 안고 있는 강아지를 가만가만 쓰다듬으면서 입을 열었다.

"리리엔 아가씨께서 매일같이 놀아 주었는데, 리리엔 아가씨의 모습이 보이질 않으니 꽤나 상심한 모양이에요."

"그렇군요."

로아나가 공연히 고개를 끄덕거렸다. 상황이 워낙 급박했던지라 리리엔으로서는 미처 강아지를 데리고 가야 한다는 생각은 하지 못했을 터였다.

듣자 하니 리리엔이 강아지에게 꽤나 정을 준 모양인데, 어째선지 강아지를 데리고 오라는 연락은 없었다. 아무래도 리리엔은 아직도 강아지의 존재를 까맣게 잊어버리고 있는 듯했다.

"그럼, 저는 이만 나가 볼 테니 편하게 말씀 나누세요."

헤르테인이 자리에서 일어났다. 여전히 품에 강아지를 꼭 안은 채였다. 로아나는 헤르테인이 응접실을 나서는 모습을 가만 지켜보았다.

머지않아서 헤르테인이 나가면서 문을 닫자 응접실 안에는 적막이 찾아들었다.

로아나는 아까부터 침묵을 지키고 있는 알렌드로와 욤펜에게 시선을 던졌다. 두 사람의 표정은 마냥 심각했는데, 어찌 보면 당연한 일이었다.

하일롭이 대공저를 마구 휘젓고 떠난 것이 불과 며칠 전이었다. 엘시아와 레오디안이 무사히 신성지로 피신했다지만, 그렇다고 해서 두 사람이 언제까지고 신성지에서 머무를 수 있는 것은 아니었다.

단지 그것이 언제가 되느냐 하는 문제일 뿐, 두 사람은 결국에는 이곳으로 돌아와야 했다.

그때까지 이곳을 지켜야 하는 사람이 다름 아닌 알렌드로였다. 그러니 알렌드로가 영 심각한 기색인 것은 별반 의아한 일이 아니었다.

그리고 알렌드로와 사정은 다르지만 욤펜 역시도 쉽사리 마음을 놓지 못할 터였다. 욤펜은 대공저에서 벌어진 사태에 휘말리고 만 실정이었다.

그게 아니더라도 욤펜은 로아나와 함께 신황의 명에 반해 괴물의 사체를 처리했다. 이제 욤펜은 대공가와 깊이 연관되었다.

때문에 설령 욤펜이 당장 신성지로 돌아간다 하여도 예전처럼 자신의 일에만 몰두하며 평화로운 나날을 영위하기란 불가능했다.

그 사실을 욤펜 스스로도 알고 있을 것이다. 그러니 요 며칠간 좀처럼 침울한 표정을 지우지 못하는 것이리라.

로아나는 내심 미안한 마음에 욤펜의 안색을 유심히 살폈다.

"날이 꽤 추워졌네요."

"아, 예……. 이제 추운 계절이 찾아오려나 봅니다."

욤펜이 얼떨떨한 목소리로 대꾸했다. 로아나는 애써 환한 미소를 지었다.

"한겨울이 되면 신전도 한가해지겠죠. 그럼 지금보다는 더 여유롭게 휴식을 취할 수 있을 거고요."

"예, 아마 그렇겠지요."

욤펜이 억지로 입꼬리를 끌어 올려 어색하게나마 미소를 지어 보였다.

로아나의 말에 아무렇지도 않게 긍정했지만, 사실 욤펜은 꽤나 회의적인 생각을 하고 있었다.

과연 한겨울이 된다고 해서 예전처럼 평화롭게 휴식을 취할 수 있을까. 욤펜은 그 답을 알 것만 같았다.

겨울이 오더라도 그것은 이전까지와 전혀 다른 모습일지 몰랐다. 자신의 처지가 급변하였듯이, 계절 역시도 더 이상 여상하지 못하리라.

욤펜은 씁쓸하기 그지없는 표정을 감추지 못했다. 욤펜과 마주 앉은 로아나는 당연하게도 욤펜의 어두운 낯을 목격했다.

욤펜을 위로하고 싶었지만 차마 입이 벌어지지 않았다. 로아나는 입술을 단단히 맞물었다.

그렇게 다시금 정적이 찾아들었다. 가라앉은 분위기에 어깨가 짓눌리는 듯했다.

그 무거운 적막을 깬 것은 여태 말없이 앉아 있던 알렌드로였다.

"두 분께 보여 드릴 것이 있습니다."

알렌드로는 품에서 조그만 주머니를 꺼내 놓았다. 그 새까만 주머니에 로아나와 욤펜이 동시에 시선을 던졌다.

"이것은 대공저 곳곳에 숨겨져 있던 향낭 중 하나입니다."

알렌드로는 주머니에 얽힌 사정을 이야기하기 시작했다. 주머니를 어떻게 찾아내게 되었으며, 주머니 안에 정체 모를 풀이 들어 있었다는 사실까지 낱

낯이 말하였다.

"환각을 유발하는 풀이라고 하더군요. 그것까지는 쉽게 알아낼 수 있었으나, 저택에 주머니를 숨긴 자는 색출해 내지 못했습니다."

대체 누가 이러한 짓을 한 것인지, 범인이나 배후를 찾아내려고 노력하였지만 여전히 오리무중이었다. 알렌드로가 이전보다 더 어두워진 표정을 하고서 말했다.

"혹시 두 분께 도움을 받을 수 있을까 하여……."

"그렇군요."

알렌드로가 황망한 얼굴로 말끝을 흐렸다. 로아나는 알렌드로를 이해한다는 듯 자애로운 미소를 지었다.

"한번 살펴봐도 될까요?"

"예, 물론입니다."

로아나는 먼저 주머니 겉모양을 유심히 관찰했다. 이리저리 살펴보아도 특별히 눈에 띄는 구석이 없는, 그저 평범한 주머니였다. 이윽고 로아나가 주머니를 벌려 그 안의 마른 풀을 꺼내 들었다. 아무래도 꽤나 정성을 들여 말린 듯한 불그스름한 풀에서는 달콤한 냄새가 났다.

주머니를 내려놓은 로아나가 마른 풀을 본격적으로 매만지며 살펴보고 있을 때였다.

"어딘지 눈에 익습니다."

여태 잠자코 로아나에게 시선을 두고 있던 욤펜이 대뜸 말을 꺼냈다.

"예, 분명 전에 본 적이 있는 식물입니다."

로아나는 놀란 눈으로 욤펜을 바라보았다.

"이걸 본 적이 있으시다고요?"

"……임모투스 신전에서 관리하는 온실이 있습니다."

욤펜이 짐짓 심각한 표정으로 고개를 끄덕였다. 그러면서 가라앉은 목소리로 말을 이었다.

"그 온실은 신황 성하의 수행 신관들이 주로 관리하는데, 그곳에서 그것과 비슷한 식물을 본 기억이 납니다."

로아나가 경악스럽다는 듯이 입술을 벌렸다. 꽤나 놀란 모양이었다. 욤펜은 나직이 한숨을 내쉬었다.

로아나가 온실의 존재를 염두에 두지 못한 것도 어찌 보면 당연한 일이었다. 욤펜이나 로아나 같은 대신관은 온실을 비롯한 신전 소유 건물을 관리하는 등 사사로운 일에서는 배제되어 있었다.

"로아나 대신관은 온실에 들어가 본 적이 없으신가 보군요."

욤펜의 말에 로아나가 멍하니 고개를 끄덕이는 것으로 대답을 대신했다.

"신전의 온실이라니……."

로아나가 당황한 기색이 역력해서는 혼잣말을 중얼거렸다. 그런 로아나를 묵묵히 바라보고 있던 알렌드로가 욤펜을 향해서 눈길을 돌렸다.

"……그럼 이 일이 신황 성하의 소행이라는 말입니까?"

"그럴 가능성이 있지요."

욤펜은 애매한 대답을 내어놓았다. 알렌드로에게 확답을 줄 수 없었던 탓이다.

욤펜이 지금 이 순간 확답을 못 하는 까닭은 다름이 아니었다.

"언젠가 신황 성하께서 황제 폐하가 온실을 가꾸는 데 취미가 있고, 온실에서 기묘한 작물을 재배한다는 이야기를 하신 적이 있습니다."

"……."

"그 이야기를 들었을 때에는 별 얘기 아니겠거니 넘겼는데, 생각해 보니 신황 성하께서 온실을 조성하신 것이 하필이면 저에게 그 이야기를 하신 이후의 일입니다."

말을 맺은 욤펜은 그를 바라보고 있는 알렌드로와 로아나에게 차례로 시선을 주었다. 두 사람의 눈동자에 경악스럽다는 듯한 이채가 서려 있었다.

"감히 말하건대, 이 일의 배후로 염두에 두어야 할 분은 신황 성하뿐만이 아닙니다."

욤펜은 그가 생각한 바를 차분하게 말로 옮겼다.

"황제 폐하가 배후일 가능성도 고려해야 할 것입니다."

* * *

한낮의 저택은 고요했다. 그리고 딱 그만큼 평화로웠다.

이 평화로운 저택에서 에이사는 믿을 수 없을 만큼 안락한 생활을 누리고 있었다. 처음 이곳에 왔을 때는 마냥 낯설었는데, 이제는 어느 정도 익숙해졌다. 그러니까, 리리엔을 비롯한 대공가 사람들과 지내는 것이 더는 두렵지 않다는 이야기였다.

물론 리리엔은 여전히 에이사에게 더없이 냉정하게 굴었다. 에이사가 못마땅하다는 기색을 숨기려는 노력조차 하지 않았다.

그런 리리엔의 날카로운 눈빛을 마주할 때마다 덜컥 심장이 내려앉는 듯했지만, 이제는 그 아찔한 감각에도 익숙해졌다.

에이사는 창밖을 내다보았다. 정원에서 시간을 보내고 있는 엘시아와 리리엔, 그리고 하이드의 모습이 시야에 들어왔다.

서로 무슨 이야기를 저렇듯 즐겁게 나누고 있는지 모르겠지만, 엘시아와 함께 있는 리리엔은 무척이나 즐거워 보였다. 환하고 해맑게 웃는 낯이 천진난만한 어린아이 같아 보였다.

그러나 에이사는 리리엔이 어린아이답지 않은 아이라는 걸 알고 있었다. 처음 만났을 때도 생각한 거지만, 리리엔은 제 또래의 아이들과는 달랐다. 마치 어린아이의 몸에 다 성장한 어른의 영혼이 들어가 있기라도 한 것처럼, 리리엔에게서는 종종 기묘한 이질감이 느껴졌다.

그리고 그 이질적인 느낌은 리리엔과 함께 지내는 시간이 늘어나면 늘어날수록 더욱 짙어졌다. 지금도 리리엔은 엘시아의 품에 안겨서 애교를 부리고 있었는데, 그게 에이사의 눈에는 계산된 행동처럼 느껴졌다.

리리엔의 행동에서 그런 느낌을 종종 받아 왔지만 그 느낌이 단순히 착각이 아니라 사실이라는 생각을 하게 된 것은 비교적 최근이었다.

그러니까, 며칠 전 한밤중에 복도에서 리리엔을 마주쳤을 때였다.

평소라면 깊이 잠들어 있어야 할 시간이었지만, 에이사는 그날따라 왜인지 쉽사리 잠을 이루지 못했다.

눈을 꼭 감은 채로 잠에 들고자 노력했지만 아무리 시간이 지나도 좀체 잠이 오지 않았다. 결국 에이사는 물이라도 마시자는 생각에 침실을 나섰다. 그렇게 복도로 나오기가 무섭게 에이사는 리리엔을 맞닥뜨렸다. 에이사는 귀신이라도 본 것처럼 놀라 크게 숨을 들이켰다.

그런 에이사를 한동안 잠자코 바라보고만 있던 리리엔이 어느 순간 불현듯 가늘게 눈매를 좁혔다.

'어디 가려고?'

그렇게 묻는 리리엔의 목소리를 귀에 담았을 때, 에이사는 온몸에 오소소 소름이 끼치는 걸 느꼈다.

'어, 어디 가나니……. 저는 그냥 물을 마시려고…….'

에이사는 가까스로 입을 열어 더듬더듬 대답했다. 목소리가 볼품없이 떨려 나왔다. 그래서일까. 리리엔은 에이사의 말을 믿는 눈치가 아니었다.

'지금 이 시간에?'

그렇게 묻는 리리엔의 얼굴 위로 비웃음이 떠올라 있었다.

'저, 정말이에요! 단지 목이 좀 말라서 물을 마시려고…….'

'조용히 해. 사람들 다 깨울 일 있어?'

리리엔이 짐짓 험악한 얼굴로 이를 갈았다. 그런 리리엔은 한껏 목소리를 낮춘 채였으나 그 기세는 이루 말할 데 없이 형형했다.

'아, 네……. 미안해요…….'

에이사는 리리엔이 어째서 이토록 자신을 미워하는지 이유를 알 수가 없었다. 자신의 모난 감정을 숨기지 않고 드러내는 리리엔이 원망스러우면서도 차마 그것을 따지고 들 엄두는 나지 않았다.

생각해 보면 첫 만남부터 그러했다. 리리엔은 에이사를 못마땅하게 여겼다. 아무리 눈치 없는 에이사라고 할지라도 어렵지 않게 알아챌 수 있었을 정도였다.

태어나기를 귀하게 태어나서, 수많은 타인의 호의를 당연하게 여겨 온 에이사에게 있어서 리리엔의 이유 모를 냉대는 무척이나 당혹스럽기 그지없는 것이었다.

하지만 그러한 에이사의 사정이야 어찌 됐든 현재 에이사는 순전히 엘시아나 리리엔의 호의로 이곳에 머무르고 있는 거였다. 두 사람의 눈 밖에 나서 좋을 일은 없었다.

에이사는 심리적으로 위축된 상태라 그런지 절로 어깨를 움츠리고서는 연신 리리엔의 눈치를 살폈다.

'뭐 해?'

'……네?'

'물 마시러 간다며. 안 내려가고 뭐 하고 있는 거냐고.'

리리엔이 여전히 날 선 목소리로 말했다. 에이사는 얼떨떨한 마음으로 걸음을 옮겼다.

'조용히 내려가. 괜히 엘시아가 너를 신경 쓰도록 만들지 말고.'

'네, 그럴게요.'

리리엔은 에이사의 대답을 확인하고도 불안한지, 식당으로 향하는 에이사의 뒷모습에서 눈을 떼지 못했다.

에이사는 뒤에서 느껴지는 찌를 듯한 리리엔의 시선에 한껏 긴장한 채로 계단을 내려가야 했다. 그리고 머지않아서 에이사가 식당에서 물을 마시고 왔을 때, 그때까지도 리리엔은 복도에 우두커니 서 있었다.

'……여기서, 뭐 하세요?'

어딘가를 멍하니 응시하고 있던 리리엔이 홱 고개를 돌렸다. 에이사는 곧장 자신을 향해 고정된 리리엔의 푸른 눈동자에 크게 숨을 들이켰다.

'쉿.'

리리엔이 검지를 입가에 가져다 대 보였다. 그러더니 에이사의 뒤로 닫힌 문을 힐끔 눈짓했다.

'조용히 침실로 들어가.'

'……네?'

'소리 내지 말고.'

어째서인지 리리엔은 짐짓 초조해 보였다. 마치 무언가를 숨기려는 사람처럼 보이기도 했다.

리리엔의 기색이 아무래도 심상치 않아서 에이사는 의아해졌다. 그에 에이사가 저도 모르게 시선을 돌려 주위를 살폈을 때였다. 에이사는 저 멀리 복도 끝에 자리한 방으로 들어가려는 엘시아와 레오디안의 모습을 목격했다.

'어, 저건…….'

'소리 내지 말라고 했잖아.'

리리엔이 대번에 에이사의 말허리를 잘라 내더니 에이사의 앞을 가로막고 섰다.

에이사는 멍하니 입술을 벌렸다. 조금 전 엘시아와 레오디안은 입매에 희미한 미소를 지은 채로 두런두런 이야기를 나누면서 방 안으로 들어갔다. 그런 두 사람의 모습이 꽤나 친밀해 보였다.

아닌 게 아니라 한밤중 한방에서 시간을 보낼 정도로는 친할 터였다.

그러고 보니 두 사람에 관한 소문을 들은 적이 있었다. 호사가들의 입방아에 오르내리는 소문이니만큼 퍽 낯부끄러운 종류의 것이었다.

그런데 그 소문들이 정말 사실이었던 걸까? 에이사는 묘한 배덕감에 사로잡혔다. 봐서는 안 되는 장면을 보게 된 것만 같은 느낌이었다.

한편, 저도 모르게 얼굴을 붉히고 만 에이사의 모습을 어떻게 받아들였는지 리리엔이 한층 더 낮게 가라앉은 목소리로 말했다.

'너는 아무것도 못 본 거야.'

'…….'

'뭐 해?'

에이사는 흠칫 놀라 리리엔을 바라보았다. 리리엔은 그런 에이사의 사정 따위야 관심 없다는 듯 말을 이었다.

'이제 그만 네 침실로 들어가서 자.'

에이사를 바라보는 리리엔의 푸른 눈동자에 이채가 서려 있었다. 그 말간 눈동자는 순수한 아이의 것이라고 하기에는 무리가 있었다.

에이사는 소름이 끼쳤다. 자신을 향해 있는 리리엔의 시선으로부터 벗어날 방법은 단 하나뿐이었다. 에이사는 떨어지지 않는 걸음을 가까스로 옮겨 침실로 향할 수밖에 없었다.

그리고 에이사는 자신을 경계하는 리리엔을 뒤로한 채 홀로 침실로 돌아갔으나, 단 한숨도 잠을 이루지 못했다. 현재 에이사가 피로가 덕지덕지 눌어붙은 눈을 하고서 창밖을 응시하고 있는 이유였다.

창밖으로 보이는 리리엔은 여전히 천진난만한 미소를 지은 채로 엘시아에게 무어라 말을 건네고 있었다. 그리고 엘시아는 그런 리리엔이 귀엽다는 듯 리리엔을 향해 미소를 지어 보인다거나 리리엔의 머리를 쓰다듬어 준다거나 했다.

얼핏 보기에는 그저 단란하게만 느껴지는 평화로운 광경이었다. 하지만 에이사는 눈에 보이는 것이 전부가 아니라는 생각을 하고 있었다.

리리엔이 두려웠다. 에이사는 입술을 질끈 깨물었다. 혹여 리리엔과 눈이 마주치기라도 할까 봐, 에이사는 다소 거친 손길로 커튼을 쳤다.

그에 대번에 한낮의 태양빛이 차단되고 침실 안이 어스름하게 물들었다. 그리하여 한낮인데도 불구하고 꽤나 어둑해진 침실에 우두커니 앉아서 에이사는 아랫입술만 잘근잘근 깨물었다.

* * *

느지막한 오후가 되어서야 기사단 집결지에 발걸음을 한 페이렌은 곧장 레오디안의 집무실을 향해서 걸음을 옮겼다.

그러는 와중에 마주친 기사들의 표정이 하나같이 유독 밝았다. 그뿐만이 아니라, 최근 괴물의 흔적을 쫓아서 영지 곳곳을 도느라 긴장으로 굳어 있던 집결지 분위기가 왜인지 유하게 풀린 듯한 느낌이었다.

결국 페이렌은 도중에 걸음을 멈추고, 마침 곁을 지나가던 기사 한 명을 붙잡아 세웠다.

"경, 혹시 내가 없는 동안 집결지에 무슨 일이라도 있었나?"

"예? 그게 무슨……."

방금 페이렌에게 붙잡힌 기사는 영문을 모르겠다는 듯 어리둥절한 표정으로 페이렌을 응시했다.

"왜인지 집결지 분위기가 달라진 것 같은데."

"아, 로렐라인 경께선 아직 소식을 못 들으셨나 보군요."

"소식?"

"예."

기사는 새삼스럽게 치미는 즐거운 기색을 감추지 못하겠다는 듯 활짝 미소를 지었다.

"단장님께서 내달 안에 휴가를 주겠다고 약속하셨습니다."

"……휴가?"

"예!"

기사가 세차게 몇 번이나 고개를 끄덕였다.

"그렇게 긴 휴가는 아니겠지만, 그래도 드디어 좀 쉴 수 있다고 생각하니 힘이 납니다."

흐음, 페이렌은 나직이 침음했다. 기사의 말을 듣고 나니 집결지 분위기가 하루아침에 달라지게 된 것도 납득이 갔다. 다만 레오디안이 어째서 갑자기 기사들에게 휴가를 약속한 건지가 의아할 뿐이었다.

"실례했군. 이만 가던 길 가봐."

"예, 그럼."

기사가 짧게 경례하는 모습을 확인한 페이렌은 미련 없이 몸을 돌렸다. 그리고 걸음을 재촉해 레오디안의 집무실로 향했다.

페이렌이 집무실로 들어섰을 때, 레오디안은 늘 그렇듯 서류 더미에 파묻혀 있었다. 직접 기사단을 이끌고 영지를 수색하지 않는 한, 레오디안은 하루 종일 집무실에 틀어박혀서 서류를 살피는 데 시간을 할애했다.

페이렌은 평소와 다름없어 보이는 레오디안의 모습을 유심히 살피면서, 집무실 한가운데로 걸어갔다.

"각하."

페이렌의 부름에 여태 너른 책상 위에 늘어놓은 서류를 내려다보고 있던 레오디안이 시선을 들어 올렸다.

"지시하신 대로 식사를 마치시는 것까지 확인하고 왔습니다."

페이렌은 주어를 생략했지만 레오디안은 방금 페이렌이 말한 식사를 마친 대상이 누구인지를 단번에 알아차렸다.

"그래, 수고했다."

레오디안은 찰나 페이렌과 마주하고 있던 시선을 돌렸다. 그러고는 일말의 주저 없는 단정한 몸짓으로 다시금 서류를 살피기 시작했다.

페이렌은 그런 레오디안을 한동안 묵묵히 바라보고만 있다가, 어느 순간 문득 머릿속을 스치고 지나간 생각에 대뜸 입을 열었다.

"드레스를 맞춰야 할 것 같습니다."

레오디안이 재차 고개를 들어 올렸다. 레오디안의 푸른 눈동자를 덤덤하게 바라보며 페이렌이 물음을 꺼냈다.

"당분간 이곳에서 지내시는 게 아닙니까?"

이번에도 주어가 생략된 말이었으나 레오디안은 어렵지 않게 알아듣고는 고개를 끄덕였다.

"그렇다면 아무래도 옷을 맞추는 편이 좋을 듯합니다. 현재 사택에 구비되어 있는 옷들은 조금 부족한 감이 있습니다."

페이렌이 현재 엘시아와 리리엔이 머무르고 있는 침실의 옷장 안을 떠올리면서 말했다.

"……거기까지는 미처 생각하지 못했군."

레오디안은 곰곰이 생각에 빠진 듯한 손으로 입매를 매만졌다. 그 모습을 페이렌은 잠자코 지켜보았다. 그리 오랜 시간이 지나지 않아서 레오디안이 입을 열었다.

"그대의 조언을 따르도록 하지."

그 짤막한 말을 꺼낸 것을 마지막으로 레오디안은 다시금 서류에 눈길을 주었다. 이윽고 고요해진 집무실 안에 레오디안이 서류를 넘기는 소리만이 울려 퍼졌다.

그렇게 얼마쯤 지났을까. 레오디안은 흘깃 시선을 들어 올렸다. 문이 여닫히는 소리가 들리지 않는다 했더니, 과연 페이렌이 여전히 자리를 지키고 있었다.

레오디안은 페이렌이 아직도 집무실을 떠나지 않고 있는 데에 의아함을 느끼고는 한쪽 눈썹을 휘 들어 올렸다.

"혹시 할 말이 더 남아 있나?"

레오디안이 먼저 말문을 열자 페이렌은 내내 망설이고 있던 말을 입 밖으로 꺼내 놓았다.

"……기사들에게 휴가를 주겠다고 약속하셨다는 이야기를 들었습니다."

어디 말해보라는 듯 묵묵한 시선을 보내고 있는 레오디안을 마주한 페이렌은 망연한 기색을 감추지 못한 채로 말을 이었다.

"갑자기 휴가라니……. 그게 가능합니까? 아직 괴물 토벌이 끝나지 않았는데요. 혹시 무언가 특별한 이유라도 있는 겁니까?"

페이렌이 힐끔 레오디안의 낯빛을 살폈다. 레오디안은 여느 때와 다름없이 무덤덤한 낯을 하고 있었다. 레오디안의 입술이 느릿하게 벌어졌다.

"아니, 그저 본격적으로 토벌을 나서기 전에 적당한 휴식을 취하는 게 사기 진작에도 도움이 될 것 같다고 판단했을 뿐이다."

레오디안이 무미건조한 어조로 이유를 설명했다. 페이렌은 방금 레오디안이 말한 것 외에 다른 이유가 있는 게 아닌가 의문을 떠올렸다. 하지만 그 의문을 구태여 입 밖으로 내지는 않았다.

레오디안이 그리 말했으니 그런 거겠지, 생각하며 페이렌은 가만가만 고개를 끄덕일 뿐이었다.

* * *

엘시아는 레오디안을 기다렸다. 꼭 처음 막 대공저에서 지내기 시작했을 무렵으로 돌아가기라도 한 것처럼, 한밤중 창밖을 내다보며 시간을 보냈다.

그러니까, 정확하게는 레오디안을 태운 거대한 마차가 정문 앞에 모습을 드러내기까지 뜬눈으로 밤을 흘려보냈다.

그러나 대공저에서 지낼 때와 달라진 것이 있다면 바로 다름 아닌 엘시아와 레오디안 두 사람이 서로를 대하는 태도였다.

대공저에서 엘시아는 이유 모를 불안감으로 레오디안이 저택에 모습을 드러내기를 기다렸으나, 지금은 아니었다. 이곳 신성지의 사택에서 엘시아는 어떠한 기대감을 가지고서 레오디안이 돌아오기를 기다렸다.

그리고 레오디안은 그런 엘시아에게 어째서 매일같이 자신이 돌아오기까지 잠들지 않고 기다리는 거냐고 이유를 묻지 않았다. 또한 밤늦도록 깨어 있는 엘시아를 향해서 우려를 표하지도 않았다.

대신에 레오디안은 자신을 마중 나온 엘시아와 함께 저택 안으로 걸음하면서 짧게나마 대화를 나누는 것으로 하루를 마무리했다.

그러한 일련의 나날이 벌써 며칠째 계속해서 이어지고 있었다. 엘시아는 오늘도 어김없이 창밖을 바라보다가, 저 멀리 저택 앞에 마차가 멈추어 서는 모습을 발견했을 때에야 여태 앉아 있던 자리에서 일어났다.

한달음에 침실을 나선 엘시아는 그 길로 곧장 저택 밖으로 향했다. 엘시아가 단출하게 꾸며진 정원을 가로지를 즈음, 레오디안은 마차에서 내려서고 있었다.

"오셨어요."

"예."

레오디안이 바람에 아무렇게나 흐트러진 머리칼을 쓸어 넘겼다. 아래로 내려뜨리고 있는 손에는 웬 상자가 들려 있었다. 엘시아가 그것을 조금쯤 의아한 눈으로 바라보는데, 레오디안이 엘시아에게 가까이 다가섰다.

"오늘 하루 별일 없었습니까."

"네, 아무 일도 없었어요. 대공님은요?"

"저도 아무 일 없었습니다."

레오디안이 희미하게 미소 띤 얼굴로 말했다. 이윽고 자연스럽게 엘시아의 옆에 자리한 레오디안이 저택을 향해서 걸음을 내디뎠다. 엘시아도 레오디안을 따라서 걸음을 옮겼다.

그렇게 레오디안과 속도를 맞추어 걷던 중, 문득 레오디안이 평소보다 이른 시간에 저택으로 돌아왔다는 생각에 미쳤다. 엘시아는 머릿속에 떠오른 생각을 곧장 입 밖으로 냈다.

"그런데 오늘은 일이 일찍 끝나셨나 봐요."

저택 안으로 들어와 이층으로 향하기 위해 층계에 올라섰을 무렵이었다. 레오디안은 대수롭지 않게 대꾸했다.

"본격적으로 토벌을 나서기 전까지는 여유가 있습니다."

"토벌……, 이라면……."

엘시아는 차마 말을 끝까지 잇지 못한 채로 입을 닫았다. 방금 레오디안의 말로 엘시아는 그동안 까맣게 잊어버리고 있던 현실을 상기하게 되었다.

괴물 토벌. 엘시아와 레오디안 두 사람이 서로를 만나도록 만들었고, 레오디안이 리리엔을 찾아내도록 하였으며, 엘시아의 운명을 크게 뒤바꾼 중대한 사건이었다.

그렇기 때문에 비록 기억하고 있는 것보다 그 시기가 앞당겨졌고, 자신과 레오디안, 그리고 리리엔의 처지며 관계가 몰라보게 달라졌지만 엘시아는 불안한 마음을 떨칠 수 없었다.

엘시아는 남몰래 한숨을 삼키고는 아랫입술을 잘근 짓씹었다. 다행스럽게도 레오디안은 조금 전부터 침묵을 지키고 있었다. 그 덕분에 엘시아는 잠깐 동요했던 마음을 가라앉히는 데 집중할 수 있었다.

레오디안은 물론이고 엘시아 또한 별다른 말을 하지 않았지만, 두 사람은 마치 약속이라도 한 듯이 서재로 향했다. 두 사람은 지난 며칠간 각자 잠자리에 들기 전, 서재에서 함께 시간을 보내고 있었다.
 침묵과 침묵이 쌓이고 덧대어져 만들어진 적막이 깨어진 건, 엘시아가 소파에 자리를 잡고 편하게 앉았을 때였다.
 아까부터 손에 들고 있던 조그만 상자를 테이블 위에 올려놓은 레오디안이 대뜸 말을 꺼냈다.
 "저녁 식사는 하셨겠지요."
 "……아, 네."
 예상치 못한 화제에 순간 멈칫했던 엘시아는 곧 의연하게 말을 이었다.
 "아까 전에 먹었어요. 대공님은 저녁 드셨어요?"
 "저도 간단히 먹고 돌아온 참입니다."
 레오디안은 왜인지 자리에 앉지 않고 우두커니 서 있었다. 그에 엘시아가 의아함을 느낄 무렵, 레오디안이 말문을 열었다.
 "잠시 식당에 다녀올 테니, 여기서 기다려 주십시오."
 "네? 갑자기 식당에는 왜……."
 "잠깐이면 됩니다."
 아무래도 레오디안은 그가 갑작스럽게 식당으로 향하려는 이유를 설명해 줄 생각이 없는 모양이었다. 곧 레오디안은 엘시아를 서재에 남겨 두고서 자리를 떠났다. 어리둥절해진 엘시아는 멍하니 눈을 깜빡였다.
 한밤의 달빛이 새어 들어오는 서재는 그간 매일같이 들락거린 덕분에 엘시아의 눈에 더없이 익숙해져 있었다. 그럼에도 엘시아는 새삼스럽게 서재 안을 둘러보았다. 그것 말고는 딱히 할 일이 없기도 했다.
 너른 창 앞에 놓인 커다란 책상과 벽을 꽉 채우다시피 하고 있는 거대한 책장 따위에 차례로 눈길을 주던 엘시아의 시선이 곧 테이블 위에 놓인 상자에 닿았다.
 그러고 보니 일을 마치고 저택으로 돌아온 레오디안이 무언가를 가지고 온 것은 처음 있는 일이었다. 그래서인지 상자 안에 무엇이 들어 있는 건지 궁금증이 일었다.

하지만 상자를 함부로 열어 볼 엄두는 나지 않아서 그저 빤히 쳐다보고만 있는데, 조금 전 자리를 떠났던 레오디안이 서재 안으로 들어왔다. 레오디안은 손에 우드 트레이를 들고 있었다.

레오디안은 우드 트레이를 테이블 한편에 올려놓고는 자리에 앉았다. 우드 트레이 위에는 찻주전자와 찻잔, 그리고 포크가 놓여 있었다. 찻잔과 포크는 각각 한 쌍을 이루는 물건이었다.

"단것을 즐기지 않는다는 건 알고 있습니다만, 그래도."

레오디안은 먼저 엘시아 앞에 찻잔과 포크를 놓아주고, 그 다음에야 자신의 몫을 챙겼다.

"……생각이 나서."

레오디안이 찻주전자를 들어 찻잔에 찻물을 붓는 모습을 멍하니 바라보던 엘시아가 고개를 들어 올렸다. 레오디안은 어느덧 찻주전자를 내려놓고서 상자에 손을 뻗고 있었다.

"유명한 가게라고 하더군요. 돌아오는 길에 생각이 나서 가게에 들렀다 왔습니다."

상자 안에는 손바닥만 한 크기의 파이가 들어 있었다. 레오디안을 기다리는 동안 엘시아의 머릿속에 떠올라 있던 궁금증이 말끔하게 풀린 순간이었다.

엘시아는 저도 모르게 커다랗게 뜬 눈으로 파이와 레오디안을 번갈아 보았다.

생각이 났다니, 무슨 생각이 났다는 걸까? 그런 의문을 머릿속으로 더듬는 사이, 엘시아의 가슴속에는 온기를 닮은 감정이 퍼져 나갔다.

그뿐만이 아니었다. 쿵쿵, 가슴이 뛰었다. 엘시아는 어째선지 바싹 마른 입 안으로 마른침을 삼켰다. 그러다 조금 뒤늦게야 눈앞에 차가 놓여 있다는 걸 인식하고는 찻잔을 들었다.

엘시아는 곧장 입 안에 차를 머금었다. 적당히 씁쓸한 차였다. 굳이 설탕을 넣지 않더라도 어렵지 않게 마실 수 있는 정도였다.

엘시아가 대번에 찻물을 삼키자 입 안에는 차의 잔향만이 남았다. 그 잔향마저 크게 거슬리는 구석이 없었다. 꼭 엘시아의 취향에 맞춘 듯한 차였다.

그래서일까. 어째선지 빠르게 뛰는 가슴을 진정시키고 메마른 입 안을 축이려고 차를 마신 것인데, 오히려 가슴속 울림이 더욱 커다래졌다. 바짝 마른 입 안도 여전했다. 엘시아는 작게 한숨을 내쉬면서 찻잔을 내려놓았다. 그러면서 힐끔 시선을 들어 올렸다.

레오디안은 마치 상대방의 반응을 살피기라도 하듯 엘시아를 주의 깊게 바라보고 있었다. 유심하면서도 집요한 시선이었다.

그 시선을 피해 눈길을 돌린 엘시아의 눈에 노릇하게 구워진 파이가 보였다. 파이를 가만히 바라보고 있으려니 여태 레오디안의 체취로 인해 미처 인식하지 못하고 있던 단내가 엘시아의 코끝을 스쳤다.

"리리엔이 좋아할 텐데……."

엘시아는 공연히 혼잣말을 중얼거렸다. 그러자 레오디안이 말없이 손을 뻗더니 엘시아의 앞에 놓인 포크를 스윽, 밀었다.

순간 시야에 들어온 커다란 손에 엘시아가 화들짝 놀라 고개를 들었다. 엘시아와 눈이 마주치자 레오디안은 이번에도 말을 꺼내는 대신, 묵묵한 눈짓을 했다. 파이와 엘시아를 차례로 응시하는 그 눈짓의 의미가 무엇인지는 자명했다.

엘시아는 조금 망설이다가 잠시 뒤 비로소 포크를 손에 쥐었다. 레오디안은 그런 엘시아를 묵묵히 바라보며 차를 마셨다.

엘시아는 포크로 소심하게 파이를 살짝 찔렀다. 차라리 부스러기에 가까운 적은 양을 포크로 찍어 그것을 입에 넣고 씹자, 단맛과 고소한 맛이 입 안에서 한데 어우러졌다.

"……감사해요. 되게 맛있어요."

차로 입가심을 한 엘시아가 조그만 목소리로 말했다.

"바쁘실 텐데 이런 걸 다 사 오시고……."

"당신의 입맛에 맞는다면 그걸로 됐습니다."

레오디안은 대수롭지 않다는 듯 대꾸했다. 평소와 같은 무미건조한 음성이었으나 그것을 귀에 담은 엘시아는 평소와 같지 못했다.

엘시아는 자신의 뺨이 조금쯤 핫핫하게 달아오르는 것을 느꼈다. 별것 아니라고 한다면 그렇다 할 수 있을 말에도 일일이 동요하는 스스로를 이해할 수 없었다.

대체 자신이 왜 이러는 걸까. 엘시아는 도무지 알 수가 없었고, 그것이 정말이지 답답했다. 정답이 있다면 누군가 슬쩍 일러 주었으면 좋겠다. 엘시아는 저도 모르게 울상을 지었다.

한편, 레오디안은 엘시아의 미묘한 표정 변화를 기민하게 알아차렸다. 갑작스럽게 화제를 돌린 것은 그러한 이유에서였다.

"내일은 저택에 사람이 방문할 겁니다."

화제가 뒤바뀐 게 내심 반가운 모양인지 엘시아의 안색이 밝아졌다. 그것을 확인한 레오디안의 입매에 스스로 미처 의식하지 못한 자연스런 미소가 걸렸다.

* * *

황제를 알현하고 나온 하일롭의 표정이 심상치 않았다. 하일롭은 한껏 씨근거리며 걸음을 재촉했다. 그 거친 발걸음의 종착지는 로지안의 침실이었다.

"화, 황자 저하!"

로지안의 침실 앞을 지키고 있던 기사가 당황한 와중에도 하일롭을 만류하고자 하일롭의 앞을 막아섰으나, 하일롭은 거친 손길로 침실 문을 열어젖혔다.

그때 로지안은 막 잠자리에 들려는 준비를 하고 있었다. 로지안이 침의로 갈아입는 것을 돕던 시종들이 당황한 기색으로 하일롭을 향해 고개를 숙여 보였다. 로지안은 미간을 찌푸리고는 시종들을 물렸다.

"……이 밤중에 대체 무슨 일이십니까, 형님."

로지안의 시종들이 침실을 떠나자 하일롭은 가타부타 말없이 침실 안으로 들어섰다. 로지안의 미간 사이 주름이 더욱 깊어졌다.

"형님."

"이제 너도 나를 무시하는 건가?"

"……갑자기 그게 무슨 소리이신지."

"무슨 소리인지 정말 몰라서 물어?"

하일롭이 한껏 이죽거렸다. 로지안은 하일롭이 왜 이렇듯 날을 세우는 건지 어느 정도 짐작이 가는 바가 있으나, 영문을 모르는 척 고개를 갸웃했다.

"……하!"

헛웃음을 터뜨린 하일롭이 거친 손길로 아무렇게나 머리칼을 쓸어 넘겼다. 명백하게 분노가 서려 있는 몸짓이었다.

"경고하는데, 로지안. 네 녀석이 아버지께 어떤 허튼 소리를 속삭였는지는 몰라도……."

하일롭이 매서운 눈초리로 로지안을 노려보면서 말을 이었다.

"네 뜻대로 되는 일은 없을 것이다."

"……."

"그러니 하등 의미 없는 수작질은 이쯤에서 그만두는 것이 좋아."

로지안은 아무런 대꾸를 하지 않았고, 하일롭은 그런 로지안을 한동안 묵묵히 쏘아보다가 몸을 돌렸다. 그리고 하일롭은 조금 전 침실로 들어섰을 때처럼 갑작스럽게 자리를 떠났다.

쾅, 거친 소리를 내면서 문이 닫혔다.

이어 찾아든 적막 속에서 로지안은 허탈한 웃음을 터뜨렸다. 아무래도 자신이 하일롭을 제대로 자극하기는 한 모양이었다.

* * *

하일롭은 그 길로 곧장 자신의 침실로 돌아오고 나서도 치미는 울화를 참지 못해 한참을 씨근덕거렸다.
 불행하게도 황궁에는 보는 눈이 많았고, 때문에 하일롭은 성질대로 마음껏 분풀이를 할 수 없었다. 하일롭은 어떻게든 홀로 화를 삭이고자 노력해야 했다.
 그러는 와중에 머릿속에 문득 로지안을 찾아가지 말았어야 했다는 후회스런 생각이 떠올랐지만, 이미 벌어지고 만 일이었다. 되돌릴 수 없는 일을 후회하느라 시간을 허비하는 건 멍청한 짓이었다.
 하일롭은 독한 증류주 병을 열었다. 그리고 병째 술을 들이켰다. 그런 하일롭을 만류할 수 있는 사람은 적어도 현재 이곳에는 아무도 없었다.
 그리하여 하일롭이 술병을 반쯤 비웠을 때였다. 여태 묵묵히 자리를 지키고 있던 호위 기사 하나가 조심스럽게 입을 열었다.
 "……괜찮으십니까, 저하?"
 하일롭이 그를 향해서 힐끗 성의 없는 시선을 던졌다. 그러고는 대강 고개를 주억거렸다.
 "괜찮아야지. 내가 괜찮지 않으면 안 돼지……."
 어떻게 여기까지 왔는데, 하며 중얼거린 하일롭은 그 이후에도 연신 혼잣말을 읊조렸다. 그런 하일롭의 시선은 어느덧 새벽 무렵의 희끄무레한 빛이 길러 있는 창밖의 하늘에 고정되어 있었다.
 내뱉는 숨결에 술 냄새가 섞여 있었다. 그 코를 찌르는 듯한 냄새에 더욱 술기운이 오르는 듯했다. 하일롭은 피식, 헛웃음을 머금었다.
 레오디안이 엘시아와 리리엔을 데리고 신성지로 떠났다는 사실을 하일롭은 비밀에 부치고자 하였다. 하지만 결국 황제의 귀에 들어가고 말았다.
 어떻게 알아낸 것인지는 알 수 없으나, 로지안은 하일롭이 로켄페데스 대공저를 방문하였다는 사실을 눈치챘다. 그리고 그 일을 곧이곧대로 황제의 귓가에 속살거렸다.
 황제는 리리엔이 제도를 떠났다는 사실에 크게 만족했고, 앞으로 리리엔에 관한 일을 로지안에게 일임했다. 하일롭을 자극하기에는 지나칠 정도로 충분한 일이었다.

로지안이 무엇을 노리는 것인지는 자명했다. 황제가 의식을 차린 이후, 로지안은 조금씩 하일롭의 숨통을 조이려 들고 있었다. 로지안의 그 방만한 작태가 최근 하일롭의 신경을 갉작갉작 긁어 대고 있었다.

"……신황에게서 연락은 아직인가?"

여전히 창밖에다 눈길을 고정한 채로, 하일롭이 대뜸 물었다. 그 갑작스러운 물음에도 하일롭의 충직한 기사는 선선하게 대답했다.

"예, 안타깝게도…… 그러합니다."

그러나 하일롭이 듣기를 바라는 대답이 아니었던지라, 그 대답을 들은 하일롭의 표정은 더없이 험악한 모양새로 구겨졌다.

* * *

이튿날 정오 무렵, 레오디안이 친절하게 예고한 대로 저택에 낯선 사람이 찾아왔다. 그녀는 자신을 신성지에서 유일한 의상실의 디자이너라고 소개했다.

그녀가 방문하리라는 사실을 이미 알고 있었는지, 그녀를 응접실로 안내한 페이렌은 의연한 태도로 묵묵히 자리를 지켰다. 엘시아와 리리엔, 그리고 하이드의 치수를 잰 디자이너가 비로소 저택을 떠날 때까지 그러했다.

엘시아는 구태여 새로운 옷을 맞출 필요가 있나 의문을 떠올렸지만, 그 의문을 입 밖으로 내지는 않았다. 이전과 다르게 현재 엘시아는 타인의 호의를 받아들이는 법을 배운 상태였으므로.

"이제 외출하시나요?"

"예, 그렇습니다."

페이렌은 디자이너를 배웅한 후에야 집결지로 떠날 채비를 하였다.

"오늘도 좋은 하루 보내시길 바랍니다, 엘시아 님."

페이렌이 부드럽게 미소를 지었다. 엘시아는 고개를 끄덕이며 페이렌에게 마주 웃어 보였다.

이윽고 페이렌이 가볍게 눈인사를 건네고는 마차에 올랐다. 엘시아는 오늘 아침 레오디안을 배웅하였듯 페이렌이 저택을 떠나는 모습을 말없이 지켜보았다.

"엘시아 님. 리리엔 아가씨가 정원에서 기다리고 계십니다."

사택의 유일한 사용인이자 집사, 헤이온이 엘시아에게 정원에 차를 준비해 두었노라 말했다. 그에 엘시아는 헤이온의 안내를 받으며 곧장 정원으로 향했다.

리리엔은 하이드와 함께 정원 한편에 놓인 티 테이블에 앉아 있었다.

티 테이블까지 엘시아를 안내한 헤이온은 마지막으로 정중한 인사를 건넨 후 저택 안으로 사라졌다.

"언니, 페이렌은 잘 갔어?"

"응."

엘시아는 리리엔의 맞은편에 앉으며 동그란 테이블 위를 힐끔 살펴보았다. 테이블 위에는 이미 김이 모락모락 나는 찻잔이 준비되어 있었다.

그러나 엘시아는 자신의 몫으로 놓인 찻잔에 손을 가져다 대는 대신, 시선을 들어 올려 하이드를 바라보았다.

리리엔의 옆자리에 앉은 하이드는 늘 그렇듯 무슨 생각을 하고 있는지 짐작하기가 어려운 멍한 표정을 짓고 있었다.

하지만 엘시아는 오늘따라 하이드가 왜인지 맥을 추리지 못하는 것 같다는 느낌을 받았다.

아까 저택을 찾아온 디자이너가 옷을 짓기 위한 치수를 잴 때, 그녀의 손길에 몸을 내맡긴 채로 우두커니 서 있을 때부터 그러했다. 하이드는 어딘지 나사 하나가 빠진 것 같아 보였다.

"리리엔, 부탁이 있는데 들어줄 수 있어?"

"응, 뭔데? 무슨 부탁?"

엘시아가 갑작스럽게 꺼낸 말에 리리엔은 눈을 반짝반짝 빛냈다. 엘시아는 어색하게 웃으며 말을 꺼냈다.

"로아나 님에게 편지를 보내 보려고 하는데, 괜찮으면 방에 가서 편지지와 깃펜을 가져다줄 수 있겠니?"

"응!"

리리엔이 거리낄 것 없다는 듯 몇 번이나 고개를 끄덕거렸다.

"편지지하고 깃펜만 가져오면 돼?"

"응, 그거면 돼."

"그래? 알았어. 내가 얼른 가서 가져올게."

"고마워."

리리엔이 씨익 웃어 보이고는 곧장 자리에서 일어났다. 그리고 그 길로 곧바로 저택 안으로 향하는 리리엔의 뒷모습을 엘시아는 묵묵히 바라보았다.

그러다 리리엔의 모습이 시야에서 완전히 사라졌을 때에야 엘시아는 고개를 돌려 하이드에게 눈길을 던졌다.

"하이드, 혹시 어디 아파?"

엘시아의 조심스러운 물음에 여태 테이블 한편을 뚫어지게 주시하고 있던 하이드가 고개를 들었다.

"오늘따라 안색이 안 좋아 보이는데, 아픈 곳이 있으면 솔직하게 말해 줄래?"

하이드는 내심 놀란 표정으로 엘시아를 쳐다보다가 고개를 흔들었다.

"아픈 곳 없어."

"그럼……."

"그냥 좀 불안해서 그래."

"……불안하다고?"

엘시아는 예상치 못한 하이드의 말에 멍하니 입을 벌렸다. 물론 낯선 곳에서 지내는 게 편하지는 않겠지만, 그렇다고 해서 설마하니 하이드가 불안해하고 있을 줄은 꿈에도 몰랐다. 엘시아가 당황스러운 마음을 감추지 못하고 물었다.

"뭐가 불안한데?"

어째선지 하이드는 아무런 대꾸도 하지 않았다. 하이드는 입술을 꾹 맞문 채로 엘시아의 어깨 너머로 보이는 저택에 시선을 두었다가, 주위 정원의 정경을 휘 둘러보았다가, 그러다 다시금 엘시아를 바라보았다.

"여긴 안전한 곳이지?"

"......어?"

"여기에 있으면 안전한 거 맞지?"

"......"

엘시아는 하이드가 갑자기 왜 이런 것을 묻는 건지 영문을 알 수 없어 어리둥절해졌다.

그런 엘시아의 의아한 시선을 마주하고 있으면서도 하이드는 엘시아의 의문을 풀어 줄 생각은 없는 모양인지 대뜸 말꼬리를 돌렸다.

"우리가 여기 올 때 썼던 걸 포탈이라 부른다던데, 그걸 사용하면 어디든지 순식간에 오고 갈 수 있는 건가?"

엘시아는 뒤바뀐 화제를 도통 따라갈 수가 없었다. 무엇보다도 자꾸만 예상치 못한 말을 꺼내놓는 하이드가 실로 아슬아슬하니 위태로워 보였다. 그에 엘시아는 점차 불안해졌다.

"......하이드, 왜 그래."

엘시아는 하이드가 뜬금없이 헛소리를 늘어놓는다고는 생각하지 않았다. 하이드가 갑자기 이러한 이야기를 하는 데는 다 그럴 만한 이유가 있다고 여겼다.

"왜 불안한지, 뜬금없이 왜 그런 말을 하는지 솔직하게 말해 주면 안 돼?"

엘시아가 하이드를 가볍게 재촉했다. 하이드는 한동안 말없이 엘시아를 바라보다가, 멍하니 시선을 내려뜨렸다.

"......하이드."

엘시아가 나직한 목소리로 재차 하이드를 재촉하자 그제야 비로소 하이드의 입술이 열렸다.

"엘시아는 엄마를 다시 만나게 된다면 어떨 것 같아?"

엘시아는 순간 뒤통수를 세게 얻어맞은 사람처럼 큰 충격에 사로잡혔다.
엄마를 다시 만나게 되면 어떨 것 같느냐…….
하이드가 괜한 말을 하는 것 같지는 않았다. 그것이 문제였다. 엘시아는 하얗게 질린 머릿속으로 스위티아를 떠올렸다가, 이내 고개를 마구 흔들었다.
스위티아는 죽었다.
죽었을 것이다.
그러니 스위티아를 다시 만날 수 있을 리 없었다. 엘시아는 그렇게 생각했고, 그렇게 굳게 믿었다.
엘시아는 숨을 쉬는 방법을 잊어버리기라도 한 양 멈추고 있던 숨을 크게 들이마시고 이내 내쉬었다. 그렇게 차분히 호흡하기를 반복하자 조금 전 너무도 놀란 탓에 널을 뛰듯 마구잡이로 박동하던 심장이 점차 본연의 속도를 되찾았다.
머지않아 동요하던 마음을 가라앉히고 비로소 안정을 되찾은 엘시아는 의연함을 가장하면서 입을 열었다.
"혹시 네 어머니가 너를 찾아왔었어?"
"아니."
하이드가 아무렇지도 않게 대꾸했다. 아까부터 하이드는 엘시아와 달리 너무도 태연한 태도로 일관하고 있었다.
"하지만 곧 찾아올 것 같아."
경악할 만한 말을 잇는 하이드의 목소리 또한 태연하기 그지없었다.
"엄마 냄새가 나."
"……."
"얼마 전부터 근처에서 엄마 냄새가 났어."
엘시아는 말을 잃은 채로 하이드를 물끄러미 바라보았다.
하이드의 엄마라면 스위티아와 같은 괴물이었다. 괴물이 신성지를 돌아다니고 있다니. 엘시아의 낯빛이 차츰 하얗게 질렸다.
아이작의 저택에서 괴물의 사체가 발견된 이후, 신전은 괴물을 토벌하고 있었다. 그 선두에 서 있는 것이 다름 아닌 레오디안이었다.

비록 레오디안은 하이드가 평범한 인간이 아니라는 사실을 알고 있다지만, 그렇다고 해서 레오디안이 언제까지고 하이드를 보호해 줄지는 알 수 없었다.

만약 하이드의 엄마라는 괴물이 신성지에서 발견된다면, 신전은 이제까지 그러했듯 다른 영지를 수색하는 것과 더불어 신성지 역시도 수색하기 시작할 터였다.

그렇게 된다면 레오디안의 소유인 이곳 사택에 머무르고 있는 괴물, 그러니까 엘시아 그녀와 하이드가 인간이 아니라는 사실까지 알아내게 될지도 몰랐다.

그러면 지금까지 엘시아와 하이드를 보호해 온 레오디안이 곤란해질 것이다. 엘시아는 그러한 불미스러운 사태만큼은 어떻게든 피하고 싶었다.

엘시아는 레오디안이 곤경에 처하는 걸 원치 않았다. 이미 레오디안은 엘시아로 인해 몇 번이나 난처한 상황을 겪었다. 레오디안은 그렇게 생각하지 않을지도 모르겠으나, 적어도 엘시아는 그리 여기고 있었다.

애당초 레오디안이 하이드를 거두게 된 것도 바로 엘시아 때문이었다. 엘시아가 고집을 부리지 않았더라면 레오디인이 하이드를 그의 보호 이래 두는 일은 일어나지 않았을 터였다.

그러니까, 만약 레오디안이 난감한 상황에 처하게 된다면 그건 전부 엘시아 그녀 탓이었다. 엘시아는 그렇게 생각하며 입술을 잘근 깨물었다.

"……지금도 네 어머니의 냄새가 나니?"

"지금은 안 나."

하이드는 대수롭지 않게 대꾸했다. 엘시아는 잠시 말없이 하이드를 바라보면서 망설이다가 입을 열었다.

"어머니를 만나고 싶어?"

"아니."

하이드의 대답에는 망설임이 없었다.

"엄마는 나를 아프게 했어."
"……."
"나는 엄마가 싫어. 엄마랑 살고 싶지 않아."
하이드는 마치 너무나도 당연한 사실을 이야기하고 있는 사람처럼 말했다.
"엘시아가 좋아."
순간 엘시아는 크게 숨을 들이켰다. 하이드의 솔직한 말에 어떻게 반응을 해야 할지 알 수 없었다.
하이드는 자신의 친모가 그를 아프게 했다고 말했지만, 그것이 어떠한 방식이었는지 엘시아로서는 알 수 없었다.
하지만 하이드가 친모를 만나기를 원치 않는다는 건 엘시아에게 있어서는 정말이지 다행스러운 일이었다.
하지만 엘시아는 마냥 안심하지는 못했다. 하이드가 친모를 꺼린다는 사실을 다행이라 생각하는 스스로가 혐오스럽기 그지없게 느껴진 탓이었다.
엘시아는 자신이 하이드를 지하에 가두어 두고 제 좋을 대로 이용해 온 아이작과 다름없다고 생각했다.
그래서였다. 엘시아는 힘없이 고개를 아래로 내려뜨렸다. 자신에게 그 어떤 것도 숨기지 않고 그저 솔직한 하이드의 시선을 마주할 엄두가 나지 않았다. 더없이 부끄러운 마음에 얼굴을 들 수가 없었다.
"엘시아?"
하이드는 갑작스럽게 열없이 고개를 숙인 엘시아의 모습을 어떻게 받아들였는지 다소 다급한 목소리로 물었다.
"혹시 방금 내 말이 기분 나빴어?"
아니면 부담스러웠나? 하고 덧붙인 하이드가 퍽 초조한 눈빛으로 엘시아의 안색을 살폈다.
그리고 그때, 엘시아가 하이드와 단둘이 이야기를 나누고 싶은 마음에 애먼 핑계를 대서 저택 안으로 들여보냈던 리리엔이 돌아왔다.
"언니, 종이랑 펜 가지고 왔어."

리리엔은 테이블 위에 가지고 온 것을 내려놓고 자리에 앉았다. 그런 다음에야 어째선지 심상치 않은 분위기를 감지했다.

힐끗 엘시아를 바라본 리리엔이 곧 옆에 앉은 하이드의 귓가에 바짝 얼굴을 가져다 댔다. 그러고는 하이드만 겨우 들을 수 있을 정도의 조그만 목소리로 하이드의 귓가에 속삭였다.

"……엘시아하고 무슨 얘기 했어?"

리리엔이 몸을 뒤로 조금 물리고는 하이드를 빤히 쳐다봤다. 그러나 하이드의 입술은 열리지 않았다.

"야, 무슨 얘기했냬니까?"

"……배고파."

하이드가 툭 내뱉은 말에 리리엔이 미간을 찌푸렸다. 사람이 묻는 말에 대답부터 할 것이지, 뜬금없는 소리를 하고 있었다. 리리엔은 정말이지 마뜩잖다는 마음을 가득 담은 눈빛으로 하이드를 쏘아보았다.

그런데 그때, 엘시아가 대뜸 자리에서 일어났다. 리리엔은 어리둥절해서 엘시아를 올려다보았다.

"간식 먹으러 가자."

그렇게 말한 엘시아는 대답도 듣지 않고 몸을 놀렸다. 서벽 안을 향해서 걸음을 옮기는 엘시아의 뒷모습을 리리엔이 멍하니 바라보았다.

아니, 로아나한테 편지를 보낼 거라고 했으면서…….

리리엔이 허망한 시선으로 엘시아를 바라보는데, 하이드가 자리에서 일어나더니 엘시아의 뒤를 졸졸 따라갔다.

"……허?"

리리엔의 입이 더욱 크게 떡 벌어졌다. 저 멀리 걸어가는 엘시아와 하이드의 뒷모습이 꽤나 다정해 보였다. 리리엔은 뒤늦게 벌떡 자리에서 일어났다.

그런 리리엔의 머릿속에는 엘시아와 하이드가 자신을 따돌리는 것 같다는 의심이 뭉게뭉게 피어오르고 있었다.

* * *

안락한 보금자리가 파괴되어 폐허가 된 이후, 그녀는 돌아갈 곳을 잃었다.
너무나도 갑작스럽게 벌어진 상황에 그녀가 미처 적응할 새는 없었다. 그녀는 현재 쫓기는 중이었다.
정말이지 막막하다고 밖에는 형용할 길이 없는 상황 속에서 그나마 다행인 것은 그녀가 혹시 모를 상황을 대비하여 다른 무리와도 긴밀한 관계를 유지하고 있었다는 점과, 그리고 그녀가 지금껏 단 한 번도 진심으로 인간을 믿은 적이 없다는 점이었다.
"어디로 가야 하지?"
"글쎄, 분명한 건 적어도 렝리탄으로 돌아가서는 안 된다는 사실이지. 거긴 이제 가망이 없다고."
렝리탄은 그녀가 반평생을 머무른 저택이 위치해 있는 곳이었다. 기실 그녀뿐만이 아니라 꽤 많은 괴물들이 렝리탄을 거점으로 활동해 왔다.
그도 그럴 것이 렝리탄은 괴물에게 우호적인 히치콕 백작, 아이작의 영지였다. 그간 아이작은 물심양면으로 괴물을 지원해 주었다.
하지만 아이작이 살해된 뒤, 렝리탄은 변했다. 현재 렝리탄은 예전의 렝리탄이 아니었다. 그러니까 요컨대, 괴물들이 살 수 없는 환경이 되어 버렸다는 뜻이었다.
때문에 그녀와 마찬가지로 삶의 터전을 잃은 괴물들은 벌써 며칠째 새로운 '둥지'를 찾아 헤매는 중이었다.
"제스아는 어때? 그곳에는 꽤나 커다란 둥지가 있잖아."
"그 둥지의 우두머리가 우리를 받아들여 줄 것 같아?"
"……."
"커다란 둥지일수록 경계가 심한 법이야."
예전 같았다면 적당한 둥지를 찾는 것은 그리 어렵지 않았겠지만, 이제는 사정이 달라졌다.

이제껏 괴물의 존재를 인지하고 있으면서도 적당히 방관해 온 신황이 괴물을 색출해 내서 도륙하기 시작했다. 무슨 심경의 변화인지는 모르겠으나, 어찌 됐든 괴물들은 어떻게든 살아남기 위해서 몸을 사려야 했다.

즉, 배부른 식사가 불가능해졌다는 의미였다.

괴물들은 예전처럼 거리를 전전하는 인간을 꾀어 내 잡아먹을 수가 없었다. 그랬다가는 괴물을 찾아내기 위해 온 영지를 돌아다니며 수색하고 있는 신전 기사단의 눈에 띄기 십상이었으므로.

괴물들은 팔자에 없는 굶주림에 시달리고 있었다. 하지만 식욕을 억누른 채로 평범한 인간인 척 숨죽여 살고 있는 괴물들은 그나마 사정이 나았다.

"……빌어먹을 신전 놈들!"

그녀를 비롯한 그녀의 무리는 현재 갈 곳을 잃고 떠돌아다니고 있는 실정이었다.

주린 배를 감싸 쥔 채로 둥지를 찾아 헤매는 여정은 꽤나 괴로운 일이었다. 하여 그녀는 물론이고 그녀와 함께 행동하고 있는 무리의 괴물들의 신경은 한껏 예민하고도 날카롭게 벼려져 있었다.

"이러다가 신전 기사단의 눈에 띄어 신성지로 끌려가는 건 아닐지 모르겠군."

누군가 냉소적으로 중얼거린 말에 그녀의 머릿속에 순간 벼락이 내리친 것처럼 한 가지 생각이 번쩍 스치고 지나갔다.

"……신성지라."

그렇게 혼잣말을 중얼거린 그녀의 붉은 입술이 완만한 호선을 그렸다.

한편, 여태 침묵을 지켰던 그녀의 목소리가 나직이 울려 퍼지자 그녀의 주위에 아무렇게나 주저앉아 있던 괴물들이 그녀에게 시선을 주었다.

새빨간 네 쌍의 눈동자에 그녀의 웃는 낯이 담겼다. 그 눈동자들을 차례로 돌아본 그녀가 태연자약하게 입을 열었다.

"등잔 밑이 어둡다는 말, 들어 본 적 있어?"

"……베스티, 그게 갑자기 무슨 소리야?"

그녀, 베스티라는 이름을 가진 괴물은 못돼 먹은 장난을 칠 계획을 세우는 어린아이라도 된 양 개구지게 웃었다.
"내 아들을 만나러 가야겠어."

* * *

베스티는 살아남은 괴물이었다.

그녀의 머릿속에 존재하는 가장 오래된 기억은 약 오십 년 전 즈음, 아마 같은 태내를 빌어 태어난 괴물 중 하나가 죽었을 때의 기억이었다.

당시 그녀의 육체는 미성숙했다. 그리고 그녀는 자신과 같이 어린 괴물 일곱 명과 함께 어느 동굴에서 살았다. 부모는 없었다. 그녀와 그녀를 비롯한 동굴의 어린 괴물들은 자신들의 부모가 누구인지조차 알지 못했다.

그들은 모든 걸 스스로 해야 했다. 인간들 틈에서 정체를 숨기고 살아가는 법, 본능적인 욕구를 해결하는 방법 따위를 스스로 익혀 나가야만 했다.

그 과정에서 일곱 명이었던 동굴의 괴물은 여섯 명이 되고, 다섯 명이 되고, 네 명이 되었다.

어리석은 짐승과 같은 괴물이 누구의 도움이나 보호 없이 생존하는 건 꽤나 어려운 일이었다. 그리고 약한 괴물이 자연스럽게 도태되어 죽는 것은 어찌 보면 너무나도 당연한 일이기도 했다.

그리 오랜 시간이 지나지 않아서, 동굴에서 나고 자란 괴물이 고작 세 명이 남았을 때, 그들은 스스로를 살아남은 괴물이라 칭했다.

베스티는 살아남은 괴물이었다. 그녀는 어릴 적부터 꽤나 냉정한 구석이 있었다. 그런 그녀에게 있어서 죽은 동족의 시체는 당장의 굶주림을 해결할 수 있는 빠르고도 손쉬운 방법에 지나지 않았다.

비단 그녀에게만 국한된 이야기는 아니었다. 그녀와 함께 살아남은 괴물들은 아무렇지도 않게 동족의 시체를 먹었다. 그들은 어제까지만 해도 함께 생존을 위해 투쟁하였던 어린 몸뚱이를 먹는 데 아무런 죄책감도 느끼지 못했다.

베스티 그녀와 다름없이 비정한, 그리하여 살아남을 수 있었던 그 괴물들의 이름은 스위티아, 레티시아였다. 그들과 베스티는 성체가 되었을 무렵 동굴을 나섰다.

동굴을 벗어나 인간의 세계에서 인간인 척 살아가게 되면서, 그들은 동굴에서의 생활 법칙을 버리고 인간의 세계에 존재하는 법칙을 익혔다.

그러는 동안 그들은 오랜 세월 굳어진 신분제가 존재하는 인간 세계에서는 신분이 없으면 살아가기 어렵다는 사실을 자연스레 깨달았다.

그리고 부모조차 모르는 채로 살아온 그들과 다르게 만인의 사랑과 온갖 축복을 받으며 태어나는 존재도 있다는 사실을 알게 되었다.

그날은 신전이라 불리는 곳에서 어느 귀족가에서 갓 태어난 아이가 축성을 받는 모습을 몰래 훔쳐보고 돌아온 날이었다.

'우리도 인간으로 태어났더라면 축성이란 걸 받을 수 있었을까?'

살아남은 동굴의 괴물 중 유독 감성이 풍부한 레티시아가 여러 감정이 혼재된 묘한 표정으로 문득 그런 말을 꺼냈다.

그 말을 들은 베스티는 정말이지 쓸데없고도 하등 의미 없는 가정을 해 보는 레티시아가 한심했으나 구태여 내색하지는 않았다.

그 무렵 베스티와 스위티아, 그리고 레티시아 사이에는 어느 정도의 유대감이 존재하고 있었다. 그것은 생존 욕구 앞에서는 부질없이 무너질 얄팍하고도 하잘것없는 것이었다.

하지만 꽤나 긴 세월 함께하며 여러 사건을 헤쳐 오는 동안 자연스럽게 공유하게 된 유대감을 베스티는 부정하지 않았다. 베스티는 스위티아와 레티시아와 앞으로도 함께 살아가고 싶다는 생각을 할 정도로는 그들을 소중하게 여겼다.

'……인간으로 산다는 건 어떤 걸까.'

'글쎄. 이렇게 맛있는 게 있다고는 죽을 때까지 꿈에도 모른다는 것?'

혼잣말에 가까운 말을 중얼거리는 레티시아에게 스위티아는 장난스럽게 대꾸하곤 활짝 웃었다.

'쓸데없는 생각하면서 우울해하지 말고 식사나 마저 해.'

스위티아는 막 사냥해 온 인간의 살점을 삼키며 말꼬리를 돌렸다. 레티시아는 별수 없다는 듯 미소를 지으며 스위티아의 말대로 조용히 식사를 했다.

그러한 나날의 연속이었다. 인간인 척 살아가면서도 식성을 포기하지 못해, 인간을 사냥해 먹는 세 괴물의 생활은 위태로우면서도 안락했다.

그 모순적인 평화 속에서, 베스티는 언제까지고 이렇게 사는 것도 꽤나 괜찮을 성 싶다는 생각을 했다.

그러나 그런 베스티의 생각을 비웃기라도 하듯이 사건이 터졌다.

'인간?'

'……'

'인간을 만난다고?'

레티시아가 인간 남자와 교제하기 시작한 것이다.

'네가 지금 제정신이야?'

레티시아는 유난히 인간에게 관심이 많았다. 그게 퍽 불안하기는 하였으나, 설마하니 레티시아가 인간 남자하고 진지한 만남을 가질 줄이야 꿈에도 상상하지 못했다.

'그래, 나는 어쩌면 제정신이 아닐지도 몰라. 사랑이란 건 사람을 미치게 만든다고 하니까.'

'……하! 사랑?'

레티시아는 사랑을 말했고, 베스티는 그런 레티시아를 이해할 수 없었다. 군침이 도는 먹이와 사랑에 빠지다니. 그것은 정말이지 말도 안 되고 용납할 수 없는 기행이었다.

'얼마나 대단한 사랑인지 궁금하네.'

베스티는 냉소적인 미소를 지으며 이죽거렸다.

'만약 그 남자가 피를 흘린다고 해도 그 남자를 잡아먹지 않을 자신 있어? 식욕을 참을 수 있냐고.'

'네가 뭘 안다고 함부로 말해!'

레티시아는 동굴을 벗어난 이후, 처음으로 베스티에게 화를 냈다. 베스티는 날카로운 손톱까지 드러내며 날을 세우는 레티시아를 가만 지켜보기만 했다.

그렇게 베스티와 레티시아가 서로 대치하고 있을 무렵, 잠자코 상황을 주시하고 있던 스위티아가 나섰다.

'레티시아, 그만해. 베스티 너도 그만하고.'

베스티와 레티시아의 사이를 가로막고 선 스위티아가 두 사람을 만류했다. 그러자 머지않아 길게 자라나 있던 레티시아의 손톱이 차츰 짧아졌다.

'내가 누구를 사랑하든 그건 내 자유야.'

곧 날카로운 이빨까지 갈무리한 레티시아가 그렇게 말했다. 그에 베스티는 가소롭다는 듯 웃음을 터뜨리고 말았다.

'네가 정말 그 남자를 사랑한다고 생각해?'

'……뭐?'

'너는 그냥 인간처럼 살고 싶은 거잖아.'

'…….'

레티시아는 창백하게 질린 얼굴로 아무런 대꾸를 하지 못했다. 그런 레티시아의 뺨을 베스티가 다정한 손길로 쓸어내렸다.

'인간을 사랑하면 인간이 될 수 있을 거라 믿는 거니?'

'…….'

'어리석은 레티시아.'

베스티는 더없이 차갑게 식어 가는 레티시아의 얼굴을 물끄러미 바라보면서 말을 이었다.

'사랑이 뭔지도 모르면서. 인간을 어떻게 사랑해야 하는지도 모르면서.'

레티시아는 마치 정곡을 찔리기라도 한 것처럼 딱딱하게 굳은 표정을 한 채로 아무런 대답도 하지 못했다. 베스티는 여태 레티시아의 핏기 없는 뺨을 어루만지고 있던 손을 떼어 냈다.

'……나는.'

한참 만에 입을 연 레티시아는 베스티를 원망스럽다는 듯이 바라보았다. 베스티는 기꺼이 레티시아의 비난 어린 눈동자를 마주했다.

'나는 이렇게는 못 살겠어. 더 이상 이렇게 살지 않을 거야.'

이렇게 사는 게 어떤 건지, 설명하지 않아도 베스티는 알아들었다. 그것은 비단 베스티뿐만이 아니었다. 스위티아 역시도 레티시아의 말뜻을 단번에 이해했다.

스위티아가 불안한 목소리로 물었다.

'우리를 떠나기라도 하겠다는 소리야?'

'그래.'

레티시아는 찰나도 망설이지 않고 대답했다.

'떠날 거야.'

떠나는 게 맞아, 하고 중얼거리는 레티시아의 목소리는 조그맣기는 할지언정 떨리고 있지 않았다. 그 어느 때보다도 또렷한 목소리로 레티시아가 말했다.

'내가 없어도 너희는 잘살 거라고 믿어. 지금까지 그랬던 것처럼.'

'레티시아, 아무리 그래도 이렇게 갑작스럽게 결정하는 건…….'

'아냐, 진작 이랬어야 됐어.'

레티시아가 스위티아를 향해서 단호하게 고개를 저어 보였다. 스위티아가 하얗게 질린 얼굴로 레티시아를 바라보다가, 침묵을 지키고 있는 베스티에게 시선을 던졌다.

어떻게 좀 해 보라는 듯, 스위티아는 베스티를 간절한 눈빛으로 응시했다. 그것을 알면서도 베스티는 꿋꿋하게 다문 입술을 열지 않았다.

'잘 지내.'

레티시아는 스위티아와 베스티를 차례로 돌아보면서 말했다.

'그동안 고마웠어.'

레티시아는 평생 함께해 온 두 괴물을 뒤로하고 떠났다. 일말의 망설임도 없었다. 레티시아가 떠난 허름한 집에서, 스위티아와 베스티는 멍하니 서로를 주시했다.

'……정말로 가 버렸어.'

스위티아가 믿어지지 않는다는 듯이 중얼거리는 목소리가 베스티의 귓가를 파고들었다. 이윽고 어디선가 무언가가 와르르 무너지는 듯한 소리가 들린 것도 같았다.

* * *

레티시아는 그리 오랜 시간이 지나지 않아서 베스티와 스위티아에게로 돌아왔다.

아니, 정확하게 말하자면 죽어 가는 레티시아를 베스티와 스위티아가 찾아낸 것이었다. 마녀로 몰려 돌팔매질을 당한 레티시아의 신체는 손쓸 수 없을 정도로 망가져 있었다.

태어나기를 인간이 아닌 괴물로 태어나, 비정상적으로 빠른 자가 치유력을 지녔으나 레티시아의 몸은 회복되지 않았다. 즉, 레티시아가 식인을 하지 않았다는 뜻이었다.

'고작 이런 꼴이나 되려고 그렇게 우리를 떠난 거니?'

스위티아가 울먹이며 물었고 레티시아는 말없이 웃었다. 표정을 와락 일그러뜨린 것에 가까운, 마냥 괴로워 보이는 미소였다.

'일단 먹어.'

'……'

'먹고 나서 이야기하자.'

베스티는 사냥해 온 인간의 살점을 레티시아의 코앞에다 내밀었다. 그러나 레티시아는 미약하게 고개를 흔들 뿐, 입을 벌리지 않았다.

'죽으려고 작정했어?'

결국 베스티의 입술 사이로 날카로운 목소리가 비집고 나왔다.

'쓸데없는 고집 부리지 말고 먹으라고!'

'싫어.'

'……뭐?'

'안 먹을래.'

레티시아가 희미한 미소를 지으며 힘없이 말을 덧붙였다.

'인간처럼 죽고 싶어.'

그 금방이라도 사그라질 듯한 목소리를 들은 베스티의 표정이 딱딱하게 굳었다.

베스티는 정말이지 레티시아를 이해할 수 없었다. 인간에게 배신당하고 인간에 의해 죽음의 문턱에 가까워지게 된 상황에서, 인간처럼 죽고 싶다는 소리를 하다니.

'그래도 죽기 전에 너희 얼굴을 볼 수 있어서 다행이야.'

인간 따위가 다 뭐라고.

레티시아는 끝내 식인을 거부하고 죽음을 맞이했다.

* * *

그날부터였다. 베스티와 스위티아는 숨죽인 채로 숨어서 근근이 살아가는 것을 관뒀다. 그 대신 평범한 인간이라면 당연하게 소유할 수 있는 것들을 탐내기 시작했다.

이를테면, 신분이나 직업, 그리고 재화 같은 것이었다.

그러나 스위티아와 베스티가 같은 목적을 위해 힘을 합쳤느냐 하면, 그것은 아니었다.

'너 때문이야.'

스위티아는 레티시아의 죽음을 베스티 탓이라 비난했다. 그리고 그러한 스위티아 앞에서 베스티는 아무런 말도 하지 않았다.

'레티시아는 절벽 끝에 아슬아슬하게 서 있었는데, 네가 레티시아를 절벽 아래로 밀어 버렸어. 알아?'

'……'

'그날 네가 레티시아를 다독여 주었더라면, 레티시아는 지금 우리 곁에 살아 있었을 거야.'

베스티는 레티시아의 죽음을 자신 탓이라 여기지 않았다. 시간이 지날수록 스위티아가 베스티를 비난하는 수위가 높아졌지만, 베스티는 스위티아에게 반박하지 않았다.

그것은 베스티가 스위티아의 말대로 레티시아의 죽음을 자신의 탓이라 여기기 때문은 아니었다. 다만 베스티는 스위티아가 레티시아처럼 죽을까 봐, 스위티아에게 말로 맞서는 대신 침묵하는 편을 선택했을 뿐이었다.

이제 베스티의 곁에는 오직 스위티아밖에 남지 않았다. 베스티는 이 인간으로 가득한 세상에서 홀로 남겨지고 싶지 않았다.

외딴 섬처럼 오롯이 혼자 남겨지는 것. 그것만이 베스티가 지니고 있는 유일한 두려움이었다.

베스티는 스위티아가 자신을 원망하더라도 자신의 곁을 떠나지 않는다면 그것으로 족했다. 베스티가 스위티아의 비난을 묵묵히 감내한 것은 그러한 이유에서였다.

하지만 스위티아와 계속해서 함께하기를 바랐다면, 베스티는 스위티아와의 관계를 어떻게든 수습하고자 노력했어야 했다.

한쪽은 원망하고 한쪽은 받아들이는 위태로운 관계가 오래도록 지속될 수 있을 리 없었다.

베스티와 스위티아의 관계는 한껏 어그러졌다. 둘 사이에는 레티시아의 죽음이라는 거대한 상처가 존재했고, 그 상처는 미처 깁고 꿰맬 수 없을 정도로 벌어진 채로 콸콸 피를 쏟아 내고 있었다.

베스티가 그 상처를 치료해야 한다고 생각했을 때에는 이미 늦은 후였다. 진작 알아차렸어야 했지만 그러지 못했다. 베스티는 스위티아가 자신의 곁을 떠나겠다는 의사를 밝혔을 때에야 가까스로 자신의 실수를 인지했다.

'너와 나는 함께할 수 없어, 베스티.'

'……갑자기 그게 무슨 소리야?'

'말 그대로.'

영원한 작별을 이야기하는 스위티아의 목소리는 단호했다. 베스티를 침착하게 응시하는 스위티아의 표정 역시도 마찬가지였다.

누군가가 날카로운 무언가로 자신의 심장을 서걱 베어 낸 것만 같은 느낌이었다. 베스티는 자신도 모르게 눈길을 내려 가슴께를 쳐다보았다.

시야에 들어온 옷자락이 말끔했다. 가슴에서 피가 철철 흘러나오고 있으리라 생각했는데, 아니었다.

'이쯤에서 헤어지는 게 서로를 위해서 좋겠다는 생각이 들었어.'

일방적인 통보였다. 베스티는 큰 충격에 빠진 채로 이미 마음을 단단히 굳힌 듯한 스위티아를 멍하니 바라보았다.

'나는 너를 용서할 수 없어.'

'하……'

잠자코 스위티아의 말에 귀를 기울이고 있던 베스티의 입술 사이로 헛숨이 터져 나왔다.

'누가 용서해 달라고 했어? 애초에 그런 거 바라지도 않았어.'

'알아. 그리고 그게 문제야, 베스티. 너하고 나는 서로 너무 달라.'

스위티아는 물러서지 않았다. 동굴에서 생존한 괴물 중, 레티시아 다음으로 유약한 성정이던 스위티아라고는 믿을 수 없는 단호한 태도였다.

'베스티, 네 얼굴을 볼 때마다 레티시아가 떠올라서 괴로워.'

베스티와 스위티아, 그리고 레티시아는 가족도 뭣도 아니었다. 다만 함께 지옥 같은 곳에서 벗어난 동지였을 뿐이었다.

하지만 베스티는 자신을 떠나겠다고 선고하는 스위티아의 차가운 표정을 보고 지독하리만큼 깊은 상처를 입었다.

그리고 그 순간, 베스티는 스스로의 나약함을 최초로 인지했다. 그에 더없이 큰 충격을 받았다.

하지만 베스티는 자신이 스위티아의 말에 휘둘리고 있다는 사실을 인정하고 싶지 않았다. 자신의 나약함 역시도 마찬가지였다.

베스티는 단단한 갑옷을 주워 입었다. 크게 동요해 요동치고 있는 속내를 감추기 굳은 표정을 얼굴 위에 덧씌운 것이었다.

'……네가 혼자서 살아갈 수 있을 것 같아?'

베스티는 떨리는 목소리를 다잡았다. 스위티아가 자신의 나약함을 알아차릴 수 없도록 베스티는 한껏 날을 세웠다.

'나를 떠나서 살 수 있을 것 같아?'

스위티아는 대답하지 않았다. 다만 속을 알 수 없는 묘한 표정으로 묵묵히 베스티를 응시하였다.

그리고 그런 스위티아의 태도가 베스티를 더욱 자극했다. 베스티는 핏기 없는 입술을 질끈 깨물었다가 이내 소리쳤다.

'아, 설마 너도 레티시아처럼 초라하게 죽고 싶은 거야? 그래서 지금 이딴 헛소리를 지껄이는 거니?'

'…….'

'만약 그런 거라면 더 이상 말리지 않겠어.'

스위티아의 표정이 와락 일그러졌다. 그와 동시에 새하얀 얼굴이 더욱 창백해졌다.

그런 스위티아를 보고 나서 베스티는 식선 생각 없이 내뱉은 말을 후회했다.

베스티는 입술을 꾹 맞물었다. 그것으로도 모자라 되는 대로 이를 힘껏 사리물었다.

어느덧 스위티아는 꼭 눈물을 참기라도 하듯, 벅찬 감정을 애써 억누르듯이 눈을 지그시 감고 있었다.

그 모습에 베스티는 불안해졌다. 무언가 단단히 틀어진 듯한 느낌이 들었다. 하지만 베스티는 지금 이 순간 틀어지고 만 것이 대체 무엇인지 알 수 없기에 다시 바로잡을 엄두조차 낼 수 없었다.

'……뭐라고 말 좀 해 봐.'

베스티가 스스로의 약한 부분을 가리기 위해서 억지로 끼워 입고 있던 갑옷이 거짓말처럼 순식간에 허물어졌다. 베스티는 엉망으로 일그러진 표정을 하고서 스위티아를 바라보았다.

그로부터 꽤나 오랜 시간이 지나고 나서야 스위티아는 느릿하게 눈꺼풀을 들어 올렸다.

이윽고 스위티아의 새빨간 눈동자가 드러났고, 그것을 베스티는 불안한 눈으로 쳐다보았다. 스위티아의 눈동자는 일말의 흔들림조차 없이 고요히 가라앉아 있었다.

'내가 어떤 말을 하든지 너는 듣지 않을 거잖아.'

'……..'

'그런데 내가 대체 무슨 말을 하기를 바라는 거야?'

베스티는 말을 잃은 채로 그저 스위티아를 눈에 담고 있었다. 스위티아는 그런 베스티를 한동안 말없이 바라보다가, 이내 베스티를 뒤로한 채로 몸을 돌렸다.

스위티아는 그 길로 곧장 떠났다. 레티시아가 떠났을 때와 다르게 베스티에게 그 흔한 인사조차 건네지 않고서 스위티아는 떠나 버렸다.

그리고 베스티는 스위티아가 떠난 후에야 자신이 되돌릴 수 없는 실수를 했다는 사실을 깨닫고 또 그것을 뼈저리게 후회했다.

하지만 그런다고 해서 달라지는 것은 아무것도 없었다. 베스티가 실수를 바로잡기에는 너무나도 늦어 버렸다. 스위티아는 떠났고, 베스티는 혼자가 되었다.

그리하여 혼자 남은 베스티는 실로 거대한 상실감을 느꼈다. 그것은 누군가 자신의 속을 커다란 국자로 마구 휘젓고 있는 듯한 역겨움에 가까웠다.

상실감이 분노로 바뀌는 데에는 그리 오랜 시간이 걸리지 않았다.

그 분노가 향한 곳은 망설임 없이 자신을 떠나 버린 스위티아가 아니었다. 스위티아의 속을 덮히는 무량한 분노의 목적지는 바로 다름 아닌, 인간들과 그들이 살아가는 세상이었다.

* * *

엘시아는 수없이 많은 거짓말을 해 왔다. 그 거짓말은 쌓이고 쌓여서 거대한 세계를 만들었다. 오직 엘시아 홀로 존재하는 세계였다.

엘시아는 그 세계에 아무도 들이고 싶지 않았다. 하지만 가랑비에 옷이 젖는 것처럼, 엘시아가 미처 인지하지 못한 사이에 엘시아의 세계에 발을 들인 사람이 있었다. 바로 리리엔이었다.

리리엔을 시작으로 엘시아의 세계에는 꽤나 많은 발자취가 자리하게 되었다. 그 사실을 엘시아가 인지하였을 때에는 이미 늦은 뒤였다. 엘시아는 더 이상 혼자가 아니었다.

감히 바란 적도 욕심을 낸 적도 없으나, 이제 엘시아의 곁에는 퍽 많은 사람들이 있었다. 그 사실은 엘시아에게 더없이 커다란 기쁨을 선사하기도, 뼈저린 괴로움을 떠안기기도 하였다.

엘시아에게 감정이란 너무도 느릿하게 오는 것이었다. 가령, 결코 사랑하지 않으려 하였으나 결국 리리엔을 사랑하게 된 것처럼. 그러나 자신이 리리엔을 사랑하고 있었다는 사실을 숨이 끊어지는 순간에야 간신히 깨달았던 때처럼.

엘시아는 스스로 인지하지 못 한 사이에 감정을 느꼈지만, 그로부터 오랜 시간이 흐른 뒤에야 가까스로 그 감정에 제대로 된 이름을 붙일 수 있었다.

돌이켜 보면 엘시아는 그 누구도 가르쳐 준 적이 없기에 자신의 안에 존재하는지도 몰랐던 '인간다운' 감정을, 정말이지 느릿하지만 그만큼 지독한 방식으로 깨달았다.

그러니까, 언제나 리리엔과 레오디안의 곁을 떠나야 한다고 생각하면서도 결코 떨쳐낼 수가 없었던 미련의 이유를 엘시아가 꽤나 오랜 시간이 흐른 지금에서야 알아차리게 된 것도 결코 이상한 일이 아니었다.

리리엔은 물론이고, 레오디안을 향한 감정은 엘시아의 마음속에 거대하게 몸집을 불린 채로 그 자리에 단단하게 뿌리를 내리고 있었다.

그 사실을 이제야 비로소 깨달은 엘시아는 더는 떠나고 싶다 생각하지 않았다. 그 대신에 감히 욕심내서는 안 된다고 생각했던 것들을 향한 욕심이 생겼다.

다름이 아니라, 리리엔과 레오디안 곁에 남고 싶다는, 두 사람 곁에서 행복하게 살아 보고 싶다는, 그런 분에 넘치는 욕심이었다.

그랬다. 분에 넘치는 욕심. 그렇게밖에는 형용할 수 없었다. 그도 그럴 법했는데 엘시아는 가진 것이 없었다. 반면 리리엔과 레오디안은 엘시아와는 비교할 수 없을 정도로 고귀한 사람들이었다.

그런 두 사람의 곁에 남기를 욕망한다는 것이 얼마나 허튼 짓인지 엘시아는 아주 잘 알고 있었다.

무엇 하나를 얻기 위해서는 다른 하나를 포기할 줄도, 희생할 줄도 알아야 했다.

하지만 애초에 가진 것이 없는 엘시아에게는 포기할 만한 것도 희생할 수 있는 것도 없었다.

그래서였다. 생애 처음으로 가진 거대하고도 강렬한 욕심이었지만, 엘시아는 어떻게 해야 자신의 욕심을 채울 수 있는 건지, 그 방법을 도무지 알 수가 없었다.

그러나 만일 엘시아가 그 방법을 찾아낸다 하더라도 달라지는 것은 아무것도 없을 터였다. 아직도 엘시아는 자신의 존재가 리리엔과 레오디안에게는 해만 된다고 여기고 있었다.

때문에 최근 엘시아는 자신의 욕심을 드러내지 않고 숨기는 데 급급했다. 가령, 리리엔이나 레오디안과 함께 시간을 보내는 것을 조금씩 회피한다든지 하는 방식으로. 엘시아는 자신의 마음을 일렁이게 만드는 감정의 정체를 알아낸 이후부터 그것을 누구도 눈치챌 수 없도록 필사적으로 숨기고자 노력했다.

하지만 엘시아가 노력했는데도 불구하고 엘시아의 내면에 일어난 변화를 단번에 알아차린 사람이 있었다.

바로 하이드였다.

하이드와 엘시아가 서로 알게 된 지는 그리 오래되지 않았지만, 어째선지 하이드는 누구보다도 엘시아를 잘 파악하고 있었다.

일례로 하이드는 리리엔조차도 미처 알아차리지 못했던 엘시아의 불면증을 어렵지 않게 눈치챘었다.

"엘시아, 무슨 고민 있어?"

하이드는 최근 묘하게 달라진 구석이 있는 듯한 엘시아를 조용히 관찰했다. 그러다 오늘에서야 엘시아에게 말을 꺼낸 것이었다.

엘시아는 하이드가 자신을 며칠째 관찰하고 있었다는 사실을 꿈에도 몰랐고, 당연하게도 방금 하이드의 말에 당황을 금치 못했다.

"고민 없는데……. 그런데 갑자기 그건 왜 물어보는 거야?"

"요즘 엘시아가 좀 이상한 것 같아서."

"……."

"정말 고민 없어?"

엘시아는 말문이 막힌 채로 하이드를 물끄러미 바라보았다. 하이드는 늘 그렇듯 멍한 표정을 짓고 있었다.

아까부터 한결같이 내수롭지 않다는 듯 평이한 목소리로 말을 건네는 것으로 보아 하이드가 무언가를 눈치챈 듯 보이지는 않았다.

그러나 그렇게 생각하면서도 엘시아는 내심 불안해졌다. 혹시라도 자신의 마음속에 단단하게 뿌리 내린 허튼 욕망을 하이드가 알아차리기라도 했을까 봐 두려웠다.

엘시아는 조심스러운 시선으로 하이드의 눈치를 살폈다. 하이드는 여전히 무표정한 얼굴이었다. 얼핏 심드렁해 보이기도 했다.

하지만 엘시아는 하이드가 겉보기와는 다르다는 걸 알고 있었다. 하이드는 늘 지금처럼 무미건조한 낯을 하고서는 언제나 엘시아에게 굉장히 신경을 쓰고, 또 관심을 기울였다. 어쩌면 리리엔보다도 더.

"엘시아는 무슨 일이 있을 때마다 이렇게 심각한 표정을 지어."

문득 정적을 깨고 말을 꺼낸 하이드가 낯선 표정을 지어 보였다. 나름대로 엘시아의 표정을 따라해 보는 것 같았다. 그것을 눈치챈 엘시아가 어색하게 미소를 지었다.

"나는 엘시아가 나한테 거짓말을 하더라도 상관없어. 엘시아가 뭘 해도 좋으니까."

하이드는 서두를 것 없다는 듯 느릿느릿 말을 이었다.

"그래도 엘시아가 나한테는 아무것도 숨기지 않으면 좋겠어."

"……."

"나는 무조건 엘시아 편이야."

하이드는 선뜻 어떤 대꾸도 하지 못하고서 침묵을 지키고 있는 엘시아를 가만가만 바라보다가 시선을 돌렸다. 창밖으로 한낮의 볕이 대지를 환하게 밝히고 있는 게 보였다.

이곳은 그 어느 곳과 비교할 수 없을 정도로 유난히 밝았다. 신성한 땅이라고 하던데, 그렇기 때문일까. 하이드는 멍하니 생각하다가 눈길을 돌렸다. 무언가를 곰곰이 생각하는지 엘시아의 낯빛이 짐짓 어두워져 있었다. 하이드는 그런 엘시아를 묵묵히 주시하던 끝에 비로소 정적을 깼다.

"혹시 내가 어제 엄마 이야기를 한 게 신경 쓰여서 그래?"

하이드가 묻자 엘시아가 놀란 눈을 했다. 그러나 그것은 찰나였고, 엘시아는 곧 평소와 같은 창백한 낯으로 고개를 저었다.

"그것도 신경이 쓰이지만……."

엘시아가 나직이 한숨을 내쉬었다. 하이드는 잠자코 엘시아가 말을 잇기를 기다렸다. 기다림은 그다지 길지 않았다.

"……감히 욕심을 내서는 안 되는 게 욕심이 나."

머지않아서 엘시아가 조그만 목소리로 말했다. 말 끝에 미처 감추지 못한 한탄이 어린 숨이 묻어났다.

"가질 수 없다는 걸 알면서도 자꾸만 욕심이 나. 어떻게든 욕심을 참아야 한다고 생각하면서도 못 참겠어. 그래서……."

"……."

"그래서 너무 괴로워."

정말로 속이 상한다는 듯이 중얼거리는 엘시아의 목소리를 듣고, 하이드는 돌연 머릿속으로 리리엔을 떠올렸다.

엘시아를 따라서 아이작의 저택을 벗어나기 전까지는 평생 지하에서 갇혀서 살아온 하이드가 욕심낸 것이 있다면 그것은 리리엔이 유일했다.

하이드는 리리엔을 만나기 위해서 남몰래 지하를 빠져나가고는 했다. 당시 하이드의 뇌리에는 생전 처음 목격한 눈부신 햇살보다도 리리엔의 존재가 더욱 인상 깊게 남았었다.

리리엔은 자꾸만 자신을 찾아오는 하이드를 귀찮게 여기고 치를 떨었다. 그를 알면서도 하이드는 하루가 멀다 하고 리리엔을 만나러 갔다.

그로부터 꽤 긴 시간이 지나 엘시아를 만났을 때, 하이드가 엘시아를 따라나선 것은 바로 엘시아가 리리엔하고 친밀한 관계를 맺고 있다는 사실을 알아차렸기 때문이었다.

비록 지금은 리리엔만큼이나 엘시아가 마음에 들지만, 처음 엘시아를 만났을 때에는 엘시아에게 별다른 호감을 느끼지 못했다.

애초에 현재 하이드가 엘시아에게 느끼는 호감의 시발점은 다름 아닌 리리엔이었다. 리리엔이 아니었더라면 하이드가 엘시아를 따라서 지하를 벗어나는 일은 일어나지 않았을 터였다.

그러니까, 하이드가 엘시아의 손을 잡고 지하를 벗어난 것은 순전히 리리엔을 다시 만나고 싶다는 욕망에서였다.

하이드는 욕망에 충실했고, 그리하여 리리엔을 다시 만날 수 있었다. 그뿐만 아니라 엘시아와 유대감을 쌓을 수 있는 기회도 얻었다.

만약 하이드가 자신의 욕망을 외면했다면, 하이드는 지금처럼 리리엔과 엘시아와 함께 살지는 못했을 것이었다.

그러나 다행스럽게도 하이드는 자신이 욕망하는 바를 무시하지 않았고, 현재의 안락한 생활을 손에 넣었다. 그리고 하이드는 자신이 살고 있는 현재가 너무도 만족스러웠다.

그렇기 때문에 하이드는 엘시아의 말을 이해할 수 없었다.

"욕심이 나는데 어떻게 참아? 아니, 왜 참아야 되는데?"

"……."

"욕심을 내는 게 나쁜 거야?"

엘시아는 대답하지 못했다. 그저 애꿎은 입술만 꽉 깨문 채로 하이드를 멍하니 바라보았다.

"엘시아는 너무 착해."

길게 한숨을 내쉰 하이드가 답답하다는 듯이 미간을 찌푸렸다.

"다른 사람 말고, 자기만 생각하고 자기를 위해서 살면 안 돼?"

하이드는 엘시아가 어째서 이렇듯 움츠린 채로 숨죽여 사는 건지 도무지 이해할 수 없었다. 엘시아는 더 나은 것을 누릴 자격이 있다고 생각하기에 더욱 그러했다.

"남들 눈치 보지 말고 가지고 싶은 건 가지고, 하고 싶은 건 하고."

하이드가 드물게 빠른 속도로 말을 이었다.

"그런다고 해서 엘시아한테 이기적이라고 비난할 사람은 아무도 없어."

"……."

"나는 갖고 싶은 거 다 가지고, 하고 싶은 건 다 해. 그런데 아무도 나한테 뭐라고 안 하잖아."

물론 인간을 죽일 때마다 매번 엘시아에게 타박을 들었지만, 하이드는 그것은 염두에 두지 않고 말했다.

그리고 아무래도 현재 엘시아는 그 일을 까맣게 잊고 있는 듯했다. 아니면 단순히 지금은 그 일에 신경 쓸 여력이 없는 건지도 몰랐다. 이유야 어찌 됐든 하이드에게는 다행스러운 일이었다.

하이드는 마냥 혼란스러운 기색으로 입술을 달싹이고 있는 엘시아를 가만히 바라보다가, 잠시 뒤 천천히 입술을 벌렸다.

"그래서, 엘시아가 갖고 싶어서 욕심이 나는 건 뭐야?"

하이드의 물음에 엘시아가 순간 흠칫 몸을 굳혔다. 조금 전까지만 해도 무슨 말을 꺼낼 것처럼 움찔거리던 입술을 꾹 맞문 채였다.
 선뜻 말문을 열지 못하겠는지 말을 망설이는 기색이 역력한 엘시아와 다르게, 하이드는 일말의 주저 없이 말했다.
 "그게 뭔지는 몰라도 그걸 갖는 데 내가 도움이 된다면 도와주고 싶어."
 하이드의 단호한 목소리는 엘시아가 여태 망설이던 말을 입 밖으로 꺼내 놓을 수 있도록 용기를 불어넣어 주었다.
 "……인간이 되고 싶어."
 엘시아는 말을 꺼내기가 무섭게 기다렸다는 듯이 왈칵 치밀어 오르는 설움을 애써 삼키면서 말을 덧붙였다.
 "그러면 리리엔의 곁에서 살 수 있을 테니까……."
 누군가를 사랑하는 데에 죄책감을 느끼지 않아도 될 테니까. 엘시아는 인간이 되어 인간처럼 살고 싶었다.
 스위티아가 엘시아에게 평생을 강요했지만, 그에 억지로 인간처럼 살고자 노력했지만, 엘시아는 인간이 되고 싶다는 생각을 단 한 번도 한 적이 없었다.
 하지만 지금 이 순간, 엘시아는 난생 처음으로 인간이 되고 싶다고 간절히 욕망했다.
 "……평범한 인간처럼 살아 보고 싶어."
 타의에 의한 것이 아닌, 엘시아가 스스로 절실하게 갈구하게 된 강렬한 욕망이자 바람이었다.

* * *

 "황제를 축출해야겠다."
 하일롭이 선언했다. 그러자 그의 주위에서 머리를 조아리던 사내들이 하나같이 놀라서 번쩍 고개를 들었다.

그들의 시야에 들어온 하일롭의 표정은 더할 나위 없이 평온했다. 조금 전 경악스러운 말을 꺼내 놓은 장본인이라고는 믿을 수 없을 정도였다.

"황제 폐하께서는 내 하나뿐인 아우님을 황태자로 책봉하고자 결정하신 듯하니, 안타깝지만 나로서는 어쩔 수 없는 일이지."

하일롭은 방금 그가 말한 것과는 다르게, 무언가를 안타까워하고 있는 사람으로는 보이지 않았다. 오히려 일이 이렇게 된 것이 즐겁다는 듯한 기색이었다.

"부디 그대들이 나와 뜻을 함께해 주길 바라겠네."

우리가 살 길은 우리가 알아서 찾아가야 하지 않겠나, 하고 덧붙인 하일롭이 묘한 미소를 띤 얼굴로 말을 맺었다. 그러자 그 말을 마지막으로 주위가 쥐 죽은 듯이 고요해졌다.

하일롭을 제외한 사내들은 어스름한 사위 속에서 서로 당황스러운 시선만을 교환할 뿐이었다. 그 누구도 선뜻 말문을 열지 못했다. 그로 인해 찾아든 적막은 쉽사리 걷힐 기미조차 보이지 않았다. 적막은 오래도록 주위를 무겁게 내리눌렀다.

그렇게 얼마쯤 지났을까. 돌연 누군가 문을 두드리는 소리가 묵직한 정적 속을 갈랐다.

하일롭은 중요한 시점에서 방해를 받아 기분이 상한 모양인지, 짐짓 짜증스러운 목소리로 문 너머의 누군가에게 들어오라 명하였다. 그러자 잠시간의 정적이 흐른 뒤에 문이 열리고 기사 한 명이 안으로 들어왔다. 그는 다름 아닌 하일롭의 측근이자 호위 기사였다.

그는 곧장 하일롭에게 다가가서 하일롭을 향해서 정중하게 예를 취했다. 그런 다음 그가 하일롭에게만 들릴 정도로 조그만 목소리로 짤막하게 무슨 말을 속삭이자, 하일롭이 벌떡 자리를 박차고 일어났다.

"나는 이만 돌아가 봐야겠네. 자세한 이야기는 내일 다시 나누도록 하지."

하일롭은 일방적으로 통보한 후에 기사와 함께 자리를 떠났다. 그리하여 남겨진 사내들은 어리둥절한 표정으로 서로 눈빛을 교환했다.

* * *

걸음을 재촉해 빠르게 침실 안으로 들어선 하일롭이 다급하게 말을 꺼냈다.

"그래, 신황이 내 요구를 받아들였다고?"

"예, 저하."

기사가 지체하지 않고 대답했다.

"저하께서 편하신 때에 임모투스 신전에 방문하셔도 좋다는 전언입니다."

하일롭이 허탈하다는 듯 헛웃음을 터뜨렸다.

"그렇단 말이지……."

신황에게 전령을 보내면서도 하일롭은 신황이 자신의 요구를 받아들이리라고는 전혀 기대하지 않았다. 하지만 어째선지 신황은 하일롭의 요청을 받아들였고, 하일롭이 신전에 방문할 수 있도록 허락했다.

정말이지 예상 밖의 상황이었다. 그래서인지 하일롭은 자신의 뜻대로 풀려가는 상황을 마냥 기껍게 받아들일 수가 없었다. 신황의 저의가 의심스러웠다.

하일롭은 곰곰이 생각을 이어 가다가 이내 상념을 접어 두고서 입을 열었다.

"신전에 심어 둔 세작에게서는 별다른 연락이 없었나?"

"예, 저하."

기사가 이번에도 지체 없이 대답했다. 하일롭은 그런 기사를 잠시 말없이 주시하다가 곧 몸을 돌리고는 소파로 다가가 앉았다.

하일롭은 푹신한 등받이에 편하게 상체를 기대며 길게 숨을 내쉬었다. 그러면서 여전히 침실 한편에 우두커니 서 있는 기사를 향해서 곧장 시선을 던졌다.

"대공은 여전히 신성지에 틀어박혀 있는 건가?"

"예, 저하."

기사가 고개를 끄덕였다.

"신전 기사단은 여전히 괴물 토벌 임무를 수행하고 있습니다만, 어째선지 로켄페데스 대공은 신성지 밖으로 나오지 않고 있다 합니다."

"그래, 그렇다니 다행이군."

하일롭은 한 손으로 입가를 매만졌다. 그러면서 무언가를 고민하는 듯한 기색으로 침묵했다.

자연스럽게 침실 안에 정적이 흘렀다. 기사는 조금쯤 고개를 숙인 채로 하일롭이 생각을 마치기를 기다렸다.

머지않아서 하일롭이 침묵을 깨고 말을 꺼냈다.

"네가 테르만 백작 부인에게 연락을 해 줘야겠다."

하일롭이 명했고, 기사는 늘 그러는 것처럼 어떠한 의문도 표하지 않고 하일롭의 명을 무조건적으로 따랐다.

* * *

"아무래도 이제 슬슬 돌아가 보는 편이 좋을 것 같아요."

느지막한 오후, 처지와 어울리지 않는 여유로운 티타임을 가지던 중, 로아나가 대뜸 말을 꺼냈다.

"……임모투스 신전으로 돌아가겠다는 말씀이겠지요?"

"네."

로아나가 망설임 없이 대꾸했다. 욤펜은 마냥 난감한 표정으로 입술을 깨물었다.

신황은 욤펜이 성스러운 소임을 뒤로하고 도망치듯 신성지를 떠나서 제도로 온 사실을 알고 있을 터였다.

그런데도 신황은 욤펜에게 아무런 연락을 취하지 않았다. 욤펜이 제도의 로켄페데스 대공저에 신세를 지게 된지도 벌써 한 달이라는 시간이 지났음에도 불구하고 그러했다.

"……요즘에 저는 너무나도 불경한 생각을 하고 있습니다."

갑작스럽고도 뜬금없는 욤펜의 말에 로아나는 의문을 표하는 대신, 묵묵히 욤펜의 목소리에 귀를 기울였다. 무슨 이유에서인지 욤펜이 영 위태로워 보이는 표정을 짓고 있었기 때문이었다.

"그러니까, 제가 과연 신전에 필요한 사람인가 하는 생각입니다."

욤펜은 신성지에서 태어나고 자랐다. 평생을 신을 모시는 데 할애해 온 욤펜에게 있어서 이러한 의문은 머릿속에 떠올려 보는 것만으로도 죄악으로 느껴졌다.

하지만 욤펜은 최근 이 같은 의문을 계속해서 머릿속으로 더듬고 또 더듬었다. 이래서는 안 된다고 생각하면서도 의문을 떨쳐 낼 수가 없었다.

"신황 성하께서는 어째서 저를 찾지 않으시는 걸까요?"

"……."

"저는 언제든지 쉽게 대체될 수 있는 사람이었던 걸까요?"

욤펜의 고개가 힘없이 아래로 축 떨어졌다. 그 모습을 바라보던 로아나의 입술 사이로 나직한 한숨이 새어 나왔다.

그도 그럴 것이 조금 내성적이기는 하지만 신실한 신관이던 욤펜을 이곳으로 내려온 사람은 다름 아닌 로아나였다.

욤펜을 데려왔다고 함은 단순히 장소를 이야기하는 것만이 아니었다. 로아나는 황가와 신황 사이의 알력 싸움에 욤펜을 끌어들이고 말았다.

신을 모시고 신황에게 충성하는 자에게 신황의 뜻에 반하는 행위를 한다는 건 신을 배반하는 행위와 진배없었다.

로아나는 지금 욤펜의 심정이 어떠할지 진심으로 이해하고 있었다. 처음 레오디안을 만나고, 머지않아서 레오디안의 뜻에 함께하기로 결정했을 때, 그때 로아나는 평생을 맹목적으로 따라온 신황에게 생전 처음으로 의문을 품게 되었고, 거대한 상실감에 시달렸다.

아마 현재 눈앞의 욤펜 역시도 그때 당시의 자신이 느낀 것과 별반 다를 바 없는 감정 느끼고 있을 것이었다. 로아나는 조심스럽게 욤펜의 낯빛을 살피며 말문을 열었다.

"아무래도 욤펜 대신관은 신전으로 돌아가기를 망설이고 있는가 보군요."

"아니, 아닙니다. 단순히 그런 것이 아니라, 저는……."

"그럼 이곳에서 며칠 더 머무르면서 휴식을 취하도록 해요."

로아나는 아까부터 욤펜이 무슨 이야기를 하고 있는 건지 누구보다도 잘 이해하고 있었다. 하지만 로아나는 아무것도 모르는 척 욤펜의 말허리를 잘라 내고서 말했다.

"사실 저도 당장 신성지로 돌아가는 건 조금 두려웠거든요."

"……."

"무엇보다도 욤펜 대신관에게는 생각할 시간이 좀 필요한 것 같으니까요."

로아나는 대수롭지 않다는 듯 말을 맺고는 태연하게 차를 마셨다. 그런 로아나를 멍하니 바라보던 욤펜이 잠시 뒤 힘없이 고개를 끄덕였다.

* * *

레오디안은 평소보다 조금 이른 시간에 집무를 마쳤다. 오늘 아침, 웬일인지 리리엔이 엘시아와 함께 레오디안을 배웅하면서 레오디안에게 '명령'을 내렸기 때문이었다.

'엘시아하고 단둘이서 파이 먹었다면서? 나만 쏙 빼놓고!'

정확히 말하자면 파이를 먹은 것은 오직 엘시아뿐이었다. 레오디안은 파이에 손도 대지 않았지만, 그건 리리엔에게는 결코 중요하지 않은 사실이었다.

'나도 파이 먹고 싶은데, 치사하게 둘이서만 먹고…….'

리리엔은 엘시아와 레오디안이 저를 빼놓고 달콤한 디저트를 먹었다는 사실이 불만스럽다는 듯 한껏 불퉁한 표정을 지었다.

레오디안은 당장 마차를 타고 집결지로 향해야 했지만, 온몸으로 불만을 표하고 있는 리리엔을 뒤로한 채로 몸을 돌리지 못했다.

하여 레오디안이 묵묵히 리리엔을 내려다보고 있는데, 여태 옆에서 조용히 상황을 지켜보던 엘시아가 리리엔을 만류했다.

'리리엔, 대공님이 곤란해하시잖아.'

리리엔은 엘시아가 레오디안의 편을 든다고 여긴 건지, 대번에 서럽다는 듯이 입술을 꾹 깨물고서 엘시아를 바라보았다. 그러다가 돌연 홱 고개를 돌려 레오디안을 쳐다봤다.

'나는 오늘 꼭 파이를 먹어야겠어.'

리리엔이 마치 무슨 중대한 결정이라도 내린 사람처럼 선언했다.

'다른 파이 말고, 엘시아하고 레오디안이 나를 쏙 빼놓고서 단둘이 사이좋게 먹었던 그 파이를 먹을 거라고.'

리리엔은 검지를 곧게 펴더니, 그것으로 엘시아와 레오디안을 차례로 가리키면서 말을 이었다.

'그리고 그 파이를 엘시아하고 레오디안이 사다 줬으면 좋겠어. 알겠지?'

리리엔의 박력에 엘시아가 얼떨결에 고개를 끄덕였다. 그 모습을 확인한 리리엔이 대답하라는 듯 레오디안을 빤히 쳐다봤고, 레오디안은 리리엔이 원하는 대로 선선히 고개를 주억거려 주었다.

그것이 오늘 아침의 일이었고, 현재 레오디안이 집결지를 나설 채비를 서두르고 있는 이유였다.

레오디안이 겉옷을 걸친 것을 마지막으로 사택으로 돌아갈 준비를 마쳤을 때, 때마침 페이렌이 집무실 안으로 들어섰다.

페이렌은 오늘 아침 레오디안으로부터 일찍이 일과를 마치고 사택으로 돌아갈 것이란 계획을 들어서 알고 있었다.

"밖에 마차를 준비시켜 놨습니다."

"그래, 수고했다. 이만 나가지."

"예."

레오디안과 페이렌은 함께 집무실을 나섰다. 그리고 두 사람은 그 길로 곧장 지체 없이 집결지를 떠나기 위해 걸음을 재촉해 복도를 걸었다.

그러던 중 마침 근처를 지나가던 기사들이 레오디안과 페이렌을 발견하고

서 두 사람에게 차례로 인사를 건넸다. 두 사람은 기사들의 인사에 적당히 응하면서 건물 밖으로 향했다.

건물 밖에는 페이렌이 준비시켜 놓은 마차가 서 있었다. 마차 앞을 지키고 있던 마부가 레오디안과 페이렌에게 꾸벅 인사했다.

마부의 인사를 받은 레오디안이 먼저 마차에 오르고, 페이렌이 레오디안의 뒤를 따라 걸음을 내디뎠을 때였다.

"로렐라인 경."

페이렌은 자신을 부르는 목소리에 힐끗 시선을 돌렸다. 그곳에는 케일런이 서 있었다.

"지금 돌아가시는 겁니까?"

"그래."

페이렌은 가볍게 고개를 끄덕여 보이고는 케일런을 물끄러미 바라보았다. 그렇게 새삼스러운 시선으로 케일런의 모습을 훑어본 페이렌이 이내 입을 열었다.

"그런데 경이 집결지에는 웬일이지? 혹시 무슨 일이 생기기라도 한 건가?"

"아, 특별히 무슨 일이 생긴 것은 아닙니다. 신황 성하께서 제게 명하신 것이 있어 집결지에 들르게 되었지만 별일은 아니니 신경 쓰지 마십시오."

신황의 명이 무엇일까, 순간 페이렌의 머릿속에 의문이 떠올랐다. 하지만 페이렌이 그 의문을 입 밖으로 내어놓기 전, 케일런이 선수를 쳤다.

"다만 경을 뵙는 게 오랜만이라는 생각에 인사를 나누려고 경의 발걸음을 잡게 되었습니다."

"……그렇군."

케일런의 말 그대로였다. 페이렌이 지금처럼 케일런을 마주친 것은 실로 오랜만의 일이었다.

케일런은 꽤 오랜 시간을 레오디안의 휘하에 있었으나, 신황이 신전 순회를 마치고 신성지로 돌아온 뒤에 신황의 호위 기사로 임명되었다. 그 이후로 페이렌은 케일런을 마주할 만한 일이 없었다.

그도 그럴 것이 케일런이 신황의 호위 기사가 되면서 페이렌과 케일런의 접점은 사라져 버렸다. 또한 페이렌은 레오디안의 부관으로, 당연하게도 레오디안 곁에서 대부분의 시간을 함께했다. 그러니만큼 따로 약속을 잡은 게 아니고서야 서로 자주 만나지 못하는 것도 당연했다.

페이렌은 가만가만 고개를 끄덕이다가 직전 케일런이 빠르게 말을 이은 탓에 미처 꺼내지 못한 의문을 입 밖에 냈다.

"그런데 신황 성하가 자네에게 무슨 명을 내린 것이지?"

케일런은 신황의 호위 기사가 된 이래 한시도 신황의 곁을 떠나지 않고 신황을 지켰다. 그러니만큼 페이렌이 집결지에서 케일런을 만난 것은 뜻밖의 상황이었다.

"아, 다름이 아니라……."

케일런이 돌연 품을 뒤적이더니 품에서 무언가를 꺼내 내보였다. 그에 페이렌은 시선을 내리깔고는 케일런의 손에 들린 것에 눈길을 주었다.

케일런의 손에는 빛 한 점 스며들지 못할 듯한 새까만 주머니가 들려 있었다. 케일런의 한 손에 쏙 들어올 정도로 조그만 크기의 주머니였다.

"이전에 신황 성하의 호위 기사로 있다가 현재 이곳 신전 기사단 소속이 된 기사에게 이것을 전하라 하셨습니다."

케일런은 거리낄 것 없다는 듯 사정을 이야기했다. 잠자코 케일런의 목소리에 귀를 기울이고 있던 페이렌이 천천히 입을 열었다.

"그 주머니 안에 무엇이 들었는지 알고 있나?"

"……아뇨, 그건 모릅니다."

페이렌이 그런 질문을 할 줄은 예상치 못했다는 듯 순간 눈을 크게 떴던 케일런이 곧 고개를 저었다. 그러자 페이렌이 그러한 케일런의 낯을 가만 바라보다가 다른 질문을 건넸다.

"이전에 신황 성하의 호위 기사로 있던 자라면, 로먼 경을 이야기하는 것인가?"

"예, 그렇습니다."

케일런이 고개를 끄덕였다.

"그것을 내가 대신 전해 줘도 되겠나?"

"……예?"

"신황 성하께는 자네가 로먼 경에게 주머니를 전했노라 고하고 말이야."

"……."

페이렌의 갑작스러운 제안에 케일런은 선뜻 대꾸를 하지 못했다. 그저 당황한 표정을 지은 채로 페이렌을 멍하니 바라보았다.

케일런은 꽤나 오랜 시간 동안 대답을 망설였다. 그러자 그런 케일런의 모습을 잠자코 지켜보던 페이렌이 말문을 열었다.

"혹시라도 내가 그 주머니를 빼돌리기라도 할까 봐 염려스러운 것이라면, 신께 맹세컨대 로먼 경에게 주머니를 무사히 전해 줄 테니 걱정하지 말게."

"경을 의심하지 않습니다."

페이렌이 말을 끝마치기가 무섭게 케일런이 말을 꺼냈다. 그러고는 조금 전까지만 해도 말을 망설이고 있던 사람이라고는 믿을 수 없을 정도로 빠르게 말을 이었다.

"그럼 이것을 경에게 드릴 테니, 제 대신 로먼 경에게 전해 주십시오."

페이렌이 고개를 끄덕이고는 곧 케일런이 내민 주머니를 건네받았다.

"갑작스러운 제안에 당황했을 텐데도 내 뜻을 따라 주어 고맙군."

"아닙니다. 경께서 제 수고를 덜어 주셨으니 저야말로 경에게 감사해야지요."

"자네가 그렇게 생각해 주니 다행이야. 그럼, 나는 이만 가 봐야겠네."

예상치 못하게 케일런을 만나게 되어 시간을 꽤나 지체하고 말았다. 페이렌은 마차에서 자신을 기다리고 있을 레오디안의 존재를 상기하고는 말했다.

"시간이 된다면 언제 한 번 따로 만나 회포를 풀 수 있으면 좋겠군."

"예, 언제든지요. 오랜만에 만나 뵈어 진심으로 반가웠습니다."

케일런이 입가에 희미하게 미소를 내건 채로 말을 이었다.

"그럼 살펴 가십시오."

페이렌은 말없이 고개를 끄덕이고는 몸을 돌렸다. 그리고 더는 지체하지 않고 빠르게 마차에 오르자, 그러기가 무섭게 레오디안과 눈이 마주쳤다.

페이렌은 레오디안의 의아한 시선을 한 몸에 받으면서 레오디안의 맞은편 자리에 앉았다.

그러자 이내 마부가 마차의 문을 닫았고, 머지않아서 마차가 움직이기 시작했다. 페이렌은 그제야 비로소 말문을 열었다.

"시간을 지체해 죄송합니다. 다름이 아니라, 케일런 경을 마주쳐서 그와 잠시 이야기를 나눴습니다."

"그가 무슨 일로 집결지를 방문한 거지?"

"신황이 이것을 로먼 경에게 전하라 명했다더군요."

페이렌이 챙겨온 주머니를 레오디안의 눈앞에다 내밀어 보였다.

"아무래도 수상해서 제가 대신 로먼 경에게 전하겠다고 하고 받아 두었습니다."

레오디안은 페이렌이 건넨 주머니를 망설임 없이 열어 보았다. 주머니 안에는 붉은 색채를 띤 풀이 들어 있었다. 그 묘한 향이 나는 풀은 바짝 말려진 상태였다.

"이게 무엇인지 알아보겠니?"

레오디안은 페이렌이 살펴볼 수 있도록 주머니에서 풀을 꺼냈다. 그러자 그것을 유심히 바라보던 페이렌이 이내 고개를 가볍게 흔들었다.

"생전 처음 보는 것입니다. 각하께서도 그게 무엇인지 모르십니까?"

"그래, 전혀 모르겠군."

레오디안은 짐짓 가느다래진 눈으로 풀을 관찰하다가 이윽고 풀을 다시 주머니에 넣었다.

"그대의 말대로 수상하군. 따로 조사해 보는 편이 좋겠어."

주머니를 갈무리해 품에 잘 챙겨 넣은 레오디안이 창밖으로 시선을 돌렸다. 그에 페이렌 역시도 창밖에 눈길을 두었다.

이윽고 마차 안에 자연스럽게 정적이 찾아들었다. 그 고요한 적막을 한 몸에 두른 채로 마차는 지체 없이 사택을 향해서 길을 달렸다.

* * *

그 시각, 엘시아는 오랜만의 외출 준비를 하고 있었다.
"언니, 그거 답답하지 않아?"
엘시아가 옷을 갈아입는 동안, 그 모습을 묵묵히 지켜보고 있던 리리엔이 문득 침묵을 깨고 물었다. 엘시아가 새까만 리베라를 머리에 썼을 무렵이었다.
"답답할 것 같은데 그거 안 쓰면 안 돼?"
"어? 그렇게 답답하지는 않은데……."
엘시아가 허리께까지 길게 늘어진 리베라 자락을 만지작거리며 중얼거렸다.
사실 머리 위에 무언가를 쓰고 있는 게 익숙하지 않아 답답하기는 했다. 하지만 하얗게 변한 머리카락도 익숙하지 않기는 마찬가지였다.
엘시아의 머리칼이 새하얀 눈처럼 탈색되고 만 것은 꽤 오래전 일이었지만, 아직까지도 엘시아의 눈에는 하얀 머리칼을 한 자신이 영 낯설게만 보였다.
엘시아가 어색한 기색이 역력한 표정으로 거울 속에 비친 자신의 모습을 물끄러미 바라보는데, 엘시아의 머릿속을 훤히 다 들여다본 것처럼 리리엔이 말했다.
"언니는 하얀색 머리카락도 잘 어울려."
"……어?"
"머리카락이 검은색이었을 때도 이뻤지만, 지금은 그때하고 다른 매력이 있다고."
묘하게 가라앉은 엘시아의 낯빛을 눈치챈 리리엔이 일부러 과장된 목소리로 장난스럽게 말했다.

"그러니까 가리지 마, 응?"

리리엔은 분위기를 환기시킬 작정으로 개구진 미소를 지었다. 그러면서 돌연 엘시아의 품에 답삭 안겨 들었다.

"언니가 죄를 지은 것도 아닌데 왜 그렇게 가리고 다녀."

안 그랬으면 좋겠어, 하고 덧붙인 리리엔이 엘시아의 품에 고개를 비비적거렸다. 그에 짐짓 곤란해진 엘시아는 아무런 대꾸도 하지 못하고 그저 어색하게 미소를 지었다.

그때, 문득 누군가 문을 두드리는 소리가 방 안에 울려 퍼졌다. 엘시아는 난감한 상황에서 벗어날 수 있게 되었다는 생각에 내심 반색하며 문 너머의 누군가에게 들어오라고 말했다.

그러자 머지않아서 문이 열렸다. 열린 문 사이로 집사 헤이온이 모습을 드러냈다.

헤이온은 침실 한가운데에서 서로를 끌어안고 있는 엘시아와 리리엔의 모습을 잠시 바라보다가 이윽고 용건을 꺼냈다.

"엘시아 님, 준비는 다 마치셨습니까? 대공 각하께서 돌아오셨습니다."

헤이온의 말을 들은 리리엔이 여태 엘시아의 품에 파묻고 있던 고개를 번쩍 들어 올렸다. 그러고는 엘시아를 올려다보면서 빈찍 눈을 빛냈다.

"언니, 빨리 나가자. 레오디안 마중하러 가야지."

리리엔이 엘시아의 팔을 끌어당기며 재촉했다. 엘시아는 가볍게 웃으며 리리엔이 이끄는 대로 걸음을 옮겼다.

그렇게 복도로 나오기가 무섭게 리리엔이 엘시아의 등을 떠밀었다. 엘시아가 당황해서 고개를 돌리자, 어느덧 자리에 우뚝 멈추어 선 리리엔이 활짝 미소를 지으면서 엘시아를 향해 손을 팔랑팔랑 흔들었다.

"나는 하이드한테 가 볼게. 언니는 얼른 레오디안한테 가 봐."

"그래, 알았어."

엘시아는 난감한 마음을 애써 숨긴 채로 리리엔에게 마주 미소를 지어 보이고는 걸음을 옮겼다. 그런 엘시아의 뒤를 헤이온이 묵묵히 따라 걸었다.

건물 밖으로 나오자 저택 앞에 멈추어 있는 마차 한 대가 보였다. 마차 앞에는 레오디안과 페이렌이 서 있었다. 두 사람 중 엘시아를 가장 먼저 발견한 사람은 레오디안이었다.

레오디안은 거짓말처럼 엘시아의 기척을 대번에 알아차리고는 고개를 돌렸다. 그로 인해 엘시아는 곧장 레오디안의 푸른 눈동자를 맞닥뜨렸다.

엘시아는 어색한 미소를 지으며 레오디안이 서 있는 곳으로 다가갔다. 페이렌은 그제야 엘시아의 존재를 알아차리고는 엘시아에게 시선을 두었다.

머지않아서 엘시아는 레오디안과 페이렌의 지척에서 멈추어 섰다. 그리고 눈앞의 두 기사를 차례로 바라보았다.

"오셨어요."

엘시아는 인사를 건네는 것으로 말문을 열었다. 최근 매일같이 레오디안을 배웅하고 마중해 온 엘시아는 어느새 상대방에게 먼저 인사를 건네는 것에 꽤나 익숙해졌다.

"식사는 했습니까?"

"네."

"그럼 이대로 나가면 되겠군요."

레오디안에게 식사를 했냐는 물음으 되돌리려고 했던 엘시아가 멈칫해서 레오디안을 바라보았다.

아무래도 레오디안은 옷을 갈아입지 않고 곧장 외출할 요량인 듯했다. 엘시아는 새삼스럽게 레오디안의 차림새를 훑어보았다.

레오디안과 페이렌은 얼핏 보기에는 비슷해 보이는 정복 차림이었는데, 그 짙은 남색 정복은 자세히 보면 서로 다른 구석이 있었다.

가장 눈에 띄게 다른 점은 두 사람의 양쪽 어깨 위에 자리한 견장이었다. 페이렌의 은빛 견장과 다르게 레오디안의 것은 금빛이었고, 그리고 조금 더 화려해 보이는 문양이 새겨져 있었다.

무엇보다도 레오디안의 가슴께에는 수많은 공훈 훈장이 수놓인 듯이 자리해 있었다. 페이렌도 꽤 많은 훈장을 옷 위에 달고 있었지만, 레오디안에게

비할 바는 못 되었다.

"리리엔은 무엇을 하고 있지?"

레오디안이 엘시아의 뒤에 잠자코 서 있던 헤이온을 향해서 물었다. 헤이온이 곧바로 대꾸했다.

"리리엔 아가씨는 하이드 도련님과 시간을 보내겠다며 도련님의 침실로 가셨습니다."

"그렇군."

"각하께서는 지금 바로 외출을 하시는 겁니까?"

레오디안이 고개를 끄덕였다. 그리고 엘시아를 향해 고개를 돌렸다. 이내 레오디안의 잠잠한 시선이 엘시아의 머리 위를 찰나 스치듯 닿았다가 떨어져 나갔다.

그를 눈치챈 엘시아는 리리엔이 그러했듯 어쩌면 레오디안 역시도 리베라를 쓴 자신의 모습을 신경 쓰고 있는 것일지도 모른다는 생각을 했다.

그런 생각이 들었기 때문일까. 엘시아는 저도 모르게 리베라 자락을 만지작거렸다.

그때, 레오디안이 침묵을 깨고 말했다.

"이민 마차에 오르시겠습니까."

엘시아는 가볍게 고개를 끄덕였다. 그리고 헤이온과 페이렌을 향해서 인사를 했다.

"다녀올게요."

"예, 엘시아 님. 부디 조심히 다녀오십시오."

엘시아는 주저 없이 걸음을 내디뎌 마차 가까이로 다가갔다. 그런 엘시아의 뒤를 따라온 레오디안이 곧 엘시아를 향해서 손을 내밀었다.

그 손을 잡고 마차에 탄 엘시아가 자리에 앉자, 어째선지 레오디안이 힐끔 뒤를 향해 시선을 주더니 말했다.

"잠시 여기 앉아 계십시오."

"네."

엘시아는 무심코 또 고개를 끄덕거리다가, 지금 자신의 모습이 꼭 말 잘 듣는 어린애 같다 생각했다.

레오디안은 그런 엘시아를 뒤로 하고 다시 페이렌과 헤이온이 서 있는 곳으로 다가갔다.

레오디안은 그를 기다리고 있는 엘시아를 의식한 건지, 걸음을 멈추어 서기가 무섭게 페이렌에게 곧장 용건을 꺼내 놓았다.

"이것을 서재에 가져다 두도록."

"예, 각하."

레오디안이 페이렌에게 건넨 것은 다름 아닌, 페이렌이 집결지에서 만난 케일런에게서 받아 둔 주머니였다.

페이렌이 주머니를 챙기는 모습을 확인한 레오디안이 이번에는 헤이온을 향해서 말했다.

"내 서재에 아무도 출입할 수 없도록 서재 문을 잠그고, 열쇠는 내가 돌아올 때까지 그대가 몸에 지니고 있게."

"예, 알겠습니다."

헤이온이 주저 없이 대꾸하고는 물었다.

"더 지시할 사항은 없으십니까?"

"그래, 이만 안으로 들어가게."

"예, 각하. 그럼 다녀오십시오."

"다녀오십시오."

헤이온과 페이렌의 인사에 고개를 끄덕이는 것으로 답을 대신한 레오디안이 지체하지 않고 몸을 돌렸다.

곧바로 마부에게 다가간 레오디안은 마부에게 목적지를 알렸다. 그리고 활짝 열려 있는 마차의 문 너머로 보이는 엘시아를 응시하며 마차에 올랐다.

"시가지가 멀지 않으니 파이 가게에 금방 도착할 겁니다."

레오디안이 그렇게 말하자 기다렸다는 듯이 마차 문이 닫히고 걸쇠가 걸리는 소리가 났다.

엘시아는 이윽고 마부가 마부석에 오르는 모습을 가만히 바라보다가, 어느 순간 문득 머릿속을 스친 생각에 입을 열었다. 마부가 말을 재촉해 마차를 끌어 길을 가로지르기 시작했을 무렵이었다.

"신성지 지리를 잘 아시나 봐요."

레오디안은 엘시아가 이러한 화제를 꺼내리라고는 예상하지 못한 탓에 일순 의외라는 듯 엘시아를 바라보다가 이내 고개를 끄덕였다.

"이곳에서 5년 정도 살았습니다."

5년이라니. 엘시아는 예상치 못한 레오디안의 말을 멍하니 되뇌었다. 그러다가 혹시나 하는 생각이 들어 레오디안을 향해서 물었다.

"……혼자서요?"

"예, 혼자서."

레오디안이 대수롭지 않다는 듯 대답하자 엘시아는 놀라 눈을 크게 떴다. 그도 그럴 것이 엘시아는 지금껏 레오디안이 평생 제도에서 지냈으리라 짐작하고 있었다.

무엇보다도 레오디안이 신성지에서 몇 년간 혼자서 지냈다는 사실이 놀라웠다. 엘시아는 당황을 금치 못한 채로 레오디안을 물끄러미 쳐다보았다.

레오디안은 여느 때와 다름없이 의연한 표정을 짓고 있었다. 엘시아는 꽤 한동안 망설이다가 조심스럽게 말문을 열었다.

"……어째서 혼자서 지내셨는데요?"

레오디안은 잠시 말없이 엘시아를 응시하다가, 머지않아서 담담한 표정으로 침묵을 깼다.

"당신도 알고 계시다시피 제 부모님은 오래전에 돌아가셨습니다."

어느 날 돌연 리리엔이 사라지고, 그로부터 1년가량의 시간이 흘렀을 때, 로켄페데스 대공 부처는 한날한시에 운명을 달리했다.

"부모님이 돌아가셨을 당시에는 부모님이 비운의 사고로 돌아가셨다 알려졌습니다만."

"……"

"저는 그 사고에 석연치 않은 구석이 있다고, 어쩌면 그게 단순한 사고가 아닐지 모른다고 의심했습니다."

레오디안이 그렇게 말을 맺고는 입술을 꾹 맞물었다. 그러자 마차 안에 짐짓 무거운 정적이 내려앉았다.

마차가 길을 내달리며 내는 소리나 어디선가 아스라이 들려오는 정체 모를 소음 따위가 근근이 적막 속을 파고들어 왔다.

그러한 와중, 조용히 시선을 내려뜨린 채로 엘시아는 괜한 것을 물어봐서 분위기를 무겁게 만들고 말았다고 후회를 했다.

이미 내뱉은 말을 주워 담을 수는 없지만, 분위기를 적당히 환기시킬 수는 있었다. 아무래도 이쯤에서 화제를 돌리는 편이 나을 것 같다는 생각을 한 엘시아가 입을 열었을 때였다.

"그리고 그 의심은 타당한 것이었습니다."

레오디안의 가라앉은 목소리가 적막한 마차 안에 무겁게 내려앉았다.

"저는 부모님이 사고로 인해 돌아가신 게 아니라, 사실은 누군가에게 살해당한 것이라는 증거를 찾아냈습니다."

레오디안은 자신이 언제 침묵을 지키고 있었냐는 듯, 조금도 망설이는 기색 없이 말을 이었다.

"제가 제도를 떠나기로 결정한 것은 그래서였습니다. 부모님을 살해한 범인이 제도에 살고 있었으니까."

"……."

"저는 성인이 될 때까지 이곳 신성지에서 지내면서 선대 신황의 보호 아래에서 목숨을 부지했습니다."

어째서 신성지에서 홀로 지냈냐는 엘시아의 물음에 대한 레오디안의 상세한 대답은 그렇게 끝이 났다.

말을 마친 레오디안이 입을 다물자, 꼭 약속이라도 한 것처럼 마차가 멈추어 섰다.

레오디안은 기다렸다는 듯이 자리에서 일어났다. 엘시아는 그런 레오디안을 멍하니 올려다보았다.
"나중에 선대 신황에 관한 이야기도 해 드리겠습니다."
레오디안은 마치 아무런 일도 없었다는 듯이 태연하게 말했다. 마냥 얼떨떨한 표정을 짓고 있던 엘시아는 저도 모르게 고개를 끄덕였다.
그 힘없는 고갯짓을 지켜보던 레오디안이 엘시아를 향해서 손을 내밀었다. 엘시아가 반사적으로 그 손을 잡자, 레오디안의 입꼬리가 살짝 위로 올라갔다.

* * *

하이드는 눈에 띄게 시무룩한 표정을 짓고 있었다. 그뿐만 아니라 아까부터 하이드는 힘이 빠져 축 늘어진 어깨를 하고서 기운 없는 시선으로 연신 창밖을 힐끗거렸다.
여태 그런 하이드의 모습을 잠자코 바라보고 있던 리리엔이 결국 와락 미간을 일그러뜨렸다.
"엘시아가 나간 지 한 시간도 안 지났거든?"
사정을 모르는 사람이 지금 이 모습을 본다면, 하이드가 엘시아를 며칠째 기다리고 있는 줄 오해하고도 남았다. 그 정도로 하이드는 누가 보더라도 실의에 빠진 사람처럼 보였다.
다만 그런 하이드의 모습이 리리엔에게는 그저 우습게만 보인다는 점이 문제라면 문제였다.
리리엔은 어린아이처럼 맹목적으로 엘시아만 기다리고 있는 하이드가 정말이지 한심하기 짝이 없다고 생각했지만, 그 생각을 말로 내뱉지는 않았다. 대신 다른 말을 꺼냈다.
"엘시아가 돌아올 때까지 거기서 계속 그러고 있을 거야?"
"……."
"그렇게 시간 낭비하지 말고 이리 와."

하이드가 느릿하게 고개를 돌려 비로소 리리엔에게 시선을 주었다. 어디 나사 하나 빠진 듯 보이는 하이드의 모습에 또다시 작게 혀를 찬 리리엔이 곧 의젓하게 권했다.

"이리 와. 나랑 같이 책 읽자."

리리엔은 마냥 어린애 같은 하이드와 달랐다. 보채지 않고 기다리면 보상이 주어진다는 것을 잘 알고 있었다. 리리엔은 가볍게 미소를 지으며 말했다.

"책 읽고 있다 보면 엘시아가 돌아올 거야."

그 순간, 하이드는 제 눈앞의 미소 짓는 리리엔의 낯이 엘시아의 웃는 얼굴과 제법 닮아 있다는 느낌을 받았다. 그동안 리리엔에게서 엘시아를 겹쳐 본 적은 단 한 번도 없었던지라, 하이드는 저도 모르게 새삼스럽다는 듯한 눈빛으로 리리엔을 바라보게 되었다.

그런 하이드의 묘한 표정을 알아차린 리리엔이 의아한 마음에 고개를 갸웃했다.

"……뭐야, 왜 그렇게 쳐다보는데?"

"그냥."

하이드가 성의 없이 대답했다. 그에 완만한 호선을 그리고 있던 리리엔의 붉은 입술이 조금쯤 딱딱하게 굳어졌다.

"그냥은 뭐가 그냥이야?"

하이드는 입술을 꾹 다물고서 아무런 대꾸도 하지 않았다. 리리엔은 탐탁지 않은 시선으로 하이드를 바라보다가, 이내 어이가 없다는 듯 혀를 찼다.

"하아, 정말……. 너하고 무슨 얘기를 하겠어. 됐으니까 얼른 이리로 와서 앉기나 해."

리리엔은 자신의 옆자리를 손으로 툭툭 두드렸다. 그제야 하이드가 여태 앉아 있던 자리에서 일어나 리리엔에게 다가갔다.

"너는 엘시아가 걱정되지 않아?"

"……갑자기 그게 무슨 소리야."

리리엔은 영문을 모르겠다는 듯 하이드를 돌아보았다. 하이드는 어딘지 뚱한 표정을 짓고 있었다. 어느덧 입술은 꾹 맞문 채였다.

방금 전 뜬금없는 말을 꺼내 놓은 주제에 이제는 침묵을 지키는 하이드가 정말이지 어이가 없었지만, 그것을 구태여 내색하지 않고 리리엔이 말했다.

"나는 언제나 엘시아를 걱정해."

하이드가 감히 가늠조차 할 수 없을 만큼, 엘시아를 생각하는 리리엔의 마음은 실로 거대했다.

"엘시아를 사랑하는 만큼 엘시아를 걱정해. 아주 오래전부터 그랬어."

리리엔은 덤덤하게 말을 맺었다. 그러자 묘한 눈빛으로 리리엔을 빤히 응시하던 하이드가 대뜸 한 마디를 툭 내뱉었다.

"그런데 너는 지금 아무렇지도 않아 보여."

"……뭐가?"

리리엔이 고개를 갸웃하며 되물었다.

"엘시아가 밖에 나갔는데도 너는 아무런 걱정도 안 하고 있는 것 같아."

"그게 왜?"

리리엔은 하이드의 말을 진심으로 이해할 수 없어서 재차 되물었다. 그러자 하이드가 조금 전보다도 더 뚱한 표정을 짓더니 드물게 빠른 속도로 말을 이었다.

"엘시아한테 무슨 사고가 생길지도 모른다는 생각은 안 하는 거야?"

"……."

"나는 아까부터 계속 그런 생각을 하고 있었어. 그랬더니 속이 안 좋아졌어."

아까부터 대체 무슨 소리를 하고 있는 건가 했더니. 허탈해진 리리엔이 가볍게 실소했다. 아무래도 하이드는 밖에 나간 엘시아가 무슨 사고라도 당할까 봐 걱정인 듯했다.

엘시아가 하이드와 리리엔을 모두 남겨 둔 채로 외출한 것은 이번이 처음이기는 했다. 하지만 그 사실을 고려해 본다고 할지라도, 현재 리리엔의 눈에 하이드는 조금 과하게 걱정하는 면이 있어 보였다.

그래서일까. 여태 하이드의 얼굴이 어째 퉁하게 보인다고만 생각했는데, 지금 다시 보니 얼핏 파리하게 질린 것처럼 보이기도 했다. 리리엔이 하이드의 낯을 새삼 유심히 살펴보고는 입을 열었다.

"속이 안 좋아?"

"응. 막 울렁거려. 이런 적 없었는데."

리리엔은 조심스럽게 하이드의 뺨에 손을 가져다 댔다. 하이드의 뺨은 무척 서늘했다.

"……혹시 토할 것 같아? 토할래?"

하이드가 멍하니 리리엔을 쳐다보다가, 이내 고개를 가볍게 흔들고는 리리엔의 손에 얼굴을 비비적댔다.

리리엔은 하이드를 밀어내지 않고, 하이드가 하는 양을 잠자코 지켜보았다. 이럴 때 보면 하이드는 마냥 어린애처럼 느껴졌다.

하지만 리리엔은 하이드를 단순히 어린애로만 보아서는 안 된다는 사실을 누구보다도 잘 인지하고 있었다.

다만 리리엔은 아까부터 엘시아를 걱정하느라 영 맥을 못 추고 있는 하이드를 매몰차게 대하고 싶지는 않아서, 하이드가 마음껏 어리광을 부리도록 가만 놔두었다.

그렇게 리리엔은 자신의 손을 하이드에게 내맡긴 채로 멍하니 시간을 흘려보냈다. 그러고 있다 보니 하이드의 안색이 조금 나아졌다. 그것을 눈치챈 리리엔이 침묵을 깨고 말문을 열었다.

"엘시아는 걱정하지 마."

하이드가 리리엔의 말을 이해할 수 없다는 듯 의아한 눈빛으로 리리엔을 응시했다. 리리엔은 애써 대수롭지 않게 말을 이었다.

"적어도 오늘은 걱정할 필요 없어. 레오디안이 엘시아의 곁에 있잖아. 레오디안은……."

말을 하다가 말고 돌연 말끝을 흐린 리리엔이 애꿎은 입술을 질끈 깨물었다. 아무렇지도 않은 것처럼 태연하게 말하려고 했는데, 그게 생각처럼 잘 안 된 탓이었다.

리리엔은 크게 숨을 들이마셨다가 내쉬었다. 그러고는 조금 전 미처 끝맺지 못한 말을 이어 붙였다.

"레오디안은 무슨 일이 있어도 엘시아를 지켜 줄 거야."

리리엔은 자신이 몸소 경험한 바, 레오디안이 어떻게든 엘시아를 지켜 주리라는 사실을 굳게 믿어 의심치 않았다.

"그러니까 너하고 나는 엘시아가 돌아올 때까지 그냥 가만히 기다리고 있기만 하면 돼."

하이드의 뺨을 한 번 스치듯 쓰다듬어 준 것을 마지막으로, 리리엔은 여태 하이드의 뺨을 감싸고 있던 손을 떼어 냈다. 그러고는 테이블 위에 올려둔 책을 펼쳤다.

"동화책 좋아해?"

리리엔이 아무렇지도 않게 화제를 돌리자, 하이드는 아무런 대꾸를 하지 않고 그저 리리엔을 물끄러미 바라보기만 했다.

"나는 되게 좋아해. 엘시아가 자주 읽어 줘서 좋아하게 됐어."

"그럼 나도 좋아."

한참 만에야 비로소 입술을 연 히이드가 그렇게 말했다.

아직 책을 읽어 보지도 않았으면서 대체 뭘 안다고 좋다고 하는 건지 모를 일이었다. 리리엔은 피식, 입술 사이로 바람이 새는 듯한 웃음소리를 흘려보냈다.

"내가 읽어 줄게."

"응. 좋아."

리리엔은 멍하니 고개를 끄덕거리는 하이드를 보고 또다시 가볍게 웃음을 터뜨렸다. 그러면서 책의 첫 장을 넘겼다.

이윽고 선과 악이 치열하게 대결한 끝에 결국 선이 승리를 쟁취하는, 그러한 흔한 이야기의 서두가 펼쳐졌다.

리리엔은 무릇 선과 악이라는 것은 칼로 무를 자르듯 딱 잘라 구분 지을 수는 없는 무언가라 여기고 있었다. 하지만 대부분의 책에서는 선과 악을 명백하게 나누어 대립시켰다. 그게 굉장히 우습기 그지없는, 말도 안 되는 일이라고 생각하면서 리리엔은 책의 첫 문장을 읽었다.

* * *

레오디안의 에스코트를 받아서 마차에서 내리자, 눈앞에 새하얀 거리가 펼쳐졌다. 엘시아는 새삼스럽게 거리의 정경을 바라보았다.

신성지를 방문한 것은 처음이 아니었지만, 엘시아가 시가지에 와 볼 기회가 없었다. 이렇듯 인파로 가득한 시가지를 걷는 건 이번이 처음이었다. 그래서인지 감회가 새로웠다.

무엇보다도 이곳 신성지의 거리는 제도의 거리와는 다른 매력이 있었다. 제도의 거리도 충분히 아름다웠지만, 엘시아는 어째선지 이곳 거리가 더 마음에 들었다.

그런 생각에 엘시아가 거리 곳곳과 그곳을 걷는 사람들의 모습을 유심히 관찰하듯 보고 있는데, 어느덧 마차를 물리고 돌아온 레오디안이 물었다.

"무엇을 그렇게 봅니까."

레오디안이 곁에 다가오기가 무섭게 기다렸다는 듯이 달콤한 향이 물씬 풍겨 왔다. 무슨 이유에선지 요즘 들어 몰라보게 농밀해진 향이었다. 엘시아는 그 향을 애써 의식하지 않으려고 노력하면서 레오디안에게 시선을 주었다.

레오디안은 마차에서 무거운 이야기를 늘어놓았던 사람답지 않게 의연한 모습으로 엘시아를 마주하고 있었다. 엘시아는 그것이 내심 신기해서 레오디안을 빤히 쳐다보다가, 뒤늦게야 정신을 차리고 대답했다.

"신성지에도 이런 곳이 있을 줄 몰랐어요. 그래서 신기해서……."

엘시아가 어물어물 말끝을 흐리자, 알겠다는 듯 가볍게 고개를 끄덕인 레오디안이 어딘가에 힐끗 시선을 던지면서 말했다.

"가게는 저쪽입니다."

엘시아는 레오디안의 눈길을 따라서 시선을 돌렸다. 그러자 완만하게 경사가 진 거리가 보였다.

거리의 양 옆으로는 새하얀 거리만큼이나 하얀 건물들이 줄지어 늘어서 있었다. 그래서 엘시아는 현재 레오디안이 정확히 어디를 바라보고 있는지 짐작하기가 어려웠다.

"가게를 방문하기 전에 가볍게 근처를 구경하는 것은 어떻습니까."

"……어, 그래도 되나요?"

전혀 예상하지 못한 제안이었다. 그에 엘시아가 휘둥그레진 눈을 하고서 되물었다. 그러자 레오디안이 망설임 없이 고개를 끄덕였다.

"애초에 리리엔도 그것을 바라고 우리가 이곳에 방문할 이유를 만들어 줬다 생각합니다."

사실 엘시아 역시도 레오디안과 같은 생각을 하고 있었다. 리리엔이 어릴 적부터 돌봐 온 엘시아였다. 리리엔은 사려가 깊은 아이라는 사실을 누구보다도 잘 알았다.

리리엔은 엘시아가 곤란해질 만한 일은 전혀 하지 않았고, 괜히 떼를 부리거나 투정을 부리는 일도 없었다. 종종 엘시아에게 이리광을 부리기는 했지만 귀엽게 여길 만한 정도였다.

그런 리리엔이 엘시아와 레오디안이 단둘이서 파이를 먹었다는 이유로 자신도 파이를 먹고 싶다며 엘시아와 레오디안에게 파이를 사 오라고 시켰다.

그건 아마도 리리엔이 하이드가 그러했듯, 요즘 들어 엘시아가 묘하게 기운이 없다는 사실을 눈치챘기 때문일 가능성이 높았다.

괜히 리리엔에게 마음을 쓰도록 만든 것 같다는 생각에 엘시아는 후회스러웠다. 그에 조금씩 어두워진 표정으로 한숨을 내쉬는데, 레오디안이 그런 엘시아에게 권했다.

"괜찮다면 먼저 저쪽부터 가 보도록 하죠."

레오디안이 일전에 가리킨 방향과 반대 방향의 거리를 눈짓했다.

"저쪽 거리에 그림이나 책을 구입할 수 있는 가게가 있습니다."

레오디안은 엘시아가 리리엔에게 책을 읽어 주기를 즐긴다는 사실을 알고 있었다. 그렇기에 꺼낸 제안이었다.

레오디안은 엘시아가 분명 흥미를 보이리라 생각했고, 그러한 레오디안의 예상은 딱 맞아떨어졌다. 엘시아가 희미하게나마 미소를 지으며 고개를 끄덕인 것이다.

엘시아의 승낙에 화답하듯 입꼬리를 조금 끌어 올려 웃은 레오디안은 이내 익숙하게 엘시아를 에스코트하면서 걸음을 옮겼다.

* * *

제스아에서 지냈을 적에 엘시아는 리리엔에게 읽어 줄 만한 동화책을 구입하기 위해서 이웃 마을의 서점에 몇 번이고 방문했었다. 그곳은 엘시아가 하루 만에 오고 갈 수 있는 유일한 서점이었다.

그러나 지금 이 순간, 엘시아는 과연 그곳을 서점이라 불러도 되는 것인가 하는 의문을 떠올리게 되었다.

그도 그럴 것이 레오디안의 안내를 받아서 찾아온 서점은 무척이나 커다랬다. 만약 누군가가 엘시아에게 이 세상에 존재하는 책이란 책은 모조리 다 이곳에 모여 있다고 말한다면, 엘시아는 그 말을 조금도 의심하지 않고 믿을지도 모른다.

서점의 규모도 규모였지만, 무엇보다도 세상에 이렇게나 많은 책이 존재한다는 사실이 가장 놀라웠다. 엘시아는 내심 놀란 마음을 감추지 못한 채로 연신 주위를 둘러보았다.

한편, 여태 그런 엘시아의 모습을 잠자코 지켜보던 레오디안이 천천히 말문을 열었다.

"천천히 둘러보십시오. 저는 저곳에 앉아 있겠습니다."

엘시아는 그제야 레오디안에게 시선을 주었다. 엘시아와 눈이 마주치자 레오디안이 서점 한편에 놓인 소파를 눈짓했다. 그런 레오디안의 손에는 웬 책 한 권이 들려 있었다.

그 두꺼운 책을 엘시아가 물끄러미 내려다보는데, 문득 레오디안이 대수롭지 않다는 듯이 말했다.

"이 서점에는 잠시나마 책을 읽어 볼 수 있게끔 자리가 마련되어 있습니다. 저는 이 책을 읽고 있을 테니, 편하게 구경하십시오."

레오디안은 꼭 이곳이 무척이나 익숙한 사람처럼 보였다. 대개 바쁜 일정을 소화하는 레오디안에게 한가로이 서점에 자주 들를 만한 여유는 없다는 걸 알고 있는데도 그렇게 느껴졌다.

엘시아는 자신과 잠시 시선을 마주한 채로 서 있다가, 머지않아서 몸을 돌리고서 소파를 향해 다가가는 레오디안의 뒷모습에서 그 어떠한 위화감도 찾아볼 수 없었다.

그래서인지 엘시아는 저도 모르는 사이에 레오디안이 책을 좋아했던가 하는 의문을 머릿속에 떠올렸다. 어쩌면 리리엔이 그러하듯 레오디안 역시도 독서를 즐기는 취미가 있는지도 몰랐다.

레오디안과 리리엔은 서로 함께 지낸 시간이 그다지 길지 않았지만, 꽤나 닮은 구석이 많이 있었다. 그것은 비단 두 사람의 외모에만 국한된 이야기가 아니었다.

두 사람은 타인에게 냉정하게 구는 면이 있었지만 한 번 마음을 준 사람에게는 한없이 다정했다. 엘시아는 두 사람이 그런 점에서 서로 많이 닮았다고 생각했다.

그렇게 엘시아는 머릿속으로 이런저런 상념을 더듬으면서 조용히 책을 골랐다. 넓은 서점 안을 꽉 채우고 있다시피 한 책장에 빽빽하게 꽂힌 책들 중, 가장 마음에 드는 책을 고르는 건 그리 쉽지만은 않은 일이었다.

때문에 엘시아는 꽤나 오랜 시간을 소요하고 난 이후에야 비로소 책 한 권을 골라 집을 수 있었다. 책등에 『종의 원형』이라는 글자가 금색으로 새겨진 책이었다.

엘시아는 책을 들고 레오디안이 앉아 있는 곳으로 다가갔다. 그러자 여태 책에 시선을 두고 있던 레오디안이 힐끗 엘시아를 올려다보았다.

하지만 단지 그뿐이었다. 레오디안은 가까이 다가온 엘시아를 보고도 별다른 말을 하지 않았다.

엘시아는 조용히 레오디안의 맞은편에 앉았다. 그리고 책을 펼치자, 잠시간 얼굴에 묵묵히 닿아 있던 레오디안의 시선이 멀어지는 게 느껴졌다. 그 덕분인지 엘시아는 곧 마음 편하게 책을 읽는 데만 집중할 수 있었다.

이윽고 엘시아와 레오디안 사이에는 적막이 찾아들었다. 두 사람이 책장을 넘기는 소리만이 간간이 울려 퍼질 뿐, 그것을 제외한다면 무척이나 고요한 분위기 속에서 두 사람은 각자 책을 읽어 내려갔다.

그것은 폭풍전야의 위태로운 적막 따위가 아닌, 그 어느 때하고는 다르게 안락하다 못해 안전하게까지 느껴지는 고요함이었다.

* * *

엘시아는 해가 뉘엿뉘엿 저물어갈 즈음에야 레오디안과 함께 서점을 나섰다.

아까 전 서점에 발걸음 했을 때처럼 빈손으로 서점을 나온 엘시아하고 다르게, 레오디안의 손에는 엘시아가 읽다가 만 책과 엘시아가 리리엔을 위해 고른 책 몇 권이 담긴 종이봉투가 들려 있었다.

엘시아는 리리엔에게 새로운 동화책을 선물할 생각에 조금 들뜬 채로 하늘을 올려다봤다가, 점차 어두워지고 있는 하늘을 발견하고서 짐짓 표정을 굳혔다.

오늘 레오디안이 집결지에서 일정을 마치고 사택으로 돌아온 것이 정오가 조금 지난 무렵이었고, 엘시아는 레오디안이 귀가하자마자 그와 같이 외출했다. 그때 하늘에는 한낮의 태양이 보란 듯이 걸려 있었는데, 현재 하늘은 차츰 빛을 잃어 가고 있었다. 서점에서 꽤 오랜 시간을 흘려보낸 것이다.

그 사실을 인지한 엘시아는 내심 놀라는 한편, 아차 싶은 마음이 들었다. 자신이 돌아오기만을 기다리고 있을 리리엔이 떠오른 탓이었다.

이렇게나 많은 시간이 흐르도록 그것을 미처 눈치채지 못했다. 스스로 인식하지는 못했지만 오랜만의 외출에 마음이 들떴던 모양이었다. 엘시아는 곤란한 마음이 한껏 드러나 보이는 눈빛으로 레오디안을 올려다보았다.

"이제 돌아가 봐야 하지 않을까요? 시간이 너무 늦은 것 같아요."

"그렇군요. 서점에서 예상했던 것보다 시간을 지체하기는 했습니다."

그렇게 말하는 레오디안이 어딘지 아쉬워하고 있는 것처럼 보여서, 엘시아는 선뜻 아무런 대꾸도 하지 못했다. 다만 레오디안을 물끄러미 올려다보고만 있는데, 이윽고 레오디안의 입술이 천천히 벌어졌다.

"마지막으로 파이 가게를 들른 다음에 오늘은 이쯤에서 돌아가도록 하죠."

"네, 아무래도 그러는 편이 좋겠어요."

엘시아는 레오디안에게 대수롭지 않다는 듯이 대답을 했지만, 엘시아의 머릿속은 퍽 복잡했다. 방금 레오디안의 말이 무슨 뜻인지를 고민하고 있는 탓이었다.

오늘은 이쯤에서 돌아가자는 말은, 그러니까 오늘 말고 다음도 있다는 뜻일까? 엘시아는 공연한 의문을 머릿속으로 더듬어 보다가, 이내 다음에도 같이 나올 수 있다면 좋겠다는 생각을 했다.

예전의 엘시아라면 감히 하지 않았을 생각이지만, 지금의 엘시아는 레오디안과 함께하는 미래를 그렸다.

리리엔과 레오디안의 곁에서 평범한 삶을 살아보고 싶다는 욕심을 내기 시작한 이후, 엘시아의 내면에 생겨난 거대한 변화였다.

17. 어머니

그 시각, 하이드는 곤히 잠이 든 리리엔의 곁을 지키고 있었다.

리리엔은 책을 네 권쯤 읽었을 무렵, 졸음으로 가득 물든 눈을 깜빡거리며 애써 잠이 들지 않으려고 버텼다. 그러나 그러한 노력이 무색하게도 리리엔은 금세 꾸벅꾸벅 졸기 시작했고, 머지않아서 까무룩 잠이 들었다.

그런 리리엔을 침대에 눕힌 것은 하이드였다. 하이드는 리리엔의 목 끝까지 이불을 덮어준 다음, 조용히 침대 맡에 앉아서 리리엔을 가만가만 지켜보았.

그렇게 리리엔의 잠든 낯에 붙박인 하이드의 눈동자는 꽤 오래도록 미동조차 하지 않았다. 짐짓 집요하다 싶을 법한 시선이었으나, 깊이 잠이 든 리리엔은 당연하게도 그 시선을 전혀 눈치채지 못했다.

그렇게 오랜 시간 동안 리리엔의 모습만을 눈에 담고 있던 하이드가 돌연 자리에서 일어선 것은 반쯤 타의에 의한 행동이었다.

하이드는 문득 익숙한 기척을 느꼈고, 그 기척을 모르는 척 무시할 수 없었다. 최근 매일 밤마다 하이드를 자극하고는 했던, 다시는 느끼고 싶지 않던 기척이었기 때문이었다.

하이드는 조용히 리리엔의 침실을 나섰다. 그리고 그 길로 곧장 저택 밖으로 향했다.

리리엔이 세상모르고 잠들어 있는 따스한 공간에서 벗어난 하이드가 스산한 초겨울의 바람이 부는 정원을 가로지를 때까지, 저택을 나가는 하이드의 모습을 그 누구도 목격하지 못했다.

애당초 이곳 저택에 사용인이라고는 집사 헤이온 단 한 명뿐이었다. 거기에 엘시아와 레오디안이 부재한 상황에서 하이드의 발목을 붙잡을 사람은 아무도 없었다.

하이드는 그 어느 때보다도 강하게 풍겨오는 익숙한 냄새를 쫓아 걸음을 재촉했다.

생각한 것보다도 가까운 곳에서 기척이 느껴졌다. 하이드는 엘시아가 돌아오기 전에 처리해야 한다고 생각했다. 처리해야 하는 것이 무엇이 되었든 간에 말이다.

머지않아서 하이드는 푸른 꽃이 주렁주렁 매달린 줄기로 뒤덮인 저택 정문 앞에 당도했다. 하이드는 지체하지 않고 곧장 한 손을 들어 거대한 문을 밀었다. 여태 단단히 닫혀 있던 문이었지만, 문은 거짓말처럼 활짝 열렸다. 하이드의 손에 그다지 힘이 들어가 있지 않았음에도 불구하고 그러했다.

그렇게 순조롭게 저택을 나선 하이드는 이전보다도 빠른 속도로 발걸음을 옮겼다. 길으면 길을수록 아까 진부터 느껴지던 음습한 냄새가 점차 짙어졌고, 그 냄새의 출처와 빠르게 가까워졌다.

그리고 그리 오랜 시간이 지나지 않아서, 하이드는 비로소 매일 밤 아스라이 느껴지고는 했던 기척의 주인을 맞닥뜨렸다.

"하이드."

핏기 없는 입술을 새빨간 립스틱으로 뒤덮어 버린 여자가 하이드를 향해서 다가왔다.

"내가 얼마나 걱정했는지 아니?"

하이드는 돌연 자리에 우뚝 멈추어 섰다. 그리고 눈앞의 여자를 물끄러미 바라보았다.

여자는 서두를 것 없다는 듯 여유롭게 한 걸음 한 걸음을 내디디고 있었다.

그럼에도 여자의 새빨간 눈동자가 끝내 하이드의 코앞으로 다가오기까지는 그다지 오랜 시간이 걸리지 않았다.

* * *

베스티는 렝리탄으로 돌아왔을 때, 아이작의 저택에서 경계를 서고 있는 낯선 기사들을 보자마자 무언가 단단히 잘못되었다는 사실을 알아차렸다.

어쩌면 아이작이 오랜 시간 동안 자행해 온 일들을 들켰는지도 몰랐다. 베스티는 더 이상 아이작이 그녀를 보호해 줄 수 없다는 걸 자연스럽게 깨달았다. 그리고 하이드 역시도 더는 아이작의 보호 아래에서 안전하게 지낼 수 없으리란 사실 역시도 인지했다.

베스티는 지하에 갇혀 있는 하이드의 안위를 확인해야 했다. 하지만 수많은 기사들이 경계를 선 저택 안으로 들어갈 수 있는 방법이 마땅히 떠오르지 않았다.

때문에 한동안 저택 근처를 배회하며 고민하던 베스티는 끝내 저택 안으로 들어가지 못했고, 하이드가 갇혀 있는 저택을 뒤로한 채로 발걸음을 돌렸다.

그로부터 그다지 오랜 시간이 지나지 않아서, 베스티는 아이작이 누군가에게 살해당했다는 사실을 전해 듣게 되었다. 그녀가 꽤 오랜 시간 알고 지낸 괴물인 드미르크의 집에서 신세 지고 있을 때였다.

아이작의 죽음에 관해 조사한 신전은 아이작을 살해한 범인이 인간이 아닌 괴물이라고 여기고 있었다. 신황은 괴물을 토벌하기 위해서 토벌대를 조직했고, 이 세상에 존재하는 몇 안 되는 괴물들은 살아남기 위해서 필사적으로 몸을 숨겨야만 했다.

그것은 베스티 역시도 마찬가지였다. 베스티는 제도에 위치한 드미르크의 집에서 숨을 죽인 채로 지내면서 신전의 괴물 토벌이 끝나기만을 기다렸다.

그러던 어느 날이었다. 베스티는 아이작을 살해한 것이 다름 아닌 하이드라는 사실을 눈치챘다. 제도에서 느껴져서는 안 되는 기척을 인지했기 때문이었다.

그 기척은 다름 아닌 베스티 그녀의 하나뿐인 아들, 하이드의 것이었다. 베스티는 하이드가 렝리탄을 떠나서 제도에서 지내고 있다는 사실을 깨달았다.

아이작의 저택에서 벌어진 살인 사건과 제도에서 느껴진 하이드의 기척. 그 두 가지가 의미하는 바는 분명했다. 하이드가 아이작을 죽이고 제도로 도주한 것이다.

평생 동안 그녀와 아이작에게 순종해 온 하이드가 어째서 아이작을 죽인 것인지 이유는 알 수 없었지만, 하이드가 아이작을 살해하고 렝리탄을 떠났다는 상황만은 분명했다.

게다가 어떻게 된 일인지는 모르겠으나 하이드는 자그마치 신전 기사단의 단장이자, 제국 유일의 대공가인 로켄페데스 가문의 가주인 레오디안과 함께 지내고 있었다.

그 사실을 깨달은 베스티는 당장 하이드를 찾아가지 않고, 다만 한동안 로켄페데스 대공저의 주위를 맴돌면서 저택의 분위기를 살폈다.

레오디안은 아이작이 가장 경계해 온 인물이었다. 비난 아이난뿐만이 아니라, 제국에서 권력을 틀어쥐고 있는 자들이라면 대부분이 그러했다.

그런 레오디안이 하이드를 보호하고 있는 모양새가 마냥 의아했지만, 어찌 됐든 레오디안의 보호 아래 있는 한 하이드는 안전할 터였다. 베스티는 그렇게 판단을 내렸고, 당분간은 하이드가 대공저에서 지내도록 가만두기로 결정했다.

하지만 언제까지고 하이드를 대공저에 남겨 둘 수는 없는 노릇이었다. 그래서 베스티는 드미르크의 집을 떠나서, 그동안 어느 정도 친밀한 관계를 유지해 온 괴물 무리와 접촉했다.

그리고 그들과 새로운 터전을 찾아 헤매기 시작했다. 훗날을 도모하기 위해서는 하이드와 함께 지낼 안전한 곳을 찾아야만 했으므로.

베스티는 가능한 한 빠른 시일 내로 하이드를 데려오기 위해서, 새로운 터전을 찾아내는 데 열중했다.

그러던 어느 날, 제도에서 하이드의 기척이 사라졌다. 그 예상치 못한 상황에 당황한 베스티는 이따금씩 괴물의 무리를 벗어나서는 하이드의 기척을 찾아다녔다.

그렇게 며칠이 지나서 베스티는 비로소 하이드를 찾아냈다. 하이드는 괴물이 가장 경계하고 멀리해야 할 곳인 신성지에서 지내고 있었다.

신성지 한복판에서 머무르고 있는 하이드를 찾아낸 베스티는 하이드를 더 이상 자유롭게 놔둬서는 안 된다고 판단을 내렸다.

베스티가 오늘에서야 비로소 하이드를 찾아온 것은 그래서였다. 베스티는 아직 하이드와 같이 안전하게 지낼 수 있을 만한 장소를 찾아내지 못했지만, 그렇다고 해서 하이드가 신성지에서 지내도록 가만히 놔둘 수는 없었다.

베스티는 멀뚱멀뚱 서 있는 하이드를 향해서 손을 내밀었다.

"여행은 이쯤 했으면 충분하지 않니? 이제 그만 돌아가자, 하이드."

베스티는 지난 하이드의 모든 행적을 여행이라고 형용했다. 그러면서 입꼬리를 한껏 끌어 올려서 환한 미소를 지었다.

하이드가 아이작의 숨을 끊어 놓은 바람에 베스티의 원대한 계획이 틀어지고 말았지만, 베스티는 하이드에게 그 죄를 추궁할 생각이 없었다.

하이드는 베스티가 가진 유일한 것인 동시에 가장 좋은 패였다. 하이드만 있다면 베스티는 언제든 재기할 수 있었다.

베스티는 하이드가 그녀의 손을 잡기를 잠자코 기다렸다. 하지만 아무리 기다려도 하이드가 그녀를 향해서 손을 뻗는 일은 일어나지 않았다.

하이드는 어쩐지 베스티의 눈에 낯선 표정을 짓고 있었다. 베스티가 하이드와 떨어져 지낸 것은 대략 두 달 정도의 시간이었다.

짧다면 짧고 길다면 길다 할 수 있는 시간이었지만, 베스티는 이보다 더 오랜 시간을 하이드와 떨어져 있었던 적도 많았다.

그런데 지금과 같은 하이드는 처음이었다. 그래서일까. 베스티의 마음속에서 이유 모를 불안감이 불쑥 고개를 치켜들었다.

"하이드."

베스티는 짐짓 가라앉은 목소리로 말을 이었다.

"이만 돌아가자는 말을 못 들었니? 어서 내 손을 잡으렴."

베스티는 애써 다정한 눈빛으로 하이드를 응시했다. 그러나 하이드는 베스티를 물끄러미 쳐다보기만 할 뿐, 아무런 대꾸도 하지 않았다. 베스티는 시간이 흐를수록 조금씩 굳어지려는 낯을 가까스로 다잡았다. 그러면서 계속해서 미소 짓는 낯을 유지하려고 노력했다.

"하이드, 너에게는 이곳이 너무나도 위험한 곳이라는 걸 모르고 있는 거니?"

베스티가 부드러운 어조로 묻자, 그제야 비로소 하이드가 반응을 보였다. 가볍게 고개를 저은 하이드가 말했다.

"나는 돌아가지 않을 거예요."

"……뭐?"

베스티는 순간 그녀의 귀를 의심했다. 그만큼 방금 하이드의 말이 믿어지지 않았다.

"돌아가지 않을 거라고요."

하이드가 못 박듯 반복해서 말했다. 베스티는 경악 어린 눈빛으로 하이드를 바라보았다.

"그러면 계속 여기서 지내기라도 하겠다는 말이니?"

"네."

하이드는 망설이지 않고 대답을 내어놓았다. 그러고는 뭐가 문제냐는 듯 베스티를 응시하는 것이다. 베스티는 말문이 막혀서는 그저 소리 없이 입술만 여닫기를 몇 번이나 반복했다.

하이드가 돌연 아이작을 살해하고 렝리탄을 떠났을 때부터 뭔가 이상하다고는 생각했다. 그도 그럴 것이 베스티가 익히 알고 있는 하이드는 오로지 순종하는 법만을 알 뿐, 결코 반항하는 법을 모르던 아이였다.

그런 아이가 갑작스럽게 예상치 못한 짓을 저질렀다. 아이에게 무슨 심경의 변화가 있었던 것이 분명했다. 하지만 베스티는 그동안 그것을 애써 모르는 척 무시해 왔다.

그러나 지금 이 순간, 베스티는 인정하지 않을 수가 없었다. 하이드의 내면에 무언가 커다란 변화가 생겼다는 사실을 베스티는 똑똑히 깨달았다.

"……감히 나한테 그따위 말을 하다니."

감히, 그 단어를 몇 번이나 반복해 중얼거린 베스티가 매서운 눈빛으로 하이드를 쏘아보았다.

베스티가 하이드의 변화에 당황한 것은 잠시였다. 베스티는 거대한 분노에 사로잡혔다.

"내가 너를 어떻게 만들어 냈는데."

하이드는 베스티의 모든 것이었다. 하이드를 가지기 위해서 베스티는 그나마 손에 움켜쥐고 있던 것들을 모조리 놓아야만 했다.

그런데 불행하게도 하이드에게는 베스티가 유일하지 않았던 모양이었다. 그뿐만 아니라, 언제부터인지는 몰라도 하이드는 베스티의 곁을 떠나고자 마음을 먹고 있었던 듯했다. 베스티는 그런 하이드가 도무지 믿어지지 않았다.

"내가 널 얻기 위해서 무엇을 포기했는지도 모르면서, 네가 감히……."

어느덧 꽉 움켜쥐어진 베스티의 양손이 부들부들 떨렸다.

"감히 나를 떠날 생각을 해?"

베스티는 아무런 대꾸도 하지 않는 하이드를 힘껏 노려보았다. 그러나 하이드는 그것을 전혀 개의치 않는 눈치였다. 그런 하이드의 모습을 본 베스티는 더욱 분노했다.

"네가 나를 떠나서 살 수 있을 것 같아?"

베스티가 날카로운 목소리로 물었다. 이번에도 하이드는 어떤 반응도 보이지 않았다.

그에 베스티의 숨결이 점차 거칠어졌다. 언제나 명한 하이드의 모습을 답답하게 여기기는 했지만, 그 모습에 지금처럼 화가 난 적은 없었다.

이미 한 번 마음속에 자리하게 된 분노는 계속해서 몸집을 불려 나가기만 했다. 그것에 단단히 사로잡힌 베스티는 눈앞의 하이드의 목을 움켜쥐고서 그대로 꺾어버리고 싶다는 충동을 느꼈다.

예전처럼 제 뜻을 순종적으로 따르지 않는 도구를 손에서 놓을 바에야 차라리 죽여 버리자는 마음에서였다. 베스티는 하이드의 목을 향해서 손을 뻗었다.

그런데 그 순간이었다. 베스티는 문득 익숙한 체취를 맡았다.

"……스위티아?"

베스티가 경악 어린 목소리로 중얼거렸다. 조금 전 하이드의 새하얀 목을 들어쥐려고 했던 베스티의 손은 어느새 허공에서 움직임을 멈춘 채였다.

베스티 그녀가 잊으려야 잊을 수가 없었던 체취가 풍겨 오고 있었다. 베스티는 도저히 믿을 수 없다는 듯한 표정을 지은 채로 딱딱하게 굳어 있다가, 이윽고 홱 고개를 돌렸다.

* * *

엘시아는 레오디안과 함께 파이 상점에 들러 파이를 구매한 뒤, 곧장 저택으로 돌아가기 위해서 마차에 올랐다.

애초에 상점이 위치해 있는 시가지와 저택이 서로 그다지 멀지 않았기에 마차는 금세 저택 앞에 도착했다. 엘시아가 문득 낯선 기척을 인지한 것은 바로 그 무렵이었다.

그 기척은 이제 엘시아에게는 더없이 익숙한 하이드의 체취와 함께 느껴졌다. 때문에 엘시아는 어쩌면 하이드에게 무슨 일이 생긴 것인지도 모른다는 예감에 사로잡히게 되었다.

마차에서 내린 엘시아가 레오디안에게 먼저 저택 안으로 들어가라 권유한 것은 그래서였다.

"저는 정원을 좀 걷다가 들어갈게요."

레오디안은 저택 안으로 들어가려던 걸음을 멈추고 엘시아를 돌아보았다.

갑작스러운 엘시아의 말이 의아했던 모양인지 눈매를 조금쯤 가느다랗게 좁힌 채였다.

"곧 저녁 식사 시간입니다."

"식사가 준비되기 전까지는 들어갈게요."

레오디안은 잠시간 말없이 엘시아를 바라보다가 이윽고 고개를 끄덕였다.

"그럼 그러십시오."

엘시아가 내심 우려하고 있던 것과 다르게 레오디안은 순순히 홀로 저택 안으로 향했다. 엘시아는 자신을 뒤로한 채로 점차 멀어지는 레오디안의 뒷모습에 눈길을 주었다.

레오디안은 서점에서 구입한 책과 파이 상자를 한 손으로도 너끈히 들고서 걸어가고 있었다. 그런 레오디안의 모습이 시야에서 완전히 사라졌을 때에야 엘시아는 몸을 돌렸다.

그다지 멀지 않은 곳에서 하이드의 기척이 느껴지고 있었다. 그 기척을 쫓아서 엘시아는 짐짓 빠른 속도로 걸음을 옮겼다.

하이드를 향해서 다가가면 다가갈수록 엘시아의 마음은 점차 불안으로 짙게 물들어 갔다. 그도 그럴 것이 하이드와 함께 있는 게 분명한 낯선 기척은 너무나도 음산했고, 또한 강렬했다.

그에 엘시아는 그 누군가가 아마도 자신과는 비교할 수 없을 정도로 오랜 시간을 존재해 왔을 것이라 짐작할 수 있었다. 이를 다르게 말한다면, 그 누군가가 굉장히 강한 힘을 가지고 있을 것이라는 이야기였다.

엘시아와 같은 존재는 살아온 시간에 비례해서 힘을 손에 넣을 수 있었다. 동족을 먹는 방법을 제외한다면 괴물들이 자신의 힘을 축적할 수 있는 길은 오직 그뿐이었다.

엘시아는 연신 주위를 경계하면서 걸은 끝에 비로소 자신의 시야에 하이드의 모습을 담을 수 있었다. 예상했던 대로 하이드는 낯선 이와 함께 있었다.

하이드와 마주하고 서 있는 것은 새빨간 머리칼을 가진 여자였다. 그것이 엘시아가 육안으로 확인할 수 있는 전부였다. 여자가 엘시아에게서 등을 돌리고 있는 탓이었다.

여자는 무슨 이유에서지 하이드에게 손을 뻗고 있었다. 엘시아는 그런 여자와 하이드가 서 있는 곳을 향해서 조심스레 가까이 다가갔다.

그리고 그 순간, 엘시아는 하이드와 시선이 딱 마주쳤다. 때문에 시선을 마주하기가 무섭게 하이드의 눈이 커다래진 것이 엘시아의 눈에 똑똑히 보였다. 하이드는 마치 들켜서는 안 되는 장면을 누군가에게 들키게 되어 당황한 사람처럼 눈에 띄게 동요하는 듯한 기색이었다.

엘시아는 그런 하이드가 의아한 한편, 내심 걱정스러운 마음에 하이드의 안색을 살폈다. 그런데 문득 귓가에 여태 잊고 있던 이의 이름이 들려왔다.

"……스위티아?"

엘시아는 돌아가지 않는 고개를 가까스로 돌려서 여자에게 시선을 주었다. 어느덧 여자는 그녀의 새빨간 입술만큼이나 빨갛게 물들어 있는 눈동자로 경악스럽다는 듯이 자신을 바라보고 있었다.

엘시아는 다른 누군가의 입에서 스위티아의 이름을 듣게 되리라고는 지금껏 꿈에도 상상하지 못했는데, 그런 엘시아의 앞에서 여자는 아무렇지도 않게 스위티아의 이름을 불렀다.

여자가 어떻게 스위티아를 알고 있는 걸까. 마냥 혼란스러운 머릿속으로 의문을 떠올렸던 엘시아는 곧 한 가지 생각에 미쳤다. 그러니까, 저 여자가 바로 하이드의 어머니일지 모른다는 생각이었다.

이윽고 엘시아는 방금 자신이 한 생각이 단순한 짐작이 아닌 명백한 사실일 것이라 판단했다.

하이드는 엘시아에게 최근 밤마다 자신의 어머니의 기척이 느껴진다는 이야기를 했었다. 엘시아는 여자가 하이드의 어머니일 것이라는 확신을 거듭했다. 그리고 그것은 곧 여자가 다름 아닌 스위티아의 자매라는 뜻이기도 했다.

엘시아는 두려움으로 가득 물든 눈으로 여자를 바라보았다. 여자와 시선을 마주하고 있으려니, 여태 잊고 지내 온 스위티아가 새삼스럽게 떠오른 탓이었다.

엘시아는 돌연 어디선가 스위티아가 나타나서 자신을 데려갈지도 모른다는 생각에 몸을 떨었다. 그런 엘시아를 가만히 지켜보고 있던 하이드가 이내 걸음을 내디뎠다. 그리고 곧장 엘시아의 앞으로 다가갔다.

"엘시아, 여긴 왜 왔어."

하이드의 목소리가 귓전을 파고들었을 때에야 엘시아는 뒤늦게나마 정신을 차렸다.

그러나 예상치 못한 존재를 마주하게 된 데에 동요하게 되어 한껏 일렁이는 마음은 여전했다. 엘시아는 속절없이 흔들리는 눈빛으로 하이드를 바라보면서 떨리는 입술을 열었다.

"……그러는 너는 여기서 뭘 하고 있었던 거야?"

"이야기를 나누고 있었어."

하이드는 언제나 그렇듯이 멍한 표정으로 대수롭지 않게 대답했다. 조금 전 엘시아의 모습을 발견하고서 눈에 띄게 놀란 기색을 보였던 것이 무색하게도 그러했다.

"네 어머니 맞지?"

"응."

하이드가 고개를 끄덕였다.

"엄마한테 내가 앞으로 엘시아하고 같이 살 거라고 얘기했어."

하이드는 꼭 여자에게서 엘시아를 보호하기라도 하려는 듯이 엘시아의 앞을 단단히 지키고 선 채로 힐끔 시선만을 돌려 여자를 쳐다보았다. 그런 하이드를 보고 엘시아는 조금쯤 멍하니 입을 벌리고 넋이 빠진 듯한 표정을 지었다.

지금 제 눈앞에 선 하이드의 모습이 마치 스위티아로부터 리리엔을 지키기 위해 노력했던 과거의 자신을 보는 것 같았기 때문이었다.

"……놀랐어?"

하이드가 짐짓 어리둥절한 표정을 지으면서 고개를 갸웃했다.

"나는 언제나 엘시아하고 함께 살고 싶다는 말을 했잖아."

하이드는 엘시아가 멍하니 서 있는 이유가 방금 자신의 말을 듣고 놀랐기 때문이라 오해한 듯했다. 엘시아는 가볍게 고개를 흔들었다. 그리고는 하이드를 향해서 말을 꺼냈다.
"그게 아니라……."
"네가 스위티아의 아이구나."
그러기가 무섭게 여자가 대뜸 엘시아의 말허리를 잘라냈다.

* * *

베스티는 새삼스러운 시선으로 엘시아를 유심히 관찰하듯 훑어보았다.
웬 새까만 천을 머리 위에 뒤집어쓰고 있는 엘시아에게서는 얼핏 스위티아의 체취가 느껴졌다. 그것만 두고 보더라도 알 수 있었다. 엘시아는 하이드와 같은 존재였다.
그러니까, 이 세계의 섭리를 어기고 태어난 특별한 존재. 하이드와 마찬가지로 인간과 괴물의 피를 전부 타고난 아이인 것이다.
하이드가 로켄페데스 대공저에서 어떤 괴물과 함께 살고 있다는 건 알고 있었지만, 설마하니 그 괴물이 스위티아의 딸일 줄은 몰랐다. 베스티는 내심 당황한 표정으로 자신을 바라보고 있는 엘시아를 향해서 가볍게 미소를 지어 보였다.
"그래, 그 아이도 나처럼 아이를 낳는 데 성공했나 보네."
베스티가 의외라는 듯 혼잣말을 중얼거렸다.
베스티와 스위티아가 인간의 아이를 갖기로 결심한 것은 두 사람이 막 아이작의 눈에 띄었을 적의 일이었다.
당시 두 사람은 서로 헤어져서 각자 다른 무리와 함께 살고 있었는데, 무슨 운명의 장난인지 아이작은 그런 두 사람을 다시 만나도록 만들었다.
두 사람에게 호화로운 생활을 선물해 준 아이작은 두 사람에게 인간과 관계해 인간의 아이를 낳을 것을 요구했다. 그리고 인간의 피가 섞인 아이를 낳는 쪽에게만 신분을 주겠노라 약속했다.

그때부터였다. 베스티와 스위티아는 먼저 아이를 갖기 위해서 수단도 방법도 가리지 않았다. 수없이 많은 임신과 유산, 사산을 반복했다.

그러던 어느 날, 스위티아는 홀연히 종적을 감추었고 그로부터 10년이 지나서 베스티가 하이드를 낳는 데 성공한 것이었다.

"엘시아라고 했지?"

잠시 뒤 상념에서 벗어난 베스티가 엘시아를 향해서 부드러운 목소리로 물었다.

"엘시아, 스위티아는 어디에 있니?"

"……"

"그 아이를 좀 만나 보고 싶은데."

베스티의 말에 엘시아의 표정이 딱딱하게 굳어졌다. 그런 엘시아를 눈치챈 베스티가 의아한 마음에 미간을 좁혔다.

"왜 그런 표정이니, 엘시아. 그 아이가 너한테 내 욕이라도 했니?"

베스티는 하이드를 회유할 때면 으레 그러하였던 것처럼 다정한 목소리로 말했다. 그러자 엘시아가 고개를 내저었다.

"저도 어머니를 보지 못한지 오래됐어요. 아마 어머니는……."

애당초 엘시아는 단호하게 말을 하자고 결심한 채로 입을 연 것이었다. 그러나 막상 말을 꺼내려니 한 단어 한 단어가 바늘이라도 된 양 혀끝을 날카롭게 찔렀다.

"……아마도 어머니는 돌아가셨을 거예요."

엘시아가 가까스로 말을 끝마치자, 베스티가 엘시아의 말을 믿을 수 없다는 듯 눈을 크게 뜬 채로 딱딱하게 굳었다.

하지만 그것은 잠시였다. 마치 한밤중에 내린 싸락눈이 낮의 태양빛에 사르르 녹아내리는 것처럼, 허물어진 표정을 한 베스티의 입술이 느릿하게 벌어졌다.

"그 아이가……. 그 아이가 죽었다고?"

허공에다가 멍하니 물음을 던진 베스티가 입술 사이로 허탈한 숨을 흩뿌렸다. 그 뒤를 이어서 입술 틈새로 모습을 드러낸 것은 날카로운 송곳니였다. 송곳니는 순식간에 검지손가락 길이 정도로 자라났다. 엘시아는 그러한 베스티의 모습을 보고 크게 숨을 들이켰다.

베스티가 괴물의 모습으로 변하고 있었다.

순식간에 비정상적으로 자라난 것은 송곳니뿐만이 아니었다. 베스티의 손톱 또한 빠르게 길이가 늘어났다.

엘시아의 눈에 괴물로 변해 버린 베스티는 스위티아와 꽤나 닮아 보였다. 엘시아는 하이드의 어깨를 감싸 안고 뒤로 물러섰다.

"누가, 감히 누가……."

베스티는 허공에다 그 말을 몇 번이나 반복해 던졌다. 차마 뒷말을 잇지 못하겠는 건지, 불완전한 문장만을 곱씹던 베스티가 한참 만에 엘시아를 바라보았다. 그런 다음에야 가까스로 뒷말을 이었다.

"누가 그 아이를 죽인 거지?"

순간 흠칫 몸을 굳혔던 엘시아가 이내 고개를 흔들었다.

"몰라요."

"……몰라?"

"네, 몰라요. 애초에 어머니가 돌아가셨는지 아닌지도 확실하지 않은 걸요."

"……."

"저는 그저 오랜 시간 어머니를 만나지 못했고, 그래서 어쩌면 어머니가 돌아가셨을지도 모른다고 짐작했을 뿐이에요."

엘시아의 말에 베스티가 거친 숨을 씨근덕거리며 엘시아를 뚫어지게 바라보았다. 그런 베스티의 눈빛은 마치 방금 엘시아가 말한 이야기의 진위를 가려 보기라도 하겠다는 듯이 날카로웠다.

만약 베스티가 스위티아만큼 강하다면 엘시아는 베스티의 상대가 되지 못했다. 엘시아는 불안한 시선을 베스티에게 단단히 고정한 채로 베스티의 기색을 살폈다.

다행스럽게도 베스티는 엘시아와 하이드에게 날카로운 송곳니와 손톱을 들이댈 기미를 보이지 않고 있었다. 하지만 이러한 상황이 언제까지고 지속되리라는 법은 없었다. 베스티가 언제 마음을 바꿔 공격해 올지 몰랐다.

엘시아는 물론이고 하이드 역시도 베스티처럼 괴물로 변할 수 없었다. 엘시아는 지금껏 자신이 인간의 피를 타고난 덕분에 인간과 같은 모습으로 살아갈 수 있다는 것을 다행이라고 여겼다. 하지만 지금처럼 괴물을 마주하게 된 상황에서는 언제나 공포를 느꼈다.

그러나 그동안 엘시아는 리리엔을 지키기 위해서 애써 공포심을 뒤로한 채로 괴물을 상대해 왔다. 그리고 지금은 하이드를 보호하기 위해서 엘시아는 마음속에 자리한 공포심을 가까스로 내리눌렀다.

차분하게 동요를 가라앉힌 엘시아는 힐끔 눈길을 내려 하이드의 안색을 살폈다. 혹시라도 하이드가 겁을 먹지는 않았을까 걱정스러웠기 때문이었다.

하지만 그러한 엘시아의 걱정이 무색하게도 하이드는 베스티가 괴물로 변했는데도 불구하고 전혀 개의치 않고 있는 듯한 기색이었다.

마치 지금 자신에게 중요한 것은 오로지 엘시아뿐이라는 듯이. 하이드는 마냥 의연한 표정으로 엘시아에게 시선을 단단히 고정해 두고 있었다.

"우리를 죽일 생각인 건가요?"

엘시아가 애써 담담한 목소리로 물었다. 그러자 베스티의 창백한 낯이 와락 일그러졌다.

"왜 그런 말을 하니?"

"……."

"내가 내 아들을, 그리고 그 아이의 딸인 너를 죽일 리가 없잖아."

베스티의 말을 듣고도 엘시아는 마음을 놓지 못했고, 베스티를 경계하는 시선을 거두지 않았다. 그런 엘시아의 모습을 보고 베스티가 날카로운 송곳니를 드러내고서 신랄한 미소를 지었다.

"왜, 내 말을 믿지 못하겠니?"

엘시아는 베스티의 말에 대답하는 대신, 베스티에게 다른 질문을 했다.
"우리를 죽일 생각이 아니라면, 그럼 우리를 그냥 보내 줄 건가요?"
"그건 안 돼."
베스티는 일말의 망설임 없이 대꾸했다.
"너희가 이런 위험한 곳에서 지내도록 가만히 둘 수는 없어."
베스티는 하이드는 물론 엘시아까지 데리고 갈 작정이었다. 그러한 베스티의 생각을 어렵지 않게 알아차린 엘시아의 표정이 차갑게 얼어붙었다.
"제가 당신을 따라가지 않겠다고 한다면요?"
"음, 부디 그런 일은 일어나지 않았으면 좋겠는데……."
작게 혀를 찬 베스티가 고개를 설레설레 흔들더니 말을 이었다.
"만약 네가 나를 따라나서지 않는다면, 너를 억지로 데려갈 수밖에 없단다."
엘시아는 굳은 표정으로 입을 다물었다. 그런 엘시아의 모습을 잠시간 바라보던 베스티가 하이드에게 시선을 돌렸다.
"하이드."
베스티가 하이드를 향해서 한 걸음 다가섰다.
"너도 마찬가지야."
"……."
"이제 그만하고 나와 함께 돌아가자. 더 이상 반항을 한다면 용서하지 않겠어."
베스티는 한껏 가라앉은 목소리로 말했다. 하지만 하이드는 베스티에게 시선조차 주지 않았다. 그런 하이드의 모습은 베스티가 애써 억누르고 있는 분노를 쉽게 자극했다.
"……내가 말을 하고 있는데 나를 쳐다봐야지, 어딜 보고 있는 거니?"
베스티가 위협적인 기세로 하이드에게 성큼 다가섰다. 그럼에도 불구하고 하이드는 아무런 반응을 보이지 않았다.
"하이드!"

베스티가 하이드의 목덜미를 꽉 틀어쥐었다. 날이 선 손톱이 하이드의 살갗을 스치고 지나갔다. 이윽고 하이드의 목줄기를 타고 한 줄기 선혈이 흘러내렸다.

"내 말이 안 들리니? 나를 돌아보라고 했어!"

"소리 지르지 마세요."

엘시아는 베스티의 손목을 붙잡아 하이드에게서 떼어 냈다. 그러자 여태 엘시아에게 바투 붙어 서 있던 하이드가 엘시아를 멍한 눈으로 올려다보았다.

엘시아는 그런 하이드에게 옅은 미소를 지어 보인 다음, 시선을 들어 올려 베스티를 바라보았다. 베스티는 엘시아가 자신의 손목을 붙잡은 데 놀란 건지, 짐짓 눈을 크게 뜨고서 엘시아를 응시하고 있었다.

"너, 지금 이게 무슨 짓……."

"당신이 말한 대로 이곳은 위험한 곳이에요."

엘시아가 베스티의 말허리를 끊어내고서는 빠르게 말을 덧붙였다.

"만약 지금 당신의 모습을 신전 기사가 발견하기라도 한다면 어떻게 되겠어요?"

"……."

"현재 신전 기사단이 우리와 같은 괴물들을 토벌하기 위해 혈안이 되어 있다는 사실을 모르고 있는 건 아니겠죠."

엘시아의 말에 베스티의 눈이 더욱 커다래졌다. 엘시아가 이렇듯 단호하게 말을 하리라고는 전혀 예상하지 못했다는 듯한 기색이었다.

"하이드가 당신을 따라가겠다고 했다면 저는 하이드를 보내 줬을 거예요. 하지만 하이드는 당신을 따라서 돌아가지 않겠다고 했어요."

엘시아는 하이드가 했던 말을 너무도 선명하게 기억하고 있었다. 하이드는 베스티가 자신을 아프게 했다고 말했다. 베스티에게 상처를 입은 하이드가 베스티를 따라가지 않는다는 의사를 분명하게 밝힌 것은 어쩌면 당연한 일이었다.

"그러니까 당신은 하이드를 데리고 갈 수 없어요. 제가 그러지 못하게끔 막을 거니까요."

엘시아는 하이드가 자신을 무척이나 닮았다고 생각하고 있었다. 그것은 비단 하이드가 엘시아와 같이 괴물과 인간 사이에서 태어났기 때문만은 아니었다.

엘시아는 자신을 학대해 온 스위티아를 원망했다. 그리고 그것은 하이드 역시도 마찬가지였다. 베스티가 하이드에게 무슨 짓을 했는지는 몰라도, 엘시아는 아마 하이드가 베스티에게 자신과 같은 취급을 당해 왔을지도 모른다고 생각했다.

엘시아가 자신에게 생을 부여해 준 스위티아에게 사랑을 느끼기는커녕, 세상 다시는 없을 원수라도 된 양 원망했듯이, 하이드 또한 베스티를 원망하고 있었다. 그런 점에서 엘시아는 하이드에게 깊은 유대감을 느꼈다.

"하이드는 당신의 소유물이 아니에요."

스위티아는 엘시아를 자신의 꿈을 이루기 위한 도구로 대했다. 베스티 역시도 스위티아와 다름없이 하이드를 물건처럼 여기고 제 마음대로 휘두르려고 하고 있었다. 그리고 엘시아는.

"하이느는 내가 만들어 낸 아이야."

스위티아는 엘시아를 자신의 꿈을 이루기 위한 도구로 대했다. 베스티 역시도 스위티아와 다름없이 하이드를 물건으로 여기고 제 마음대로 휘두르려고 하고 있었다.

그리고 엘시아는 그런 베스티가 참을 수 없을 정도로 혐오스러웠다. 꼭 스위티아를 보고 있는 것 같았다. 엘시아는 더없이 딱딱하게 굳은 표정으로 다시금 입을 열었다.

"하이드는 자신이 원하는 대로 살아갈 수 있는 의지를 가지고 있는 아이예요."

"하이드는 내가 만들어 낸 아이야."

베스티는 조금도 물러서지 않았다. 엘시아의 말에 대꾸하는 데 일말의 주저도 없었다. 방금 전까지만 해도 엘시아의 기세에 눌려 말문이 막힌 채로 굳어 있었던 것이 무색하게 느껴질 정도였다.

"내 아이를 내가 데려가겠다는 게 뭐가 문제지?"

그렇게 묻는 베스티의 목소리에는 한껏 날이 서 있었다.

"그동안 하이드를 돌봐 준 건 고맙게 생각하고 있어. 하지만 거기까지야. 너에게는 나한테서 하이드를 빼앗아 갈 권리가 없어."

베스티의 말에 엘시아가 입술 사이로 헛숨을 내쉬었다. 베스티는 엘시아가 무슨 소리를 하고 있는 건지 전혀 이해하지 못하고 있었다.

돌연 베스티가 여태 엘시아에게 잡혀 있던 팔을 크게 휘둘러 엘시아의 손을 뿌리쳤다. 그러더니 하이드를 붙잡으려는 듯 손을 뻗었다.

"하이드, 이리 오렴."

엘시아는 하이드를 데리고 크게 한 걸음 뒤로 물러났다. 그 모습에 베스티의 낯이 딱딱하게 얼어붙었다.

"내가 네게 힘을 쓰기를 바라니?"

"그런다고 해도 상관없어요. 저는 당신을 막을 거예요."

"……그래?"

베스티가 입매를 끌어 올리고서 피식 헛웃음을 흘렸다.

"그럼 어디 한 번 막아 보렴."

엘시아는 하이드를 옆으로 밀쳤다. 그러기가 무섭게 기다렸다는 듯 베스티가 엘시아를 향해서 달려들었다. 날카로운 손톱이 길게 자라나 있는 손을 앞으로 쭉 뻗은 채였다.

이내 순식간에 엘시아에게 바투 붙어 선 베스티가 붉은 입술로 호선을 그렸다.

"제법이네."

베스티가 재차 손을 휘둘렀다. 그러자 이번에도 엘시아는 겨우 베스티의 손길을 피하고는 거친 숨을 몰아쉬었다.

"스위티아가 널 제대로 가르쳤나 봐?"

엘시아는 아무런 대꾸도 하지 않았다. 사사로운 이야기를 건넬 정도로 여유로운 베스티와 다르게 엘시아는 베스티의 공격을 피하는 것만으로도 벅찼다.

"하지만 지금보다 더 집중하는 게 좋을 거야."

베스티가 상냥한 어조를 가장해 말했다.

"네가 조금만 긴장을 놓는다면 그 순간 바로 내 손에 죽게 될 테니까."

입술을 더욱 끌어 올려 짙은 미소를 만들어 낸 베스티가 다시금 엘시아를 향해서 달려들었다.

바로 그때였다. 여태 자리에 못 박힌 듯 가만히 있던 하이드가 돌연 엘시아와 베스티 사이를 가로막고 섰다.

갑작스럽게 난입한 하이드의 존재에 베스티가 움찔한 사이, 그 짧은 틈을 노려 하이드는 베스티를 힘껏 밀어냈다. 베스티는 하이드의 자비 없는 손길에 졸지에 몇 발자국 뒷걸음질 치게 되었다.

베스티가 당황한 눈빛으로 하이드를 물끄러미 바라보았다. 조금 전까지만 해도 엘시아를 향해서 빠른 속도로 공격을 가하던 사람이라고는 믿을 수 없을 정도로 멍하니 멈추어 선 채였다.

"……하이드, 너도 나와 싸울 작정이니?"

"엘시아를 괴롭히지 마."

하이드가 단호한 목소리로 말했다. 그 말을 들은 베스티가 이내 헛웃음을 터뜨렸다.

"저 아이를 괴롭히지 말라고?"

베스티는 날이 선 눈빛으로 엘시아를 바라보다가, 다시금 하이드에게 눈길을 주며 물었다.

"너를 낳아 준 나보다도 저 아이가 더 중요한 거니?"

"나는 엘시아가 좋아."

뜬금없는 하이드의 말에 베스티가 와락 눈살을 찌푸렸다. 하이드는 그런 베스티를 전혀 개의치 않고 말을 이었다.

"엘시아를 만나서 자유롭게 사는 게 얼마나 좋은 건지 알게 됐어."

"……."

"그러니까 예전으로 돌아가고 싶지 않아."

예전에는 몰랐지만 하이드도 이제는 알았다. 자유를 억압당한 채 갇혀 사는 것은 정상이 아니라는 사실을, 또한 그것이 평범한 삶이 아니라는 사실을 말이다.

"아니, 이제 나는 예전으로 돌아갈 수 없어."

하이드는 자신이 난생 처음으로 지하에서 빠져나왔을 때, 최초로 마주한 한낮의 태양을 기억했다.

그 찬란한 빛을 보고 하이드는 벅찬 감정을 느꼈다. 그에 충동적으로 정처 없이 걷다가 우연히 만나게 된 리리엔과 대화를 나누었을 때도 마찬가지였다.

당시에는 자신이 느낀 생경한 감정의 정체를 몰랐지만, 이제 하이드는 그 감정에다가 무엇이라 이름을 붙여야 하는지 어렴풋이 알았다.

제 의지로 지하에서 나와서 생전 처음으로 태양을 보고, 낯선 타인을 만나고 하이드는 감동을 받은 것이었다. 평생 굳어 있던 마음이 움직인 순간이었다.

그때 하이드는 자신의 의지대로 산다면 지하에서 지내는 것과는 비교할 수 없을 정도로 거대한 즐거움을 손에 넣을 수도 있다는 사실을 알게 되었다.

그것은 엘시아를 만나고 나서 더욱 분명해진 사실이었다. 하이드는 자신의 의지로 엘시아를 따라서 지하를 벗어났다. 그 결과 하이드는 리리엔과 재회할 수 있었고, 또한 리리엔과 함께 지낼 수도 있게 되었다.

"나는 엘시아하고 같이 살 거야."

하이드는 베스티의 새빨간 눈동자를 피하지 않고 똑바로 직시했다. 베스티는 물론이고, 하이드와 엘시아 역시도 모두 같은 눈동자였다. 괴물의 피를 타고났다는 것을 증명하는 빨간 눈동자.

그 추악한 색을 엘시아도 지니고 있었으나 엘시아는 전혀 추악하지 않았다.

반면 베스티의 눈동자는 더할 나위 없이 추하게 느껴졌다. 엘시아의 것과는 감히 비교조차 하고 싶지 않을 정도로 그러했다.

자신의 눈동자는 베스티를 닮아 있을까, 아니면 엘시아를 닮아 있을까. 하이드는 문득 궁금해졌다.

"어째서 나를 데려가려고 하는 거야?"

여전히 딱딱하게 굳어 있는 베스티를 향해 하이드가 고개를 갸웃하면서 물었다.

"혹시 나를 사랑해?"

"……뭐?"

"그래서 나를 데려가려는 거야?"

일순 베스티의 낯이 숨이 멎기라도 한 사람처럼 새하얗게 질렸다. 하이드의 말을 머릿속으로 더듬어 보고 있기라도 한 건지, 그저 침묵하면서 어떠한 말도 꺼내 놓지 않았다.

그런 베스티의 모습을 한동안 말없이 바라보던 하이드는 이내 무언가를 깨달은 듯 고개를 끄덕거리더니 입을 열었다.

"아니구나."

"……."

"그냥 내가 쓸모 있기 때문인 거야."

하이드의 말에 베스티는 반박하지 않았다. 어쩌면 그러지 못한 것일지도 몰랐다. 이유야 무엇이 되었든 간에 분명한 것은, 애석하게도 베스티는 지금 이 순간 하이드가 원하는 대답을 내어놓지 않았다는 점이었다.

하이드는 그런 베스티를 보고 리리엔을 떠올렸다. 정확하게는 리리엔과 엘시아의 관계를 생각했다.

리리엔은 엘시아를 사랑하기에 언제나 엘시아를 걱정한다고 했다. 아마 엘시아 역시도 마찬가지일 것이었다.

엘시아와 리리엔은 유대감으로 질기게 얽혀 있는, 서로를 사랑한다 말하는 데 일말의 주저함이 없는 끈끈한 애정으로 빚어진 관계였다.

하이드는 누군가와 그런 관계를 맺어 보고 싶었다. 그리고 그 누군가가 리리엔이나 엘시아가 된다면 더할 나위 없이 좋을 거라고 생각했다.

"나를 태어나게 해 줘서 고마워."

"갑자기 그게 무슨 소리……."

"덕분에 엘시아를 만났으니까."

하이드는 베스티를 크게 원망하지 않았다. 기실 베스티에게 원망은커녕 아무런 감정도 가지고 있지 않았다.

그래도 하이드는 베스티에게 고맙다고 말했다. 베스티가 자신을 낳아 주지 않았더라면 하이드는 리리엔과 엘시아를 만날 수 없었을 터였다. 그것만은 부정할 나위 없는 사실이었다. 그랬기에 하이드는 베스티에게 그렇게 말할 수 있었다.

"정말로 고맙지만……. 또다시 엘시아를 공격한다면 나도 맞설 거야."

엘시아와 같이 지낸 시간은 베스티와 함께한 시간과는 비교조차 안 될 만큼 짧았지만, 하이드는 주저 없이 엘시아를 선택했다.

평생 베스티가 하이드에게 준 적 없는 유대감을 준 엘시아였다. 하이드는 어느덧 자신이 절실하게 갈망하게 된 것을 줄 수 있는 엘시아를 위해서라면 잠시도 망설이지 않고 베스티를 죽일 수 있었다.

"나는 엘시아를 도와주기로 약속했어. 그 약속을 지켜야 해."

하이드는 마치 세상의 이치나 진리를 이야기한다는 듯한 태도였다. 그런 하이드를 바라보던 베스티가 한참 만에 파르르 떨리는 입술을 가까스로 벌렸다.

"……너까지 나를."

순간 크게 숨을 들이마신 베스티는 숫제 배신이라도 당한 양 상처 입은 낯으로 하이드를 노려보았다.

"너까지도 나를 떠나려고……."

나직이 중얼거리던 베스티는 말을 잇다 말고 아랫입술을 꾹 깨물었다. 그러더니 힘없이 고개를 아래로 떨구었다.

하지만 그것은 아주 잠시간의 일이었다. 곧 고개를 치켜올린 베스티는 자신이 언제 실의에 빠진 모습을 보였냐는 듯, 더없이 서늘하게 표정을 굳히며 하이드와 엘시아에게 차례로 시선을 던졌다.

"아무래도 너희 둘 다 나를 순순히 따라올 생각이 없는 모양이네."

"……."

"정말이지 어리석게도 말이야."

베스티는 한쪽 입꼬리를 한껏 끌어 올려 차가운 비소를 만들어서 그것을 보란 듯이 입매에다 내걸었다.

"너희는 결국 나와 함께 가게 될 거란다. 그런데 그걸 어째서 모르는 거니, 응? 둘 다 왜 이렇게 멍청하게 구는 걸까."

베스티는 자신이 마지막 경고차 꺼낸 말에 엘시아와 하이드가 아무런 대꾸를 하지 않자, 이를 꽉 사리물었다. 그러고는 재차 엘시아와 하이드를 번갈아 쳐다보았다.

하이드는 여전히 베스티로부터 엘시아를 보호하듯 엘시아의 앞을 가로막고 서 있었다. 그 모습을 보던 베스티의 속에서 돌연 무언가 울컥 치밀어 올랐다.

그와 동시에 베스티는 무언기 단단히 잘못된 것 같다는 느낌을 받았다. 그것은 스위티아마저 자신을 떠나겠노라는 의사를 밝혔을 때 베스티의 뇌리를 스치고 지나갔던 직감과 흡사했다.

베스티는 한껏 사리물고 있던 이를 더욱 악물었다. 그러면서 크게 숨을 들이마셨다. 곧 베스티의 폐부에 엘시아와 하이드의 체취가 가득 들이찼다.

베스티는 묘한 감정을 떨쳐 내기라도 하려는 것처럼, 직전 깊숙이 들이마신 숨을 길게 뱉어 냈다.

"나는 정말……."

순식간이었다. 하이드가 저 멀리로 날아갔다. 베스티가 땅을 박차며 하이드의 목을 틀어쥐고 던져 버렸다.

"정말 이러고 싶지 않았어."

이번에는 엘시아에게 다가간 베스티가 망설임 없이 엘시아를 향해서 손을 뻗었다. 그 손을 간신히 쳐낸 엘시아가 훌쩍 뒤로 물러났다. 그러다 문득 싸한 고통을 느끼고는 눈살을 찌푸렸다. 엘시아가 몸을 피하기 전에 베스티의 손톱이 엘시아의 어깻죽지에 가는 상처를 낸 것이다.

손으로 어깻죽지를 더듬어 상처를 확인한 엘시아는 이내 고개를 돌려 하이드를 살폈다. 다행히도 크게 다치진 않았는지, 바닥을 나뒹굴었던 하이드가 비척거리며 몸을 일으키고 있는 게 보였다.

그 모습에 안심한 엘시아가 가슴을 쓸어내리기가 무섭게 베스티가 엘시아에게 달려들었다. 여전히 날카로운 손톱을 한껏 세운 채였다.

다시금 베스티의 손이 바투 다가왔다. 순간 몸을 피한 엘시아는 때를 맞춰 베스티의 손목을 와락 움켜쥐고는 손에 힘을 주었다. 베스티의 손목을 부러뜨릴 작정이었다.

"아악……!"

베스티가 비명을 내지르며 엘시아의 손을 힘껏 떨쳐 냈다. 그러면서 와락 일그러진 표정을 한 베스티가 다급하게 뒷걸음질 쳤다.

빠르게 엘시아와 거리를 벌린 베스티는 조금 전 엘시아에게 붙잡혔던 손을 다른 손으로 감싸 쥐었다.

엘시아가 바랐던 대로 손목이 부러지지는 않았지만, 다행히 어느 정도 고통을 주는 데는 성공한 듯했다. 엘시아는 애써 신음을 참고 있는 베스티를 조용히 바라보았다.

"이 새파랗게 어린 것이……!"

베스티가 한껏 거칠어진 숨을 씨근덕거리며 엘시아를 향해서 재차 달려들었다. 그러나 조금 전과는 비교조차 안 될 만큼 움직임이 둔해진 상태였다.

엘시아는 그다지 어렵지 않게 베스티의 손길을 피했다. 그리고 이번에는 베스티의 다른 손을 노리고서 빠르게 손을 뻗은 순간이었다.

베스티의 몸이 돌연 뭉게뭉게 피어오른 연기로 둘러싸였다. 그 새파란 연기가 무엇을 의미하는지 엘시아는 그 누구보다도 잘 알고 있었다.

엘시아의 얼굴이 숨을 쉬는 방법을 잊어버린 사람처럼 새하얗게 질렸다. 조금 전 베스티를 향해 뻗었던 손은 어느덧 힘이 빠져서 아래로 축 늘어진 채였다.

"이게, 지금 이게 무슨……."

베스티가 당황한 목소리로 중얼거렸다. 엘시아는 그 모습을 그저 멍하니 바라보기만 했다.

"엘시아!"

그때, 그런 엘시아의 귓전에 익숙한 목소리가 파고들어 왔다. 꽤나 가까운 거리에서, 더없이 선명하게 들리는 목소리였다.

순간 흠칫한 엘시아가 돌아가지 않는 고개를 가까스로 돌렸다. 고개를 돌린 곳에 경악에 찬 눈빛을 한 리리엔이 있었다. 엘시아의 이름을 부른 건 바로 리리엔이었다. 엘시아는 곧 리리엔뿐만이 아니라 레오디안, 그리고 페이렌까지 왔다는 걸 알아차렸다.

리리엔 뒤로는 레오디안이 굳건한 벽처럼 우뚝 자리해 있었다. 그 어느 때와 비교할 수 없을 정도로 더없이 딱딱하게 굳은 얼굴이었다.

"엘시아 님……."

리리엔과 레오디안을 지키듯 한 걸음 더 나서 있던 페이렌은 당황한 기색이 역력한 표정으로 엘시아를 응시하다가, 이 상황을 어떻게 해야 하냐는 듯 레오디안을 돌아보았다.

엘시아는 세 사람의 모습을 차례대로 눈에 담았다. 그러자 엘시아의 마음속에 기다렸다는 듯이 거대한 두려움이 물밀듯 밀려들어 왔다.

'두 사람에게 이런 모습을 들키다니…….'

엘시아는 떨리는 숨을 집어삼키고는 아랫입술을 질끈 깨물었다. 과연 두 사람의 눈에는 지금 이 장면이 어떻게 보일까. 두 사람은 이 상황을 어떻게 받아들이고 있을까.

리리엔과 레오디안의 모습을 발견한 순간부터 머릿속에 떠오른 의문이었으나, 엘시아는 그 의문에 대한 답을 감히 짐작조차 하지 못했다. 정확하게는 짐작하기가 두려웠다.

그동안 리리엔을 지키기 위해 수많은 괴물을 상대했던 엘시아였지만, 그 모습을 리리엔이 보지 못하게끔 필사적으로 노력했다.

하지만 그러한 노력이 무색하게도 방금 리리엔은 엘시아와 베스티가 싸우는 장면을 목격했다. 그에 엘시아는 크게 낙담했고, 또 그만큼 절망했다.

"아악……!"

그때, 돌연 베스티가 비명을 지르더니 몸부림치기 시작했다.

"이게 뭐야, 이게……. 지금 이게 대체 뭐냐고!"

베스티는 자신의 몸을 단단히 옥죄는 푸른 연기가 무엇인지 전혀 모르고 있었다. 그래서인지 발악하듯 소리치면서도 공포심에 흠뻑 물든 얼굴이었다.

"이런 힘이 있다고는 들어 본 적도 없다고……."

조금 전까지만 해도 엘시아를 죽일 작정으로 공격했던 베스티였으나, 미지의 힘을 맞닥뜨리고 나서 베스티의 기세는 한풀 꺾여 버렸다.

엘시아는 떨리는 눈빛으로 레오디안을 바라보았다. 현재 베스티를 옴짝달싹 못하게끔 붙잡고 있는 푸른 연기는 다름 아닌 레오디안의 힘이었다. 그 사실을 엘시아는 누구보다도 잘 알았다.

"……엘시아."

리리엔이 다시금 엘시아를 불렀다. 아까 전, 마치 비명처럼 엘시아의 이름을 불렀을 때와는 비교가 안 될 정도로 차분한 목소리였다.

"저 사람 누구야? 엘시아가 아는 사람이야?"

리리엔이 베스티에게 힐끗 시선을 주었다. 어느덧 베스티는 레오디안을 죽일 듯이 노려보고 있었다. 아까부터 주위에 일렁이는 푸른 연기가 정확히 무엇인지는 몰라도, 그것이 누구 때문에 비롯되었는지를 본능적으로 알아차렸기 때문인 듯했다.

"대체 저 사람은 누군데 엘시아를……."

리리엔은 엘시아의 어깨 부근이 푸른 핏자국으로 물들어 있는 것을 보았다. 그래서인지 리리엔의 표정이 당장이라도 울음을 터뜨린다 해도 이상하지 않을 정도로 와락 일그러졌다.

그런 리리엔을 향해 하이드가 천천히 한 걸음 한 걸음을 내디뎌 다가갔다. 그러면서 하이드는 아무런 대답을 하지 못하고 있는 엘시아를 대신해 리리엔에게 대꾸했다.

"나를 낳아 준 사람이야."

"……뭐라고?"

리리엔이 놀란 듯 한껏 격양된 목소리로 되물었다.

"그러면 저 사람이 네 어머니라는 말이야?"

"응."

하이드는 주저 없이 고개를 끄덕거렸다. 그 모습을 본 리리엔의 표정이 더욱 찌푸려졌다. 하이드에게서 대답을 들었으나, 리리엔은 여전히 눈앞의 상황에 의문을 거둘 수 없었다.

그러니까, 하이드의 모친이 갑작스럽게 나타났다는 것은 둘째 치고, 어째서 하이드의 모친이 엘시아를 공격하고 있었는지 좀처럼 이해할 수가 없었던 것이다.

그런 이유로 리리엔은 새삼스러운 눈빛으로 베스티를 바라보았다. 그러다가 지금 이 상황이 무슨 상황이건 간에 아무래도 상관없다는 생각을 했다. 중요한 건 엘시아를 데리고 안전한 집으로 돌아가는 거였다.

"엘시아, 집에 가자."

리리엔은 조심스러운 걸음으로 엘시아를 향해서 천천히 다가갔다.

"뒷일은 레오디안이 해결해 줄 테니까."

리리엔이 레오디안에게 힐끔 눈길을 주면서 한 말에 엘시아는 저도 모르게 흠칫 몸을 굳혔다. 리리엔은 그런 엘시아를 안심시키기라도 하듯 입가에 부드러운 미소를 그렸다.

"이제 그만 집에 가자, 응?"

리리엔이 다시금 엘시아를 향해서 말을 건넸다. 그때, 여태 상황을 관망하듯 지켜보던 레오디안의 입술이 느릿하게 벌어졌다.

"신황의 기사들이 이곳으로 오고 있습니다."

"……네?"

신황의 기사라니. 예상치 못한 레오디안의 말에 엘시아가 멍하니 되물었다. 그러자 레오디안이 굳은 표정으로 말을 이었다.

"신황이 저 여자의 기척을 느낀 것 같습니다."

레오디안이 그러하였듯 신황도 베스티의 기적을 감지해 낸 것이다. 레오디안은 빠른 속도로 가까워지는 신성력의 기운에 온 감각을 기울였다.

머지않아서 레오디안은 이곳으로 오고 있는 기사의 수를 헤아려 낼 수 있었다. 만약 신성력을 지니지 못한 수행원이 포함된 것이 아니라면, 점차 가까워지고 있는 신황의 기사는 정확히 열세 명이었다.

"지금 당장 저택으로 돌아가야 합니다."

레오디안이 단호하게 말했다. 그 기세에 엘시아는 저도 모르게 고개를 끄덕였다가 곧 아차 싶은 눈으로 레오디안을 올려다보았다.

베스티와의 일이 해결되지 않는데 이대로 저택에 돌아갈 수는 없었다. 하지만 그렇다고 해서 이곳에서 시간을 더 지체할 수도 없는 노릇이었다.

신황의 기사가 이리로 오고 있다고 했다. 그것이 사실이라면 엘시아는 레오디안의 말대로 지금 당장 저택으로 돌아가야 했다.

신황은 기이한 힘을 지니고 있었다. 엘시아는 신황을 처음 대면했을 때 그 사실을 본능적으로 직감했다.

그리고 바로 그 힘이 엘시아가 신황을 꺼리게 된 이유였다. 게다가 엘시아는 언젠가 레븐이 했던 말을 똑똑히 기억하고 있었다. 그러니까, 신황이 자신의 마음대로 괴물들을 조종할 수 있다고 했던 말을 말이다.

그런 이상 엘시아는 신황과 엮일 만한 일은 어떻게든 피하고 싶었다. 그동안 엘시아가 신황의 편지에 답장을 하지 않고 신황을 무시해 온 것은 그래서였다. 신황에게 조종당하고 싶은 마음은 추호도 없었으므로.

"……그런데, 저분을 그냥 저렇게 두고 돌아가도 되는 건가요?"

"그건 걱정하지 마십시오."

엘시아가 잠시 망설인 끝에 꺼낸 말에 레오디안이 곧장 대꾸했다.

"나는 신황의 기사들이 도착할 때까지 이곳을 지키고 있을 겁니다."

"그 말은……."

"예."

레오디안이 지체하지 않고 말을 이었다.

"저택으로 돌아가는 건 당신과 리리엔, 그리고 하이드입니다."

신황의 기사가 이곳으로 오고 있는 이유는 자명했다. 신성지에서 괴물의 기척이 느껴졌으니, 그 괴물을 붙잡아 가기 위해서일 터였다.

무엇보다도 신황은 레오디안의 힘을 감지했을 것이었다. 레오디안이 지금까지 숨겨온 비오렌치아를 사용했다. 그것을 신황이 그냥 간과할 리 없었다.

레오디안은 현재 자신의 눈앞에서 신체의 자유를 억압당한 채 묶여 있는 괴물을 직접 신전으로 인도해 갈 작정이었다. 그리고 자신이 그간 가문 대대로 전해져 내려온 힘을 숨겨 왔다는 사실을 신황에게 시인할 각오까지 하고 있었다.

"페이렌 경과 함께 저택으로 돌아가십시오."

"하지만……."

"나는 괜찮으니 걱정하시 말고 어서 가십시오."

레오디안이 페이렌을 힐끗 돌아보았다. 페이렌은 급변하는 상황에 미처 적응하기가 힘든 듯 혼란스러운 표정으로 자리에 못 박힌 듯이 서 있었다.

"경은 이 길로 곧장 저택으로 돌아가서 연락을 기다리도록."

"……예, 각하."

페이렌이 가까스로 대답했다. 그런 페이렌의 모습이 어쩐지 불안해서 레오디안은 잠시간 말없이 페이렌을 가만 바라보았다.

그러자 레오디안의 생각을 알아차리기라도 한 것처럼 페이렌이 이윽고 표정을 굳히고서 단호한 목소리로 말했다.

"각하께서 무엇을 걱정하시는지 압니다. 무슨 일이 있어도 엘시아 님과 리리엔 아가씨를 지키겠습니다."

"그래."

레오디안은 페이렌의 말을 듣고 그제야 조금이나마 마음을 놓을 수 있었다.

"내가 저택으로 돌아가기 전까지 저택 안에 누구도 들여서는 안 된다."

"예, 각하."

페이렌이 주저 없이 대답했다. 그러고는 각오를 단단히 다지기라도 하듯이 자신이 허리춤에 차고 있는 검집에 손을 얹었다.

"이만 가시지요."

곧 엘시아와 리리엔을 향해서 페이렌이 말했다. 그에 엘시아는 페이렌을 향해서 대답하는 대신, 불안한 마음에 떨리는 시선으로 레오디안을 응시했다. 레오디안은 그러한 엘시아의 눈동자를 담담하게 마주했다. 마치 다 잘될 거니 아무것도 걱정할 필요 없다는 듯이. 레오디안이 엘시아를 향해서 희미하게나마 미소를 지어 보였다.

"나도 금방 저택으로 돌아가겠습니다."

엘시아는 말없이 고개를 끄덕였다. 아까부터 엘시아는 레오디안과 함께 돌아갔으면 좋겠다고 생각하고 있었지만, 차마 레오디안에게 지금 같이 저택으로 돌아가면 안 되냐는 말을 꺼낼 수가 없었다.

"가자, 엘시아."

리리엔이 엘시아의 손을 잡고는 엘시아를 이끌었다. 엘시아는 순순히 리리엔을 따라서 걸음을 옮겼다. 그러면서 힐끔 고개를 돌려 베스티를 바라보았다.

베스티가 어째 이상하리만큼 조용하다 싶었는데, 아무래도 레오디안의 힘에 의해서 입이 틀어 막혔던 모양이었다. 베스티의 입가에 푸른 연기가 아른거리고 있었다. 그러한 베스티의 모습을 확인한 엘시아가 곧 고개를 똑바로 했다.

엘시아는 걸음을 재촉하며 앞서 걷고 있는 페이렌을 따라서 빠르게 발걸음을 내디뎠다. 그러면서 엘시아는 리리엔의 손을 꼭 붙잡았다. 부디 레오디안이 별일 없이 무사히 저택으로 돌아오기를 간절히 바라면서. 엘시아는 레오디안을 뒤로한 채 저택으로 향했다.

엘시아가 리리엔과 하이드, 그리고 페이렌과 함께 저택으로 돌아가고 난 다음, 그다지 오랜 시간이 지나지 않아서 신황의 기사들이 모습을 드러냈다. 열세 명의 기사들 중 선두에 선 것은 케일런이었다.

레오디안은 덤덤한 표정으로 기사들을 마주했다. 그런 레오디안에게 가까이 다가선 케일런이 간결하게 예를 취하며 인사했다.

"각하."

레오디안이 가볍게 고개를 주억거리는 것으로 케일런의 인사에 답하자, 케일런은 지체 없이 용건을 꺼내 놓았다.

"저를 비롯한 이 기사들은 신황 성하의 명을 받아, 감히 성스러운 영토에 침입한 저 추악한 존재를 포박해 끌고 가기 위하여 이곳에 왔습니다."

레오디안이 짐작한 대로였다. 케일런의 말에 이번에도 말없이 고개를 끄덕인 레오디안은 새삼스럽게 주위의 기사들을 둘러보았다. 케일런은 물론이고 기사들 역시도 베스티를 보고도 크게 놀란 기색을 내보이지 않았다. 아마도 신황에게 미리 언질을 받고 왔기 때문인 듯했다.

레오디안은 머지않아서 기사들이 신성력으로 만들어진 포승줄로 베스티의 온몸을 단단히 묶는 모습을 가만히 지켜보았다.

그리하여 마침내 베스티가 기사들에 의해 완전히 포박되었을 때, 레오디안은 베스티에게 사용했던 힘을 거두어들였다. 그러기가 무섭게 기다렸다는 듯이 베스티가 입을 열었다.

"나를 어디로 데려가려는 거야!"

베스티가 벼락 같이 소리쳤으나 베스티의 말에 대꾸를 해주는 사람은 아무도 없었다.

레오디안은 베스티를 경계하면서 그녀의 곁을 둘러싸고 서 있는 기사들의 모습을 지켜보다가 문득 말을 꺼냈다.

"나도 함께 가지."

"……예?"

"나도 함께 신전으로 가겠다."

"…….."

케일런은 말문이 막혀서는 그저 레오디안을 멍하니 바라보기만 하였다. 방금 레오디안의 말이 무척이나 뜻밖이었기 때문만은 아니었다.

케일런은 신황이 신전 순회를 하였을 때를 떠올렸다. 신황은 제도에서 신황의 방문을 기념하는 축제가 열리자, 신황은 케일런에게 은밀한 명령을 내렸다.

그리고 그때의 일이 현재 케일런의 뇌리에 너무나도 선명하게 남아 있었다. 그도 그럴 것이 당시 신황이 케일런에게 내린 명령은 잊으려야 잊을 수가 없는 것이었다.

그 명령이란 다름이 아니라, 축제를 즐기고 돌아가는 레오디안이 탄 마차가 대공저로 향할 때 반드시 지나가야 하는 길목에 신전의 기사 몇 명을 배치해 두는 일이었다. 자객으로 위장한 기사들을 말이다.

그 명령이 무엇을 의미하는지 케일런은 모르지 않았다. 신황은 레오디안이 소유한 마차를 습격하고자 하였고, 그러한 신황의 뜻을 따라 레오디안에게 기사를 보낸 것이 바로 케일런이었다.

불행인지 다행인지 레오디안은 신황의 흉계에 휘말리지 않고 무사히 저택으로 돌아갔다. 그러나 그 일로 케일런은 레오디안에게 죄책감을 가지게 되었다. 레오디안의 눈을 똑바로 마주 볼 엄두조차 내기가 어려울 정도로 퍽 커다란 크기의 죄책감이었다.

그래서일까. 케일런은 레오디안에게 안 된다고 대답하는 것이 영 내키지 않았다. 케일런은 시선을 아래로 떨구고서는 고개를 두어 번 주억거렸다.

"……대공 각하께서 동행해주신다면 저희로서도 좋은 일이겠지요. 신황 성하께서도 자세한 사정을 듣기를 바라실 테니까요."

레오디안이 묵묵히 고개를 끄덕이는 모습을 확인한 케일런은 몸을 돌려 베스티와 그녀의 주위에서 그녀를 경계하고 있는 기사들을 바라보았다.

베스티는 날카롭게 벼린 칼날 같은 목소리로 소리를 지르면서 계속해서 몸부림을 치고 있었으나, 그녀가 신성력이 스며 있는 포승줄에서 벗어나기란 불가능했다.

"연행하라."

"예."

이윽고 케일런의 명에 기사들이 베스티를 이끌고 걷기 시작했다. 레오디안과 케일런이 그런 그들의 선두에 섰다.

* * *

로아나는 욤펜과 함께 저녁 식사를 하고 난 뒤, 그와 단둘이 대화를 나누기 위해서 응접실에 자리했다.

제도의 로켄페데스 대공저로 온 이후, 신성지로 다시 돌아갈 엄두조차 내지 못하고 그저 혼란스러워했던 욤펜이다. 그는 복잡한 마음을 로아나에게 털어놓았다. 그로부터 일주일쯤 지나자 그나마 안정이 된 듯한 모습을 보였다.

로아나는 한결 차분해진 낯으로 앉아 있는 욤펜을 담담하게 바라보았다. 욤펜은 한동안 침묵을 지키고 있다가 잠시 뒤 조심스럽게 말문을 열었다.

"대공 각하께서는 이곳으로 돌아오지 않는 겁니까?"

"음, 대공님이 확실하게 이야기를 해 주신 적은 없지만……. 아무래도 당분간은 제도로 돌아오지 않으실 듯합니다."

"……그렇군요."

욤펜이 어색한 미소를 지으며 고개를 끄덕거렸다. 로아나는 그 모습을 가만히 눈에 담았다.

욤펜이 무슨 이야기를 하려고 자리를 마련한 것인지 마땅히 딱 짚이는 구석이 없었다. 하지만 로아나는 욤펜이 다시금 먼저 말을 꺼낼 때까지 잠자코 기다리기로 했다.

다행히도 로아나의 기다림은 그리 길지 않았다. 머지않아서 욤펜이 입을 열었다.

"이쯤에서 그만 신성지로 돌아갔으면 합니다."

"……정말 돌아가도 괜찮겠어요?"

"예."

욤펜이 곧장 대답했다.

"이제 각오가 됐습니다."

로아나는 새삼스러운 눈으로 욤펜을 응시했다. 욤펜의 표정에서 망설이는 듯한 기색은 전혀 찾아볼 수 없었다. 방금 욤펜이 한 말이 거짓말은 아닌 모양이었다.

"그러시다니 마음이 놓이네요. 당장 신성지로 떠날 채비를 하도록 하죠."

로아나의 말에 욤펜이 고개를 주억거렸다.

"되도록 빨리 돌아갔으면 합니다."

"……네, 그럼 그러도록 해요."

로아나는 욤펜이 이런 식으로 재촉할 줄은 전혀 예상하지 못했다. 그에 로아나가 의외라는 듯한 눈빛으로 욤펜을 바라보는데, 욤펜이 다시금 입을 열었다.

"아무래도 불안합니다."

"무엇이요?"

"……로아나 대신관께서는 최근 이상하단 생각을 하신 적이 없으십니까?"

로아나는 갑작스러운 욤펜의 말에 아무런 대꾸를 하지 못했다. 그저 물끄러미 욤펜에게 시선을 고정하고만 있었다.

욤펜은 그런 로아나와 잠시간 눈을 마주하고 있다가, 이윽고 한숨처럼 말을 내뱉었다.

"너무 조용하지 않습니까."

"……"

"정말이지 이상하리만큼 말입니다."

욤펜이 무슨 소리를 하고 있는 건지 로아나는 그제야 비로소 이해했다. 또한 욤펜이 지금 무엇을 염두에 두고 염려하고 있는 건지도 금세 눈치챌 수 있었다.

"신성지로 가서 상황을 살펴볼 필요가 있습니다."

로아나가 말없이 고개를 끄덕여 욤펜의 말에 반응을 해 보였다. 그런 로아나의 모습을 확인한 욤펜이 양해를 구하면서 자리에서 일어났다.

"그럼 저는 그만 올라가서 이곳을 떠날 준비를 하도록 하겠습니다."

"네, 저도 금방 뒤따라갈게요."

욤펜이 지체 없이 응접실을 떠났다. 그에 응접실에 홀로 남겨진 로아나는 마치 기다렸다는 듯이 찾아든 상념에 잠겼다.

조금 전 욤펜이 두루뭉술하게 말한 대로였다. 신전도 황궁도 이상하리만큼 조용했다. 그것을 좋은 신호로 받아들이기에 로아나는 너무나도 많은 것을 알고 있었다.

그게 아니더라도 엘시아를 끌고 가기 위해서 대공저에까지 기사를 대동하고 찾아왔던 하일롭이다. 그런 하일롭이 엘시아가 신성지로 도망친 이후, 아무런 행동도 취하지 않고 있다니. 현재의 상황은 사정을 모르는 누군가가 보너라도 의아하게 여길 민한 것이었다.

비단 하일롭뿐만이 아니라 신황 역시도 마찬가지로 행보가 의아했다. 황제가 의식을 되찾았다는 사실을 알아차리지 못했을 리 없는데, 신황은 그에 아무런 반응도 보이지 않았다. 평생 황제와 반목해온 신황의 행동이라고는 믿기 힘들었다.

그래서였다. 꼭 한차례 거센 폭풍이 불어닥치기 전, 다만 한순간의 고요처럼 마냥 잠잠한 하루하루가 로아나에게는 영 불안하게만 느껴졌다.

"대체 무슨 생각일까……."

로아나는 근심 어린 목소리로 무심코 혼잣말을 중얼거렸다. 그러면서 좀처럼 상념에서 벗어나지 못했다.

그런 이유로 로아나는 욤펜이 응접실을 떠나고도 그로부터 꽤 한참 시간이 흐른 뒤에야 비로소 자리를 털고 일어섰다.

* * *

그 시각, 로지안은 하일롭을 찾아온 귀한 손님을 마주하고 있었다. 그 손님이란 다름 아닌 테르만 백작 부인, 에밀리아였다.

"테르만 백작 부인, 그대는 오늘 내 형님을 만나기로 했다지?"

"……."

"형님이 아닌 나를 만나게 되어 유감이겠어."

에밀리아는 아무런 대답도 하지 못했다. 그저 새하얗게 질린 얼굴로 로지안을 바라보기만 할 뿐이었다.

로지안은 아까부터 에밀리아가 몸을 잘게 떨고 있다는 사실을 눈치채고 있었다. 하지만 애석하게도 로지안에게는 그런 에밀리아의 사정 따위를 고려해 친절한 어조로 말을 건넬 생각이 추호도 없었다.

"그대가 아주 오래 전부터 형님과 손을 잡고 허튼 짓을 해 왔다는 건 알고 있어."

로지안은 싸늘하게 식은 눈빛으로 에밀리아를 응시하면서 말을 이었다.

"내가 궁금한 것은 그 이유이다."

"……."

"어째서이지?"

에밀리아는 로지안의 말에 대답을 하기는커녕, 오히려 아랫입술을 질끈 깨물었다. 그 모습을 본 로지안의 미간이 와락 구겨졌다.

로지안은 정말이지 마땅치 않다는 듯한 눈으로 에밀리아를 주시하다가, 이내 누구더러 들으라는 듯이 큰 소리로 혀를 찼다.

그 소리에 에밀리아가 흠칫 어깨를 굳혔다. 로지안은 고개를 절레절레 내젓고는 입을 열었다.

"그대는 형님의 명을 따를 이유가 없지 않나."

테르만 백작, 알렌드로는 오래전부터 레오디안의 신임을 한 몸에 받고 있었다. 그런데 그의 부인인 에밀리아가 돌연 레오디안을 배신한 것이다.

에밀리아가 하일롭과 결탁하고 레오디안을 배신했다는 사실을 알아낸 이후, 로지안은 꽤 오래도록 고민했으나 그 답을 결코 알아낼 수 없었다.

그러니까, 어째서 에밀리아가 하일롭의 뜻에 함께하게 되었는가 하는 이유를 도무지 짐작조차 할 수 없었던 것이다.

그만큼 하일롭과 손을 잡은 에밀리아의 행동은 너무도 의외였고, 또 감히 예상치 못한 일이었다.

"만약 형님에게 협박을 받고 있는 거라면, 그 정도는 내가 어찌어찌 해결해 줄 수 있을 것 같은데……."

"……."

"어떠한가, 부인. 나와 손을 잡을 생각은 없나?"

로지안의 물음에 에밀리아가 순간 흠칫 놀라서 크게 숨을 들이켰다. 하지만 그것은 말 그대로 일순간의 일이었다.

에밀리아는 언제 자신이 동요하는 모습을 보였냐는 듯이 곧 평정을 되찾고 의연한 표정으로 로지안을 마주 응시하였다.

"바보 보셨습니다, 저하."

이윽고 에밀리아의 입술이 느릿하게 벌어졌다.

"저는 1황자 저하께 협박을 당했습니다."

로지안은 에밀리아의 말에 그다지 놀라지 않았다. 이미 예상했던 일이었다. 그러지 않고서야 남편까지 휘말릴지 모르는데 하일롭의 뜻에 따라 레오디안을 배신할 리 없었다.

다만 의외인 것이 있다면, 에밀리아가 자신의 사정을 이렇듯 쉽사리 고백하려 하고 있다는 점이었다. 오히려 그래서 로지안은 혹시라도 지금 에밀리아가 그를 속이려고 작정한 것은 아닌지 의심 중이었다.

로지안은 에밀리아의 속내를 가늠해 보기라도 하듯 짐짓 가늘어진 눈매를 하고서 에밀리아를 주시했다. 그런 로지안의 눈빛을 한 몸에 받고 있는 에밀리아는 마치 다른 사람이 되기라도 한 것처럼 덤덤한 얼굴을 하고 있었다.

조금 전까지만 해도 로지안 앞에서 크게 동요하는 모습을 보였던 것이 무색하게 느껴질 정도였다. 에밀리아는 로지안의 시선을 피하지 않고 똑바로 직시했다.

"1황자 저하께서는 저를 끌어들이기 위해서 제 치부를 들춰쥐고 그것으로 저를 협박하셨습니다."

에밀리아가 담담한 목소리로 말을 이었다.

"1황자 저하께서 저를 찾아오신 건 지금으로부터 약 1년 전 일입니다."

"……."

"왜 하필이면 저를 세작으로 이용하고자 하시는지……. 그 당시에도 이유는 너무나도 쉽게 짐작할 수 있었어요."

알렌드로는 충성스러운 가신이었다. 그러니만큼 알렌드로는 그 누구보다도 레오디안의 신임을 한 몸에 받고 있었다. 그런 상황에서 하일롭이 그녀를 찾아왔을 때, 에밀리아는 올 것이 왔다는 생각을 했다. 하일롭은 에밀리아라는 쓸 만한 패를 찾아낸 것이다.

"1황자 저하께서는 당신의 계획에 제가 유용하게 쓰이리라 판단하신 거겠죠."

"그래, 그랬겠지."

로지안이 가볍게 고개를 주억거렸다. 지금까지 에밀리아의 말에서 모순점이 느껴지는 부분은 없었다.

물론 어디까지나 방금 전 에밀리아가 꺼내 놓은 말까지만 국한된 이야기였다. 과연 에밀리아가 언제까지 사실만을 말할 것인가는 알 수 없는 일이었다. 로지안은 에밀리아를 가늠하듯 바라보는 시선을 거두어들이지 않았다.

무엇보다도 로지안이 궁금한 것은 따로 있었다. 지금껏 에밀리아가 기꺼이 이용당해 준 이유. 그러니까, 로지안은 하일롭이 대체 어떤 것으로 에밀리아를 협박했는지 알고 싶었다.

로지안은 에밀리아가 곧장 본론을 꺼내길 바랐다. 로지안이 지체하지 않고 물었다.

"그래서, 형님이 틀어쥐었다는 그대의 치부라는 것이 무엇이지?"

순간 에밀리아는 크게 헛숨을 들이마셨다. 하일롭이 알아낸 그녀의 비밀이란, 그녀가 지금 로지안에게 선뜻 대답할 수 있을 만한 그런 가벼운 것이 아니었다. 적어도 그녀에게 있어서는 그러했다.

이미 누군가에게 들킨 이상, 그것을 비밀이라 부르는 건 어폐가 있는 일인지도 모르겠다. 하지만 어찌 됐든 하일롭은 에밀리아가 필사적으로 숨겨온 비밀을 알아냈다. 그것이 어떻게 가능했는지는 알 수 없지만, 에밀리아의 비밀을 파헤쳐 낸 하일롭은 에밀리아에게 비밀을 계속해서 비밀로 지키고 싶다면 자신의 명을 따르라 강요했다.

그리하여 에밀리아는 남편인 알렌드로를 배신하고, 레오디안을 배신했다.

애초에 피하고 싶다고 해서 피할 수 있는 일이 아니었다. 하일롭이 그녀의 비밀을 알아내고야 만 이상, 에밀리아는 하일롭의 제안을 거절할 수 없었다.

하일롭의 손을 잡은 이후, 그녀의 하루하루는 온통 괴로움의 연속이었다. 특히 죄 없는 리리엔의 말간 눈동자를 마주할 때면 에밀리아는 더욱 극심한 죄책감을 느꼈다. 그 거대한 죄책감이 마음속을 무겁게 짓누르고는 했다.

그래서 에밀리아는 레오디안이 그녀가 하일롭과 내통하고 있다는 사실을 알아차렸을 때, 차라리 다행이라고 생각했다.

그때 레오디안은 에밀리아에게 더 이상 대공저에 발걸음을 할 필요 없다고 말했다. 그 말을 듣고 에밀리아는 부끄러움을 느끼는 한편으로 안심했다. 더는 하일롭의 명을 따를 필요도, 수치스러운 짓을 할 필요도 없었으니까.

리리엔의 가정 교사 자리에서 물러난 이래 에밀리아는 자신의 쓸모가 다했다 여겼다. 더는 하일롭이 자신을 이용하려 들지 않으리라 짐작했다. 하지만 어째선지 하일롭은 오늘 에밀리아를 다시금 만나겠노라 의사를 밝혀 왔다. 그에 에밀리아는 자신의 짐작이 단순히 착각에 불과했음을 깨달았다.

아직 하일롭은 에밀리아라는 유용한 패를 버린 것이 아니었다. 그 사실을 뒤늦게나마 깨달은 에밀리아는 너무나도 절망스러워졌다.

그간 에밀리아는 하일롭과 결탁해 알렌드로와 레오디안을 배반한 데 죄책감을 느끼고 있었지만, 비밀을 지키기 위해서 한 선택 자체를 후회하지는 않았다. 하지만 이제 에밀리아는 하일롭이 결코 자신을 순순히 놓아주지 않으리란 걸 깨닫고, 자신이 돌이킬 수 없는 선택을 하였노라 후회하게 되었다.

애초에 하일롭의 손을 잡지 않았어야 했다. 비밀이 밝혀지는 한이 있더라도 하일롭의 제안은 거절했어야 했다. 에밀리아는 이를 꽉 사리물었다. 더 이상은 하일롭에게 휘둘리고 싶지 않았다.

"……저하께서는 1황자 저하를 제치고 제위에 오르실 생각이십니까?"

"그것은 그대가 나와 논할 수 있을 만한 이야기가 아닌 듯한데."

로지안은 에밀리아가 꺼낸 화제를 단칼에 잘라 냈다. 에밀리아는 그런 로지안을 차분한 눈빛으로 바라보았다.

하일롭의 손에 휘둘리고 싶은 생각이 없듯, 로지안에게 이용당하고 싶은 생각은 추호도 없었다. 단지 하일롭의 마수에서 벗어날 수 있는 길이 바로 로지안일 뿐이었다.

무엇보다도 에밀리아는 자신을 신뢰하고 자신의 가르침을 따랐던 리리엔의 귀여운 얼굴을 뇌리에서 지워 낼 수가 없었다. 그러한 아이에게 죄를 짓고 말았다는 데에서 드는 죄책감에 숨이 막혔다. 에밀리아가 로지안을 이용하고자 마음먹은 것은 그러한 이유에서였다.

에밀리아는 하일롭을 대면하기 전에 로지안을 먼저 만날 수 있어서 차라리 다행이었다고 여겼다.

"저에게 아이가 있었습니다."

에밀리아는 기억하고 싶지 않았지만 결코 잊을 수가 없었던, 내면 깊은 곳에 묻어 둔 아픈 과거를 회상하기 시작했다.

* * *

에밀리아와 알렌드로는 서로 어릴 적부터 알아 왔지만, 두 사람의 결혼은 귀족 사회에서 흔하디흔하게 이루어지는 정략혼이었다.

알렌드로는 다정한 남자였기에 에밀리아는 알렌드로와 결혼하게 된 데에 만족했다. 하지만 머지않아서 에밀리아는 알렌드로와의 결혼을 후회하게 되었다.

에밀리아는 알렌드로의 다정한 성정을 사랑했다. 하지만 불행하게도 알렌드로의 다정함은 오로지 에밀리아에게만 한정된 것이 아니었다.

알렌드로는 불운한 과거를 가진 로켄페데스 대공가의 새로운 가주, 레오디안 로켄페데스를 안타깝게 여겼고, 그에게 헌신하기 시작했다. 그러느라 알렌드로는 장장 5년 만에 어렵게 가진 아이와 에밀리아 그녀를 등한시했다. 당시 그들의 아이는 미처 걸음마도 떼지 못한 갓난아이였는데도 불구하고 그러했다.

때문에 자연스럽게 에밀리아는 홀로 아이를 돌보아야 했다. 유모가 있었으나 평생 화목한 가정을 이루고 싶다는 꿈을 꿔 온 에밀리아는 자신의 아이를 타인의 손에 맡기는 것보다 스스로 돌보는 편을 선택했다.

그리고 바로 그것이 문제였다. 에밀리아는 그녀가 혼자서 갓난아이를 돌보기에는 어리고 미숙하다는 사실을 인정했어야 했다.

하지만 에밀리아는 그 사실을 인정하지 않았고, 어떻게든 홀로 아이를 감당하려고 했다. 그리하여 결국 그 사건이 일어나고야 만 것이다.

어쩌면 예정된 수순이었는지도 몰랐다. 에밀리아가 어리석은 선택을 한 순간부터 말이다.

여느 때와 같은 날이었다. 아이는 늘 그러하였듯 한밤중 돌연 깨어나서는 울며 보채기 시작했다.

아이는 아이답게 시간과 장소를 가리는 법이 없었다. 에밀리아는 며칠째 밤마다 보채는 아이를 달래며 밤을 새웠지만, 매일 밤 아이가 숨이 넘어갈 듯 우는 이유가 대체 무엇인지를 도저히 알 수가 없었다.

에밀리아는 밤이 늦도록 돌아오지 않는 알렌드로를 비난하다가, 결코 순하게 잠드는 법이 없는 아이를 원망하기를 반복했다.

그러다가 어느 순간, 목청이 터져라 우는 아이를 따라서 울음을 터뜨리고 말았다. 에밀리아는 완전히 지쳐 버렸고, 너무나도 절실하게 숙면을 취하고 싶었다.

'제발……. 제발 울음을 그치란 말이야…….'

에밀리아는 아이를 붙잡고 애원했다. 하지만 고막에 파고들어 오는 아이의 날카로운 울음소리는 결코 멎을 기미를 보이지 않았고, 그에 에밀리아는 당장이라도 미쳐 버릴 것만 같았다. 아이의 울음을 멈출 수만 있다면 무엇이든 다 할 수 있다는 생각을 하였을 정도였다.

'알았으니까 이제 그만 좀 울라고!'

에밀리아는 충동적으로 쿠션을 움켜잡았다. 순간, 쿠션으로 아이의 입을 막아 버리고 싶다는 생각이 든 탓이었다. 그러나 이성을 잃고 정상적인 사고를 하지 못하는 와중에도, 에밀리아는 직전 자신의 생각이 무척이나 잘못된 것임을 인지했다.

스스로 한 생각에 놀란 에밀리아가 손에 든 쿠션을 내던지고는 자리를 박차고 일어났다. 그 여파로 의자가 거친 소리를 내며 뒤로 넘어갔다. 그러나 에밀리아는 마치 아무런 소리도 듣지 못한 것처럼 곧장 방을 뛰쳐나갔다.

그렇게 방을 나섰던 에밀리아가 마음을 가라앉힌 다음, 아이의 침실로 돌아온 것은 꽤 오랜 시간이 흐른 뒤였다.

에밀리아는 아이에게 미안하다는 말을 건네며 방 안으로 들어섰다. 다정한 미소를 내건 채로 아이를 향해 다가가려 했던 에밀리아였지만, 그녀는 문가에 멈춰 서서는 단 한 발자국도 내디디지 못했다.

어느 순간부터 아이의 울음소리가 들려오지 않기에 아이가 잠들었겠거니 생각했다. 하지만 아이는 잠든 것이 아니었다.

'어, 어떻게…….'

아이는 죽어 있었다. 만약 아이의 머리에서 흘러나온 피를 보지 않았더라면, 아이가 잠들어 있는 것이라 여겼을지도 모를 고요한 모습이었다.

에밀리아는 믿을 수 없다는 듯 숨을 거둔 아이를 향해서 다가갔다. 아이의 앞에 주저앉은 에밀리아는 떨리는 손으로 아이를 끌어안았다.

그렇게 아이를 품에 안은 채로 에밀리아는 한참을 꺽꺽거리며 울었다. 그러느라 넘어진 의자 다리에 혈흔이 묻어 있다는 걸 뒤늦게야 발견했다.

아이가 침대에서 떨어지다 의자 다리에 머리를 부딪친 게 분명했다. 거기까지 생각이 미치자, 에밀리아는 숨을 쉬는 방법을 까맣게 잊어버린 사람처럼 숨도 쉬지 못하고 하얗게 질렸다.

만약 그녀가 의자를 넘어뜨리고 방을 나가지 않았더라면 아이는 죽지 않았을 것이다. 아이가 침대에서 떨어질지 모를 위험을 대비해, 아이의 침대 주위로는 푹신한 카펫이 깔려 있었으므로.

* * *

"제가 아이를 죽인 거예요."

에밀리아가 떨리는 목소리로 고백했다. 여태 에밀리아의 말을 잠자코 듣고 있던 로지안이 짐짓 놀라 눈을 크게 떴다.

로지안은 에밀리아가 하일롭에게 잡힌 자신의 약점을 치부라고 이야기했으니만큼, 결코 가벼운 일은 아니리라 여기기는 했다. 하지만 설마하니 에밀리이의 비밀이 이러한 것일 줄은 짐작조차 하지 못했다.

"그리고 그것이 바로 제가 지금껏 1황자 저하의 명령을 따를 수밖에 없던 이유입니다."

그렇게 말한 것을 마지막으로 입술을 맞문 에밀리아가 이제 어찌할 것이냐고 묻는 듯한 눈빛으로 로지안을 바라보았다.

* * *

하이드와 리리엔, 그리고 페이렌과 함께 저택으로 돌아온 엘시아를 헤이온이 맞이했다.

헤이온은 에이사를 제외한 모두가 갑작스럽게 외출을 하였다 돌아온 상황에 별다른 의문을 표하지 않았다. 리리엔과 페이렌을 데리고 저택을 나섰던 레오디안의 모습이 보이지 않는 데도 그러했다.

헤이온은 아무것도 묻지 않고 그저 엘시아를 비롯한 세 사람을 식당으로 안내하였다.

저녁 식사가 준비된 지 오래인 식당에는 에이사가 자리해 있었다. 커다란 식탁 앞에 홀로 앉아 있는 에이사의 모습은 왜인지 퍽 쓸쓸해 보였다.

"돌아오시기를 기다렸어요."

"미안해요. 오래 기다렸나요?"

상황이 상황었던지라 저택에 혼자 남아 있을 에이사를 미처 신경 쓰지 못했다. 엘시아는 에이사에게 미안한 마음을 감출 수가 없었다.

"으음, 꽤나 기다리기는 했지만……. 마음 쓰지 마세요."

에이사가 가볍게 미소를 지었다. 엘시아는 그런 에이사에게 어색하게 웃으면서 고개를 끄덕여 보였다.

그러다가 별다른 생각 없이 시선을 돌린 곳에 익숙한 상자가 놓여 있는 게 보였다. 그것은 다름 아닌, 엘시아가 레오디안과 함께 사 온 파이가 든 상자였다.

"다 같이 먹으려고 가져다 둔 건데, 아무래도 레오디안은 못 먹을 것 같네……."

엘시아가 어디를 바라보고 있는지 알아차린 듯, 리리엔이 내심 난처한 기색이 서린 목소리로 중얼거렸다.

"뭐어, 저번에는 레오디안이 나를 빼고 파이를 먹었으니까 이번에는 레오디안을 빼고 먹어도 괜찮겠지."

리리엔이 장난스러운 미소를 지었다. 엘시아는 그런 리리엔의 말에 뭐라고 대꾸해야 할지 알 수 없었다.

조금쯤 어색한 분위기가 흐르는 식당에서 페이렌이 리리엔에게 식사를 권했다. 리리엔이 포크를 들자, 뒤이어 스푼을 든 페이렌은 마치 아무런 일도 없었다는 듯이 태연하게 스튜를 먹었다.

그 모습을 본 다른 사람들도 이윽고 저마다 스푼이나 포크 따위를 손에 쥐었다. 엘시아 역시도 마찬가지였다. 엘시아는 입맛이 없었지만 그것을 굳이 내색하지 않고서 스푼으로 수프를 떴다.

식당 안에는 정적이 흘렀다. 종종 페이렌이 리리엔에게 말을 걸기는 했지만, 대화는 오래 지속되지 않았다.

그렇게 가라앉은 분위기 속에서 모두가 식사를 마쳤다. 엘시아는 지체하지 않고 자리에서 일어났다. 마음이 심란하기 그지없었던 엘시아는 홀로 생각을 정리할 시간이 필요했기에 곧장 침실로 올라가 볼 요량이었다.

그런데 웬일인지 에이사가 식당을 떠나려는 엘시아를 붙잡았다. 엘시아는 걸음을 멈추고 에이사를 돌아보았다.

에이사는 어째선지 말을 망설이는 기색이 역력했는데, 그러면서도 용케 또박또박 용건을 말했다.

"저어……. 잠시 시간을 내주실 수 있을까요? 꼭 드리고 싶은 말이 있어서요."

에이사의 표정이 아무래도 심상치 않았다. 그래서 엘시아는 에이사에게 왜 그러냐고 묻는 대신, 고개를 끄덕여 보였다.

* * *

베스티는 곧장 임모투스 신전 지하에 갇혔다. 로아나가 욤펜과 함께 괴물의 사체를 불태우기 전까지, 그 사체가 보관되어 있던 곳이었다.

레오디안의 힘에 의해 퍽 깊은 상처를 입은 상태이기는 했으나, 베스티는 멀쩡하게 살아 있었다. 괴물의 사체와는 달리 감시가 필요했다.

베스티의 감시역으로는 케일런이 선택되었다. 신황이 직접 지시한 것이었다. 신황은 케일런에게 베스티를 지켜볼 것을 명하면서 자신이 아닌 다른 이는 결코 지하에 들이지 말라는 명령을 덧붙였다.

현재 케일런이 지하로 내려가려는 레오디안의 앞을 막아서고 있는 건 그러한 이유에서였다.

"그 누구도 지하에 출입케 말라는 신황 성하의 명이 있었습니다."

"신황 성하께 괴물의 상태를 확인하고 싶다 청하고 온 길이다."

"……예?"

"비켜서도록."

케일런은 놀란 눈으로 레오디안을 바라보았다. 레오디안이 거짓말을 할 이유는 없지만, 그렇다고 해서 레오디안의 말을 선뜻 믿을 수는 없었다.

베스티를 지하에 가둔 이후, 레오디안이 신황과 독대를 한 건 사실이었다. 케일런은 신황이 레오디안과 함께 신황의 침실로 향하는 모습을 두 눈으로 똑똑히 보았다.

하지만 신황이 레오디안에게 지하 출입을 허락했는지 아닌지는 알 길이 없었다.

무엇보다도 신황은 레오디안을 경계하고 있었다. 그 사실을 케일런은 누구보다도 잘 알고 있었다. 신황의 명령을 받아서 레오디안을 습격하기 위한 기사들을 제도의 거리에 배치했던 것이 바로 케일런이었으므로.

"……정말 신황 성하께서 각하의 출입을 허락하셨습니까?"

"내가 거짓을 말하고 있는 것 같나?"

레오디안은 케일런의 말에 대답하지 않고, 도리어 케일런에게 질문을 던졌다. 케일런은 말문이 턱 막혔다. 그 상태로 멍하니 레오디안을 바라보다가, 한참 만에 가까스로 입술을 뗐다.

"각하를 의심하는 것이 아닙니다. 다만 저는 사안이 사안인 만큼 염려스러운 마음에서 확인을……."

"쓸데없이 시간을 지체하고 싶지 않다."

레오디안이 단호한 목소리로 케일런의 말허리를 잘라내더니 말했다.

"어린 동생이 내가 일을 마치고 돌아오기만을 기다리고 있어."

"아……."

케일런이 나직이 탄식했다. 레오디안이 말한 어린 동생이 누구인지는 잘 알고 있었다. 리리엔은 케일런이 언젠가 벨레로폰의 손에 이끌려서 참석한 생일 파티의 주인공이었으니까.

케일런은 조금 망설인 끝에 한 걸음 옆으로 물러섰다. 그렇게 케일런이 길을 내어주자, 레오디안은 주저 없이 발걸음을 내디뎠다.

"그저 상태를 확인하려는 것뿐이니 오랜 시간이 필요하지 않다. 금방 돌아오지."

"예, 각하."

출입문을 지켜야 하는 케일런으로서는 레오디안을 따를 수가 없었다. 케일런은 그 자리에 서서 베스티가 갇힌 방으로 향하는 레오디안의 뒷모습을 물끄러미 지켜보았다.

빠르게 층계를 내려온 레오디안은 곧장 베스티가 갇혀 있는 방으로 다가갔다. 방문은 애초에 잠겨 있지 않았던 탓에 손쉽게 열렸다.

베스티는 여전히 신성력으로 짜인 포승줄에 묶여 있었는데, 그것으로도 모자랐는지 베스티의 양 손목과 발목에 구속구가 단단히 채워져 있었다.

레오디안은 굳이 기척을 죽이지 않은 채로 베스티에게 가까이 다가갔다. 쥐 죽은 듯이 고요한 방에 레오디안의 묵직한 발걸음 소리가 울려 퍼졌다.

그 소리를 듣지 못했을 리 없는데, 베스티는 힘없이 아래로 푹 떨구고 있는 고개를 들지 않았다. 레오디안은 베스티와 어느 정도 거리를 사이에 두고 멈추어 섰다.

그리고 그 상태로 레오디안은 베스티의 모습을 묵묵히 눈에 담았다. 베스티의 새까만 머리칼은 마치 폭포수처럼 아래로 쏟아져 내린 채였다.

레오디안은 엘시아의 머리카락이 한때는 저렇듯 칠흑같이 까만색이었다는 걸 상기했다. 상황과 어울리지 않는 무척이나 뜬금없는 생각이었다.

그러나 그러한 생각을 하고 있는 장본인인 레오디안은 제 생각이 지금 이 상황에서는 하등 의미 없는 것임을 알아차리지 못하고 있었다.

언젠가부터 숨을 쉬는 것처럼 자연스럽게 엘시아를 생각하게 된 레오디안이었으므로.

레오디안은 머지않아서 비로소 고개를 든 베스티의 얼굴이 하이드와 닮은 구석이 있다는 사실을 뒤늦게야 인지했다.

"아이작 히치콕 백작."

레오디안은 그의 말에 몸을 흠칫 굳힌 베스티를 눈치챘다. 그에 레오디안은 홀로 짐작했던 것이 어쩌면 정말 사실일지 모른다는 데 생각이 미쳤다. 레오디안은 짐작한 바에 확실한 확신을 얻기 위해 물었다.

"그를 알고 있나?"

베스티는 아무런 대답도 하지 않았다. 다만 새빨간 눈동자로 레오디안을 노려볼 뿐이었다. 레오디안은 한동안 그런 베스티의 시선을 가만히 마주하고 있다가, 이내 재차 물었다.

"히치콕 백작을 알고 있느냐 물었다. 그와 무슨 관계이지?"

"……."

"그와 하이드를 낳은 건가?"

그때 베스티가 헛웃음을 터뜨렸다. 레오디안의 말이 참을 수 없이 우습다는 듯이, 헛웃음을 흘렸던 베스티는 곧 커다란 소리를 내 웃기 시작했다.

눈가에 눈물이 맺힐 정도로 파안대소를 하던 베스티가 웃음을 멈춘 건 꽤나 시간이 흐른 뒤의 일이었다.

"하……."

베스티는 구속구로 묶인 손을 들어 올려서 눈매에 어린 눈물을 닦아 냈다. 그리고는 비스듬히 고개를 기울이고서 레오디안을 올려다보았다. 보란 듯이 한쪽 입매를 끌어 올린 채였다.

"하이드는 내 아이야."

베스티가 단호하게 잘라 말했다.

"나 혼자서 만들어냈고, 내가 홀로 낳은 아이라고."

베스티의 말을 이해할 수 없었던 레오디안은 짐짓 미간을 좁혔다.

혼자서 아이를 낳는 일은 불가능했다. 하이드에게는 분명 생물학적 아버지가 있을 터였다. 그런데 베스티는 마치 그녀 혼자서 하이드를 잉태해 낳기라도 한 양 이야기하고 있었다.

베스티가 왜 그렇게 말하는 건지 이유가 궁금했지만, 레오디안은 이내 그 의문을 머릿속에서 지워 버렸다. 레오디안에게 허락된 시간은 그리 길지 않았다. 때문에 레오디안은 공연한 의문을 떠올리며 시간을 허비할 수 없었다.

아까 레오디안은 케일런에게 신황의 허락을 받고 왔다는 인상을 심어 주었지만, 사실 신황은 레오디안에게 지하 출입을 허가하지 않았다. 정확하게 말하자면, 레오디안은 신황의 허락을 구하려는 시도조차 하지 않았다.

그도 그럴 게 신황이 레오디안으로 하여금 베스티를 만나도록 허락할 리 없었다. 레오디안은 그 사실을 인지하고 있었다.

그러한 사정으로 레오디안은 신황이 알아차리기 전에 베스티와의 일을 해결하고 신전을 떠나야 했다.

그리고 지금 레오디안이 위험을 무릅쓰고 베스티를 찾아온 것은, 하이드가 베스티의 아이인지 아닌지를 확인하기 위해서가 아니었다.

베스티는 엘시아를 죽일 작정으로 엘시아를 공격했다. 그 모습을 똑똑히 목격한 레오디안은 베스티가 엘시아에게 위협이 된다고 판단을 내렸다.

그래서였다. 얼마 전까지만 해도 이곳에 보관되어 있던 괴물의 사체를 태워 버렸듯이. 레오디안은 베스티를 제거할 작정이었다.

"……뭐야, 왜 그렇게 빤히 쳐다보는 거야?"

베스티는 그녀를 향해서 천천히 다가서는 레오디안을 올려다보며 미간을 찌푸렸다.

머지않아 베스티와 가까운 곳에서 멈추어 선 레오디안이 무심하게 물었다.

"내 시신이 불쾌한가?"

"기꺼웠다면 굳이 말을 꺼냈겠어?"

베스티가 날카로운 목소리로 대꾸했다. 레오디안은 별다른 반응을 보이지 않았다. 그러한 레오디안의 모습에 베스티가 허탈하게 헛웃음을 터뜨렸다.

"참 재미없는 남자네."

베스티는 그렇게 중얼거리면서 새삼스럽게 레오디안을 바라보았다. 레오디안은 베스티가 인간이 아니라는 걸 눈치채고도 놀라지 않았을 뿐만 아니라, 그동안 하이드를 대공저에 머무르게 해 주었다.

하이드가 괴물이라는 사실을 레오디안이 몰랐을 리 없었다. 그런데도 레오디안은 하이드를 보살펴 주었다. 베스티는 그 이유가 문득 궁금해졌다. 신전의 기사인 주제에 신전이 추악한 존재라 정의하고, 토벌에 힘쓰고 있는 괴물을 자신의 저택에 들인 이유가 말이다.

"……하이드를 이용할 작정이었던 건가?"

베스티는 나름대로 추측해 본 이유를 입 밖으로 꺼내어 놓았다. 그러나 레오디안은 미묘하게 미간을 좁힐 뿐, 아무런 대꾸도 하지 않았다.

"하이드는 뜻대로 다루기가 힘든 아이인데."

그동안 하이드는 얼핏 보기에는 순종적으로 구는 듯했지만, 사실 베스티에게 복종한 적이 없었다.

지금껏 하이드가 아이작의 저택에서 순순히 갇혀 지냈던 것도 베스티의 말을 따른 것이 아니었다. 그저 단순히 하이드 자신이 저택을 벗어나기를 원하지 않았기 때문이었다.

그러했던 하이드가 아이작을 죽이고 저택 밖으로 나섰다. 그리하여 현재 하이드는 베스티가 아닌, 엘시아와 함께 지내고 있었다.

베스티는 언제부터 하이드가 심경 변화를 일으켰는지, 그 변화가 대체 무엇에서 비롯되었는지 도무지 짐작조차 할 수 없었다. 하지만 베스티는 하이드를 포기하지 않았다.

애초에 하이드를 포기할 생각은 단 한 순간도 한 적 없었다. 베스티는 어떻게든 하이드를 곁에 둘 작정이었다.

"여기서 나가기만 하면……."

베스티는 그녀의 손목을 꽉 옥죄고 있는 구속구를 내려다보면서 손을 쥐었다 폈다 반복했다. 그러다가 대뜸 고개를 홱 들어 올렸다.

순간 벼락처럼 베스티의 머릿속을 스치고 지나간 생각이 있었다. 베스티는 망설임 없이 입술을 벌렸다.

"혹시 날 꺼내 주려고 온 거야? 그런 거라면 괜히 시간 낭비하지 말고 어서……."

베스티는 말을 꺼냈던 기세가 무색하게도 말을 끝까지 잇지 못한 채로 입을 닫았다.

그도 그럴 것이 레오디안은 베스티가 그를 처음 봤을 때나 지금이나 변함없이 냉정한 낯을 하고 있었다. 그런 레오디안이 베스티의 눈에는 마치 잘 조각된 석고상 같아 보였다. 감정이라곤 단 한 줌도 지니지 않은 것처럼 느껴졌다.

베스티는 레오디안의 모습을 멍하니 올려다보다가 깨달았다. 레오디안이 베스티를 구해 줄 이유가 없었다. 깊게 생각해 보지 않더라도 쉽게 알 수 있는 사실이었다. 베스티는 순간 멍청한 생각을 떠올렸던 자신을 책망했다.

"그래, 네가 날 꺼내 줄 생각일 리 없어."

오히려 그 반대일 것이다. 베스티는 레오디안이 그녀를 죽일 작정으로 이곳을 찾아왔으리라 짐작했다.

"신황이 나를 죽이라고 명령을 내렸니?"

레오디안은 대답하지 않았다. 지금 레오디안이 베스티를 죽이고자 함은 그 자신의 의지였다. 신황은 레오디안에게 아무런 명령도 내리지 않았다.

하지만 그 사실을 베스티에게 알려 줄 생각은 없었다. 레오디안은 말없이 허리춤에 차고 있던 검집에서 검을 빼들었다.

베스티가 엘시아를 공격하였다는 걸 차치하더라도, 베스티가 신황의 수중에 있는 건 위험했다.

베스티는 엘시아가 지켜 주려고 하는 하이드와 접점을 가지고 있는 괴물이었다. 만약 이 사실을 신황이 눈치챈다면 베스티를 이용해 엘시아를 손에 넣으려 할 수도 있었다.

레오디안은 신황이 더 이상 엘시아에게 접근하는 걸 원치 않았다. 신황은 엘시아에게 관심을 가지고 있었고, 그 점을 숨기지 않았다. 어쩌면 엘시아가 평범한 인간이 아니라는 사실을 알아차렸는지도 몰랐다.

신황은 그간 괴물을 상대로 실험을 해 왔다. 게다가 얼마 전 아이작의 저택에서 발견된 괴물의 사체까지 손에 넣어, 대신관들로 하여금 그 사체를 조사하도록 지시하기까지 했다.

그 덕분에 현재 신황은 베스티와 같은 괴물의 존재를 충분하리만큼 잘 파악하고 있을 것이었다. 그런데도 신황은 엘시아를 원했다.

그에 레오디안은 신황이 여태 괴물을 상대로 한 실험을 엘시아에게도 자행할 작정인지 모른다 여겼다.

게다가 무슨 이유에서인지는 알 수 없지만, 신황은 레오디안이 알아차리기 전부터 괴물의 존재를 인식했고, 그 존재를 이해하기 위해 애써 왔다.

그 자체로도 충분히 강대한 권력을 지니고 있는 신황이었다. 신황이 더 이상은 괴물과 접촉할 수 없도록 막아야 했다.

신황이 어째서 괴물에게 관심을 갖는지 이유는 모르나, 그 이유가 대의에서가 아니라 사사로운 욕망에서 비롯되었으리라는 건 자명했으므로.

레오디안은 검자루를 쥔 손에 힘을 주었다. 구태여 비오렌치아를 사용해서 이곳에다 그 힘의 흔적을 남기고 싶지 않았다. 레오디안은 오직 검만을 사용해 베스티의 목을 벨 생각이었다.

"인간 주제에⋯⋯. 날 죽일 수 있을 것 같아?"

레오디안이 정말로 자신을 죽일 작정이라는 걸 알아차린 베스티가 벌떡 자리를 박차고 일어났다.

손목과 마찬가지로 구속구로 묶여 있는 발목 탓에 비틀거리면서도 베스티는 필사적으로 뒤로 물러났다.

그렇게 순식간에 레오디안과 거리를 벌린 베스티가 손톱을 날카롭게 세웠다. 움직임에 제약이 있는 상황에서 검을 든 신전의 기사를 상대한다는 건 쉽지 않은 일일 테지만, 그렇다고 해서 가만히 손 놓고 죽음을 맞이하고 싶은 생각은 추호도 없었다.

베스티는 자신이 긴장했다는 사실을 숨기기 위해 가소롭다는 듯이 레오디안을 바라보면서 실소를 흘렸다.

"그따위 날붙이로는 내게 상처 하나 낼 수 없어."

베스티는 구속구로 묶인 양손을 들었다. 순식간에 자라난 날카로운 손톱을 보란 듯이 레오디안을 향해서 겨누었다.

레오디안은 어느덧 괴물의 모습으로 변해버린 베스티를 담담한 눈으로 바라보았다.

베스티가 엘시아를 공격했을 때, 그때 레오디안은 베스티를 죽이려면 얼마든지 죽일 수 있었다. 아니, 애초에 레오디안은 베스티를 죽일 생각으로 힘을 사용한 것이었다.

하지만 레오디안은 그 자리에서 베스티를 죽이지 못했다. 베스티의 존재를 인지한 신황이 그의 기사를 보냈기 때문이었다.

신황의 기사들이 가까워지고 있다는 걸 알아차린 레오디안은 엘시아와 리리엔이 무사히 저택으로 돌아가기 위한 시간을 벌어야 할 필요성을 느꼈다. 그리고 무엇보다도 그 두 사람이 그 자리에 있었다는 걸 신황이 눈치챘는지 아닌지를 확인해야 했다.

다행스럽게도 신황은 베스티를 손에 넣은 데 만족한 듯, 자세한 사정에는 관심을 두지 않았다. 레오디안이 어쩌다 베스티를 발견했으며, 또 어떻게 베스티를 제입했는지 의문스러워하는 기색조차 보이지 않았다.

"알고 있다."

"……뭐?"

"너와 같은 존재는 쉽게 죽지 않는다는 것."

레오디안이 무심한 목소리로 말하며 베스티를 향해 날 선 검날을 겨누었다. 그런 레오디안의 모습에서는 망설이는 기색이라고는 조금도 찾아볼 수 없었다.

베스티는 긴장으로 몸을 굳혔다. 등줄기를 타고 식은땀이 흘러내리는 게 느껴졌다.

"그리고 네 피가 푸른색이리라는 것 또한 알고 있다."

그 말에 베스티는 레오디안이 괴물을 상대하는 게 처음이 아닐지 모른다

짐작했다. 그러한 짐작과 함께 찾아든 두려움이 베스티의 낯을 새하얗게 질리도록 만들었다.

지금 베스티는 레오디안이 묘한 힘을 사용해서 그녀의 온몸을 단단히 억압했을 때보다도 훨씬 거대한 공포심을 느끼고 있었다.

하지만 베스티는 자신이 레오디안을 두려워하고 있다는 사실을 결코 인정하고 싶지 않았다.

고작 인간이었다. 인간을 두려워한다는 건 베스티로서는 도저히 용납할 수가 없는 일이었다.

"……인간 주제에."

베스티는 그렇게 말하면 지금 자신이 느끼고 있는 두려움이 사그라지리라 믿고 있는 것처럼 그 말을 몇 번이나 반복해 중얼거렸다.

그러다가 베스티는 이윽고 분에 차 상기된 얼굴로 피를 토하듯 소리쳤다.

"인간 주제에, 인간 주제에! 내가, 우리가 인간이 아니라는 이유로……!"

"내가 지금 너를 죽이고자 함은 네가 인간이 아니기 때문이 아니다."

레오디안은 변함없이 마냥 담담한 태도로 말을 이었다.

"네가 인간이 아니므로 죽어야 마땅하다고 생각하지도 않는다."

베스티가 믿을 수 없다는 듯한 눈빛으로 레오디안을 올려다보았다.

"……거짓말."

"네가 그리 느끼는 것도 무리는 아니지. 하지만 사실이다."

레오디안은 말문이 막힌 듯 그를 바라보고 있는 베스티를 향해 다가갔다. 그러면서 말을 덧붙였다.

"다만 내게는 반드시 지키고 싶은 것이 있고, 그를 위해서 너를 죽이려는 것이다."

한 걸음 더.

"단지 그뿐이다."

"……."

"다른 이유는 없어."

레오디안이 말을 맺자, 순간 멈칫했던 베스티가 이내 가까스로 정신을 차리고 뒤로 물러났다.

레오디안은 베스티가 물러난 만큼 걸음을 내디뎌 베스티와 거리를 좁혔다. 더 이상 지체할 시간이 없었다. 레오디안은 망설이지 않고 검을 들어 올렸다. 곧장 베스티를 향해 내리칠 작정으로.

그런데 그 순간이었다.

"각하, 물러나십시오!"

돌연 다급한 목소리가 레오디안의 귓가를 파고들어 왔다.

레오디안은 천천히 고개를 돌려 뒤를 돌아보았다. 케일런이 레오디안이 베스티를 향해서 검을 겨누고 있는 광경을 믿을 수 없다는 듯이 바라보고 있었다.

레오디안과 시선이 마주치자 케일런의 눈동자가 정처 없이 흔들렸다. 케일런의 낯 또한 경악으로 가득 차 있었다. 레오디안은 그런 케일런을 덤덤히 마주했다.

"지금 이게 무슨……."

"설마하니 대공이 내 뜻에 반해 이러한 짓을 벌일 줄은 몰랐습니다."

문득 뒤에서 들려온 신황의 목소리는 낮게 가라앉아 있었다. 케일런이 황망하다는 듯 고개를 조아리며 옆으로 물러섰다.

신황은 거리낄 것은 아무것도 없다는 듯 마냥 태연하게 방 안으로 걸음을 옮겼다.

"그렇지 않습니까, 경."

"서, 성하……."

"대공을 임모투스 신전 지하 가옥에 모시도록 하세요."

신황이 그가 대동하고 온 기사들에게 명령했다. 그 명에 신황의 기사들이 곧장 레오디안에게 가까이 다가갔다.

레오디안은 그런 그들을 무덤덤한 시선으로 바라보다가 순순히 검을 검집에 집어넣었다.

"각하, 시, 실례하겠습니다."

이윽고 레오디안의 곁에 바투 붙어 선 기사 한 명이 난감한 표정으로 말했다.

레오디안은 아무런 대꾸를 하지 않고, 다만 신황을 향해서 시선을 옮겼다. 신황은 늘 그러하듯 좀체 속을 모를 얼굴을 하고 있었다.

"저를 정말 가옥에 가두실 생각이십니까."

레오디안의 말에 신황이 입매에 희미한 미소를 띠었다. 그것을 본 레오디안의 미간이 조금쯤 구겨졌다. 레오디안이 짐짓 가라앉은 목소리로 말을 이었다.

"제가 가옥에 갇힌다면 황실에서는 그를 결코 묵인하지 않을 것입니다."

"그렇다고 할지라도 이번 일을 그냥 넘어갈 수는 없습니다, 대공."

신황이 레오디안을 똑똑히 직시하면서 대꾸했다. 그에 레오디안은 입술을 굳게 다물었다.

아무리 레오디안이 황가를 적대시하고 있다고 할지라도 레오디안은 황제의 소생이었다.

그리고 그것을 차치하고 보더라도 오랜 세월 신전과 알력 싸움을 해 온 황실이었다. 신전이 대공인 레오디안을 억류하려고 한다면 그것을 황실이 가만히 두고 볼 리가 없었다.

그 사실을 모를 리 없는데도 신황은 전혀 개의치 않는 기색이었다. 신황은 레오디안을 똑똑히 직시하면서 말을 덧붙였다.

"무엇보다도 대화를 나누던 대공과 저 불온한 존재의 모습이 꽤 친밀하게 보였습니다."

무척이나 뜬금없는 말이었다. 레오디안이 미처 예상치 못한 말이기도 했다. 하지만 레오디안은 방금 신황이 괜한 소리를 한 것이라고는 생각하지 않았다. 모르긴 몰라도 필시 무언가 분명한 목적을 가지고 한 말이리라.

레오디안은 지금 자신이 꼭 신황이 설치해 둔 덫에 빠진 것만 같다는 느낌을 지울 수 없었다. 그에 레오디안의 미간 사이 주름이 짐짓 깊어졌고, 그를 본 신황의 미소가 더욱 짙어졌다.

"아무래도 대공이 내게 숨기고 있는 것이 있는 듯한데, 나는 그걸 알아야 겠습니다."

신황이 의미심장한 말을 던진 후, 여태 어정쩡하게 자리를 지키고 있던 기사들에게 시선을 주었다.

기사들은 그제야 레오디안을 포박했다. 레오디안은 반항하지 않고 순순히 기사들의 손길에 몸을 내맡겼다.

"하, 꼴좋네."

지금껏 상황을 관망하듯 지켜보고 있던 베스티가 레오디안더러 들으라는 듯 비아냥거렸다.

레오디안은 그런 베스티에게 힐끗 시선을 주었을 뿐, 딱히 별다른 반응을 보이지 않았다. 그 모습에 베스티가 김이 샌다는 듯 허탈하게 헛웃음을 터뜨렸다.

그때, 하얗게 질린 얼굴을 한 케일런이 신황의 앞에 한쪽 무릎을 꿇고 앉았다.

"성하, 무언가 오해를 하신 듯합니다."

신황이 말없이 케일런을 내려다보았다. 케일런은 잠시간 망설이다가 입을 열었다.

"각하께서는 분명 저 괴물에게 검을 겨누고 있었습니다. 그런데 친밀하다니, 어찌 그런 말씀을……."

"경은 내 명령을 제대로 이행하지 않았지요."

케일런의 말허리를 단칼에 잘라낸 신황이 대뜸 말꼬리를 돌렸다. 신황은 퍽 뜬금없는 화제를 꺼냈으나, 그 화제는 케일런의 입을 단단히 틀어막기에는 충분했다.

"대공을 지하에 들였고, 그리하여 앞으로 토벌에 도움이 될 정보를 얻기 위해 생포한 불온한 존재를 위험에 빠뜨렸습니다."

신황은 희게 탈색된 케일런의 낯을 내려다보며 정말이지 애석하다는 듯한 표정을 지었다.

"나는 당장이라도 얼마든지 그 죄를 물을 수 있으나, 경의 죄를 묻지 않으려고 합니다. 신을 향한 경의 신실한 믿음을 의심하지 않기 때문입니다."

신황의 말에 케일런이 아랫입술을 힘주어 깨물었다. 그러한 케일런을 향해 신황은 아무렇지도 않게 말을 이었다.

"하지만 경의 실수를 눈 감고 넘겨주는 것은 이번 한 번뿐입니다. 두 번의 실수는 용납하지 않겠습니다."

"성하……."

케일런이 간신히 용기를 내 쥐어짜는 듯한 목소리로 신황을 불렀으나, 신황은 아무런 대답을 하지 않았다. 그에 케일런은 떨리는 입술 사이로 나직이 침음했다.

그런 케일런을 못 본 척 외면한 신황은 눈길을 돌려 레오디안과 그의 주위에 서 있는 기사들에게 시선을 주었다.

그렇게 잠시간 묵묵히 시선만을 던지다가, 신황이 기사들을 향해서 다시 한 번 명령을 내렸다.

"대공을 가옥으로 모셔 가도록 하세요."

* * *

"어디를 가려는 거야?"

하이드가 막 에이사와 함께 식당을 떠나려던 엘시아를 붙잡았다.

엘시아가 예상치 못한 상황에 당황스러운 눈으로 하이드를 돌아보자, 하이드가 기다렸다는 듯이 말을 꺼냈다.

"나도 같이 가."

아무래도 하이드는 베스티를 만난 일로 아직 불안해하고 있는 것 같았다. 그렇게 생각하고 하이드를 보니 안쓰러운 마음이 들었다.

하지만 그렇다고 해서 에이사와 이야기를 나누는 데에 하이드를 대동할 수는 없는 노릇이었다. 에이사가 불편해할 것이 분명했다.

엘시아는 조금쯤 난감한 기색으로 하이드의 안색을 살펴보다가 부드러운 어조로 말을 꺼냈다.

"잠깐 이야기만 하려는 거야. 나는 괜찮으니까 리리엔하고 같이 있어 줄래?"

"……리리엔하고?"

"응, 부탁할게. 리리엔이 많이 놀랐을 거야. 리리엔 곁에 있어 줘."

하이드는 엘시아의 말을 듣고 그제야 리리엔에게 마음이 쓰이는지 힐끔 리리엔을 돌아보았다.

애초에 하이드는 엘시아의 부탁을 단칼에 거절할 정도로 냉정한 성격이 아니었다. 그런 데다가 하이드는 엘시아에게 호의를 가지고 있기까지 했다.

"알았어."

하이드는 결국 엘시아를 향해서 고개를 끄덕여 보였다. 엘시아가 에이사와 단둘이 대화를 나누는 것이 영 내키지 않는 듯했지만, 그렇다고 엘시아의 부탁을 거절하지는 못했다.

"고마워, 하이드. 그럼 금방 이야기를 마치고 리리엔의 침실로 갈게."

"응."

어느새 평소와 같은 멍한 얼굴로 돌아온 하이드가 고개를 끄덕거렸다. 엘시아는 하이드에게 한 번 웃어준 뒤, 자신을 기다리고 있는 에이사에게 다가갔다.

"제 침실로 갈까요?"

"네, 좋아요."

에이사의 대답을 확인한 엘시아가 지체하지 않고 걸음을 내디뎠다. 에이사는 여전히 그 자리에 멍하니 서 있는 하이드를 힐끗 돌아보았다가, 이내 엘시아의 뒤를 따라서 걸음을 옮겼다.

그렇게 자신의 침실로 에이사를 데려온 엘시아는 에이사에게 소파에 앉을 것을 권했다. 에이사는 선선히 자리에 앉았다.

지금 에이사가 무슨 말을 하려는 건지 엘시아에게는 짐작이 가는 구석이 전혀 없었다. 혹시 에이사에게 무슨 일이라도 생긴 것일까. 엘시아는 내심 걱정스러운 마음으로 물었다.

"무슨 일인가요?"

에이사는 선뜻 대답하지 못하고 말을 망설였다. 엘시아는 그런 에이사를 재촉하지 않고 잠자코 기다려 주었다.

에이사는 한동안 말문을 열지 못했다. 그저 엘시아와 시선을 맞추고 있을 뿐, 계속해서 말을 고르는 듯한 기색만을 내보였다. 그런 에이사의 모습에 엘시아는 아무래도 에이사가 하려는 이야기가 그리 가볍지는 않으리라 짐작했다.

얼마쯤 지났을까. 고요한 방 안에서 침묵을 지키던 에이사가 한참 만에 비로소 조심스럽게 입을 열었다.

"……그동안 엘시아 님 덕분에 이곳에서 너무도 평안하게 지냈어요."

에이사는 차마 엘시아를 똑바로 마주 바라보지 못하겠다는 듯 힘없이 시선을 아래로 내려뜨렸다.

"마음 같아서는 계속 이렇게 편하게 지내고 싶지만……. 그럴 수 없다는 걸 알고 있어요."

에이사는 대공저를 찾아온 하일롭이 했던 말을 똑똑히 기억하고 있었다. 아니, 기억하지 않으려고 해도 그 말은 뇌리에 선명히 남아 계속해서 에이사를 괴롭혔다.

'엘시아 아리테스 영애가 히치콕 백작을 살해한 용의자로 지목이 되었어.'

엘시아와 같이 지낸 시간은 그다지 길다고 말할 수는 없는 정도였다. 하지만 에이사가 엘시아를 파악하기에는 더할 나위 없이 충분한 시간이었다.

엘시아는 자신에게 무례하게 굴었던 에이사에게 선뜻 도움의 손길을 내밀 정도로 상냥한 사람이었다. 때문에 에이사는 정말이지 엘시아를 의심하고 싶지 않았지만, 그러면서도 하일롭이 했던 말을 잊을 수가 없었다.

엘시아가 자신의 하나뿐인 가족이었던 아이작을 살해했을지도 모른다니. 에이사는 너무도 다정한 엘시아를 마주할 때마다 혼란스러운 마음을 다잡을 수 없었다.

엘시아와 함께 도망치듯 다급하게 신성지로 온 이후, 엘시아에게 당신이 정말 우리 오라버니를 살해한 범인이냐고, 그 물음을 입 밖으로 낼 뻔했던 적이 한두 번이 아니었다.

엘시아가 아이작을 죽인 사람일지 모르는데 엘시아의 도움을 받으면서 지내는 게 과연 옳은 일인가 하는 생각이 에이사의 머릿속을 연신 맴돌았다.

그렇게 몸은 편하지만 마음은 고통스럽기가 그지없는 나날이 이어졌다. 그리고 오늘에야 비로소 에이사는 결심을 세운 것이었다.

에이사는 그간 자신에게 선뜻 도움을 준 엘시아에 대한 예의로 엘시아에게 만큼은 자신의 향후 거취를 밝히겠노라 마음먹었다.

"앞으로는 신전에 몸을 의탁하려고 해요."

"……신전에서 지내겠다고요?"

"네."

예상치 못한 에이사의 말에 엘시아가 놀란 표정을 지었다. 에이사는 조심스럽게 엘시아와 시선을 마주하고서 말을 이었다.

"황실을 믿을 수가 없어요. 귀족들도 마찬가지에요."

아이작은 황실, 정확하게는 하일롭과 긴밀한 관계를 맺어 왔다. 그러나 아이작이 사후, 하일롭은 아이작을 외면했다.

에이사는 아이작이 하일롭과 함께 어떠한 일을 도모해 왔다는 사실을 알고 있었다. 그런데 하일롭은 그간 두 사람이 함께해 온 일을 아이작이 단독으로 벌인 기행으로 치부한 것이다.

"신전은 이 제국에서 황실의 권력에 영향을 받지 않는 유일한 곳이잖아요."

에이사는 자신이 신성지에 오게 되리라고는 예상치 못했지만, 어쩌면 이렇게 신성지에 오게 된 게 차라리 잘된 일인지 모른다고 생각하기에 이르렀다.

"신전에서 머무르면서 오라버니를 살해한 범인을 찾을 거예요."

홀로 단단하게 세운 결심을 이야기한 에이사는 어느덧 그에 걸맞은 단호한 표정을 지은 채로 엘시아를 바라보고 있었다.

"……히치콕 백작님을 살해한 범인을 찾겠다고요? 혼자서요?"

"네, 다른 방법이 없으니까요."

에이사는 결연하게 고개를 주억거렸다. 결심으로 단단해진 표정이었다. 엘시아는 우려가 섞인 시선을 에이사에게 보냈다.

에이사는 리리엔의 또래에 불과한 어린아이였다. 그런데 혼자서 살인범을 찾아내겠다니. 엘시아는 염려스러운 마음을 감출 수 없었다.

무엇보다도 엘시아는 아이작을 살해한 것이 누구인지 알고 있었다. 하지만 에이사에게 그 사실을 말해 줄 수는 없었다. 그러니만큼 엘시아에게는 지금 에이사의 이야기가 마냥 당황스럽게 느껴졌다.

엘시아는 한동안 말없이 에이사를 바라보고만 있다가, 잠시 뒤 머릿속에 떠오른 의문을 입 밖으로 꺼냈다.

"신전이 에이사 씨를 받아 줄까요?"

"아마 그럴 거예요."

에이사가 덤덤하게 대꾸했다.

"신전이 갈 곳 없는 사람들을 평신관으로 받아 주는 일이 종종 있다는 이야기를 들은 적이 있어요."

"아……."

"그리고 만약에 신전이 저를 받아 주지 않는다고 해도 저는 신성지에서 지낼 거예요."

여전히 걱정스럽다는 듯한 기색을 감추지 못하고 있는 엘시아 앞에서, 에이사는 일말의 흔들림 없는 목소리로 말을 이었다.

"오라버니가 저에게 남긴 신탁이 있거든요. 그거라면 여기서 적당한 집과 사용인을 구해서 살 수 있어요."

다만 문제가 있다면 에이사가 성인이 아니라는 점이었다. 에이사 앞으로 남겨진 신탁이 있다는 말은 사실이지만, 그 신탁을 사용하기 위해서 미성년인 에이사는 반드시 대리인을 내세워야만 했다.

그러나 에이사는 그 사실을 구태여 엘시아에게 짚어 주지 않았다. 대신 환하게 미소를 지으면서 퍽 어른스럽게 들릴 법한 말을 덧붙였다.

"그러니까 제 걱정은 하지 않으셔도 돼요."

"하지만……."

엘시아가 잠시 망설이다가 말을 이었다.

"에이사 씨는 아직 어리잖아요. 혼자서 지내는 게 쉽지 않을 거예요. 어른의 보호를 받아야 할 나이인데……."

엘시아의 말에 에이사가 지그시 눈을 감고는 고개를 흔들었다. 그에 엘시아는 더 이상 말을 잇지 못하고 조용히 입술을 다물었다.

엘시아가 무엇을 걱정하는지 에이사도 모르지 않았다. 앞으로 혼자서 살 거라고 이야기하는 어린아이의 모습이 어른의 눈에 어떻게 비추어 보일지도 알고 있었다.

에이사는 아이작이 명을 달리한 순간, 모든 직계 혈족을 잃고 혼자 남게 되었다. 그러자 황실은 에이사의 신원을 그녀의 방계 혈족이자 히치콕 백작가의 가신인 엑시오 남작에게 인도했다. 어린 에이사에게는 필히 누군가의 보호가 필요하다고 판단했기 때문이었다.

하지만 에이사는 남작저에서 남몰래 빠져나와서 제도로 향했고, 엘시아에게 도움을 청했다. 거기에는 그럴 만한 시정이 있었다.

"오라버니는 성인이 되자마자 작위를 계승했어요. 그래야만 했었죠."

한참 만에 에이사가 천천히 말문을 열었다. 엘시아는 에이사의 목소리에 가만히 귀를 기울였다.

"모두가 자신을 이용하려는 상황에서도 오라버니는 어떻게든 홀로 중심을 지키면서 가문을 지키려고 했는데……."

에이사는 늘 능청스러운 얼굴로 미소를 지으면서 장난을 쳐 오던 아이작을 떠올렸다. 스스로 모든 짐을 떠안고 살면서 에이사에게는 단 한 터럭도 내색하지 않던 아이작의 얼굴을 에이사는 마치 어제 본 것처럼 선명하게 떠올릴 수 있었다.

그런 아이작 덕분에 지금껏 에이사는 천진난만한 어린애로 살 수 있었다.

하지만 아이작이 곁에 없는 지금, 에이사는 더 이상 예전처럼 아무것도 모르는 아이처럼 살 수 없었다.

가신들은 어린 나이에 가주가 된 아이작을 손에 쥐고 자신들의 뜻대로 이용하려 들었다. 이제 그들은 에이사에게도 그러할 것이었다.

만약 엑시오 남작의 보호 아래 있었다면, 성인이 되었을 때 그들이 원하는 누군가와 결혼을 해서 그에게 가문을 넘겨주게 될 터였다. 어린 에이사의 눈에도 훤히 보이는 미래였다.

그 미래가 에이사는 정말이지 끔찍하리만큼 싫었다. 아이작이 평생을 지키고자 노력했던 가문이었다. 에이사는 이제는 자신이 가문을 지켜야 한다고 생각했다. 아이작이 그러했듯이. 에이사는 어떻게 해서든 가문을 지켜 낼 작정이었다.

그러기 위해서는 일단 가신들의 손아귀에서 벗어나야 했다. 황실과 귀족의 권력에 하등 영향을 받지 않는 신전에서, 에이사는 자신이 홀로 가문을 지킬 수 있는 나이가 될 때까지 숨죽인 채로 지낼 생각이었다.

"엘시아 님의 말대로 저는 어려요. 하지만 아무것도 모르고 꼭두각시처럼 이용당할 정도로 어리석지는 않아요."

에이사는 단호한 목소리로 말했다.

"오라버니가 지키려고 노력한 가문이에요. 이제 제가 가문을 지킬 거예요."

엘시아는 결연한 다짐을 말하는 에이사에게 어떤 반응을 보여야 할지 알 수 없었다.

무엇보다도 에이사가 이야기하는 아이작은 엘시아가 알고 있는 아이작과 너무도 달랐다. 그래서 엘시아는 선뜻 어떠한 말도 꺼낼 수가 없었다.

하이드가 아이작을 살해했다는 사실을 알았을 때, 엘시아는 무척 당황했다. 설마하니 하이드가 살인을 저지르고서 자신을 찾아오리라고는 상상조차 못했거니와, 언제까지고 자신을 괴롭힐 것만 같았던 아이작이 그렇듯 쉽게 죽을 줄은 예상하지 못했기 때문이었다.

하지만 당황은 잠시였고, 엘시아는 곧 아이작이 죽어서 다행이라는 생각을 했다. 영 께름칙하기만 한 아이작이 자꾸만 접근해 자신을 괴롭힌다는 점을 차치하더라도, 어린 하이드를 지하에 가두어 키웠던 아이작이었다.

엘시아는 그런 아이작을 아무리 좋게 보려고 해도 결코 좋은 사람으로 볼 수 없었다. 때문에 엘시아는 아이작의 죽음에 당황하기는 했으나, 안타깝다거나 슬프다거나 하는 감정은 조금도 느끼지 못했다.

하지만 엘시아와 다르게 에이사는 아이작의 죽음을 누구보다도 슬퍼하고, 또 괴로워하고 있었다. 어린 나이에 혼자서 아이작을 죽인 범인을 찾아내겠단 결심을 할 정도로. 에이사에게 아이작의 죽음은 삶이 송두리째 뒤흔들릴 정도로 거대한 영향을 준 것이다.

그것이 지금 이 순간 엘시아의 눈에 훤히 보였다. 에이사의 슬픔에 뼈아프게 공감한 엘시아는 자신이 아이작을 살해한 것이 아니면서도 그만큼의 죄책감을 느꼈다.

아이작을 죽인 게 누구인지를 알고 있으면서도 그를 에이사에게 숨기고 있다는 것이 무엇보다도 엘시아의 마음을 심란하게 만들었다.

"제가 도움이 될지 모르겠지만……."

엘시아는 꽤 한참 망설인 끝에 말문을 열었다. 죄책감에서 비롯된 부채감을 덜어 내기에는 턱없이 부족한 말이었지만, 그런 말이라도 해야 한다는 충동이 들었다.

"혹시라도 제 도움이 필요해지면 부디 개의치 말고 언제든지 저를 찾아와 주세요. 제가 할 수 있는 일이라면 무엇이든 도울게요."

"엘시아 님은 정말……."

에이사가 북받친 듯 벅찬 표정으로 입술을 꾹 깨물었다. 그 상태로 한참 감정을 다스리던 에이사가 잠시 뒤 떨리는 목소리로 말했다.

"……정말 다정하시네요."

혼잣말처럼 중얼거리는 에이사의 말을 듣고 엘시아는 죄책감이 가슴께를 꾹 짓누르는 듯한 느낌에 사로잡혔다.

하지만 그런 엘시아를 미처 눈치채지 못한 에이사는 자신의 마음이 엘시아에게 전해졌으면 좋겠다는 듯이 재차 반복해 말했다.

"고마워요. 진심으로 고마워요."

엘시아는 말문이 턱 막혀서는 아무런 대꾸를 하지 못했다. 그저 에이사를 향해 애매한 미소를 지으면서 고개를 끄덕였을 뿐이었다.

"흔쾌히 시간을 내어 주신 것도 진심으로 감사드려요, 엘시아 님. 그럼 저는 이만 일어나 볼게요."

용건을 마친 에이사는 한결 가벼워진 표정으로 자리를 털고 일어났다. 그러던 중 문득 머릿속을 스치고 지나간 생각에 침실을 떠나려다 말고 엘시아를 돌아보았다.

"아, 제가 곧 떠날 거라는 이야기를 제 대신 대공 각하께 전해 주시겠어요?"

에이사가 대공가의 보호를 받아온 것은 순전히 엘시아 덕분이었다. 거기에 에이사는 레오디안하고 제대로 마주 보고 대화를 나눈 적조차 없었다.

그래서인지 이곳을 떠나기 전에 레오디안에게 직접 감사 인사를 하자니 영 민망했다. 하지만 그렇다고 해서 레오디안에게 아무런 말없이 떠날 수는 없었다.

그런 생각에서 에이사는 엘시아에게 자신의 이야기를 레오디안에게 전해 달라고 부탁한 것이었다. 그리고 다행스럽게도 엘시아는 에이사의 청을 거절하지 않았다.

"네, 그렇게 할게요. 대공님이 돌아오시는 대로 에이사 씨 이야기를 전할게요."

"감사해요."

에이사는 엘시아를 향해서 환하게 미소를 지어 보였다.

"그럼 이제 정말 나가 볼게요. 편히 쉬세요."

그 말을 마지막으로 에이사는 지체하지 않고 침실을 떠났다. 문이 닫히는 소리가 울려 퍼진 뒤, 침실에는 기다렸다는 듯이 적막이 찾아들었다.

엘시아는 하이드가 자신을 기다리고 있다는 사실을 알면서도 좀처럼 자리에서 일어나지 못했다. 에이사는 떠났으나, 에이사가 떠나기 전에 했던 이야기들은 엘시아의 머릿속에 계속해서 떠올랐다가 사라지고 또 떠오르기를 거푸 반복하고 있었다.

'에이사가 이곳을 떠나는 건 에이사에게도 하이드에게도 잘된 일이야.'

하이드는 에이사가 아이작의 동생이라는 사실을 알고 있으면서도 여태 에이사를 꺼리는 듯한 기색을 전혀 내보이지 않았다.

하지만 모르긴 몰라도 자신이 살해한 자의 혈육을 매일같이 마주한다는 것은 퍽 괴로운 일이었을 터였다.

그러니까 에이사와 하이드에게 피차 잘된 일이라고, 그렇게 생각하려고 노력하는데도 무겁게 가라앉은 마음은 가벼워질 기미조차 보이지 않았다.

이런 기분이어서야 도저히 아무렇지 않은 척 리리엔을 마주할 수 있을 것 같지가 않았다. 엘시아는 심란한 마음을 다잡기 위해 꽤나 오랜 시간을 할애해야 했다.

그렇게 오래도록 소파에 앉아 있던 엘시아는 한참 만에 가까스로 몸을 일으켰다.

그 길로 곧장 침실을 나선 엘시아가 리리엔의 방 안으로 들어섰을 때, 방에서 리리엔은 하이드와 함께 동화책을 읽고 있었다.

리리엔은 자신의 방을 찾아온 엘시아를 환한 미소로 반겼다. 마치 아무런 일도 없었던 것처럼, 어떠한 사건도 목격한 적 없다는 듯이. 리리엔은 평소와 같았다.

엘시아가 베스티와 마주하고 있는 장면을 똑똑히 보았으면서, 리리엔은 엘시아에게 아무것도 묻지 않았다.

엘시아는 그런 리리엔의 태도를 다행이라 여겨야 할지 알 수 없었다. 엘시아는 그저 리리엔이 하는 양에 어울려서 평소처럼 리리엔과 평화로운 저녁 시간을 보냈다.

그리고 그렇게 시간이 흘러, 다음 날 아침이 찾아왔을 때까지도 레오디안은 돌아오지 않았다.

누구보다 앞서 레오디안의 이야기를 꺼낸 사람은 페이렌이었다. 여느 때와 다름없이 헤이온이 준비해 준 아침 식사를 거의 다 마쳐 갈 때였다. 가장 먼저 식사를 끝내고선 입가를 닦은 냅킨을 내려놓은 페이렌이 문득 의아하다는 듯 말했다.

"대공 각하께 연락이 없으니 영 이상하군요. 아무런 말없이 돌아오지 않으실 분이 아닌데……."

페이렌의 말에 엘시아는 어제 레오디안이 금방 저택으로 돌아가겠노라 말했던 것을 떠올렸다.

"혹시 무슨 일이 생긴 건 아닐까요?"

"……부디 별일이 아니기를 바랍니다만."

페이렌의 표정이 조금쯤 어두워졌다. 때마침 페이렌도 레오디안에게 무슨 일이 생긴 것은 아닐지 우려하고 있던 참이었다.

"아무래도 얼른 신전으로 가 봐야 할 것 같습니다."

아침 해가 미처 다 떠오르기 전에 신전 기사단 집결지로 향하는 레오디안과 다르게, 페이렌은 이곳 사택에서 아침 식사를 한 뒤에 레오디안의 집무실로 향하고는 했다.

오늘도 어김없이 페이렌은 모두와 함께 아침 식사를 했다. 그러나 평소 같았더라면 식사를 마친 뒤에 짧은 시간이나마 엘시아와 함께했을 티타임을 거른 채로 페이렌은 자리에서 일어났다.

"제가 집결지에 도착하는 즉시 이곳으로 사람을 보내 연락을 할 테니, 너무 걱정하지 마세요."

"네, 그럴게요."

"그럼 저는 이만 가 보겠습니다. 엘시아 님께선 마저 편히 식사하십시오."

페이렌은 그녀를 배웅하기 위해서 뒤따라 자리에서 일어난 엘시아를 가볍게 만류했다. 엘시아는 굳이 고집을 부리지 않고, 페이렌의 말대로 가만 자리에 앉아서 이내 식당을 나서는 페이렌의 뒷모습을 잠자코 바라보았다.

그때, 잠자코 엘시아와 페이렌이 대화를 나누던 모습을 지켜보고 있었던 에이사가 말을 꺼냈다.

"어제 대공 각하께서 신전에 가셨다가 아직 돌아오지 않으신 건가요?"

"네, 아침에는 돌아오실 줄 알았는데……."

사실 엘시아는 어젯밤 단 한숨도 이루지 못했다. 에이사와 나눈 이야기에 마음이 무겁기도 했거니와, 그런 한편으로 베스티와 단둘이 남아서 신황의 기사들을 맞이했을 레오디안에게 마음이 쓰였기 때문이었다.

엘시아는 뜬눈으로 밤을 새우면서 레오디안을 기다렸다. 하지만 레오디안은 돌아오지 않았다.

동이 트고 어김없이 아침이 찾아들어 온 세상이 환하게 밝아졌으나, 금방 돌아오겠다 하였던 레오디안은 깜깜무소식이었다.

"아마 별일 아닐 거예요. 이곳은 신성지이고, 그분은 신전 기사이시잖아요."

에이사가 엘시아를 안심시키듯 부드러운 어조로 말했다. 하지만 그것이 무색하게도 엘시아의 마음은 여전히 무겁기만 했다.

그도 그럴 것이 레오디안은 신전의 기사이면서 신황에게 충성하지 않는 남자였다. 그런 남자에게 과연 이곳 신성지가 안전할지 의문이었다. 신성지는 신황의 권력이 곳곳에 스며 있는 곳이었으니까.

에이사는 엘시아가 좀처럼 걱정스러운 마음을 접지 못하고 있다는 것을 어렵지 않게 알아차렸다. 그 정도로 엘시아의 낯빛이 눈에 띄게 어두워져 있었다.

"마침 오늘 신전에 찾아가보려고 했는데, 식사를 마치는 대로 저와 함께 신전에 가 보는 건 어떠세요?"

에이사의 권유에 잠시 고민하는 기색으로 말이 없던 엘시아가 곧 가볍게 고개를 흔들면서 침묵을 깼다.

"그냥 이곳에서 페이렌 님의 연락을 기다리는 편이 좋을 것 같아요."

"그럼 같이 연락을 기다려 보도록 해요."

에이사가 일부러 대수롭지 않다는 듯이 말하면서 가볍게 어깨를 으쓱여 보였다. 엘시아는 여전히 레오디안을 향한 걱정으로 마음이 무거웠지만, 그를 구태여 내색하지 않으려 애써 미소를 지었다.

그리고 그러한 엘시아와 에이사의 모습을 리리엔이 유심히 관찰하듯 바라보았다. 그러나 리리엔은 다만 그렇게 시선을 고정하고 있을 뿐, 두 사람의 대화에 끼어들지 않았다.

하이드 역시도 마찬가지였다. 하이드는 어째서인지 에이사가 이전보다 조금 더 편하게 엘시아를 대하는 것 같다는 느낌을 받았지만, 굳이 엘시아에게 어제 에이사와 무슨 이야기를 나누었냐고 물어보지 않았다.

그렇게 조용한 분위기 속에서 머지않아 모두가 식사를 마쳤다. 그에 헤이온이 식당을 정리하기 위해서 식당 안으로 들어오자, 엘시아는 평소처럼 리리엔과 하이드를 데리고 정원에서 차를 마셨다.

그리고 그로부터 아무리 시간이 흘러도 페이렌에게서는 어떠한 연락도 오지 않았다.

* * *

로지안에게 그간의 사정을 모조리 고백한 에밀리아는 더 이상 하일롭을 대면하지 않아도 되었다. 모두 로지안 덕분이었다.

로지안은 제도에 위치해 있는 그의 저택 중 한 곳을 에밀리아에게 내어 주었다. 황자가 소유한 저택이라기엔 그리 커다랗지도 화려하지도 않았지만, 에밀리아가 안전하게 지내기에는 충분했다.

에밀리아는 남편인 알렌드로에게조차 자신의 거취를 알리지 않고 로지안의 저택에 몸을 숨겼다.

에밀리아는 자신이 아이를 죽인 것이라 여겼다. 그리고 그 공범이 바로 알렌드로라고 생각했다. 그러므로 에밀리아와 알렌드로의 관계가 미처 손을 쓸 수 없을 만큼 엉망으로 어그러져버린 것은 무척이나 자연스러운 수순이었다.

아이가 숨을 거둔 이후 에밀리아와 알렌드로 사이에는 어떠한 대화도 오고 가지 않았다. 정확하게 말하자면 에밀리아가 입을 꾹 닫아 버린 것이었다.

알렌드로는 에밀리아와의 관계를 회복하기 위해서 갖은 노력을 기울였지만, 이미 마음의 문을 굳게 걸어 잠근 에밀리아에게 그런 알렌드로의 노력은 결코 통하지 않았다.

그동안 하일롭에게 협박당해 그의 계획에 가담해 온 에밀리아를 알렌드로가 전혀 눈치채지 못한 것은 어쩌면 당연한 일이었다.

덕분에 에밀리아의 소행을 알아차린 것은 다름 아닌 레오디안이었고, 그제야 알렌드로는 에밀리아가 무슨 짓을 저질렀는가를 깨달았다.

알렌드로는 레오디안에게 에밀리아의 죄를 자신이 대신 짊어지겠노라 간청했다. 그러나 레오디안은 알렌드로도 에밀리아도 처벌하지 않았다.

그저 에밀리아에게서 가정 교사 직책을 빼앗고 그녀를 대공저 밖으로 내보냈을 뿐이었다. 그렇게 에밀리아는 알렌드로의 저택으로 돌아왔다. 알렌드로는 부디 에밀리아가 저택에서 조용히 지내면서 자신의 죄를 뉘우치기를 바랐다.

하지만 에밀리아는 돌연 홀연히 종적을 감추어 버렸다. 테르만 백작 저택의 집사는 알렌드로에게 급히 전령을 보냈다.

오늘 대공저를 찾아온 전령은 알렌드로에게 에밀리아가 며칠째 돌아오지 않고 있다는 집사의 말을 전했다.

에밀리아가 어디로 가 버린 건지, 어째서 이렇듯 갑자기 사라져 버린 건지 알렌드로는 도무지 알 수가 없었다.

"······짐작이 가는 곳이 전혀 없으십니까?"

욤펜의 물음에 알렌드로가 힘없이 고개를 들었다. 그렇게 알렌드로는 그를 걱정스럽다는 듯이 바라보고 있는 욤펜과 로아나의 시선을 마주했다.

두 사람은 알렌드로와 함께 전령이 전한 이야기를 들었다. 에밀리아와 일면식이 없는 욤펜과 다르게, 로아나는 에밀리아를 잘 알고 있었다. 그래서인지 유독 로아나의 낯빛이 어둑하니 가라앉아 있었다.

알렌드로는 그런 로아나의 모습에 내심 위안을 받았다. 하지만 그렇다고 해서 에밀리아를 향한 걱정이 사라진 것은 아니었다.

아이작이 살해당한 이래로 귀족 사회의 분위기가 심상치 않았다. 현재 귀족 사회에는 괴물이 귀한 신분의 인간을 노리고 살인을 자행하고 있다는 소문이 파다하게 퍼져 있었다.

알렌드로가 그 소문을 믿는 것은 아니었다. 하지만 그렇다고 해서 소문을 완전히 무시할 수도 없었다. 알렌드로는 혹시라도 에밀리아가 아이작을 살해한 존재에게 해를 입은 것은 아닐지 너무나도 걱정스러웠다.

그러나 그것을 욤펜과 로아나 앞에서 내색하고 싶지는 않았다. 두 사람은 오늘 신성지로 돌아갈 예정이었고, 알렌드로는 두 사람의 발목을 잡을 생각은 추호도 없었다.

"제 아내는 제가 찾아보겠습니다. 그러니 두 분은 예정대로 곧장 신전으로 돌아가십시오."

"하지만……."

"저는 정말 괜찮습니다."

알렌드로는 아무렇지 않은 척 의연함을 가장해 욤펜과 로아나에게 차례로 시선을 주었다.

"당장 치안대에 수색을 요청할 생각입니다. 그리고 제 개인적으로도 수색대를 꾸려서 아내를 찾을 겁니다."

알렌드로가 퍽 단호하게 말을 맺자, 욤펜도 로아나도 더는 우려를 표하지 않았다.

"예상치 못하게 시간을 지체하고 말았군요. 이만 일어나시지요."

알렌드로는 그렇게 말하면서 자리에서 일어났다. 서둘러 대화를 마치려는 듯한 모습이었다.

그에 욤펜과 로아나는 서로 말없이 시선을 교환하다가, 이내 선선히 소파에서 몸을 일으켰다.

"……신성지로 돌아가면 신전 기사단에 수색을 청해 보겠습니다."

욤펜이 막 응접실 문을 연 알렌드로의 뒷모습에다 대고 말을 꺼냈다. 그에 알렌드로가 크게 숨을 들이켰다.

욤펜 역시도 알렌드로가 염두에 두고 있는 바와 비슷한 생각을 하고 있는 것이었다. 그러니까, 에밀리아가 어쩌면 괴물의 손에 살해되었을지 모른다는 만에 하나의 가정을 말이다.

최근 귀족들은 너나 할 것 없이 자진해서 신전에 상당한 금액을 기부하고 있었다. 신전이 괴물 토벌에 힘쓰고 있기 때문이었다.

귀족들은 자신들을 지켜 줄 수 있는 것이 바로 신성한 힘을 지닌 자들로 가득한 신전이라 여겼다.

귀족들이 하나둘씩 신전에 의지하게 됨에 따라, 그동안 황실과 신전 사이 평행하게 유지되어 왔던 권력의 저울은 당연하게도 점차 신전 쪽으로 기울어지고 있었다.

그런 상황 속에서도 레오디안의 충직한 가신인 알렌드로는 신전에 힘을 실어 줄 만한 일은 결코 할 생각이 없었다.

분명 그러했는데 방금 욤펜의 말에 알렌드로는 도저히 단호하게 고개를 저어 보일 수가 없었다.

"……예, 부탁드리겠습니다."

알렌드로는 오래도록 망설인 끝에 피를 토하는 심정으로 욤펜에게 고개를 숙이며 부탁했다.

* * *

무슨 이유에서인지 집결지 분위기가 어수선했다. 내심 의아했지만 페이렌은 일단 레오디안을 만나 봐야 한다는 생각에 의문을 뒤로했다. 집무실로 향하는 걸음이 다소 다급해졌다.

때마침 복도를 지나가던 기사들이 페이렌에게 인사를 건넸다. 페이렌은 그들의 인사를 적당히 받아 준 뒤 레오디안의 집무실 문을 두드렸다.

문 너머에서는 어떠한 소리도 들리지 않았다. 얼마간의 시간이 흐른 뒤,

페이렌이 재차 문을 두드렸을 때에도 마찬가지였다.

이 시간이면 레오디안이 집무실에서 업무를 보고 있어야 하는데, 어째 문 너머 집무실은 텅 비어 있기라도 한 것처럼 고요했다.

그 고요함이 페이렌에게 이유 모를 불안감을 선사했다. 페이렌은 가슴속에 뭉게뭉게 피어오르는 불안감을 애써 무시한 채 다시금 문을 두드렸다.

저도 모르게 손에 힘을 주고 문을 두드린 탓인지 노크 소리가 꽤나 커다랗게 울려 퍼졌다. 그러나 문 너머에서는 여전히 아무런 소리도 들려오지 않았다.

이쯤 되니 페이렌도 현재 레오디안이 집무실에 있지 않다는 걸 어렴풋이 짐작할 수 있었다. 하지만 페이렌은 혹시나 하는 마음에 입을 열었다.

"……각하, 안에 계십니까?"

페이렌은 혹시라도 문 너머에서 들려올지 모를 소리에 귀를 기울였다. 하지만 여전히 주위는 지독하리만큼 조용했다.

"잠시 실례하겠습니다."

결국 페이렌은 레오디안을 모시게 된 이래 최초로 그의 허가 없이 집무실 문을 벌컥 열어젖혔다.

문을 열자 텅 빈 집무실이 기다렸다는 듯이 페이렌의 시야에 담겼다. 어림짐작했던 대로 레오디안은 집무실에 없었다. 페이렌은 순간 크게 들이켰던 숨을 길게 내쉬었다.

레오디안이 아무런 말도 없이 저택으로 돌아오지 않았다는 사실을 인지했을 때부터, 페이렌은 무언가 잘못되어도 단단히 잘못된 것 같다는 생각을 했다.

하지만 페이렌은 그런 생각을 애써 머릿속에서 지워 버렸다. 그러고는 어제 레오디안은 그저 단순히 집무실에서 일을 하다가 밤을 새운 것일 수도 있다, 그렇게 생각하려고 노력했다.

그런데 그것이 무색하게도 현재 페이렌은 텅 빈 집무실에 우두커니 서 있는 실정이었다.

페이렌은 당황으로 흠뻑 물든 눈으로 집무실 곳곳을 바라보았다. 레오디안이 이곳에 없다는 걸 알았으니, 이제 이곳에는 용무가 없었다. 하지만 페이렌은 그 자리에 못 박힌 듯 서서는 단 한 발자국도 쉽사리 내딛지 못했다.

그도 그럴 것이 집무실이 아니고는 레오디안이 있을 만한 곳이 선뜻 떠오르지 않았다. 페이렌은 마치 북새통에 부모의 손을 놓쳐 버리고 만 어린아이라도 된 양, 그저 넋을 놓고 우두커니 서 있을 뿐이었다.

그렇게 얼마쯤 있었을까.

"로렐라인 경."

페이렌은 문득 귓가를 울린 목소리에 무심코 고개를 돌렸다. 그러기가 무섭게 방금 조용한 집무실에 울려 퍼진 목소리의 주인이 시야에 들어왔다.

그는 다름 아닌 케일런이었다. 문가에 우뚝 멈추어 선 케일런은 어째선지 영 황망하다는 듯한 표정을 짓고 있었다.

페이렌은 의아한 마음에 조금쯤 미간을 좁혔다. 그러자 그것이 무슨 신호라도 된 듯이 케일런이 말문을 열었다.

"현재 공작 각하께서는 신전에 계십니다."

케일런은 페이렌이 집무실 한 운데에서 어째서 이렇듯 망연하게 서 있는 것인지를 다 짐작한 사람처럼 말했다.

레오디안이 신전에 있다니. 전혀 예상치 못한 케일런의 말에 놀란 페이렌이 멍하니 입을 벌렸다.

"……신전이라면."

"임모투스 신전입니다."

케일런은 얼핏 덤덤한 표정을 가장하려는 듯하였으나, 페이렌은 정처 없이 흔들리고 있는 케일런의 눈동자를 어렵지 않게 알아차렸다.

그리고 그러한 케일런의 모습을 본 페이렌의 머릿속에는 일순 불길한 예감이 스치고 지나갔다.

케일런은 한동안 말없이 페이렌에게 시선만을 고정하고 있었다. 페이렌 역시도 선뜻 말문을 열지 못한 채로 침묵했다.

그렇게 두 사람 사이에 마치 영원히 지속될 것만 같은 적막이 내려앉았다. 그 기나긴 적막을 가르고 대뜸 말을 던진 것은 케일런이었다.

"원하시면 신전까지 안내해 드리겠습니다."

"……부탁하지."

케일런이 꽤 한참 만에 정적을 깨고 던진 말에 페이렌이 가라앉은 목소리로 대꾸했다. 페이렌의 대답을 듣고 케일런은 순간 멈칫했으나, 이내 아무런 일도 없었다는 듯 태연하게 몸을 돌렸다.

그 길로 가타부타 말없이 걸음을 내딛는 케일런의 뒤를 페이렌이 묵묵히 따랐다.

* * *

활짝 열어 둔 창으로 한낮의 햇빛이 쏟아지듯 방 안으로 들어왔다. 별 의미 없이 창밖에 시선을 두고 있던 에밀리아는 가볍게 눈살을 찌푸리면서 눈길을 돌렸다.

이른 오후 무렵, 기다렸다는 듯이 저택을 찾아온 남자가 앉아 있는 모습이 보였다. 에밀리아는 그 남자를 향해서 덤덤하게 시선을 던졌다.

아무런 연락 없이 불쑥 저택을 찾아든 주제에 여태 침묵을 지키고 있던 남자가 그제야 느릿하게 입을 열었다.

"테르만 백작이 그대의 행방을 수소문하고 있다 하더군."

남자는 마치 별일 아니라는 듯 지나가는 말인 양 무심하게 말을 꺼냈다. 에밀리아는 그 말에 별다른 반응을 보이지 않고, 그저 천천히 눈을 깜빡였다. 그럴 때마다 눈앞의 남자가 사라졌다 나타났다.

"정말 백작에게 그대의 거취를 알리지 않아도 되는 건가?"

"그게 중요한가요?"

에밀리아는 퍽 당돌하게 되물었다. 그에 순간 놀란 듯 에밀리아를 바라보던 로지안이 곧 피식 가볍게 실소했다.

"뭐, 중요하지 않다고 할 수는 없지만······."

"네, 현재 저하와 저에게는 그보다 중요한 게 있죠."

"그래."

그렇겠지, 중얼거리며 말을 덧붙인 로지안이 생경한 무언가를 보듯 새삼스러운 시선으로 에밀리아를 응시했다.

"그대는 꼭 다른 사람이 된 것 같군."

로지안은 며칠 전에 에밀리아를 만났을 때를 떠올리면서 그렇게 말했다.

그때 당시 에밀리아는 로지안의 눈앞에서 격한 감정을 드러내 보였다. 그러나 현재 에밀리아는 그때의 모습이 무색하게 느껴질 만큼, 지독히도 무감한 표정을 하고서 앉아 있었다.

불과 며칠 사이에 에밀리아는 그 어떠한 일에도 흔들리지 않겠다는 양 단단한 모습으로 변한 것이다.

아니, 어쩌면 에밀리아는 변한 것이 아닐지 모른다. 다만 그때는 크게 동요한 탓에 의외의 모습을 보인 것일 뿐, 본래는 이토록 무덤덤한 사람이었을 수도 있다.

하지만 에밀리아를 잘 모르는 로지안으로서는 과연 어느 쪽이 에밀리아의 진짜 모습인지를 확신하게 알 수 없었다. 로지안은 에밀리아를 가늠해 보기라도 하듯 눈매를 좁혔다.

"그래서, 대공 각하는 언제쯤 만나 보실 생각인가요?"

에밀리아는 시선의 의미를 전혀 눈치채지 못한 척 아무렇지 않게 화제를 돌렸다. 그에 로지안의 눈매가 더욱 가늘어졌다.

"흐음, 글쎄······."

"하루라도 빨리 계획을 실행에 옮기셔야 하는 것 아니었나요?"

에밀리아가 이번에도 퍽 당돌한 물음을 꺼내 놓았다. 로지안은 그런 에밀리아를 퍽 흥미롭다는 듯이 바라보았다.

"나를 걱정해 주는 것인가?"

로지안의 장난스러운 음성에 에밀리아가 미간을 찌푸렸다.

"……황자 저하의 세력이 이 이상으로 커질까 봐 염려스러울 뿐이에요."

에밀리아는 로지안을 걱정하지 않았다. 그리고 그 사실을 로지안 역시도 잘 알고 있을 터였다. 그런데도 로지안은 공연한 소리를 했다. 무슨 의도로 하는 말인지 알 수 없는 노릇이라 에밀리아는 로지안이 그저 불쾌하기만 했다.

지금이야 이해관계가 맞아떨어져 피치 못하게 로지안과 뜻을 함께하고 있지만, 에밀리아는 로지안과 긴히 엮이고 싶은 생각이 추호도 없었다.

에밀리아에게 있어서 로지안은 하일롭과 별반 다를 바 없는 꺼름칙한 존재였다. 만약 하일롭의 마수에서 벗어날 수 있는 다른 방법이 에밀리아에게 있었더라면 로지안의 손을 잡는 일은 결단코 일어나지 않았을 것이었다.

"이제 그만 용건을 말씀해 주셨으면 합니다, 저하."

"용건이라니?"

로지안이 영문을 모르겠다는 듯 되물었다. 그 얼핏 천진난만해 보이는 모습이 가장된 것인 줄 알기에 에밀리아는 더욱 불쾌해졌다.

"오늘 이렇듯 갑작스럽게 저를 찾아오신 이유가 무엇인가요."

"글쎄, 딱히 이유라고 말할 만한 것은 없는데."

"……"

"용건이 있어야만 왕래할 수 있는 사이인가, 우리 사이가?"

말문이 턱 막힌 에밀리아가 입술을 꾹 깨물고는 로지안을 직시했다. 로지안은 마치 그와 에밀리아가 퍽 친밀한 사이라도 된다는 양 이야기하고 있었다. 전혀 그런 사이가 아닌데도 불구하고 그러했다.

에밀리아는 로지안이 왜 이러는 것인지 도무지 이유를 알 수 없었다. 로지안이 용건도 없는데 괜히 자신을 찾아왔으리라고는 생각하지 않았다.

하지만 만약 로지안이 방금 말한 대로 별다른 이유 없이 자신을 찾아온 것이라면…….

거기까지 생각이 미치자 에밀리아는 머릿속의 생각을 털어 내듯 고개를 설레설레 내저었다.

"용건이 없으시다면 이만 돌아가 주세요."

에밀리아가 퍽 단호한 목소리로 딱 잘라 말했다. 그때였다.

똑똑-

누군가 문을 두드리는 소리가 방 안에 울려 퍼졌다. 에밀리아와 로지안은 거의 동시에 고개를 돌려 소리가 들려온 곳을 바라보았다.

에밀리아는 문을 두드린 사람이 이곳 저택의 사용인 중 한 명이겠거니 대수롭지 않게 생각하면서 입을 열었다.

"들어오세요."

에밀리아가 말을 맺기가 무섭게 다소 다급한 기세로 문이 열렸다. 그리고 열린 문 너머에서 모습을 드러낸 것은 에밀리아가 생전 처음 본 사내였다.

그러니까, 지금 불쑥 응접실로 들어선 사내는 로지안이 에밀리아에게 이곳 저택과 함께 내어 준 사용인이 아니라는 이야기였다.

그러나 사내를 낯선 눈으로 바라보고 있는 것은 오직 에밀리아뿐이었다. 에밀리아가 내심 의아한 마음으로 로지안에게 시선을 돌렸을 때, 로지안은 담담하게 사내에게 눈길을 주고 있었다.

"저하."

"……무슨 일이지?"

사내가 로지안에게 다가서자 로지안이 한쪽 눈썹을 일그러뜨렸다. 로지안은 불쾌한 심사를 감추지 않고 말했다.

"내가 분명 방해하지 말라고 했을 텐데."

"죄송합니다."

사내가 곧장 고개를 조아렸다.

"하지만 당장 알려 드려야 할 것 같단 판단이 들었습니다. 신전에서 세작이 전령을 보냈습니다."

"무슨 소식인데 그러지?"

로지안은 일순 불쾌하게 찌푸렸던 표정을 갈무리하고서 사내를 마주했다. 그도 그럴 것이 사내는 로지안의 충직한 심복으로, 로지안의 명을 거스르는 법이 없는 자였다. 그런 사내가 로지안의 뜻에 반하면서까지 전하려고 하는 소식이었다.

로지안은 과연 신전에 무슨 일이 생긴 것일까 의문을 떠올리며, 이윽고 천천히 벌어지는 사내의 입술을 바라보았다.

"……로켄페데스 대공이 신전에 억류되었다 합니다."

사내가 고개를 숙이며 꺼내 놓은 이야기를 들은 로지안의 표정이 아연해졌다. 가볍게 여길 만한 소식은 아니리라 짐작하기는 했지만, 그것이 설마하니 레오디안이 신전에 갇혀 있다는 소식일 줄은 전혀 예상하지 못했다.

"……그게 정말 사실인가?"

"그렇습니다. 어제 저녁 로켄페데스 대공이 임모투스 신전 지하에 억류되었고, 현재까지 그곳에 갇혀 있다고 합니다."

영 혼란스러워 보이는 로지안에게 사내가 지체하지 않고 대꾸했다.

로지안이 지금과 같은 반응을 보이는 것도 충분히 이해가 됐다. 그 정도로 너무나도 갑작스럽고도 뜬금없는 소식이었다. 신전의 기사 단장인 레오디안이 신전에 갇혔다니.

무척이나 경악스러웠던지라 선뜻 믿어지지 않을 정도로 뜻밖의 소식이었다. 하여 사내는 로지안에게 보고하기 전에 여러 사람을 통해서 자신이 들은 소식이 사실인지를 재차 확인해 보았다.

그리고 그 결과, 전령이 전한 말이 정말 사실이라는 확신을 얻을 수 있었다.

"……이유가 무엇이지? 신황이 대체 무슨 이유로 대공을 가두었다고 하던가."

"대공이 어째서 갑자기 신전에 갇히게 된 것인지는 아무도 알지 못했습니다."

사내의 대답을 들은 로지안이 언뜻 깊은 생각에 잠긴 듯한 기색으로 한동안 침묵했다.

사내는 자리에서 고개를 숙인 채로 로지안이 생각을 정리하고서 말문을 열기만을 잠자코 기다렸다. 여태 상황을 관망하듯 지켜보고 있던 에밀리아가 입을 연 것은 바로 그 무렵이었다.

"이 소식이 1황자 저하의 귀에도 들어갔을까요?"

"아마, 그렇겠지."

신전은 황실 권력에서 자유로운 유일한 곳이었다. 제국의 권역 안에 있으면서도 제국의 법과 제도를 따르지 않는 독립적인 곳이기도 했다.

하지만 그렇다고 해서 그것이 제국의 유일한 대공인 레오디안의 신변을 좌지우지할 수 있다는 뜻은 아니었다. 황실은 신전의 작태를 가만히 방관할 수 없었다.

신황은 그 사실을 잘 알고 있을 터였다. 비단 지금의 신황뿐만 아니라, 역대 신황 모두가 그러하였을 것이었다. 신전은 오랜 세월 황실과 대립해 오면서도, 지금껏 귀족 신분을 지닌 자를 인질로 잡고 휘두른 적이 없었다.

그리고 그것은 황실도 마찬가지였다. 신전에 은밀하게 사람을 심어 두거나 신전의 사람을 매수하기는 했을지언정, 그간 황실이 신전에 적을 둔 이를 겁박한 일은 없었다.

황실과 신전이 서로 약속한 적은 없지만 피차 최소한의 선으로 여기면서 지키던 것이었다. 이로 인해 그동안 황실과 신진은 아슬아슬하게나마 균형을 이루고 평화롭게 지낼 수 있었다.

"……도무지 이해할 수가 없군."

로지안이 혼잣말처럼 중얼거렸다. 지체 높은 신분을 차치해 놓고 보더라도, 레오디안은 신에게 충성을 맹세한 신전 기사였다. 로지안으로서는 그런 레오디안을 돌연 가둬 버린 신황의 행동을 이해할 수 없었다.

신황은 어째서 이렇듯 갑자기 레오디안을 신전에 가둔 것일까.

"신황 성하가 노리는 게 대공 각하일까요?"

에밀리아가 대뜸 의문을 입 밖으로 냈다. 로지안은 글쎄, 하고 애매모호하게 대꾸했다.

신황이 본격적으로 행동에 나선 것은 분명했다. 로지안이 짐작할 수 있는 것은 단지 그뿐이었다. 신황이 레오디안을 가둔 것이 단순히 레오디안을 경계하기 위해서인지, 아니면 그저 황실을 자극하기 위해서인지는 알 수 없었다.

신황은 늘 생각해 온 것처럼 좀처럼 쉽사리 속내를 파악할 수 없는 인간이었다. 로지안은 께름칙한 마음에 미간을 와락 찌푸렸다. 그러면서 과연 신황의 속셈이 무엇일지 가늠해 보았다.

그때, 가만히 로지안에게 눈길을 고정하고 있던 에밀리아가 천천히 입술을 열었다.

"로켄페데스 영애가 신성지로 피신했다고 말씀하셨죠."

에밀리아가 퍽 뜬금없게 느껴지는 화제를 꺼냈다. 로지안은 말없이 에밀리아에게 시선을 두었다. 에밀리아는 왜인지 차가운 표정을 하고 있었다.

"대공이 신전에 갇혔다면 현재 신성지에는 로켄페데스 영애를 보호해 줄 만한 사람이 없겠네요."

에밀리아가 그 표정만큼이나 냉정한 어조로 덧붙였다. 그런 에밀리아의 말을 들은 로지안은 문득 무언가를 깨닫고서 나직이 탄식했다.

에밀리아는 로지안에게 그가 미처 염두에 두지 못하고 있던 리리엔의 존재를 상기시켜 주었다.

비단 리리엔뿐만이 아니었다. 로지안은 하일롭을 피해서 제도를 떠난 또 다른 사람을 떠올렸다.

조금 전 에밀리아는 오직 리리엔의 이름만을 입에 올렸지만, 아마 에밀리아도 로지안이 지금 막 머릿속에 떠올린 사람을 염두에 두고 있을 것이다.

그도 그럴 것이 그 사람은 실종된 리리엔을 대공가를 대신해서 돌봤으며, 리리엔이 대공가로 돌아온 이후 단 한시도 리리엔의 곁을 떠나지 않은 사람이었다.

"……엘시아 아리테스."

어쩐지 로지안은 신황이 노리는 게 무엇인지 어렴풋이 알 것만 같았다.

* * *

"언니, 이러지 말고 안에 들어가서 기다리자."

리리엔의 나긋한 음성이 한적한 정원에 울려 퍼졌다.

그 소리에 여태 어딘가를 하염없이 주시하고 있던 엘시아의 멍한 눈동자에 생기가 피어났다.

엘시아는 반사적으로 고개를 돌려 리리엔과 눈을 맞추었다. 리리엔은 엘시아를 걱정스럽다는 듯이 바라보고 있었다.

"이제 슬슬 해가 저물 거야. 밤이 되면 춥잖아. 안으로 들어가자, 응?"

리리엔이 부드럽게 권유했다. 엘시아는 리리엔이 왜 이런 말을 하는 건지 잘 알고 있기에 차마 여기에 더 있고 싶다고 솔직하게 말할 수 없었다.

대신 엘시아는 리리엔에게 고개를 끄덕여 보이고는 자리에서 일어났다. 그러자 리리엔이 기다렸다는 듯이 엘시아를 따라서 몸을 일으켰다.

그렇게 두 사람이 털고 일어난 자리에는 다 식은 차가 담긴 찻잔이 놓여 있었다. 엘시아와 리리엔이 차를 한 모금도 마시지 않은 탓이었다.

구태여 서로 말은 하지 않았지만, 두 사람은 같은 사람을 걱정하고 있었다. 그 때문에 자연스럽게 심란해진 마음이 입맛을 앗아 간 것이다.

"안에서 기다리다 보면 금방 돌아올 거야."

리리엔은 반드시 그렇게 되기를 소망하고 있는 사람처럼 몇 번이고 같은 말을 반복했다. 그때마다 엘시아는 그런 리리엔을 향해서 기꺼이 고개를 끄덕여 주었다.

하지만 그러면서도 두 사람은 자신들의 불안한 심사를 완전하게 감추지는 못했다.

그도 그럴 것이 곧 해가 저물 느지막한 오후가 되었으나 레오디안과 페이렌에게서는 그 어떠한 연락도 받을 수 없었다.

그런 상황에서도 엘시아와 리리엔이 할 수 있는 일은 그저 레오디안과 페이렌이 돌아오기를 기다리는 일뿐이었다.

자칫 섣불리 저택을 나섰다가는 애먼 사건에 휘말릴 수도 있었다. 애초에 레오디안이 그 밤에 신황의 기사들을 만난 것도 다 엘시아가 말없이 저택을 나섰기에 벌어진 일이었다.

엘시아는 레오디안에게 큰 민폐를 끼쳤다고 생각했다. 더 이상은 그런 민폐를 끼치고 싶지 않았기에 엘시아는 답답하기 그지없는 상황에서도 저택을 나설 생각은 하지 않았다.

다만 온몸을 짓누르는 듯한 거대한 무력감에 사로잡힌 채로 레오디안과 페이렌의 소식을 기다리고 또 기다릴 뿐이었다.

엘시아는 리리엔과 함께 리리엔의 침실로 들어섰다. 여태 홀로 리리엔의 침실에 앉아서 창밖을 내려다보고 있던 하이드가 두 사람의 기척을 느끼고 고개를 돌렸다.

"이제 그 남자 그만 기다리는 거야?"

엘시아와 리리엔이 소파에 앉기가 무섭게 하이드가 대뜸 엘시아를 쳐다보면서 물었다.

엘시아는 그런 하이드에게 뭐라고 대답을 해야 할지 알 수 없어서 그저 난감한 시선으로 하이드를 바라보았다.

하이드는 평소 리리엔이나 엘시아의 곁에 딱 붙어서 단 한 순간도 떨어지지 않으려고 했다. 그런데 무슨 이유에서인지 오늘은 엘시아와 리리엔의 곁을 지키지 않았다.

정확히 말하자면, 엘시아와 리리엔이 정원에서 차를 마시겠다고 했을 때에 하이드는 두 사람과 함께했다. 그러나 오랜 시간이 흐르도록 두 사람이 차는 마시지 않고 그저 자리만 지키고 있자, 하이드는 혼자서 저택 안으로 향했다.

그리하여 지금이었다. 하이드는 지금에서야 침실로 돌아온 엘시아와 리리엔에게 차례로 시선을 던졌다.

"혼자서 계속 생각해 봤어."

"……뭘?"

하이드가 대뜸 뜬금없는 말을 꺼내자 리리엔이 고개를 갸웃하며 되물었다. 그에 하이드는 대수롭지 않게 대꾸했다.

"그 남자가 돌아오지 않는 건 나 때문이지?"

"갑자기 무슨 소리를 하는 건가 했더니……."

리리엔이 허탈하다는 듯 바람 빠지는 웃음소리를 냈다. 그러다가 퍽 단호한 표정으로 말했다.

"왜 그런 생각을 해? 그게 왜 너 때문이야? 쓸데없는 생각하지 마."

"나 때문이야."

하이드는 리리엔을 똑바로 직시하면서 말을 덧붙였다.

"엄마가 나를 찾아올 줄 몰랐어."

"……."

"내가 여기서 지내면 안 되는 거였어."

그렇게 말하는 하이드는 늘 그렇듯 멍한 얼굴이었다. 그를 보고 리리엔은 미간을 더욱 찌푸렸다. 하이드가 자신을 탓하는 꼴이 영 마음에 들지 않았던 것이다.

따지고 보면 하이드의 말이 맞았다. 엘시아는 하이드를 위해서 베스티와 싸웠고, 레오디안은 모두를 지키기 위해서 베스티를 데리고 신황의 기사들과 함께 신전으로 향했다.

그리하여 신전에 갇힌 베스티를 죽이려고 한 것은 오로지 레오디안의 선택이었다. 하지만 애초에 하이드가 아니었다면 베스티가 신전에 잡히는 일도 없었다. 그랬더라면 레오디안이 베스티를 죽이려다가 신황에게 발각되는 일도 없었을 터였다.

하지만 그러한 사정까지는 모르는 리리엔으로서는 레오디안이 돌아오지 않는 걸 제 탓으로 돌리는 하이드를 이해할 수 없었다.

정체 모를 생물을 바라보듯 하이드를 주시하던 리리엔의 머릿속에 순간 조금 전 하이드가 했던 말이 스치고 지나갔다.

"……잠깐만."

리리엔은 짐짓 경악스럽다는 듯 눈을 크게 떴다. 그러면서 얼떨떨한 목소리로 말을 이었다.

"그 여자가 네 엄마라고?"

리리엔은 슬쩍 엘시아를 돌아보았다. 엘시아는 짐짓 당황한 듯한 기색이기는 했지만 놀란 것 같지는 않았다. 아무래도 엘시아는 그 여자가 하이드의 엄마라는 사실을 이미 알고 있었던 것 같았다.

리리엔은 순식간에 기분이 나빠졌다. 저조한 기분을 숨기지 않고 고개를 똑바로 하자, 하이드가 평소와 다름없이 멍한 표정을 짓고 있는 게 보였다. 그것마저도 정말이지 마음에 안 들었다. 리리엔은 미간 사이에 한껏 힘을 주었다.

엘시아가 하이드와 함께 지내겠다고 결정하면서부터 하이드는 리리엔의 삶에 가랑비에 옷 젖듯 자연스레 스며들게 되었다. 하지만 리리엔은 여전히 하이드를 꺼리고 있었다. 그것은 리리엔이 하이드를 '변수'라 여기고 있기 때문이었다.

변수, 하이드는 말 그대로 예측이 불가한 변수였다.

그렇기에 리리엔은 불안했다. 하이드로 인해 엘시아가 무슨 사건에 휘말리기라도 할까 봐.

리리엔은 엘시아의 곁에 딱 달라붙어서 떨어지지 않는 하이드를 경계했다. 그러나 리리엔의 우려는 결국 현실이 되었다.

"네 엄마가 너를 찾아온 거였어?"

"응."

하이드가 주저하지 않고 고개를 끄덕거렸다. 리리엔은 순간 말문이 막혀서는 하이드를 물끄러미 쳐다보았다.

리리엔은 자신을 지키기 위해서 엘시아가 괴물을 죽여 왔다는 사실을 알고 있었다. 그래서 리리엔은 베스티와 싸우는 엘시아의 모습을 보았을 때, 예상치 못한 상황에 경악하기는 했지만 곧 상황을 그럭저럭 받아들일 수 있었다.

당시 리리엔은 엘시아가 단순히 운이 나쁘게 괴물과 마주치게 된 것이리라 짐작했다. 우연히 괴물을 마주쳤고, 어쩌다 보니 싸우게 되었다고 생각했다.

그런데 지금 하이드의 말을 들어보니 그게 아니었던 것 같다. 리리엔은 아무리 엘시아가 원했다고 할지라도 하이드와 함께 지내선 안 되었던 거라고 후회했다.

자신을 도와주겠다던, 엘시아를 지켜 주겠다던 하이드의 말에 흔들려서 당분간 하이드를 지켜본다는 것이 작금의 사태를 야기하고야 말았다.

그런 생각을 하면서 리리엔은 힐끔 엘시아에게 시선을 던졌다. 어째서인지 엘시아는 아까부터 리리엔과 하이드가 대화를 나누는 모습을 그저 조용히 지켜보고만 있었다.

리리엔은 엘시아의 낯빛이 평소보다 조금 더 하얗게 질려 있는 걸 눈치챘다. 아무래도 엘시아는 자신이 하이드에게 무슨 말을 할지 불안한 모양이었다. 리리엔은 나직이 한숨을 내쉬었다.

최후의 선고를 기다리는 죄인처럼 잠자코 리리엔의 얼굴을 들여다보고 있던 하이드가 대뜸 말을 꺼낸 것은 바로 그때였다.

"엄마는 나를 데려가겠다고 온 거야."

"……너는, 왜 네 엄마를 따라가지 않은 건데?"

리리엔이 조금 망설이다 꺼낸 질문에 하이드가 미묘하게 한쪽 눈매를 일그러뜨렸다.

"싫었어."

"……."

"예전으로 돌아가기 싫었어."

"……예전으로?"

예전이라는 단어가 무엇을 뜻하는 단어인지는 알았다. 하지만 하이드의 입에서 나온 예전이란 말이 어쩐지 심상치 않게 들렸다.

리리엔은 여전히 하이드가 탐탁지 않았다. 하지만 지금은 그것을 내색할 때가 아니었다. 게다가 하이드는 이미 자신을 책망하고 있는 상황이기도 했다. 그래서인지 리리엔은 지금 이 상황이 된 데에는 하이드의 책임이 상당하다고 생각하면서도 구태여 하이드에게 모진 말을 내뱉을 생각은 하지 않았다.

리리엔은 최대한 차분하게 하이드의 대답을 기다렸다. 머지않아서 하이드의 핏기 없는 입술이 느릿하게 벌어졌다.

"엘시아를 만나기 전까지 나는 아무것도 모르고 갇혀 살았어."

리리엔은 말문을 연 하이드를 빤히 쳐다봤다. 그러자 하이드가 드물게 리리엔의 시선을 피해 눈을 아래로 내리깔았다. 그 상태로 하이드는 나직하게 말을 이어 갔다.

"지금이 아침인지도 밤인지도 판단할 수 없는 어두운 방에서 그냥 혼자 있었어."

가끔 아이작이나 베스티, 그리고 그들의 명을 받은 사용인이 찾아올 때를 제외하면 하이드는 늘 혼자였다. 홀로 어둑한 방에서 하염없이 시간을 흘려보내면서 지냈다. 그렇게 평생을 살았다.

"근데 그래도 괜찮았어."

정확하게 말하자면 당시 하이드는 그런 삶이 괜찮지 않다는 걸 몰랐다. 비교할 대상이 없었기에 하이드는 자신의 삶이 어딘가 이상하게 망가져 있다는 사실을 전혀 알아차릴 수 없었다. 그게 보통인 줄 알았다.

"괜찮았는데……."

하이드는 한숨을 내쉬듯 힘없이 말을 덧붙였다.

"이제는 안 괜찮아졌어."

그 말에 리리엔은 저도 모르게 숨을 들이켰다.

"그래서, 여기 있고 싶어서 엄마를 따라가지 않았어."

"……"

"내가 그러면 엘시아가 곤란해질 거라는 생각이 들었는데도 계속 여기서 살고 싶어서."

리리엔은 숨을 들이켠 채로 그대로 숨을 가둬 버렸다. 마치 날숨의 존재는 새까맣게 잊어버린 사람처럼. 리리엔은 숨을 멈추고서 오로지 하이드만을 하염없이 바라보았다.

이미 사라져 버린 시간 속에서는 만난 적 없었던 존재. 그랬기에 리리엔은 다시금 살게 된 시간에 난입한 하이드를 그저 변수로만 여겼던 것이었다.

시간을 되돌리기 위해서 큰 희생을 치러야만 했다. 그러니만큼 이 시간을 소중하게 쓰고 싶었던 리리엔이었다. 그런 리리엔이었기에 불쑥 엘시아의 곁을 차지한 하이드를 내도록 탐탁지 않게 여겨 온 것은 어쩌면 너무나도 당연한 일이었다.

그런데 지금 이 순간, 리리엔은 저도 모르는 사이 하이드가 안쓰럽다는 생각을 머릿속에 떠올리고 있었다.

"미안해."

하이드는 그런 리리엔을 어떻게 받아들인 건지, 대뜸 사과를 하면서 자리에서 일어났다.

"내 욕심만 부렸어. 나는 엄마를 따라갔어야 했어."

하이드는 당장이라도 침실을 나설 기세였다. 아니, 단순히 침실을 나가는 게 아니라 아예 저택을 떠날 작정인 것 같았다.

갑작스러운 하이드의 모습에서 그런 느낌을 받은 것은 비단 리리엔뿐만이 아니었다. 엘시아가 당황한 표정으로 하이드의 뒤를 따라 자리에서 일어났다.

"하이드, 어디를 가려고 그래."

엘시아가 당황한 와중에도 퍽 다정한 목소리로 하이드를 달래듯 말했다. 그러면서 하이드에게 다가간 엘시아를 하이드는 입을 꾹 다물고서 올려다볼 뿐이었다.

리리엔은 그런 두 사람의 모습을 가만히 지켜보다가, 이윽고 지그시 눈을 감았다.

"앉아."

리리엔이 눈을 감은 채로 한 마디를 툭 내뱉었다.

"가긴 어딜 가?"

엘시아와 하이드가 눈을 동그랗게 뜨고선 리리엔을 돌아보았다. 그 무렵에야 리리엔은 꾹 감았던 눈꺼풀을 들어 올렸다.

리리엔은 자신을 바라보고 있는 엘시아와 하이드에게 번갈아 시선을 준 뒤, 서두를 것 없다는 듯 천천히 입을 열었다.

"너처럼 맹한 애가 혼자서 살 수 있을 것 같아?"

"나는……."

"아니면, 설마 네 엄마한테 가려는 거야?"

퍽 날이 선 리리엔의 말투에 하이드가 말문이 막힌 듯 입을 다물었다.

"어린아이를 혼자 두는 어른은 제대로 된 어른이라고 할 수 없어."

리리엔은 하이드의 앞에서 엘시아를 공격했던 베스티를 생각하면서 그렇게 말했다.

리리엔은 여전히 하이드가 마음에 들지 않았지만, 그렇다고 해서 하이드가 앞으로 그런 어른하고 살 거라고 생각하면 그건 또 싫었다.

"그냥 여기 있어."

리리엔의 말에 하이드가 멍하니 입을 벌렸다. 그런 하이드를 보고 리리엔이 성가시다는 듯이 부연했다.

"너 여태 얼굴에 철판 깔고 잘 지냈잖아. 앞으로도 그렇게 지내라고."

하이드가 놀란 눈으로 리리엔을 응시했다. 리리엔이 대수롭지 않게 말을 이었다.

"이미 상황은 벌어졌는데 지금 네가 떠난다고 해서 뭐가 달라져?"

하이드는 리리엔이 자세한 사정을 듣고 나면 자신을 쫓아낼 거라고 생각했다. 아니, 애초에 하이드는 이곳을 떠날 각오로 리리엔에게 모든 사실을 이야기한 것이었다.

그런데 어째선지 리리엔은 지금 하이드에게 앞으로도 함께 지내자고 말하고 있었다.

하이드는 너무도 뜻밖의 상황에 놀라 좀처럼 말문을 열지 못했다. 자신이 이곳에 남기를 너무도 바란 나머지 헛것을 듣고 있는 게 아닐까 자신의 귀를 의심했을 정도였다.

그러나 이어진 리리엔의 말이 하이드가 헛것을 듣고 있는 게 아니라는 걸 증명해 주었다.

"괜히 나가서 사고 치지 말고 그냥 앞으로도 여기서 살아. 여기서 살고 싶다며."

"……."

"그럼 그렇게 하라고."

자신이 헛것을 듣지 않았음이 분명했지만 하이드는 여전히 믿어지지가 않았다. 하이드는 엘시아면 또 모르겠지만, 설마하니 리리엔이 자신을 붙잡을 줄은 감히 예상조차 하지 못했다.

하이드는 리리엔을 바라보는 것 외에는 아무것도 하지 못했다. 놀란 기색을 대놓고 드러내고 있는 하이드를 보고 리리엔은 어쩐지 좀 민망해졌.

그래서였다. 리리엔은 굳이 하지 않아도 될 말을 혼잣말처럼 중얼거리고 말았다.

"그리고 내가 그렇게 나가라고 할 때는 안 나가더니 이제 와서 떠나려고 하는 건 대체 무슨 심보야."

리리엔은 애써 퉁명스러운 표정을 지으며 말했는데, 그런 리리엔이 엘시아에게는 마냥 귀엽기만 했다.

여태 엘시아는 혹시라도 무슨 일이 나는 건 아닐까 조마조마한 심정으로 리리엔과 하이드가 이야기를 나누는 모습을 지켜보았다. 하지만 그 걱정스러운 마음을 이젠 내려놓아도 될 것 같았다.

엘시아는 아까 당장이라도 방을 나가려고 했던 기세가 무색하게도 자리에 멍하니 서 있는 하이드를 바라보았다. 하이드는 지금 이게 무슨 일인지 마냥 얼떨떨한 눈치였다.

"하이드, 리리엔의 말이 맞아."

엘시아가 그런 하이드를 향해서 부드러운 목소리로 말을 건넸다.

"네가 나간다고 달라지는 일은 없어. 아니, 설령 무언가 달라진다고 해도 네가 원치 않는 일을 무릅쓸 필요는 없어."

"……."

"이 상황은 네 탓이 아니니까."

하이드가 여태 리리엔을 뚫어지게 주시하고 있던 시선을 느릿하게 옮겨 엘시아를 눈에 담았다.

엘시아는 미소 짓는 얼굴로 하이드를 마주하려고 했지만 그러지 못했다. 엘시아는 머리를 얻어맞기라도 한 것처럼 멍해진 표정으로 하이드를 바라봤다.

순간 머릿속에 무슨 말이라도 건네야 한다는 생각이 스치고 지나갔으나, 엘시아는 선뜻 어떤 말도 꺼낼 수가 없었다. 그도 그럴 것이, 정말이지 놀랍게도 하이드의 붉은 눈동자가 차츰 물기로 젖어들어 가고 있었던 것이다.

18. 과거 (1)

'……우는 건가?'

리리엔은 돌연 뒤에서 들려온 목소리에 홱 고개를 돌렸다. 그곳엔 전혀 반갑지 않은 사람이 서 있었다. 바로 레오디안이었다.

이 세상에서 리리엔이 가족이라 부를 수 있는 하나뿐인 혈육, 레오디안 로켄페데스.

하지만 리리엔은 레오디안을 가족이라 인정하기는커녕, 철천지원수라도 보듯 매서운 눈초리로 노려보았다. 레오디안은 리리엔과 눈이 마주치자 일순 멈칫했으나, 이내 언제 그랬냐는 듯이 무덤덤한 표정으로 입술을 벌렸다.

'오늘도 식사를 걸렀다고 들었다.'

'그게 뭐?'

헛웃음을 흘리며 되묻는 리리엔의 목소리는 오랜 시간 공들여 벼려 온 칼처럼 날카로웠다.

'나한테 신경 쓰지 말라고 했잖아.'

'……'

'나가.'

리리엔은 검지 손가락을 들어서 곧장 문을 가리켰다. 방금 레오디안이 활짝 열고 들어온 문이었다. 레오디안은 리리엔의 손가락이 향해 있는 문가로 힐끔 시선을 돌렸다.

하지만 단지 그뿐이었다. 레오디안은 다시금 고개를 바로 해서 리리엔을 바라보았다. 레오디안은 리리엔의 말대로 선선히 방을 나갈 마음은 전혀 없어 보였다. 그런 레오디안의 모습을 보면서 리리엔은 입 안의 여린 살을 한껏 깨물었다.

리리엔은 자신의 유일한 것이자 모든 것이었던 엘시아를 살해한 레오디안을 용서할 수 없었다.

그런데도 레오디안은 마치 아무런 일도 없었다는 듯 태연하게 리리엔에게 다가와서 아무렇지도 않게 말을 붙였다. 그게 벌써 일주일째였다.

'살인자.'

리리엔이 레오디안을 비난하는 말을 오늘도 어김없이 입에 담았다. 이것도 어느덧 일주일이나 반복된 일이었다.

그러니까, 리리엔이 레오디안의 저택에서 정신을 차렸을 때, 엘시아를 찾는 리리엔에게 레오디안은 자신이 그녀를 죽였노라 덤덤하게 고백했다. 그때부터 리리엔은 레오디안을 살인자라 비난하며 원망하고 있었다. 그럴 때마다 레오디안은 아무런 반응도 보이지 않았다.

마치 리리엔의 비난은 자신이 마땅히 감당해야 한다는 듯이. 레오디안은 어떠한 변명도 반박도 하지 않았다. 그저 리리엔이 퍼붓는 모진 말을 죄다 기꺼이 받아들일 뿐이었다.

오늘도 레오디안은 리리엔이 쏟아 놓은 원망 어린 말을 잠자코 듣고 있기만 했다. 그런 레오디안의 모습을 마주할 때면 리리엔은 누군가 심장을 꽉 틀어쥐고 있기라도 한 것만 같단 느낌을 받았다. 너무나도 답답하고, 딱 그만큼 괴로웠다.

엘시아를 죽인 사람이 하필이면 자신의 하나뿐인 오라비라는 사실은, 부정하고 외면하고 싶으나 그럴 수가 없는 참혹한 현실이었다. 그리고 그 현실이 어린 리리엔에게는 더할 나위 없이 절망스럽게 느껴졌다.

그런 리리엔의 마음을 아는지 모르는지, 여태 묵묵히 리리엔의 비난을 듣고 있던 레오디안이 한참 만에 침묵을 깨고 말했다.

'식사를 거르는 것은 몸에 좋지 않다.'

레오디안은 어쩌면 리리엔의 바싹 마른 몸을 걱정해 이런 말을 하는 건지도 몰랐다. 하지만 레오디안의 사정이야 어찌 됐건 레오디안의 말을 듣고 리리엔의 속에선 울컥 화가 치밀어 올랐다.

더 이상 엘시아를 만날 수 없게 된 상황이었다. 그런 상황에서 끼니 따위는 챙겨도 안 챙겨도 그만인 하잘것없는 것에 불과했다. 적어도 리리엔에게는 그러했다. 하지만 그런 리리엔과 다르게 레오디안은 마치 리리엔이 식사를 하는지 아닌지가 무엇보다도 중요한 사람처럼 굴었다.

리리엔이 수위 높게 비난해도 아무런 반응을 보이지 않는 레오디안이었다. 그런데 리리엔이 식사를 거르기만 하면 레오디안은 리리엔에게 식사를 하라 강요했다. 리리엔이 그런 레오디안을 버티다 못해 음식을 입에 댈 때까지 그는 결코 물러서지 않았다.

리리엔은 힘주어 깨물고 있던 입 안의 살을 더욱 세게 사리물었다. 머릿속에 불이라도 난 것처럼 화가 들끓었다.

'소화기 잘 될 만한 음식을 준비해 두라 일렀으니 이제 그만 내려가서……'

'내 가족을 죽여 놓고 어떻게 그렇게 뻔뻔할 수가 있어?'

리리엔은 어린 시절 레오디안이 자신의 머리칼을 부드럽게 어루만져 주던 손길을 기억하고 있었다.

하지만 그 기억은 너무도 오래된 탓에 빛이 바래 퇴색된 채였다. 리리엔에게는 레오디안의 커다란 손보다 엘시아의 차갑지만 한결같이 다정하던 조그만 손이 더 소중했다. 그런데 그것을 레오디안이 리리엔에게서 앗아 갔다.

'네가 뭔데……!'

아까 전, 레오디안의 앞에서 눈물을 보이고 싶지 않아서 간신히 삼켜 냈던 눈물이 다시금 리리엔의 눈에 아롱아롱 맺혔다.

'왜 나를 찾았어?'

'…….'
'이럴 거면, 이럴 거면 찾지 말지…….'
리리엔은 자신의 것과 꼭 닮은 레오디안의 푸른 눈동자를 직시하며 소리쳤다.
'찾지 말고 내버려 두지!'
부모님과 레오디안을 그리워하지 않은 건 아니었다. 하지만 리리엔은 그 그리움을 마음속 깊은 곳에 묻어 두고 살 수 있었다. 엘시아의 사랑이 있었으므로.
'용서 안 해.'
리리엔은 자신의 삶에서 엘시아를 억지로 끄집어내 버린 레오디안을 결코 용서할 수 없었다. 아니, 용서하기 싫었다.
'죽어도 용서 안 할 거야.'
리리엔은 스스로를 세뇌하듯, 혹은 다짐을 단단히 다지듯 몇 번이고 반복해서 말했다.
레오디안은 죄가 없었다. 레오디안은 엘시아가 그간 리리엔을 사랑으로 보살펴 주었다는 사실을 몰랐다.
리리엔도 알았다. 레오디안은 그저 엘시아가 리리엔을 납치한 괴물이라 짐작했고, 그렇기에 망설임 없이 엘시아를 죽인 것이었다. 다 알고 있었다. 레오디안은 리리엔을 위해서, 리리엔을 찾기 위해서 그런 것이었다.
하지만 리리엔은 평생 레오디안을 원망하고자 마음먹었다. 그렇지 않는다면 레오디안의 손에 죽은 엘시아가 너무 불쌍해지니까.
리리엔은 핏발 선 눈으로 레오디안을 계속해서 노려보았다. 아직도 레오디안은 어떻게든 리리엔을 식당으로 데려가 식사를 하게끔 만들 작정인지 자리에 못 박힌 듯 서 있었다. 그런 레오디안의 모습에서 리리엔은 저도 모르게 순간 엘시아를 떠올리고 말았다.
지난한 형편에도 엘시아는 리리엔의 끼니만큼은 반드시 챙겨 주었다. 비록 본인은 식사를 거를지언정 리리엔의 식사는 꼭 챙겼다.
리리엔은 이를 꽉 사리물었다. 레오디안에게서 엘시아를 겹쳐 보는 것은 결코 해서는 안 되는 짓이었다. 지금 레오디안은 단순히 단식 투쟁을 하는 어린애를 번거롭게 여기는 것에 불과했다. 반면 엘시아는 리리엔을 향한 애정으로 리리엔의 끼니를 챙긴 것이었다. 리리엔은 그렇게 생각했다.

그런데 어째서 자신은 레오디안을 보고 엘시아를 떠올렸을까. 왜 지금 레오디안이 자신을 염려스럽다는 듯이 바라보고 있는 것처럼 느껴지는 걸까. 연이어 꼬리를 물고 이어지는 의문이 머릿속을 엉망으로 만들었다. 그에 리리엔은 이내 그 의문들을 털어내듯 홱 고개를 돌렸다.

낮게 가라앉은 레오디안의 목소리가 정적을 가른 것은 그때였다.

'……괴물의 사체는 부패하지 않는다는 사실을 알고 있나?'

뜬금없는 레오디안의 말에 아무런 반응도 하고 싶지 않았다. 레오디안의 꼴도 보기 싫었다. 리리엔은 고개를 모로 돌린 상태로 움직이지 않았다. 그러나 레오디안은 그런 리리엔을 개의치 않는지 머지않아서 덤덤하게 말을 이었다.

'네가 원한다면 그녀를 이곳으로 데려오도록 하겠다.'

'……뭐?'

리리엔이 놀라 커다래진 눈으로 레오디안을 돌아보았다. 조금 전까지만 해도 리리엔은 레오디안이 나갈 때까지 더는 그에게 시선조차 주지 않을 작정이었다. 그래서 고집스럽게 고개를 돌리고 있었다.

하지만 방금 레오디안의 말에 리리엔은 반응하지 않을 수가 없었다. 리리엔은 도저히 믿어지지 않는다는 듯이 되물었다.

'……엘시아를 데려오겠다는 소리야?'

'그래.'

레오디안은 점차 하얗게 질려가는 리리엔의 얼굴을 아무렇지도 않게 직시하면서 덧붙였다.

'네가 그것을 원한다면.'

'……'

레오디안의 말에 순간 혹하는 마음이 들었으나, 그것은 아주 잠시였다. 리리엔은 덜컥 두려워졌다.

엘시아를 다시 만나고 싶은 마음이야 말할 것도 없었다. 리리엔은 너무도 간절하게 엘시아를 만나고 싶었다.

그러나 엘시아는 죽었다. 레오디안이 엘시아의 숨을 앗아 가는 광경은 미처 보지 못했지만, 엘시아가 죽었다는 건 부정할 수 없는 사실이었다. 리리엔은 차마 차갑게 식어 버린 엘시아를 마주할 자신이 없었다. 그런 이유로 리리엔은 한동안 망설였다. 엘시아의 시신을 보면 정말 엘시아가 죽었다는 걸 다시금 실감하게 될 터였다.

언제나 다정한 미소를 지어 주던 엘시아는 더 이상 이 세상에 존재하지 않는다는 걸. 리리엔은 인정하고 싶지도 받아들이고 싶지도 않았다.

'……엘시아는 아직 그 마을에 있는 거야?'

'그래.'

레오디안이 주저 없이 대답을 내어놓았다. 그 대답을 들은 리리엔의 표정이 일순 딱딱하게 굳어졌다가, 이내 속절없이 무너져 내렸다. 엘시아의 시신이 어딘가에 아무렇게나 나뒹굴고 있다고 생각하니 가슴이 미어졌다. 리리엔은 곧 결정을 내렸다. 엘시아를 데려와야 했다.

'데려와 줘.'

리리엔은 대공저로 돌아온 이후, 처음으로 레오디안에게 부탁했다.

'엘시아를……. 언니를 데려와 줘.'

누가 듣더라도 애절하다 느낄 법한 목소리였다. 레오디안은 속을 알 수 없는 무표정한 얼굴을 하고서 리리엔을 가만 바라보다가, 이윽고 고개를 끄덕였다.

그리고 불과 하루도 채 지나지 않은 그날 오후, 리리엔은 엘시아의 시신을 품에 안을 수 있었다.

엘시아의 몰골은 처참했다. 그것을 본 리리엔은 눈물조차 흘리지 못했다. 마음속에 무량한 슬픔이 들이닥쳤고, 그 슬픔의 크기만큼이나 거대한 분노가 리리엔을 뒤흔들었다.

엘시아를 이렇게 만든 것은 레오디안이었다.

'이렇게까지 할 필요가 있었어?'

리리엔이 레오디안을 향해서 지독하리만큼 낮게 가라앉은 목소리로 물었다. 그런 리리엔의 시선은 엘시아에게 붙박여 있었다.

'어떻게……. 어떻게 이렇게 잔인하게…….'

리리엔은 믿을 수 없다는 듯이 중얼거리면서 떨리는 손으로 엘시아의 시신을 더듬더듬 매만졌다. 그런 리리엔의 손은 푸른 피로 뒤덮인 엘시아의 가슴께에서 유난히 오래도록 머물렀다.

피를 이만큼이나 흘렸을 정도면 옷으로 가려져 있는 가슴의 상처가 얼마나 클지는 굳이 눈으로 확인하지 않더라도 충분히 짐작할 수 있었다. 리리엔은 이를 꽉 깨물었다.

레오디안은 잔인하게 살해된 엘시아의 시신이 사라지기라도 할까 힘껏 끌어안고 있는 리리엔을 가만히 바라보고 있었다.

그러던 어느 순간, 리리엔에게서부터 붉은 연기가 뭉게뭉게 피어오르기 시작했다. 리리엔의 온몸을 감싼 것으로도 모자라 주위로 퍼져 나가고 있는 붉은 연기. 그게 무엇인지는 레오디안이 그 누구보다도 잘 알고 있었다.

다만 레오디안은 리리엔이 가문의 힘을 타고났으리라고는 짐작하지 못했다. 그랬기에 당황한 레오디안은 말문이 막힌 채로 리리엔의 모습을 멍하니 바라보았다.

그러는 동안에도 리리엔에게서부터 흘러나온 붉은 연기가 주위를 가득 메울 기세로 일렁이고 있었다. 레오디안은 뒤늦게야 정신을 차리고 리리엔에게 다가갔다.

리리엔이 언제부터 힘을 사용할 수 있었는지는 알 수 없었다. 어쩌면 지금 막 힘을 각성했을지도 모르는 일이었다.

리리엔에게 확인해 보아야 하는 의문들이 레오디안의 머릿속을 빠르게 스치고 지나갔다. 하지만 레오디안은 그 의문들을 입 밖에 내는 대신, 영 다른 말을 꺼냈다.

'리리엔. 진정하고 물러나라.'

'……'

레오디안은 싸늘하게 식어 있는 엘시아의 시체를 내려다보았다. 리리엔이 필사적으로 끌어안은 여린 몸은 숨이 끊어진 지 오래였으나 레오디안이 기억하고 있는 모습과 똑같았다.

인간이 아닌 존재이기 때문일까. 엘시아의 시신은 전혀 부패하지 않았다. 레오디안이 마지막으로 본 모습에서 조금도 달라진 구석이 없었다. 살해되었을 적 그때 그 모습을 그대로 간직하고 있었다.

레오디안은 그간 괴물 토벌을 해 오면서 부패하지 않는 괴물의 시체를 수도 없이 보았다. 그리고 그 시체를 시체라 부르는 데 망설임이 없었다. 하지만 지금 이 순간, 레오디안은 리리엔의 앞에서 엘시아를 시체라 칭할 수 없었다.

'지금 네 힘이 그녀의……. 그녀의 몸에 어떤 영향을 끼칠지 알 수 없다.'

엘시아는 죽은 지 오래였다. 설령 리리엔의 힘이 엘시아에게 영향을 끼친다 할지라도 그 영향은 그다지 크지도 치명적이지도 않을 터였다. 엘시아는 이미 숨이 끊어진 채였으니까. 기껏해야 엘시아의 차디찬 신체에 상처가 더 생기는 정도일 것이다.

하지만 그 정도의 영향이라 할지라도 리리엔이 그리 가볍게 넘기지 못하리라는 건 너무나도 자명했다. 만약 리리엔의 힘으로 인해서 엘시아의 몸에 조그만 생채기라도 생겨난다면, 리리엔은 자신을 용서하지 못할 것이다.

그것을 우려한 레오디안은 재차 리리엔에게 물러나라고 말했다. 리리엔은 분명 후회할 것이고, 레오디안은 리리엔이 후회할 것이 분명한 상황을 어떻게 해서든 막을 작정이었다.

'그녀를 위해서 물러나라, 리리엔.'

레오디안의 목소리는 여느 때와 다름없이 평이했으나, 그 끝이 조금쯤 떨리고 있었다.

그 목소리를 들은 리리엔이 비로소 레오디안에게 시선을 주었다. 레오디안은 최대한 차분하게 리리엔과 눈을 맞추고 있었다. 리리엔이 엘시아를 품에서 놓기만을 기다리며.

그렇게 얼마쯤 지났을까. 지금껏 마치 저 혼자 멈춘 시간 속에서 굳어 버리기라도 한 것처럼 앉아 있던 리리엔의 입술이 느릿하게 벌어졌다.
'……가슴이 아파.'
리리엔이 목이 졸린 듯한 목소리로 겨우겨우 말을 이어 갔다.
'숨을, 숨을 못 쉬겠어…….'
그 말을 간신히 내뱉은 것을 마지막으로 리리엔의 몸이 힘없이 무너져 내렸다.

* * *

죽은 엘시아의 모습을 본 충격 탓인지 갑자기 쓰러진 리리엔은 이틀 만에 간신히 정신을 차렸다.
'……엘시아는?'
'그녀는 안전한 곳으로 옮겨두었다.'
리리엔은 의식을 되찾기가 무섭게 엘시아를 찾았다. 그런 리리엔에게 레오디안은 엘시아의 시신을 보관해 둔 방의 위치를 말해 주었다. 리리엔은 초췌한 얼굴로 그렇구나, 중얼거리고는 다시 눈을 감았다.
그날부터였다. 그간 레오디안에게 날을 세우던 리리엔의 태도가 어째선지 묘하게 누그러졌다.
비단 그뿐만이 아니었다. 대공가로 돌아온 이후 내도록 식사를 거부하던 것이 무색하게도 리리엔은 더 이상 끼니를 거르려 하지 않았다. 모진 말로 레오디안을 비난하지도, 애먼 고집을 피워서 레오디안과 신경전을 벌이지도 않았다.
리리엔은 평범한 귀족 아이처럼 한가롭고도 평화로운 일상을 보냈다. 단지 하루에도 몇 번이고 엘시아의 시신이 놓인 관을 안치한 방을 찾아갈 뿐이었다.
그런 리리엔을 자극하고 싶지 않았던 레오디안은 더 이상 리리엔을 찾지 않았다. 리리엔의 유모에게 리리엔의 생활 전반을 돌봐줄 것을 부탁하고,

유모를 통해서 리리엔이 어떻게 지내는지를 들었다.

로켄페데스 대공가의 가신들은 하루에도 몇 번씩 엘시아의 시체가 있는 방을 찾아가서 시간을 보내는 리리엔을 향해서 우려를 표했다. 그들은 레오디안에게 리리엔을 말려야 하지 않느냐, 리리엔을 말릴 수 없다면 그 불길한 시체를 치워 버리는 게 옳다 첨언했다.

하지만 레오디안은 그들의 우려에도 리리엔을 만류하지 않았다. 엘시아의 시체를 다른 곳으로 옮길 생각은 감히 안중에도 두지 않았다.

그렇게 평화로운 나날들은 아슬아슬하게나마 계속되었다. 레오디안은 부디 이 평화가 오래도록 지속되기를 바랐다.

그러던 어느 날이었다. 무슨 심경의 변화가 있었는지, 리리엔이 돌연 레오디안을 찾아왔다.

리리엔이 먼저 레오디안을 찾은 것은 처음이었다. 레오디안은 서재로 들어서는 리리엔을 새삼스럽게 바라보았다. 리리엔은 자신을 보면서 레오디안이 무슨 생각을 하고 있는지는 관심조차 없는 듯했다. 리리엔은 자리에 앉기가 무섭게 곧장 용건을 꺼내놓았다.

'물어보고 싶은 게 있어서 왔어.'

리리엔은 무슨 말을 하려는 걸까. 그토록 원망하는 자신을 찾아오면서까지 물어보려는 이야기가 대체 무엇일까. 레오디안은 느릿하게 벌어지는 리리엔의 입술을 바라보았다.

'내 힘, 아니, 그러니까 이 가문에 대대로 전승되어 온 힘이 제대로 익히기는 어렵지만 한 번 익히면 그 힘으로 기적 같은 일을 이뤄 낼 수도 있다는 이야기를 들었어.'

'……'

'그게 정말 사실이야?'

리리엔이 퍽 당돌한 눈빛으로 레오디안을 바라보며 대답을 재촉했다. 레오디안은 일순 이를 꽉 사리물었다. 턱 근육이 바짝 긴장해 툭 불거졌다. 설마 하니 리리엔이 가문의 힘에 관해 물을 줄은 예상하지 못했다.

레오디안은 잠시 지그시 눈을 감고 말을 골랐다. 그 누가 리리엔에게 그런 이야기를 한 것일까. 레오디안은 당장이라도 리리엔에게 묻고 싶었으나, 목 끝까지 차오른 물음을 일단 꾹 삼켜 냈다.

다른 사람도 아니고, 레오디안과 같은 힘을 타고난 리리엔이었다. 그런 리리엔에게 언제까지고 가문의 힘에 관해서 숨길 수도 없는 노릇이라는 걸 레오디안은 알고 있었다.

그러나 그렇게 생각하면서도 선뜻 입을 뗄 수가 없는 것은, 리리엔이 가문의 힘에 관심을 가지게 된 이유가 무엇인지 짐작이 갔기 때문이었다. 그뿐만이 아니었다. 레오디안은 리리엔이 무슨 생각으로 지금 그를 찾아왔는지 어렴풋이 알 것만 같았다.

'……우리가 지니고 태어난 힘은 기적을 만들 수 있는 힘이 아니다.'

레오디안 그도 언젠가 지금 리리엔과 같은 생각을 한 적이 있었다. 그가 지닌 힘이라면 무엇이든 이룰 수 있을 거라 생각했다. 하지만 그건 너무도 오만한 착각이었다.

그리고 레오디안은 그 사실을 너무도 뒤늦게 알았다. 그 무엇도 돌이킬 수가 없는 지경이 되어서야 레오디안은 그가 얼마나 자만했는지를 뼈저리게 깨달았다. 레오디안은 부디 리리엔이 그와 같은 실수를 하지 않기를 바랐다.

레오디안은 잠시 망설이다가 손을 내밀었다. 이윽고 천장을 향해 곧게 펼쳐진 레오디안의 손에서 푸른 연기가 뭉게뭉게 피어올랐다. 레오디안이 앞으로 내민 손을 멍하니 내려다보던 리리엔의 눈이 커다랗게 뜨였다.

'이 힘을 사용할 때는 언제나 그와 상응하는 대가를 치러야만 한다.'

레오디안이 쫙 펼치고 있던 손을 돌연 힘껏 움켜쥐었다. 주먹 쥔 레오디안의 손등에는 푸른 핏줄이 툭 불거져 있었다.

'내게 한 가지를 약속한다면 힘을 다루는 방법을 가르쳐 주겠다.'

레오디안의 목소리가 지독하리만큼 낮게 가라앉아 있었다. 그래서인지 그 목소리를 듣고 리리엔은 저도 모르게 긴장으로 표정을 굳혔다. 레오디안이 그런 리리엔을 가만히 바라보다가 잠시 뒤에 말을 이었다.

'이 힘에는 언제나 그만한 대가가 따른다는 것을 명심하겠다고 약속해라.'

여전히 낮게 가라앉아 있는 목소리가 리리엔의 가슴을 울렸다. 리리엔은 레오디안의 경직된 얼굴과 그가 꽉 움켜쥐고 있는 손을 번갈아 응시했다. 그러다가 머지않아서 리리엔은 마른침을 꿀꺽 삼키고서 단호한 목소리로 대꾸했다.

'응, 약속할게.'

리리엔의 대답을 들은 레오디안이 이내 지그시 눈을 감았다.

눈을 감았는데도 이윽고 다가올 미래가 눈앞에 선명하게 펼쳐지는 듯했다. 레오디안은 나직하게 한숨을 내쉬었다.

* * *

리리엔은 배우는 속도가 빨랐다. 아무래도 각오를 단단히 한 탓인지, 레오디안이 가르쳐 주는 것을 빠르게 제 것으로 만들었다. 마치 물을 흡수하는 스펀지 같았다.

레오디안은 리리엔이 기특한 한편, 걱정스러웠다. 리리엔이 혹시라도 허튼 희망으로 돌이킬 수 없는 짓을 저지르기라도 할까 봐. 레오디안은 리리엔의 말이나 행동 하나하나에 온 신경을 기울였다.

그러나 그러한 레오디안의 노력이 무색하게도 레오디안이 우려했던 일은 예견된 미래처럼 벌어지고 말았다.

리리엔이 자신이 타고난 힘으로 시간을 되돌리려는 시도를 한 것이다.

레오디안은 리리엔이 어째서 시간을 되돌리려 했는지를 단번에 알아차렸다. 리리엔은 다름 아닌 엘시아를 살리기 위해서, 엘시아가 살해당하기 이전의 시간으로 돌아가고자 힘을 사용한 것이다.

하지만 결과적으로 리리엔은 실패했다. 아직 힘을 다루는 데 미숙한 탓이었다. 무리하게 힘을 쓴 탓에 힘이 폭주했고, 리리엔은 피를 토하면서 쓰러졌다.

그리고 리리엔의 몸은 엉망으로 망가져 버렸다.

애초에 레오디안은 리리엔이 가문의 힘에 관심을 가지게 된 이유가 엘시아일 것이라 어렴풋이 예상하고 있었다. 그런데도 레오디안은 리리엔에게 힘을 다루는 방법을 가르쳐 주기로 약속했다. 그것을 레오디안이 자신에게는 리리엔으로부터 힘에 대해서 숨길 권리가 없다고 생각했기 때문이었다.

리리엔은 로켄페데스 가문의 힘을 타고났다. 그뿐만 아니라, 리리엔은 저도 모르는 사이에 그 힘을 각성하기까지 했다. 만약 리리엔이 자신의 힘을 사용하길 원한다면 마땅히 그럴 권리가 있었다.

그렇게 여겼기에 레오디안은 위험을 감수하고 리리엔이 힘을 능숙하게 다룰 수 있도록 가르쳤다. 그러면서 리리엔이 허튼 마음을 먹고 돌이킬 수 없는 실수를 저지르지는 않을지 경계했다.

하지만 그럼에도 불구하고 리리엔은 끝내 레오디안의 눈을 피해서 무리하게 힘을 사용했고, 자신의 몸을 망가뜨리고 말았다.

어쩌면 단지 언제가 되느냐 하는 시간 문제였을 뿐, 리리엔이 시간을 되돌리려 시도하는 건 언제든 도래할 미래였는지도 몰랐다. 엘시아를 향한 리리엔의 집착을 생각해 본다면 그러했다.

레오디안은 참담한 심정으로 리리엔을 내려다보았다. 리리엔은 벌써 며칠째 의식을 잃은 채였는데, 하루에도 몇 번씩 각혈을 했다. 레오디안은 물론이고 대신관인 로아나가 리리엔을 치유하기 위해 신성력을 쏟아붓고 있었으나, 리리엔의 상태는 좀처럼 나아질 기미조차 보이지 않았다.

'훼손된 장기 대부분이 여전히 치유되지 않고 있습니다.'

혹시나 하는 마음에 리리엔의 상태를 재차 확인한 로아나가 나지막한 목소리로 레오디안에게 말했다. 레오디안은 별다른 대꾸를 하지 않고, 그저 묵직하고도 기나긴 한숨을 내쉬었다.

로아나는 그런 레오디안에게서 시선을 거두어들인 뒤, 쥐 죽은 듯이 고요한 침실 안을 휘 둘러보았다.

비단 리리엔의 침실뿐만이 아니라, 이곳 대공저 전체가 적막에 휩싸여 있었다. 리리엔이 쓰러진 이후, 저택은 마치 유령의 성처럼 스산해지고 고요해졌다.

'……신황 성하께 리리엔 아가씨를 보이는 건 어떨까요.'

로아나가 레오디안의 안색을 살피며 조심스럽게 권유했다.

전대 신황의 뒤를 이어 신황의 자리에 오른 폴리이도스 3세, 지그문트는 역대 신황 중 가장 강한 신성력을 지니고 있었다. 그러니만큼 지그문트에게는 리리엔을 치료하는 일은 일도 아닐지 몰랐다.

'각하만 괜찮으시다면……. 제가 당장 신전에 연락을 해 보겠습니다.'

그렇게 말을 덧붙인 로아나가 시선을 아래로 내려뜨렸다. 레오디안의 묵묵한 시선이 느껴졌으나, 그를 마주할 엄두가 나지 않았다. 그도 그럴 게 로아나는 레오디안이 지그문트를 꺼린다는 사실을 알고 있었다. 그 때문에 로아나는 레오디안에게 지금과 같은 권유를 하는 게 굉장히 민망했다.

레오디안은 로아나의 얼굴에다 시선을 붙박아 둔 채로 한동안 아무런 말이 없었다.

그 침묵은 끊임없이 이어졌다. 로아나가 무거운 정적을 버티다 못해 어떤 말이라도 꺼낼 작정으로 입을 벌렸을 때, 그때야 비로소 레오디안의 목소리가 적막을 갈랐다.

'신황이라고 해서 리리엔을 치료할 뾰족한 수를 알고 있진 않을 것이다.'

리리엔마저 잃을 수는 없었다. 신황이 리리엔을 치유할 수 있다면 레오디안은 신황의 손일지라도 얼마든지 빌릴 수 있었다.

신황이 신성력과 더불어 신묘한 힘을 지니고 있는 것은 사실이었다. 그러나 신황이 리리엔을 치료할 수 있을지 없을지는 확신할 수 없었다.

레오디안이 신황이 가진 힘이 무엇인지 제대로 파악할 수 없듯, 신황 역시도 로켄페데스 가문 대대로 내려온 힘의 근간을 완전히 이해하지 못했다. 그러니 그 힘으로 인해 내상을 입은 리리엔을 치료하는 건 신황에게도 어려운 일일 터였다.

게다가 리리엔이 쓰러진 이후, 레오디안은 리리엔에게 그의 힘을 아낌없이 쏟아붓고 있었다. 그런데도 리리엔의 몸은 치유되지 않았다.

'……그대는 이만 돌아가 보도록.'

레오디안이 꽤 한참 만에 정적을 깨고 말했다. 로아나는 입술을 꾹 깨물면서 자리에서 일어났다.

'예, 각하. 내일 뵙겠습니다.'

'그래.'

로아나는 미련이 남았는지 잠시 리리엔을 바라보다가 가까스로 몸을 돌렸다. 이윽고 로아나가 침실을 떠나자, 문이 닫히는 소리가 들려온 것을 마지막으로 침실에는 지독하리만큼 무거운 적막이 내려앉았다.

그 적막 속에서 레오디안은 자신의 손을 내려다보았다. 그런 그의 머릿속에는 다시는 사용하지 않겠노라 스스로 맹세한 힘, 시간을 되돌리는 힘인 템푸스를 리리엔을 구하기 위해서 사용할 것인가 하는 생각이 가득 들어차 있었다.

리리엔이 의식을 차릴 수만 있다면 레오디안은 무엇이든 희생할 각오가 되어 있었다. 그럼에도 템푸스를 사용하는 데 망설이는 것은, 그 힘이 가져올 미지의 변수가 너무도 두려웠기 때문이었다.

레오디안은 시간을 되돌린 적이 있었다. 바로 그의 부모님이 살해되기 전으로 돌아가기 위해서 템푸스를 사용했었다.

하지만 결과적으로 레오디안은 아무것도 바로잡을 수 없었다. 나비 효과라고들 말하던가. 레오디안이 그가 알고 있는 다가올 미래를 어떻게든 바꾸기 위해 행한 모든 노력은 수포로 돌아갔다.

레오디안이 시간을 되돌렸으나 리리엔은 또 한 번 납치당했고, 그의 부모님은 또다시 살해당했다. 그리고 레오디안은 기적과 비슷한 힘을 사용한 후유증을 오래도록 앓았다.

그로 인해서 레오디안은 시간을 되돌린다 할지라도 예정된 미래를 바꿀 수는 없음을 뼈저리게 깨달았다. 그 이후 레오디안은 다시는 템푸스를 사용하지 않았다.

레오디안은 자신의 손을 내려다보던 시선을 들어 올려 리리엔을 바라보았다. 리리엔은 창백하게 질린 낯을 한 채로 고요하게 잠들어 있었다.

리리엔의 얼굴에 고정된 레오디안의 푸른 눈동자가 속절없이 흔들렸다. 템푸스를 사용한다면, 어쩌면 이번에는 리리엔을 구할 수 있을지 몰랐다. 그러나 선뜻 결정을 내릴 수가 없었다. 자꾸만 망설여졌다.

레오디안은 스스로의 나약함에 치를 떨었다. 차라리 자신을 찾지 말지 그랬냐던 리리엔의 말이 레오디안의 머릿속에 떠올랐다.

* * *

레오디안은 엘시아의 시신이 담긴 관이 놓인 방을 찾았다. 레오디안이나 리리엔의 침실만큼 넓은 이 방은 오직 검은 관이 하나 놓여 있을 뿐이기에 퍽 삭막해 보였다.

이 공허하리만큼 텅 빈 방은 레오디안이 사용인에게 직접 지시해 만들도록 한 방이었다. 엘시아를 추모한다거나 하는 마음에서 마련한 방은 아니었다. 오직 리리엔을 위해서 만든 방이었다.

이전까지 레오디안은 단 한 번도 이 방을 찾은 적이 없었다. 레오디안은 저택에 이 방을 조성해 둔 이래 처음으로 발걸음을 한 것이었다. 만약 리리엔이 쓰러지지 않았더라면 레오디안이 이 방에 발을 디디는 일은 없었을지도 몰랐다.

반쯤 충동적으로 방 안으로 들어선 레오디안은 자리에 못 박힌 듯이 우뚝 멈춰 선 채로 그저 검은 관을 하염없이 내려다보았다.

리리엔을 10년 동안 키워 준 은인이자, 그 사실을 꿈에도 몰랐던 레오디안이 살해한 엘시아가 잠들어 있는 관이었다.

레오디안은 자신의 기억 속 엘시아의 모습을 떠올려 보았다. 마지막 토벌지였던 제스아, 그곳에서 레오디안은 우연히 리리엔을 발견했고, 엘시아를 죽였다.

레오디안의 검에 베인 엘시아는 붉은 피를 흘렸다. 그런 엘시아의 모습에 레오디안은 자신이 인간을 죽인 건가 순간 착각했다. 그때 자신이 뭐라고 했던가.

'너는, 괴물이 아니었던 건가? 아직 살아 있는 것을 보면 분명 인간은 아닌데.'

레오디안은 곧 어렵지 않게 자신이 죽어 가는 엘시아에게 했던 말을 떠올릴 수 있었다.

'진실로 끔찍한 모습이군.'

레오디안은 싸늘한 표정을 하고서 그렇게 말했다. 그러자 잘려 나간 팔, 다리, 꿰뚫린 가슴께에서 붉은 피를 흘리며 엘시아는 말했다.

'……다, 다행…….'

다행이라고. 죽어 가는 주제에 뭐가 다행이라는 건지, 그때 레오디안은 이해할 수 없었다.

하지만 이제는 알았다. 그때 엘시아는 레오디안이 리리엔의 가족이란 사실을 알아본 것이다. 리리엔이 가족의 품으로 돌아가게 되어 다행이라, 그리 말했던 것이다.

레오디안은 지그시 눈을 감았다. 문득 심장이 꽉 죄어 오는 느낌이었다. 그 느낌이 의미하는 게 무엇인지는 너무도 쉽게 알아차릴 수 있었다. 레오디안은 엘시아에게 죄책감을 느꼈다. 그가 리리엔에게 가진 죄책감만큼이나 거대한 죄책감을 엘시아에게도 느끼게 된 것이다.

레오디안은 잠시 망설이다가 눈꺼풀을 들어 올렸다. 그러고는 천천히 걸음을 떼어 앞으로 나아갔다.

레오디안이 걸음을 멈춘 것은 칠흑같이 새까만 관 앞에 가까이 다가섰을 때였다. 관 앞에 멈추어 선 채로 또다시 망설인 끝에 레오디안은 손을 뻗었다. 그리고 천천히 관 뚜껑을 들어 올렸다.

관 뚜껑을 완전히 열어젖히자, 처참한 몰골의 시체가 모습을 드러냈다. 레오디안은 시체 위에 말라붙은 푸른 피를 가만히 눈에 담았다.

레오디안이 엘시아의 몸에 검을 찔러 넣었을 때, 엘시아는 분명 붉은 피를 흘렸다. 그런데 죽어 싸늘하게 식은 엘시아의 몸은 푸른 피를 뒤집어쓰고 있었다. 그건 퍽 의아한 일이었지만, 이해할 수 없는 일은 아니었다. 엘시아는 인간이 아니었으므로.

'살인자.'

'너는 내 가족을 죽인 거야. 알아?'

하루에도 몇 번씩 레오디안의 머릿속에 떠올랐다 사라지고는 하는 리리엔의 말이 이번에도 레오디안의 머릿속을 스치고 지나갔다. 레오디안은 나직이 침음하며 이를 악물었다.

결정을 내릴 때였다. 아무것도 하지 않으면서 무언가 바뀌기를 기대하는 건 어리석은 짓이었다. 레오디안은 엘시아를 향해서 손을 뻗었다. 머지않아서 레오디안의 손에서 피어오른 푸른 연기가 엘시아의 몸에 빠른 속도로 흡수되기 시작했다.

맞물려 돌아가던 거대한 운명의 톱니바퀴가 어긋난 순간이었다.

* * *

리리엔이 의식을 잃고 쓰러진지도 어언 보름이었다. 그동안 레오디안은 매일같이 리리엔과 엘시아를 찾았다. 리리엔은 조금씩 차도를 보였다. 레오디안이 하루가 멀다하고 리리엔에게 그의 힘을 퍼부은 덕분이었다.

오늘도 레오디안은 저택을 찾아온 로아나와 함께 리리엔을 돌보았다. 레오디안은 물론이고 로아나 역시도 리리엔에게 신성력을 아낌없이 쏟아부었다.

레오디안은 점차 혈색이 돌기 시작한 리리엔의 낯빛을 유심히 살폈다. 그렇게 한참 쏟아붓던 신성력을 거두어들인 것은 꽤 오랜 시간이 흘렀을 때였다.

레오디안은 등받이에 상체를 기대면서 이마에 맺힌 식은땀을 소매로 대강 닦아 냈다. 그 모습을 가만히 지켜보던 로아나가 염려스럽다는 듯한 표정으로 입을 열었다.

'……각하, 괜찮으십니까?'

레오디안은 말없이 로아나에게 시선을 던졌다. 잠시 멈칫했던 로아나가 이내 조심스럽게 말을 이었다.

'각하께서 리리엔 아가씨를 걱정하시는 마음은 알지만……. 아무래도 조금 쉬시는 편이 좋을 것 같습니다.'

'그래.'

사실 레오디안에게는 쉴 생각이라곤 조금도 없었다. 그러나 레오디안은 로아나에게 고개를 끄덕여 보였다. 구태여 로아나에게 걱정거리를 안겨 줄 필요는 없었다.

'매일 이곳을 찾아오는 것이 번거로울 법한데도 이렇듯 내 걱정까지 해 주다니 고맙군. 이 은혜는 잊지 않겠다.'

'……아닙니다, 각하.'

로아나는 내심 당황해 시선을 아래로 떨구었다. 레오디안에게 고맙다는 말이나 듣자고 매일같이 저택을 찾아오겠다고 자처한 것이 아니었다.

다름 아닌 레오디안의 하나뿐인 동생인 리리엔을 치료하는 일이었다. 로아나는 그 일을 자신이 당연히 해야 하는 일이라 여겼다. 그도 그럴 것이 로아나는 레오디안과 뜻을 함께하기로 결심한 순간부터, 신황이 아닌 레오디안에게 충성을 바칠 것을 맹세한 것이다.

로아나는 어색한 침묵 속에서 시선을 들어 올렸다. 레오디안은 여느 때와 같은 무표정한 얼굴로 리리엔을 내려다보고 있었다.

'저는 이만 돌아가 보겠습니다, 각하.'

로아나가 침묵을 깨고서 말했다. 그제야 레오디안이 다시금 로아나에게 시선을 주었다. 그런 레오디안을 향해서 로아나는 당부하듯 말을 덧붙였다.

'조금 전에 제가 했던 말을 가볍게 흘려듣지 마시고, 꼭 휴식을 취하셔야 합니다.'

'그래, 그러지.'

레오디안은 이번에도 선선히 고개를 끄덕였다. 로아나는 잠시 그 모습을 눈에 담고 있다가, 이내 자리에서 일어났다.

그 길로 곧장 침실을 떠나기 위해서 걸음을 옮기던 로아나는 순간 저도 모르게 뒤를 돌아보았다. 레오디안은 어느새 리리엔에게 시선을 고정하고 있었다. 그런 레오디안의 모습에서 로아나는 쉽사리 가늠할 수 없는 깊이의 슬픔을 엿보았다.

레오디안이 리리엔을 얼마나 애타게 찾아 헤맸는지는 로아나가 그 누구보다도 잘 알고 있었다. 레오디안이 리리엔을 찾아내 제도로 데리고 왔을 때, 로아나는 실로 다행이라 안도했다. 레오디안이 평생토록 어깨에 짊어지고 살아야 했을지 모를 큰 짐 하나가 덜어졌으므로.

그런데 그것이 무색하게도 리리엔은 의식을 잃은 채로 도통 깨어날 기미조차 보이지 않고 있었다. 그로 인해 레오디안이 얼마나 크게 상심했을지는 굳이 깊이 생각해 보지 않더라도 짐작 가능했다.

로아나는 남몰래 한숨을 삼키고는 고개를 똑바로 했다. 그리고 레오디안과 리리엔을 뒤로한 채로 조용히 침실을 나섰다.

* * *

레오디안은 로아나가 돌아간 이후로도 한참 동안 리리엔의 곁을 지켰다. 레오디안이 리리엔의 침실을 나선 것은 해가 저물고 하늘이 어둑하게 물들었을 무렵이었다.

떨어지지 않는 걸음을 가까스로 떼어 내 리리엔의 침실을 나선 레오디안이 향한 곳은 다름 아닌 엘시아의 관이 놓인 방이었다. 레오디안은 이제 퍽 익숙하게 방 안으로 들어서서는 검은 관을 향해서 망설임 없이 다가갔다. 이윽고 관 뚜껑을 여는 레오디안의 손길에도 망설이는 기색이라고는 전혀 없었다.

곧 관 안에 누운 엘시아의 모습이 드러났다. 레오디안은 깊은 잠에 빠진 것처럼 눈을 꼭 감고 있는 엘시아를 가만히 내려다보았다.

레오디안은 며칠 전 충동적으로 엘시아에게 자신의 힘을 불어넣은 이후, 매일같이 엘시아를 찾아와 그녀에게 힘을 쏟아붓고 있었다.

엘시아를 되살릴 수는 없어도, 살아생전의 모습으로 되돌릴 수는 있었다.

레오디안이 타고난 그의 가문의 힘, 비오렌치아, 그 힘은 모든 생명 활동을 멈춘 시체의 상처마저 회복시킬 수 있었던 것이다.

레오디안이 충동적으로 이 같은 행동을 하기 시작한 것은 다른 이유가 아니었다. 레오디안은 그저 언젠가 리리엔이 깨어난다면, 처참한 몰골이 아니라 겉보기엔 멀쩡해 보이는 모습을 한 엘시아를 보고 조금이나마 위안으로 삼을 수 있기를 바랐다.

리리엔에게 용서를 바라진 않지만 리리엔에게 할 수 있는 속죄는 무엇이든 기꺼이 할 작정이었으므로. 레오디안은 오늘도 엘시아에게 자신의 힘을 불어넣었다.

그 덕분에 이제 엘시아의 몸에는 작은 생채기 하나조차 찾아볼 수 없었다. 그뿐만이 아니라, 엘시아의 잘려나간 팔과 다리 또한 어느새 그녀의 몸에 완전하게 붙어 있었다.

거기에 현재 엘시아는 그녀의 피가 묻은 허름하고 때 탄 원피스가 아닌, 새하얀 원피스를 입고 있었다. 엘시아의 몸에 자리한 상처가 죄다 사라졌을 때 레오디안이 시녀에게 시켜 엘시아의 옷을 갈아입혔기 때문이었다.

얼마 전까지만 해도 혈색 없던 엘시아의 피부에 제법 생기가 돌고 있었다. 그런 엘시아는 꼭 멀쩡하게 살아 있는 사람처럼 보였다.

꽤나 오랜 시간이 흘러갔을 때, 하염없이 엘시아를 내려다보면서 그녀의 몸에 힘을 불어넣던 레오디안이 그의 힘을 거두어들였다.

'……미안합니다.'

레오디안의 목소리가 고요한 방 안에 울려 퍼졌다. 그것은 아무도 듣지 못했기에 누구도 대꾸해 줄 수 없는 공허한 읊조림이었다.

그럼에도 불구하고 레오디안은 엘시아를 향해서 미안하다는 말을 몇 번이고 반복했다. 리리엔에게 그러하듯 엘시아에게도 감히 용서를 구할 생각이 없었는데도 그랬다.

레오디안은 엘시아가 결코 들을 수 없는 사죄의 말을 끊임없이 반복해 말했다.

그렇게 얼마쯤 지났을까. 레오디안은 엘시아의 새까만 머리칼이 천천히 새하얗게 물들어 가는 모습을 목격했다. 그 모습에 놀란 레오디안의 눈이 조금쯤 커다랗게 뜨였다.

그런 레오디안의 머릿속에 순간 의문이 스치고 지나갔다. 설마, 엘시아가 되살아난 걸까?

레오디안은 짐짓 경악에 찬 시선으로 새삼 엘시아를 유심히 살펴보았다. 그러는 동안, 엘시아의 머리칼은 완전히 새하얗게 탈색되었다. 레오디안은 엘시아에게 생겨난 변화를 두 눈으로 똑똑히 목격하였는데도 도저히 믿을 수가 없었다.

그도 그럴 것이 레오디안이 엘시아에게 불어넣은 힘은 단순한 치유술인 루스였다. 시간을 되돌리는 힘인 템푸스가 아니었다. 그런데도 생명 활동을 멈춘 엘시아의 몸에 변화가 생긴 것이다.

그런 게 가능할 리 없었다. 레오디안은 대체 무슨 일이 일어난 건지 짐작조차 할 수 없어, 그저 멍하니 엘시아를 내려다보기만 했다.

그 순간이었다.

'이럴 수가…….'

고요히 눈을 감고 있는 엘시아에게서 익숙한 힘의 기운이 풍겨져 나오기 시작했다. 엘시아의 몸에서부터 피어오른 푸른 연기를 레오디안은 믿을 수 없는 눈으로 바라보았다.

그것은 다름 아닌, 레오디안의 가문에 대대로 내려온 힘, 비오렌치아였다. 엘시아의 신체에 일어난 변화와 엘시아에게서 느껴지는 익숙한 힘. 이는 너무도 갑작스럽고 쉽사리 이해할 수 없는 조화였다.

원인이라면 짐작이 가는 바가 있었다. 레오디안이 엘시아에게 힘을 쓴 탓인 게 분명했다.

하지만 지금껏 레오디안이 엘시아에게 힘을 불어넣었다고 해서, 엘시아가 그의 힘을 사용할 수 있을지도 모른다니 말도 안 되는 이야기였다. 레오디안의 힘은 가문의 일원이 아니고서는 사용할 수 없는 힘이었으므로.

게다가 엘시아는 살아 있는 사람이 아닌, 죽은 지 오래인 시체였다. 그런데…….

'각하, 여기 계셨군요.'

레오디안은 돌연 갑작스럽게 그의 귓전을 파고든 음성에 혼란스러운 상념에서 벗어났다. 무심코 고개를 돌리자, 어느새 활짝 열린 문가에 서 있는 집사의 모습이 보였다.

집사는 어째선지 다급한 기색이 역력했는데, 그는 레오디안과 눈이 마주치기가 무섭게 기다렸다는 듯이 말을 이었다.

'지금 바로 리리엔 아가씨의 침실로 가 보셔야 합니다.'

'……무슨 일이지?'

설마 불과 몇 분 사이에 리리엔에게 무슨 일이 생기기라도 한 걸까. 레오디안은 불안해졌다. 그런 레오디안의 마음을 아는지 모르는지, 집사는 조금 전까지만 해도 빠르게 말을 꺼내 놓던 것이 무색하게도 공연히 말을 고르면서 시간을 소요했다.

레오디안은 답답한 마음에 미간을 찌푸렸다. 그러면서 집사의 대답을 채근했다.

'리리엔에게 무슨 일이 생겼나?'

'리리엔 아가씨가.'

레오디안의 재촉에 비로소 입을 연 집사는 파르르 떨리는 입술로 간신히 말을 이었다.

'리리엔 아가씨가 깨어나셨습니다!'

레오디안은 순간 자신의 귀를 의심했다. 그 정도로 집사가 전한 소식은 쉽사리 믿어지지 않는 놀라운 것이었다.

레오디안은 얼떨떨한 표정을 짓고 서 있다가, 어느 순간 자신도 모르게 뒤를 돌아보았다. 곧 그의 시야에 엘시아의 창백한 낯이 가득 들어찼다.

엘시아는 언제나와 같은 모습으로 고요히 누워 있었다. 단 한 가지 달라진 것이 있다면, 아까 전까지만 해도 엘시아의 몸을 감싸듯 일렁이고 있던 푸른 연기가 거짓말처럼 사라져 버렸다는 점이다.
일순 레오디안의 머릿속에 말도 안 되는 생각이 스치고 지나갔다. 어쩌면, 리리엔이 깨어난 것은 엘시아 덕분이 아닐까 하는, 그런 생각이었다.

레오디안은 금세 리리엔의 침실에 도착했지만, 선뜻 안으로 들어가지 못하고 문 앞에서 망설였다. 어떤 얼굴로 리리엔을 마주 보아야 할지 알 수 없었기 때문이었다.
리리엔은 무모하게 힘을 사용해, 그 대가로 보름 동안 의식을 차리지 못하고 꼬박 앓았다. 그러나 레오디안은 그런 리리엔에게 화를 낼 권리가 없었다. 적어도 레오디안 그는 그렇게 생각했다.
그렇다고 해서 아무런 일도 없었다는 듯이 태연하게 리리엔을 대할 자신이 있는 것은 아니었다. 레오디안은 나직이 한숨을 내쉬었다.
'······안 들어가십니까?'
집사가 문고리를 잡은 채로 멈추어 서 있는 레오디안을 의아한 눈으로 바라보았다. 그 시선을 마주한 레오디안은 그제야 문고리를 잡은 손에 힘을 주었다.
그렇게 가까스로 문을 열고 방 안으로 들어서자, 침대 헤드에 등을 기대어 앉아 있는 리리엔의 모습이 대번에 시야에 걸렸다.
리리엔은 레오디안의 인기척을 느끼고 힐끔 시선을 들어 올렸다. 레오디안과 눈이 마주쳤으나 리리엔은 담담했다. 파리한 얼굴을 하고선 방 안으로 걸어 들어오는 레오디안을 그저 빤히 쳐다보기만 하였다.
레오디안은 그런 리리엔의 시선을 받으며 침대 맡에 놓인 의자에 앉았다. 그리고는 리리엔을 말없이 바라보았다.
사실 레오디안은 리리엔에게 몸은 좀 괜찮냐고 묻고 싶었다. 그런데 그 말이 목 끝에 턱 걸려서는 입 밖으로 나오지 않았다. 그런 이유로 레오디안은 침묵을 지켰고, 리리엔 역시도 먼저 말을 꺼내지 않았기에 두 사람 사이에는 오래도록 정적이 흘렀다.

리리엔은 왜인지 레오디안에게 나가라는 말을 하지 않았다. 그 정도로도 레오디안은 큰 위안을 얻었다.

그도 그럴 것이 처음 리리엔이 이곳 저택으로 왔을 때, 리리엔은 레오디안을 찰나 마주하는 것조차 꺼렸다. 그런데 무슨 이유에서인지 지금 리리엔은 레오디안을 가만히 바라보고 있는 것이다.

리리엔은 예전처럼 레오디안을 원망 어린 눈빛으로 쏘아보지도, 날카로운 말로 비난하지도 않았다.

어쩌면 그럴 기운조차 없는 것인지도 몰랐다. 그렇게 생각하니 레오디안은 눈앞의 리리엔이 마냥 안쓰럽게만 보였다. 그런 레오디안의 속내를 알 리 없는 리리엔이 한참 만에 입을 열었다.

'……내가 깨어날 때까지 나를 돌봐 줬다는 얘기 들었어. 그리고 엘시아도 돌봐 줬다고…….'

그렇게 말하는 리리엔의 목소리는 잔뜩 갈라져 있었다. 레오디안은 협탁에 놓인 물컵에 힐끔 시선을 주었다. 그 시선의 의미를 알아차린 리리엔이 레오디안을 향해서 말없이 고개를 저어 보였다. 그에 레오디안은 리리엔에게 물을 마시라 권유할 생각을 깔끔하게 접었다.

리리엔은 그런 레오디안을 잠시 묵묵히 바라보다가, 이내 시선을 내려뜨리더니 말했다.

'미안해.'

그 뜻밖의 말에 레오디안은 짐짓 놀라 눈을 크게 떴다.

'미안한데…….'

리리엔은 시선을 아래로 내려뜨린 채로 말을 이었다.

'포기를 못하겠어.'

'…….'

리리엔은 두루뭉술하게 말했지만, 레오디안은 리리엔이 무엇을 포기하지 못하겠다는 건지 단번에 알아들었다. 아무래도 리리엔은 엘시아를 포기하지 않을 작정인 모양이었다.

레오디안은 할 수만 있다면 리리엔을 말리고 싶었다. 하지만 레오디안은 감히 리리엔을 만류할 수가 없었다. 리리엔에게 있어서 엘시아가 어떤 존재인지 어렴풋이 이해하고 있기에. 레오디안은 지그시 눈을 감고선 고개를 주억거렸다.

'그래.'

'……'

'그래…….'

* * *

레오디안의 우려와 다르게 리리엔은 의식을 찾자마자 다시금 시간을 되돌리려 시도하지는 않았다. 리리엔이 무슨 생각인지는 알 수 없었지만, 레오디안은 리리엔이 당장 무모한 짓을 벌이지 않는다는 것만으로도 다행이라 생각했다.

리리엔은 하루가 다르게 활기를 되찾아 갔다. 거기에 커다란 공헌을 한 것은 단연 엘시아였다.

조그만 생채기 하나 찾아볼 수 없이 말끔해진 엘시아를 보고 크게 내색하진 않았지만, 리리엔은 퍽 기뻐하는 눈치였다. 레오디안에게 처음으로 고맙다는 말을 했을 정도였다.

그뿐만이 아니라 리리엔은 몰라보게 건강해졌다. 리리엔의 앙상한 몸은 그간의 규칙적인 식사로 어느새 그 나이대 평범한 아이처럼 살이 올랐다.

레오디안은 창밖으로 보이는 정원에서 리리엔이 유모 헤르테인과 함께 산책을 하는 모습을 지켜보다가, 문득 누군가 문을 두드리는 소리를 듣고 시선을 돌렸다.

'들어와라.'

문이 열리고 모습을 드러낸 건 페이렌이었다. 페이렌은 손에 웬 편지를 쥔 채로 서재 안으로 들어왔다.

'전에 페레이스로 보냈던 편지에 답신이 왔습니다, 각하.'

페이렌이 책상 위에 편지를 내려놓았다. 레오디안은 편지 겉봉을 빠르게 눈으로 훑어보고서는 지칼로 봉투를 열었다.

이윽고 레오디안이 편지를 읽어내려 가기 시작했다. 그러는 동안 페이렌은 묵묵히 자리를 지켰다. 레오디안이 편지를 다 읽고 편지를 다시금 봉투 안에 집어넣을 때까지도 그러했다.

'조만간 제도를 방문하겠다는군.'

문득 레오디안의 나직한 목소리가 귓가를 울렸을 때, 페이렌은 조금쯤 미간을 좁힌 채로 레오디안을 바라보았다.

'그럼 2왕자가 각하의 제안을 받아들일 건가요?'

'거기까진 확실하게 답을 주지 않았다.'

'……'

'직접 만나 이야기를 나눠 보고 싶다 하는군.'

레오디안의 말에 멍하니 입을 벌렸던 페이렌이 곧 정신을 차리고는 물었다.

'2왕자를 직접 만나실 생각이십니까?'

'그래야겠지.'

그렇게 대꾸하며 레오디안은 느릿하게 시선을 내렸다. 그러고는 편지에 찍혀 있는 페레이스 왕국의 인장에 눈길을 고정했다.

레오디안이 페레이스 왕국, 정확하게는 그곳의 2왕자, 클로안 루벤체스에게 조력을 구한 것은 리리엔을 안전하게 지키기 위해서였다. 현재 제국은 황실과 신전의 알력 싸움으로 인해 혼란스럽기 그지없는 상황이었다. 그리고 레오디안은 그 싸움의 한복판에 설 가능성이 다분했다.

그러니까, 레오디안은 리리엔의 곁에서 한시도 떨어지지 않고 리리엔을 지킬 수 있는 상황이 아니었다. 그래서 고른 차선책이 바로, 리리엔을 페레이스 왕국에 위치해 있는 아카데미로 보내는 것이었다.

그러나 그것만으로는 안심이 되지 않아서, 레오디안은 클로안에게 리리엔을 보호해 줄 것을 부탁했다.

클로안은 신을 믿지 않는 나라의 왕자이면서, 이 암브로시우스 제국의 전대 신황과 친밀한 관계를 맺어 온 남자였다. 레오디안이 전대 신황의 보호 아래 있는 동안, 클로안은 종종 신전을 찾아와 시간을 보내곤 했고 레오디안도 그런 그와 가끔 어울렸다.

레오디안에게는 그 인연을 클로안이 매몰차게 외면하지 않으리라는 믿음이 있었다. 클로안은 선한 인간의 표본이라 할 만한 사람이었으므로.

레오디안은 클로안에게 편지를 보냈고, 그리하여 오늘, 클로안에게서 답신이 왔다. 클로안은 확답을 주지는 않았지만, 그렇다고 레오디안의 청을 완전히 거절한 것은 아니었다.

'……그를 이 저택으로 초대하실 겁니까?'

페이렌이 조심스럽게 묻자, 레오디안이 고개를 끄덕였다.

상황이 상황인 만큼 조심해야 했다. 타국의 왕자를 밖에서 만났다가 공연히 부스럼을 만들 수 있었다. 레오디안은 클로안을 헤르테인의 먼 친척쯤으로 위장시켜서 저택에 초대할 작정이었다.

'그렇다면 손님을 맞을 준비를 해야겠군요.'

페이렌이 애써 의연하게 말했다.

* * *

헤르테인이 전해 준 뜬금없는 소식에 리리엔은 고개를 갸웃했다.

'……손님?'

'네, 아가씨. 내일 저택에 귀한 손님이 찾아오실 예정이라 해요.'

헤르테인은 그런 리리엔에게 늘 그렇듯 미소를 지어주며 대꾸했다. 최근 저택이 묘하게 소란스럽다 했는데, 손님을 맞이할 준비를 하느라 그랬던 모양이었다.

그나저나 귀한 손님이라니, 누굴까. 그런 의문이 머릿속에 떠올랐을 때, 상념에서 벗어난 리리엔이 헤르테인에게 물었다.

'그게 누군데?'

'음……'

헤르테인은 리리엔에게까지 클로안의 정체를 숨겨야 하는 건지 잠시 고민했다. 그 모습을 본 리리엔이 미묘하게 미간을 좁히고서 재차 물었다.

'누군데 그래?'

헤르테인은 잠시 리리엔을 말없이 바라보다가, 이내 결단을 내렸다.

'아가씨, 혹시 페레이스 왕국이라고 들어 보신 적이 있나요?'

'아니.'

리리엔이 고개를 가볍게 흔들면서 대답했다. 헤르테인은 찰나 리리엔을 안쓰럽다는 듯 바라보다가 곧 아무 일도 없었다는 양 태연함을 가장하며 말문을 열었다.

'페레이스 왕국은 이 암브로시우스 제국과 가장 가까운 거리에 있는 나라에요.'

헤르테인은 리리엔에게 페레이스가 자원이 풍부해 부유한 나라이며, 다양한 문화가 발달해 있는 나라라는 걸 설명했다.

'그 나라의 2왕자인 클로안 왕자님이 대공님과 인연이 있어요. 해서 클로안 왕자님이 저택을 방문하신답니다.'

그 말을 마지막으로 헤르테인의 긴 설명이 끝났다. 리리엔은 그렇구나, 중얼거리면서 고개를 끄덕이다가 문득 머릿속에 스친 생각에 멍하니 입을 벌렸다.

그러니까, 헤르테인이 자신에게 굳이 이러한 설명을 한 데에는 다 그럴 만한 이유가 있으리란 생각이 든 것이다.

'……설마, 나도 그 왕자님한테 인사를 해야 하는 거야?'

리리엔이 꺼림칙한 기색을 숨기지 않고 물었다.

그러나 그런 리리엔을 눈치채지 못한 건지, 아니면 모르는 척하는 건지 헤르테인은 망설임 없이 고개를 끄덕여 보였다.

'내일 손님을 모실 저녁 식사는 꽤 성대한 만찬이 될 거예요.'

'…….'

'만찬에서의 예법은 제가 가르쳐 드릴 테니, 너무 걱정하지 않으셔도 된답니다.'

헤르테인이 어김없이 활짝 미소를 지으며 퍽 낭랑한 목소리로 말했다.

리리엔은 새삼스럽게 식당 안을 둘러보았다. 늘 혼자서 식사를 하던 공간이었다. 하지만 오늘은 헤르테인이 미리 언질해 준 대로, 귀한 손님을 비롯하여 레오디안까지 자리해 있었다.

귀한 손님, 그러니까 페레이스 왕국의 2왕자 클로안 루벤체스와 레오디안은 일면식이 있는 듯했다. 레오디안은 퍽 자연스러운 태도로 클로안과 대화를 나누었다. 그런 두 사람의 모습을 보면서 리리엔은 지금 이곳에서 겉돌고 있는 건 오직 자신뿐인 것 같다는 생각을 했다.

리리엔은 두 사람의 목소리를 한 귀로 듣고 다른 귀로 흘리며 홀로 조용히 식사를 했다.

'이곳은 여전하군요.'

'그렇습니까.'

헤르테인이 저택에 손님이 올 거라는 이야기를 했을 때부터 예상했지만, 낯선 사람과 함께 식사를 하는 건 예상보다 더 불편했다. 리리엔은 한시라도 빨리 식사를 마친 다음, 제 침실로 돌아가고 싶었다. 자신이 왜 이 자리에 함께해야 하는지 이해할 수 없었다.

레오디안은 대체 무슨 생각일까. 리리엔은 힐끔 시선을 들어 올렸다. 그러기가 무섭게 레오디안과 눈이 마주쳤다. 아무래도 레오디안이 계속 이쪽을 주시하고 있었던 탓인 듯했다.

'음식이 입에 맞지 않는 건가?'

레오디안이 문득 물었다. 리리엔은 순간 흠칫 몸을 굳혔다가, 가볍게 고개를 흔들었다.

'아냐, 다 먹었어.'

리리엔이 나직이 말하자 레오디안이 리리엔의 앞에 놓인 접시들을 슥 훑어

보았다. 머지않아 리리엔이 제 몫의 음식을 반도 먹지 않았다는 사실을 알아차린 레오디안의 미간이 미묘하게 구겨졌다.

'다 먹었다고?'

'응.'

리리엔은 대수롭지 않다는 듯 대꾸하곤 자리에서 일어나려다가, 순간 머릿속에 스친 생각에 멈칫해서 클로안을 바라보았다.

평소라면 레오디안이 식사를 마치기 전에 리리엔이 먼저 자리를 떠난다고 해도 아무런 문제가 없었다. 하지만 지금 이 자리엔 레오디안뿐만이 아니라 클로안도 함께 있었다.

리리엔은 어제, 클로안 앞에서는 예의를 차려야 한다고 몇 번이나 당부하던 헤르테인의 말을 떠올렸다. 헤르테인이 말하길, 리리엔의 허물은 곧 레오디안의 허물이나 다름없다고 했다.

레오디안의 평판이야 어찌 되든 신경 쓰지 않겠노라 생각했지만, 막상 가타부타 말없이 자리를 떠나자니 그건 또 조금 꺼려졌다. 리리엔은 잠시 망설이다가 이내 말문을 열었다.

'죄송하지만 먼저 실례해도 될까요. 좀 피곤해서……. 이만 침실로 돌아가 쉬고 싶어요.'

'아, 예. 얼마든지요. 병석에서 일어난지 얼마 안 되었다는 이야기를 들었습니다. 저 때문에 괜히 무리하신 건 아닌지 걱정입니다. 부디 편히 쉬시길.'

'……이해해 주셔서 감사해요.'

클로안은 리리엔에게 미소를 지어 보였다. 상대방의 마음을 편하게 해 주는 그런 부드러운 미소였다.

처음 봤을 때도 생각한 것이지만, 클로안은 전체적으로 다정한 인상의 남자였다. 그런 남자가 미소까지 짓고 있으니 더없이 다정하게 보였다.

그래서일까. 클로안은 매사 서늘하리만큼 무표정한 레오디안과 정반대로 느껴졌다. 그런데도 두 사람이 서로 꽤나 친해 보인다는 게 의외였다. 리리엔은 레오디안과 클로안을 새삼스럽게 바라보다가 자리에서 일어났다.

레오디안이 자신을 만류할지 모른다 생각했는데, 뜻밖에도 레오디안은 별다른 말을 하지 않았다. 리리엔은 그런 레오디안에게 찰나 시선을 던진 것을 마지막으로 식당을 나섰다.

* * *

클로안은 리리엔이 떠나간 자리를 묵묵히 바라보다가, 문득 말문을 열었다.
'로켄페데스 영애도 동의한 일입니까?'
'……'
클로안은 레오디안에게서 아무런 대답을 들을 수 없었지만, 레오디안의 침묵에서 답을 유추해 냈다.
'아닌가 보군요.'
클로안이 혼잣말처럼 중얼거렸다. 그러고는 아까 전 보았던 리리엔의 모습을 머릿속에 떠올렸다.
리리엔과 레오디안은 서로 꼭 닮아 있었다. 그것은 비단 외모뿐만이 아니라, 타인을 대하는 데 미숙한 구석이 있다는 점에서도 그러했다. 오랜 시간 떨어져 지내다가 최근에서야 재회한 두 사람이 서로를 어색하게 여기는 것도 어찌 보면 당연했다. 그리고 그것이 클로안의 눈에 빤히 보였다.
클로안은 두 사람의 사이가 좀처럼 가까워지기 어려울 것 같단 생각을 했다. 서로 가까워지기 위해서는 두 사람 모두가 그럴 마음이 있어야 하는데, 클로안의 눈에 리리엔은 레오디안에게 마음의 문을 굳게 닫고 있는 사람처럼 보였다.
게다가 레오디안은 어린 동생을 어찌 대해야 하는지 전혀 갈피를 잡지 못하고 있는 듯했다. 리리엔의 동의 없이 독단적으로 리리엔을 아카데미로 보내겠다 결정을 내린 것만 보아도 그랬다.
물론 레오디안이 무슨 생각으로 그러한 결정을 내린 건지 모르는 바가 아니었다. 레오디안 딴에는 리리엔을 보호하기 위해서 최선의 결정을 내린 것일 터다. 하지만 그렇다고 해서 그것을 리리엔이 선선히 받아들일 것인가 하는 것은 또 다른 문제였다.

리리엔은 레오디안이 어떠한 상황에 처해 있는지를 전혀 모르고 있었다. 레오디안이 그의 사정을 리리엔에게 설명해 준 적이 없으니 당연한 일이었다.

만약에 레오디안이 그의 계획대로 리리엔을 페레이스의 아카데미로 보낸다면, 리리엔은 그것을 어떻게 받아들일까.

아마 두 사람의 사이는 지금보다 더 엉망이 될지 몰랐다. 리리엔이 레오디안의 독단적인 결정을 이해할 수 있을 리가 없으므로.

클로안은 검지로 테이블을 툭, 툭 두드리며 곰곰이 생각을 하다가, 돌연 침묵을 깨고선 물었다.

'……여전히 로켄페데스 영애에게 대공이 처한 상황에 관해서 언질을 해 줄 생각은 전혀 없는 겁니까?'

레오디안은 말없이 클로안을 바라볼 뿐, 아무런 대답을 하지 않았다. 클로안은 레오디안의 안색이 짐짓 가라앉았음을 알아차렸다. 클로안이 레오디안에게 대답을 재촉하지 않은 이유였다.

한동안 침묵을 지키던 레오디안이 입을 연 것은 꽤 한참 시간이 흐른 뒤의 일이었다.

'리리엔만은 평범한 아이처럼 살았으면 합니다.'

레오디안의 말에 클로안은 선뜻 어떠한 말도 꺼낼 수 없었다. 레오디안이 무슨 생각으로 그런 말을 한 것인지 너무도 이해가 되었기에. 클로안은 레오디안을 향해서 차마 더 이상은 리리엔에게 모든 사실을 밝히라는 권유를 할 수가 없었다.

* * *

클로안과 그가 대동하고 온 사람들은 며칠 동안 대공저에 머무르기로 했다.

리리엔은 낯선 사람들이 저택이나 정원을 돌아다니는 게 퍽 불편했지만,

그렇다고 해서 레오디안에게 투정을 부릴 수는 없는 노릇이었다. 때문에 리리엔은 하루 종일 침실에 틀어박혀서 지냈다. 낯선 사람들과 공연히 마주치고 싶지 않았기 때문이었다.

그런 리리엔이 유일하게 침실을 나서는 때가 있었는데, 그것은 바로 엘시아를 만나러 갈 때였다.

오늘도 리리엔은 조용히 침실을 나와서 곧장 엘시아의 관이 있는 방으로 향했다.

'레이디 리리엔.'

그러던 중 문득 나직한 목소리가 리리엔의 발걸음을 멈추어 세웠다.

'어디를 가시는 길입니까?'

리리엔이 고개를 돌리자, 대번에 눈이 마주친 클로안이 한껏 눈매를 휘어 눈웃음을 지었다.

'그냥 좀……'

리리엔은 애매하게 말끝을 흐렸다. 클로안에게 엘시아를 만나러 간단 이야기는 하고 싶지 않았다. 엘시아는 죽은 사람이었다. 그런 엘시아를 자신이 매일같이 만나러 간다는 사실을 클로안이 알게 된다면, 그것을 클로안이 어떻게 받아들일지는 뻔했다.

클로안은 분명 자신을 이상하게 여길 것이다. 그렇게 생각한 리리엔은 적당히 클로안에게 인사를 건네고서는 그를 지나쳐 가려고 했다. 그런데 그런 리리엔의 발걸음을 클로안이 재차 멈춰 세웠다.

'잠시 시간을 내어주실 수 있습니까? 영애와 긴히 나누고 싶은 이야기가 있습니다.'

리리엔은 예상치 못한 클로안의 말에 멈칫했다. 멍하니 클로안에게 시선을 던지자, 클로안이 여전히 미소 짓는 낯으로 말했다.

'정말 잠깐이면 됩니다.'

'……'

리리엔은 클로안에게 선뜻 대꾸하지 못하고 망설였다.

클로안은 레오디안의 손님이었다. 클로안이 자신과 대화를 나눌 일이 뭐가 있을까. 리리엔은 그렇게 생각했지만, 애석하게도 클로안의 생각은 리리엔과 다른 듯했다. 클로안이 다시금 리리엔의 대답을 재촉했다.

'그래도 어려울까요?'

'저는……'

리리엔은 힐끔 시선을 돌려, 저 멀리 복도 끝에 보이는 방 문을 바라보았다. 엘시아의 관이 놓여 있는 방이었다.

리리엔은 꽤 한참을 망설인 끝에 비로소 입을 열었다.

'……잠깐이라면 괜찮아요.'

'갑작스러우셨을 텐데도 흔쾌히 시간을 내주시다니 정말 감사합니다.'

클로안이 기다렸다는 듯이 대꾸하며 더욱 환하게 미소를 지었다. 리리엔은 어색하게 입매를 끌어 올리고는 고개를 끄덕였다.

클로안은 그런 리리엔을 능숙하게 이끌고 걸어 정원으로 향했다. 그러는 동안 리리엔은 클로안을 보고 인사를 건네는 낯선 사내들을 몇 번이나 마주쳤다. 그들은 리리엔에게도 거리낌 없이 인사를 했다. 리리엔은 마냥 어색한 표정으로 그들과 인사를 나눴다.

그러다 보니 어느덧 정원에 도착했다. 클로안은 리리엔에게 자리를 권했고, 리리엔이 순순히 그 자리에 앉자 그제야 리리엔의 맞은편에 앉았다.

클로안이 미리 언질을 해 둔 건지, 집사가 다가와 차를 준비해줬다. 리리엔은 멍하니 찻잔을 내려다보다가, 제 할 일을 마친 집사가 자리를 떠난 뒤에야 고개를 들어 올렸다.

그러기가 무섭게 클로안과 눈이 마주쳤다. 클로안은 리리엔에게서 시선을 떼지 않은 채로 대뜸 말을 꺼냈다.

'이곳에서 지내는 건 어떻습니까?'

'……'

예상치 못한 질문에 리리엔은 말문이 턱 막혔다. 클로안은 왜 갑자기 이런 질문을 한 걸까. 리리엔은 클로안의 의중을 파악하기 위해 그를 빤히 쳐다봤다.

그런 리리엔을 알아차리기라도 한 건지, 클로안이 어딘지 서두르는 기색으로 말을 이었다.

'별다른 뜻이 있어서 물어본 것은 아닙니다.'

'……'

'다만 이곳에서 지내는 게 썩 편하지 않다면, 저와 함께 페레이스에 다녀오는 건 어떠실까 하여……'

자신과 같이 페레이스에 다녀오자니. 리리엔은 뜻밖의 제안에 얼떨떨해져 멍하니 입을 벌렸다.

클로안과 자신은 고작 며칠 전에 만난 사이였다. 리리엔은 클로안이 대체 무슨 생각으로 이런 제안을 하는 건지 이해할 수 없었다.

리리엔은 처음 봤을 때와 다름없이 여전히 다정한 인상인 클로안의 얼굴을 관찰하듯 유심히 살펴보았다.

그러다 보니 클로안의 갑작스런 제안을 듣고 마냥 당황스럽던 마음이 점차 가라앉았다. 그래서인지 리리엔은 이내 나름대로 차분하게 생각을 정리할 수 있었다.

머지않아서 리리엔은 클로안이 페레이스로 함께 가자는 제안을 하게 된 그럴 듯한 이유를 추론해 냈다.

'……레오디안이 나를 페레이스로 보내고 싶다고 하던가요?'

리리엔이 단도직입적으로 물었다. 그러자 이번에는 클로안이 당황해서 선뜻 대꾸를 하지 못했다. 그 모습을 본 리리엔은 자신의 짐작이 맞아떨어진 것이라 여겼다.

리리엔은 레오디안이 자신을 다른 나라로 보내려는 것도 어찌 보면 당연하다 생각했다. 그도 그럴 것이 그동안 리리엔은 레오디안에게 못할 말을 참 많이 했다.

애초에 리리엔에게는 레오디안과의 관계를 회복하고자 하는 의지가 없었다. 리리엔은 엘시아를 살해한 레오디안을 용서하고 싶지 않았고, 때문에 레오디안에게 원망 어린 말을 쏟아부었다.

레오디안이 그런 리리엔을 미워하게 되었다고 해도 하등 이상할 것 없었다. 그렇게 생각하고 있기 때문에 리리엔은 레오디안이 갑작스럽게 자신을 다른 나라로 보내려고 한다는 사실이 조금 당황스럽기는 했지만, 단지 그뿐이었다.

리리엔은 레오디안과 함께 살지 않아도 괜찮았다. 당장 연고 없는 낯선 나라에 가서 혼자서 살게 되더라도 전혀 상관없었다.

다만 마음에 걸리는 것이 있다면 바로 엘시아였다. 리리엔은 만약 자신이 혼자 살게 된다면 엘시아를 지금처럼 안전하게 보호할 수 있을지 자신이 없었다.

그렇다고 해서 엘시아를 이곳에 두고 떠날 수는 없는 노릇이었다. 리리엔은 엘시아와 떨어져 살고 싶은 생각이 추호도 없었다. 레오디안이라면 몰라도, 엘시아는 안 됐다.

거기까지 생각이 미쳤을 때, 리리엔은 자신이 지금 이 순간 클로안에게 어떤 말을 해야 할지 결단을 내릴 수 있었다.

'저는 이곳을 떠나고 싶지 않아요.'

리리엔이 단호한 목소리로 딱 잘라 말했다. 그러자 여태 조심스러운 시선으로 리리엔을 주시하고 있던 클로안의 입술이 서서히 벌어져 틈을 냈다. 그러나 리리엔은 클로안이 미처 무슨 말을 꺼내기도 전에 먼저 선수를 쳤다.

'그러니 방금 왕자님이 저한테 하신 말씀은 못 들은 것으로 할게요.'

리리엔은 가타부타 말없이 자리를 털고 일어났다. 그에 클로안이 당황해서 리리엔을 따라 일어났다.

클로안은 리리엔을 붙잡기라도 하려는 것처럼 손을 뻗었는데, 그런 그의 손은 목적지에 닿지 못한 채로 허공을 배회하다 이내 힘없이 아래로 축 늘어졌다.

'제게 하실 말씀이 더 없다면 저는 이만 안으로 들어가 볼게요.'

클로안은 소리 없이 입을 벙긋거릴 뿐, 아무런 대꾸도 하지 않았다. 그런 클로안은 어쩐지 허망한 표정을 지은 채였다.

리리엔은 혹시라도 클로안이 무슨 말을 더 덧붙일까 싶어 잠시 그를 묵묵히 바라보았다. 하지만 꽤 시간이 흐르도록 클로안이 말문을 열지 않자, 리리엔은 이내 주저 없이 몸을 돌렸다.

* * *

그날 이후, 리리엔은 자신이 클로안과 단둘이서 대화를 나눌 일은 없으리라 생각했다. 하지만 그런 리리엔의 생각을 비웃기라도 하듯, 클로안은 며칠 뒤 리리엔의 침실을 찾아왔다.

클로안이 리리엔을 찾아온 때는 마침 리리엔이 엘시아를 보러 가기 위해서 침실을 막 나섰을 무렵이었다.

리리엔은 침실 문을 열기가 무섭게 맞닥뜨리게 된 클로안을 보고 내심 당황했다. 그런데 클로안이 대뜸 사과를 건네기까지 하니, 더욱 당황할 수밖에 없었다.

'일전에는 제가 큰 실수를 범했습니다.'

'……'

'진심으로 사과드리겠습니다, 레이디 리리엔.'

자신을 레이디라 칭하는 사람은 처음이었다. 그래서인지 리리엔은 말문이 막힌 채로 클로안을 물끄러미 올려다보았다.

리리엔은 자신이 대공가로 돌아온 이상, 자신이 이런 식으로 불릴 수도 있다는 걸 새삼스럽게 깨닫고 묘한 기분에 사로잡혔다. 그러다 리리엔은 곧 자신이 엘시아를 보러 가려는 참이었다는 사실을 떠올렸다. 정신을 차린 리리엔이 클로안을 향해서 조금쯤 뒤늦게 되물었다.

'……실수라니, 뭐가요?'

클로안이 무슨 이야기를 하려는 건지는 짐작하고 있었으나, 리리엔은 공연히 그렇게 물었다. 그러자 그런 리리엔의 반응이 뜻밖이었는지 클로안이 얼핏 당혹스러운 기색으로 표정을 굳혔다. 리리엔은 그런 클로안을 거리낄 것 없다는 듯 태연히 올려다보았다. 클로안이 가까스로 입을 연 것은 그로부터 꽤나 시간이 흐른 뒤의 일이었다.

'사흘 전, 제가 너무도 갑작스럽게 제안을 했던 것 같습니다. 게다가 이렇다 할 설명조차 제대로 드리지 않았고요.'

'……'

'그 일을 사과드리고 싶습니다.'

클로안이 리리엔의 얼굴을 낱낱이 살피듯 유심히 바라보면서 말했다. 클로안은 혹시라도 자신이 리리엔의 심기를 거스르기라도 할까 봐 염려스럽다는 기색을 감추지 않았다.

리리엔은 클로안과의 대화를 일방적으로 끝내고 난 다음, 그날의 일은 무의식중에라도 떠올리지 않으려고 했다. 하지만 클로안은 아닌 모양이었다.

리리엔은 설마하니 클로안이 사과를 하기 위해서 이렇듯 자신을 찾아오기까지 할 줄이야 전혀 예상하지 못했다. 무엇보다도 클로안이 정말 진심인 것 같아서 리리엔은 차마 클로안을 매몰차게 대할 수가 없었다.

'……사과는 받아들일게요.'

리리엔이 가까스로 대답했다. 그러자 클로안의 낯빛이 눈에 띄게 밝아졌다.

'하지만 그게 제가 왕자님을 따라서 페레이스로 가겠다는 뜻은 아니에요.'

'네, 레이디. 잘 알고 있습니다.'

리리엔이 혹시나 하는 마음에 덧붙인 말에 클로안이 지체 없이 대꾸했다. 그에 할 말이 없어진 리리엔은 입술을 꾹 맞물고는 클로안을 응시했다.

클로안은 무언가 더 할 말이 있는 듯한 눈치였다. 그런 그를 그냥 지나쳐 가자니, 리리엔은 어쩐지 찝찝한 마음이 들었다. 이는 어쩌면 클로안이 그의 인상만큼 다정한 성정을 가진 남자라는 것을 어렴풋하게나마 깨달았기 때문인지도 몰랐다.

그런 이유로 리리엔은 클로안이 말문을 열기까지 잠자코 기다리고 서 있었다. 머지않아서 클로안이 말을 꺼냈다.

'이곳으로 돌아오기 전까지 한적한 영지에서 지내셨다 들었습니다. 제스아라고 했던가요.'

클로안의 말은 리리엔이 예상하지 못한 범위에 있었다. 리리엔은 탐탁지 않은 심경을 대변하듯 미간을 찡그렸다.

리리엔은 그간 어디에서 지냈는지에 관해서 클로안이 누구에게서 들었는지는 깊이 생각해 보지 않더라도 알 수 있었다. 분명 레오디안이 클로안에게 이야기를 한 것이리라.

리리엔은 클로안이 왜 갑자기 제스아에 관한 화제를 꺼낸 건지 이해할 수 없었다. 그 무엇보다도 반갑지 않은 화제였다.

'……그런데요?'

리리엔이 고개를 비스듬히 기울이며 되묻자, 클로안이 일순 멈칫했다. 그러다가 잠시 뒤 조심스러운 어조로 대꾸했다.

'제스아에서 함께 지낸 분이 계시다고 들었습니다.'

'……'

'그분도 현재 대공저에서 머무르고 계신다지요. 지금 그분을 만나러 가시려는 겁니까?'

클로안의 말에 리리엔이 어이가 없다는 듯 헛웃음을 터뜨렸다.

클로안이 레오디안에게 무슨 이야기를 들었는지 정확히는 알 수 없지만, 어렴풋하게 짐작은 갔다. 아무래도 레오디안이 클로안에게 엘시아에 관한 이야기를 한 모양이었다. 리리엔은 아랫입술을 힘껏 깨물었다.

레오디안이 무슨 생각을 하고 있는 건지 도무지 알 수가 없었다. 대체 무슨 생각으로 클로안에게 엘시아의 이야기를 한 걸까. 그리고 클로안은 무슨 속셈으로 지금 엘시아를 화두에 올린 것일까.

생각을 이어 가는 리리엔의 머릿속에 뜨거운 불길이 모든 걸 죄다 집어삼켜 버릴 기세로 활활 타오르기 시작했다.

'그렇다고 하면요?'

리리엔이 날카로운 목소리로 물었다. 그에 당황한 클로안의 입술이 단단히 맞물렸다.

'……정말, 기가 막혀서.'

리리엔이 혼잣말처럼 중얼거리며 클로안을 매섭게 쏘아보았다. 클로안은 갑작스레 돌변한 리리엔의 태도에 당황을 금치 못하는 눈치였다.
'왕자님이 말한 그분이 죽었다는 사실도 레오디안한테 들었나요?'
리리엔이 울분을 토하듯 물었다.
'레오디안이 자기 손으로 내 언니를 죽여 버렸다는 이야기도 했냐고요!'
클로안의 입술이 멍하니 벌어졌다. 아무래도 클로안은 레오디안이 엘시아를 살해하였다는 사실까지는 모르고 있었던 모양이었다.
리리엔은 당혹스러운 기색이 역력한 채로 자리에 서 있는 클로안을 힘껏 밀쳤다. 리리엔의 손에 밀려난 클로안이 두어 걸음 뒷걸음질 쳤다. 리리엔은 기다렸다는 듯 클로안을 지나쳐 걸음을 옮겼다. 그런 리리엔의 뒤로 클로안의 시선이 달라붙어 왔다. 그 시선을 단번에 알아차렸지만 리리엔은 뒤를 돌아보지 않았다.
리리엔은 자신이 방금 클로안에게 화풀이를 했다는 사실을 인지하고 있었다. 하지만 후회는 하지 않았다. 애초에 클로안이 엘시아를 입에 올리지 않았더라면 리리엔이 그에게 화를 낼 일도 없었을 것이다. 리리엔은 자신의 뒤를 쫓아오는 누군가를 피해 도망치는 사람처럼 빠른 속도로 복도를 내달렸다.
두 번 다시는 클로안을 상대하지 않을 작정이었다. 그리고 그것은 레오디안도 마찬가지였다. 리리엔은 클로안에게 아무렇지도 않게 엘시아의 이야기를 한 레오디안을 결코 용서할 수 없었다.
리리엔은 곧장 엘시아를 찾아갔다. 그런데 그 방에는 이미 선객이 있었다. 다름 아닌 레오디안이었다.
레오디안의 뒷모습을 알아본 리리엔은 저도 모르게 문가에 우뚝 멈추어 섰다. 레오디안이 그런 리리엔의 인기척을 알아차리고 고개를 돌렸다. 그렇게 두 사람의 눈이 마주쳤다. 리리엔은 레오디안의 시선을 맞닥뜨리자 짐짓 놀라 눈을 크게 떴다.
설마하니 레오디안이 이곳에 있을 줄은 예상하지 못했다. 리리엔은 얼떨떨한 눈으로 레오디안을 바라보다가, 이내 입술을 질끈 깨물었다. 방금 전 마주친 클로안과 무슨 이야기를 나눴는지가 머릿속에 떠오른 탓이었다.
 한편, 여태 엘시아의 관 앞에 한쪽 무릎을 꿇고 앉아 있던 레오디안이 천천히 몸을 일으켰다. 검은 나이트가운을 입은 레오디안의 은빛 머리칼이 실내등 아래에서 찬연히 빛났다.
 그런 레오디안의 모습을 가만히 보고 있자니, 문득 속에서 불길이 치미는 느낌이었다. 하지만 리리엔은 애써 침착하게 마음을 가라앉히려고 노력했다. 지금부터 자신이 하려는 말이 레오디안에게 한순간의 치기나 감정에 휩쓸려 한 충동적인 말로 들리지 않기를 바랐기 때문이었다.
 레오디안은 평정심을 되찾은 리리엔이 문을 닫고서 방 안으로 걸어 들어갈 동안, 잠자코 자리를 지키고 서 있었다. 리리엔이 그의 가까이 다가서서 멈춰 섰을 때까지도 레오디안은 그 자리에서 미동조차 하지 않았다.
 리리엔은 말없이 레오디안을 올려다보았다. 그러자 레오디안은 마치 리리엔이 이곳으로 오리라고 예상하고 있었던 사람처럼, 여느 때와 다름없이 여상한 태도로 리리엔을 마주했다.
 결코 누구 하나 먼저 말을 꺼내지 않을 것만 같았던 경직된 분위기 속에서, 먼저 말문을 연 사람은 리리엔이었다.
 '……여기서 뭐 해?'
 '…….'
 레오디안은 아무런 대답도 하지 않았다. 방 안에 다시금 적막이 내려앉았으나, 그 적막은 이내 리리엔의 목소리가 재차 갈라냈다.
 '여기서 뭐 하냐니까?'
 '……그녀를 살펴보고 있었다.'
 레오디안은 그제야 비로소 대답을 내어놓았다. 그 대답을 들은 리리엔의 미간이 와락 찌푸려졌다.
 '엘시아를 왜 살펴보는데?'
 레오디안을 향해서 묻는 리리엔의 목소리는 그 주인의 심사를 대변하듯 퍽 날카로웠다.

'설마 그동안 매일 엘시아를 살펴보러 왔었던 거야?'

리리엔이 설마 하는 마음에서 물었으나, 레오디안은 선뜻 대꾸하지 않았다. 그러나 리리엔은 그런 레오디안의 모습에서 제 의문에 대한 답을 얻었다.

'대체 왜……'

레오디안이 엘시아를 살필 이유는 없었다. 아니, 설령 레오디안에게 마땅한 이유가 있다 하더라도 그럴 자격은 없었다.

'아니, 그것보다 먼저 하고 싶은 이야기가 있어.'

리리엔이 고개를 설레설레 흔들며 화제를 돌렸다. 레오디안은 말을 해보라는 듯 잠자코 리리엔을 응시했다.

'나를 페레이스로 보내고 싶은 거야?'

내가 그동안 너무 못되게 굴어서 이곳에서 함께 지낼 마음이 사라진 거냐고, 리리엔은 그렇게 묻고 싶었지만 그 물음은 그냥 입 안으로 삼켰다.

그런 리리엔을 직시하며 레오디안은 잠시 고민하는 기색으로 말이 없다가, 잠시 뒤 느릿하게 말문을 열었다.

'나는 너를 보내고 싶지 않다.'

'……뭐?'

레오디안의 말은 뜻밖이었다. 리리엔은 레오니인의 속내를 가늠해 보기라도 하듯 한껏 가늘어진 눈으로 레오디안을 바라보았다. 하지만 리리엔은 레오디안의 속을 도무지 파헤쳐 낼 수가 없었다.

'그럼 왜 페레이스의 왕자더러 나를 데리고 페레이스로 가라는 이야기를 했는데?'

'그가 네게 그리 말하던가?'

'…….'

리리엔은 입술을 꾹 맞물었다. 할 말이 없었다. 사실 리리엔은 클로안에게 자신과 함께 페레이스로 가는 게 어떻겠냐는 제안을 받았을 뿐이었다.

하지만 리리엔은 클로안의 제안을 듣고, 아무래도 레오디안이 자신의 안위를 클로안에게 맡길 작정인 것 같다 짐작했다. 그래서 클로안을 저택으로

부른 것이라 여겼다.

그리고 무엇보다도 레오디안이 부탁하지 않았다면 클로안이 자신을 데리고 페레이스로 향할 이유가 없었다. 리리엔은 지금껏 그렇게 생각했다.

그런데 지금 레오디안의 반응을 보니, 어쩌면 자신의 짐작이 틀렸을 수도 있다는 생각이 들었다. 설마 클로안이 레오디안의 동의 없이 독단적으로 자신에게 그런 제안을 한 걸까?

리리엔이 거기까지 의문을 떠올렸을 때였다. 짐짓 가라앉은 레오디안의 목소리가 방 안에 울려 퍼졌다.

'이곳은 네게 안전하지 않다, 리리엔.'

예상치 못한 말을 하는 레오디안의 표정은 진지했다.

'이곳에서 너와 함께 지낼 수 있다면 좋겠지만……. 내 욕심을 채우자고 너를 위험에 빠뜨릴 수는 없어.'

'……'

'그래서 나는 네가 페레이스에 있는 아카데미로 갔으면 한다.'

……아카데미?

리리엔은 생각지도 못했던 이야기에 저도 모르게 고개를 갸웃했다.

'그곳 아카데미에서는 네가 원하는 것이라면 무엇이든 배울 수 있다.'

그동안 리리엔에게는 오직 살아남는 것만이 중요했다. 그 외의 것은 사치였다. 당연하게도 리리엔은 무언가를 배우고 싶다는 생각조차 해 본 적이 없었다.

레오디안은 그런 리리엔의 속을 빤히 다 들여다본 것처럼 말을 덧붙였다.

'분명 네게도 좋은 기회일 것이다.'

레오디안의 말대로였다. 리리엔은 아카데미에 가서 새로운 지식을 쌓는 것이 자신에게 이로우면 이로웠지, 해가 되진 않으리라 생각했다.

하지만 리리엔은 레오디안이 어째서 이곳이 자신에게 위험하다고 판단한 건지 이해할 수 없었다. 그리고 무엇보다도 리리엔은 아무리 좋은 기회를 손에 넣을 수 있다고 하더라도, 엘시아를 뒤로하면서까지 그 기회를 잡고 싶은 생각은 추호도 없었다.

'만약에 내가 아카데미로 가면, 그럼 엘시아는?'

리리엔이 레오디안을 똑똑히 직시하면서 물었다.

'엘시아는 어떻게 해?'

레오디안의 입술이 단단히 맞물렸다. 선뜻 대꾸하지 못하는 레오디안을 본 리리엔은 자신이 어렴풋이 짐작한 것이 틀리지 않았음을 알아차렸다. 아무래도 레오디안은 오직 자신만을 페레이스로 보낼 생각을 하고 있는 모양이었다. 리리엔은 나지막이 헛웃음을 터뜨렸다.

'내가 엘시아를 두고 갈 거라고 생각해?'

'이런 생활은 너 스스로를 갉아먹을 뿐이다, 리리엔.'

레오디안은 리리엔의 말에 대답하지 않고, 그 대신 단호하게 말꼬리를 돌렸다.

'그녀를 향한 네 집착은 너무 과해.'

리리엔은 그렇게 말하는 레오디안을 믿을 수 없다는 듯이 바라보았다.

'지금 내 말이 네게 잔인하게 들릴 수 있다는 것을 안다. 하지만······.'

'알면 말하지 마.'

'리리엔.'

'하지 말라고.'

리리엔의 조그만 얼굴 위로 괴로이 일그러진 표정이 떠올랐다. 그리고 바로 그 표정이 레오디안의 말문을 막았다.

'나는, 그래도 네가 나를 이해하고 있다고 생각했어.'

이어진 리리엔의 말 역시도 마찬가지였다.

'나를 사랑하지는 않더라도 나한테 미안한 마음이 조금은 있겠지, 그럼 내가 엘시아를 그리워하고 있다는 걸 알겠지, 내가 왜 이러는지 이해하겠지······.'

그렇게 생각했는데, 하고 덧붙이는 리리엔의 목소리는 차분했다. 하지만 여전히 일그러진 리리엔의 표정은 당장이라도 울음을 터뜨릴 것처럼 위태로워 보였다.

'그렇게 생각하니까 너를 예전처럼 미워할 수가 없었어. 미워해야 하는데,

그러려고 노력했는데 그럴 수가 없었다고…….'
 금방이라도 어디론가 사라져 버릴 것만 같은 조그만 목소리로 중얼거리며 리리엔은 고개를 푹 숙였다.
 레오디안이 엘시아에게 힘을 사용하자, 엘시아는 마치 살아생전의 모습으로 돌아갔다. 리리엔에게는 마냥 어려웠던 일을, 레오디안은 어렵지 않게 해냈다.
 엘시아는 비록 살아난 것은 아니었지만, 잔인하게 살해되었을 적 처참한 몰골에서는 벗어났다.
 그렇게 예전의 모습으로 돌아간 엘시아를 볼 때면 리리엔은 엘시아를 향한 그리운 마음이나 죄책감이 조금이나마 덜어지는 것 같다고 느꼈다.
 그 불가능할 것 같은 일을 해낸 건 레오디안이었다. 리리엔의 기억 속 엘시아를 되찾아 준 레오디안은, 자신이 행한 일을 생색내지 않았다. 그래서일까. 리리엔은 레오디안에게 더욱 고마움을 느꼈다. 그때부터 리리엔은 레오디안을 향해서 비난을 쏟아내는 일도 관두었다.
 그런데 이제와 레오디안은 리리엔에게 엘시아를 두고 떠나라 말하고 있다. 그뿐만 아니라, 레오디안은 리리엔이 엘시아에게 가진 감정을 제멋대로 재단하기까지 했다. 그렇게 생각하자, 마음 속 깊은 곳에서 무언가 뚝, 끊어지는 듯한 느낌이 들었다.
 '그래, 그럼.'
 리리엔은 고개를 들어 올렸다. 그러자 이 세상에 아무것도 두려운 것이 없어 보이는 아름다운 남자가 시야에 가득 들어찼다.
 어쩌면 엘시아를 사랑했듯이 사랑했을 수도 있었던 남자였다. 하지만…….
 '그렇게 하자. 나도 이런 곳에서 더는 살고 싶은 생각 없으니까.'
 리리엔이 한치의 망설임조차 없이 빠르게 말을 이었다.
 '나 언제 떠나면 돼?'
 이제 리리엔이 눈앞의 남자를 사랑하게 될 일은 영영 없을 터였다.

* * *

'이곳은······.'

어둠 속을 가르고 들려온 목소리에 리리엔이 고개를 돌렸다. 어느덧 문가에 클로안이 빛을 등지고 서 있었다.

'제가 갑자기 만나길 청해서 놀라셨죠.'

'아닙니다.'

클로안은 희미한 촛불로 간신히 밝힌 방 안을 휘 둘러보면서 리리엔에게 가까이 다가왔다.

'전에 저한테 함께 페레이스로 가자 하셨죠.'

'아······.'

리리엔이 곧장 용건을 꺼내 놓자, 클로안이 내심 당황한 표정을 지었다.

'예, 그랬습니다. 하지만 그것은······.'

'그렇게 하려고요.'

'······예?'

'왕자님과 같이 페레이스로 가고 싶어요.'

클로안이 놀란 듯 커다래진 눈으로 리리엔을 응시했다. 리리엔은 그런 클로안을 개의치 않고 말을 이었다.

'그런데 딱 한 가지 들어주셨으면 하는 부탁이 있어요.'

리리엔은 아직도 당황한 기색이 역력한 클로안을 뒤로한 채, 검은 관 뚜껑을 열었다.

'제가 제스아에서 지냈을 때 함께 살았던 사람에 관해서 물어보셨었죠.'

리리엔은 고요히 잠들어 있는 엘시아의 새하얀 낯을 내려다보다가, 곧 그 눈길을 뒤로 던졌다. 그러자 리리엔과 눈이 마주친 클로안이 비로소 얼떨떨한 얼굴로 다가왔다.

'그 사람이에요.'

리리엔은 가까이 다가온 클로안의 시선이 곧 엘시아에게 향한 것을 보고 말했다.

'제 언니, 엘시아예요.'

클로안은 놀란 기색을 감추지 못했다.

'그럼 이분이 바로…….'

'네.'

'…….'

'제게는 무엇과도 바꿀 수 없는 소중한 사람이에요.'

리리엔은 엘시아를 물끄러미 내려다보는 클로안의 앞을 가로막고 섰다. 자연스럽게 클로안의 시야가 차단되었다. 그는 더 이상 엘시아의 모습을 눈에 담을 수 없었다.

'엘시아를 여기 두고 갈 수 없어요. 만약 그러면 엘시아는…….'

두루뭉술하게 말끝을 흐린 리리엔이 자조적인 미소를 지었다.

리리엔이 클로안과 함께 페레이스로 향한다면 그 이후 엘시아가 어떻게 될지는 뻔했다. 레오디안은 기다렸다는 듯이 엘시아를 어디론가 보내 버릴 것이다. 리리엔은 그렇게 믿어 의심치 않았다.

엘시아가 무덤에 묻히는 건 정말이지 끔찍이 싫지만, 만약 레오디안이 엘시아의 무덤을 만들어 준다면 차라리 다행이었다. 최악의 경우…….

거기까지 생각하던 리리엔은 이를 꽉 사리물었다. 언젠가 로아나에게 들은 이야기가 생각난 탓이었다. 그러니까, 신전에서는 괴물의 사체를 모아서 죄다 태워 버린다는 이야기가 말이다.

'……엘시아를 함께 데려가고 싶어요.'

리리엔이 졸린 듯한 목소리로 말했다. 클로안은 리리엔이 이러한 부탁을 할 것이라 어느 정도 예상했었는지, 크게 놀란 눈치가 아니었다. 다만 클로안은 짐짓 당황스럽다는 기색으로 리리엔을 바라보았다.

그런 클로안의 반응을 리리엔은 당연하다고 받아들였다. 그도 그럴 법했다. 이토록 커다란 관을 가지고 국경을 넘는다는 건 그리 쉬운 일이 아닐 터였다. 클로안이 난감해하는 것도 이상하지 않았다.

리리엔은 자신이 클로안에게 무리한 부탁을 하고 있다는 걸 알고 있었다. 하지만 그렇다고 해서 레오디안에게 엘시아를 맡기고 갈 수는 없었다.

리리엔은 더 이상 레오디안을 믿지 못했다. 레오디안이 엘시아를 위한 방을 만들어 두었다는 사실을 알았을 때, 리리엔은 레오디안을 믿어 봐도 괜찮을 것 같다고 생각했다.

어쩌면 레오디안이 자신과 엘시아를 안전하게 보호해 줄 수 있으리라, 그렇게 기대도 했었다.

하지만 이제는 아니었다. 레오디안을 향한 신뢰는 무참히 깨져 산산조각 난 상태였다. 그런 상태에서 리리엔이 기댈 수 있는 사람은 많지 않았다. 애초에 인간관계랄 것이 전무한 리리엔에게 고를 만한 선택지가 다양할 리 없었다.

그것이 바로 지금, 리리엔이 다시는 상대하지 않겠다 결심한 클로안을 불러낸 이유였다.

리리엔은 레오디안에게서 엘시아를 지켜 내려면 클로안의 힘을 빌려야 한다고 판단했다. 클로안은 리리엔이 아는 사람 중, 그나마 레오디안과 비슷한 사회적 지위와 권력을 가지고 있는 유일한 사람이었다.

'저는 엘시아 없이는 살 수 없어요.'

리리엔은 아직도 침묵으로 일관하고 있는 클로안을 향해서 퍽 간절하게 말했다.

'아니, 엘시아가 없는 세상에서는 살고 싶지 않아요…….'

리리엔의 진심이었다. 그리고 그걸 클로안도 알아차린 듯했다. 클로안은 그를 숫제 애원하듯 바라보고 있는 리리엔을 무척 안타깝다는 듯이 응시했다.

'……레이디의 마음은 잘 알겠습니다.'

클로안이 한참 만에 입을 열었다.

'저도 마음 같아서는 망설이지 않고 레이디의 부탁을 들어드리고 싶습니다.'

'리리엔이요.'

'…….'

'리리엔이라고 불러 주세요.'

리리엔의 갑작스런 말에 클로안이 할 말을 잃은 듯 입술을 꾹 다물었다. 그 모습에 리리엔은 애가 탔다. 클로안이 선뜻 부탁을 들어줄 것이라고는 기대하지 않았지만, 막상 클로안이 계속해서 대답을 망설이는 모습을 보이니 마냥 초조해졌다. 매초마다 속이 바싹바싹 타들어 가는 느낌이었다.

'부탁이에요…….'

리리엔이 나지막한 목소리로 중얼거리는 소리가 쥐 죽은 듯이 고요한 방 안에 울려 퍼졌다.

'엘시아만 데려갈 수 있게 해 준다면 다른 건 아무래도 좋아요. 그러니까, 부디…….'

리리엔은 클로안의 금빛 눈동자를 올려다보며 거듭 애원했다. 클로안의 눈동자가 흔들렸다.

'이건……. 대공과 상의를 해 보아야 할 것 같습니다, 리리엔.'

'레오디안은 신경 쓰지 말아요.'

클로안이 레오디안과 상의를 하려는 이유야 이해하고 있었다. 하지만 리리엔은 클로안을 향해서 단호하게 고개를 저어 보였다.

'레오디안은 자격 없어요.'

리리엔은 지금 자신의 말이 클로안에게는 어린애가 부리는 투정쯤으로 보일지도 모른다고 생각했다. 그러나 리리엔은 클로안에게 제 확고한 의사를 밝히는 걸 멈추지 않았다.

'내가 엘시아를 어디로 데려가든지 레오디안은 그걸 막을 권리가 없어요.'

클로안은 연신 난감하다는 기색을 감추지 않았다. 그 모습을 보고 리리엔은 아랫입술을 세게 깨물었다.

엘시아를 이곳에서 데리고 나가려면 레오디안의 허락이 있어야 한다는 사실이 참을 수 없이 화가 났다. 그리고 그 무엇보다도 자신이 아무런 힘없는 어린아이라는 현실이 못 견디게 괴로웠다. 거대한 무력감에 온몸이 짓눌리는 듯했다.

한편, 한참 만에 비로소 결단을 내린 클로안이 말문을 열었다.

'……잘 알겠습니다.'

클로안의 가라앉은 목소리가 리리엔의 귓가를 울렸다.

'일단……. 이 관을 옮길 사람을 고용하도록 하겠습니다. 그리고 그 다음에 다시 이야기를 나눠 보도록 하지요. 어떠십니까?'

'네, 좋아요.'

리리엔은 클로안을 똑똑히 바라보며 진심을 담아 말했다.

'감사해요.'

클로안은 그런 리리엔에게 희미하게 미소를 지어 보이는 것으로 대답을 대신했다.

* * *

그날 이후, 리리엔과 클로안의 사이는 나날이 가까워졌다. 리리엔은 레오디안보다도 클로안에게 더 의지했다.

당연한 일이었다. 클로안은 리리엔의 말을 무시하지 않았다. 위험하다는 말로 리리엔의 행동을 저지하는 일도 없었다. 게다가 클로안은 리리엔에게 약속한 대로, 엘시아를 페레이스로 데려가기 위한 준비를 해 주고 있었다.

그래서일까. 리리엔은 강탈당했던 혈육의 정을 레오디안이 아닌 클로안에게 느꼈다. 차라리 클로안이 자신의 오라비였으면 좋았을 거라고 생각한 적도 여러 번이었다.

리리엔은 자신의 일과를 레오디안이 낱낱이 보고받는다는 사실을 알고 있었지만, 오히려 보란 듯이 클로안과 함께 많은 시간을 보냈다. 그리고 레오디안은 그런 리리엔과 클로안을 딱히 제지하지 않고, 그저 멀찍이서 가만히 지켜보기만 하였다.

그러한 시간이 영원할 것처럼 계속되던 어느 날이었다.

'저 문양은……'

창밖을 내려다보던 클로안이 문득 중얼거리는 소리가 들렸다.

리리엔은 여태 앉아 있던 소파에서 일어나, 창가 옆에 선 클로안에게 다가갔다.

클로안의 시선이 향한 곳으로 눈길을 주자, 웬 거대한 마차 한 대가 서 있는 것이 보였다.

'문양이요?'

'예, 저건 신성지를 상징하는 문양인데…….'

클로안이 마차에 새겨진 문양을 직시하며 중얼거렸다.

'신전에서 이곳은 무슨 일로…….'

리리엔의 눈에 그런 클로안은 어째선지 꼭 무언가를 불안해하는 사람처럼 보였다. 그에 리리엔은 의아한 마음에 고개를 갸웃했다.

바로 그때, 말을 달려온 사내들이 거대한 마차 주위를 호위하듯 둘러싸며 멈춰 섰다. 열 명은 족히 되어 보이는 사내들은 하나같이 짙은 남색 기사 정복을 입고 있었다.

'신전의 기사단입니다.'

클로안이 퍽 다급한 목소리로 말했다.

'아무래도 무슨 일이 생긴 것 같습니다.'

클로안은 황급히 자리를 털고 일어났다. 그런 그를 리리엔이 어리둥절한 눈으로 바라보는데, 클로안이 리리엔을 향해 안심하라는 듯이 미소를 지어 보였다.

'내려가서 상황을 살펴보고 오겠습니다. 리리엔은 여기 있어요.'

그 말을 마지막으로 클로안은 지체 없이 서재를 나섰다. 리리엔이 미처 그를 붙잡을 새도 없었다.

리리엔은 도대체 무슨 일인가 싶어서 얼떨떨하게 서 있다가, 다시금 창밖으로 시선을 던졌다. 어느덧 활짝 열린 저택 정문으로 다가가고 있는 레오디안의 뒷모습이 보였다.

레오디안이 모습을 드러내자, 말에서 내린 기사들이 긴장한 기색으로 레오디안을 주시하는 것이 멀리서도 보였다.

'갑자기 무슨 일이지…….'

리리엔은 어쩐지 불안한 마음이 들었다.

현재 신전의 기사들은 왜인지 레오디안을 경계하고 있는 것처럼 보였다. 레오디안도 신전의 기사인데 말이다.

거기까지 생각이 미쳤을 때, 리리엔은 기사들이 레오디안을 향해서 검을 겨누는 모습을 목격했다. 그 모습에 리리엔이 놀라 눈을 크게 뜨는데, 여태 우뚝 서 있던 거대한 마차에서 누군가 내렸다.

그 누군가는 새하얀 머리칼을 길게 늘어뜨린 남자였다. 남자는 기사들에게 포위당한 레오디안을 향해서 서두를 것 없다는 듯 여유롭게 다가갔다. 리리엔은 자신의 눈앞에서 벌어지고 있는 상황이 도대체 뭐가 어떻게 된 상황인지를 이해할 수 없었다. 다만 분명한 건, 머지않아 무슨 큰일이 벌어져도 벌어질 것 같다는 점이었다.

리리엔은 초조하게 손톱을 물어뜯었다. 레오디안이 어찌 되건 자신과 전혀 상관없는 일인데, 막상 레오디안이 위험한 상황을 맞닥뜨린 걸 보니 가슴이 불안으로 일렁였다. 자신이 저 상황에 끼어들어 봐야 하등 도움이 되지 않는다는 건 알고 있었다. 리리엔은 당장이라도 밖으로 달음박질치려는 발걸음을 애써 다잡았다.

그때, 클로안이 레오디안의 곁으로 다가가는 모습이 시야에 들어왔다. 이윽고 리리엔은 다행이라며 가슴을 쓸어내렸다. 무슨 일인지는 몰라도 클로안이라면 어떻게든 상황을 해결할 수 있을 것 같았다. 그런 근거 모를 믿음이 리리엔에게 있었다.

그러나 그 믿음은 곧 어이없을 만큼 처참하게 부서져 버렸다.

레오디안이 저택을 찾아온 기사들을 따라 저택을 떠나자 상황은 일단락된 듯했다. 하지만 리리엔은 한층 어두워진 안색을 한 클로안을 보고, 아까 그 심상치 않아 보이던 상황이 완전하게 끝나지 않았다는 걸 직감했다.

'레오디안은요?'

'……아마 당분간은 돌아오지 못하실 것 같습니다.'

클로안이 낮게 가라앉은 목소리로 대답했다.

'하지만 걱정하지 않으셔도 됩니다. 대공이 하루 빨리 돌아올 수 있도록 제가 방법을 찾아볼 생각입니다.'

'……대체 무슨 일인데요?'

리리엔이 묻자 클로안이 대답할 말을 찾지 못하겠다는 듯 난감한 기색으로 입을 다물었다. 그 모습을 잠시간 바라보던 리리엔이 클로안을 향해 재차 물었다.

'무슨 일인데 그래요.'

'……'

'내가 알면 안 되는 이야기예요?'

클로안이 나직이 한숨을 내쉬었다. 그러면서 그는 리리엔에게 사실대로 이야기를 할지 아니면 숨겨야 할지를 망설였다.

한편, 그런 클로안을 바라보며 리리엔은 나름대로 상황을 파악하기 위해 머리를 굴렸다.

신전의 기사인 레오디안이 포박만 당하지 않았다 뿐이지, 기사들에게 끌려가듯 저택을 나서게 된 이유가 대체 무엇일까. 고민하던 리리엔은 곧 머릿속에 그럴듯한 이유를 떠올려 냈다.

'……나 때문이죠?'

리리엔이 툭 내뱉은 말에 클로안이 놀란 눈으로 리리엔을 응시했다.

'내가 레오디안한테 엘시아를 여기로 데려와 달라는 부탁을 해서…….'

엘시아가 평범한 인간이었더라면 아무런 문제가 없었을지도 몰랐다. 하지만 엘시아는 신전이 그 존재를 지상에서 뿌리 뽑기 위해 토벌해 온 존재였다.

신전은 괴물을 토벌했고, 죽은 괴물의 사체는 전부 태워 버렸다. 그들의 흔적조차 대지 위에 남겨 두지 않으려고 했다. 그런데 레오디안은 엘시아의 시신을 저택에 안치해 두었다. 만약 그 사실을 신전이 알게 되었다면, 레오디안이 신전으로 잡혀가듯 간 것도 이상한 일이 아니었다.

리리엔의 생각이 거기까지 미쳤을 때 클로안이 비로소 리리엔에게 대답을 내어놓았다.

'……리리엔이 예상한 대로입니다.'

클로안은 지독하리만큼 낮은 목소리로 말을 이었다.

'신전이 제거하길 원하는 존재를 대공이 보호해 왔다는 사실을 신황이 알게 되었습니다. 신황이 그 사실을 어떻게 알았는지는 모르겠지만…….'

'…….'

'아마도 신황은 대공에게 죄를 물을 작정인 듯합니다.'

클로안은 엘시아가 평범한 인간이 아니라는 사실을 이미 알고 있었던 눈치였다. 무엇보다도 클로안이 그 사실을 크게 개의치 않고 있는 것 같아 보인다는 점에서 리리엔은 놀라운 마음을 감추지 못했다.

'……제 언니가 인간이 아니라는 걸 언제부터 알고 계셨어요?'

'몰랐습니다.'

클로안은 리리엔의 예상과 다른 대답을 내어놓았다. 리리엔이 짐짓 의아한 마음에 눈을 크게 뜨고 클로안을 바라봤다. 클로안은 잠시 말을 고른 끝에 입을 열었다.

'어렴풋이 무언가 이상하다는 생각은 하고 있었습니다만…….'

리리엔은 물론이고 레오디안 역시도 클로안에게 엘시아에 대해서 자세하게 이야기해 주는 법이 없었다. 그렇지만 클로안이 엘시아가 평범하지 않다는 것을 눈치채기까지는 그리 오랜 시간이 걸리지 않았다.

엘시아의 시체는 아무리 시간이 흘러도 부패하지 않았다. 그런데도 이상하지 않다 여기는 게 오히려 더 이상한 일이었다.

'제가 확신을 하게 된 건 아까 이곳에 직접 행차한 신황을 보고 나서입니다.'

클로안은 레오디안을 데려가기 위해 찾아온 신황이 레오디안에게 무슨 말을 했는지를 똑똑히 기억하고 있었다.

신황은 이번 일을 빌미로 레오디안을 제멋대로 휘두를 작정인 듯했다. 레오디안이 엘시아의 시체를 신전에 인도한다면 또 모르겠으나, 레오디안이 엘시아를 신전의 손에 넘기는 일은 결코 일어나지 않을 것이었다.

레오디안은 리리엔을 키워 준 엘시아를 자신의 손으로 살해했다는 데 커다란 죄책감을 갖고 있었다. 그런 레오디안이 엘시아의 시체를 태워 버릴 것이 뻔한 신전에다 엘시아를 넘길 리 없었다. 리리엔은 그렇게 생각하지 않는 듯하지만, 적어도 클로안이 보기에는 그랬다.

클로안이 거기까지 생각했을 때였다. 문득 리리엔이 의아한 목소리로 물었다.

'……그 마차를 타고 온 남자가 신황이에요?'

그 말을 듣고 상념에서 벗어난 클로안이 리리엔을 향해서 고개를 끄덕여 보였다.

'예, 그렇습니다. 그가 바로 신황 폴리이도스 3세입니다.'

지금껏 제도에서 멀리 떨어진 영지에서 살아온 탓일까. 아무래도 리리엔은 오늘 신황을 처음 본 모양이다. 그렇게 생각한 클로안이 설명을 덧붙였다.

'그는 2년 전에 전대 신황의 뒤를 이어 신성지의 지도자가 되었습니다. 역대 신황 중에서도 눈에 띄게 뛰어난 힘을 가지고 있다고 하더군요.'

'뛰어난 힘이요?'

'신탁이 신황으로 점지하는 자들은 대부분 신성력 외에도 특별한 힘을 타고난 자들입니다.'

클로안이 잠시 가만히 리리엔을 바라보았다. 그런 클로안의 부드러운 시선에서 리리엔은 클로안이 하려는 말이 무엇인지 어렴풋이 읽어냈다.

'……설마 신황도 로켄페데스 가문에만 전해지는 힘과 같은 힘을 타고난 건가요?'

'정확히 말하자면 완전히 똑같은 힘은 아닙니다.'

신황이 가진 힘은 신성력에서 비롯된 것이었다. 로켄페데스 가문의 힘과는 달랐다.

'역대 신황들은 전부 각기 다른 힘을 사용했다 합니다. 하여 지금 신황이 지닌 힘이 무엇인지는 그 누구도 확실하게 알지 못합니다.'

무슨 이유에서인지는 모르겠지만 현재 신황은 자신의 힘을 숨기고 있었다. 그 누구의 앞에서도 자신의 힘을 드러낸 적이 없었다.

레오디안이 본격적으로 괴물 토벌에 나서기 전까지는 그의 힘을 숨겨 왔듯이.

신황은 여태껏 신성력만을 사용했을 뿐으로, 제 힘은 숨기고 있었다.

'이번 대의 신황은 속이 검은 자입니다.'

클로안은 전대 신황, 루미노스 2세를 떠올렸다. 그는 이 제국의 권력자들로부터 어린 레오디안을 보호해 준 유일한 사람이었다.

비단 레오디안뿐만이 아니라, 그는 자신의 도움이 필요한 사람에게 도움의 손길을 내미는 데 주저함이 없었다. 클로안 역시도 그의 도움을 받은 사람 중 한 명이었다.

당시 클로안은 페레이스 왕국에서 일어난 궁중 암투를 피하기 위해서 루미노스 2세의 도움을 받았다. 루미노스 2세는 타국의 왕자인 클로안이 신전의 보호를 받을 수 있도록 조치해 주었다.

그리고 그것이 바로 한때나마 클로안이 레오디안과 함께 신전에서 지낸 이유였다. 클로안은 루미노스 2세 덕분에 암투를 피했고 목숨을 부지할 수 있었다.

클로안은 루미노스 2세에게 입은 은혜를 잊지 않았다. 때문에 클로안은 루미노스 2세가 돌연 사망한 이후, 그의 죽음에 대한 진상을 파헤치고 있었다. 평생 자유롭게 대륙 곳곳을 여행하며 지내고 싶다는 소망을 잠시 뒤로한 채로 말이다.

하지만 페레이스에서 루미노스 2세의 죽음에 관해 조사를 하는 것에는 명백한 한계가 존재했다. 때문에 클로안은 레오디안의 편지를 받았을 때, 차라리 잘됐다는 생각을 했다.

클로안은 곧장 이곳 암브로시우스 제국으로 발걸음을 했다. 그는 레오디안의 저택에서 머물면서 신전의 사람을 매수해 볼 작정이었다.

그러나 상황은 클로안이 예상하지 못한 방향으로 흘러갔다. 신황이 레오디안을 신전으로 끌고 가 버린 것이다.

신황은 루미노스 2세를 살해한 범인일 수도 있었다. 신황이 레오디안에게 무슨 짓을 할지 몰랐다. 이렇게 된 이상, 레오디안을 구하는 게 먼저였다.

'신황이 대공에게 어떤 처벌을 내릴지 모릅니다. 일단 내일 당장 신성지로

가서 정확한 사정을 알아볼 생각입니다.'

'……레오디안이 감옥에 갇혔을까요?'

리리엔이 조심스럽게 물었다. 클로안은 남몰래 한숨을 삼키며 고개를 흔들었다.

'……아마 그건 아닐 겁니다.'

'레오디안은 대공인데, 신황이 이렇게 갑자기 레오디안을 데리고 가도 아무런 문제가 없는 건가요?'

리리엔이 짐짓 상기된 얼굴로 답을 재촉하듯 클로안을 바라보았다. 클로안은 잠시 생각하고선 대답했다.

'이 제국은 신을 믿는 신실한 신자들의 나라이지요. 그리고 그것이 곧 신황의 권력입니다.'

신을 믿는 사람들이 많으면 많을수록 신성지를 비롯한 신황의 권력이 강대해지는 것이 당연했다. 권력의 정점에 선 황제조차 신황을 함부로 할 수 없었다.

'신황을 막을 수 있는 사람은 아무도 없습니다. 적어도 이 나라에는 없어요.'

'……이 나라에는 없다고요?'

리리엔이 곰곰이 생각에 빠진 기색으로 침묵했다. 그러다 잠시 뒤, 리리엔이 클로안을 직시하며 물었다.

'그럼 페레이스 왕국에는 신황을 막을 수 있는 사람이 있나요?'

'어쩌면요.'

클로안의 애매한 대답을 들은 리리엔의 미간이 조금 구겨졌다. 그를 본 클로안이 지체 없이 말문을 열었다.

'저는 신을 믿지 않습니다.'

클로안뿐만이 아니라, 클로안이 태어나 자란 페레이스 왕국의 모든 이들이 그러했다. 페레이스의 사람들은 신을 믿지 않았다. 그래서일까. 페레이스에는 신의 힘이라 일컬어지는 신성력을 비롯한 신비한 힘을 타고나는 사람이 아무도 없었다.

하지만 그들은 인간의 자유 의지를 믿고, 그를 기반으로 살아간다. 그리고 그것만으로 충분하다고 여기며 자신의 삶을 충실하게 살았다.

'그러니 신황과 대적할 수 있는 건 신을 믿지 않는 저뿐일지 모릅니다.'

그 생각 하나로 클로안은 지금껏 루미노스 2세의 죽음에 관해서 파헤쳐 왔다. 그리하여 언젠가 폴리이도스 3세를 끌어내릴 작정으로.

'제가 대공을 돕겠습니다.'

'……'

'그러니 리리엔은 걱정하지 말고, 대공을 대신해 이곳을 지켜 주세요.'

리리엔은 말문이 막힌 듯 그저 클로안을 바라보기만 하였다. 그런 리리엔을 향해서 클로안이 말했다.

'무엇보다도 이곳에는 리리엔이 반드시 지켜야 하는 사람이 있지 않습니까.'

그 말에 리리엔이 고개를 끄덕였다. 클로안의 말대로, 리리엔에게는 무슨 일이 있어도 지켜 내야 할 사람이 있었다. 바로 엘시아였다.

'……고마워요.'

리리엔은 양손을 꽉 움켜쥐고선 가까스로 그 한 마디를 내뱉었다. 클로안은 그런 리리엔에게 대꾸하는 대신, 가만히 미소를 지어 보였다.

그동안 리리엔은 자신이 어째서 제스아에서 엘시아와 단둘이 지내야만 했던 건지 깊게 생각해 보려 하지 않았다. 애당초 기억이 흐릿하기도 했다. 하지만 그것이 굉장히 이상한 일이라는 정도는 알고 있었다.

리리엔은 자신이 어릴 적 로켄페데스 대공가에서 지낸 기억을 조금이나마 갖고 있었다. 그러니까, 리리엔에게는 자신의 부모님과 레오디안에 관한 기억이 아예 없었던 것이 아니었다.

그러나 리리엔은 그 해묵은 기억을 애써 떠올리지 않으려고 해 왔다. 가족을 추억하는 것은 엘시아에게 미안한 일이라고 생각했기 때문이었다.

그게 아니더라도 제스아에서 지내는 시간이 길어지면 길어질수록 기억은 자연스럽게 흐릿해졌다. 당연하게도 리리엔이 가족을 떠올리는 횟수도 점차 줄어들었다. 리리엔은 엘시아와 함께하는 하루하루에 충실했다.

그러나 이제는 생각하지 않을 수가 없었다. 리리엔은 도대체 누가 무슨 목적으로 자신을 제스아로 납치한 건지 떠올리고자 노력했다. 오래된 기억 속에서 조그만 단서라도 찾아내고자 기억을 파헤치길 거듭했다.

어쩌면 자신이 납치된 것을 시작으로 이 가문에 누군가의 마수가 뻗친 게 아닐까 하는 생각을 지울 수가 없었기 때문이었다.

리리엔은 납치범을 떠올리려고 노력했지만, 납치될 적의 기억은 여전히 안개처럼 희미하기만 했다. 도저히 선명하게 기억을 그려 낼 수가 없었다.

여태 무겁게 가라앉은 표정으로 엘시아의 관을 내려다보고 있던 리리엔이 무심코 중얼거렸다.

'……언니, 내가 어떻게 해야 할까?'

리리엔은 클로안이 신성지로 향한 이후, 누구에게도 토로한 적 없는 불안한 마음을 엘시아에게 털어놓기 시작했다.

'왕자님이 레오디안을 구하려고 신성지로 갔는데, 벌써 며칠째 연락이 없어. 아무래도 왕자님도 레오디안도 금방 돌아오지는 못할 것 같아.'

당연하게도 엘시아에게서는 아무런 대답을 들을 수 없었다. 하지만 리리엔은 엘시아의 새하얀 낯을 응시하며 계속해서 중얼거렸다.

'내가 이렇게 가만히 있으면 안 되는데……. 도대체 뭘 어떻게 해야 하는 건지 모르겠어.'

리리엔의 나지막한 목소리가 쥐 죽은 듯이 조용한 방 안을 연신 공허하게 울렸다.

리리엔은 잠시 말없이 엘시아를 가만 응시하다가 이내 시선을 들어 올렸다. 그러자 고아한 장식으로 꾸며진 높다란 천장이 시야에 들어왔다.

이 거대한 저택을 지탱해 온 사람은 바로 레오디안이었다. 리리엔이 언제든 돌아올 수 있도록, 레오디안은 홀로 이곳을 지켜 온 것이다.

리리엔은 레오디안이 어떤 상황에 처해 있는지 정확하게 알지 못했다. 하지만 지금이 그리 쉽게 타개할 수 있을 만한 상황은 아니라란 것만큼은 어렴풋이 짐작하고 있었다.

리리엔은 그저 막막했다. 레오디안이 없는 이 저택을 자신이 지킬 수 있을 것 같지가 않았다. 그래서일까. 이 커다란 저택이 마치 금방이라도 쓰러져 사그라져 버릴 것만 같은 모래성처럼 느껴졌다.

* * *

상황을 알아보겠다며 신성지로 떠났던 클로안이 돌아온 것은 그가 저택을 나선 날로부터 일주일이 지났을 때였다.

클로안은 대공저로 돌아오자마자 리리엔부터 찾았다. 그는 떠날 적에 그러했듯 혼자서 돌아왔다. 리리엔은 클로안이 레오디안을 데리고 오지 못했다는 사실을 알아차리곤 실망한 마음을 감추지 못했다.

'황실에서 대공이 신전에 억류되었다는 사실을 알아차리고 사람을 보냈더군요.'

불행인지 다행인지 모를 일이라고 클로안이 덧붙였다.

'황실에서 레오디안이 풀려날 수 있도록 도와주려는 건가요?'

리리엔은 신전이 황실에 버금가는 권력을 가지고 있다고 했던 클로안의 말을 똑똑히 기억하고 있었다. 그러나 혹시나 하는 마음에 물었다.

클로안은 잠시 묵묵히 리리엔을 바라보다가 이내 고개를 흔들었다.

'설령 그렇다고 해도 신전이 황실의 뜻을 따를 것이라고 기대하긴 어렵습니다.'

'그러면……'

어떻게 해야 레오디안이 안전하게 이곳으로 돌아올 수 있을까. 리리엔은 입술 사이로 떨리는 숨을 내쉬었다.

'레오디안은 만나고 왔어요?'

'예.'

클로안이 일말의 망설임 없이 대답했다.

'안색이 조금 수척해지기는 했지만, 그래도 괜찮아 보였습니다.'

'…….'

클로안의 말을 듣고 순간 리리엔은 저도 모르게 다행이다, 하고 말할 뻔했다. 리리엔은 그 말을 가까스로 입 안으로 삼키면서 입술을 꾹 다물었다.

'다행히도 대공이 신전에서 비인도적인 처우를 받고 있지는 않았습니다.'

클로안은 리리엔을 대신하듯 다행이라는 말을 재차 반복했다. 리리엔은 그 말에 동감하지 않고 그냥 듣고만 있었다. 그런 리리엔을 가만히 마주 바라보던 클로안이 망설이는 기색으로 입을 열었다.

'……신황은 제가 신성지를 찾으리란 걸 짐작하고 있었습니다.'

클로안은 신성지에 도착하기가 무섭게, 신황이 보낸 신전의 기사들을 맞닥뜨렸다.

클로안이 예상치 못한 상황에 미처 당황스러움을 수습할 새는 없었다. 그들은 클로안을 임모투스 신전으로 안내했다.

임모투스 신전은 다름 아닌 신황이 기거하는 곳이었으며, 또한 레오디안이 감금된 곳이기도 했다.

그곳에서 클로안은 신황을 독대했다. 신황은 클로안에게 레오디안이 자유로워질 수 있는 단 한 가지 방법을 이야기했다.

'신황이 말하길, 그분을……'

클로안이 차마 뒷말을 잇지 못하겠다는 듯 말끝을 흐렸다. 그에 리리엔의 머릿속에는 불안한 예감이 스멀스멀 피어올랐다.

'……그분을 신전으로 모실 것을 약속한다면, 대공을 풀어 주겠다 하였습니다.'

이윽고 클로안이 미처 내뱉지 못했던 말을 가까스로 덧붙였다. 그 말을 듣고 리리엔의 얼굴 위로 어둑한 그늘이 졌다.

클로안이 누구를 말한 건지는 깊게 생각하지 않아도 알 수 있었다. 신황이 엘시아를 원한다. 그 사실을 알아차린 리리엔의 눈앞이 새하얗게 질렸다.

이미 어느 정도 예상은 하고 있었지만, 막상 확신을 얻으니 충격이 컸다. 리리엔은 어느 순간부터 속절없이 떨리고 있는 양손을 꽉 움켜쥐었다.

'대공은 신황이 원하는 것을 결코 내어 주지 않을 겁니다.'

신황은 선심을 쓰듯 클로안이 레오디안을 만날 수 있도록 허락해 주었다. 덕분에 클로안은 레오디안을 만나 대화를 나눌 수 있었다.

그때 클로안은 레오디안의 의지가 얼마나 굳건한지를 느꼈다. 레오디안은 신황과 타협할 생각이 없었다. 언제까지고 버틸 작정인 듯했다.

그게 리리엔을 위해서인지, 아니면 엘시아를 위해서인지는 클로안으로선 알 수 없는 일이었다.

'레오디안이 왜…….'

리리엔이 당황한 기색으로 중얼거렸다. 레오디안이 이런 이유 때문에 돌아오지 못하고 있을 줄은 꿈에도 몰랐다.

그동안 리리엔은 레오디안이라면 엘시아를 신전에 넘기는 데 한 치의 망설임도 없을 것이라 믿어 의심치 않았다.

그런데 그게 아니었다니…….

리리엔은 황망하기 그지없는 표정으로 땅바닥을 내려다보았다. 클로안에게 무슨 말을 해야 할지 떠오르지 않았다. 머릿속이 새까맸다.

하지만 그런 와중에도 리리엔은 지금 이 순간, 자신이 한 사람만을 선택해야 한다는 것을 알았다.

다른 선택지는 없었다. 레오디안과 엘시아, 두 사람을 모두 구할 수는 없었다. 누구 한 명을 포기해야 했다.

만약 리리엔이 막 이곳으로 돌아왔을 때였다면, 리리엔은 일말의 고민조차 하지 않고 엘시아를 선택했을 거다.

하지만 리리엔이 이곳에서 보낸 시간은, 계절이 한 차례 모습을 바꿀 만큼의 긴 시간이었다.

게다가 레오디안이 엘시아를 신전에 넘기지 않으려고 버티고 있다는 사실을 알게 된 이상, 리리엔은 망설임 없이 엘시아를 선택할 수가 없었다. 그건 레오디안을 버리겠다는 뜻이었으므로.

마치 막다른 길에 서 있는 것만 같은 기분이었다. 그저 막막하기만 했다.

누군가 이렇게 하라 알려 준다면 그걸 따르고 싶은 심정이었다.

'……제가 어떻게 해야 할까요?'

리리엔이 간절한 눈으로 클로안을 올려다보며 그렇게 물었다. 클로안은 그런 리리엔을 안타깝다는 듯 응시할 뿐, 아무런 말도 하지 않았다.

'내가 어떻게 해야 하는 건지 정말 모르겠어요…….'

'…….'

'클로안은 나더러 아무것도 걱정하지 말고 그냥 여기를 지키기만 하라고 했지만……. 레오디안이 잡혀간 건 나 때문이잖아요.'

애초에 자신이 고집을 부리지 않았더라면, 레오디안의 말대로 자신이 엘시아에게 집착하지 않았더라면 이런 일은 일어나지 않았을 것이다.

그런데도 그 누구도 자신을 탓하지 않았다. 그게 리리엔의 죄책감을 더욱 가중시켰다.

'……내가 가만히 있으면 안 되는 거잖아요.'

하물며 클로안도 레오디안을 구하기 위해서 백방으로 노력하고 있는 상황이었다.

그런데 레오디안의 하나뿐인 가족이라는 자신은 아무것도 하지 않고 그저 레오디안을 기다리고만 있었다. 그래서는 안 됐다.

엘시아와 레오디안 중 그 누구도 포기할 수 없다면, 두 사람을 전부 지키고 싶다면 그만큼의 노력을 해야 했다.

이윽고 리리엔은 비로소 무엇이라도 해 보겠다는 결심을 했다. 그러면서 몰라보게 단단해진 표정으로 입을 열었다.

'황실에서는 레오디안이 신전에 갇혀 있는 걸 원하지 않는 거겠죠? 그러니까 신전에 사람을 보냈겠죠?'

'……아마도 그럴 겁니다.'

클로안은 조금 전까지와는 다르게 일말의 흔들림조차 없는 리리엔의 단호한 목소리를 듣고 놀란 기색을 보였다.

그런 클로안을 향해서 리리엔은 지체하지 않고 이어 말을 덧댔다.

'그럼 황궁을 찾아가 볼래요.'

'……예?'

리리엔의 돌발 선언에 클로안이 놀라 휘둥그레진 눈을 하고서 되물었다. 리리엔은 그런 클로안을 개의치 않고 재차 단호한 목소리로 말했다.

'황궁에 갈 거예요.'

'…….'

'황궁에 가서 레오디안을 도와달라고 부탁해 볼래요.'

클로안은 여전히 당황한 채로 선뜻 아무런 대꾸도 하지 못했다. 그때였다. 문득 누군가 문을 두드리는 소리가 방 안에 울려 퍼졌다. 그에 리리엔이 들어오라는 말을 꺼내기가 무섭게 문이 열렸다.

'리, 리리엔 아가씨. 급히 드릴 말씀이…….'

'무슨 일인가.'

클로안이 다급한 기색이 역력한 시종을 향해서 묻자, 시종이 마른침을 삼키고서는 간신히 대답했다.

'황실에서 리리엔 아가씨 앞으로 마차를 보내왔습니다!'

* * *

'정말 괜찮습니까?'

'별일이야 있겠어요?'

'…….'

'괜찮아요, 정말로.'

리리엔의 말을 듣고도 클로안은 좀체 걱정을 내려놓지 못했다. 그런 클로안을 진작 눈치챘지만, 리리엔은 모르는 척 창밖으로 시선을 돌렸.

황궁에서 리리엔에게 마차를 보냈다는 이야기를 들은 클로안은 당연하다는 듯이 리리엔과 동행하기를 원했다. 그리고 리리엔은 클로안을 굳이 만류하지 않았다.

그리하여 지금 리리엔과 클로안은 황궁에서 보내온 마차를 타고 황궁으로 향하는 중이었다.

두 사람이 탄 마차가 황궁의 정문을 지나 멈춰 서기까지는 그리 오랜 시간이 걸리지 않았다.

마차가 완전히 멈추어 서자, 클로안이 먼저 마차에서 내려섰다. 그리고 리리엔이 마차에서 내리는 걸 도왔다.

그때, 황궁의 시종 한 명이 정차한 마차 가까이 다가왔다. 시종은 두 사람에게 정중하게 인사를 한 뒤에 말했다.

'1황자 저하께서 기다리고 계십니다.'

갑자기 리리엔을 황궁으로 초대한 사람은 바로 1황자 하일롭이었다.

'이쪽입니다.'

시종이 리리엔과 클로안을 1황자가 있는 곳으로 안내하겠다고 나섰다.

리리엔은 새삼스럽게 긴장해 표정을 굳히곤 클로안과 눈을 마주쳤다. 클로안은 리리엔을 안심시키기라도 하듯 미소를 짓고선 고개를 끄덕였다.

이윽고 리리엔과 클로안은 시종의 안내를 받아 궁전 안으로 걸음을 옮겼다.

그러면서 리리엔은 이곳으로 올 때 클로안이 했던 말을 머릿속으로 되새겼다.

클로안은 그의 신분을 숨겨야 한다고 말했다. 페레이스의 왕자인 그가 암브로시우스 제국의 황자를 만났다는 사실이 페레이스에 알려지면 문제가 생길지도 모른다 했다.

클로안은 황궁 사람들이 그를 리리엔의 호위 기사로 오해하길 바랐다. 지금 클로안이 로켄페데스 가문의 기사가 입는 정복을 입고, 허리춤에 검집을 차고 있는 이유였다.

머지않아서 시종이 화려하게 장식된 문 앞에서 멈춰 섰다. 시종은 잠시 기다려 달란 말과 함께 문을 열고 안으로 들어갔다.

클로안은 애써 내색하지 않으려는 듯했지만, 긴장한 기색을 완전히 감추지 못했다. 그런 클로안을 바라보고 있자니 리리엔 역시도 더욱 긴장이 되었다.
　기다림은 그다지 길지 않았다. 곧 다시 모습을 드러낸 시종이 리리엔을 향해서 말했다.
　'안으로 드시랍니다.'
　시종이 열린 문 너머를 눈짓했다. 리리엔은 주저 없이 발걸음을 뗐다. 그 순간이었다.
　'죄송합니다만 경은 안으로 들어가실 수 없습니다.'
　시종이 리리엔의 뒤를 따라서 걸음을 옮기려던 클로안을 만류했다. 그에 리리엔이 당황해 뒤를 돌아보았다.
　'레이디 리리엔이 황자 저하와 대화를 마칠 때까지 부디 이곳에서 기다려 주세요.'
　'그럴 수는 없습니다.'
　클로안이 단호한 표정을 짓고서 고개를 저었다.
　'리리엔 아가씨는 제도로 돌아온 이후 줄곧 위협을 받고 있습니다.'
　처음 듣는 소리였다. 리리엔은 저도 모르게 멍하니 클로안을 바라보았다. 평소와 다르게 표정을 딱딱하게 굳히고 있는 클로안은 정말 기사처럼 보였다.
　'아가씨께서 정체를 알 수 없는 괴한으로부터 협박 편지를 받으신 것만 해도 여러 번입니다.'
　클로안은 리리엔이 전혀 예상치 못한 말을 계속해서 이어 나갔다.
　'리리엔 아가씨 혼자 황자 저하를 뵙도록 할 수는 없습니다. 저에게는 혹시 모를 위험으로부터 아가씨를 지켜야 하는 의무가 있습니다.'
　'……'
　클로안의 말에 당황한 것은 리리엔 뿐만이 아니었다. 시종은 차마 무슨 말을 해야 할지 모르겠다는 듯 망연히 클로안을 바라보았다.
　한편, 리리엔은 이내 클로안이 무슨 생각으로 이러한 말을 한 것인지를 눈치챘다. 클로안은 리리엔이 혼자서 하일롭을 대면하기를 원치 않는 것이다.
　리리엔은 그런 클로안이 충분히 이해가 됐다. 클로안의 눈에 자신은 세상

물정에 어두운 어린아이로 보일 것이다. 그러니 자신이 하일롭과 독대하는 것을 클로안이 어떻게든 만류하려는 것도 당연했다.

'……제 기사의 말이 맞아요. 저는 호위 기사가 없이 낯선 곳으로 들어가고 싶지 않아요.'

리리엔이 침묵을 깨고 말을 꺼내자, 시종이 연신 난감하다는 듯한 기색으로 리리엔과 클로안을 번갈아 바라보았다.

'하지만……'

'무슨 일인가.'

불쑥 낯선 목소리가 끼어들었다. 리리엔이 무심코 그 목소리가 들려온 곳을 향해 고개를 돌렸다. 그곳에는 수려한 낯으로 미소 짓고 있는 남자가 서 있었다.

리리엔은 남자가 바로 자신을 이곳으로 불러들인 1황자, 하일롭이란 사실을 직감했다.

'어째서 안으로 들어오지 않고 이렇게들 서 있는가.'

'……저하.'

시종이 황망하다는 듯 고개를 조아렸다. 그러면서 하일롭에게 작금의 상황을 간결하게 고했다. 하일롭은 잠자코 시종의 말을 듣다가, 이내 납득이 간다는 듯 고개를 주억거렸다.

'그렇군.'

힐끔 클로안에게 시선을 준 클로안이 곧 리리엔을 바라보면서 말했다.

'내가 허튼 짓이라도 할까 걱정이 되는가?'

'……'

'아무래도 오해를 받은 듯하여 마음이 아프군.'

하일롭은 아무런 대꾸가 없는 리리엔을 한참 가만히 응시하다가, 이윽고 선언하듯 말했다.

'레이디께서 영 불안하시다는데 하는 수 없지. 그대도 함께 안으로 들도록.'

'……이해해 주셔서 감사합니다, 저하.'

클로안이 애서 꺼림칙한 기색을 감추면서 대답했다. 하일롭의 미소가 더욱 짙어졌다.

* * *

'대공이 신전에 억류되어 있다는 소식을 듣고 내가 얼마나 놀랐는지 몰라.'
하일롭은 리리엔이 자리에 앉기가 무섭게 곧장 말문을 열었다. 리리엔은 떨떠름한 표정으로 하일롭을 바라보았다.
하일롭은 그런 리리엔을 눈치채지 못한 건지, 아니면 단순히 개의치 않는 건지 마냥 태연하게 입을 열었다.
'이 나라의 대공이 신전에 붙잡혀 있다니, 정말이지 기가 막힌 일이지.'
하일롭은 기다란 손가락으로 테이블 위를 툭, 툭 두드리면서 말을 이었다.
'황실의 입장에서도 굉장히 곤란한 일이고.'
거기까지 말한 하일롭이 돌연 입술을 꾹 맞물었다. 그런 하일롭은 꼭 무언가를 골똘히 생각하는 듯한 기색이었다.
리리엔은 하일롭의 푸른 눈동자를 가만가만 들여다보았다. 하일롭의 눈동자가 익숙한 색채를 띠고 있기 때문일까. 어쩐지 하일롭이 레오디안과 퍽 닮은 것 같다는 이상한 느낌이 들었다.
그런 이유로 리리엔이 좀처럼 하일롭에게서 시선을 떼지 못하고 있는데, 어느 순간 하일롭이 침묵을 깨고서 말했다.
'내가 오늘 레이디 리리엔을 황궁으로 부른 이유가 무엇인지는 충분히 짐작하고 있으리라 생각해.'
'……'
'그러니 단도직입적으로 말하지. 대공이 풀려날 수 있도록 내가 도와주겠다.'
레오디안이 풀려나도록 도와준다고? 리리엔은 놀라 휘둥그레진 눈으로 하일롭을 새삼스럽게 바라보았다.
설마하니 하일롭이 이렇듯 선뜻 도와주겠다고 할 줄은 전혀 예상하지 못했다.

지푸라기라도 잡고 싶은 리리엔으로서는 하일롭의 말이 반가웠다. 하지만 한편으로는 흔쾌히 도움을 주려는 하일롭의 저의를 의심하지 않을 수가 없었다.

'어떻게 도와주실 수 있는데요?'

리리엔은 의심 어린 눈빛으로 하일롭을 바라보면서 당돌하게 질문했다. 그러자 하일롭이 순간 멈칫하더니 이내 놀란 듯 눈을 크게 떴다. 하일롭은 리리엔이 이런 반응을 보이리라고는 전혀 예상하지 못한 눈치였다.

잠시 뒤, 놀란 기색을 수습한 하일롭이 느릿하게 입술을 벌렸다.

'……현재 황제 폐하께서 의식을 잃은 채로 병상에 누워 계신다는 사실을 알고 있나?'

'아뇨, 몰랐어요.'

리리엔이 순순히 대꾸하자, 하일롭이 부드럽게 미소를 지으며 재차 입을 열었다.

'얼마 전에 제도로 돌아왔으니, 그대가 모르고 있는 것도 당연하지.'

하일롭이 리리엔을 이해한다는 듯 고개를 주억거리고는 말을 이었다.

'아무튼, 황제 폐하께서 의식이 없으신 탓에 내가 폐하를 대신하여 모든 정무를 돌보고 있는 실정이야.'

'……'

'내가 황제 폐하에 버금가는 권력을 가지고 있다는 뜻이지.'

거기까지 말한 하일롭이 잠시 말을 멈추고서는 한 손으로 입가를 가만가만 쓸어 댔다. 그의 시선은 여전히 리리엔에게 단단히 붙박인 채였다.

'신황은 도를 넘었어.'

하일롭이 혼잣말처럼 중얼거렸다.

그러더니 머지않아 입가에 머금고 있던 미소를 지우고 한층 진지한 표정을 지었다.

'대공이 풀려나도록 내가 힘을 써주지.'

하일롭이 일말의 망설임 없이 말했다. 그런 하일롭과 다르게 리리엔은 여전히 거듭 망설이고 있었다.

리리엔은 눈앞의 하일롭이 건네는 모든 말이 정교하게 짜인 덫처럼 느껴졌다. 당연하게도 하일롭의 도움을 받아도 괜찮을지 좀처럼 확신이 서지 않았다.

그렇게 리리엔이 선뜻 하일롭에게 대답하지 못하고 망설이기만 하는데, 그런 리리엔을 알아차린 듯 하일롭이 부드러운 어조로 말했다.

'물론, 내가 레이디 리리엔을 그냥 도와주겠다는 것은 아니야.'

'그럼······.'

'나도 레이디 리리엔에게 부탁하고 싶은 것이 있어.'

뜻밖의 말에 리리엔이 미간을 좁혔다. 그런 리리엔을 잠시 바라보던 하일롭이 시종을 방 안으로 불러들였다.

하일롭의 명을 받은 시종이 모습을 드러내기가 무섭게 하일롭이 말했다.

'이제 가서 히치콕 백작을 모셔오도록.'

* * *

'정말 1황자의 부탁을 들어줄 생각입니까?'

'······별로 어려운 부탁도 아니잖아요.'

하일롭의 부탁은 부탁이라고 하기에도 민망한 것이었다.

하일롭은 자신의 오랜 친우인 아이작 히치콕을 리리엔에게 소개해 주었다.

하일롭은 아이작 히치콕에게 리리엔 또래의 동생이 있다고 하면서, 리리엔에게 에이사와 친구가 되어 달라고 말했다.

그게 바로 하일롭이 레오디안을 구해 주는 대신 내건 조건이자 부탁이었다.

'뭔가 찜찜하다는 느낌을 지울 수가 없습니다.'

'그래도 어쩌겠어요.'

리리엔은 애써 대수롭지 않다는 듯이 말했다.

고작 그 정도의 부탁을 들어주면 레오디안이 풀려나도록 도와준다는데 그걸 거절할 수 있을 리 없었다.

'그럼, 저는 엘시아한테 가 볼게요.'

리리엔은 클로안이 무슨 말을 더 하기 전에 일방적으로 대화를 끝맺으며 몸을 돌렸다. 뒤에서 클로안의 시선이 느껴졌지만, 리리엔은 그 시선을 눈치채지 못한 척 여상하게 걸음을 옮겼다.

리리엔은 그 길로 곧장 엘시아의 방으로 향했다. 그러나 리리엔은 엘시아의 모습을 눈에 담을 수 없었다.

엘시아의 방을 찾은 리리엔을 맞이한 건, 텅 비어 있는 관이었으므로.

리리엔은 텅 비어 있는 관을 자신의 두 눈으로 똑똑히 목격했지만, 눈앞에 벌어진 상황을 도무지 믿을 수 없었다.

'……언니?'

리리엔의 얼떨떨한 목소리가 고요한 방 안을 울렸다. 당연하게도 리리엔에게 대꾸를 해 주는 사람은 아무도 없었다. 리리엔은 무슨 표정을 지어야 하는지를 모르는 사람처럼 그저 멍하니 굳어 버렸다.

그렇게 한참, 딱딱하게 얼어붙어 있었던 리리엔은 이내 가까스로 정신을 차리고 방을 빠져나왔다. 빠른 속도로 복도를 내달리던 리리엔의 시야에 곧 클로안의 모습이 가득 들어찼다.

머지않아서 그런 리리엔의 모습을 발견한 클로안이 당황한 표정을 지었다. 리리엔의 기색이 심상치 않아 보였기 때문이었다. 클로안은 그의 가까이 다가와 멈춰 선 채 거친 숨을 고르는 리리엔을 향해서 물었다.

'무슨 일입니까?'

'언니가…….'

가까스로 말을 내뱉는 리리엔의 목소리는 정처없이 흔들리고 있었다.

'언니가, 엘시아가 사라졌어요.'

'예? 갑자기 그게 무슨…….'

'누가 엘시아를 데려간 것 같아요. 어떡해요?'

리리엔이 유일한 구명줄을 부여잡듯 클로안의 소매를 붙잡았다. 그러고서 그를 올려다보는 리리엔의 눈동자에는 어느새 눈물이 고여 있었다.

'관은 그대로 있는데……. 그런데 엘시아만 사라졌어요.'

'…….'

 클로안은 말문이 턱 막힌 채로 아무런 말도 꺼내지 못했다.

 그는 이 상황이 도통 무슨 상황인지를 좀처럼 쉽사리 이해할 수 없었다. 누가 시체를 몰래 빼돌렸단 말인가. 도대체 무슨 목적으로?

 클로안은 그렇게 꼬리의 꼬리를 물고 거듭 이어지는 의문을 머릿속으로 더듬었다. 그러다가 문득, 오늘 하일롭이 리리엔을 황궁으로 불러들인 것이 마음에 걸렸다.

 그도 그럴 것이 하필이면 리리엔이 저택을 비웠을 때 엘시아가 사라졌다. 그런데 이것을 과연 단순히 우연이라 치부할 수 있을까.

 '……일단 제가 사용인들을 한데 모아 오늘 저택을 방문한 사람이 있었는지 그들에게 이야기를 들어보겠습니다.'

 클로안은 애써 불안한 마음을 뒤로한 채로 리리엔을 다독였다. 하지만 리리엔의 눈가에 맺혀 있던 눈물은 기어코 리리엔의 뺨을 타고 흘러내렸다.

* * *

 리리엔과 클로안이 외출한 사이, 서택에 방문한 사람이 누구였는지는 금방 밝혀졌다.

 그 사람은 다름 아닌 하일롭이 보낸 사람이었다. 클로안이 어렴풋하게 예상했던 바가 딱 맞아떨어진 것이다.

 하일롭은 리리엔과 클로안의 발을 황궁에 묶어 놓고, 대공저에 사람을 보냈다. 그리고 엘시아의 시체를 어디론가 옮겨 갔다.

 리리엔과 클로안이 저택으로 돌아왔을 때는 이미 모든 일이 벌어진 뒤였다. 저택의 사용인을 책하는 것은 아무런 의미가 없는 일이었다. 가주인 레오디안이 부재한 상황에서 리리엠마저 외출했을 때였다. 사용인들로서는 다른 이도 아니고 황자가 보낸 사람을 막을 마땅한 방도가 없었을 터였다.

 하일롭이 대체 무슨 목적으로 엘시아를 빼돌린 건지 알 수 없으나, 어떻게든 상황을 수습해야 했다. 리리엔은 엘시아가 사라졌다는 사실을 알아차린 이후, 줄곧 잠 한숨조차 제대로 이루지 못하고 그저 불안에 떨고 있었다.
　클로안은 하일롭을 알현하고자 황궁에 사람을 보냈다. 그러자 하일롭은 흔쾌히 그러라는 답을 보내왔다. 남몰래 엘시아를 데려간 사람이라고는 믿기지 않을 정도로 거리낌 없는 태도였다.
　그리하여 현재, 리리엔과 클로안은 재차 황궁을 찾았다. 두 사람을 안내해 준 시종이 응접실에서 나와 하일롭의 말을 전했다.
　'황자 저하께서 안으로 들라 하십니다.'
　시종의 말에 리리엔과 클로안은 주저 없이 응접실로 들어갔다. 소파에 나른하게 등을 기대어 앉아 있던 하일롭이 미소를 지으며 두 사람을 맞이했다.
　리리엔은 딱딱하게 굳은 표정으로 하일롭을 바라보았다. 그런 리리엔을 향해서 하일롭이 가벼운 어투로 권했다.
　'이렇게 빨리 나를 다시 찾아올 줄은 예상하지 못했는데 말이야. 일단 좀 앉지.'
　'……'
　하일롭의 권유에도 리리엔은 그 자리에 못 박힌 듯 선 채로 움직이지 않았다. 그 모습을 본 하일롭이 의아하다는 듯 고개를 갸웃했다.
　'왜 그러지?'
　하일롭은 리리엔의 대답을 기다렸으나 리리엔은 아무런 대꾸를 하지 않았다. 그에 하일롭이 미간을 좁히곤 재차 물었다.
　'혹시 무슨 문제라도 있나?'
　'제가 부탁을 들어주면 저를 도와주겠다고 약속했잖아요.'
　비로소 말문을 연 리리엔이 제법 날카로운 목소리로 물었다.
　'사실은 도와줄 생각이 전혀 없으면서 왜 그런 약속을 한 거죠?'
　'갑자기 무슨 이야기를 하는 건지 영문을 모르겠군.'
　하일롭이 리리엔을 이해할 수 없다는 듯 눈매를 가늘게 좁혔다.
　'나는 약속을 지켰는데?'

'……약속을 지켰다고요?'

예상치 못한 하일롭의 말에 리리엔은 멍하니 입을 벌린 채로 하일롭을 쳐다봤다.

'아직 소식을 듣지 못했나? 신황이 대공을 풀어줬어. 대공은 곧 대공저로 돌아갈 것이다.'

하일롭은 리리엔의 반응은 전혀 개의치 않고 마냥 여유로운 태도로 말했다. 그 말을 듣고 리리엔은 멍한 머릿속을 수습했다. 그러자 머지않아 상황 파악이 됐다.

'……엘시아를 신전으로 보낸 거군요.'

'그 여자의 이름이 엘시아인가보군.'

리리엔이 혼잣말처럼 중얼거린 말에 하일롭도 나직이 혼잣말을 읊조렸다. 그러고는 리리엔을 똑똑히 직시하며 말했다.

'맞아, 내가 그 여자를 신전으로 보냈어.'

하일롭은 자신이 무슨 짓을 벌였는지 순순히 시인했다. 그에 리리엔은 경악스럽다는 듯이 눈을 크게 떴다.

그 순간, 여태 잠자코 리리엔의 곁을 지키고 서 있던 클로안이 리리엔의 귓가에 속삭였다.

'아가씨, 괜찮으십니까?'

'…….'

'아가씨.'

리리엔은 마치 정신이 나간 사람 같았다. 클로안이 아무리 리리엔을 불러도 리리엔은 결코 대답하지 않았다. 아니, 대답할 정신이 없는 듯했다. 클로안은 리리엔의 안색을 살피며 초조하게 마른 입술을 축였다. 리리엔의 낯은 너무도 창백하게 질려 있었다. 당장이라도 쓰러질 것 같았다.

한편, 리리엔과 클로안의 모습을 가만히 지켜보던 하일롭이 대뜸 한 마디를 툭 던졌다.

'그러게 앉으랄 때 앉지 않고.'

그 말을 들은 클로안은 저도 모르게 날이 선 눈빛으로 하일롭을 돌아보았다. 하일롭은 이 상황을 초래한 장본인이었다. 그런 주제에 상황과 맞지 않는 태평한 소리를 지껄이고 있었다.

하일롭의 행동은 정도를 넘었다. 그가 아무리 이 제국의 황자라고 할지라도 대공가에서 보호하던 엘시아를 멋대로 신전으로 보내 버린 행동은 결코 용납될 수 없었다.

'어째서 그분을 신전으로 보낸 겁니까.'

'뭐가 문제지?'

하일롭이 정말이지 이해할 수 없다는 듯 미간을 좁혔다.

'신전은 그 여자만 넘기면 대공을 풀어주겠다고 했어. 그리고 레이디 리리엔, 그대는 대공이 돌아오기를 바랐지.'

하일롭은 숫제 쉬운 문제의 답을 친절히 풀이해 설명하고 있는 듯한 태도로 말했다.

'애초에 그 여자만 신전에 넘기면 해결될 일이었어.'

'……'

'무엇보다도 빠른 길이 있는데, 굳이 먼 길로 돌아갈 필요는 없잖아. 안 그런가?'

하일롭이 동의를 구하며 리리엔과 클로안에게 차례로 시선을 주었다. 그 시선을 받은 리리엔은 속에서 울컥 화가 치밀어 오르는 걸 느꼈다.

'그런 식으로 문제를 해결할 거였으면 애당초 당신한테 도와달라고 하지도 않았어!'

리리엔이 마치 피를 토하는 듯한 심정으로 처절하게 소리쳤다.

'당신이 제멋대로 엘시아를 신전에 보낼 줄 알았더라면 당신을 만나지 않았을 거라고!'

북받쳐 소리치던 리리엔의 몸이 크게 휘청했다. 클로안이 재빨리 리리엔에게 다가가 어깨를 붙잡아 부축했다.

그러나 리리엔은 온몸에 힘이 빠져 축 늘어진 와중에도 하일롭을 향해서 소리치는 걸 멈추지 않았다.

'신전이 엘시아한테 무슨 짓을 할 줄 알고 엘시아를 신전으로 보내!'

'……아가씨.'

클로안이 리리엔의 어깨를 붙든 손에 조금 힘을 주어 리리엔을 돌려 세웠다. 아까부터 클로안은 혹시라도 리리엔이 쓰러지기라도 할까 봐 걱정하고 있었다. 이 이상 소리를 지른다면 리리엔이 정말 쓰러질지도 몰랐다. 클로안은 리리엔에게만 들릴 정도로 조그만 목소리로 속삭였다.

'리리엔, 우리가 신전으로 가서 그분을 데려오면 되지 않습니까.'

그 말에 여태 하일롭을 노려보고 있던 리리엔의 시선이 클로안을 향했다.

'대공저에 신전으로 곧장 향할 수 있는 포탈이 있습니다.'

리리엔의 관심을 돌린 클로안이 기세를 몰아 빠른 속도로 말을 이었다.

'신황이 그분께 무슨 짓을 하기 전에 우리가 데려오면 됩니다.'

그제야 리리엔의 기세가 한풀 꺾였다. 리리엔이 고개를 푹 숙였다. 어깨가 조금씩 들썩이는 것으로 보아, 아마 울고 있는 것 같았다.

클로안은 리리엔의 어깨를 다정히 다독여 주었다. 그러면서 시선을 돌려 하일롭을 바라보았다.

'황자 저하, 저희는 이만 돌아가 보도록 하겠습니다.'

하일롭은 말없이 고개를 끄덕여 보였다. 좀체 속을 알 수 없는 의뭉스러운 미소를 지은 채였다.

* * *

클로안이 리리엔을 추슬러 대공저에 도착했을 때, 레오디안은 이미 대공저로 돌아와 있었다. 리리엔은 클로안의 에스코트를 받아 마차에서 내리기가 무섭게 레오디안에게 달려갔다.

'레오디안.'

'…….'

'1황자가 엘시아를 신전으로 보내 버렸어.'

리리엔이 레오디안을 애절하게 올려다보며 꺼낸 말에, 레오디안은 아무런 대꾸도 하지 않았다.

리리엔은 입을 굳게 다물고 있는 레오디안을 보고 무언가를 직감했다. 그도 그럴 것이 레오디안은 조금 수척해졌을 뿐, 평소와 같은 모습이었다. 지독히도 무표정한 얼굴로 리리엔을 마주하고 있었다.

그런 레오디안에게서 놀란 기색이라곤 조금도 찾아볼 수 없었다. 리리엔이 떨리는 목소리로 물었다.

'……알고 있었어?'

레오디안이 느릿하게 고개를 끄덕였다.

'……엘시아를 거기에 두고 오면 어떡해.'

떨리는 목소리로 중얼거린 리리엔의 표정이 절망스럽게 일그러졌다. 그것을 보는 레오디안의 사정 역시도 리리엔과 크게 다르지 않았다.

'어째서 1황자를 만난 것이지?'

'……뭐?'

'대체 왜 1황자를 만났느냐 물었다, 리리엔.'

엘시아를 신전으로 보낸 것은 하일롭이었다. 하일롭은 리리엔이 저택을 비운 시점에 엘시아를 빼돌렸다. 그때 리리엔이 저택에 있었더라면 상황은 달라졌을지도 몰랐다.

하지만 리리엔은 하일롭을 만나는 것 외에 다른 방법을 생각해 낼 수 없었다. 레오디안을 구하기 위해서는 하일롭의 도움을 받아야 한다고 생각했다. 그 결과가 지금이었다. 레오디안은 무사히 저택으로 돌아왔지만, 그 대가로 엘시아는 신황의 손아귀에 넘어갔다.

이는 리리엔이 바란 것이 아니었다. 리리엔은 레오디안과 엘시아 두 사람 중 누구 한 사람을 선뜻 포기할 수 없어서 포기하지 않으려고 했다.

그런데 결국 리리엔은 엘시아를 잃어버리고 말았다. 엘시아를 되찾아오기 위해서 어떻게 해야 할지 알 수 없었다. 리리엔은 맞닥뜨리게 된 절망스러운 현실에서 비롯된 무력감에 입술을 질끈 깨물었다.

리리엔이 그 상태로 아무런 대꾸를 하지 않자, 한동안 그런 리리엔을 가만히 바라보던 레오디안이 말문을 열었다.

'리리엔, 애초에 1황자는 우리를 도와줄 생각이 전혀 없었을 것이다.'

하일롭은 언제나 레오디안은 경계하고 견제했다. 그것은 하일롭이 자신이 황태자 책봉을 받는 데 레오디안이 방해가 된다 판단했기 때문이었다.

'너는 그가 어떤 사내인지를 모르니 그에게 도움을 청하려고 했던 것일 테지만……'

레오디안은 말을 끝까지 잇지 않고 뒷말을 흐렸지만, 레오디안이 하려는 말이 무엇이었는지 리리엔은 단번에 알아차렸다.

리리엔은 하일롭이 엘시아를 신전으로 보내려는 속셈을 갖고 있으리라고는 꿈에도 몰랐다. 그뿐만 아니라, 다급한 마음에 하일롭이 어떤 사람인지 알아보려고 하지 않았다.

또 클로안은 하일롭의 도움을 받으려는 리리엔에게 우려를 표했지만, 리리엔은 그마저도 무시했다. 그 결과 리리엔은 하일롭에게 놀아난 꼴이 되었다.

정말이지, 어리석기 짝이 없었다. 리리엔은 스스로가 한심해 못 견딜 지경이었다.

한편, 레오디안은 괴로워하는 리리엔의 모습을 지켜보다가 이내 지그시 눈을 감아 버렸다. 그러고는 잠시 뒤 나지막한 목소리로 말했다.

'그녀는……'

'……'

'그녀는 무언가 다른 존재이다.'

혼잣말에 가까운 읊조림이었다. 그 소리를 들은 리리엔이 순간 멈칫해 레오디안을 바라봤다. 레오디안은 천천히 눈꺼풀을 들어 올렸다. 그리고 리리엔을 똑똑히 직시했다.

'그녀가 특별하다는 걸 너는 진작 눈치채고 있었겠지.'

'……'

엘시아는 그동안 신전에서 토벌해 온 괴물과 달랐다.

어디가 어떻게 다른지 정확하게는 알 수 없지만, 레오디안은 엘시아가 인간도 괴물도 아닌 존재라는 것만은 확신하고 있었다. 그리고 신황 역시도 그 사실을 알아차렸기에 엘시아를 원한 것일 터였다.

신황이 그 사실을 어떻게 눈치챘는지는 알 수 없었다. 다만 분명한 건, 신황이 어떠한 목적을 가지고 엘시아를 손에 넣길 바랐다는 점이었다.

'때문에 신황이 그녀를 다른 괴물의 사체처럼 당장 태워 버리는 일은 없을 것이다.'

레오디안은 지그시 눈을 감았다. 그리고 결코 꺼내고 싶지 않았던 말을 입 밖으로 내뱉었다.

'……하지만 그렇다고 해서 언제까지고 그녀가 안전하리라고는 장담할 수 없다.'

레오디안의 말에 리리엔이 경악스럽다는 듯이 눈을 크게 떴다.

'그게 무슨 말이야?'

'신황은 그녀에게 지대한 관심을 가지고 있는 눈치였다.'

'…….'

'신황이라면 분명 그녀가 어떤 존재인지를 알아내기 위해서 그녀에게 무슨 짓이라도 할 것이다.'

리리엔은 숨을 쉬는 방법을 잊어버린 사람처럼 새하얗게 굳어서는 그저 레오디안을 물끄러미 바라보기만 했다.

그 외에는 아무것도 할 수 없는 사람처럼. 리리엔은 한참 레오디안만을 주시하고 있다가, 힘없이 고개를 떨구며 흔들리는 시선을 바닥에 고정했다.

그런 리리엔과 레오디안의 침묵은 곧 무거운 적막을 자아냈고, 그로 인해서 원래도 지나치게 경직되어 있었던 분위기가 더더욱 딱딱하게 얼어붙었다.

그 분위기 속에서 클로안이 한참 만에 가까스로 말문을 열었다.

'일단 모두 안으로 들어가서 그분을 이곳으로 데리고 올 방법을 고민해 보는 것이…….'

'리리엔.'

그러나 그러기가 무섭게 레오디안이 돌연 침묵을 깨고서 리리엔을 불렀다. 그 탓에 졸지에 말이 가로막혔지만 클로안은 불쾌한 기색 없이 입을 닫았다.

지금 이 순간, 무엇보다도 중요한 건 리리엔과 레오디안이 충분한 대화를 나누는 것이었다. 그렇게 생각했기에 클로안은 다시 조용히 두 사람의 대화에 귀를 기울였다.

머지않아서 리리엔이 고개를 들고 레오디안을 바라보자, 그런 리리엔의 시선을 마주한 레오디안이 물었다.

'여전히 그녀는 네 세상에서 가장 중요한 존재인가?'

리리엔은 레오디안이 갑자기 왜 이런 것을 묻는지 궁금한 기색을 내보였지만, 레오디안은 그저 묵묵히 리리엔의 대답을 기다릴 뿐이었다.

이윽고 리리엔이 천천히 고개를 끄덕이는 것으로 대답을 대신했다. 그 모습을 본 레오디안의 입술이 느릿하게 틈을 내며 벌어졌다.

'그렇다면……'

레오디안이 어느 때보다도 무겁게 가라앉은 목소리로 선언하듯 말했다.

'내게도 그녀가 중요하다.'

*　*　*

리리엔이 유모 헤르테인과 함께 잠자리에 든 늦은 밤이었다. 레오디안과 클로안은 앞으로의 일을 상의하기 위해 서재에 자리를 마련했다.

서로를 마주 보고 앉아 있는 레오디안과 클로안의 얼굴에 어둑한 그늘이 져 있었다. 서재 안이 환히 밝혀져 있었는데도 불구하고 그러했다.

침묵을 깨고 먼저 말문을 연 사람은 레오디안이었다.

'신황은 결코 순순히 그녀를 포기하지 않을 겁니다.'

'……'

'그러니 그녀를 데려오기 위해서는 신황을 비롯하여 신전에까지 반기를

들어야 합니다.'

 클로안의 머릿속에 문득 한 가지 의문이 떠올랐다. 그러니까, 신황이 도대체 어째서 이렇게까지 하는 것인가 하는 의문이었다.

 신황은 한 나라의 대공이자 신전의 기사인 레오디안을 신전에 가두면서까지 엘시아를 얻으려고 했다. 클로안은 그런 신황을 도무지 이해할 수가 없었다. 클로안은 잠시간 골똘히 생각하다가, 이내 머릿속에 자리 잡은 의문을 입 밖으로 내놓았다.

 '……그녀의 존재가 신황에게 그토록 가치가 있습니까?'

 클로안이 무척 조심스러운 태도로 묻자, 순간 멈칫한 레오디안이 곧 고개를 끄덕였다.

 '황실의 압박을 감수할 만큼은.'

 '…….'

 레오디안의 말을 듣고 클로안은 엘시아가 신황에게 얼마나 가치가 있는지 비로소 이해했다.

 레오디안의 말대로였다. 제국의 유일한 대공을 신전에 가둔다면 황실에서 반발하고 나서리라는 사실을 신황이 짐작하지 못했을 리 없었다.

 신황은 황실과의 갈등을 각오하고서 레오디안을 가뒀다.

 실제로 황실에서는 레오디안을 풀어줄 것을 요구하며 신전에 사람을 보냈다. 하지만 신황은 황실의 요구를 단칼에 거절했다. 황실이 계속해서 신황을 압박했지만 신황의 태도는 변함이 없었다.

 신황은 황실에 굴복하지 않았고, 결국 레오디안은 신황의 뜻대로 엘시아를 신전에 넘기고 나서야 풀려날 수 있었다.

 하지만 만약 하일롭이 신황에게 엘시아를 넘기지 않고, 무력으로 자신의 의사를 관철하려 들었다면 상황은 달라졌을 것이다. 자칫 황실과 신전 사이에 내전이 일어날 수도 있었는데, 이를 신황이 간과했을 리 없었다.

 신황은 전쟁을 감수하면서까지 엘시아를 원한 것이다. 그 정도로 엘시아는 신황에게 가치가 있었다.

'……그것은 그분이 그만큼 특별한 존재이기 때문이겠지요?'

클로안의 물음에 레오디안이 고개를 끄덕였다.

'신황은 절대 포기하지 않을 겁니다.'

여러 위험을 무릅쓰고 손에 넣은 엘시아를 신황이 쉽게 포기할 리 없었다. 하지만 그건 레오디안도 마찬가지였다. 엘시아가 리리엔에게 소중한 사람이라는 걸 차치하더라도, 레오디안이 엘시아를 신황에게서 되찾아 와야 하는 이유는 또 있었다.

'그러나 저 역시도 그녀를 포기하지 않을 겁니다.'

엘시아는 은인이었다. 레오디안이 리리엔을 찾아 헤매는 동안, 리리엔을 안전하게 보호하고 돌봐준 사람이었다. 하지만 레오디안은 엘시아에게 은혜를 갚기는커녕, 도리어 엘시아에게서 숨을 앗아 갔다.

그건 아무리 후회한다 할지라도 되돌릴 수 없는 일이었다. 이제 엘시아에게 은혜를 갚을 길은 없었다.

지금 레오디안이 기꺼이 신전에 반기를 들고자 함은 다름이 아니었다. 레오디안은 감히 엘시아에게 용서를 구할 생각이 없었다. 다만 이는 엘시아에게 바치는 최소한의 속죄였다.

'……정말 신전에 대적할 생각입니까?'

아니, 애초에 그것이 가능하기나 할까. 클로안이 애써 뒷말을 삼키고 레오디안을 바라보았다. 레오디안은 클로안이 우려하는 바가 무엇인지를 잘 알고 있었다. 하지만 그는 결코 뜻을 무를 생각이 없었다.

'고맙게도 몇 년 전부터 제 뜻을 따라 준 사람들이 있습니다.'

무슨 반응을 보여야 할지 모르겠다는 듯 그저 가만히 앉아 있는 클로안을 보며 레오디안은 구태여 지체하지 않고 말을 이었다.

'그들과 함께라면 그녀를 신전에서 빼돌려서 안전한 곳으로 보내는 것이 불가능한 일은 아닙니다.'

그렇게 말하는 레오디안의 표정에서 클로안은 굳은 결심을 읽어냈다. 레오디안은 틈을 두지 않고 말했다.

'아니, 어떻게 해서든 반드시 신황의 손아귀에서 그녀를 빼내올 겁니다. 그러니, 왕자님.'

'……'

'리리엔을 부탁합니다.'

클로안은 그를 똑똑히 직시하는 레오디안의 눈을 마주 보다가, 이내 지그시 눈을 감았다.

레오디안이 자신에게 리리엔의 일신을 부탁할지도 모른다고 어렴풋이 짐작하고 있었다. 그런데도 클로안은 선뜻 레오디안에게 대답을 내어줄 수가 없었다.

클로안은 천천히 눈꺼풀을 들어 올렸다. 레오디안은 여전히 클로안에게 시선을 고정하고 있었다. 클로안이 물었다.

'……그건, 리리엔 아가씨를 페레이스로 모시라는 뜻입니까?'

'그렇습니다.'

레오디안이 망설임 없이 대답했다. 이곳은 리리엔에게 안전하지 않았다. 레오디안이 신전과 대적하겠노라 결심한 이상, 더는 이곳에 리리엔을 머물도록 할 수 없었다.

'리리엔 아가씨가 그분을 여기 두고 가는 것을 원치 않음은 알고 계시겠지요.'

'……'

'그런데도 리리엔 아가씨를 페레이스로 보낼 작정입니까?'

클로안이 다소 격양된 목소리로 물었다. 레오디안은 잠시 망설이는 기색을 보이다가 대답했다.

'저는 더 이상 리리엔이 이 일에 휘말리지 않았으면 합니다.'

분명한 의지가 서려 있는 확고한 대답이었다.

* * *

이튿날 아침, 레오디안의 연락을 받은 페이렌이 대공저에 도착했다. 신황의 주의를 돌리기로 한 로아나가 임모투스 신전에 막 도착했을 무렵이었다.

밤을 새워 서재에서 고문서를 훑어보던 레오디안이 자리에서 일어났다. 페이렌을 맞이하기 위해 정원으로 나가려는 것이었다. 레오디안이 복도로 나섰을 때, 마침 리리엔의 침실에서 나온 헤르테인이 레오디안의 모습을 발견했다. 헤르테인이 레오디안에게 가까이 다가갔다.

'아가씨는 걱정하지 마세요.'

'그래, 부탁하지.'

레오디안이 선선히 대꾸했다. 헤르테인은 못내 걱정스럽다는 듯이 레오디안을 바라보았다.

'부디 조심히 다녀오세요.'

레오디안은 가볍게 고개를 끄덕이고는 몸을 돌렸다. 그리고 헤르테인의 우려스러운 시선을 뒤로한 채로 곧장 정원으로 나갔다.

밤새워 말을 달려온 페이렌의 낯빛이 초췌했다. 하지만 페이렌은 굳이 피로한 기색을 내색하지 않았다. 평소와 다름없이 정중한 태도로 레오디안에게 경례했다.

'각하.'

페이렌의 뒤로 거대한 마차가 서 있었다. 레오디안이 제도와 신성지를 오갈 때 이용하는 대공가 소유의 마차였다. 페이렌은 레오디안이 마차를 타고 신성지로 향할 줄 알고 마차를 준비시켜둔 것이다.

'마차에 오르시지요. 제가 모시겠습니다.'

'아니, 오늘은 마차를 타고 가지 않을 것이다.'

'그럼……'

예상치 못한 레오디안의 말에 페이렌은 짐짓 당황해서 레오디안을 물끄러미 응시했다. 레오디안은 고개를 돌려 저택에 힐끔 시선을 주면서 입을 열었다.

'조금 전에 로아나 대신관이 신황을 임모투스 신전 밖으로 유인하는 데 성공했다는 연락을 받았다.'

'……'

'신황이 자리를 비운 이 시점, 우리는 포탈을 통해서 신전에 잠입할 것이다.'

페이렌은 레오디안의 말을 듣고 순간 놀라 눈을 크게 떴다. 하지만 그것은 아주 잠시였다. 페이렌은 곧 납득했다는 듯이 고개를 주억거렸다.

'알겠습니다, 각하.'

페이렌이 선선히 대꾸하자 레오디안이 다시 저택 안으로 향했다. 페이렌은 마부에게 오늘은 마차를 이용하지 않으리란 이야기를 전한 뒤, 레오디안을 따라서 저택으로 들어갔다.

그렇게 레오디안과 페이렌은 그 길로 곧장 포탈이 자리해 있는 방으로 향했다. 임모투스 신전으로 순식간에 이동할 수 있는 이 포탈은 레오디안이 직접 설치한 것이었다.

레오디안이 전대 신황 루미노스 2세의 보호 아래 임모투스 신전에서 지냈을 때였다. 당시 그는 신전에 몸을 피해 있으면서도 부모님이 사고사한 것이 아닌 살해당한 것이라는 증거를 찾으려 애썼다.

하지만 신성지에만 머무르며 증거를 찾는 데는 명백한 한계가 있었다. 그래서 레오디안은 제도와 신성지를 남몰래 오갈 수 있는 방법을 고민했다.

그 고민의 결과가 바로 이 포탈이었다. 레오디안은 포탈을 통해서 제도와 신성지를 자유롭게 다닐 수 있었다.

하지만 루미노스 2세가 죽고 폴리이도스 3세가 신황으로 즉위한 이후, 레오디안은 포탈을 단 한 번도 사용하지 않았다. 때문에 포탈의 존재를 아는 사람은 한 손으로 셀 수 있을 정도로 적었다. 그 얼마 안 되는 사람 중 한 명이 바로 페이렌이었다.

페이렌은 포탈 위에 덮인 검은 천을 걷어냈다. 그러자 거대한 포탈이 모습을 드러냈다. 레오디안은 시간을 지체하지 않고 곧바로 자신의 힘을 포탈에 불어넣었다.

이윽고 레오디안의 힘에 반응한 포탈에서 빛줄기가 쏟아져 나왔다.

포탈의 존재는 알고 있었지만, 포탈이 구동되는 모습을 보는 것은 처음인지라 페이렌은 새삼 감탄 어린 눈으로 포탈을 바라보았다.

그런 페이렌을 향해서 레오디안이 손을 내밀었다. 순간 멈칫했던 페이렌이 이내 레오디안의 손을 잡았다. 그러기가 무섭게 레오디안이 페이렌을 이끌고 포탈 안으로 걸어 들어갔다.

그렇게 두 사람의 모습이 완전히 자취를 감추었다.

* * *

어느덧 완연한 봄을 밝히는 해가 스스로 도달할 수 있는 가장 높은 곳에 떠 있을 때, 리리엔은 그제야 비로소 부스스 눈꺼풀을 들어 올렸다.

어쩐지 온몸이 찌뿌듯했다. 마치 무리하게 운동을 하고 난 다음 날 아침의 몸 상태 같았다. 이상한 일이었다. 어제 리리엔이 한 일이라곤 클로안과 함께 황궁에 다녀와서 레오디안과 대화를 나눈 것뿐이었다.

물론 그것도 예삿일이 아니었던지라 몸을 긴장하고 있기는 했지만, 그렇다고 이렇게 심하게 몸이 결리다니 아무래도 무언가 이상했다. 가만 생각해 보면 이곳에서 지내게 된 이래로 이토록 늦게 일어난 것도 처음이었다.

거기까지 생각이 미쳤을 때, 순간 섬찟하니 불길한 예감이 머릿속을 스치고 지나갔다. 리리엔은 황급히 자리를 털고 일어났다.

그렇게 리리엔이 흐트러진 잠자리를 뒤로한 채로 방을 나서려고 하는데, 리리엔이 미처 문고리에 손을 대기도 전에 문이 열렸다.

'아가씨, 일어나셨어요?'

'응.'

리리엔이 빠르게 대꾸하고는 물었다. 평소 늦게 일어난 적은 없지만, 이렇게 늦도록 일어나지 않는데 헤르테인이 자신을 깨우지 않았다는 게 이상했다.

'그런데 왜 나를 안 깨웠어?'

'……'

헤르테인은 선뜻 대답을 하지 못했다. 그에 리리엔의 의문은 더욱 깊어졌다. 아까부터 머릿속에 맴돌고 있는 불길한 예감도 점점 존재감을 키워 나갔다.

리리엔은 한동안 헤르테인을 가만히 주시하다가, 문득 주위가 기이할 정도로 고요하다는 사실을 인지했다. 이윽고 리리엔의 표정이 딱딱하게 굳었다. 그 모습을 본 헤르테인은 아무래도 리리엔이 무언가를 알아차린 것 같다고 짐작했다.

그러한 헤르테인의 짐작은 정확하게 딱 맞아떨어졌다.

'……레오디안은?'

리리엔은 곧장 레오디안을 입에 올렸다. 헤르테인은 순간 흠칫 놀랐지만, 이내 미리 준비해 둔 답을 말했다.

'대공님은 아침 일찍 기사단 집결지로 향하셨어요. 평소에 늘 그러신 것처럼요.'

그렇게 말하는 헤르테인의 태도는 여상하기 그지없었다. 때문에 리리엔은 헤르테인에게서 특별히 이상한 기색을 찾아내지 못했다. 하지만 그렇다고 해서 리리엔이 이미 한번 자라난 의심의 뿌리를 뽑아낸 것은 아니었다.

레오디안은 불과 어제 신전에서 풀려났다. 그런데 다음 날 바로 평소처럼 집결지로 출근했다는 것이 리리엔이 생각하기에는 말이 되지 않았다.

'레오디안이 정말 집결지에 갔어?'

'네, 아가씨.'

헤르테인이 한 치의 망설임 없이 대답했다. 무언가 이상하다는 생각은 여전했지만, 그렇다고 헤르테인이 거짓말을 하고 있는 것 같지는 않았다. 결국 리리엔은 의심스러운 생각을 잠시 접어 둘 수밖에 없었다.

'레오디안이 언제 돌아온다는 이야기는 없었어?'

'별 말씀은 없으셨어요. 아마도 평소와 같은 시간에 돌아오시지 않을까요?'

레오디안이 평소처럼 아침 일찍 나갔으니 늘 돌아오던 시간에 돌아올 것 같다는 그럴 듯한 추측이었다. 리리엔은 곧 헤르테인의 대답을 납득하고는 고개를 끄덕였다.

그 모습에 헤르테인은 고비 하나를 넘겼다고 생각하며 안심했다. 헤르테인이 부드럽게 미소를 지으며 말꼬리를 돌렸다.

'클로안 왕자님이 정원에서 아가씨를 기다리고 계세요.'
'……나를? 왜?'
'오늘 아가씨와 함께 방문하고 싶은 곳이 있다고 하셨어요.'
헤르테인의 대꾸에 리리엔이 고개를 갸웃했다. 어제까지만 해도 클로안에게서 딱히 어딘가를 함께 가자는 이야기는 듣지 못한 것이다.
게다가 리리엔에게는 무엇보다도 먼저 해결해야 할 중요한 일이 있었다. 엘시아를 신전에서 데리고 와야만 했다.
그 사실을 클로안이 모를 리 없는데, 이렇듯 뜬금없이 어딜 가자고 하는 건지 리리엔은 영문을 알 수 없었다.
그렇게 골똘히 생각에 잠겨 있던 리리엔의 머릿속에 순간 한 가지 생각이 번뜩 떠올랐다. 그러니까, 클로안이 신전으로 향하려는 건지도 모른다는 생각이었다. 리리엔이 다급하게 옷장 앞으로 다가갔다.
'얼른 옷을 갈아입어야겠어.'
'네, 아가씨. 제가 거들게요.'
리리엔의 곁으로 다가와 멈춰 선 헤르테인이 언제나처럼 다정한 미소를 입매에 내걸었다. 리리엔은 구태여 헤르테인의 도움을 거절하지 않았다. 리리엔은 다소 서둘러 옷을 갈아입은 뒤, 곧바로 침실을 나섰다. 헤르테인이 자연스럽게 리리엔을 뒤따라 걸었다.
그렇게 정원으로 나오자, 헤르테인의 말대로 클로안이 정원에서 리리엔을 기다리고 있었다.
'일어나셨군요.'
리리엔의 기척을 알아차린 클로안이 여태 앉아 있던 자리에서 일어나며 리리엔을 반겼다.
리리엔은 그런 클로안에게 다가가면서 그의 차림새를 새삼스럽게 살펴보았다. 클로안은 벌써 외출할 준비를 마친 듯, 평소에 저택에서 입는 것보다 더 단정한 차림새였다.
머지않아서 클로안의 앞에 멈춰 선 리리엔은 헤르테인을 의식해 목소리를 낮추어 속삭이듯 말을 꺼냈다.

'지금 바로 신전으로 가는 건가요? 레오디안은 아침 일찍 집결지로 갔다고 하는데…….'

말끝을 흐린 리리엔이 클로안을 올려다보았다. 리리엔은 클로안의 대답을 기다렸지만, 클로안은 아무런 대답도 하지 않고 그저 소리 없이 미소 짓기만 했다.

리리엔은 의아한 마음에 고개를 갸웃했다. 하지만 그것도 잠시, 리리엔은 곧 클로안에게 재차 물음을 던지려고 입을 열었다.

그런데 바로 그 순간.

'죄송합니다, 리리엔 아가씨.'

클로안이 빠른 속도로 손을 뻗었다. 그리고 그와 거의 동시에 리리엔은 목덜미가 따끔함을 느꼈다. 리리엔은 직전 무슨 일이 일어난 건지 이해하지 못했다.

'방금 무슨…….'

'……아가씨를 위한 일입니다.'

뭐가 나를 위한 일이라는 거지? 리리엔은 퍽 뜬금없는 말을 내뱉은 클로안을 멍하니 쳐다보았다. 그런데 무슨 일인지 시야에 걸려 있는 클로안의 모습이 점차 흐릿해지기 시작했다.

'나한테 대체 무슨 짓을 한 거예요?'

리리엔이 가까스로 물었다. 혀가 마비라도 된 것처럼 움직이지 않아서 한 단어 한 단어를 발음하는 것이 무척이나 버거웠다. 그렇게 힘들게 물은 질문에 클로안은 대답하지 않았다. 그저 미소 짓던 표정을 괴롭다는 듯이 일그러뜨린 채로 리리엔을 바라볼 뿐이었다.

그 얼굴을 본 것이 마지막이었다. 곧 시야가 완전히 새까맣게 물들었다. 리리엔은 마치 수마처럼 밀려드는 무언가에 잠식된 채로 그대로 정신을 잃었다.

클로안은 의식을 잃고 쓰러지는 리리엔의 몸을 받쳐 안았다. 헤르테인이 굳은 표정으로 그 모습을 바라보았다.

'……정말 이래도 괜찮은 걸까요?'

'아가씨가 깨어나시면 아마 저에게 화를 내시겠지요.'

'……'

'하지만 아가씨를 위해서 이러는 편이 낫습니다.'

클로안이 못 박아 말하자 헤르테인이 말문이 막힌 듯 입술을 꾹 깨물었다.

클로안으로서도 리리엔의 의사를 무시하고 무작정 페레이스로 데려가는 것이 기꺼울 리 없었다. 하지만 밤을 새워 고민을 거듭한 결과, 클로안은 레오디안의 말대로 리리엔이 이번 일에 더 이상 휘말리지 않도록 하는 것이 좋겠다는 판단을 내렸다.

'이대로 출발하시나요?'

'예, 대공님에게 제가 아가씨를 데리고 대공저를 떠났다고 연락해 주십시오.'

'네.'

헤르테인이 여전히 딱딱하게 굳은 표정으로 고개를 끄덕였다. 그런 헤르테인을 뒤로한 채 클로안은 미리 대기시켜 놓은 마차를 향해서 다가갔다. 그 마차 앞에는 클로안이 암브로시우스 제국으로 올 때 동행한 기사들과 시종들이 서 있었다.

'곧장 메시오 항구로 가지.'

'예, 왕자님.'

기사 한 명이 마차의 문을 열어 주자, 지체 없이 마차에 올라탄 클로안이 리리엔을 조심스럽게 소파에 눕혔다. 그런 다음에야 자리에 앉은 클로안의 모습을 확인한 기사가 마차의 문을 닫고서 멀어졌.

클로안은 너른 마차 안에 고요히 잠든 리리엔의 얼굴을 참담한 심정으로 내려다보았다.

시간을 계산해 마취약의 양을 적절히 조절했다. 아마 리리엔은 페레이스로 향하는 배를 타고 나서야 의식을 차릴 수 있을 것이다. 리리엔이 눈을 떴을 때 어떤 반응을 보일지는 어렴풋이 짐작이 갔다. 리리엔은 분명 레오디안과 클로안을 원망할 터였다.

하지만 이것은 리리엔뿐만 아니라, 레오디안을 위한 일이기도 했다. 클로안은 그렇게 굳게 믿었다.
머지않아서 마차가 천천히 움직이기 시작해 돌이킬 수 없는 길을 달려나갔다.

〈다음 권에서 계속〉

남자 주인공이 없어도 괜찮아
꽉끼 지음

세간에서 연애나 결혼, 뭐 그런 걸
당연하게 여긴다는 것은 알고 있다.
그러나 지금 내겐 더 중요한 일이 있다.

세계 평화.

마수를 무찌르고 생명을 구하여 우리의
아름다운 제국과 이 세계에 평온을 가져다주는 것.
대의를 위해 힘쓰느라 바쁜 내게
사랑 놀음에 낭비할 시간 따위는 없다.

"나랑 같이 돌아가자, 첼시."

그런데 왜, 전 약혼자이신 7황자께서는
이미 파혼한 내 근처를 자꾸만 알짱거리는가?

제로노블(Zero Novel)은 판타지를 사랑하는 여성들을 위한 신감각 로맨틱 판타지 시리즈입니다.

오, 친애하는 숙적
미나토 지음

승리했다고 믿은 순간, 모든 것이 처음으로 되돌아갔다.

죽었던 동생이 살아나고, 정적이었던 남자와 약혼하며,
연인이었던 남자와 날을 세우게 된 칼미아 플록스
너무나 달라진 관계들 속에서 그녀는
이전 생에서 미처 알지 못했던 진실에 다가가게 되는데……

"감당할 능력도 없는데 바라기만 하는 건 욕심이다!"
"네, 알아요. 저 욕심부리고 있는 거예요. 욕심을 허락 맡고 부려야 하나요?"

이번 생에도 그녀는 백작이 될 것이다.
누구의 허수아비가 아닌 온전한 백작이.

제로노블(Zero Novel)은 판타지를 사랑하는 여성들을 위한 신감각 로맨틱 판타지 시리즈입니다.